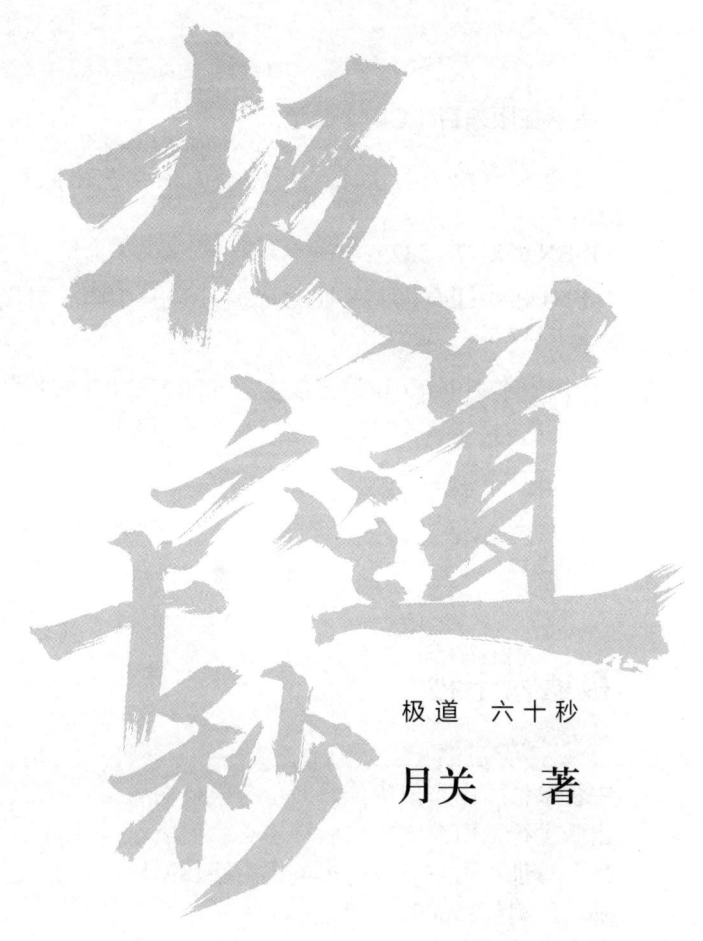

极道 六十秒

月关 著

山东文艺出版社

图书在版编目（CIP）数据

极道六十秒 / 月关著. —济南:山东文艺出版社，2020.7

ISBN 978-7-5329-6142-9

Ⅰ.①极… Ⅱ.①月… Ⅲ.①长篇小说—中国—当代 Ⅳ.①I247.5

中国版本图书馆CIP数据核字（2020）第076572号

极道六十秒

月关 著

主管单位	山东出版传媒股份有限公司
出版发行	山东文艺出版社
社　　址	山东省济南市英雄山路189号
邮　　编	250002
网　　址	www.sdwypress.com
读者服务	0531-82098776（总编室）
	0531-82098775（市场营销部）
电子邮箱	sdwy@sdpress.com.cn
印　　刷	山东德州新华印务有限责任公司
开　　本	710毫米×1000毫米　1/16
印　　张	26
字　　数	427千
版　　次	2020年7月第1版
印　　次	2020年7月第1次印刷
书　　号	ISBN 978-7-5329-6142-9
定　　价	52.00元

版权专有，侵权必究。如有图书质量问题，请与出版社联系调换。

目 录

第一章 剑走偏锋……………………1
第二章 浴火美人……………………6
第三章 老丁小丁……………………9
第四章 好久不见……………………14
第五章 往事如烟……………………18
第六章 车舞长龙……………………23
第七章 公路硝烟……………………27
第八章 冤家聚首……………………31
第九章 原来是你……………………34
第十章 不实报道……………………38
第十一章 梦想你好…………………43
第十二章 心结难解…………………48
第十三章 陆江之怒…………………52
第十四章 人间烟火…………………56
第十五章 不解之缘…………………60
第十六章 默契三剑…………………65
第十七章 当时惘然…………………69
第十八章 有惊无险…………………73
第十九章 我要追你…………………78
第二十章 岁月静好…………………82
第二十一章 性格不合………………87
第二十二章 掐指一算………………92
第二十三章 便宜女友………………96
第二十四章 将心比心………………100

第二十五章　阳刚之美……………104
第二十六章　因恨生爱……………108
第二十七章　人心如面……………112
第二十八章　人心人性……………116
第二十九章　另辟蹊径……………120
第三十章　最佳搭档………………124
第三十一章　涣尔冰开……………128
第三十二章　护犊之人……………133
第三十三章　远方来客……………137
第三十四章　难免相亲……………141
第三十五章　焰焰抢亲……………145
第三十六章　纯属误会……………149
第三十七章　一曲征服……………154
第三十八章　棋逢对手……………158
第三十九章　突击检查……………163
第四十章　逃出生天………………167
第四十一章　忙中出错……………171
第四十二章　怒火中烧……………175
第四十三章　女儿心思……………180
第四十四章　辗转反侧……………185
第四十五章　水火无情……………189
第四十六章　因为在意……………193
第四十七章　逆向而行……………197
第四十八章　电光石火……………201

第四十九章　壮志在我胸……………………205
第五十章　澄心涤虑……………………209
第五十一章　握手言和……………………213
第五十二章　情人眼中……………………217
第五十三章　意外事件……………………220
第五十四章　祸起连环……………………225
第五十五章　火海双雄……………………229
第五十六章　情愫暗生……………………233
第五十七章　阴谋重重……………………237
第五十八章　为你改变……………………242
第五十九章　主动出击……………………246
第六十章　缘定三生……………………250
第六十一章　同病相怜……………………254
第六十二章　一语定情……………………258
第六十三章　特殊任务……………………263
第六十四章　枕戈待旦……………………267
第六十五章　箭在弦上……………………271
第六十六章　动如脱兔……………………275
第六十七章　迅雷不及……………………279
第六十八章　不眠之夜……………………283
第六十九章　新颖报导……………………287
第七十章　纯属巧合……………………291
第七十一章　随机应变……………………295
第七十二章　甜蜜蜜……………………299

第七十三章	半场电影	304
第七十四章	我不后悔	308
第七十五章	美丽发现	313
第七十六章	独家报道	317
第七十七章	出水芙蓉	321
第七十八章	大比武	326
第七十九章	成绩不错	331
第八十章	水上求婚	335
第八十一章	夫复何求	339
第八十二章	公共相亲	344
第八十三章	国庆家庆	349
第八十四章	自导自演	354
第八十五章	霸气焰焰	357
第八十六章	深山驴友	362
第八十七章	受困河滩	366
第八十八章	深山救援	371
第八十九章	牤牛水寒	375
第九十章	惊心动魄	379
第九十一章	死生人间事	382
第九十二章	新的生命	387
第九十三章	别出心裁	391
第九十四章	炸街行动	396
第九十五章	今夜星光灿烂	400

第一章
剑走偏锋

烈火熊熊，湛蓝的天空中，一道黑色烟柱腾空而起，直插苍穹，仿佛是大漠之上的一道狼烟。

这里是地处市郊的静海洗涤用品厂的库房起火点，因为库房里存储了大量的日用化学品，所以散发出比一般火灾大得多的浓烟，而且气味呛人。

三辆消防车停在厂区内，消防员们正在紧张地救火。厂区门口聚集了不少围观群众，其中有人正举着手机，兴高采烈地拍照。

消防队的成队长向管库人员询问了库房存有何种物品后，深感问题严重，马上通知队员们小心戒备，提防仓库爆炸，危及队员们的生命。

他百忙中回头望了一眼，赫然发现厂区门口有许多百姓围观，虽说他们站得离这里还远，可是一旦发生爆炸，爆炸物抛射出去，难免伤及群众。

成队长立即大声命令："丁墨！丁墨！疏散群众！还有，他们厂长呢？告诉他，火势太大，火情复杂，我们要采取物理隔断措施了，请他配合一下！"

跑到成队长面前的消防员身穿消防服，头戴消防面罩，只露出一双灵动有神的眼睛，他大声应了一声，便快速朝厂区门口跑去。

洗涤用品厂厂长沈龙飞带着几个工人，站在与仓储区相连但是更靠近厂区门口的食堂前，狠狠地吸着烟，拧着眉头看着库房上空的浓烟，一脸的阴郁。

丁墨跑到近处才发现这位厂长躲到这儿来了，忙朝他喊了一声："别抽烟了！快看看食堂里还有没有人，赶紧撤离，火情严重，我们要拆掉食堂，采取物理隔断！"

丁墨说着，就一阵风似的跑过去了，一个满头黄毛的小青年茫然地对沈龙飞说："龙哥，他啥意思啊，拆食堂？"小黄毛紧张地四下看看，凑近沈龙飞压低了声音："龙哥，咱们藏在食储库里的东西见不得光啊！"

沈龙飞脸上的肉抽搐了两下，把烟头狠狠地扔在地上，用力踩了踩，恶狠狠地说："去，赶紧清理一下！"

小黄毛有些肉疼地说："龙哥，那值好多钱……"

他还没说完，就被沈龙飞凌厉的眼神吓住了。沈龙飞恨声道："不要因小失大。"

"嗯！"小黄毛咬咬牙，便招呼几个人冲进了食堂。

丁墨赶到厂房门前，挥手疾呼："快散开，大家快散开，起火点有化学品，有爆炸可能，快散开！"

"呵呵，这小子忽悠谁呢？要爆炸他们还顶在那儿灭火？"

"就是！"

围观群众大多充耳不闻，只有寥寥几人听了后谨慎地退走。穿着牛仔裤、白T恤，身姿高挑、俏丽利落的林雪也站在人群中，举着相机照得正欢，一只大手突然出现在镜头前，把她的相机拨开了，要不是相机带子还戴在脖子上，这单反相机就要摔坏了。

林雪恼怒地放下相机："你这人什么素质……"

话说到一半，她才发现是跑来的那名消防员，他已经从自己面前跑了过去，正焦急地示意群众后退，可惜根本没有几个人听他的警告。

林雪冷笑一声，重新举起了相机。作为一名记者，她觉得报道新闻是自己的权利，普通群众都没人肯走，她就更心安理得了。

这些人，真是看热闹不怕事儿大呀，一旦发生爆炸的话，他们很可能会受伤的！丁墨又郁闷又恼火，可又不能置之不理，今天他负责的就是疏散群众。

怎么办？丁墨四顾，忽然看到离厂门仅十几步的食堂大门，不由灵机一动，立即快步跑了过去。

沈龙飞心神不宁地站在食堂门口，一道人影忽然旋风般从他身边一闪而过。沈龙飞见那个消防员一头钻进了食堂，不由得心头咯噔一下，赶紧追了进去。

食堂内，库房大开，小黄毛正急冲冲地在库房里拉扯着一条管线，其他几个人在库房里也忙活着什么。一眼看见丁墨，小黄毛吓得一呆，整个人都僵在了那里。

"你们搞什么呢？不要舍命不舍财，快出去！"

丁墨厉声喝了一句，四下一寻摸，果然看到灶下有煤气罐，顿时大喜，急忙冲到灶台前，飞快地拔下管线，一手抓起一个煤气罐，转身又向外跑。

沈龙飞目露凶光地追进来，一见丁墨一手提了一个煤气罐，健步如飞地往外跑，不由也是一呆。

丁墨没理他。别看丁墨看起来有些瘦削，力气却极大，提着两个煤气罐，奔跑速度依然惊人。

"砰！砰！"两个煤气罐被他放在了厂区门口外的水泥地面上，其中一只没有立稳，还在摇摇晃晃。丁墨一脸惊慌，气喘吁吁地冲人群喊："煤气罐被烤得快爆炸了，快跑！"

丁墨说完，转身就跑。

"我的妈呀！"一见消防员都跑了，围观群众顿时作鸟兽散，呼啦一下，消失得无影无踪，其中有位拄着拐的老大爷居然也脚下生风，全然不见平时的迟钝缓慢。

丁墨跑开几步，回头看了一眼，眸中微露得意之色："这些人，就得用这样的法子对付他们！"丁墨的眉梢刚刚调皮地扬起，身后轰然一声巨响，一团烈焰腾空而起。

丁墨吃了一惊，下意识地矮了矮身，扭头一看，就见沈龙飞和小黄毛还有几个工人正狼狈地趴在食堂门口，他们身边散落着一些纸盒子，有一盒摔散了，露出里边的冰冻带鱼，食堂最里侧已被一团火焰笼罩。

远处，有几名消防员猝不及防，也被爆炸溅射的杂物伤到，成队长正和其他队友拖着他们迅速后退，提防发生连环爆炸。

"队长，你们没事吧？"丁墨看清状况，拔腿就往回跑。

成队长站稳脚步，大吼道："怎么回事，这边不是没有火情吗？"

"都怪他！"小黄毛从地上狼狈地爬起来，指着丁墨大叫，"他刚刚拔了煤气管子，是他引起的火灾。"

丁墨火了："你小子别胡说八道！我拔的是管子，拎走的是煤气罐，怎么可能造成爆炸？"

小黄毛蛮横地说："就是你，不然食堂好端端的为什么会爆炸？要不是我们跑得快，全被你害死了！"

"你敢血口喷人！"丁墨血往上涌，怒不可遏地一拳打出去，骇得小黄毛连忙后退。但是丁墨拳到一半，却被成队长的大手牢牢地抓住了。

成队长向丁墨吼道："干什么？快去灭火！"

受了惊吓，跑开几步的林雪听到更大的爆炸声响起，克制不住获得第一手新闻资料的冲动，又跑了回来，眼见如此一幕，立即欣喜地举起了手中的相机。

丁墨被队长训斥，只能无奈地瞪了那个小黄毛一眼，飞身扑向火场。

"你看看，你自己看看！"

支队长的手指头像铁榔头似的用力敲着桌上的一张《静海日报》，上边有几张大幅照片，正是丁墨挥手叫群众散开、丁墨将两只煤气罐掼到地面上、丁墨挥拳击向小黄毛的几个场面，上边配以一行大字"消防员火大，救火靠拳头！"

这是一个笔名"麦芒"的记者写的报道，麦芒在本市小有名气，是个文风很犀利的记者。

"这……这明明是颠倒黑白！支队长，你可以把这个写报道的人叫来，我们当场对质！我当时……"

"还不服气？嗯？你如果不冲动，会抢拳头吗？还有这煤气罐，我们疏散群众，一定要用这种旁门左道的办法？"

"支队长，我那时候有工夫慢慢说服教育吗？还有那个小黄毛，简直是满嘴跑火车，再说我也没真打下去……"丁墨开始嗓门挺高，后边声音却越来越小。

支队长重重地哼了一声："那是因为成队长阻止了你，不然的话，你以为你打不下去？你呀！"

支队长指了指丁墨，面对他站定："这件事，在社会上造成了很坏的影响。这次把你调离应急大队，下放到开发区一中队去，是队里必须要向全社会拿出来的一个态度，你有什么意见？"

丁墨沉默片刻，一个立正，说道："坚决服从命令！"

支队长缓和了语气，说："食堂发生的爆炸，确实没有证据证明与你有关。我们也不是为了息事宁人才做此决定，主要原因还是想让你多受一些锻炼，你是一个好队员，就是太容易冲动了。我们是火德星君，可自己不能动不动就七窍生烟，明白吗？"

"是！"

"嗯，我给你三天探亲假，回去好好缓和缓和情绪，然后就去一中队报到吧！"

"是！"丁墨向支队长行了个礼，昂首转身走了出去。

支队长望着他离去的背影，轻轻地叹了口气。

丁墨一出门，肩膀就垮了，一中队就一中队，他并不是很在意，可这毕竟相当于受处分调离了，很没面子的啊。

唉！火德星君……当初是想做一名真正的武警战士的，谁知道阴差阳错，分到了消防系统①。想起来，丁墨就心中郁郁，其实他平时的冲动莽撞、不守规矩，未必与此心态没有关系。

丁墨是本地人，他觉得调离支队是件丢脸的事，所以也没张扬，只是悄悄换了身便装，将随身衣物打包背在肩上，趁着队友们出任务，就一个人悄无声息地离开了。

丁墨要强，他可不想被队友们送出大门，这么走不光彩，他嫌丢人。丁墨戴着墨镜，手指勾着背包袋搭在肩上，走在林荫道上。他刚从公交车上下来，前边右拐入巷，大概再走三百米，就是他家所在的小区了。

前边有个行人喝完一罐饮料，顺手把易拉罐扔在了地上。丁墨不悦地横了那人背影一眼，飞起一脚，那易拉罐划着一道抛物线飞出去，准确无误地射入垃圾桶的投放口。

丁墨唇边刚刚露出一丝得意的笑容，就听见一声尖叫。原来路边有个小姑娘，手里拿着雪糕棍，正要投进垃圾桶，被他这一下吓了一跳。

丁墨有点心虚，赶紧跑上前，赔笑道："小妹妹，你没事吧？"

"欢欢，欢欢！"一个穿连衣裙的少妇跑过来，上下检查了一下女儿，发现没事，这才直起腰来怒视着丁墨，"你这人怎么回事啊？球踢得好，那去为国争光啊，在这儿显摆什么？"

丁墨讪笑："对不起，对不起，我是一时……呃……一时……"

小姑娘把雪糕棍扔进垃圾桶，却仰起脸兴奋地对母亲道："妈，这位大哥哥好帅啊！"她转向丁墨，崇拜地追问道："大哥哥，你好棒，你是不是像

---

① 2018年10月9日，公安消防部队移交应急管理部后，消防部队不再归属武警部队序列。作者创作该作品时，消防战士仍属武警序列，本书保留该背景。——编者注。

《功夫足球》里一样,会少林金刚腿啊?"

"哈哈,还是你眼光厉害!"丁墨竖起了大拇指,得意扬扬,"我还真的会功夫呢,厉害吧?"

少妇见女儿无恙,便白了丁墨一眼,掏出手帕给女儿擦手。

"嚯!起火了!起火了!"

就在这时,有人突然惊叫起来,前方车站上正在等车的人也都纷纷扭头望去。丁墨顺着大家的目光看去,只见路左有一幢高层公寓,在十几层高的一间窗户里,正有滚滚浓烟冒出来。

"坏了!"

丁墨把包往地上一扔,墨镜一摘,便飞也似的跑了过去。

第二章
浴火美人

"妈妈,大哥哥把包扔了,我们帮他看着吧!"小姑娘提了提包,对母亲说。少妇点点头,把包放到自己身边,另一只手揽着女儿的头,向起火处看去。

公寓大楼内,警铃丁零零地响着,很多人正惊慌失措地往外跑。

"别慌,注意不要推搡踩踏,帮一把你们身边的老人和儿童!"丁墨扯着嗓子喊了一句,随手拉住一个夹公文包的中年人,"大哥,哪层楼起火了?"

"十……十二层吧!我是十三楼的,没敢坐电梯。我知道着了火不能坐电……"中年人还在卖弄着自己的逃生知识,丁墨已经快步向安全通道跑去。

楼梯上不时有人慌慌张张地跑下来,丁墨则逆流而上,向楼上飞跑。一个大妈在儿子的搀扶下向下缓慢地走着，一见丁墨往楼上跑，好心地喊道："小伙子，十二层都快被烟封住了，别上去了，危险！等消防队来吧！"

"谢谢大妈，我就是消防员！"丁墨一边说着，一边健步如飞地向上跑去。

七层、八层……

就算是丁墨，跑得这么急也有些气喘了。

他终于跑到了十二层，有一户人家门户洞开，火舌从门中喷吐出来，浓烟弥漫了整层楼道。

"还有人吗？还有人吗？"丁墨用一只手拉起衣襟遮住口鼻，挨家挨户地拍打着门。他从这头跑到那头，又从那头跑回来，一边来回跑，一边侧耳倾听是否有人求救。

经过一户人家时，隐约听到音乐声，丁墨马上站住脚步，侧耳倾听，然后大声喊道："里边有人吗？有人吗？"

"凉凉夜色为你思念成河，化作春泥呵护着我，浅浅岁月拂满爱人袖，片片芳菲入水流……"

墙内侧，洗手间的淋浴间里，无线小音箱播放着音乐，林雪一边淋浴，一边听着歌，还忘我地跟着唱了起来。

"砰！砰！砰！"墙外边，丁墨找到了消防斧冲回来，挥动消防斧奋力劈砍着，三两下劈烂门锁，冲了进去。"有人吗？有人吗？"丁墨扫了眼房子，一室一厅一目了然，只有洗手间的门关着。

"浅浅岁月拂满爱人袖，片片芳菲入水流……"林雪正唱得投入，洗手间的门突然被人用力推开了。幸亏那淋浴位置在门后，这一开门，掩住了大半，林雪下意识地往门后一躲，尖叫道："是谁？"

"真有人啊！你是死人啊！这么大的火，你都没察觉？"丁墨口不饶人地说着。他听见是女人的声音，也知道她在洗澡，一见盥洗台上放着一条大浴巾，便一把拿起来递向门后："快！快裹上。"

"你谁啊？有毛病啊！我要报警！我要……"

"你什么都别要！再要下去火都烧进来了！"

就这片刻工夫，滚滚浓烟已经席卷进来，林雪在门后也察觉了，不禁惊叫道："起火了！"

丁墨急急晃着手里的浴巾："快快快，快点！"

林雪忙不迭接过大浴巾，将身子裹了个严实："你快出去啊，我换衣服！"

"换什么换，再换命都没了！快！跟我走！"丁墨一把攥住林雪的手腕，把她从门后拽了出来。此时的林雪披头散发，一脸窘色。

丁墨此前在静海洗涤用品厂疏散群众时，没注意人群中的她，林雪也没认出他来。

"哎！"步子一大，林雪身上的大浴巾登时有挣开之势，林雪又急又怕，急忙伸手拉住。

"真麻烦！"丁墨已经感觉到了浓烟的呛鼻气味，情知不能拖延，不等林雪反对，转身就把她扛上了自己的肩膀，大步往外跑去。

"放开我，我不要这样子出去……"林雪用力挣扎，丁墨根本不理她，扛着她，屏住呼吸，矮身冲到安全通道，便一手扶着楼梯，一手稳住林雪的身子，向楼下奔去。

两辆消防车飞快地赶到公寓楼下，消防队员迅速布置消防器具开始救火，而此时丁墨已经扛着林雪从楼里冲了出来。一见他们这副模样，一中队副中队长魏凯以为是从楼里逃出的住户，所以并未在意，只是指挥消防员们抓紧救火。

丁墨跑到楼下，把林雪往地上一放，便弯着腰呼呼地喘起了粗气。林雪裹着条大浴巾，上露香肩，下露小腿，一双脚还是赤着的，往那儿一站，两只手根本不敢离开浴巾，那模样可真够瞧的，旁边登时围过来一群人。

"我的妈呀，你怎么喘成这样？"林雪对喘着粗气的丁墨说。

丁墨不满地瞪着她："你也知道我累啊，连个谢字都没有，现在的人真是太不懂得感恩了。"

"呃……"林雪犹豫了一下，还是讪讪地说了一句，"谢谢啊！"

林雪不是不知好歹的人，不管怎么说，确实是人家救了自己。丁墨哼了一声，这时魏凯拿了一条毯子走过来，顺手披在林雪肩上，对丁墨道："同志，你们两位是最后出来的，我想向你们了解一下里边的情况。"

"火点在十二楼，几乎正对着楼道的位置，不过现在已经串火了！"丁墨下意识地抬头看了一眼，"每家每户的门我都拍过了，就只发现她一个，跟个傻子似的在里边自娱自乐呢，不过也不排除还有别人。"

"明白了，谢谢你，同志！"魏凯向他敬了个礼，快步赶了回去。

"你说谁跟傻子似的？"林雪气鼓鼓的，但丁墨忽地哎哟一声："我的包！"丁墨想起了自己随手抛下的包，登时焦急起来，一溜烟就往路边跑去。

"哎！你别跑啊……"林雪急了，她是记者，前几天报道城郊日用化学品厂失火案,她另辟蹊径,把报道重点放在了消防队员的不文明行为上,果然反响强烈啊。

这一次失火事件,她自己就是当事人,完全可以用点心思,把它发挥成一篇很生动的报道!可惜!那个有点痞帅的小子已经跑了,本来可以拉着他做更详细的采访的。

算了,本姑娘妙笔生花,消防队员跟香港警匪片里的那些警察似的,总是在大案结束之后才姗姗来迟,最终要靠一个路人英雄救美……这个角度很能挑动民众情绪啊。

林雪想着,不禁眉飞色舞起来,要不是手正紧紧拢着浴巾,真想打一个漂亮的响指。但是旋即,她的漂亮脸蛋就又皱了起来:"哎呀!我的电脑!我的面霜!还有我刚买的鞋子啊……"

丁墨可没听见林雪的惨叫,他一溜烟跑到路边,登时放了心,那少妇和小女孩正在帮他看着背包呢,丁墨上前道谢不止。听说他是去救火,还从火场救了个人,那少妇对他也大加赞扬,客气地归还了背包,这才牵着女儿的手离开。

第三章
老丁小丁

丁墨的爹老丁同志是改革开放后第一批"倒爷"中的一员,当年仗着年轻力壮,远赴东北跟俄罗斯人做生意。虽说吃了不少苦,但也赚了不少钱,他脑子活络,赚了些钱后就回家乡干起了实业。

现如今他家里开着三个加油站,还有附属的三个超市,算是提前步入小康生活了。不过，老丁却还一直坚持住在老旧小区里面，因为这儿都是多少年的老邻居，他觉得有人情味儿。

丁墨背着包晃进了小区，大人孩子他几乎都认识，一路不停地打着招呼。丁墨走进门洞的时候，遇到一个微胖的中年人从楼道里走出来，他穿着件花衬衫，留着两撇八字胡，是李向荣。

李向荣是开KTV的，因为KTV地点距这个小区不远，所以虽说在别处买了大房子，但仍时常就近在这边住。

"李叔！有日子没见了。"一见李向荣，丁墨便站住了脚步，客气地打了个招呼。

"哟！小墨墨回来啦！"李向荣向他肩上的包溜了一眼，笑眯眯地说，"呵，回来看你老子啊？"

"哎！"

"真是个孝顺孩子，快上楼去吧，你老子整天念叨你呢。"李向荣笑呵呵地走了出去，丁墨举步上楼。

老小区，人情味儿浓，可就是远不及新式小区宽敞干净，楼道里堆放杂物、乱扯电线，丁墨看得直皱眉头。在消防队待久了，一见充满消防隐患的地方，他就不能忍。

不过一想起自己当初顶着父亲的压力偷偷报名，本来是冲着做一个兵王去的，却阴差阳错被分配到了消防系统，如今居然还越来越适应现在这个角色，丁墨不禁自嘲地一笑。

回到家，也是巧，老丁正好在家，他正跷着二郎腿，喝着茶看电视。一见儿子回来，老丁先是一愣，想要露出一个笑脸，但马上又板起了脸，故作严肃地说："今儿怎么回来了？"

丁墨嬉皮笑脸地说："咋，爸你不想我啊？"

老丁哼了一声："想你？想你个混账东西做什么？当初说好了叫你接我的班，你可倒好，哈！武曲星君没当上，改玩火了，这火德星君当得过瘾吧？哈哈！"

"那是，太过瘾了！我就爱当消防员！"丁墨当然不肯在老爸面前露怯，说到这里，突然想到那杂乱的楼道，便说，"爸，咱们这楼道也太乱了，什么都往那儿堆，电线也严重老化，太不安全了！您在邻里间有威望，回头您得号召一下，让大家别什么破烂都往楼道堆，好好清理一下。"

老丁翻了下眼皮，看着丁墨："就你事儿多，大家伙儿在这儿住了十几二十年了，不都好好的吗？出去当了几天消防员，连自己姓什么都忘了是吧？滚一边去！"

"爸，我这是正儿八经给您提建议，可不是……"丁墨撇撇嘴。

"屁！边儿去，别烦我！对了……"老丁忽然有点狐疑地看着丁墨，"我说，你上次休假距今天没隔多久吧，咋就又回来了，别是犯了错误被撵回来了？"

"您倒想！"丁墨心里一跳，强作镇定地翻了个白眼，一屁股在沙发上坐下，"爸，我饿了，快给我弄点吃的。"

"等你妈回来。"

两人正说着，房门打开，拎着菜的丁母进了屋，一眼看见丁墨，马上露出满脸的欢喜："哎哟，我的宝贝儿子回来了，这怎么又瘦了呀……"

丁母说着，又瞪了丈夫一眼："我在楼道里就听见你们爷儿俩吵吵，那么大嗓门喊什么呀？有俩臭钱撑着了是不是？那是你儿子，又不是前世的冤家！"

老丁缩了缩脖子，嘟囔道："谁说不是前世冤家，这小子，就是我前世的债主！"

丁母欢欢喜喜地对儿子说："小墨墨，下次回来提前说，妈好给你做好吃的，你想吃什么？"

"得了得了，妈，你别忙活了，消防队的伙食挺好的。"丁墨赶紧上前，接过了菜袋子，"就这些炒个菜就行了，不行的话冰箱里再划拉一下，有啥吃啥，我又不是啥客人。"

老丁嘟囔道："就是！"

丁母又瞪了丈夫一眼，满脸堆笑地对儿子道："行行行，妈给你弄几个菜，回来了就陪你爸喝两盅……"

丁母正说着，丁墨的手机响了。丁墨一看来电，连忙拿起电话，一边接听，一边走向阳台。

"喂，小墨墨……"电话里传来一个悦耳的女声，但是声音随后就听不到了。

看着儿子走上阳台，丁母眼睛一亮，小声地说："听见了吗？老丁，你听见了吗，是个女孩的声音。"

老丁看着电视哼了一声，一脸不在意的样子。

丁母喜滋滋地道："哎！别是咱儿子搞对象了吧？也不知道是个什么人家，长什么样，什么学历，性格脾气好不好……"

老丁不耐烦地道："好啦！看你这听风就是雨的性子！打儿子上初一，但凡跟女同学来往，你就觉得是他女朋友，生怕误了他的学业，误个屁啊，到现在也没见他交个女朋友，现在的年轻人有几个早结婚的？你们女人哪，就爱打听八卦！"

"你……"丁母不悦地瞪了丈夫一眼，扭头看看阳台，发现根本什么都听不见，便噘起嘴，去厨房给儿子拾掇酒菜去了。

阳台上，丁墨回应电话说："乐瑶啊？"

电话里传来一阵咯咯的笑声，那个声音悦耳的女孩子说："哎！我听说你又犯事了，给咱们支队长训了一顿，一脚蹬去开发区的一中队了，真的假的啊？"

"我说你打电话来，就是为了幸灾乐祸，看我笑话是吧？"丁墨一脸悻悻。

电话里的声音依然乐不可支："那哪儿能呢，咱们什么交情啊，去一中队就去一中队呗，在哪儿不是干哪，又不是天塌下来了。我倒喜欢你去一中队……"

后半句话明显降低了音量，丁墨没有听清楚，也懒得再问，丁墨便哼道："我是被处分了才下的中队，这不是在哪儿干不在哪儿干的问题，是丢人！谁像你呀，没脸没皮的，我丁墨可丢不起那人。"

"嘿，好像你本来有脸有皮似的。"电话里，乐瑶也向他反击。

乐瑶是丁墨的队友，两人同期入队，现任火警接线员。乐瑶性情爽朗，跟个男孩子似的，所以两人一直就是好朋友。刚入队的时候，人人都以为二人走得那么近是在谈恋爱呢。

"好啦好啦，不打击你了。那啥，找时间我请你吃个饭，抚慰一下你那受伤的小心灵呗？"

"得啦！你又不喝酒，净跟我抢肉吃，有机会再说吧，我先挂了。"

关上电话，丁墨总觉得乐瑶不是来慰问他的，明摆着是来看他笑话的。现在的年轻人，天塌下来当被盖，才没几个会因为这点挫折萎靡不振呢，可不比当年，丁墨还记得自己小学二年级的时候，因为有一次学校号召捐款，老爸给他的钱让他拿去买篮球了，结果因此没评上三好学生，委屈得直掉眼泪。

他把自己往沙发上一丢，顺势抓个靠垫垫到了脑袋后边。老丁瞄了眼丁墨，又看着电视道："咳！你不是休假吗？这谁来的电话啊？"

"哦，一个朋友。"

"朋友？我听那声音，是位姑娘啊？"

"瞧您这话，怎么姑娘就不能当朋友了啊？"

"不是姑娘不能当朋友，是你认识的姑娘最后都成了朋友，我都替你愁得慌。这回……真不是女朋友啊？你个没皮没脸的玩意儿，跟你爹可没啥好害臊的，是就直说，改天领回家来吃个饭。"

丁墨刚刚被下放中队，正因为觉得丢人而心中烦躁呢，一听老爹唠叨，登时不耐烦起来："哎呀，我都说了是朋友，不是女朋友，如果是女朋友，我有什么不敢说的？"

"你个臭小子，怎么跟你爹说话呢？一回来就鼻子不是鼻子眼不是眼的，你说我上辈子造了什么孽，摊上你这么个……你干吗去？"

"我下楼走走！"丁墨穿上鞋，出屋了。

丁母参着双手从厨房赶出来："怎么一见面就吵啊，儿子呢？"

老丁没好气地道："我吵什么了？我就是问……咳！你说我在公司，上百号员工面前，我是说一不二啊，谁敢在我面前大喘气，结果回了家，我还得受他的气，我真是欠他的！"

丁母指了指他："你就是欠他的！员工不听话，你能开除，这儿子你也能开除啊？我儿子呢？"

老丁没好气地说："他说出去走走！"说完，老丁就调大了电视的声音。

旋即，丁母的电话就响起来，丁母在围裙上擦了擦手，拿起电话："喂？……儿子啊，你听妈说，儿子，小墨墨，喂？"

丁母放下电话，怒气冲冲地对老丁道："你看你，儿子好不容易回来一趟，你跟他说什么了，又把他给气跑了。"

老丁愕然道："气跑了？什么意思？"

丁母道："他直接回消防队去了！"

"嗨！这小子哎，究竟哪儿才是他家呀，等下回……"老丁看到妻子责备的目光，不禁摸了摸脑袋，一扬手，"你别管他，由着他去，这孩子，就是叫你给惯的。"

"可儿子……"

"儿子怎么啦,有本事他别认我这个爹!跑?他跑得了吗?跑得了和尚跑不了庙!"

老丁关了电视,气哼哼地往屋里走,小声地嘀咕着:"我不就是问问是不是找了女朋友吗,这个浑小子,发什么脾气,有本事冲你女朋友发脾气呀,那老子佩服你!"

第四章
好久不见

站在消防一中队大门前,看到楼上"忠诚可靠、服务人民、竭诚奉献"十二个红色大字,丁墨烦躁的心情一下子就平静下来。

平时回家探亲的时候,他的感觉是放松、喜悦。在部队,他是一名钢铁战士,回到父母身边,他就一下做回了孩子。吃完了饭,他会随手把饭碗丢给妈妈,晚上他会坐在电脑前玩游戏,对老爸吼他去睡觉的声音充耳不闻,早上他会懒睡不起,假期将满时他会百般不舍……

可这一次不同,他不想在父母面前丢脸,所以他压根没有说起自己的遭遇,但心里一直有些憋得慌,而到了这里,到了熟悉的环境,那种不安的感觉一下子就消失了。

丁墨轻轻呼了口气,摸了摸口袋中的证件,向门卫走去。

篮球场上,几个消防队员穿着跨栏背心正在打篮球。另一侧靠墙处,则有人在做悬空速降训练。丁墨一眼便注意到了那个做悬空速降的人。嗯……因为他的动作很可笑,他攀附在高处,连丁墨都能感觉到他的紧张。

"这就是一中队的兵？"丁墨撇撇嘴,慢悠悠地走过去。

一个身材敦实、方面大脸的消防队员站在下边,仰着脸向上看着,大叫:"华林,我命令你,立即下来！"

上边那个年轻人紧紧地抱着杆子,一动不动,丁墨站在旁边,眼看着他额上一颗颗汗珠像雨滴似的落下来,融入泥土。

丁墨的嘴角抽了抽,双手抱臂,仰脸看着。

方面大脸的队员厉声喝道:"华林！给我下来！"

上边的队员终于说话了:"班……班长,我恐高！眼晕啊！"

"治的就是你的恐高！作为一名消防队员,怎么能惧高！克服你心中的恐惧,下来！"

那名叫华林的消防员紧紧攀在高处,闭着眼睛,看得出他是真的努力想克服自己的恐惧,但是他的手脚明显拒绝听从他的命令。丁墨摇摇头,吹了声口哨,调侃地扬声说:"嘿！是爷们儿吗？哪有你这么厌的！快滚下来！"

旁边几名队员扭头向他看来,班长洛兵皱起了眉:"你是谁,怎么进来的？"

丁墨没理他,冲着高处道:"哎！再不下来,我可喊你娘儿们啦,丢不丢人啊你,有本事你在上边趴一辈子！咱男子汉大丈夫还怕这个,把心一横……对喽！"

华林显然受不了他这样的调侃和刺激,把心一横,顺着绳梯滑了下来,洛班长一看,立即抢步上前,做好保护措施。但华林由于紧张,身体僵硬,滑下来时还是摔了个屁股蹲儿。

"做得挺好！你看,只要胆子大一些,没有什么！"

洛兵不失时机地拍了拍他的肩膀,鼓励了一番,然后又有些愠怒地回头瞪了丁墨一眼。这人怎么这么不知轻重,要是华林因此受伤怎么办？洛兵站起身,脸色不善地瞪着丁墨:"你到底干什么的？"

丁墨刚要回答,篮球场上的篮球向这边飞了过来,落地后砰砰弹跳着,向丁墨撞过来。丁墨顺手一抄,单手将那篮球稳稳地托在手上,笑嘻嘻地扬手将球抛了回去。

篮球准确地落在了一只大手中,那个穿着跨栏背心跑到面前的帅气小伙子见到丁墨,一时愣住了。丁墨的笑容也突然凝固。

一幕他不愿想起的画面突兀地出现在他的脑海中:烈焰、浓烟、倒塌的墙板、消防面罩下粗重的呼吸，还有……他的泪。

"快走！快走啊！"

"不！我能救你出去！杨队，你挺住啊！"

"走！马上走！忘了我说过的话了吗？任它烈火焚天，必须心如静水！你给我冷静点！"

"不！我能救你出去，我能……"

哭喊声中，一双有力的臂膀紧紧地拖住了他，一掌切在他的后颈上，丁墨顿时眼前一黑，被人拖出了浓烟与烈火的漩涡。

丁墨眨了眨眼，将眼中的湿意抹去，眼前出现的，还是那只紧紧扣住篮球的手，也是当初紧紧扣住他手臂的那双手。那双手的主人向丁墨点了点头，露出一个微笑："好久不见！"

丁墨忽然想起了乐瑶那个电话，那句本来没怎么听清的话，一下子清晰了起来，难怪她说，很高兴我到一中队来，原来是因为……他在这儿！

丁墨没接那人的话，他霍然转身，看着洛班长，肃然说："你好，我刚从支队调过来，请问队长办公室怎么走？"

背后，陆汀淡淡一笑，猛一转身，手掌一旋，用力一掷，那篮球便旋转着奔向篮筐，应声入网。篮球场上顿时传出几声欢呼："帅！三分球！陆江，厉害！"

洛兵对丁墨指点道："办公室在……"

手指所向，正好副队长魏凯脸色阴郁地走过来。妻子已经怀孕了，但他最近工作比较忙，连正常的休假都耽误了，妻子怀孕以后，情绪比平时要容易激动，刚刚两人在电话里又发生了一场不愉快。

洛兵一见，忙介绍道："副队长，这是刚调咱们这儿来的同志。"他扭头看向丁墨。

丁墨快步向前，立正敬礼，说："队长好，我叫丁墨，刚从支队调来！"说完，丁墨忽然一怔，这人……好像今天救火的时候见过，两人打过交道。

魏凯也认出了丁墨，脸色明朗起来："是你呀，难怪能在火情那么严重的时候还救出人来，哈哈！我叫魏凯，走，我带你去见见咱们董队长！"

中队长董建平此时正在办公室里与支队长通话。

"丁墨？那小子我认识啊。什么？我当然认识，当初他入队时，我就是他的新兵连连长。这小子，个人素质很不错啊，就是个人英雄主义严重，当初新队员报道的时候，你猜怎么着？他跑来跟我说，他想当战斗部队的兵，我直接就告诉他，回去，能把水枪玩好了你一样是英雄。哈哈……

"嗯！嗯！这事儿，我觉得还真未必是他的责任。对！对！不过社会舆论我们也必须得考虑啊。至少是因为他的冲动才造成了这种被动，给他一个教训，也是帮助他成长。好，我知道了，嗯！嗯……"

电话里传来支队长的声音："老董啊，这小子是棵好苗子，有个性不要紧，我们并不抹杀个性，好好打磨打磨，个性就能变成特性。但是集体意识必须要有，服从命令不能含糊，这是基本原则，现在我可把他交给你了。"

两人一番交流，挂了电话。魏凯和洛兵领着丁墨走进来。魏凯笑道："中队长，这是刚从支队调来的丁墨同志。"

董建平看了丁墨一眼，笑吟吟地说："我和支队长刚通了电话，已经了解你的情况了。我们一中队，很需要你这样素质高、能力强的队员加入啊，欢迎你，丁墨！"

丁墨咧了咧嘴说："连长，啊不，队长，你就别往我脸上贴金了，我这不是……犯了错误，被下放到这儿的嘛。"

董建平眼睛一瞪："下放？什么叫下放？你原来是多大的官啊要下放？这是看不起我们一中队吧？"

丁墨苦着脸说："中队长，你就别拿我开涮了，我不是这意思，我……我这不是憋屈得慌嘛。"

董建平哈哈大笑，走过来在丁墨的肩上用力地拍了一巴掌："行了，男人嘛，就得受得了委屈，忍得了痛苦，耐得住孤独，扛得起误解。要不然，老天爷就白给你一副男子汉的身板了。在我这儿，好好干，有朝一日啊，你再'下放'回支队去，不就把脸面挣回来了吗？哈哈哈……"

董建平笑着，突然又把笑脸一收，板起脸道："不过，你可别忘了在新兵连的时候，你给我起的外号，嗯？'黑脸老董'，你要是调皮捣蛋，不守规矩，我老董黑脸一拉，可轻饶不了你。"

丁墨撇了撇嘴角，没说话。

魏凯忍不住笑道："中队长，现在队员们背后也老叫你董老黑啊，我看，就是因为你脸黑，跟人家丁墨没啥关系吧？"

董建平笑着说："你也来拆我的台是吧？有机会再跟你算账！"

董建平说完转向洛兵，说："洛兵，你带丁墨去安置一下。"

董建平说完,又瞟了丁墨一眼,好奇地问:"你的行李呢?就一副肩膀顶着个脑袋就来了?"

丁墨垂头丧气地道:"也没啥东西,扔家里让老妈帮我洗洗。一些日常用品,我一会儿再去买点就行了。"

董建平点点头,眼看着洛兵把丁墨带出去。

魏凯问道:"老董,你认识他呀?"

董建平笑眯眯地嗯了一声:"他刚入队的时候,是我教的。这小子,一向是个刺儿头,可人家体能素质高,技能考核跟陆江不分伯仲,当初三中队因重大事故,减员严重,他和陆江都被当成骨干抽调过去了,再后来他就被支队留下了,也不知道他现在那一身刺儿磨得怎么样了,你多盯着他点儿。"

第五章
往事如烟

丁墨被洛兵领到了宿舍。这间宿舍有四张床,挨着墙安放,一侧两张,尽头有一个窗户。个人的储物柜利用了床下空间,洁白的床单上印着两个红色的大字"消防",其中三张床上有被子,叠成了豆腐块。

洛兵指着靠门的那张空床说:"这就是你的床位了。你前边那床,是华林,人呢,挺斯文秀气的,你已经见过了,就是有点恐高的那位同志,刚分配来,是高级知识分子家庭出身,当消防员就是为了能有所锻炼。"

"和他并排的,叫赵志,是个老兵,脾气性格都很好。和你并排的……"洛兵转向丁墨,目视着他,问道,"你们两个,早就认识吧?"

丁墨沉默了一下，向他启齿一笑："嗯，刚入队我们就认识！"

"那我就不多做介绍了。"洛兵笑了笑，向丁墨伸出手，"从今往后，我们就是水里来火里去，同生共死的好兄弟，是能把自己的后背放心交给对方的战友！欢迎你，丁墨！"

丁墨伸出手，被洛兵结实有力的大手紧紧握住。丁墨和他握着手，心中暗忖：这位洛班长，话里有话啊！

池焰焰打开房门，扭头看了一眼身后的林雪道："进来吧！"说完身姿摇曳地先走了进去。

池焰焰和林雪从初中到高中一直是同学，好闺蜜。池焰焰生得人如其名，非常娇媚。有些女孩子可以用美丽、俏丽、漂亮来形容，而她……只能用媚来形容。

用林雪的话来说，她天生就是一张娇媚的脸，叫人看了，就会觉得她有些轻浮，活色生香。她高中读完就开化妆品店去了，上班并没有规律，所以新居的邻居都当她是什么人养的小三。

后来，焰焰靠着自己开店赚来的钱买了辆两厢的高尔夫，于是又被邻居们同情地认定是一个混得并不怎么好的小三。池焰焰因为早被人误会惯了，也懒得解释。

林雪裹着毯子，披着池焰焰的外套，披头散发地跟进来，把自己一屁股摔进了沙发："倒霉啊！真是倒霉啊！人倒霉的时候，真是喝凉水都塞牙，好端端地，怎么就把我家房子也烧了呢。"

"行啦，你就别再抱怨啦！好在你是租的房子，本来也没什么重要东西。"池焰焰忍着笑，打开衣柜拿出几件衣服扔在沙发上，"喏，先穿我的吧。"

"没啥重要东西烧了也可惜啊，我那手提才买了三个月呢……啊！对了，你电脑呢？没设密码吧？我要用。"

"我一个人住，要什么密码。干吗啊你，工作狂啊，这就要开始工作？"

"你懂什么呀，新闻是有时效性的，我得马上把稿子赶出来，先传回报社去。"

池焰焰叹了口气，说："行吧行吧，我这小窝可着你折腾。我回店里去了，今晚我早点回来，咱们涮锅子去。喏，我手机，你先用着，有事打电话给我！"

池焰焰把电话放在玄关柜上。她这房子是自己买的，两室一厅，五十三平，虽然不算大，但是一个人住已经绰绰有余了。林雪答应着，跑到电脑前开机。

池焰焰摇摇头，开门走了。林雪建了个文档，略一思忖，便噼里啪啦地打起字来。现如今纸媒受互联网的冲击是越来越不景气了，要写出一篇人气很高的新闻报道并不容易。

林雪又不想做标题党，起个哗众取宠的名字诳读者。再说，纸媒的审核严谨得多，也不允许玩那样的把戏，所以作为一个新人，她得格外努力才成。

今天林雪本来休息，但她还是迅速写完这篇新闻稿，发到了单位邮箱里，然后用池焰焰的电话给单位值班人员说明了情况。遗憾的是，她逃出来得匆忙，手机遗落在了屋里，连张火场照片都未拍下。

不过，别人即便拍出了好的照片，能有她这个亲历其事的人描写得更吸引人吗？她以采访当事人的口吻叙述，再加上一个"白马骑士"般的无名英雄的出现，将逃离火场的过程写得一波三折、引人入胜，以此对比消防队的行动迟缓，这一定能挑动读者的情绪。

林雪很清楚，一些公职部门存在的问题经由网络放大，普通群众担心公权力失控，所以对于这方面的问题总是会格外重视与挑剔。

这种民情之下，她的这篇文章一定会引起热议。她要努力扩大自己的影响，早日成为一个了不起的大记者。心底里，她也清楚这样似乎不是那么公平，但她自觉这比标题党的哗众取宠、猎奇党的胡说八道要高尚得多。她是真的认为这些职能部门存在问题，只是描述上稍有点……这也是为了促进他们进步，更好地为人民群众服务嘛！

林雪心里想着，哼着歌钻进池焰焰的浴室重新洗了个澡。换上池焰焰的衣服瘫在沙发上的时候，她才想起她有一系列的"后事"需要处理：房东那里得沟通一下，父母那里得报个平安，身份证要补办，银行卡要挂失……

林雪越想越头大，便哭丧着脸拿起电话，给总编打了个电话："喂，总编大人，小女子要跟您老告个假……"

洛兵很热情，带着丁墨熟悉了一中队的所有区域，也介绍他认识了同班的每一位队友，司机徐然、消防员赵志、林不凡、李斌等等。一路走下来，丁墨暂时最了解的算是班长洛兵了。

他感觉这位班长为人挺憨厚的，可是性格老实不代表着缺心眼，这位班长好像也挺精明的，或者说是……有点狡黠。

晚餐后，同室的三位队友都回来了，华林第一件事就是从储物柜中摸出一袋洗浴用品，先把脸洗了个清爽，然后就……敷上了面膜。

"你还敷面膜啊？"丁墨看了有些吃惊，他只听说有些男明星要每天精心护理面部，毕竟人家是演员，而大部分男性有一套护理套装都算比较讲究的了，这位华林居然……

华林敷的面膜丁墨也不知道是什么牌子的，看着有点像脸谱。华林忽闪着一双眼睛，莫名其妙地看着丁墨："是啊，有什么问题？"

"呃……没有！"丁墨抹了抹嘴唇，向斜对面赵志床上看了一眼。赵志和串门过来的李斌正在下象棋，看起来李斌要赢了，两手拿着已经吃掉的棋子，得意扬扬地轻拍着，眉飞色舞。

对面床铺，陆江正躺在床上看书，他看的是阿西莫夫的《银河帝国》，似乎看得聚精会神。丁墨没理他，往床上一栽，开始闭目养神。

他和陆江第一次结缘，是在新兵连的时候。当时，丁墨瞒着父亲偷偷报名入伍，等父亲发觉的时候，他已经踏上了前往新兵营的卡车。当时他老爹正挺胸腆肚地向肃立的员工们讲他老人家就要退休了，他们的少主即将"登基"，结果丁墨给了他老子好大一个"惊喜"。

丁墨得意扬扬地到了部队，才发现有一个更大的惊喜在等着他。

他居然被分配到了消防系统，简直是晴天霹雳。那段时间，是他最为失意最为消极也最为逆反的一段日子，没少惹事，也没少被领导批评。那时他和陆江不在一个班，两个人初次相识并对话，是因为在训练场上，好胜的丁墨凭着他从小练武的好体能，以微弱优势打败另一个班的陆江，拔得了头筹。

"你也不错嘛，厉害！我是因为从小练武，素质好！哎，说实话，我根本不想当这个兵，我要拿的是真枪，是钢枪，不是水枪。悲催！你呢？我早听人说起你了，说你又帅又酷，为什么当兵啊？"

"呵呵，只有不酷不帅的人才能当兵吗？"

"呃，那倒不是。不过，当消防员，你自己也没想到吧？"

"嗯！"

"后不后悔？绝不绝望？"

"没有，我挺喜欢的，这一行，一样有很多挑战，挺有趣。"

"真心话？"

"真心话!"

"你别是……家里就有当消防员的?"

"没有!"

"你小时候被消防员叔叔救过?"

"没有……"

"你曾经有一个深爱的女人,不幸葬身火海了?"

"白痴!"

"那你还练得劲儿劲儿的。"

"干一行,爱一行,听说过吗?是干一行,爱一行,而不是爱一行,干一行。生活中,没有那么多的选择让你自己做主!我就是一个普通人,大部分人和我一样,是生活的路选择了我们,那我们就要好好走下去,如果放弃,能走远吗?"

"啧!这话说得还真……酷啊!"就这样,两个人认识了,还成了惺惺相惜的战友。

他们俩是连队最出色的两名新人,虽然丁墨着实不喜欢当消防员,但不服输的性子不允许他拉后腿,各项技能考核成绩始终名列前茅。等训练结束的时候,因为市第三中队在一次重大营救任务中伤损严重,他们两个作为骨干被抽调去了三中队,两个人的感情也越来越好。

直到那次在小商品市场执行任务……想到这里,丁墨鼻子一酸,眼睛又有些湿润了,他急忙扭过身去,面墙而卧。

正在着迷地看书的陆江飞快地抬起眼睛看了眼他的背影,嘴唇下意识地要露出说"白痴"的口形,又慢慢地合上,眼神忽然有些忧伤。

丁墨仍旧沉浸在他的回忆中。当时,由于小商品市场环境本来就极糟糕,所以火情非常复杂。听说三楼还有一个卖杂货的老太太没有出来时,杨队第一个冲了出去,队友们也是一拥而上。

结果,老太太是救出来了,可杨队却在撤退的时候,被烧塌的通风管道压住了。那是丁墨第一次直面生死,而且对方还是他朝夕相处的兄弟,是在新兵连时的班长。

在他调皮捣蛋、不断惹祸的日子里,一直是这位大哥在包容他,丁墨嘴上不说,但他知道人家对他的好。他不甘心,他要救杨队出去,他相信自己做得到!但是,陆江打晕了他,把他拖出了火场。

丁墨不是个小心眼的人，但那是他人生中第一次见到骨肉般的亲人死在自己面前。他被拖出火场一分钟后，整个大楼就彻底被烈火包裹了。一分钟啊！他相信自己能利用这个时间把人救出来。

当然，一分钟后，小商品市场的三楼是什么情形，他也不清楚。可他相信自己能成功，所以他无法原谅陆江，杨队不能死而复生，所以，他永不原谅！

丁墨伸出手，悄悄弹去眼角的一颗泪珠。

第六章
车舞长龙

"小姐姐，今天有没有脖仁和胸口啊？好啊好啊，各上两盘。匙仁和五花腱各上一盘。别的我先点着，先上肉！"池焰焰眨着一双妩媚的大眼睛，催促着服务员。

一见池焰焰馋涎欲滴的样子，林雪忍不住偷笑："我说，你是饿死鬼投胎啊，这么急？"

池焰焰继续点菜，头也不抬地对林雪说："哎呀，你不懂，脖仁可比魔都的星星还稀有，一千斤的牛才切得出一两斤脖仁，先下手为强啊。早点吃完，我还得带你去买衣服呢。"

一听买衣服，林雪顿时垮下了脸："唉！我一个月才挣多少钱啊，这一下全部家当都毁了，还要重新置办。"

池焰焰撇嘴："不然呢？买过的衣服你能穿几回啊，这次是理直气壮地更新换代，偷着乐去吧你。"

林雪生气地说："消防队来得太晚了，我在洗澡，都没发现。要不是被……一个好心人救出来，我都要烧死在里边了。"

　　池焰焰玩着手机说："网上正报道这件事呢，说是你们十二楼有户人家装修，无证电焊工违章操作引起火灾，满屋子泡沫板啥的，全是易燃物，火一下子就起来了，消防队九分钟就抵达了火场，挺快了。"

　　林雪恨恨地道："有那么快吗？我咋感觉我从楼上下来都得九分钟了？不管，这种事，一定得抨击他们！我下午写了篇报道，明天你就瞧好吧。"

　　池焰焰不赞同地说："文人之笔，犀利如刀啊，真怕了你啦。你不是一直说新闻报道要公正吗，这可有点公报私仇啊。"

　　"我才没有！"

　　林雪叹了口气："你以为现在做报道很好做吗？大家的资讯渠道太多了，竞争激烈啊！不写点挑动大家情绪的东西，哪有人看？我要做一个有担当、有能力的记者，也得先具备相应的影响力不是？谁叫他们消防队就是干这行的，有气呀，受着！"

　　这时候，鲜嫩的牛肉端了上来，林雪眼睛一亮，马上接过一盘胸口，整盘倒进沸水中涮了起来。池焰焰指了指她，说："还说我饿死鬼投胎呢，你吃相比我还难看。"

　　早晨六点半，消防员们就起床，热身跑、准备技能训练的器材，以便开始新一天的分组训练。别的兵是养兵千日，用兵一时，而消防员基本上是养兵千日，用兵千日，练兵可是丝毫不敢懈怠。

　　晨练完毕，消防员们来到食堂吃早餐。华林端着饭盘坐在丁墨和洛兵对面。他是新兵，对一中队的情况不是很熟悉，一边吃一边问："班长，咱们中队位于开发区，不是什么繁华闹市，出警率应该不高吧？"

　　华林话音刚落，周围正吃饭说笑的消防员们都齐刷刷地向他看过来。华林有点毛了，期期艾艾地说："这……这怎么了？你们怎么都这么看着我？"

　　丁墨左右看看，压低了声音道："你小子别乱说话，有些事啊就怕念叨，特邪门儿，经常是你这刚一念叨就出事！"

　　洛兵笑着安慰华林："别听他的，实际上，是因为每个消防队都管着那么大一片，每天那么多人生产、生活，哪怕只是偶尔出点事故，集中到咱们这儿，就显得特别密集了，我们……"

洛兵刚说到这儿，警报声就响了起来："G1021高速发生严重车祸，已接到多人报警，情况很严重，一中队全部出警！"广播里面响起了调度室的指令。

洛兵一下站起来："马上出警！"

听到警报响起时，所有的消防员已经站了起来，华林讷讷地说："我的天，真……真这么邪门儿啊！"

"你看你看，我就说吧！别愣着了，快走！"丁墨喊了一声，等华林再扭头时，就见丁墨和陆江一马当先，已经率先冲向门口。

一分钟后，消防车尾车也鸣着笛冲出了消防队。一分钟出警，这是标准要求，只要警报响起，无论消防员们正在做什么，换装、上车直到消防车开出大门，必须在六十秒内完成。

所以，消防队没出警时的安宁恬淡都是假象，消防员们得时刻保持着警惕，以致很多老消防员会时常出现"幻听"，老觉得警铃在耳边响着。

丁墨坐在车上，忍不住打起了嗝。刚刚冲出去时，他还不忘把手里的一口馒头吞了下去。

他全副披挂，一本正经地坐在那儿。队友们忍耐了片刻，突然忍俊不禁，哄堂大笑起来。

陆江看了他一眼，从车座下面摸出一瓶水，递了过来。丁墨却已接过洛兵递来的水，笑着对他说了声"谢谢"，正眼也没看陆江。

陆江笑了笑，自若地收回了手。这一幕被几名消防员看在眼中，不禁互相递了个眼色。看起来，丁墨和陆江似乎有些不对付啊。听说两人当初是一个连的新兵，又一块被调往三中队应急，都是训练成绩最优异的兵，骨子里应该是存着一股子竞争的劲儿吧。

消防车鸣着笛，疾驰而去。此时正是早高峰的时段，路上车辆很多，但在听见119的警笛声时，马上就有前行车辆打起了转向灯，向着左右两个方向避让。

一条生命线，就在这些车辆的避让之中迅速诞生了！

洛班长看着这一幕，长长地吁了口气，情不自禁地说："哎，古人那句话是真没说错，仓廪实而知礼节，咱们中国人现在越来越富了，老百姓也越来越文明了。"

林雪一打方向盘，汇入了主车道。

今天她特意请了假，去补办一系列的证件。昨天下午写完文章，她就先去派出所补办了临时证件，买了手机，还准备了一堆其他的证明、公证，准备用今天一天的时间，把该跑的事都跑完。

她有驾照，可她没有车。池焰焰有车，可车技着实不怎么样，每天就是去店里和回家，其慢如牛地开车，平时出门都是宁可打车的。据池大美人自己交代，她往前开时，开得挺好的，就是倒车、停车很伤脑筋。

今天，池焰焰特意安排好了店里的工作，自己来陪闺蜜。林雪看着清纯文静，可性子火暴得很，从她开车就能看出来。池焰焰坐在副驾驶上，此时已经后悔把方向盘交给她了。

"哇！三辆消防车，看来有大事故啊！"林雪看到了前方的消防车，登时两眼发亮。事故对她来说，那就是素材啊。身为一个记者的敏感性，让她马上意识到前方有重大事故发生，她一踩油门跟了过去。

消防车经过之处，其他车辆都自觉地左右让开了，消防车驶过后，那些车子正在矫正车头，如果等它们都调整过来就麻烦了，林雪铁定追不上，所以也必须得抢这片刻空隙，钻到前边去。

可这一来就太凶险了，眼见左右车辆正纷纷打正车头，而林雪却驾着车从那正要消失的通道中迅速地钻过去，吓得池焰焰心脏乱跳。

"雪、雪儿，我的好雪儿，你可别这么玩命啊。貌美如花的我，可还没找男人呢。"池焰焰半开玩笑地说，右手紧紧地拉住了门把手，已然有些花容失色。林雪紧紧地跟着前方的消防车，随口答道："少来，你不是处过好几个吗？前不久那个才黄了几天啊！"

"别跟我提那些大猪蹄子、花花公子，全都是渣男！"池焰焰勃然大怒，害怕的心思都弱了。

前不久黄了的对象长得蛮帅的，也是经商的。自己对他多好，可他居然劈腿，外边还勾搭着狐狸精。抓了现行的池焰焰愤怒地爬上他的车头，用高跟鞋把车皮踩得坑坑洼洼，从此分道扬镳。

"你疯啦！开这么快，快停车，我要回家找妈妈！"池焰焰注意到车速越来越快，不禁尖叫起来，虽然说话还像开玩笑，可她真的害怕了。因为，为了躲避那些调正过来的车，林雪姑娘驾着车开始在长街上舞起龙来……

第七章
公路硝烟

"简直是胡说八道！这是写新闻报道还是写小说呢！"今天留守的魏凯一掌拍在报纸上，脸比黑脸老董还黑。现在的新闻报道，真是越来越不成样子了，毫无事实依据地胡说八道。

《静海日报》上的这篇报道，是关于昨天辖区内那幢公寓楼起火的新闻。这篇报道无视路程和路况实际情况，也没有向他们消防队进行采访核实，更没有了解到报警人述说地址出了偏差的情况，就自以为是地报道。

报道中用了大量本不该使用的渲染气氛和情绪的词汇，大讲那个姑娘在火灾现场如何惶恐无助，如何靠着一个见义勇为的路人才逃出生天，整个过程像讲故事似的一波三折，几乎没有提到消防队，但偏偏又在全文的结尾，"轻描淡写"地说了一句："这个时候，消防车鸣着笛，终于赶到了。"

魏凯马上意识到这样一篇报道，将会引发怎样的社会舆论。魏凯愤愤地重新拿起报纸，想看看记者的名字，却发现记者居然用了笔名：麦芒。

本来新闻报道一般是用真名的，不会像作家一样特意取个笔名。但当下这个社会，情形渐渐发生变化，记者报道各种新闻，经常会涉及一些批评或揭露性文章，为了避免不必要的麻烦，进行自我保护，很多记者也开始隐去真实姓名而用笔名。

"麦芒？这是要针尖对麦芒呗，一看就是个刺儿头！不行，不能由着他们泼污水！"魏凯气愤地在办公室里踱起步来。

……

车上,洛兵听完现场传来的一些详细情报,严肃地对同车队友们说道:"现在已知的情况是,一辆挂车追尾了一辆载着三十吨乙醇的罐车,导致乙醇泄露,随时都有燃烧爆炸的可能。现场情况很复杂,有不少车辆因躲闪不及连环相撞,可能会有人员被困。情况非常严峻,也非常危险。一会儿到了现场,所有人必须严格听从指挥!"

"是!"回答铿锵有力,一张张年轻的面孔都严肃起来。火场就是战场,大家平时可以嘻嘻哈哈,但是在这个时候谁也不会轻松大意,一个失误,那是要害人害己的。

司机徐然的车技相当不错,他驾驶着第一辆消防车,迅速将队友们载到了事故现场。追尾的车子歪七扭八,地上满是破碎的玻璃,还有一扇变形的车门。

装有乙醇的罐车斜斜抵在安全护栏上,护栏已经撞开一个口子,车尾处靠着一辆挂车,浓烟滚滚。

队长董建平亲自带队,立即布控,进行指挥与疏散。三十吨的乙醇,一旦燃烧,极有可能引发剧烈爆炸。这对经验丰富的董建平来说,也是一个极为严峻的考验。

董建平要尽最大可能挽回人民群众的损失,同时也要充分考虑到消防员们的安全,他的每一个选择,都需要根据经验和火情做出最正确的判断。

此时另一个中队已经赶到了,陆续还会有其他中队赶来,这可是重大险情,这种情况下分工协作就显得非常重要了。所以车刚停下,董建平就命令消防员们清场,而他迅速赶去与另一中队领导汇合,会同交警系统的同志掌握现场情况,研究分工协作方案。

"可恶!总有不怕死的!"

丁墨一下车,就忍不住吐槽,他发现连环车祸现场竟然有人返回来了,有两个人正在举着手机拍摄,在他们眼里,或许这样一场火灾,恰是他们在网上炫耀、吸引粉丝的利器,根本没有考虑到危险性。

还有一个人,显然是连环车祸中的一位车主,他之前应该是因为惊慌离开了,此时眼见有消防人员到场,胆子壮了,居然返回来硬拉开扭曲变形的车门,正在翻找什么,看来是想抢救回一些东西。

"马上退到安全地带!罐车上是危险品乙醇,你们不要命了!"

丁墨火冒三丈,那个正翻找东西的车主听说罐车上是乙醇,吓了一跳,马上停止翻找，逃之夭夭，而那两个拍照的则还依依不舍，被丁墨一吼，虽然退开了些，仍然一副不想远离的模样。

林雪把车停好，马上提起昨晚刚买的包，利索地下了车。她头一歪，包带往肩上一挎，另一只手便摸出了手机。当记者，要有鹰一样的眼睛，狐一样的速度，要不怎么捕捉第一手新闻？

今天没带相机，但现在的手机像素也足以拍出可用的好照片。林雪也知道此时靠近火场拍摄是消防人员所不允许的，只好借着那些歪歪扭扭的车子做掩护，还矮着身形。

"雪儿，你疯啦！快回来！"池焰焰急了，眼见林雪充耳不闻，急忙解开安全带，由另一侧下车，追了上去。

华林是头一次参加这么大的救援行动，他努力按照训练时掌握的程序和技能，手持干粉灭火枪，努力地向起火点喷射，压制火势的蔓延，急促跳动的心脏，让他的脸色有些异样的涨红。

在高速路事发现场的另一边，另一个中队的两辆消防车也正迅速投入救援行动。消防支队第一时间联系了高速交警，此刻交警也正在快速封锁相关道路，限制车辆来往，疏导已经行驶在高速上的车辆。

罐车司机惊魂未定地站在路边，在事故发生后，他已迅速关闭罐上的阀门，但仍有部分乙醇从导管流出，现在地面上和高速公路旁排水沟里的火，主要是因为乙醇流出而起。

目前消防员的主要任务就是搜救被困人员，并且进行灭火，明火扑灭后才能由消防车出水给罐车降温。但这只是最好的情况，罐车是否有别的泄漏点，是否会在高温下发生爆炸，这都不是可以预料的事情。

董建平大声指挥着，洛兵则在不断地补位，同时还在指导着像华林这种没有多少经验的新兵，不经过"传帮带"，他们是无法迅速成长起来的。

"陆江，控制着火点，别急！"

"李斌不要慌！"

"丁墨……丁墨，把枪给我！"

洛兵来到丁墨身旁，一把抢过了灭火枪，赵志也来到陆江身旁，把另一支灭火枪接过来。这是正常的轮换，一个人的力量很难一直这么坚持下去。

"咣啷！"一辆碰撞中"骑"到了另一辆轿车上的SUV本来就不是那么稳当，经过火焰的烧灸，再加上水枪的喷击，摔了下去，刚被洛兵和赵志替换下来的陆江和丁墨不约而同地跑了过去。

他们的双臂已经有些酸麻，可是万一那辆SUV中还有遇险未死的乘客呢？即便是已经遇难，也要尽量抢出尸体啊。

林雪拿着手机拍摄着，可几乎都是同一角度的照片，由于那辆大挂车的阻挡，她拍摄的多是挂车的车屁股，只能从车顶看到更前方的烈火和浓烟，照片也就不那么震撼。

林雪向侧方看了一眼，一咬牙，便翻过了护栏。

"哎哎，你这丫头！"池焰焰看到翻出护栏外的林雪，无奈地喊了一声，看到林雪不理她，池焰焰咬了咬牙，也跟了过去。

高温下的玻璃被炙烤得碎裂开来，刺鼻的味道充斥鼻腔，SUV斜倒在地上，驾驶室位置还有火焰喷出，丁墨根本就看不清里面到底有没有人，他首先冲向了后座，如果有人幸存，这是唯一可能的地方。

丁墨捣碎了侧面玻璃，迅速探头看了一眼，大叫道："没人！"

此时，陆江见他冲上去，马上抢过华林手中的干粉灭火枪实施压制，避免火焰吞没丁墨。在丁墨喊出"没人"的时候，又有一道乙醇流淌过来，燃烧着，仿佛岩浆一般。

"丁墨，快退出来，要压不住了！"陆江的瞳孔忍不住紧缩起来，拼命用干粉灭火枪压制着，他最担心的不是火焰烧过来，而是爆炸，既然乙醇已经泄漏，而且豁口这么大，现场随时有可能发生爆炸。

"董队，董队，乙醇泄漏，快点撤退！"陆江一边压制火焰，给丁墨后退制造条件，一边拼命大喊，奈何现场一片混乱，根本没人听得见。

丁墨听到了陆江的叫喊，也看到了他拼命压制火焰的行动，心中不由一动，不过此时此刻，他也无暇多说什么。丁墨冲回一辆消防车上，抓起了喊话器。

"所有人注意，乙醇泄漏明显，恐将发生爆炸！所有人注意……"

这乙醇罐车一旦发生爆炸，后果不堪设想，董建平听到喊声，马上命令消防员们后撤，对面另一中队的消防员也开始有序退开。

"轰！"一声爆炸，一团烈焰腾空而起……

第八章
冤家聚首

"你干吗的？不要命了！"

董建平突然发现一个鬼鬼祟祟的女人，这爆炸声吓得她花容失色、双腿发软，手扶着车子走不动了。董建平立即大吼一声扑了过去。

"我……我是……"池焰焰不知所措地看着这个冲过来的黑脸汉子，还来不及说话，就被一把抱起。池焰焰也有百十来斤，可在董建平手中竟轻如无物。

池焰焰不由得惊呆了，她靠在董建平结实的胸口上，呆呆地看着他的模样，似乎是傻掉了，眼都不眨一下。

爆炸产生的强劲气浪向四面八方冲击开来，火焰更加猖狂。幸好爆炸的并不是乙醇罐车，而是那辆SUV的油箱。

丁墨从消防车上跳下来，一眼看到高速路旁的草坡上正站着一个女孩，在兴奋地用手机不停地拍摄火灾现场，爆炸溅起了路旁排水沟中着了火的乙醇，几点带着火星的乙醇溅到了她的裙子上，她竟毫无察觉。

丁墨又气又急，立即向她冲去，半路弯腰捡起一支队友们紧急撤退弃下的水枪，然后一个优美的跨栏动作，跃过了护栏。

林雪正忘我地拍摄着，眼角余光似乎看到有人，她举着手机，下意识地转了下身，她的手机视频里和她的眼睛里，就同时出现了一个脸上熏得漆黑的男人，手里还紧紧握着一支水枪。

"哎，你……要干什么？"林雪话声未落，水枪就射出了一道强劲的水柱，径直打在了她的身上,她手臂上一阵发麻,险些把手机甩出去,身上的连衣裙仿佛经了大风,迅速向后扯去。

前后不过数秒钟时间,林雪已经成了落汤鸡,白色的连衣裙变成了紧身衣,紧紧地贴在她的身上,头发也被打乱了,凌乱地贴在额头上,林雪浑身滴答着水,茫然地看着丁墨,大脑一时间一片空白。

没等林雪回过神来,丁墨就拉住她的胳膊,将她拽到了安全地带。林雪的鞋子都差点跑丢了,直到此时,林雪才发现自己的连衣裙紧贴在身上,忍不住一声尖叫。

"你鬼叫什么,到这儿来找死啊!最烦你们这些不分场合乱自拍的!"丁墨被她挥舞的手扬了一脸的水珠,他抹了一把,迅速脱下自己的消防服。林雪尖叫未停,那件肥大的消防服已经裹在了她的身上。

"赶紧退后!"只穿着一件消防背心的丁墨向她怒吼了一声,便转身跑开了。如果他能定下神来仔细看看,大概能认得出这人就是他曾冒险从着火公寓救出来的那位姑娘,此时他虽觉有几分熟悉,却未细想。

"这什么人啊,太不像话了!"林雪很烦,虽看丁墨也有些眼熟,一时间竟也没有想起他来。

"哎,别喊了,人家救了你呀!"池焰焰惦记闺蜜,林雪裙子着火她是看到了的,这时便拉了拉林雪的胳膊,向她身上一指。

林雪这才发现自己裙子被烧着了一块,如果不是刚刚挨那一喷,只怕此刻已经受伤了。虽然发现自己误会了对方,林雪还是有些愤愤不平。

池焰焰拉着她的胳膊,眼神却在偷瞄返回火场的董建平。看着那张火光映照下的黑中透红的脸庞,池焰焰怦然心动,她……有种触电的感觉。

由于出警及时、处置得当,泄漏的乙醇没有导致爆炸,但是控制火情、逐步扑灭、寻找遇难者,整个过程持续了近四个小时才结束,随后继续喷水,防止暗火再燃,同时为乙醇罐降温。

等到全部工作结束,乙醇车经过专业处理后被拉走,一群累了一天、饿了一天的消防员们才疲惫地开始收尾工作。一卷卷消防带被收起放回车上,夕阳如同刚才燃烧的大火一般,将消防队员的脸也映得红通通的。

林雪和池焰焰也从她们的车子里走了出来,其实拍摄了足够的素材之后,林雪早想走了,只是这路是不允许她们原路返回的,而前路又不通,只能坐等消防工作彻底完成。

林雪的裙子已经干了,她提着那件消防服,找到了刚盘好水带、一屁股坐在地上的丁墨。她走到他身边,将衣服递了过去:"谢谢!"

丁墨看了她一眼,疲惫地接过衣服,点了点头,此时他累得话也不想多说一句了。

"请问,这起火灾是由什么引起的,有没有人员伤亡?"林雪不失时机地问了一句。丁墨用沙哑的声音说:"当然是车祸引起的,前车超车,后车追尾,具体的,问交警吧。"

林雪撇撇嘴,拉起池焰焰就走,低声说:"什么态度!"

池焰焰打抱不平道:"我们坐这么久都坐累了,人家哪有力气搭理你,讲讲道理行不行?"

林雪白了她一眼,嗔道:"我说你还是不是我的好闺蜜啊?你到底哪边的?帮亲不帮理,懂不懂?"

池焰焰张了张嘴,没啥好反驳的。林雪便抬起袖子闻了闻,又嘟囔道:"这么大的汗臭味,难闻死了。"

"不会呀,我觉得挺好闻的。"池焰焰说着话,目光正与归队的董建平对上,池焰焰笑了笑,脸蛋不知道是不是被夕阳照的,有点红。

道路清出,恢复通行了,林雪和池焰焰终于得以通过,她们要在前方下道,拐回市里,消防员们也陆续登车,准备返回。

"丁墨,你衣服怎么不穿上,忘了条例了?"陆江也是好心,以为丁墨忽视了消防条例的规定,想提醒他一下,其实丁墨正要把衣服穿上呢,听他这么一说,反而心生反感,他现在可是怎么看陆江都不顺眼。

"你管我,嫌热,脱了,不行吗?"丁墨硬邦邦地说,把衣服往座位上用力一摔,一屁股坐了上去。

"丁墨同志!我希望你能分清公与私,你对我个人有什么看法,不要影响我们在工作中的关系,毕竟我们就在同一个班!"

"哼!我影响工作了吗?刚刚救火时我有什么不妥的举动吗?陆江同志,你这话有点危言耸听了吧?"丁墨抱着双肩,明显的抗拒姿势。

陆江怒视着丁墨:"工作关系,仅止于救火现场吗?"

"好了,你们两个都闭嘴,还不累是吧?行,回去都给我写一个总结报告。"班长洛兵平时温吞吞的,像个老好人,可一旦有了怒气还挺有气场的,一句话就让二人闭了嘴。

这两个人……究竟有什么矛盾？洛兵满腹疑云。

他们新兵连的时候就认识，后来一起调进了三中队，再后来就一个去了支队，一个来了我们开发区一中队……想到这里，洛兵心中一动，他决定找机会向三中队熟悉的战友打听打听，这两个人，都是素质很优秀的消防员，洛兵可不想让他们彼此心存芥蒂，如果……能打开他们的心结，多好！

第九章
原来是你

晚上，池焰焰吃着零食看她最爱的韩剧，林雪则坐在电脑桌前整理白天的影像资料。

虽说手机被喷了水，但擦拭及时，数据正常导入电脑。

火场中的一抹抹橘红色，即使是在熊熊烈焰中，依然是那么显眼，拿着水枪的消防队员在火光中那么渺小，但又那么高大，看着电脑上的一张张照片，林雪心底生出了丝丝感动。

当然，在这些人里面也有害群之马……

林雪将目光投向了一个消防队员，就是这个家伙，太野蛮、太粗暴了，跟她说话，就像训他闺女一样。不对！现在当爹的都不知道有多宠女儿，哪有他这么蛮横的。

趁着一集播完，正换片头的当口，池焰焰捧着一袋锅巴走过来，目光一转，看到看到屏幕上的图片，忽然双眼一亮："哇！你拍得好好看，这火光之下，他好有男人味啊！"

"有吗？"林雪扭头看了一眼，有些莫名其妙：就这家伙的侧脸？乌漆抹黑的，这就叫有男人味啊？

池焰焰指着屏幕上："看看看，帅不帅？"

林雪定睛一看，池焰焰指的竟然不是图片正中位置的那家伙，而是站在右下角的一个指挥官。那是董建平在指挥救火的场景，董建平那张黑里透红的脸庞在火光的映照下显得异常坚毅，在那炯炯有神的目光之下，整个救火现场都像是他的背景板一般。

"这人长个包公脸，又黑又严肃，有啥好看的。"林雪看了眼那张照片，对这个人稍微有一点印象，在火场的时候好像听他一直在吼着各种命令，嗓门很大。

"你让让，让我看看。"池焰焰用屁股一拱，把林雪挤到了一边，坐在椅子上，兴致勃勃地看起来，一边看一边夸，啧啧有声，"太有型了，好帅啊，这才叫男人，男人如山你懂不懂？"

池焰焰一脸花痴样，林雪皱着眉看看，还是不欣赏："太严肃了吧这人，而且年纪有点大。"

池焰焰说："你懂什么呀！我就喜欢这种禁欲系的男神！一看到那张严肃的脸，好想亲上去，看他有什么反应！"

池焰焰抓过鼠标开始一张张地翻看起来，但凡有董建平的，她就认真品评一番，但凡没有他的，就马上翻过，池焰焰欣赏地说："我觉得他很有男人味，看着就稳重，比那些小白脸、油腻男强多了。"

"你这是怎么了？又是哥哥又是禁欲系男神的，相恋爱了？"

林雪狐疑地看了眼池焰焰，又看了眼屏幕。屏幕上，一个年轻的消防队员正对那个队长说着什么，这张照片是大火已经扑灭后的，年轻的队员已简单地洗了把脸，看到他的模样，林雪忽然一愣。

"乱说什么呀，谁相恋爱了？"听到林雪的话，池焰焰居然有种被说中了心思的感觉，胡乱翻起了照片。

"别动，回到刚才那一张！"林雪一把按住了池焰焰的手，返回到了那张侧脸的照片。

"这人怎么那么像救我出公寓的那个人啊？"林雪将侧脸的照片放大，仔细看了好一会儿，兴奋地说，"没错，就是他，怪不得白天我就看他很眼熟。"

"就是他救了你呀？小伙子挺不错嘛。咦？不对呀，你不是说消防员姗姗来迟，救你的是一个过路群众吗？"

林雪看着屏幕，只管发呆，也不理池焰焰。池焰焰撇嘴说："还说我花痴，你才花痴好吧，眼睛拔不出来了？"

林雪心情有点紧张，她想起自己那篇报道了，如果救自己的人就是消防员，那自己的报道算不算不实？

林雪懊恼地把自己之前写报道的事对池焰焰说了一遍，池焰焰急道："啊？那你快撤回来啊！这可别被人告诋毁。"

林雪苦着脸说："我还怕新闻失去时效性呢，昨天写完就连夜发给值班同事排版，今天的日报早登出来了。"

"那怎么办呀？"池焰焰不由得替闺蜜着急起来。

林雪颓然地咕哝："真是倒霉死了！这叫什么事啊，消防员不穿制服，乱逛什么呀！"

"你这话可有点没良心了啊，人家好歹救了你呢。"池焰焰说道。

"可是，可是我那篇报道……完了完了。"林雪来回转了两圈，脸上又露出侥幸的神色，"这种新闻，一般来说关注的人不会太多，而且，说不定那个家伙自己都不知道，可能……也不会有什么事吧。"

池焰焰摊了摊手："但愿如此！"

消防队的活动室里，丁墨正跟华林下着跳棋，不远处陆江在翻书，做着笔记，虽然不知道他在看什么，不过当初在新兵连时，丁墨就听他说过将来的规划，说要考什么什么的，应该是为此复习功课呢吧。

忽然，丁墨的手机响了。

是他妈打来的。

"宝贝儿子，你干什么呢？"电话那头，传来丁母的声音。

丁墨有些无奈，都这么大了，他妈还是习惯叫他"宝贝儿子"，这让他感觉有点不自在。

"妈，我正要睡呢……"丁墨故意打了个哈欠，只希望老妈赶紧结束通话，但是老妈那边显然并不相信他这个休假能打半宿游戏的儿子会睡那么早："儿子啊，哪天休假啊？上回和你通电话那姑娘，带回家来给妈看看？"

丁墨嘴角抽搐了一下，一脸不情愿地道："妈，我跟她不是您想的那种关系！"

"那是什么关系？一个姑娘跟你什么关系都没有，好端端的就给你打电话了？小墨墨，快告诉妈，那个姑娘干什么的呀，多大岁数了，长得漂亮吗？"

丁墨一时无语。

"小墨墨，怎么不说话呀？别不好意思啊儿子，这都什么时代了，我跟你爸又不是不够开明，我们老两口现在也很……很那什么来着，老头子，很那什么来着？对对对，很open的！"

"儿子啊，要是你女朋友的话，你就早点领回来，给你爸妈瞅一瞅。爸妈也没别的意思，先见见，熟悉一下嘛，也帮你参谋参谋，你放心，只要我们双方家长还不见面，这事也没什么嘛……"

电话那边，丁母已开启了无敌的话唠模式，丁墨根本无从插嘴。当老娘已经开始幻想自己的孙子叫什么名、应该去哪个幼儿园上学的时候，丁墨终于忍不住了。

丁墨站起来，走到墙角，小声地说："妈，我们两个是很要好的朋友，她真不是我女朋友……"

"真不是？你也老大不小了，该找一个了呀儿子。"

"不是我说您啊妈，您现在怎么跟更年期似的？我上高中的时候吧，您跟我爸严防死守，把谈恋爱说成罪大恶极，叫我千万不能去祸害人家小姑娘。上大学的时候吧，你们又说还早，说大学是最不稳定的时期，什么毕业季分手季的，也不让我找女朋友。这才几年啊，您自己说过的话都忘了？"

丁母理直气壮地训道："臭小子还嫌烦了是吧？你才更年期！你全家都更……"说完觉得有些不对，好像把自己骂了。丁母悻悻地说："此一时彼一时，那会儿是那会儿，现在是现在！你翅膀硬了啊，说你妈更年期，没大没小的……"

"行行行，我错了还不行吗？您别说了。好了啊，我不跟您说了，让人家听见笑话，等我有了女朋友，肯定第一时间带回去给您相一相成不成？"

"那姑娘真不是你女朋友？"丁母还是有点不死心。

"真不是！她只是我队友！我实话告诉您吧，她有男朋友了！而且他男朋友，还是我最讨厌的那个人！好了，不说了，挂了啊。"丁墨连哄带骗地把电话给挂了。

丁墨走回宿舍的时候，下意识地瞟了眼"最讨厌的那个人"，却见陆江坐在座位上,正用审视的目光看着他,丁墨若无其事地转过头去,嘴里还哼起了歌。

陆江把笔在指尖转了一圈,淡淡地说:"无聊!"

第十章
不实报道

翌日清晨,丁墨和一群队友穿着背心洗漱刷牙。这个时候丁墨也不老实,一边刷牙,一边哼歌:"快使用双节棍,哼哼哈嘿……"牙刷在嘴里快速地刷,他的声音也呜噜呜噜的。

徐然吐出嘴里的漱口水,看着丁墨:"周杰伦的歌还是那首《漂移》好听!"说着哼哼起来:"零到一百公里,谁敢与我为敌……"

华林插嘴道:"你们真的是……让人无力吐槽,听的这都什么歌啊?要不要这么老套?我都没听说过!我觉得,还是TFBOYS的歌好听,跟着我左手右手一个慢动作……"一边唱一边扭了几下屁股。

赵志拍拍华林的肩膀:"兄弟,你和我们不是生活在一个次元的,你今年不会还没成年吧?"

华林辩解道:"多好听啊,而且三小只也很可爱啊!"

李斌哈哈笑道:"男生和女生喜欢的点不一样!"

华林弱弱地道:"我又不是女生,再说,男生就不能喜欢了?那些七〇八〇后的叔叔们不也喜欢过小虎队?"

李斌揶揄说:"八〇后的叔叔?哈哈,他们已经哭晕在厕所……"

洛兵准备漱口，看了一眼众人说道："你们喜欢的这些歌都没气势，我喜欢《壮志在我胸》！"说着将漱口水吐出去，唱起来："拍拍身上的灰尘，振作疲惫的精神……看，这才叫好歌，跟咱们的职业完美契合！"

"太老了！"

"班长你是八〇后大叔吧？"

"我觉得更像七〇后老爷爷……"

"七〇后表示不服，他们认为自己还年轻。"

"八〇后还觉得自己是个宝宝呢。"

"宝宝的爹吧？"

洗漱间里面传来欢快的笑声。这时候，华林看向始终保持沉默的陆江，问道："陆江，你喜欢什么歌？"

没等陆江回答，丁墨呵呵一声："他五音不全，没有艺术细胞。"

看起来像是在开玩笑，可陆江面无表情、无动于衷的样子让气氛变得有些尴尬。大家觉得两人之间，好像有点不太对付。洛兵皱了皱眉头，看了两人一眼，没说什么。

本来他想找机会去跟三中队的老队友叙叙旧，再打听打听两人之间的矛盾，现在看来有些迫在眉睫啊。他知道在陆江口中打听不出什么，丁墨这小子性格跳脱，也许问得出来？

出完早操之后，洛兵就找到了丁墨："你跟陆江之间，是不是有什么过节？"

丁墨看了一眼洛兵，哈哈一笑："班长，我喜欢过节，但我跟他可没啥过节。"

洛兵一脸无语，看着有点不着调的丁墨，说道："咱们是一个整体，你们之间没问题自然是最好，要是有问题……"

洛兵顿了一下，道："大家都是男人，你懂的。"

丁墨笑嘻嘻地应付道："懂的，懂的，班长，放心吧。"说完赶紧摆脱洛兵，向大楼里走去。长廊里静悄悄的，丁墨走到队长办公室门口，门开着，里边传来副中队长魏凯的声音。

"他们也太过分了！咱们赴汤蹈火，他们就坐在办公室里，喝着咖啡吹着空调，敲几下键盘就把咱们给黑成这样？新闻记者，至少要有点职业操守吧？这种未经查实的东西也敢随便发？他们轻飘飘的几句话，就这样抹黑了我们的形象，抹杀了我们的付出，凭什么啊！"

丁墨皱了皱眉，随后听见董建平的声音传来："老魏，你先别激动，冷静一下。"

"我冷静不下来！"

魏凯高亢的声音再次传出来，几乎响彻整个走廊："你让我怎么冷静？那天是我带队过去的，当时报警人还说不清楚具体地址，但我们依然用最快的速度赶到现场。去的时候，那姑娘已经被人救下来了，救她的人是丁墨！丁墨是路人吗？丁墨是咱们消防队员！"

丁墨听到这话，顿时想起自己那天救的那个姑娘，只是印象已经有点模糊了。依稀记得当时那姑娘头发湿漉漉的，哪里有心思看她长什么模样。

丁墨参与过的救援也不少了，对救人这种事也早就习以为常，谁能想到偶然参与的一次救援，竟然给消防队带来了麻烦。虽说没听全二人的谈话，但他也猜出了因果，那些记者真能胡说八道！

丁墨皱起眉头，敲了两下门喊了一声"报告"。董建平和魏凯扭头看着他，董建平说："丁墨，什么事啊？"

丁墨说："中队长，咱们前两天扑救公寓火宅的事，被人给黑了？"

丁墨目光一转，就看到董建平办公桌上有份报纸，便走过去拿了起来。魏凯说："你是当事人，你看看吧！就这么件事，我们不能不在乎舆情，得对外界有个交代啊，我正挠头呢。"

丁墨手里拿着报纸，嘴里念念有词："那个姑娘说，当时她特别紧张、害怕，特别惶恐无助，根本不知道怎么办才好……就在她最绝望的时刻，一个见义勇为的路人，仿佛从天而降一般出现在她的面前，那一刻，她的世界仿佛出现了一道光……"

丁墨看到最后，念道："这个时候，消防车鸣着笛，终于赶到了。"

丁墨笑了，屈指弹了弹报纸，说："这记者写新闻呢还是写小说呢？这都什么乱七八糟的，还有没有点节操了？我当时拼命敲门都没人应声，我用消防斧劈开门的时候，里面的音响那么大声，那姑娘还傻乎乎地在卫生间洗澡唱歌呢……"

魏凯怒气冲冲地道："看吧？不实报道！什么紧张害怕惶恐无助……简直就是扯淡！"

董建平也有点无语，平心而论，他心里也不舒服。救援，是消防队的职责,既然做了消防员,水里火里他都不怕,可人心都是肉长的,这样平白被人冤枉,换谁都难受。

上级领导也已经看到这篇报道,现在各职能部门谁不重视形象,谁不在乎舆情?所以这件事是必须要有一个解释的。这也正是魏凯愤怒的原因,换谁不委屈?

然而,他是中队长啊,难不成他和队员们一起拍桌子骂娘?

丁墨倒没生气,毕竟人家报道里可是把他夸成了白马骑士。可事关一中队荣誉,他也是一中队的一员,不能无视啊。他想了想,说:"队长,副队,这件事交给我吧,我是当事人,我来解决!"

"你还嫌不够乱吗?"董建平瞪了丁墨一眼,"你该干什么干什么去,这件事情你不许参与,我会跟领导解释这件事情的。"

"中队长,这事没人比我更清楚了,我来办……"

"你只需要把你知道的一切说清楚,你那性子,我还不清楚?我们干的可是灭火的事情,可不是煽风点火,这事让你去办,哼!一定是火越烧越旺!去,回去把事情经历写清楚交给我!"

丁墨长长地吁了口气,立正敬礼:"是,中队长!"又看了一眼一旁的魏凯,转身出了门。随后,队长办公室的门被关上了,丁墨侧耳听了一下,依稀听到董建平劝魏凯冷静的声音。

丁墨眼珠一转,悄悄溜到了活动室,见这里没有人,就摸出电话,拨通了查号台:"你好,麻烦给我一下《静海晚报》的联系电话。"

等他拿到电话号码,马上打通了晚报电话:"你好,我是前天《静海日报》报道的消防队救援不力的当事人啊,我要向你们晚报同志反映,他们的报道严重失实……"

因为存在着一定程度的竞争关系,晚报那边的记者在了解情况之后,如获至宝。他们告诉丁墨,马上就会派人前来采访,丁墨放下电话,眉梢一挑,得意扬扬地出门训练去了。

哼!还治不了你们了!有竞争就是好啊!

临近中午的时候,晚报那边的记者就风风火火地来到了一中队,请求采访丁墨。魏凯得到通知后,第一时间就赶了过来,他有些无奈地看了眼丁墨,猜也能猜得到晚报记者为什么会来。

说实话,从私人感情上,他也想通过媒体回击日报的失实报道,让他们接受一个教训，以后能更负责任地对待新闻报道，但是董建平刚刚做通了他的工作，董队说得对，没必要跟媒体闹得太僵啊。

"对不起，我们不能接受采访，您有什么情况，可以跟我们支队联系。"魏凯心里面叹了口气，看着晚报那个记者说道。晚报来的记者也是一个小姑娘，微胖，戴着眼镜，看着人畜无害的样子，但嘴皮子却十分犀利。

她看着魏凯说："这位同志，我们晚报接到电话，说日报针对你们的报道存在严重的失实行为，而且那天救人的当事人，就是你们队里的消防员。我来这里采访，也是为了纠正这种不良风气，你们不应该拒绝！"

"我接受，我要说明事实！"丁墨大声说道。

"回去！"魏凯回头瞪了丁墨一眼，然后命令洛兵，"把丁墨带回去！"

丁墨跳着脚大声说道："我们消防员也是人，凭什么要蒙受不白之冤！副队，你这样不公平！"

晚报记者扶了扶眼镜，笑眯眯地说："您是领导吧？如果您今天阻止我采访，那我回去只能这样写了：《静海日报》无中生有，伤我消防员。中队领导息事宁人，寒我勇士之心！"

"你……"魏凯一听哭笑不得，她要真这么报道的话，前一盆污水是洗清了，可不是接着又来了一盆？

丁墨趁机大声说："记者同志，我跟你说，事情是这样的，我就是日报报道中那个见义勇为的路人，我那天正休假，所以穿着便装……报道中那个女孩子也没有什么惶恐不安绝望无助，她根本就不知道发生了什么事，我用消防斧劈开她家房门的时候，她还在浴室里唱歌呢，根本就不知道她家着火……"

"丁墨……"魏凯一脸无奈。

"还有啊，消防队赶到得非常及时！当时的围观群众都能做证，你上网，肯定还能找到当时的小视频，我这绝不是为队友们开脱，消防队没错！"

晚报那个微胖的眼镜姑娘一双眼都闪着光，笑得十分开心，看着丁墨，说道："你说的这些，都是事实对吧？"

"当然，我以名誉发誓！"丁墨一脸认真。

魏凯叹了口气，丁墨噼里啪啦把话都说完了，这会儿就是训他也没什么意义了。在内心深处，魏凯也是憋了一大口气，未尝没有通过媒体澄清事实的念头。

第十一章
梦想你好

次日一早，阴霾的天飘起了蒙蒙细雨，让人的心情也跟着有些莫名的低落起来。不过对中队的队员们来说，倒是没有太大的影响。大家该出操出操，该吃早餐吃早餐。

大家都在等，新一版的晚报一出来，丁墨便迫不及待地跑到门口的报亭买了一份回来。大家围坐在一起，寻找昨天的采访。

昨天采访结束之后，通过丁墨，班上的这些人也知道发生了什么。对麦芒的报道全都愤怒不已。用老司机徐然的话说就是："我们消防员出生入死，不求别人赞誉，但至少不能被人平白污蔑吧？"

"找到了！"丁墨眼睛一亮，指着报纸A2版面最上面，"嘿，篇幅还不短！"

徐然把脑袋凑过来，嘿嘿笑道："晚报跟日报，明摆着是竞争关系，如今抓住了对方的痛处，那还不痛打落水狗？"

"快念念。"赵志在一旁催促。洛兵有心阻止，不过想了想，还是没出声，大家心里都憋着一口气。他也想知道晚报的记者会怎么来评价。就连陆江都安静地站在一旁，很显然，大家都被这件事情影响到了。

丁墨觉得自己简直立了一个大功，眉飞色舞地念道："嘿嘿……"

华林开玩笑道："报纸上会写'嘿嘿'？"

丁墨瞪他一眼："别打岔！"说着，又"嘿嘿"两声，这才声情并茂地念道:"本报讯,据悉,三天前,日报发表了一篇关于批评消防队救援的文章,文章以讲故事的方式、夸张的形容,指责消防队救援不力,并对所谓的见义勇为的路人大加赞赏……

"诚然,路人见义勇为这种事情,的确值得宣扬。但笔者在看到这篇报道的时候,就觉得不能因为赞扬一个见义勇为的路人,便对消防队口诛笔伐,抹杀他们默默保卫这个城市、保卫人民群众生命财产安全的事实。

"然而笔者没有想到的是,这篇文章竟然还是一篇严重失实的报道!那位见义勇为的路人,本就是消防队的一名消防员!

"他在休假的途中发现火情,不顾个人安危,在没有专业设备的情况下前去救人。救援成功之后,又悄然离去。本该是一篇赞美消防员的报道,却硬生生被扭曲成为一篇对消防抹黑的文章。

"笔者也是新闻人,不敢说自己多么伟光正,但至少,身为一名新闻人,至少要有基本的职业操守。笔者相信,那位自诩锋利的同行麦芒,也应当知道这一点……"

"这个麦芒就是那篇不实报道的记者!"丁墨挥了挥手中的报纸,向大家解释,他想起自己从支队来到一中队,也是因为这个麦芒的报道,如今狠狠打了麦芒的脸,真跟猪八戒吃了人参果似的,浑身舒坦。

报纸被身旁的李斌一把抢了过去,丁墨也不在意。他用力挥了挥拳头,哈哈大笑起来:"晚报那个眼镜妹记者,真是太给力了!这才是真正的无冕之王啊!哈哈哈……"

整个报道,看似在批评那位麦芒报道失实,实则是对整个日报的一场围剿。这篇报道有理有据、内容生动,从一开始就同情默默保护着城市和人民的消防队,认为日报记者不该做倾向性报道;到后面笔锋一转,揭开日报记者麦芒报道严重失实的真相……

通篇报道读起来朗朗上口,令人拍案叫绝。不得不说,文人笔如刀锋,这话一点都不假,实在是令人佩服,丁墨这群人看得那叫一个过瘾。丁墨得意扬扬地看着众人,说道:"那句话怎么说来着?喜大普奔,是吧?"

一群人都忍不住笑起来,就连陆江,都忍不住看了几眼丁墨,心说:这小子,始终那么跳脱!不过,这回他可没有嘲讽的意思,心里也是非常开心的。

日报的总编办公室里,总编何乔扬大口大口地吸着烟,左手握着的电话因为攥得太紧,已经有些汗湿了。因为晚报撰文攻击事件,何乔扬被他的上级领导严厉批评了一顿。

放下电话，何乔扬靠在椅子上，揉了揉太阳穴，然后用手抹了一把已经有些发秃的头顶，深吸一口气，抄起电话："让林雪来我办公室一趟。"

此时的林雪，也看见了晚报的那篇报道，办公室里的一些人也开始窃窃私语，不时还有一些异样的眼神投向林雪，外面的人不清楚，内部人又怎么可能不知道她就是麦芒？

林雪坐在那儿，心里有些尴尬，但面上却装作若无其事的样子。那篇报道刚一出来的时候，还小小地刺激了一下日报的销量，不少人都很羡慕她呢，谁承想竟然是一篇严重失实的报道，转眼就被晚报打脸了。

"林雪，总编叫你去他办公室。"一个戴眼镜的瘦高个儿青年站起身，小声道，"总编大人情绪不太好，你自求多福吧。"

林雪点点头，站起身，一脸淡定地朝着总编办公室走去。一进门，把门关严之后，林雪硬着头皮看着总编："领导，您找我？"

"嗯。"总编抬起头，面无表情地看着她。

林雪露出一个微笑："领导有什么指示？"

"什么指示？这篇报道怎么回事？"总编指了指面前的一份晚报。

林雪站得挺远，勉强能看见晚报上面的标题，但其实不用看，她心里也明白是怎么回事。

"领导，我当时也不知道那个人是消防员啊！"林雪解释道。

"不知道？不知道就可以乱写吗？你看看人家这上面说的那些话！"总编瞪了她一眼，把手边的晚报扔到桌子边缘。林雪没过来拿，因为她已经看过了，而且生了一肚子气！

"作为一个新闻人，在没有调查清楚真相之前，能随便下定论吗？夸大事实，博人眼球，这种行为应该是一个新闻人做的吗？"总编严厉地看着林雪。林雪不出声，心里面却在腹诽：这不都是您平时教的吗？

其实这件事，在林雪看来，也没什么大不了的。这一次看似晚报狠狠批评了日报，其实更多时候，都是日报在吊打晚报的，因为晚报报道比日报的娱乐性更高，严肃性自然就弱了一筹。

"这件事造成的影响很恶劣。上面领导的意思是……"总编沉吟着。林雪抬起头，有点惊讶地看着总编，心说：这话有点严重了吧？批评我一番不够，还要给个处分吗？

总编犹豫了一会儿，还是说道："你去《梦想你好》吧。"

林雪当场呆住，《梦想你好》是日报排在最后的一个版面，A18！通常写一些人物传记、企事业专题报道之类的文章。对整个日报来说，属于凑数的、最不受欢迎的部分。

《梦想你好》那边也全都是些养老的老编辑了。每天养鱼种草，悠闲自在，因此也被称为养老组。

"总编，你让我去养老组？"林雪瞪大眼睛看着主编，觉得这太过分了！所谓的夸大事实博人眼球，又不是她一个人在干这种事，大家都是这么干的！凭什么出了事就要把她一个年轻人丢到养老组去？

"什么叫去养老组？"总编抬起头，不满地瞪了林雪一眼，"在哪儿都是为报社工作，去了《梦想你好》就不是工作了？而且，不管什么栏目，看的都是你的工作能力，怎么能这样挑三拣四呢！"

"可是……"林雪还想要辩解。

"就这么决定了。"总编不容置疑地说道。

林雪从总编办公室出来，愤愤地收拾着东西，谁也不理，抱着自己的一箱东西昂首阔步地进了《梦想你好》栏目组的办公室，虎死不倒威，她原来太出风头，可不想叫人看她笑话。

不过，一进《梦想你好》，她的肩膀就垮了下来。这儿与其说叫《梦想你好》，不如叫《夕阳红》，这个部门，太闲了！有人在侍弄盆景，有人在清理鱼缸，茶喝透了，也有可能组织点现代诗啥的，排排版就交差了。

也许，对这些工作了一辈子的老记者来说，这是非常幸福的日子。可她还年轻啊，难道就这么跟这些长者们一起"坐化"在这儿？林雪茫然地坐在新的工位上，她可不甘心在这样一个部门里消耗青春。

那家伙，就是那家伙，就是他揭露我，害我落得这般下场的，混蛋！混蛋！大混蛋！林雪拿圆珠笔戳着桌上的稿纸，仿佛那就是丁墨。丁墨救过她，她是真心地感激，不过，当得知他是消防员，林雪就觉得那是他分内之事了。

嗯？林雪的笔忽然慢了一下，灵光一闪，一个念头突然跃上心间。思索片刻，她唇角露出一丝诡笑，把笔一丢，就去找何总编了。

"已经报到了？有什么事啊？"总编看见林雪，忍不住皱眉头。

林雪说："领导，您说的话，我认真想过了，您说得对，是金子总能发光的，在养老……啊不，在《梦想你好》栏目，只要用心、专心，我想也是一定能做出成绩来的。"

何总编脸色一霁，微笑道："这就对了嘛，小林同志啊，你还是很有觉悟的嘛！"

林雪一脸认真地对何总编说："总编，我认真想了一下如何在《梦想你好》栏目做出成绩。这不是因为咱们日报和晚报的一场嘴仗，消防员们引起了市民的注意嘛，我想利用这个热度，去消防队深入调查，做一个系列专题报道！"

"消防队？系列专题报道？"总编一脸狐疑地看着林雪，总觉得这个年轻的小丫头那平静的外表下，隐藏着一些什么。

"没错，之前因为我的失实报道，给他们造成了不小的伤害，我也意识到自己的错误了，痛定思痛……"林雪一脸的义正词严，总编却忍不住抽起了嘴角，痛定思痛？前前后后加起来，最多也就才一个小时吧？

"我准备为之前做的失实报道，进行一些弥补，我要将消防队的各种英勇事迹，全部曝光……咳咳，是报道出来。"林雪大义凛然地说道。

"你可不要乱来。"总编皱着眉头看着她。

"您放心吧领导，我一定会努力把《梦想你好》这个栏目做得特别出色！"林雪拍胸脯保证。

终于得到总编许可的林雪，走出报社大楼，迎着刺眼的阳光，长长地松了一口气。她拿起手机，给池焰焰发了一条消息："大兄弟，我要去消防队进行跟踪报道啦！"

那边飞快地回了一条消息："什么？"外加一个惊讶的表情。

"我要弘扬正能量！"林雪飞快地回答。

"说实话！"池焰焰那边接着发了一个捂脸的表情。

"哼，我要去找他们的毛病！我还就不信了，他们就那么高大上，一点瑕疵都没有？"

池焰焰叹了口气："君子报仇，十年不晚。女人报仇，刻不容缓啊！"

第十二章
心结难解

第二天，天气非常好，丁墨开玩笑说这是因为晚报的一篇报道，魑魅魍魉都烟消云散了。中队下午有一场模拟救援训练。为了激励大家，中队决定通过竞赛的方式来进行这场训练。

参加竞赛训练的双方，分别是丁墨所在的一班和二班。以两人一组为单位，每一次双方各派出俩人。丁墨跟陆江被洛兵分到了一组，丁墨毫不掩饰自己对陆江的嫌弃，陆江倒是一脸的无所谓。

一班让陆江和丁墨搭组，是因为这两个人的个人素质都是极好的。一班想靠他们的好成绩震一下其他班的队友，可是没想到因为两人没有默契合作，输了个落花流水。

比赛开始后，两个人面对模拟受困的楼房，在救援措施上产生了分歧。丁墨主张穿着消防装备直接冲进火场，突破障碍救人。陆江却想迅速解析建筑图纸，拟定一条合理路线，用水枪压制明火，保证安全的同时突入救人。

"等你这些事做完，里面的人都死光了！哪有那么多时间给你看图纸？"丁墨一脸的不耐烦。陆江并不反驳，却在飞快地研究着提供给他们的图纸，而这时二班的两个人在一番紧急讨论后，已经开始配合行动。

"懒得理你！"丁墨一看就急了，冷冷地扔给陆江一句话，就甩开陆江准备单干了！他抄起水枪就冲上前去，开始压制明火，破除障碍，展开行动。不得不说，丁墨的个人能力的确超强。尽管眼前这些都是模拟场景，但他灵活的身手表现依然令人赞叹。

陆江看完图纸，凝神思索片刻，不屑地看了眼丁墨冲进火场的背影，马上开始攀爬墙壁，看样子他是研究清楚楼内布局后，打算从上边突破进入。不过，少了队友配合，他空中悬停、使用器械、撬开障碍等所有的事就只能一个人来完成，速度因此慢了一倍不止。

一班的消防员们面面相觑，二班的人也一脸疑惑，不明白一班这边在搞什么。

看着演习情况，魏凯有些纳闷，对董建平说道："这两个人的素质都很好啊，无论他们之中的哪一个，在咱们中队乃至整个支队，都算得上是精英了，怎么遇到一起就不会配合了？他们不明白这样各自行动会大大削弱整体的战斗力吗？"

董建平叹了口气，说："唉！这两个小子，这样带着情绪工作，不行啊！"

魏凯听他话里有话，不禁问道："中队长，他们两个，有情况？"

董建平感慨地说："他们两个都是好苗子，刚进队那阵子，他们两个的关系也十分要好。因为都很优秀，说是惺惺相惜也不为过。"

魏凯疑惑地问："那怎么会变成现在这样的？"

董建平苦笑了一下，说："新兵营训练结束的时候，他们两个因为表现突出，直接被抽调到三中队去了。"

魏凯恍惚了一下，说："三中队啊……"

"是啊，他们那边承担的任务比我们这边要重。"董建平也感慨了一句，然后接着说道，"后来在一次任务中，就是小商品市场那次，你应该也有印象。"

魏凯点点头，声音有些低沉地道："那次牺牲了一个好同志。"

"对，杨国锋，刚刚提干不久的副中队长。"

董建平说道："当时丁墨和陆江都在现场，丁墨觉得他能把杨国锋救出来，但当时的情况非常危急，其实已经没有救援条件了。所以，陆江打晕了执拗的丁墨，把他扛出去了。事后，我去参加那次事故的调研，曾经去现场看过，陆江的决定有八成概率是对的。可丁墨感情上接受不了，他坚持认为，如果不是陆江，杨队长就不会死，所以从那次之后，他们就产生了隔阂。"

魏凯若有所思地说："这么说来，丁墨很快就被调到支队，陆江则调来咱们队，也是有原因的吧？"

董建平点点头:"三中队的领导也是希望他们彼此分开,再换个环境,能渐渐摆脱那件事的阴影吧。"

魏凯摇摇头,说:"丁墨太执着了,这件事,很难说谁对谁错,咱们……"他刚说到这儿,手机响了,魏凯看了一眼,是妻子打来的,连忙接通,手机里马上传出一声哽咽。

魏凯急忙举着电话闪到一边去,董建平同情地看了他一眼,佯作不知。

电话里,魏凯的妻子姚燕哽咽地说:"老公,真的,我已经一直在忍了,可你妈她……"

魏凯脸上露出几分尴尬,对着电话小声说道:"对不起,都是我不好,我的错,你别生气了啊。老人嘛,都是老观念,跟咱们年轻人理念上有冲突也是正常的,你说呢?"

"可我委屈呀!我也不能什么都听她的呀,我怀孕了,再每天听她指桑骂槐,我……"电话那头,姚燕低声抽泣起来,魏凯不知所措。

姚燕已经怀孕几个月,有强烈的妊娠反应,情绪也一直不是很稳定。魏凯就安排妻子和爸妈住在一起,本是希望有个照顾。可婆媳之间的关系,自古以来都是一个老大难问题,就算帝王将相也未必能处理妥当。

有时候,婆媳之间的关系根本不是讲道理就能解决的。可一边是妈,一边是妻子,魏凯能说什么?只好温言安慰,一点不满的情绪都不能流露出来。

"要不,你去你妈那边待一段时间怎么样?"魏凯温和地建议。

"去我妈那儿?肯定不行啊!你又不是不知道,我弟妹刚生了一对双胞胎,我妈跟我爸都忙得不可开交,哪有时间再管我呀?"

魏凯叹了口气,说道:"你别急,我会想办法。回头我也会跟我妈好好谈谈的,老婆,对不起。"魏凯偷偷看了一下旁边没人,便压低声音说:"我亲爱的老婆,是最好最好的了!"

又哄了半天,姚燕才委委屈屈地挂了电话,这时候救援演习也接近尾声了。

丁墨扛着一个假人模特冲出了火场,兴高采烈,而陆江挂在三楼窗户外,刚刚将铁护栏打开一个足以供人出入的缺口,正要钻进去。

丁墨肩上扛着模特,抬头看着陆江,一脸得意扬扬:"才把窗子打开啊?我这儿都救出一个来了,要是指望你啊,一个人都救不出来!"

陆江正要钻进窗子，闻声停住身子，冷冷地看了眼下边的丁墨，嘴角撇了撇："无聊！"

丁墨呵呵地笑着，回头看向队友，却发现队友们都一脸古怪的神情。丁墨疑惑地看看他们，问道："你们怎么了？"

华林向旁边指了指："二班，已经把人都救出来了！"

"啊？"丁墨茫然地向一旁看去，这时充当裁判的三班班长扬起了右手："时间到！"

输了！两个堪称精英的消防员组合到一起，并没有发挥出一加一大于二的效果，反倒连一加一等于二的效果都没达到。

一班所有人垂头丧气，忍不住看着丁墨和陆江，对俩人都挺不满的。因为不管是听谁的，只要意见统一，以他们俩的素质，都绝不会输。现在倒好，一山不容二虎，谁都听不进对方的意见，被二班那边捡了个大便宜不说，还被人家笑话这边不团结！

当消防员的，荣誉感从来都是第一位的！丁墨脱下防护服，怒气冲冲地走到面色阴沉的陆江面前，怒道："看见了吧？要不是你，能输吗？"

陆江再也忍不住，愤怒地道："团队合作，你懂吗？"

"我怎么就不懂了？"丁墨不服气地瞪着陆江。

"按照你的建议，到最后表现出来的，不就是你一个人吗？你孤胆英雄，深入危险重重的火灾现场，最后成功英雄救美！不就是这样吗？一直不都是这样吗？"陆江的情绪也有些失控。

"那些都是受灾群众啊……哪来的英雄救美？你说你这一天天的，关注点都在哪儿？"论嘴皮子，丁墨可是从来不怕任何人的。这时候洛兵走上前，看了两人一眼，低声训斥道："住嘴！你们两个还嫌不够丢人？"

陆江别过脸去，丁墨也冷哼一声。董建平缓缓走上前去，面无表情地说道："恭喜你们，通过你们的共同努力，顽强拼搏、不怕牺牲，终于成功地让受困群众……烧死了。"

二人顿时一脸尴尬，丁墨解释道："中队长，我还救出来一个呢。"

"哦？里面只有一个人？"董建平反问道。

"三……三个。"丁墨低声说。

这时候，二班的人都忍不住笑了起来。虽然谈不上是嘲笑，但丁墨和陆江以及一班队员们也很不好受。

董建平看着丁墨和陆江两人，没有再多说什么，也没有想要立刻做通他们思想工作的打算。因为他们之间的心结就算发生在自己身上，他估计也一样难以释怀。只能是他们两个自己什么时候放下了，才算是真的放下。

年轻人，有些事总要他们自己去经历一番，才能真正地明白！

第十三章
陆江之怒

桌前一盏橘黄色的小台灯，旁边是一台二十一英寸的一体机电脑，林雪刚刚沐浴完，穿着件粉色浴袍，头上用毛巾扎了个可爱的羊角结，一边哼着歌，一边在电脑上整理着资料。

想要打入敌人内部，就必须先要掌握他们的信息，知己知彼，才能百战不殆。这一次，林雪是憋着一口气，一定要找回这个面子，当然，这还不是最重要的，最重要的是拿到翔实的采访资料，让他们无可辩驳，也为自己正名。

电脑屏幕被分割成了两部分，一部分是网页上显示的关于消防员的一些信息和资料，另一半却是一张丁墨的现场抓拍照片，照片上的丁墨已经被林雪涂抹得乱七八糟，戴着墨镜，脖子上戴着大金链子，嘴里还叼着雪茄，墨镜上还有两行歪歪扭扭的浅蓝色眼泪。

敷着面膜的池焰焰走过来低头看了一眼屏幕上丁墨的照片，先是扑哧一笑，随后又说道："小雪，你怎么这么坏呀，人家好歹是你的救命恩人，要善良！"

"喂喂喂，不要乱讲话，那是他的职责好吗？要不是他给那个晚报记者打电话，主动要求被采访，把这件事情彻底捅了出来，本姑娘会挨训吗？会被踢到养老组吗？敢欺负本姑娘，那就要付出代价！"

"确实是你搞出了乌龙好不好。"

"那可未必！"

林雪转过了身："你看，他当时为何率先出现？因为他在休假，恰巧经过那里。所以他是消防队员与否，都不影响我那篇报道的最终断语，消防队就是来迟了，这一事实，并不因为他是消防员而改变。"

林雪叹了口气，又说："这小子在偷换概念。"

池焰焰眨眨眼，说："那你撰文反驳呀，何必这么费力，去消防队驻站采访一群糙汉子，多没意思。"

林雪"啊"了一声，又扭回了身子："他先亮出了自己的消防员身份，给人一种错觉，哦！其实人家消防人员早就到了呀，然后又解释了好多，什么报警人没有说清楚地址呀，他们路上经过了两个拥挤路段啊，我这时再辩解有什么用？我跟你讲，那些七嘴八舌的议论，很多都是情绪化的，根本不是理智的思考。"

池焰焰挥了挥手："得得得，说不过你。"

林雪笑起来："好啦，我不是睚眦必报的人啊，主要还是因为我不甘心在养老组里，跟那群老阿姨老叔叔们养花种草，提前三十年进入老年生活啊，所以，从哪儿跌倒，我就得从哪儿爬起来。"

"得了吧，别到时候赔了夫人又折兵，那真叫惨。"池焰焰调侃道。

"开什么玩笑！目空一切的本姑娘，看得上一个玩火的？"林雪不屑一顾。

"你看不上，我看得上啊！"池焰焰目中放光，"帮我打听一下那个兵哥哥的底细好不好？他结没结婚，如果没结婚，现在有没有女朋友，如果没有女朋友，帮我要一下他的微信！"

"自己去要！花痴！"林雪知道池焰焰说的是谁，那个黑脸的严肃家伙嘛，她一点都不喜欢，感觉和娇艳的池焰焰完全就是两个世界的人，两个人怎么看都不搭，他们要真凑成一对，那真是鲜花插在牛粪上了。

林雪怎忍心辣手摧花？

身为一个消防员，永远离不开两件事——训练和救援。人的肌肉都是有记忆的，哪怕是身经百战的精锐士兵，半年不训练，技能也会大幅衰减，所以技能和体能训练必须坚持不辍。

华林依旧恐高，这主要是心理原因，要克服恐高还真不是轻而易举的事，不过每日多加练习，恐惧心理也能渐渐减弱，在不断地训练和队友们的鼓励下，他攀爬到高处时的状态已经稍有进步了。

不过在丁墨看来，还是不行。看到华林两条腿死死夹在滑杆上，两只胳膊死死抱住滑杆，动作僵硬迟缓，眼睛都不大敢往下看，丁墨这种急性子就按捺不住了："我说你还能有点出息吗？磨磨叽叽的，你再抱一会儿，那滑杆上都能烙饼了！"

丁墨站在下面大声嘲讽，他觉得还是自己的激将法管用。人都是有自尊心的，华林受不了激，把心一横，就能滑下来了，要不老是这么攀在上边，每次滑下来都要先经过一番激烈的思想斗争，简直是……

陆江穿着一身休闲装走过来，他今天休假，正准备外出，见此一幕，忍不住皱起了眉头："丁墨，别卖弄你的小聪明了，恐高是心理上的问题，需要慢慢克服。对队友冷嘲热讽合适吗？"

让向来惜字如金的陆江说出这么长的一段话来，当真不容易。

滑杆上的华林眼里露出感激之色。其他人也都比较认同陆江的话。

丁墨冷笑一声："他总是克服不了这个问题的话，关键时刻不但会害了别人，也会害了自己，我是为他好！而你……"

丁墨的眼神冷下来："一个生死关头放弃队友的人，也配说怎么做才是为了队友好？"

陆江闭上眼睛，克制着自己的愤怒，又慢慢张开眼睛，盯着丁墨："那件事早有公论了，我不明白你为什么就是放不下。"

"因为我能救他，我一定能，是你这个自以为睿智、冷静的蠢货害死了他！"

陆江轻轻摇头，无奈中透着一丝疲惫，他没再说什么，举步便向大门走去。面对丁墨的执拗，他自知留下来，两人也只是发生一场没有结果的争吵，但丁墨一句口不择言的话，却留下了他。

"你问我为什么放不下？因为我始终想不明白，我始终不能确定，你当时放弃救援，究竟是出于你的判断，还是因为……乐瑶。"

陆江的脚步一下子停住了，他回过头，目光如刀锋一般锐利。

丁墨挺起胸膛，看着他，一字一句地道："杨队也喜欢乐瑶，他当时正在追求乐瑶，那时，乐瑶还没和你建立恋爱关系，我放不下这件事，就是因为我不确定，你究竟为了什么，才放弃救援！"

陆江瞪着丁墨，额头上青筋暴起。不等丁墨说完，他就大吼一声，向丁墨猛冲过来，怒不可遏地一拳打向丁墨的脸。

陆江如同一只狂怒的豹子，不仅那愤怒的样子像，动作也像。丁墨挨了狠狠一拳，被打得一个趔趄，嘴角沁出了鲜血。丁墨不甘示弱，怒吼一声就向陆江反扑过来，两人瞬间扭打成一团。

其他人都呆住了，谁都没料到会发生这种情况。向来沉稳冷静的陆江居然被丁墨的一句话刺激得大打出手，等他们反应过来，马上冲上前阻止。精英就是精英，打架都比一般人厉害，拳拳到肉。这种情况下，就算是旁人想拉都拉不住。

不远处突然传来一声怒喝："都给我住手！"还在滑杆上的华林吓得一哆嗦，直接从上面滑下来，腿一软，一屁股坐在地上，连恐高都忘了。

丁墨和陆江下意识地一顿，洛兵、赵志等人趁机把他们两个拉开，可两个人还是互相瞪视着，呼呼地喘着气，仿佛一对斗鸡。陆江咬着牙，指着丁墨说："你可以恨我，但不能侮辱我！你不仅侮辱了我，也侮辱了乐瑶，侮辱了杨队！我告诉你，再敢这么口无遮拦，我还揍你！"

丁墨擦了擦嘴角的血，冷笑说："好像你的伤比我还重啊！"

陆江纵身就往前扑："那就再试试！"

"来就来！"

洛兵和赵志连忙分别抱住丁墨和陆江的腰，将他们牢牢控制住。

魏凯快步走了过来，冷冷地看了二人一眼，大声说："放开他们！"

洛兵等人放了手，陆江和丁墨悻悻地站好，面向魏凯。

魏凯沉声问："中队长不在，你们就给我找事是吧，说，为什么打架？"

二人咬着牙，谁也不吭气。

魏凯其实从董建平之前的沟通中已经知道了二人之间的过节，不禁暗暗叹了口气。这种梁子，是真的没办法劝解，火场救援，现场形势瞬息万变，究竟哪种选择的结果更好，你可以推演，可它未必就是绝对的，所以他也无法给这两人一个标准答案。

魏凯叹了口气，又严厉地说："谁先动的手？"

陆江一个立正，向前一步，大声道："报告副队，是我！"

魏凯点点头，一指操场："去，给我跑五千米！"

"是！"一身便装的陆江大声应道，马上端臂，跑向操场。

魏凯眯起眼睛，又看看丁墨："去，八千米！"

"啊？"丁墨一呆，迟疑地说，"副队，是……陆江先动的手。"

魏凯嗯了一声："一万米！"

丁墨忍不住了，苦着脸问："为什么啊？"

"因为你嘴欠！"

"是！"

丁墨气鼓鼓地端起胳膊，也向操场跑去。

第十四章
人间烟火

眼看着两个人在操场上跑步，洛兵走到魏凯身边，摇头说："副队，他们俩一直不对付，你看要不要把他俩分调到两个班，免得产生更大的矛盾？"

魏凯皱着眉想了想，轻轻地说："要把他们分开很容易，可他们原本是最好的朋友、最亲密的战友，如果就此形同路人，未免可惜了，先让他们相处一阵子看看……"

洛兵惊讶地看向魏凯，说："副队，他们之间有什么过节，你知道啊？"

魏凯刚要回答，手机响了起来，他摸出一看，是房屋中介那边打过来的。魏凯忙向洛兵做了个噤声的手势，悄悄走向一边。

因为妻子跟母亲在一些观念上的严重不同，两代人很难融洽地生活在一起，加上妻子怀孕后的各种情绪波动，使得魏凯终于下定决心，准备租房子把妻子接到这边来。

中介的意思是想让他到现场去看一眼房子合不合心。租房子不算是小事，不能太过草率。中介那边也是本着负责任的态度，给魏凯打电话，邀请他去看房。

可魏凯哪有时间去现场看，他皱着眉头看着跑圈的"鼻青脸肿二人组"，对着电话说道："谢谢你们，不过，就不用去现场看了吧，我在网上都已经看过图片了，不错，这套房就挺好的。"

魏凯背对着洛兵，可声音顺着风已经飘到了洛兵的耳朵里。这时华林走过来，有些腼腆地对洛兵说道："班长，我感觉比上回已经有进步了，不那么怕了，再给我点时间，我一定能克服。"

魏凯扯了扯衣领，侧耳听着电话："对，定了吧，就这间了，我这儿忙，一时半会儿的走不开，我相信你们中介，哈哈哈！对对，不用看了，有问题我自己负责，我这就定下来，嗯嗯，不会反悔，我一会儿微信转给你，好的好的……"

魏凯一边说一边走，华林好奇地看着魏凯的背影，说："副队要租房子啊？咋跟房产中介这么和气，简直是低声下气了。平时在咱们面前，可是威严得很。我其实不大怕中队长，可是有点怕他。"

洛兵轻轻摇摇头，叹息一声说道："对着咱们，那是对着自己人。在外边，当然就不一样，这……才是人间烟火啊！"

操场边上，看热闹的队员越来越多了。本来操场旁就有别班的队员在进行训练，两个人这一跑圈，而且你追我赶明显是比赛一般，登时吸引了大家的注意力。虽说还有人在专心做着器械训练，但是有更多的人跑过来围观了。

"他们这是打算跑多久啊？"

"鼻青脸肿的，打架受罚了吧，哈哈！"

丁墨跑到陆江身边，立即加速超了过去，还扭头示威似的看了他一眼。

陆江不甘落后，马上甩开双腿，向他猛追过去，两个人心里憋着一股子劲儿，明显是在比拼，一副非要斗出个胜负的样子。

大门口，亮出证件和介绍信，又做了登记的林雪款款地走进来。她身穿白色小翻领的衬衫、水磨蓝的牛仔裤，腰间扎一条皮腰带，鼻梁上还搭着一副墨

57

镜，挎一个既不失俏皮味道又有公务风格的小皮包。

一个充满青春气息、身姿修长高挑的年轻姑娘骤然走进来，顿时吸引了队员们的注意力。大家的目光纷纷从操场上收回来，投在了她的身上。

林雪走到操场跑道边，伸手摘下墨镜，露出一双黑白分明的灵动眸子。她看着众人，露出一个美丽的微笑："大家好，请问……谁是这里的负责人？"

整个操场上，无视林大美人的大概只有丁墨和陆江了，这两个人还咬着牙想再争出个高下。

丁墨跑了一圈，一眼看见一个队友暂时放在路边的空气呼吸器。他一弯腰，就把空气呼吸器提了起来，背到了自己的肩上，向那个队友挥了挥手："借用一下！"

另一名在做器械负重跑步训练的队友笑嘻嘻地对陆江递出了自己的空气呼吸器："陆江，你要不？"

陆江跑过来，将额头的汗水一把抹去，也不说话，只是一伸手，就接过了他递来的空气呼吸器，背在了自己的肩头。

赵志忍不住笑道："这小子，平时文静得跟大姑娘似的，这次是被丁墨给激着啦。"

林雪用拇指和食指拈着墨镜，还没等来众人的回话，丁墨和陆江已经先后跑来，两人都有点鼻青脸肿，林雪乍一打量，居然没认出丁墨，不禁好奇地向他指了指："这俩人干吗呢，咋跟精神病似的？"

丁墨正好跑过来，听到这句话停步怒道："你才神经病，你全家都神经病！"

林雪笑眯眯地看着他说："我说的是精神病，神经病可不是精神病，你个文盲！"

"我看你脑子有问……"

丁墨大怒，正要出言反击，忽然看着林雪发怔。之前两次相遇在火灾现场，他的心思都在火情上，根本不曾注意别的，此时再看这姑娘，忽然觉得眼熟，她……好像……

林雪笑眯眯地伸出手，一本正经地说："恩公你好，小女子姓林，名雪，是一名见习记者，承蒙足下两次相救，大恩无以为报，我就……不报了吧。"

丁墨听她一说，终于确定，这女孩就是之前那个被他在高速路上淋湿了裙子的女孩，同时也是之前公寓着火时他救出的女孩，丁墨正想说点什么，陆江已经稳稳地超了过去。

不能输！

尤其是不能输给他！

丁墨顾不上林雪了，更是完全忽略了她的见习记者身份，马上追了上去。

洛兵像轰苍蝇似的把好奇围观的队员们赶走，对林雪客气地说道："你要见我们领导啊，我带你去。"

魏凯在办公室里，刚把租金转给中介，正想把这个好消息告诉媳妇，洛兵带着林雪来了。林雪出示了自己的记者证，随后又拿出介绍信，说道："您好，我是《静海日报》见习记者林雪，要来你们中队做一次随队采访，报道一下消防系统的事迹，此事已经征得了市消防支队的同意，您看……"

林雪又摊开一份介绍信，魏凯的眉头已经拧了起来，脸色有些不善。

《静海日报》？魏凯心说前几天发出不实报道的，不就是你们《静海日报》吗？现在又来做正面采访，这还真是翻手为云覆手为雨啊，同时他心里面还依稀觉得这女孩有点面熟，好像在哪里见过似的。

不过消防队每天都会有各种救援任务，接触过的人太多，加上这段时间魏凯始终被家务事牵扯着，一时没能想起林雪的来历。

"对，《静海日报》。"林雪微微露出些难为情的样子来，不好意思地说，"魏队，不瞒您说，上次我们报社的麦芒老师未经详细调查就进行了报道，在社会上引起了很不好的反响。

"之后晚报报道了事实真相，我们日报被搞得很被动，上级领导严厉批评了我们，把此事定为重大报道事故，麦芒老师也受了处分，现在正停职写检查呢。

"我这次到消防中队来进行跟踪报道，也是我们上级部门的要求，一方面希望我们能挽回社会舆论，另一方面也是希望经由此事，让我们端正态度，践行实事求是的原则，避免哗众取宠的报道。"

林雪此来可是做了充分准备的，如果暴露了她就是麦芒的事实，只怕她会遭到抵触，她前后两次报道，对消防队可不是那么友好。所以，她把自己说成了见习记者，和麦芒坚决地划清了关系。

原来是这样，魏凯恍然大悟，对方证件齐全，支队的介绍信、报社的介绍信，一应俱全。既然上级领导已经同意了，他也不好拒绝，便说："随队采访当然没有问题，但是我们这里可没有适合女同志的住处，你只要每天白天过来，我们出警的时候跟着一起去就行了,但是行动中必须听从命令,以保证安全。"

林雪点点头,说道:"没问题,我会听从指挥。可是你们消防队不都是二十四小时原地待命的吗?我要对你们进行全面的采访报道,肯定不能只是白天工作,如果是半夜有事故发生,那我如何跟踪采访呢?"

魏凯闻言,微微皱了皱眉,这的确是个问题。

林雪莞尔一笑,说:"要不这样吧,请领导给我配一个联络员,如果你们夜里出任务,让联络员给我打个电话,我自己有车,就可以及时赶去了。"

魏凯说道:"我们有纪律,出警期间是不许携带手机的。"

林雪央求道:"领导,特事特办嘛,我也是为了工作。"

魏凯想了想,说道:"好吧,那就破例一次,嗯……"

魏凯沉吟着,看向一旁的洛兵,正打算开口,让他担任这个联络员,林雪已经笑眯眯地指着窗外说:"领导,我看就那位同志吧,挺有个性的,我们新闻报道,喜欢盯典型。"

"他?"魏凯向窗外一看,操场上陆江和丁墨已经累得举步维艰,二人依然在咬牙坚持。看他们咬牙切齿的样子,好像非要把对方累趴下才甘心。

魏凯没好气地对洛兵道:"你去,叫他们别跑了,让丁墨来一趟。"

第十五章
不解之缘

丁墨扶着楼梯,艰难地上了楼,但是一进队长办公室,他就马上一副精神抖擞的样子。一听林雪是《静海日报》的记者,丁墨的脸色马上就不好了。

丁墨看着林雪，气愤地说："你们那个叫麦芒的记者，怎么回事？他是记者还是小说家？干脆去写小说得了，什么玩意儿，胡说八道，大放厥词……"

魏凯咳嗽了一声："注意用词！"

林雪被人当面吐槽，心里充满说不出的懊恼，可她现在扮的是一个刚入行的小见习记者，还恼不得，只好笑眯眯地赔礼道歉："真对不住，丁墨同志，麦芒老师已经接受教训了，我这次来，就是为了弥补我们的过失。"

丁墨脸色不善地看着林雪，说："就是那个麦芒胡说八道吗？你不就是被我从火场里救出来的人？事实经过你都知道啊！"

林雪一脸委屈："我是一个刚入行的见习记者，我只是把事实真相向麦芒老师陈述了一下，可谁知道……我经验不足，还以为老记者都是这样报道的，一个新人，也不好质疑老师，真是对不起了。"

林雪做戏做全套，说着还向丁墨深深鞠了一躬。

魏凯打圆场说："好了，你就不要难为小林同志了，她这次随队采访，你就做她的联络员吧，允许你随时携带手机，和她保持联络，我们只要出警，你就通知小林同志。"

丁墨还是一脸不满地看着林雪，重重地哼了一声，说："不是我说，你们这些日报的记者，跟人家晚报的好好学学，看看人家，再看看你们……我也不是说你，我说的是那个麦芒，有没有点新闻人的操守啊？给我们带来了多大的负面影响你知道吗？"

林雪一脸尴尬的笑容，心里都快气死了，暗自咬牙嘀咕：这个牙尖嘴利不饶人的小子，画个圈圈诅咒你。

"好了丁墨，这件事也怪不到她头上，你就不要迁怒于她了。这样，你带小林同志四处走走，参观一下，让她熟悉一下我们这里的环境。做报道的时候素材也丰富些。"

丁墨无奈，只能一脸不情愿地带着林雪到处参观，见到整洁的寝室时，林雪忍不住赞叹起来："还真是像刀切的豆腐块啊，跟传说中的一样，想不到你们一群糙汉子居然这么干净，比我那猪窝强多了。"

说到这里，林雪不禁吐了吐舌头。说起来惭愧，她们这些姑娘家，出门在外，一个比一个光鲜靓丽，可家里那叫一个乱，说实话，还真比不上人家这床铺，整洁度简直差了十万八千里。

丁墨撇撇嘴，感觉她有点大惊小怪。

林雪看见陆江床柜上有不少书,凑过去看了一眼,发现都是些很有品位的书籍,很是惊讶地道:"我还以为你们消防员都是那种五大三粗的力量型选手呢,没想到这人这么内秀哪,他是谁啊?"

居然当着我的面夸陆江?丁墨翻了好大一个白眼:"内秀?他只是会装蒜、特矫情,是个很没品的人。你可不要被他忽悠人的小把戏给骗了。"

丁墨话音刚落,门口就传来一个淡淡的声音:"背后说人坏话,似乎更没品吧?"

四目相对,似乎有火花碰撞出来。

林雪看着二人不对付的眼神,想起他们先前在操场上比拼的情景,以及鼻青脸肿的模样,敏锐地察觉到两人的关系不太好,她来的时候,这俩人就在操场跑圈较劲,十有八九是因为打架受罚。

刚刚丁墨又在背地里说人家没品。这两人之间,肯定是有恩怨的!一番推断,铁定没错。哈哈哈,本姑娘真是冰雪聪明!看吧,不深入敌人内部,又怎么能获取这种信息?消防员打架……好题材啊!

不过这次一定要弄清楚,他们打架的原因是什么。到时候,直接来个全垒打,一杆进洞……好像错了,是一扫而光?好像又错了……反正,本姑娘一定要让你们知道,得罪我麦芒的下场!

心里算计着,冷冽的寒光自眸中一闪而过,林雪笑吟吟地走到陆江面前,大大方方地伸出手:"你好,我叫林雪,是《静海日报》的记者,可以认识一下吗?"

陆江瞥了一眼丁墨,淡定地伸出手:"陆江。"

"你也喜欢阿西莫夫的书?我特喜欢他的机器人系列!"林雪扫了一眼陆江床柜上的那些书,微笑着说。

"我喜欢基地系列,太宏大了!我喜欢这个作家,他是顶尖的科幻大师!"碰到知音,陆江开心起来。两人随后就阿西莫夫书里的一些内容聊了起来,谈笑风生,显得十分投缘。

丁墨站在一旁,心里有点泛酸:"我说,我才是你的联络员吧?"

林雪一脸嫌弃,赶苍蝇似的挥了挥手:"现在又不需要你联络什么。"

丁墨在旁边暗自气闷,他敢肯定,陆江就是故意的。

董建平走到医院门诊楼下,抬头望了望,举步走了进去。董建平的身体一直很棒，堪称铁打的汉子。可是工作繁忙，作息不定，最近魏凯因家庭事务牵扯了些精力，董建平主动替他值了几次班，有时候会感觉胸闷。

消防跟其他行业不同，工作强度高，而且意外事件从来都是突发性的，所以一忙起来通常都是不分昼夜。就算年轻，身体素质好，可时间一长，也会出现一些小问题，更何况董建平是奔三的人了。

最近这段时间，董建平经常出现胸闷气短的情况，有时候特别困，但真到睡觉的时候却突然间心跳加快，心脏像是要从胸口跳出来似的。那种感觉特别难受。

一开始他还想撑着，随便买点柏子养心丸之类的药调理一下，反正自己年轻，过了这阵子，等魏凯把家里的事情处理得差不多了，也就没问题了。

可就在昨天晚上，他跟母亲通电话的时候，无意中提了一句最近自己心脏不太舒服的话，结果那边就"炸"了。老太太告诉他，必须得立刻、马上、赶紧去医院，不然就亲自过来拎着他耳朵去。

董建平本来想着随便应付过去就算了，反正老太太又不知道他到底去没去。没承想他妈电话里来了一句："明天你必须去医院检查，然后把检查结果用手机拍下来，发到我的微信上，我要确定你没事，你可别想糊弄我。"

董建平当时就无语了，忽然觉得这个世界发展得实在是太快、太可怕了，都有点看不懂了！他们家老太太居然都开始玩微信了，而且还玩得如此明白。

无奈之下，董建平只得跑来医院。不料刚进门诊大厅，还未来得及排队，就听到一个女人不悦地斥责："你够了啊，再这样，我就报警说你骚扰我！"

董建平下意识地扭头看去，就见玻璃门前有一个脑袋包扎得跟木乃伊似的男青年，挡在一个身材姣好的女孩子前面，正嬉皮笑脸地说着什么，其实看不见他的脸，但董建平就是能感觉到他在嬉皮笑脸。

旁边也有病患驻足去看，但是看那包着脑袋的青年跟踩了电门似的哆嗦着身子，怎么看都不像个正经人，一时也无人敢上前。

那女子愤怒地说道："你有完没完？你是不是有病啊？"

男青年说道："我就是有病啊，你碰我一下试试，我要是摔在这儿，你得养我一辈子。"

女子怒道："你究竟想怎么样？"

男青年说："你踩了我的脚，想就这么算了啊，万一回头我发现骨折了呢？你得把手机号、家庭住址、身份证号都给我。我现在脚疼，我是走不动了，午饭我还没吃呢,你是不是得扶我去吃个午饭啊?"

男青年说着,就抬手轻浮地摸向女孩的下巴,身子也像站不稳似的靠了上去。

"啪!"男青年的手腕被董建平攥住了,力气很大,那男青年前倾的身子不但一步都未向前,反而退了一步。不过也亏得这一退,因为那女孩子竟然抬腿向这小流氓的下身狠狠踢了上来,亏得董建平这一挡,女孩子踢了个空。

董建平意外地看了眼这女孩子,厉害呀!现在的女孩子就是爽利,被人揩油吃豆腐,很少有碍于颜面忍气吞声的了。董建平一眼扫过,只觉得这女孩子很漂亮,然后他就扭过头,盯住了男青年。

男青年对上董建平那双锐利的眼睛,本能地一哆嗦。今天董建平穿的是便装,可他的站姿、动作、眼神,一看便知训练有素。

那男青年是几进宫的小泼皮,下意识地就把董建平当成警察了。他被人打成这样,其实就是因为之前喝多了调戏女人,碰上人家男友是个暴脾气,给暴打一顿,才来了医院,碰见这个妩媚妖娆的女孩,没忍住,又想伸手。

如今以为警察插手了,他心里就打起了鼓,强笑两声,说:"我……我就是跟她开个玩笑,当什么真啊!"男青年挣脱董建平的手,悻悻地走开了。

当董建平抓住小青年的手,使得那一踢落空时,池焰焰还有点遗憾呢,可一瞧这个见义勇为者,池焰焰就像过了电似的,一时有些痴了。

虽然他穿着便装,可那不怒自威的容颜、那壮实的身材、那微黑的健康肤色,尤其是那双有神的眼睛,池焰焰一眼就认出,他是当初在高速路救灾现场把她扛走的那位消防员。

缘分哪!这一定是我的缘分!

第十六章
默契三友

眼看那小青年吓跑了，董建平客气地向池焰焰点点头，转身也想走。池焰焰急了，急忙追上去："哎！小黑哥！不是，咳！同志，你不认识我了？"

"嗯？你是……"董建平有点蒙。

我这样比花解语、比玉生香的大美人，他居然想不起来？这样一想，池焰焰看董建平就更加顺眼了。不要误会，池大美人绝不是个受虐狂，只是拜父母所赐的这副容貌，她平时太招渣男了，所以董建平对她的美貌无动于衷，才更招她的喜欢。

"我是……"池焰焰有些激动，比画着说了一通，董建平才恍然大悟，一下子有了印象。

"那天，真是太谢谢你了，可看你太忙，我也没好意思上前打扰。"池焰焰平日里也泼辣得很，什么都敢说，可当着董建平，却不知为何竟有点放不开的感觉。

"小黑……啊不，我是说，我……我该怎么称呼你呀？"

董建平忍俊不禁道："你就叫我小黑得了，我一直被人叫各种的黑，董黑脸，董黑子，我还一直不服气，结果你也这么叫，我认了，不就是脸黑点儿嘛。"

"你好，我叫董建平。"

"哦哦，我叫池焰焰。"池焰焰一脸开心，兴奋地说，"上次咱们是在火灾现场相遇，这次是在医院里相遇，都是生死攸关的地方，咱们真是有缘分啊，哈哈哈……加个微信呗？"

呃……这姑娘，思维一向这么跳跃的吗？董建平迟疑了一下，还是摸出了电话。

两人互换了微信，池焰焰马上有种二人关系不同寻常的感觉了，于是很开心地问："董队长，您来医院看望病人吗？"

在池焰焰看来，董建平这种身强体壮的男子汉，肯定不会有什么病，来医院应该是看望病人，她打算问一下，要是看望病人，一会儿是不是去订个花篮什么的。

董建平说道："最近作息不太规律，心脏不太舒服，本来不是大事，调理一下就好，怪我多嘴，昨天和我妈通电话时顺口说了一句，这不，非逼着我来检查一下，还让我把检查报告用微信发给她。"

池焰焰抿嘴笑起来，说道："阿姨一定是担心你，不管到了什么岁数，在爸妈眼里，可总是孩子呢，不过，工作虽然重要，身体更重要，你可一定要注意身体呀。"

"嗯，没事的，其实休息一下就好，我来看一看，让我妈放心就好了。你是来……"

池焰焰脸儿微热，她支吾道："我……我也没啥大事，肚子有些不舒服，过来看一看。"

董建平微笑着点点头："那再见了，我去挂号。"

"哦！哦哦，好，再见！"

池焰焰看着董建平的背影，既开心又有点失落。开心的是终于和这个兵哥哥建立了联系，失落的是刚刚相识又要分开，也不知道还有没有理由跟他接触。

池焰焰从小到大，一直就是被男人追，还从来没尝过为了男人怦然心动的感觉，直到遇到他。池焰焰怅然地想：再见，希望真的能再见吧！如果真能再见，那一定是上天给我的缘，我就……追他！

林雪很清楚害自己被踢到养老组的罪魁祸首就是丁墨，这次特意来开发区一中队，主要也是针对他。虽说他救过自己两次，但是自从知道他是一名消防员，她就变得理直气壮起来，他的职责不就是救人吗？所以，她才不要领他的情呢！

在她看来，她被踢到养老组，同样是丁墨动了心眼。他是消防员没错，但他当日只是偶然经过那里，而不是作为出警的队员出现，所以她的报道抨击得没有错，消防队就是来迟了。

她对丁墨、对消防队谈不上恨，但就是心气难平，她也不想把消防系统指摘得一无是处，但她想靠这次采访拿到的独家材料挽回颜面并跳出养老组，对已经失去事业追求的人来说，也许那里就是天堂，但对她来说，却是噩梦。

她和陆江谈得热络，其实是想从陆江嘴里撬出两人打架的真相。人与人之间发生矛盾甚而动了手，这太寻常了，即便是在纪律部队也不罕见，可是一旦捅出来，对纪律部队来说，那就是问题。

然而，这个陆江虽然并未察觉她的用意，可嘴巴还是那么稳，什么口风都没露出来，看来只能用"美人计"了，这些人整天待在队里，根本没多少机会接触异性吧，不信他到时候还是这么淡定。

林雪想着，就非让陆江去找来了医疗箱，说要帮他敷药。

"你别动，我会轻点儿的。哎呀，这儿都瘀青一片了。"林雪弯着腰，温柔体贴地帮陆江涂药水，一边不动声色地引他的话题："你们男子汉哪，就是喜欢动手，有啥事不能说道理吗？"

陆江笑了笑，说："你误会了，我们队友之间怎么会打架呢，这是……昨晚出警救人，结果那人本想自杀的，胆子小，一跳河就吓慌了，拳脚乱挥，我把他从河里捞出来，反被他打了几拳。"

林雪睨向丁墨："那他也是被救的人打的？"

陆江淡淡地说："他呀，他水性不好，在激流中撞上了岩石，还成，没把脑袋撞破，很运气了。"

陆江以为自己这句话说完，丁墨肯定又要炸了，那小子的脾气就是个一点就着的炮仗。可他这句话说完，丁墨竟然没有反应，陆江有些纳闷，忍不住看了丁墨一眼，却见他抱着肩膀站在一边，脸上一副似笑非笑的神情。

不对，有古怪。

陆江赶紧往门口看了一眼，果不其然……

一个穿鹅黄色蝙蝠衫、黑色的简约风短裙的短发女孩正站在门口狐疑地看着他，又看看丁墨，最后把目光定在了林雪身上，上下打量几眼，有些审视的意味。

"你是……"

林雪还未回答，陆江就站了起来，一脸坦荡地说："瑶瑶，你来了啊，这位是来我队采访的记者林雪。"

鹅黄色蝙蝠衫女孩又看看他的脸:"你……这是为了林记者被人打了呀?"

陆江依旧不见半点慌张,反而走过去,在短发女孩鼻子上宠溺地点了一下,说:"别胡说,叫林记者笑话。"

短发女孩儿嘟了嘟嘴,说:"没劲,你上辈子是不是当和尚的啊,怎么老是这么淡定,就不能慌张一下,给我一点抓了你现行的成就感哪?"

林雪先前听她说话本来还有点忐忑,二人分明是一对情侣,这要误会自己和陆江有点什么可不好解释,这种事本就是越描越黑,很难讲清楚的,此时才明白这姑娘只是跟她的男朋友开玩笑。

这时,短发女孩才爽朗地向她打了声招呼:"嗨!你好,我叫乐瑶!"

"你好,我是林雪!"

乐瑶和她握了握手,眸子一转,看见丁墨惨兮兮的面孔,不禁叹了口气:"唉,你们……"

乐瑶拿起棉签,在药水里蘸了蘸,板起脸对丁墨说:"坐下!"

林雪惊奇地发现,那个猴子似的总是跳呀跳的丁墨居然乖乖在床上坐下,等着乐瑶帮他涂药水。

这什么情况?乐瑶不是陆江的女朋友吗?为什么去帮丁墨敷药?而且她都不问二人为何受伤,好像……早就知道似的。更奇怪的是,自己的女朋友去帮别人敷药,作为男朋友,陆江居然……很习惯的样子?

她可不知道,乐瑶是支队的接警员,她和陆江、丁墨是同时入队的,因为性格外向,她和丁墨处得极好,一开始不少人都以为他们是一对呢,后来才知道这两人是真正的异性哥儿们,是真的在一起不来电。

陆江和丁墨原本是好友,因何闹了矛盾,乐瑶都清楚,眼见如此一幕,自然也就知道二人是因何又起了冲突,又何须再问。给丁墨上完药之后,乐瑶生气地在他额头上点了一下,嗔道:"下回轻点,真打坏了我男朋友,我可不饶你!"

说完,乐瑶对林雪客气地点点头,便拉着陆江离开了。这对小情侣的性格,都有点佛系。

今天她是特意与陆江同一天调休的,本想着一起回郊区父母家呢,结果在支队等了半天不见他来接自己,乐瑶就给他打电话。而当时陆江正在外边跑圈呢,也没收到。作为接警员,乐瑶自然知道一中队今天没有出警任务,于是就主动找上门来了。

乐瑶和陆江一走,丁墨就皮笑肉不笑地对林雪说:"陆江长得挺帅吧?可惜了,人家早有主儿了。"

林雪向他翻了个大大的白眼:"神经病!"

丁墨马上像捡到宝似的叫起来:"嘿嘿嘿,是精神病,不是神经病,文盲!"

居然把自己说他的话又给还回来了,林雪不禁又好气又好笑,忍不住瞪了他一眼,说:"白痴!"

奇怪的是,这次丁墨却没有"跳",反而有些沉默。林雪不禁有些纳闷。她可不知道,这是陆江说丁墨的口头禅之一:无聊、白痴、二货……

那时候,陆江还是他的好朋友,乐瑶也是他的好朋友,陆江对乐瑶萌生了情意,正在用他佛系的手段追求乐瑶。那时候,他们三个是甚有默契的三友人。

第十七章
当时惘然

盘山道上车子不是很多,远山如黛,向下望去,弯曲的山路仿佛一条玉带,盘绕在青山之间,车子右侧就是一条奔流不息的小河。

大巴车窗子开着,风吹进来,撩起了乐瑶的秀发。

乐瑶靠在陆江肩头,想到陆江脸上的瘀青便有些心疼,又有点伤感,想到当初三人在训练营那会儿认识的场景,仿佛就在昨天,谁知道现在他们的关系却如此恶劣。

那是一次新队员负重越野拉练，女队员五公里，男队员十公里。当时训练营为了激励这群新队员，特意设置了一点彩头，包括荣誉称号什么的。大家都是热情高涨。在回来的途中，体力最好的丁墨和陆江将一群队友远远落在后面，率先追赶上了女队员。丁墨笑嘻嘻地超越她们，还大声唱着"妹妹你大胆地往前走……"乐瑶一溜号，不小心崴了脚，丁墨也不嬉皮笑脸了，立即跟陆江停下来，要把她背回营地。

"别因为我一个人影响咱们的总成绩，你们赶紧走！我自己能回去！"乐瑶带着哭音，看着眼前已经替自己承担了全部负重的丁墨和陆江。

"你脚都肿了，怎么走？爬回去吗？等你回去，这腿就废了，将来要嫁人都难！"丁墨一边习惯性的毒舌，一边把自己身上的负重扔给了陆江，不由分说便背起了乐瑶。

"不错啊，天天训练还能这么重！"丁墨开着玩笑，背起乐瑶就走。陆江毫无怨言地扛起丁墨抛来的负重，紧紧跟在后边。就这样，他们眼睁睁地看着队友们一个个赶上来，又一个个把他们抛在后面。

男女队员之间，似乎天然就有一条界线，而他们三人之间的界线，就是从那天开始打破的。不久以后，她和丁墨成了死党，与陆江成了恋人。

后来她问过陆江：那天为什么是丁墨背我，而不是你，是不是那时你还没有喜欢上我？陆江回答说，其实从看到她的第一眼，就觉得很投缘，只不过恰因为心中有了喜欢，所以比较敏感，会下意识地避嫌，谁像丁墨那小子没心没肺。乐瑶便笑，笑着捶他，然后撒娇让他背。

三个人休假的时候，通常都会约在一起，丁墨从不觉得自己是个电灯泡，陆江和乐瑶也从不会因为多了一个他，而显得不自在。丁墨活跃，跳脱；陆江沉稳，冷静。他们两个斗嘴，经常会让乐瑶笑得停不下来……

想着想着，乐瑶的眼角便有些湿润，特别伤感。陆江虽然在吹风，却似已经感觉到了她的情绪变化，轻轻握起她的手，两人十指紧扣。

"你说，怎么就变成这样了呢？"乐瑶轻声叹息，"你跟丁墨之间，真的就要这样一直下去吗？我真想……回到当初，回到我们三个初识的时候。"

陆江沉默了一下，说道："丁墨表面上嘻嘻哈哈，看起来没个正形，其实心思特别重，也特别细腻。他的心结越深，越说明他骨子里是个重情重义的人。

"你放心，我跟他，就算再怎么样，如果我有事，他也不会袖手旁观。至于现在他恨我怨我，都没什么关系。我也不知道，他以后会不会理解我，可是……我不后悔！如果重来一次，我还是会做一样的选择。那种情况下，继续留在那里，大家全都会死。我不是懦夫，要做出理智的抉择，更需要勇气！"

说到这里，陆江的眼圈有些发红，有句话憋在心里很久了，他很想说：其实，我也特别想你，杨队！你不仅仅是丁墨的队友和兄弟，也是我的队友，也是我的兄弟！

可是，这番话，他只有悄悄去祭扫杨队陵墓的时候才能说，他想说给丁墨听，却始终没有机会开口。

"对啊，我们每天的训练很枯燥，但一天也不能停，每天都要跑操，早晨，上午，下午……如果中间有报警，我们就中断训练，及时出警……"

丁墨正敷衍地对林雪介绍着，警报声突然响了起来，丁墨转身就跑。

"哎，你等等我呀！"林雪大声喊着追了上去，"你这联络员，太不合格了！"

一分钟出警，当林雪气喘吁吁地坐进消防车，这才意识到，刚刚整个过程，好像真的不到一分钟，自己是直接奔着消防车来的，而他们从停止手头正做的事情，到跑去换消防服，再到登车出警，居然都不到一分钟，这个速度……

饶是抱着挑刺儿的目的来到消防队，林雪还是由衷地佩服。他们出警真的很快呢，林雪悄悄地想。

此时，洛兵正在向队员们介绍此番出警的情况："这次，就我们一个班出警，任务很简单，有个孩子爬到大树上去了，结果下不来了，家长报了警。"

林雪一听，松了口气，说："就这事，那还这么急？"

洛兵看了她一眼，解释说："虽说救援难度可能不高，但是难保就会有不好处理的特殊状况，比如旁边有乱如蛛网的高压电线，那是个尚未改造的老小区，这种情况也不是不可能，如果不能及时救援，孩子失手掉落的话，还是有危险的。"

在他们的交谈中，消防车风驰电掣地直奔事发地点。果然，情况不像想象的那么简单，事发地点的巷子很窄，建筑也混乱，在政府规划中，明年就要进行改造了。

消防车开不进去，一些较大的器械也搬不进去，洛兵下了车匆匆观察了一下环境，就命令队员们下车，携带绳索等易携工具，步行入内。

事发地点围了一群人,看见消防员来了,孩子的父母欢喜不已,赶紧上前求助。洛兵等人一边听他们介绍情况,一边观察。

这是一棵大槐树,树长在屋主院子角落里,造型古拙。一些枝干仍然枝叶翠绿,但另一些枝干却已枯死。那个孩子大概十一二岁,是个小胖墩儿,难为他居然爬那么高,最后像一只大熊猫似的趴在树上,压弯了枝干,进已无处可进,退也退不下来了。

几名消防员看了看大槐树和槐树周围的情况,发现没有可以借力的地方,普通的梯子纵然搬进来,也够不到这么高的地方,如果让消防员爬上去……

洛兵的眉头拧了起来:这棵老槐树的枝干枯的枯细的细,看那小男孩趴着的枝干,以自己的体重,只怕一上去就得折断,如果来不及抓住小男孩的话,七八米高的地方摔下来,后果很严重啊。

洛兵的目光迅速扫过丁墨和华林,众人中,也就他俩最显瘦削,其中华林的体重应该是最轻的。华林鼓足勇气,主动请缨:"班长,我上吧!"

"你的恐高,克服了吗?"丁墨在一旁担心地问。

华林犹豫了一下,说:"我试试。"

华林抬头看了看大树,攀附着枝杈,就向树上爬。虽说在队友们眼里,这个文质彬彬的新队员最稚嫩,但是毕竟经过了训练,攀爬技术还是不错的,至少在这些围观群众眼中是如此。

可是趴在树干上的男孩居高临下,却能看到华林脸上的紧张,这小子趴在上边本来一直不吭气的,这时突然喊了起来:"叔叔,你可靠谱点啊,我怎么感觉你不太行的样子啊?"

听他这么一说,下边的群众有人笑出声来,华林登时面孔涨红,这一来攀爬大受影响,脚下踩住一根枝杈的时候,枝杈咔的一声裂了,吓得男孩子又大叫起来:"你快下去,要不咱俩一起完蛋啦。"

孩子的父母也紧张地看着上边,丁墨见状,喊道:"华林,我试试吧。"

华林也怕把孩子摔了,不敢再试,只好小心翼翼地退回来,丁墨正要去解他腰间的安全绳,一旁只是拍了几张照片一直没有言语的林雪突然挺身而出:"你比他也轻不了多少,不如让我来试试?"

"你?"丁墨一怔,瞧了瞧她娇滴滴的模样。

洛兵皱眉道:"林记者,这不合适吧?"

林雪莞尔一笑，说："消防员是负有救护的职责，可没有规定说，有消防员在场，人民群众就不能见义勇为吧？"

丁墨忍不住了："我说，林记者，你的攀爬能力能比我们强？"

林雪向他微微一笑，竖起一根青葱玉指："第一，我是攀岩爱好者，攀岩能力相当不错，如果单论攀爬，很可能我真的比你强，这叫术业有专攻。"

林雪又竖起一根手指："第二，我的体重比你轻，至少要轻四十斤，这可是我的优势。"

第十八章
有惊无险

孩子父母一听，赶紧说："你会攀岩啊？那真是太麻烦你了，这位消防员同志，就让她试试吧，你看你们最瘦的消防员都很吃力的，我儿子可不能有事啊。"

洛兵无奈，犹豫了一下，嘱咐说："那……你试试吧，不要逞能，如果不行赶紧下来，我们另想办法。"

林雪答应一声，从华林手中接过安全绳，麻利地系好。她把腰间的衬衣拉起来，仔细地在腹前系了个扣，抬头看看大槐树，双手攀住一根较粗的枝杈，轻盈敏捷地爬了上去。

丁墨不禁一愣，对她倒是有些刮目相看了，没想到这位女记者本事还真不小，看她攀爬的动作，是挺专业的，嗯……比自己好像也就差那么一点点。

华林在一旁看着一个女孩子比他攀爬得还利索，不禁一脸羡慕与惭愧。洛兵拍拍他的肩膀，小声道："你只要克服了恐高心理，不会比她差的，咱们可是最专业的。"

华林重重地一点头，别的他还能忍，哪怕是被丁墨笑话他是个娘儿们，可真叫一个女生给比下去，他可受不了。恐高……他自觉经过这一段时间的训练，状态已经好多了，他相信总有一天，自己能完全克服。

他小时候是被母亲当女孩子养的，性格有些柔弱，也正因为这个原因，当大学教授的父亲才忍无可忍要他当了消防员。刚入队的时候，父母送行，华林眼泪汪汪的，成了新队员中的一道风景。

可是在消防队这个大熔炉里浸染这么久，他的性情也在悄悄发生着变化，他何尝不想着有朝一日，自己能成长为一个坚毅刚强的真正的男子汉。

林雪越爬越高，在距那男孩一臂多长距离时，树干摇晃起来，孩子忍不住又叫唤起来，林雪试了试，就差一臂距离，无法抓到那个孩子。

她想了一想，问道："小子，姐姐把绳子抛给你，能接住吗？"

那男孩四肢抱紧了树干，略一犹豫，还是点了点头，大概是不想在女生面前示弱吧。

林雪点点头，说："那成，我把安全绳抛给你，你接住后就绑在腰上，明白了吗？"

等男孩紧张地点头示意后，林雪就解下安全绳，试了两下，向前一抛，那孩子一伸手，枝干咔的一声，引得下边的人又是一声惊呼，但他已经准确地抓住了绳子。

林雪鼓励说："好样的，别乱动，把绳子系在腰上就安全了，然后慢慢退下来。"

男孩双手交替着，把绳子绑在了腰上，他也知道安全了许多，胆气壮了，便小心翼翼地往下爬。林雪站在枝干上，伸出一臂照应着，等他慢慢爬到触及范围之内，就抓住了他的衣服。

经过一番折腾，男孩终于退下来，和她一起站在了枝杈上。林雪把安全绳当滑轮，架在枝杈上，把他一点点地顺了下去，男孩着地，被洛兵一把接住的时候，孩子的父母顿时冲了上去，周围群众一阵喝彩。

林雪也露出了笑容，开始小心地往下爬，可是当她的脚踩在之前被华林踩得已经有了裂缝的那根枝杈上时，那根树杈却咔吧一声裂开了！

林雪措手不及，惊呼一声，就向下摔了下去。围观的众人见到这一幕都忍不住发出一声惊呼。事发突然，几名消防员刚刚将那男孩接下来，此时无论是站位还是反应，都来不及进行营救了，除了丁墨。

那男孩被绳子顺下来时，危险性已经很小，性喜挑战、刺激的丁墨见班长和其他几位队友都做好了保护准备，便没上前，而他此时所站位置距林雪滑落的位置最近。

丁墨立即踏前一步，本能地伸出双臂，一把抱住了林雪，然后猛地一旋身。林雪的身体重量再加上下坠的速度，丁墨根本接不住她，很可能折断自己的双臂。

所以，温香暖玉刚抱满怀，丁墨就一个大旋身，他是想利用旋转把下坠的力道卸去。可是他还是低估了这摔下来的力道，他以自己为轴心，原地一转，他的身体重心也偏了。

丁墨"哎"了一声，差点把人给扔出去，身体向前一栽，林雪摔在了地上，而丁墨压在了林雪的身上，好在林雪身下还有丁墨的双臂垫着。

疼！林雪此时只觉得一阵阵的疼痛，从身体的各个部位清晰传来。后背疼，屁股疼，身上也疼……而且，身上好重！林雪睁着双眸，直直地看着那个此时趴在自己身上的男人。

那张棱角分明的脸，那双灵动的眼睛，不是丁墨，还能是谁！原来，自己跌落下来的一瞬间，是他冲出来接住了自己。可是再看此刻的情形，林雪就无论如何都感激不起来了，尤其，他好像还没有要起来的意思！

"喂！"林雪没好气地开口，"你到底是想要接我，还想要拿我当肉垫？"

"当然是想要接你了！"丁墨说道。

"那就接成这样了？"

"这可不能怪我！你从上面掉下来的冲力太大，我根本站不稳，所以只能想办法化解力道了。还有，你太胖了，根本化解不开，所以就这样喽。"

"呵呵！"丁墨说得一本正经，林雪听罢却忍不住冷笑一声，"站没站稳，趴得倒是挺稳的。"

林雪顿了顿，没好气地问："怎么样，趴得舒服吗？"

"还行吧，就是有点硌得慌！"

"赶紧起来！"

林雪一声呵斥，丁墨赶紧爬了起来，想了想，又把手递给林雪。可惜，林雪根本不领情，无视丁墨伸过来的那只手，自己撑着地面，站了起来。

围观的群众和消防队员见状连忙上前询问。

"没事吧?有没有受伤?"

"要不要去医院检查一下?"

林雪和丁墨纷纷摇头,表示自己不需要。

那对中年夫妻领着之前被困在树上的胖男孩走到林雪和丁墨的面前,一脸感激。中年妇人说道:"真是太感谢你们了,今天要不是你们,我们家童童有个什么三长两短的,我们真不知道该怎么办好了!"

"是啊,刚刚那么危险,多亏了你们,真的是太感谢了!"中年男人也真诚地向林雪和丁墨道谢。

丁墨笑着摆手说:"我可不敢居功,这是林女侠的功劳,你们谢她就好了。"

林雪白了他一眼,看着那个叫童童的胖男孩,没好气地问:"臭小子,你怎么这么淘气,爬那么高做什么?"

童童昂起了头:"我要向我爸妈抗议,他们总是让我学习,各种学习,简直要了命了,白天在学校上课,晚上放学了还有作业,还要上各种补习班,好不容易星期天,还要去学表演,学音乐,学英语和作文……"

"臭小子,爹还不是为了你好!"男孩的父亲气急败坏地说道。

童童摊了摊手,一副小大人的模样:"看吧,全世界通用的话,为了你好!"

男孩的母亲怒道:"你爹你妈辛苦上班挣点钱容易吗,为了让你成才,全花在你身上了,你还玩这一手,像话吗?"

童童倔强地昂着头:"我被你们填鸭似的,都快逼疯了。你们总说为了我好,可我真的受不了啦,我又不是机器!"

丁墨挺欣赏这小子的,现在的小孩子,从小各种信息掌握得太多,在成年人眼中,他们都是稚嫩的孩子,但是他们其实都有自己的思想,远比他们父母这一代人小时候要成熟得多。

不过,清官难断家务事,丁墨只是看着,并不说话,倒是林雪忍不住了:"大哥大姐,我说句冒昧的话,我觉得你家孩子没说错,教育孩子应该讲究点方法。"

中年女人面露不悦,但因为林雪刚刚救了自己的孩子,所以也没有反驳。

林雪接着说:"其实我特别能理解你们。现在的孩子大多都是一出生就在赛跑，家长们为了让孩子们不输在起跑线上，所以付出大量的金钱和精力。可是你们却没有想过，这真的是孩子需要的吗？这样做真的是对孩子好吗？"

孩子的母亲勉强地笑了笑："我看你还年轻，应该还没结婚吧？孩子谁不贪玩？他想要的？他想要不上学才好呢，我们做父母的哪能尽由着他。"

林雪说："我是没结婚呢，但我也是从一个孩子过来的。所以我知道，一个人的童年就这么短短的几年，多学点东西是好的，可是如果孩子长大了回忆起来，自己的童年除了各种无休无止的补习，再也没有其他，甚至连一点自由和快乐都没有，这样的他以后长大了，真的会如你们所愿成为优秀的人吗？

"大姐，对家长来说，到底是孩子的快乐和健康重要，还是所谓的多参加补习班重要呢？我觉得，补习班当然可以上，但是不是要有一些选择呢？与其学那么多，不如只挑个重点培养，说不定孩子的精力不被牵扯那么多，反而会有意想不到的效果。你们二位觉得呢？"

林雪一番话虽然说得条理清晰、头头是道，但是小男孩的父母却也只是礼貌性地笑着。

"你说的是对，不过你现在还没结婚没做父母，可能体会不了我们的心态，等以后你结婚了自己有了孩子，就会明白我们的苦心了。不过今天还是要谢谢你救了童童。"

林雪也知道，孩子家长的观念不会靠自己今天的一番话就会转变，只是希望经过今天的事情，他们回去能够好好想一想吧。

丁墨见此一幕，终于也忍不住了，说道："让孩子多掌握些技能当然没错，不过，也得配合他的爱好，不然，事倍而功半，造成孩子逆反心理就更不好了。其实我觉得吧，在社会上，情商更重要些，可是连与同龄人交往沟通的时间都没有，怎么培养他的情商呢？"

那对中年夫妇怎么可能被一对小年轻说服，只是敷衍地笑笑，应声说："是是是，你们说得有道理，以后我们会注意教育方法的。"

童童听他二人仗义执言，顿生知己之感："帅哥哥小姐姐，你们说得太好了，我们真是英雄所见略同啊，古有刘关张桃园三结义，不如我们三个今天也在这大槐树下结拜为异姓兄弟姐妹吧，也是一桩佳话。"

"哈哈……"众人听了小男孩的话，都忍不住大笑起来，林雪忍俊不禁地对孩子的父母说道："你家孩子应该没少看书吧，他要是喜欢看书，我看你们不如往这方面使使劲，这小子将来没准儿能成一个大作家呢。"

童童跃跃欲试地拉了拉丁墨的衣袖:"大哥,你看如何?"

丁墨没好气地给了他一个白眼:"三弟,边儿去!"刚刚的欣赏一扫而空,现在的熊孩子啊,真是不管不行!

第十九章
我要追你

一场有惊无险的救援顺利结束。众人乘车回到中队,刚一进大楼,丁墨就发现原本应该在外边训练的很多人,此时都围在董建平的办公室窗前。

"咦?"丁墨很疑惑。出于职业的敏感,林雪一发现丁墨的异样,也看了过去:"他们在干什么?"

"过去看看不就知道了。"丁墨还是有点冷淡,其实对这位姑娘,丁墨已经没什么成见了,只是一想到她是日报的人以及日报那个没节操的麦芒,就仍心有芥蒂,所以说完以后,他就径直走了过去。

"怎么了,你们都看什么呢?"丁墨忍不住向队友们询问。一个三班的队员立刻贼兮兮地小声说道:"小声点儿,咱们董黑脸带了个大美女回来,超级大美女。"

谁?黑脸老董?带回个大美女?大新闻哪!丁墨觉得不可思议,连忙伸长了脑袋,往董建平的办公室里看。董建平的办公桌前,正坐着一位长相妩媚、身材妖娆的美女。

大美女双手支着下巴,一双大眼睛眨也不眨地看着董建平,笑眯眯地在问着什么。董建平却只是低着头,翻着手中的文件,不过,看那样子,真的只是翻，而不是看。

"董队长，你今年多大了？"

"三十岁。"

"而立之年啊，有女朋友吗？"

"有过……"

"有过呀？也正常，你这么优秀，一定有过女孩子喜欢，一定是你没看上她，对吧？"

"董队长，你家里还有什么人呀……"

这位姑娘是赤裸裸地刨根问底啊。董建平对这个大胆而又漂亮的女孩子简直无力招架，他现在真后悔自己一时多嘴了。原来之前他看完了病，又碰到了池焰焰。

虽然是短暂的分手后重聚，池焰焰却一脸欣喜，直说两个人有缘分，然后拉着他又是一通攀谈。他也是嘴贱啊，居然无意中说出了林雪来队里跟踪采访的事，这一下惨了，池焰焰说那是她闺蜜，她们现在就住在一起，她想和林雪一块儿回家，于是……就理直气壮地跟来了。现在，她正理直气壮地调查他的家世，比入队前家庭调查还仔细。

窗外，看着池焰焰含情脉脉的模样，林雪整个人都傻眼了。之前在家里说说就算了，她居然真的付诸行动了？

"队长，这位姑娘是谁啊，和大家介绍介绍？"丁墨一见，还没搞清楚状况就开始起哄，原本只是悄悄窥视的众队友马上也跟着起哄了。

董建平板着脸抬起头，一看林雪也在门口，登时如见救星："林记者，小池同志来这里找你，你们聊吧。"

董建平说完，如释重负地拔腿就走，池焰焰一声没叫住，他已经脚下生风，落荒而逃。旋即，外边就传来了董建平威严的咆哮："一个个不抓紧时间训练，到这儿干什么？马上去操场，器械训练！"

"一杯卡布奇诺，一杯拿铁，谢谢。"林雪将点餐单递给服务员，随即抬头，看向坐在对面一脸幸福的池焰焰，"怎么，还没缓过来呢？"打从消防中队离开，这小妮子就一直是这表情。

"是的！"池焰焰敛了敛心神，一脸郑重地看向林雪，"我宣布一个重大决定！"

"什么重大决定？"林雪一脸不以为意。

"我要开始追他了。"

林雪顿时瞪大了一双眼睛："什么？一见钟情？都多大了还相信这个？"

"为什么不相信？"说着，池焰焰忍不住叹了口气，"你也知道我从小到大被不少男人追过，可是那些男人不是轻佻轻浮，就是不靠谱。

"你知道，我爸当年就是因为太花心，为了个狐狸精抛弃我和妈妈。我从小就决定将来一定要找个成熟稳重的男人做我的老公，只有那样的男人，才能给我安全感。"

说到这里，池焰焰表情一转换，又变成了刚刚那副模样："偏偏这个时候，董队长出现在了我的生命之中，而且他还是个成熟稳重的极品好男人，你说这是什么？"

"是什么？"

"这就是上天赐给我的缘分啊！"

"噗——"林雪没忍住笑出了声，"你还信这个啊？"

"我信！"池焰焰认真地点头，"今天在医院偶遇他时，我就告诉自己，如果能再遇到他，我就追他！结果没多会儿工夫，我俩又在医院门口遇到了，这是缘！"

与池焰焰一板之隔，李向荣刚刚跟人谈了笔生意，才把人送走，正在结账。对方是个年轻的女老板，做建筑装修材料的。

第一次打交道的时候，李向荣本着肥水不流外人田的考虑，直接把商谈地点选在了自家KTV，事后人家女老板向中间人吐槽："那位李老板也太土了吧，我一个年轻女孩子，约我去KTV谈事，他咋不约我去KTV喝咖啡呢？"

李向荣因此学了个乖，听说年轻女孩子们喜欢听着轻音乐在咖啡厅聊事情，所以这次就约在了这里。

池焰焰和林雪的交谈，一字不漏地传进了他的耳朵里。其实，打从林雪和池焰焰一进咖啡厅，二人漂亮时尚的外形就吸引了他的注意。

林雪是那种清丽脱俗的美，池焰焰则是妖娆妩媚的美。如果要做一个比较的话，林雪是一轮挂在天上，可以静静地欣赏她优雅、静谧味道的月亮；而池焰焰则是一团火，是太阳。

人到中年，有了几个钱的李向荣可从不觉得自己是个油腻大叔，反而觉得金钱给他增加了不少人格魅力，听到这里，心便不可控了，他整整衣衫，就转了过来。

"两位美女，下午好。"李向荣彬彬有礼地开口了。林雪和池焰焰被李向荣突如其来的举动弄得一愣。李向荣面带微笑："请容许我自我介绍一下，鄙人李向荣，目前经营着一家KTV，很高兴能认识两位。"

他嘴里说着两位，可眼睛却一直盯着池焰焰，林雪一看就笑吟吟地靠在了座背上：又是来搭讪焰焰的，焰焰这招渣体质，由着她自己解决吧。

池焰焰不耐烦地皱起了眉头：怎么上哪儿都能遇到这么无聊的男人？

见林雪和池焰焰不说话，李向荣再次开口："刚刚不小心听到两位美女的对话，我觉得这位美女说得很对啊，找男人就是要找成熟稳重的才有安全感，成熟稳重的男人才有责任心，不过只是医院偶遇两次，未免就太轻率了，作为过来人，既然听见了，我是不吐不快啊。"

李向荣说着，往怀里一摸，摸出一张名片，笑吟吟地递向池焰焰："这是我的名片，很希望能和小姐交个朋友。"说着，他还刻意地把自己的皮尔·卡丹钱包和雷克萨斯LX车钥匙亮了出来。

池焰焰轻轻搅着咖啡，看也没看他手里的名片："这位大叔，你倒是挺自来熟的啊。你可不可靠，我都不感兴趣。你成熟稳重与否，与我更没有半点关系，我只希望……"

李向荣的脸色已经很不好看了，勉强保持着风度："嗯？"

池焰焰向门口努嘴："希望你马上消失，别打扰我们姐儿们聊天。"

李向荣的脸色更难看了："这位小姐……"

"大叔，咱能不用港台腔吗？本姑娘是单着呢，可我要找的是老公，不是爸爸，你看你要是真的想找个老伴，我把我们小区的丧偶大妈给你介绍一个？"

"噗！"林雪一口咖啡没忍住，急急一侧身，喷在了地上，还溅到了李向荣的皮鞋上。

李向荣没想到池焰焰这张漂亮的小嘴居然这么毒，而且她声音还不小，此时咖啡厅内其他桌的顾客都纷纷向这边看过来，他顿时悻悻一笑，收起名片。

"这位美女真爱开玩笑，既然这样，那我就告辞了，咱们有缘再见。"李向荣说完气咻咻地转身便走，脸色臭得无从掩饰。

池焰焰无奈地对林雪耸了耸肩："你看吧，就我这招渣体质，让我对男人多没信心啊，好不容易碰到一个忠厚可靠的，我还不如获至宝？"

林雪笑道："可拉倒吧，叫你这么一说，除了那个黑脸队长这世上就没好男人了？我看哪，谁也不管，谁叫你天生长得太好看呢，好男人都对你退避三舍，渣男呢，就像苍蝇看到了……"

池焰焰端起了咖啡，作势欲泼："接着说，没关系。"

林雪扮了个鬼脸，悠然自得地喝起咖啡来。

第二十章
岁月静好

距开发区一中队仅一个小区之隔的某小区某单元五楼。魏凯送走了中介和房东，看看后阳台，楼下不远就有个小菜市场，再转悠到前边，虽然只是一室一厅，可房型确实不错，房东收拾得也整洁。

魏凯兴奋地坐在那张有些陈旧的黑色沙发上，迫不及待地掏出手机，找到妻子的微信，发送了视频请求。

很快，视频接通了，出现了妻子姚燕因为怀孕有些发福的脸庞，看样子她正在收拾屋子，脸色有些红，看背景应该是在厨房。

"老婆！"魏凯动情地唤了一声。

"老公，你今天怎么有空，你这是在哪儿？"

姚燕注意到了魏凯身后的墙纸背景，魏凯像个孩子似的得意一笑，转过手机开始拍摄室内，怕妻子眼晕，魏凯镜头移动得很慢，卧室、厨房、客厅、洗手间、阳台、室外……

姚燕似乎明白了什么，兴奋地叫起来："老公，你租了房子？"

魏凯把镜头转向了自己，笑吟吟地说："不但租了房子，而且房子距我单位很近,媳妇,咱们以后要见就容易多了。我合计,再买个智能音箱,不用你守着电脑了,远距离就能让它播放音乐,让咱儿子接受胎教。"

姚燕凝视着丈夫,突然眼圈一红,用手背擦了擦眼泪:"老公……"

魏凯的眼睛也有些发酸:"老婆,我知道,委屈你了,可是江山易改,本性难移啊,我妈就那性子,我也劝不了她。我想来想去,还是把你接过来吧,一旦有点啥事,我就近也能够照顾。"

姚燕欢喜得满脸泪水,她拭了拭泪水,抽泣着说:"老公……我真想马上就到你身边……"

"快了快了,还有些日常用品我得买,床褥啥的也得有几天工夫才到。等一切准备妥当,我就给你订票!"魏凯说着,把手机凑近嘴边,照着屏幕狠狠地亲了一口。

姚燕被魏凯这样突如其来的亲密举动弄得一愣,转而破涕为笑,而魏凯见妻子笑了,嘴边也忍不住滑过一抹幸福:"老婆,等着我。"

关了视频,魏凯看看手表,又依依不舍地看看房间,便锁了房门,急急赶向消防队。

乐瑶带着陆江回了家。陆江已经不是第一次来了,乐家对这个帅气、沉稳的小伙子很喜欢,早就把他当成自己家的姑爷看待了,一见他来,马上开始置办酒菜,用一桌丰盛的酒宴款待未来女婿。

"来来来,快上桌,小陆啊,难得你来一趟,来陪叔叔喝两杯。"

乐瑶阻止道:"爸,我们有纪律!"

"什么纪律!"一听女儿有反对的意思,乐父立刻瞪起了眼珠子,"这是在家,又不是在部队,喝两杯酒怎么了?你呀,少跟你爹讲这个,你爹也是部队上出来的人!"

陆江笑吟吟地说:"叔叔说得对,这是在家里,我酒量不是很好,就陪您喝两杯,多了也不行,咱爷儿俩图个高兴就好。"

乐父爽朗地笑起来:"成,就依你,咱们只喝好,不喝倒,哈哈哈……"

乐母微笑地看着这一幕,常言说:丈母娘看女婿,越看越有趣。乐母对这个准女婿也是非常满意的,眼见丈夫与他关系融洽,乐母也打心眼里高兴。

陆江这孩子,长相帅气,性格成熟稳重,有礼貌有教养,家庭条件也不错,关键是对乐瑶也好,真是怎么看怎么喜欢。

乐瑶的弟弟乐天早就上了桌，十三四岁的半大小伙子，正是长身体的时候，已经饿得有些迫不及待了："快点吧，人家都饿死了，你们赶紧上桌啊！"

陆江攒了两天的假期，今晚不用连夜赶回，吃完了饭，陆江就陪乐父乐母喝茶聊天，而乐瑶则去为陆江准备被褥和洗漱用品去了。

等她准备停当，回到大屋，却没见到陆江，乐瑶下意识地走出房门。此时夕阳西下，只露出半张红彤彤的脸。陆江正攀在高大的梨树上，摘着黄澄澄的梨子，瞅准了便抛下去，

而乐天和几个邻居家的半大小子，则在下边接着，旁边地上放着个篮子，饱满多汁的梨子已经快要装满篮子了。夕阳将树冠照得一片金黄，陆江的身影掩映其间，仿佛一幅油画。

乐瑶靠在门框上，微笑地看着他，漆黑的双眸染上一抹幸福的笑意。这，大抵就是岁月静好吧。

消防队即便不出警，每天上下午也各有一次训练或演练，日常其实还是挺繁忙，不过消防员们的业余生活还是很丰富多彩的。

丁墨的篮球其实打得也相当不错，此时他正在场上和队友们较量着。篮球在丁墨的掌控之中，他不断运球，越来越靠近对方的球篮，对方围追堵截想要半路将球截下，可球却好似在丁墨手中生了根一般。

洛兵拦了上来，窥个机会，立即截向丁墨，却不想丁墨反应极快，运球的手稍稍向后一偏，不偏不倚，洛兵的手正好打在丁墨的手上。哨声吹响，洛兵打手犯规。

丁墨得意地向洛兵一笑，洛兵却不以为意，向队友们打了个手势，转身跑到球场外，拿起放在地上的水壶，咕咚咕咚灌了好几口水。

篮球场旁就是训练场，洛兵放下水壶，视线落在正在独自训练的华林身上。洛兵面露讶异，马上朝华林走了过去。

华林正在单杠上做引体向上，豆大的汗顺着额头不断滴落，看见洛兵到来，他也并未有停止，只是打了声招呼。

"班长。"

"嗯。"洛兵点了点头，"休息时间，怎么还这么拼？"

"我……不想……让女人比下去！"看来，之前营救孩子的行动给他的刺激不小，虽说他是因为体重原因下来的，但他心知肚明，就算没有这个原因，

他也不及林雪攀爬技巧出色。

从小被母亲当女孩子养的华林，其实特别在意被人说他像女孩子、不如女孩子，丁墨之前嘲笑他畏高像个娘儿们，只是激将法，他还可以不放在心上，毕竟从小到大，也不知道被多少人这么说过了，可真有表现不如女孩子的地方，那他真不能忍了。

洛兵没想到这个他眼中的娇气包，竟然会因为林雪爬树比他表现得出色而大受刺激，这倒是个好事。不过，他还是叮嘱了一句："嗯，练一会儿就歇歇吧，欲速则不达，这也不是一天两天就能办成的事，得有毅力坚持下去才成。"

华林攀在杠子上，用力点了点头。

那边还在比赛，反正就是队员们消磨时光的娱乐活动，也不是多么严谨。洛兵退场，马上就有观战的队员顶替了他。因为洛兵刚刚犯规，给了丁墨一个罚球的机会，也让丁墨一组的比分暂时领先。

丁墨因此成了对方的主要盯防对象，只要球在他手中，对方至少会抽出三个人来盯防，导致他根本找不到机会投篮，比分一度陷入胶着。

这一次，球又传到了丁墨手上，丁墨快速运球，眼看着就要有机会投篮得分了，身前突然多出来一个人，像是盯着猎物的猛兽一般，死死地盯着丁墨。

再看左右，同样的情况，丁墨皱眉，这个情况，他根本没有办法出手。

"丁墨！"察觉到丁墨的窘境，队友随即大喊了一声，示意丁墨将球传出去，丁墨想了想，也只能先这么办，找准机会，将球向队友抛去。

可惜，因为缺少默契，球在半路就被对方劫走，顺势反向控球，投篮得分。哨声响起，丁墨一组比分落后。

"唉，可惜了，你反应还是慢了，这要是陆江，刚刚那个球肯定能传成功。"同组的队友忍不住吐槽，丁墨一听，一张棱角分明的脸顿时沉了下来。

他本来就好强，尤其是说他不如陆江，这更不能忍啊，那个生死关头丢下队友的软蛋，有什么资格跟他比较："你什么意思，我不如陆江？"

"我可没那么说。"

"可你就是这个意思！"

"我就是这个意思又怎么样，你打球就是不如人家高明……"

"他高明个屁呀，明明是你刚才没配合好！"两个人你一句我一句，气氛越来越不对劲，众人见状连忙劝阻，可是却没什么用。

"好了！都散了，休息半小时准备训练！"及时赶回的洛兵发话，众人见状也只好扫兴地各自散去，只留下丁墨一个人站在原地。

林雪这时刚刚来到消防队，正好把这一幕看在眼里。有点奇怪啊，这个丁墨虽然挺讨厌的，不过跟他接触下来，不是个小心眼的人哪，为什么一提陆江，就像触了他的逆鳞似的？这里边，似乎有故事呀！

林雪眼珠一转，便向丁墨凑了过去。丁墨活动着身子，在操场边的长椅上坐了下来，林雪也在旁边坐下，笑了笑说："怎么，跟队友闹不愉快了？"

丁墨瞟了她一眼，道："这么喜欢八卦？"

林雪笑嘻嘻地说："女人哪有不喜欢八卦的。你怎么一听陆江的名字就炸呢？我可听说，你们俩以前是一个队的，还是好朋友。"

林雪的话，让丁墨喝水的动作不由得一顿，他停了一停，淡淡地说："那都是很久以前的事了！"

"很久以前？你现在貌似也没多大呀，那后来你们怎么……"

"你的好奇心太重了！"

林雪微笑着说："职业病，职业病，我们女孩子吧，要是闹点矛盾，可能是因为很奇葩的理由，但你们男人不是一向都大度吗，应该不至于啊，究竟因为啥？"

丁墨长出了口气，望着地上的那枚篮球，目光突然变得有些悠远，仿佛眼神已经穿过那球，投入了另一个时空。

林雪静静地凝视着丁墨，忽然发现，在他年轻的外表之下，似乎也埋藏着许多深沉的东西。

"一对好朋友、好队友，为什么会突然反目成仇呢？"

林雪有种直觉，今天自己一定能挖掘到一个有深度的故事，如果这里边真有些狗血桥段，发表出去不但能吸引眼球、引起热议，也能惩治这小子一下，报那一箭之仇！

女人的直觉一向都准！

丁墨沉默片刻收回目光之后，林雪听到了答案："其实……也没什么，我跟他……性格不合！"

第二十一章
性格不合

性格不合……

如此万金油的答案？林雪一直觉得，她听过最扯的分手理由就是性格不合，异性是，同性也是。性格不合？早怎么就合了？能谈恋爱，能结婚，最后说性格不合？林雪不觉得有谁能在性格上装那么久。

她知道，丁墨肯定没说真话，也许真的有难以启齿的原因吧。想着，林雪不禁幽幽地叹了口气。

丁墨关心地问道："怎么，有心事？"

林雪幽幽地说："友情啊，有时候真的是结束得莫名其妙。像我，本来……以前最好的闺蜜，其实并不是焰焰，而是另有其人。"

"后来分开了？"

"嗯！"

"理由呢？说来听听。"

林雪没说话。

丁墨说："无所谓啦，反正是过去的事了，说说又何妨？倾诉出来，心里舒服些。"

林雪又叹了口气：

"因为男人。"

"果然，防火防盗防闺蜜，你抢人家男朋友了？"

"胡说什么你，我只是……唉！怎么说呢，她有男朋友了，总会问问我的意见吧？"

"那当然，毕竟你是她的闺蜜。"

"其实她找的男友真不怎么样，第一个男友有点社会习气，表面上虽然显得挺高大上的，可骨子里痞气很重，我就劝她小心，后来果然，那人有家暴倾向，俩人分了。再后来，她又找了个男友，这人脾气倒是很好，可就是个滥好人，太没原则，我提醒了她，后来俩人又分手了。再后来……"

林雪苦笑了一下，说："再后来，她又找了个男朋友，可是别人都知道了，就我不知道，也就从那时起，她和我越来越疏远，自然而然就再无联系了。在那之后的第一个春节，我本想给她发句拜年的话，才发现，她把我拉黑了。"

丁墨一脸茫然："为什么？你又没得罪她。"

"我也是百思不得其解，后来有一次很偶然的机会，我们在一个酒宴上遇到了，我找了个机会问她，你猜她说什么？"

"她说什么？"

"她说她早受够我了，就是因为我，她才对爱情失去了信心，对男人总是抱着挑剔的态度，没办法好好谈恋爱，所以希望我以后不要再联系她，不要再打扰她的生活。"

"这个……我实在理解不了。那么，她不再咨询你意见后的男朋友，处得好吗？"

"不知道，我们后来再没联……咦？本来是我问你的，为什么换成你问我了？"

"这个吧，应该是这么回事。"丁墨一本正经地解释，"我们男人有什么心事，是喜欢藏在心里头自己一个人去承担、去品味的，而你们女人呢，挨不过四十分钟，一定会满世界地宣扬……"

"你……你……"林雪气得语无伦次，而丁墨已经得意扬扬地溜走了，还留下了一路的笑声……

各班队员们开始器械训练的时候，林雪就去了活动室，想把上次出警营救爬树儿童的资料整理出来。她一边整理，一边郁闷，不是因为刚才被丁墨套出了心里的小秘密，而是因为……

好像真的没有什么可黑的呢，她明明是带着小情绪在整理资料，可校阅时一看，完全就是对消防事业的赞美与歌颂，这和自己"打入消防队内部"的初衷可是背道而驰的呀。

林雪看着电脑上的资料，正觉哭笑不得，活动室门口出现了一个人影。来人正是李向荣，他经营的KTV消防检查不合格，消防队要求他停业整顿，他今天准备了些消防整改措施，想来蒙混一下，希望不要停业，以免影响他赚钱。

李向荣经过活动室的时候，发现里边有个女孩子，不免有些奇怪，定睛一看，认出是之前在咖啡店遇到的女生，不免又动了心思。昨天搭讪她身边的女孩时，她一点不恼，一直笑眯眯地看着，会不会这个看起来不好搭讪的女孩其实更好上手呢？

李向荣眼珠一转，就把他皮尔·卡丹的钱包和他一百多万的豪车钥匙拿在手里，咳嗽一声，走进了活动室。

林雪闻声抬起头，就看见李向荣笑容略显猥琐地走进来："美女，我们真是有缘啊，又见面了。"

李向荣把钱包和车钥匙放在桌上，刻意让她看见，又从怀里摸出一张名片，双手递了过去："呵呵，这是我的名片，咱们认识一下如何？"

林雪双手抱肩，揶揄地看着他说："大叔，你搭讪女孩时，连句台词都不换的吗？"

李向荣笑道："我这人一向很专一也很自信的。"

林雪把电脑一合，起身向他客气地点点头："我觉得，我和你没有认识一下的必要，再见！"

林雪举步就走，李向荣有些尴尬地看着她离去的背影，挠了挠头："我这一套现在这么吃不开吗？"

李向荣拿起自己的钱包和车钥匙，讪讪地离开了活动室。

林雪走出门，忽然瞥见蹲在一堵训练墙上的三名队员，距自己最近的那个人正是丁墨。

这只猴子。

林雪在心里给他起了个外号，忍不住笑了笑。

丁墨并没有注意到林雪，只是神情专注地望着下边的华林。他们蹲在墙头上的人，目前的站位相当于楼房的窗户位置，需要下边的队员把水枪抛上来。

水枪的龙头其实蛮重的，再加上连着一条长长的带子，那带子也很重，所以对抛的人和接的人来说，其实都需要相当强的臂力，需要经常训练与磨合才能做好。

　　与丁墨搭档的是华林，华林抛水枪显得很吃力。其实他的素质虽说相对弱一些，但也不至于这么快就耗光了力气。可是他之前自己训练得太多，没有惜力。

　　体能训练是一件长久的事，不能一蹴而就，可他急于求成，方才训练过多，臂力本就不足，抛了几次后就有些吃力了，可他又不好认怂，说自己已经没了力气。

　　丁墨是个急性子，眼见其他两组人配合得挺好，不禁着急起来："华林，别磨叽。"

　　华林咬了咬牙，用尽全身气力，提起手中的水枪，向前助跑两步，向上用力一抛，水枪并没有按照他预想的路线落到丁墨手边，而是向右偏离了一步的距离。

　　丁墨下意识地向前迈出一大步，同时伸手向那沉重的水枪捞去，结果他在墙头上站得不稳，脚下一歪，手急忙去扶墙头，不但没有接住水枪，反而被水枪重重地砸在了手上。

　　"啊！"丁墨一声大喊，手背被沉重的水枪砸得血肉模糊。华林吃了一惊，其他人见状忙停下了手中的训练，跑过去查看丁墨的状况。

　　正看着他们训练的林雪一惊，急忙赶到训练墙边，队友们正围着丁墨。华林带着哭音说："对不起，我、我之前自己练单杠，体力消耗太大，我不该强撑着不说，真对不起……"

　　"行了行了，多大点事。"人群中传出丁墨大大咧咧的声音。林雪钻进人群一看，见丁墨正捂着伤口，指缝中有殷殷鲜血流出。

　　"我有车，我带他去医院！"卧底是卧底，这个时候，林雪决定不跟丁墨一般见识，她宽宏大量得很。

　　洛兵也担心丁墨的伤会造成严重后果，别看他平时一副憨厚朴实的模样，这时却很果断。他立即说道："好！那就麻烦你了，林记者。中队长那里我去说一声，丁墨，快跟林记者走。"

　　林雪向丁墨打了个手势，转身急急就走，丁墨紧紧按着手背跟了上去，洛兵则向大楼跑去。

　　林雪的车就停在消防队的停车位上，就她这一辆私家车。林雪帮丁墨打开副驾驶的车门，丁墨对她的贴心有些意外，认真地看了她一眼，才弯腰坐进车里。

林雪关了车门，又绕跑到驾驶位，进了车子锁好安全带，却又解开了。丁墨茫然地看着她，不知道这姑娘在搞什么，却见林雪探身过来，抓住丁墨右肩上方的安全扣，要帮他系上安全带，因为第一下拉得急了些，安全带还卡了一下。

她的身子靠得很近，有种淡淡的香气。其实丁墨能看到的只有她的头发，可是头一回一个年轻、美丽的女性靠这样近，那异样的感觉……嗯，她发质真好。

丁墨胡思乱想着，林雪已系好了他的安全带，坐回自己座位，先抓了几张纸巾递给丁墨，接着熟练地驶出了门卫已提前打开的大门。

这个时间街上交通状况比较好，所以林雪的车速还挺快，直到在一个红灯路口停下时，她才松了口气，扭头看了丁墨的手一眼。

丁墨摁在手背上的纸巾已经被血浸透，他的手紧紧摁在右手背上，起到了止血的作用，此时情况已经好了许多，见林雪向他看来，丁墨向她扮个鬼脸，道："没事，不用担心。"

林雪白了他一眼，轻嗔道："谁关心你呀，自作多情。我是……担心有没有弄脏我的车。"

丁墨干咳一声，有些不好意思地说："我……我说的也是这个，没弄脏，放心。"

林雪忍不住扑哧一笑，说："平时瞅着你还蛮机灵的，怎么现在傻乎乎的？"

丁墨一脸震惊地看向林雪，矢口否认："不可能！不是说只有恋爱中的男人才会变傻吗？我又没恋爱。"

林雪瞥着丁墨道："没学问了不是？人家那句话说的是恋爱中的女孩，智商为零，恋爱中的男人啊，个个都能进化出爱因斯坦的智商。"

丁墨马上摆出一副很睿智的模样，目光做作地显出深邃，弄得林雪更是啼笑皆非，不过丁墨的耍宝却让她一下子放松了许多，刚才一路驶来，她真的有点紧张。

绿灯亮了，林雪松开刹车，车子平稳地滑了出去，速度依旧很快，可她的动作却从容自然了许多……

第二十二章
掐指一算

　　董建平办公室里,洛兵急急汇报了情况,这才看了一旁的李向荣一眼。董建平因为正约谈李向荣,心中虽关切,也没有多问,只是嘱咐道:"一会儿给丁墨打个电话问问情况。"

　　洛兵说:"中队长,他训练时受的伤,只怕没带……"

　　董建平翻了下自己的手机,迅速抄了个号码给他:"打给林记者。"

　　洛兵接过纸条,退了出去。

　　李向荣等房门关上,马上堆起一副谄媚的笑脸:"董队,你看,我也是做了整改计划的嘛,能否看在我认真配合你们消防工作的份儿上,通融一二啊?"

　　李向荣说着,摸出一盒香烟打开,毕恭毕敬地递过去。董建平推开了他的手:"我不吸烟。你坐吧,李老板,那你说说,如何通融?"

　　李向荣收了烟,欠着屁股在椅子上坐下:"董队,是这样,我的花样年华KTV,上上下下几十号员工呢,这一停业整顿,他们暂时就要失业了,我压力很大呀。

　　"董队,您是了解的,我们做生意呢,辛苦服务,拉几个回头客不容易,可是只要停业一段时间,一些常客也要跑掉了,重新做起来很难。您看……"

　　李向荣又向前挪了挪屁股:"消防呢,关系到人民群众的生命财产安全,防火如防虎,大意不得,我是一定会配合消防队认真整改的,只是如果停业时间太久,我的损失也太大了,您看我们能否边营业边整顿呢?"

董建平摇了摇头:"李老板,你们那家KTV存在的火灾隐患很大啊,你担心停业整顿损失很大,可你想过没有,一旦真的发生无法挽回的火情,那时又岂止是损失很大?"

董建平严肃地看着李向荣:"我希望你能端正态度,认真地对待这件事情!"

"那当然,那当然,我是重视防火的,我对待这件事很认真哪!"李向荣说着从口袋里摸出一只已经去了包装的手表,不过价签还拴在上边,往桌上一放,轻轻推到了董建平的面前。

那是一只劳力士绿水鬼,阳光斜照入室,映在上面熠熠生辉。董建平的眼眸垂了一下,慢慢伸出手,单手将那只表拿起来,套在虎口处,轻轻抚摸着表面和表链。

李向荣的脸上堆着笑容,眼底深处却飞快地闪过一抹不屑:嘴上说得很严肃,呵呵,可是身体还是很诚实嘛。

董建平抚摸着手表,忽然轻轻叹了口气:"李老板,你这可是行贿啊。"

李向荣一脸茫然:"董队,你在开什么玩笑?我没行贿啊,我今天是空着手来的,我什么都没拿啊。哦,这是我钱包,我车钥匙,别的……没了,我不知道您在说什么。"

董建平举了举右手,似笑非笑地看着他:"这副手铐,难道不是你李老板送给我的吗?"

"手铐?董队,你说笑了。我只是……"李向荣说着,脸色讪然,笑容渐渐冷下来。人家既然都说到了这个份儿上,他当然知道这是彻底地拒绝了他。

董建平把手表推回到他面前,严肃地说:"请你尽快处理好各项事宜,然后停业整顿,只要前期准备充分,做些必要的整改修整,也不会耗费太多时间。我们会第一时间配合你做好检查验收工作,只要你们符合消防安全标准,消防安全许可,我们会第一时间通过!"

"这……好!那谢谢董队了。"李向荣一脸假笑,保证尽快停业整顿后,便点头哈腰地离开了办公室。一出来,李向荣脸色便一沉:这世上居然真有不吃鱼的猫?信了你的邪!他别是和我不熟,不敢收吧?

李向荣一边往外走,一边琢磨着,突然想到了老邻居丁建国,他儿子小墨墨不是也在消防队吗,如果能让他儿子出面斡旋,这位董黑脸应该就不会对他怀有戒心了吧?

想到这里,李向荣马上拨通了丁建国的电话:"喂,老丁啊,是我,我是李向荣啊。哎,你家丁墨不是消防队的吗,我有点事,想找咱家大侄子帮个忙啊,什么?他在哪个中队啊?开发区一中队?哈哈哈,这真是踏破铁鞋无觅处,你等我,你现在在哪儿呢?好好好,我马上到,咱们当面聊啊。"

李向荣挂断电话,得意地一笑,脚步轻快地出了消防队,驱车直奔丁建国的加油站。

医院停车场里,丁墨和林雪坐在车里,丁墨刚刚拍了片,虽然伤势看着吓人,不过骨头没事,只是皮肉伤,已经做了消炎和包扎处理,此时右手包扎得像个粽子。

他左手举着林雪的电话,中气十足地说着:"嗯!我没事,处理完了,这就归队了。嗯嗯,班长,你放心,跟领导说一声,没事的,尽管放心!"

林雪驾驶着她的高尔夫出了医院的大门,丁墨关掉电话,放在旁边的收储格里,对林雪道了声谢。

林雪淡淡地说:"不用谢。"她瞟了一眼丁墨的手,感觉莫名地喜感,忍不住扑哧一声笑了出来:"得,这下子,你可真成大猪蹄子了。"

丁墨笑嘻嘻地说:"这不大猪蹄子正流行吗,我也赶一回时髦。"

原本丁墨就对林雪没啥成见,他只是对《静海日报》不满,对那个煽风点火唯恐天下不乱的记者麦芒不满,林雪这个见习小记者是受了牵累而已。她上次勇于出面,秀了一手爬树本领,救了那个孩子,今天更是对自己如此关切,丁墨对她的好感登时大增。

林雪开着车,也觉得自己此刻的心情有些奇怪。这个丁墨明明是害得她被调入老年组的人,害了她梦想的人,可是自己居然对他越来越恨不起来,当初咬牙切齿地说要来消防队做调查采访,那劲头就像要打入一个传销组织,要用自己的笔揭露丑恶与不堪,可是这才多久啊,好像……已经越来越认可他们了,就连她眼中害了自己的罪魁祸首丁墨,似乎也不可恶了。

林雪想着,眼角余光注意到丁墨似乎正在偷偷地瞟着她,心中顿时有些小得意:哼!平时在本姑娘面前还装出一副目中无人的样子,还不是偷看我?

林雪双手扶着方向盘,矜持地说:"干吗呢?想看就大大方方地看,别这么偷偷摸摸的。"她刚说完,就看见丁墨真的往她这边探了一下头,呵,这小子还真不客气呀，不过，他看什么呢？

旋即，就听丁墨憋着笑说："你说咱们俩还能顺利开回中队不？我怎么有点担心啊。"

林雪说："你担心什么？担心我女司机车技……哎哟！"

林雪眼眸垂了一下，这才发现仪表盘上的油表早已经到了最低点了，警告的标志早就出现了。她这才想起来，其实昨天车就报警提示要加油，但是当时太忙给忘了。结果今天又开了这么久，只怕这车随时都可能会没油。

"糟了糟了，快拿我手机查一下，看附近有没有加油站。"

丁墨老神在在地坐在那里，用绑着绷带的右手向右前方一划拉："不用查了，前边往右拐。"

林雪顺手一拨方向盘，问道："你知道啊？"

丁墨笑嘻嘻地说："本山人掐指一算就知道了。"

按照丁墨的指挥，很快就发现了加油站，林雪松了口气，很庆幸没有在驶进加油站之前抛锚。

"麻烦你了，加满。"

林雪对加油站员工说了一声，一边解安全带，一边对丁墨说："我去拿两瓶水。"

"我也去！"丁墨嚷了一嗓子，也跟着下了车。

林雪其实是想下车去趟洗手间，见他跟下来，便向加油站附属的超市示意了一下，转身就折向洗手间了。丁墨举步进了超市，一眼就看见老爸正在跟一个员工说着什么。

丁墨没想到老爸今天凑巧在这家店里，急忙想退回去，却已经被老丁看到了。丁建国扯开嗓子喊了一声："哎哟，今儿太阳打西边出来了，您老这是来视察工作啊？"

听他这么一说，超市的员工和客人都往这边看了一眼，不认识的一看也不像什么领导视察，应该是店主的熟人，两人开玩笑呢，认识的知道这是老板的儿子，就对他投以亲切的微笑。

丁墨尴尬了一下，就把包得像个粽子的手背到身后，慢悠悠地走过去，这一来还真像是领导视察的架势了："爸，您还挺勤快的啊，要我说啊，经营已经上了轨道了，您就多歇歇。"

"我倒是想歇，可这不是还有一匹野马，还在外边放飞自我呢？"老丁没好气地损了儿子一句，这才冷哼道，"别藏啦，老子没瞎，把手拿出来！这怎么弄的？"

父亲已经发现了，丁墨只好把手伸了出来："也没啥，训练的时候我没配合好，被队友抛过来的水枪砸了一下。"

"你说你这熊孩子干啥行，啊？吃啥啥没够，干啥啥不行，训个练都能让人家给砸着？你这败家玩意儿！"

老丁说着，恨铁不成钢地戳向丁墨的脑门，他刚一闪开，林雪就迈着一双悠长笔直的腿，走了进来。

第二十三章
便宜女友

林雪一看丁墨与人打闹的情景，不禁笑道："好啊你！摆出一副能掐会算的样来，我还当你是熟悉自己的管片呢，原来你是跟人家老板认识啊，真能装蒜。"

林雪说着，就向那几排货架走去。丁建国的手定格在空中，盯着丁墨一脸惊喜：臭小子，可以啊，居然追上一个这么漂亮的姑娘，有你老爸当年的风采啊。

丁建国一巴掌拍在丁墨的肩膀上，丁墨被老爸拍得龇牙咧嘴道："疼……"

老丁满不在乎道："我拍的又不是手。"

丁墨说："会震到伤口啊你懂不懂？"

老丁说："少跟我转移目标，你快说，那姑娘你什么时候处上的，她叫什么啊，做什么工作的……"

丁墨哭笑不得："爸，不要我身边一有异性出现，你就认定是我女朋友好吗？我跟人家八字没一撇，人家……"

丁墨刚说到这儿，后边响起一嗓子："老丁，我来啦。"

丁墨一回头，见是李向荣，忙叫了声："李叔。"

李向荣讶然道："小墨墨，你也在呀，休假呢？哟，这手怎么了？"

三个人说着话，林雪拿着袋葡萄干和枇果干，轻声地哼着歌转过来，一眼看见李向荣，不由一怔，急忙停步，借着货物架为掩护，悄悄听他们说话。

李向荣在丁建国的超市里也没啥忌讳，粗声粗气地说："消防队说我那KTV有重大消防隐患，要我停业整顿。我开这么多年了，啥时候火了你说，这不是吃饱了撑的吗？我合计找他们董队求求情，呵，他还真能摆得出黑脸，我琢磨吧，也许是我跟他不熟，送了东西他也不敢收，这不就想起咱们家大侄儿了嘛，哈哈……"

货架后边，林雪一听如获至宝，终于挖到他的黑料了，林雪马上取出手机，在手里假装摆弄着，打开录音键，把话筒方向朝外，准备录下丁墨徇私枉法的证据。

不知道为什么，当她把话筒转过去时，心里头忽然有些紧张，好像……并不情愿听到丁墨说出徇私枉法的话来。

丁墨一听李向荣的话脸色顿时严肃起来："李叔，我刚调到一中队，您那KTV的事，我并不太清楚，不过我们消防队是不会胡乱做出检查处治决定的，既然要您停业整顿，肯定情况很严重，您还是认真整改一下吧。"

李向荣脸色一黑："我说小墨墨，叔就是想让你帮忙搭个桥牵个线而已。叔混社会，吃的盐比你吃的饭都多，还用你教训？"

丁建国听他一说，脸上也有点挂不住了，不悦地对儿子说："儿子啊，这里没外人，你就不要打官腔了，这是谁啊，这是你李叔，小时候对你多好啊你不记得了？有什么好吃的好玩的不想着你？"

丁建国扳着手指头数落："小时候有一次你发高烧，我在外地赶不回来，打电话给老李，是你李叔大半夜背着你，走了七八里地把你送进医院，晚那么一会儿的话，你就烧成傻子了。这是多大的恩情？现在让你办这么点小事都推三阻四的，像什么样子！"

丁墨的神情更严肃了："爸，你不懂，别跟着瞎掺和，我是为李叔好。"

丁墨转向李向荣："李叔，引介你给我们领导，这的确是小事，可这小事背后，是大事。我做消防员，见过太多太多这种事了，真要出了事，后悔就晚了。

"您说您开KTV好多年了也没出过事，起火这种事哪还能老发生啊？一回就足以毁掉一辈子了。防患于未然，还能等到它发生再后悔啊？要我说，消防这种事，再如何谨慎都不过分。"

李向荣恼了，涨红着脸说："小墨墨，叔就问你一句话，这个忙，你帮不帮？"

丁墨朗声道："叔，这是帮您的倒忙，这种坑，我不给您挖！"

"好，好好好，那就算了，我还就不信了，凭我李向荣这么多年的人脉，还找不到一个帮忙平事的人，你呢，也别教育我了，我李向荣没那个觉悟，听不懂！"

李向荣黑着脸说完，拂袖便走，老丁急忙追上去："老李啊，他李叔，别介啊，你听我说，哎，老李……"

货架后面，林雪儿默默地摁了停止键，悄悄揣好了手机，不知为什么，心中却是不喜不忧，异常平静。

丁建国沮丧地走回来看了丁墨一眼，叹了口气，说："唉！我这张老脸哦，今儿算是被你给丢光了，以后你让我怎么去面对那些老邻居啊。"

丁墨嬉皮笑脸地说："怎么会呢，就我爹这张脸，帅着呢，那是徐叔半老，风韵犹存啊，丢不光。"

丁建国哼了一声，悻悻地说："你嬉皮笑脸的也没用，老子今天是真有点不高兴了。"

丁墨眼珠一转，说："别呀，我女朋友在呢，你这黑着个脸，今儿她不知道你是谁，改天总要见公婆的吧？这第一印象很重要啊。"

丁建国的注意力果然一下子被转移了："女朋友？你刚刚不还说不是你女朋友吗？我说你小子怎么一个屁俩谎啊，到底哪句话是真的？"

丁墨涎着脸道："这不是才处没多久嘛，我合计过些日子，关系稳定下来再跟你说的。"

老丁兴致勃勃地问："就刚才那姑娘吧？挺俊的，她是干什么的？"

丁墨说："是啊，就她，叫林雪，名字也好听，是吧？人家是报社记者呢。"

丁建国一听，顿时用怀疑的眼光看着丁墨："我说，你小子不会对人家做了什么坏事吧？那么漂亮工作又那么体面，人家姑娘能看得上你？"

"爸，你话说清楚啊，我怎么了？"

"你？你自己说，除了玩还是玩，你会交女朋友吗？上学的时候，工作了以后，但凡有个女孩子愿意和你走动，最后全都变成了你的好哥儿们，就你这么个蠢东西，你爹我实在是没信心啊……"

"那不是……我才刚开了窍嘛，男人吧，晚熟。常言说得好，龙生龙，凤生凤，老鼠生的儿子会打洞，我有你的优秀基因，还能没有女朋友？我实话对你说啊，爸，我跟林雪啊，都不是我追她，而是她主动追我的。"

丁墨大言不惭地吹着牛，却又马上心虚地回了一下头，没有看到林雪，丁墨又放了心。

老丁半信半疑地点点头："倒也是这么个理，小伙不坏，姑娘不爱嘛。我说儿子啊，人家一看就是个好姑娘，你跟人家处着，可得好好对人家，不能委屈了人家知道吗？"

"知道了爸，不多说了啊，我先走了啊。林雪，林雪？"

一听他叫，林雪急忙退了几步，顺手又拿起两瓶茶饮，脆生生地回答了一声："哎！在这儿呢。"

林雪拿着饮料和果脯出来，要放到结账台上，老丁一见赶紧拦住："行了行了，我跟丁墨……又不是什么外人，哈哈哈，还结啥账啊，你要算账啊，跟他算就行了。"

丁墨也顺势拉过林雪："行了行了，不用理他了，咱们走。"

林雪已经知道了二人的关系，佯作不知地说："那多不好。"

丁墨说："嘁，这有啥不好的，他欠我债呢，当利息了。"

丁墨说着，已经拉了林雪出去，二人还没上车，老丁带了两个店员又追出来，两个店员一人抬了一箱饮料，老丁笑容可掬地说："姑娘，你把后车厢打开一下。"

林雪一看，吃惊地说："大叔，您这是干什么？这我可不能要，您太客气了。"

老丁连忙摆手："没客气，没客气，这客气什么呀，这是……对了，这是我们加油站做活动，加油三百元送两箱饮料，姑娘你就别客气了，你看我这员工一直搬着呢。"

林雪无奈，只好开了后车厢，两个员工把饮料摆好，老丁热情洋溢地向林雪招手："欢迎你再次光临哟。"

林雪看着老丁拙劣的表演，忍住笑道了谢，便与丁墨上车离开了。老丁抻着脖子正看，旁边一个年轻人喊了一嗓子："老板，我也加油，加三百块的，饮料能选吗？"

老丁把眼一瞪："加油就加油，选什么饮料？"

那年轻人说："哎，刚刚你不是说正搞活动……"

老丁不耐烦地摆手："搞什么活动啊，那是我儿子刚交的女朋友呀，懂吗？你也是啊？"

那年轻人倒也幽默，很认真地点了点头："可以是！"

老丁瞟了他一眼，鼻孔朝天，重重地一哼！

第二十四章
将心比心

高尔夫在车流中行驶，拐到通向一中队的主干道后，车流就变少了，林雪扭过脸瞟了丁墨一眼，似笑非笑的，神情有点古怪。

丁墨还没看过她这样的神情，心里不禁有些发毛，毕竟刚才可是把人家说成自己女朋友了，有点心虚。丁墨便开玩笑地说："干吗这么看我，是不是对我的盛世美颜有什么企图？"

林雪做了个呕吐的表情，撇嘴说："你有颜值可言吗？本姑娘会对你有所企图？我看哪，就凭你这情商，八成是个母胎单身的单身狗吧。"

丁墨哈的一声，说："喂，熟归熟，你乱讲话我要告你诽谤的哦。我还不瞒你说，我从初……小……幼儿园开始，就特招女孩子喜欢，追过我的漂亮女生不计其数，我单身狗？笑话！"

林雪轻轻勾起了唇角："哦？这么说，你现在有女朋友啦？"

"那……当然！"

"是吗？哪天领出来见见？"

"哈，那你一时半晌的可见不着。我女朋友吧，现在在加拿大留学呢。还有两年就回来了，当初那叫一个不舍得走啊，哭得一把鼻涕一把泪的。

"她跟我说啊，她不想去，她说现在不比当年了，以前出国镀个金回来，只要说一声自己是海归，马上就能金光耀眼。可咱中国人现在自信多了，除非你是世界名校，不然就说是在国外上的学，也没人买账。我就劝啊，你看你爸妈都办好了，就当去增长见闻外加学习一下外语吧，你放心，虽然有那么多漂亮女孩子追我，可我说等你，就一定等你……"

丁墨说得眉飞色舞，也许是说到后来他自己都信了，那投入劲儿，明明林雪不想笑的，可这一路上，她的眉弯着，唇翘着，笑意就从未消失过……

丁墨生怕人家不信似的，一路自吹自擂，直到在林雪的含笑不语中，高尔夫驶进消防队，丁墨才终于停止了喋喋不休。他推开车门下去，正好看到休假归来的乐瑶和陆江。

"哎？丁墨，你手怎么了？"乐瑶一见他包扎着右手，便放开陆江的手快步走过来，陆江的眼神也落在了丁墨的手上，看得出来，他很关切，却没开口。

"没事！"丁墨扬了扬右手，"训练的时候，华林那小子手劲不足，水枪抛歪了，把手砸了一下，没有伤筋动骨。"

丁墨和陆江、乐瑶之间的关系很奇怪。陆江和乐瑶是情侣，他和陆江闹翻了，却丝毫没影响丁墨与乐瑶的友情，两个人的关系一如既往。

乐瑶注意到丁墨的目光往自己肩后看了一眼又迅速地变冷，不禁叹了口气："你们两个啊，就不能让我少操点心吗？"

丁墨举起包裹的右手，轻轻晃动了几下："咱不说这个，不说这个啊，要不然，说得不愉快了，咱们俩的交情就受影响了。"

乐瑶欲言又止，最后只是长长地叹了口气："行！我不说，你呀，又二又倔！"

陆江走过来，目光从丁墨身上扫过，对乐瑶柔声说："不送你回支队了，我这就归队了啊？"

乐瑶刚点了点头，出警警报突然响起，陆江几乎是条件反射地跑动起来，一阵风地直奔更衣室，而丁墨几乎与他同时起步，也迅速向更衣室跑去。

林雪和乐瑶不约而同地朝着丁墨的背影喊："喂，丁墨，你有伤啊！"但是丁墨的身影已经消失在大楼中了，二人见状，只能对视一眼，苦笑摇头。

更衣室里，二人和已然赶到的队友纷纷脱换衣服，陆江一边更换衣服一边说："你手都残了，不要去了。"

丁墨单手脱了外衣，冷冷地道："你管不着！"

陆江冷笑："我是怕你干不了什么，反而拖了大家的后腿。"

丁墨话里有话地反讥："就算拖了后腿，我对队友也是不抛弃、不放弃，你行吗？"

陆江眉峰一挑，还不等他说什么，洛兵已经穿好消防服，霍然转身，严肃地说了一句："丁墨留下，这是命令！"说完就飞快地向外跑去。

消防员们一个接一个，飞快地跑出去，但丁墨仿佛没有听见洛兵的话，仍然用一只手吃力地着装，陆江正要跑出去，略一犹豫，还是迅速转身，帮他捉上消防鞋。丁墨略微犹豫了一下，却没有出声阻止。

……

儿子走后，丁建国在超市里越想心里越不是滋味，刚才只顾高兴儿子有了女朋友，此时一想，李向荣就那么走了，几十年的老邻居，以后可如何相处？又不免纠结起来。

一时间心情烦躁，他也无心在加油站待下去了，便提前回了家。丁建国刚停好车，准备上楼的时候，迎面见到了李向荣，他有些尴尬，但还是走上前，挤出一副笑脸说："老李啊，这去哪儿晃了一圈回来？今儿那事你别放在心上，回头我再劝劝他，一定把你这事给办成喽。"

李向荣皮笑肉不笑地说："还劝啥啊劝，你家丁墨我算是看明白了，他是想当铁面无私的包青天呢，咱可不敢请他帮忙办事了，免得坏了他的前程，我还是自己想办法吧。"说完，李向荣就冷着脸走了。

"哎老李，你先别走啊……"听到李向荣的话，老丁感觉面子上挂不住，赶紧想拦，却见李向荣头也不回地走了。

"咋了，你跟老李闹矛盾了？"丁母拎着个菜篮子走过来，正看到这一幕。

丁建国悻悻地跟老伴往回走，一边走一边说："还不是咱家那臭小子惹的祸，老李今天来找我，说他那KTV被消防给查了，要他停业整顿，他想找丁墨帮着联系联系，看领导能不能通融一下。"

"我觉得这事简单哪，再说了，人家这么多年也没求过咱别的事，还不得帮回忙？结果咱儿子可好，一口就给回绝了，我这老脸哪。"

丁母一听，脸色就沉下来了，说："这个脸面要它干吗？你今儿帮他糊弄人，明儿要真出了事，你担待得起吗？咱儿子做的是对的，要真帮老李把安全资格给办了，他那KTV一直挺红火，要真出点事，里边那么多人，咱儿子不也成了帮凶？谁负得起这个责任？"

丁建国赌气道："就你有觉悟。你啊，我看你就是宠儿子，你儿子做啥都是对的。大家不都那样吗？也没见谁家出事啊，你就是会小题大做，危言耸听。"

两人正好走到家门口，丁母上前拿钥匙开门，见丁建国背着手在那儿站着，一把把菜篮子放到他手上："拿着，没看我要开门吗？"老丁拎着菜篮子，一脸无辜。

进屋后，丁母关上门说："我告诉你丁建国，我不管你那些个狐朋狗友是谁，以后关于消防的事，统统别去找儿子，不然我知道了饶不了你。什么叫大家都这样就没事？你自己去看看，新闻上失火的消息还少吗？不出事还好，一旦出事你们谁都跑不了，你要是想毁了儿子的前途，就尽管去揽这个事。"

丁建国黑着脸，哼哼唧唧地说不出话来，丁母一把抢过他手里的菜篮子，走到厨房准备做饭。

"哎你等等，还有件事你肯定想听。"丁建国拦住老伴儿。

"啥事？没事别烦我，我还要做饭呢。"

"我今天在加油站见到儿子了，他还带着一个漂亮女朋友呢。"

"啥？儿子有女朋友了？真有女朋友了？前些天他还否认呢，这臭小子。咱儿媳妇干什么工作的？长得漂亮吗？"一提起这个话题，丁母就眉飞色舞，些许不快果然就忘了。

"我想想，那姑娘好像叫林雪，是个记者，长得那是相当漂亮，身高腿长，和咱儿子般配得很。"

丁建国说着，暗暗松了一口气，这下果然把老伴儿的注意力分散走了，他可是很清楚老伴儿的脾气，要不然哪，逮着刚才那个话题，她一会儿吃饭得说，晚上睡觉还得说，会吵得人脑瓜仁疼。

聊了几句儿子的女朋友后，丁母心满意足地到厨房做饭去了，老丁得意扬扬地坐在客厅沙发上，打开电视，刚好看到一个高楼救火场面的直播报道。

"观众朋友们，这是静海电视台在现场为您带来的直播报道。今天下午四时许，东华大厦发生火灾，消防队接到报警后，于六分钟内赶到现场，目前正在展开救火救援工作，让我们把画面切回火场。"

随后电视画面一转，三辆消防车停在东华大厦旁边，周围已经拉起了警戒线，但仍然有很多群众围着警戒线，拿着手机在那里拍照。而一群消防员正在消防车旁边连接消防栓。

丁建国不屑地说道："这么慢的动作，等他们上去火都烧完了，能有什么用，直接冲啊，这电视台都到了，他们还没开始施救呢，这还叫快？"

这时电视画面中一个熟悉的身影抱起水枪就往火场里面冲去，虽然他穿着防护服，带着防护面罩，但丁建国依然一眼就认了出来，这是他的儿子，丁墨。

"哎哟！"老丁屁股像安了弹簧似的，一下子从沙发上跳了起来，差点整个人一头冲进电视机里面去，他拍着大腿骂道，"你这臭小子，这么玩命干什么，这么大火，你就往里面冲啊，你以为你是活神仙啊，这不是玩命嘛！"

第二十五章
阳刚之美

正在厨房干活的丁母听到老丁似乎在说儿子，又跑了出来。丁建国心里暗叫一声"糟糕"，赶紧换了个台。丁母大声问道："怎么了怎么了，你说咱儿子咋了？"

看着电视里正在播放的购物广告,丁建国装出一副若无其事的样子,说:"没事没事,他能有什么事,我说这个磁力腰带是不是真有奇效呢,你听错了。"

丁母看着电视,狐疑地说:"你从来不看购物频道,老说那都是骗人的,你骗我呢,你刚才看的肯定不是这个台,赶紧给我调回去。"丁建国无奈,只好把台调了回去,画面上还在直播消防队救火的场景,但儿子已经冲进火场,根本看不到。

丁母一看果然是救灾现场,紧张地说:"是咱儿子的那个消防队?他人呢,是不是进火场了?"

丁建国一副若无其事的样子:"没有,这根本就不是他们消防队,进什么火场啊。"

丁母一脸疑惑地看着丁建国:"没儿子啥事,那你刚才大惊小怪地叫什么?"

"我那是看错了,看到有个跟儿子身材差不多的人,吓我一跳。"

"真的?"

"当然是真的。"丁建国信誓旦旦地说,"我还能骗你不成,再说,你也不用这么担心,不闯荡能成器吗?想当年他老子我,要不是一个人跑去俄罗斯闯荡,能攒下第一桶金,开了咱们家的加油站吗?让这小子锻炼一下,有啥不好。"

老丁一边信口说着,一边盯着电视屏幕,突然,他的身子一紧,老伴儿紧张的声音在耳畔响了起来:"是他,那是咱们家小墨墨啊!"丁母指着电视屏幕大叫起来。

救火现场,丁墨身穿防护服戴着防护面罩,搀扶着一个人从火场走了出来,看到旁边正在浇水的华林跟跄了一下差点摔倒在地,眼疾手快地一把扶住了他,并向他握拳示意,似在鼓励他坚持,随即转身再次冲进了火场。

这边,丁墨的父母目不转睛地看着电视,默默地为儿子祈祷着。

而另一边,在被大火吞噬的东华大厦里,还有数名被困群众,他们的亲人朋友都在祈祷。现场那些一次次冲进火场中的消防员,是他们此时唯一的希望。

火场边上,已经连续浇水且被大火炙烤了二十分钟的华林,感觉自己身体里的水分似乎被掏空了,眼前不断地闪烁着黑点,他以为自己马上就要倒下了,但他知道,他若能多坚持一分钟,火场里的队友和群众就会多一分安全。

突然，他只觉得手中一轻，洛兵已经接过了他手中的水枪，并冲他大喊了一句："抓紧时间休息！"

华林终于松了一口气，摇摇晃晃地走到旁边，一屁股坐在地上，摘下面罩大口大口地喘着气，他要尽快恢复体力，因为他知道，战斗远远还没有结束！

夕阳西下，当最后一辆消防车披着绚烂的晚霞离开火场的时候，林雪也开着自己的车，默默地跟在了后面，这是她第一次以专题记者的身份，如此近距离地面对救火现场。

那汹涌炽烈的火焰，义无反顾地冲进火场的背影，累到脱水仍然坚持在岗位上的消防员，一幅幅画面不断在她脑海中闪过，她忽然有些为自己的"小肚鸡肠"感到羞愧了。

一回到消防队，消防员们就顾不得形象了，下了车，便瘫软在了操场上，东一个西一个，所有人都累惨了，这时能挨着坚实的地面好好瘫上一会儿，对他们来说就是最大的幸福。

林雪扫视了一圈，终于找到躺在篮球架下的丁墨。她赶紧走了过去，拿起他受伤的手仔细查看，绷带早被水溅湿了，解开一看，不出所料，伤口裂开了。

林雪轻轻打了丁墨一下，埋怨道："你看你，自己都受伤了心里没数吗？还当自己没事人一样，这下好了，伤口又裂开了，别躺尸了，我带你去包扎。"

丁墨躺在地上，脸上黑漆漆的跟灶王爷似的，只有眼仁和牙齿是白的，听到林雪的话，他冲她龇出一个笑脸，顺手把绷带缠了缠，就想坐起来，却又有些乏力的样子。

林雪见状，毫不犹豫地上前扶他，这时候司务长老范拎着一根水枪大步走了过来，大声喊道："孩子们，羊肉汤都凉了，你们还在这儿躺尸呢，赶紧打起精神来！"

老范说完，一把拧开水枪，将水流射向消防员们。队员们仍然躺在地上，被水淋着。林雪怒了，这人有没有人性啊，身为一个老队员，就这么欺负人？

林雪气冲冲地正要走过去，那些被淋着的队员们开始动了，他们一个个爬起来，一开始还有些酥软乏力的样子，但很快就精神起来。

队员们脱下了消防服，脱下了上衣，露出年轻健美的身体，迎着那夕阳下的人造雨，欢呼着、跳跃着。

林雪有点蒙，茫然地看着这一切，直到丁墨也脱掉上衣，欢呼着冲进"雨"里，她才突然惊醒过来，连忙冲回车里取照相机。

夕阳，晚霞，一片绚烂。

那人造雨也因此披上了一层金色，落下来时仿佛一颗颗金色的珍珠。雨水冲洗着那一具具阳刚、健美的身体，一块块棱角分明的肌肉，散发出无尽的光芒。

这时，一群女生路过大门口，忽然看到了操场上的情形，登时尖起欢呼起来，居然还有小姑娘吹起了口哨，几个"人来疯"的队员摆出健美先生的姿势，更是引来尖叫连连。

"那个帅那个帅，八块腹肌哎！"

"这个才帅呢，你看他身体线条多好，像头豹子一样，一看就是速度型的。"

"你们看那边那个，"一个身材高挑的女生指着陆江说，"冷酷型男啊，一点姿势都不摆，就展现出了全身爆炸般的肌肉，这才是最帅的！"

陆江听到此，一向冷淡的脸上也不禁露出一丝笑容。只有原本蹦跳得很欢的华林此时一下子沉默了，看看队友们健硕阳刚的身体，有些讪讪地往旁边躲了躲。

他只想让墙外的女生们忽略他，但还是有人看到了他："就那个弱呀""嗯嗯，好弱鸡！哈哈哈……"华林面红耳赤，心里说不出地难受，却还要强装出一副没听见的样子。

林雪紧张地抓着相机，不停地移动角度拍摄着，张扬、奔放、阳刚，从未有任何一帧画面，能让她如此感动，一张张阳刚健美的照片，就这样一一在她手中定格，就像一幅幅优美的油画。

第二十六章
因恨生爱

一推门，林雪就嗅到一股饭菜的香味，换好拖鞋后，林雪像只闻到腥味的小猫一样，顺着香味来到厨房："哟，这是有啥大喜事啊，我们的焰焰大美女居然亲自下厨了。"

林雪靠在厨房门边上，看着正围着围裙炒菜的池焰焰，煎炒烹炸的，这是什么重要日子？

池焰焰百忙中睨了她一眼："怎么，不想吃啊？不想吃就出去。"池焰焰挥舞着锅铲对林雪说。

"想吃想吃，我最喜欢焰焰做的虾了！"林雪走到池焰焰身边，一双眼睛还贼溜溜地盯着灶台，"哇，今天还真的有虾啊，焰焰你真好，我爱你！"

林雪凑到池焰焰脸上亲了一下，看着那盘大虾，双眼闪着光。

"起开！"池焰焰毫不留情地数落她，"看你那馋样，这可不是今天晚上做的，我先收拾好，要留到明天早上才做呢。"

"焰焰，好焰焰，人家今晚就想吃虾。"林雪抱着池焰焰的胳膊撒娇。

"哼，没你的份儿！"池焰焰铁面无私道，"我明天早上做了，要麻烦你做信差，帮我送给小黑哥！"

"啥小黑哥？"

"董队啊！"

"不是吧你，焰焰，你这……你这不止是来真的，你还要倒贴啊？"林雪惊讶地看着池焰焰，自家闺蜜自己知，池焰焰虽然外表长得娇媚，从不缺乏追求者，但对于那些追求者，她却从来都是不假辞色，长这么大还没见她主动追求过男人。

池焰焰叹了口气，一边炒着菜，一边说："没办法啊，我家小黑哥明显是一见女人就怂，我不主动怎么办，等他主动？下辈子吧，真看见自己心动的男人，就该主动出击，懂吗？"

林雪捏着下巴："嗯……我怎么看不出来，他哪儿好？"

池焰焰说："这个吧，每个人的磁场是不一样的，你跟他不合，当然没感觉。我就不同，每次一见小黑哥，我就有种很安宁的感觉，这是我爸离开我们母女俩后，第一个能让我有这种感觉的人，我感觉，他可能就是上天派给我的真命天子。"池焰焰说着，嘴角还露出一丝笑容。

林雪有些心疼地揽过池焰焰的肩膀，安慰她说："你说的这些我都懂，表面上看你乐观外向，一副天不怕地不怕的样子，但心里其实非常缺乏安全感。我只是有些担心，你喜欢小黑哥，是把他当男人，还是当爸爸呢？"

池焰焰轻轻打了下林雪："你要死啊，人家虽然看着年纪大，但其实才三十岁呢，怎么就是爸爸了？"

林雪连忙求饶："好好好，我错了。话说回来，这么多年过去了，你爸爸一直没和你们母女俩联系吗？"

"人家都有了新家，有了孩子，哪儿还能想起我们。"池焰焰笑了笑说，突然转头看向锅里，"哎呀，菜都糊了，你赶紧出去，别吵我了，不然就别想吃到我特意为你准备的美味了。"说着，手忙脚乱地拿起锅铲炒菜。

"别别别，我错了，我这就出去。"一听到吃的，林雪立马求饶，举着双手一点点往门口退去，突然瞥见一盘已经炒好的火腿，冲过去拿了片火腿扔到嘴里就跑，边跑还边口齿不清地说："我去醒一瓶红酒，咱俩今晚好好喝两杯。"

来到客厅，林雪拿出一瓶红酒，费力地打开后，倒在了醒酒器中。她拿出电脑坐在沙发上。

翻着今天拍的照片，林雪开始思考这场救火报道，是从消防员的角度写，还是从围观群众的角度写呢？要不再去采访几个受困群众，从他们的角度来写这个报道？

可是想着想着，她就停在了夕阳之下丁墨张开双臂赤裸上身迎着雨水傻笑的画面上了，他手上的绷带已经被染成了褐红色，看起来有些刺眼。

"哟，看什么呢？"一个温软的身体扑到林雪身上，原来池焰焰已经炒好了菜，刚端菜出来，正好看到林雪出神地看着电脑，"哇，你们报社现在尺度都这么大了吗？"

林雪嗔笑着拍了一下池焰焰："胡说什么呢，这不就是一张正常的照片吗？又没有露什么不该露的地方。"

池焰焰惊讶地看着林雪："我发现小雪你变了。"

"我怎么变了？"林雪有些不解。

"你变成小色女了。"池焰焰肯定地说。

"你才色呢，你才色呢！"林雪拿起旁边的抱枕使劲地拍打着池焰焰。

"你要是不色，怎么会看到人家的肉体，就忘记仇恨了呢？"池焰焰义正词严地看着林雪，"你刚才看这张照片时的眼神，可不像恨人家的样子哦，我看啊，更多的是爱。"

林雪故意做出可怜兮兮的样子："对啊，他害我丢了前途，我本应该恨他的。可是他偏偏长得这么帅，我可是颜值党，有点恨不起来了，怎么办呢？"

"我教你啊。"池焰焰爬到林雪怀里，放大了电脑里丁墨的那张照片，用画笔在他脸上狠狠地画了个叉，"你看，这样就不帅了，继续恨吧。"

林雪端详着丁墨的照片，满意地说："嗯，干得漂亮，所以我决定，就不给你看小黑哥的半身裸照了。"

池焰焰一把扑倒林雪，抢过电脑，嘴里还大声说："什么还有小黑的照片吗？我要看我要看！"

确定真的没有小黑哥的半身照后，两人笑闹了一阵就开始吃饭了。茶几上摆着四菜一汤和一瓶红酒，两人并排坐在沙发上，一人一个高脚杯。

"嗯，我感觉气氛有点不对，好像少了点什么。"林雪托着下巴说。

"少什么啊？"池焰焰做完饭后，换了套宽松的睡衣，头发胡乱地扎了个马尾，虽然打扮得很随意，但仍然艳光四射。

"少这个！"林雪跳下沙发，光着脚跑到电视柜旁边，从抽屉里翻出两根点了一半的蜡烛，"焰焰美女难得下一次厨，没有烛光怎么配得上这顿晚餐？"

"嗯，算你还有良心。"池焰焰满意地眯着眼，靠坐在沙发上，看着林雪在眼前忙活。

林雪关掉灯光，柔柔的烛光照亮一片小小的空间，属于两个女孩的空间。

"干杯！"两人举起酒杯，柔黄色的烛光透过暗红色的红酒，映照在两人脸上，更增添几分神秘的美感。

"焰焰，我虽然每天都看见你在笑，但很久没看见你这么开心，这么惬意了。"几杯酒下肚，林雪已经有些醉意了，靠在沙发上，小脸微红，看着池焰焰有些感慨。

"是吗？"池焰焰轻轻摇晃着红酒杯，歪着头看着暗红色的酒液在烛光下流转，一头长发披在肩头，"笑只是我对这个世界的态度，开心才是我对这个世界的感受，你从小在父母的呵护下长大，没有经历过什么坎坷，想笑就笑，想哭就哭，敢对世界表达出你最真实的态度和感受。而我不同，想笑就笑，想哭也只能笑。"

看着眼前这个有些陌生的闺蜜，林雪的眼眶突然有些湿润，不知道该说些什么。

沉默片刻，池焰焰继续说道："我从小就知道，我想要的会被别人拒绝，就像我爸爸，他离开的时候，我哭得撕心裂肺，想让他留下来，但他却头也不回地走了。

"长大后，由于我天生长得太媚，很多男人都对我说，我想要的一切他们都会给我，但我知道不是这样的，如果我向他们要爱，要安全感，要一份安宁的生活，他们都会毫不犹豫地拒绝我。"

池焰焰一口喝干杯中的酒，扬起头说："但现在不一样，我遇到了小黑哥，别人能给我的，他可能给不了，但他能给我的，别人也给不了，而我最需要的就是他可以给我的东西，所以我决定，无论如何，我都要把小黑哥追到手！"

"嗯，追到手！"受到池焰焰的感染，林雪也一口干掉杯中的酒，一抹嘴巴坚定地说。

看着闺蜜呆萌的模样，池焰焰扑哧笑出声来，说："你要把谁追到手啊，那只猴子吗？"

"这个……你别管，这不重要，不管是谁，反正就是追到手！"

"哈哈……"池焰焰笑，拿出手机说，"我现在就要追了哦，我要给我的小黑哥发微信，你要不要行动？"

说着，池焰焰打开董建平的微信，顺手打了几个字发了过去，还示威般地向林雪挥了挥手机。

林雪一脸纠结地看着池焰焰，这时手机突然响了起来，把她吓了一跳。电话接通，是她妈妈打过来的。

第二十七章
人心如面

　　林雪："喂，妈……"

　　林母："小雪啊，睡了吗？"

　　林雪："还没呢，正跟焰焰一起吃饭。"

　　林母："这么晚才吃饭啊，工作累不累啊，有没有好好休息啊，缺不缺钱啊？对了，咱们邻居家的妹妹小华，你还记得吗？"

　　林雪："记得啊，就是那个矮矮的胖胖的小萝卜头对吧？"

　　林母："什么小萝卜头啊，人家现在大学毕业了，前两天都结婚了。咱们小区里面，从小跟你一块玩的小雨、丽丽，还有萌萌，年纪都比你小，现在都结婚了。你看你都二十五岁了，再不结婚就成老姑娘了，到时候更嫁不出去了。这样，你张姨家的儿子从国外回来了，那可是青年才俊人中龙凤啊，年薪上百万。等会儿我把他的联系方式发给你……"

　　林雪："好了好了，妈，我先吃饭了，回头打给你……"

　　说话间，林雪飞快地挂断电话。

　　池焰焰笑着看着林雪："看来你不需要追了，马上就能在一起了！"

　　林雪一摔手机，气鼓鼓地说："这都什么跟什么嘛，上学的时候不让我们谈恋爱，刚毕业就要被逼婚，没有男朋友就要被逼着去跟不认识的人相亲，真不明白他们在想什么。"

池焰焰安慰林雪:"好了,别生气了,父母也是为我们好,真不想相亲,找个自己喜欢的就好了。"

"哪有那么容易啊。"林雪给自己倒了一杯酒,闷闷地喝掉。

"你家那只猴子就不错啊。"

"他啊,我还恨着他呢,大仇未报,怎么能那么轻易就拜倒在他的西装裤……消防裤下。"林雪一脸傲娇地说。

"行行行,咱们先报仇,再恋爱,可以了吧?来来来,喝酒。"池焰焰举杯。

"仇当然要报,至于恋爱,看他表现喽。"

两人在自己小小的空间里,就着烛光继续喝酒,各有各的小心思。

消防队里,随着熄灯号响,队员们很快就沉浸到了梦乡里。洛兵开始查房,宿舍里呼噜声此起彼伏,还有各种磨牙声、翻身的声音,显得并不那么安静。洛兵突然发现,华林的床上没有人,他赶紧寻找。

转了一圈,洛兵终于在操场上发现了华林,他正在做着俯卧撑,汗水不断地从他脸上滴落。洛兵在旁边看了一会儿,脱下了外套,默不作声地走到了华林身边,也趴在地上做起了俯卧撑。

洛兵的到来让华林吓了一跳,不知所措地问道:"班长,您怎么来了?"

洛兵一边做着俯卧撑,一边笑着道:"发现你没在,就出来看看,果然是在这里。怎么?被白天的事情刺激到了?"

"怎么说呢……"华林翻身坐下,笑了笑,"我是受到刺激了,从小被妈妈当女孩子养,等我懂事了,就最怕别人说我像女孩子,结果……"华林情绪有些低落。

洛兵也坐下来,微笑地看着他。

华林有些苦恼:"班长,我本来……本来其实一点都不想当消防员的,我很怕吃苦,从小我就没吃过苦,我妈对我保护得太好了!什么都不让我做,我也习惯了这种生活。可是我爸觉得我太弱了,需要好好历练一番。"

"我觉得叔叔的决定是正确的。"洛兵点点头,表示赞同。

华林说道:"可是我不想成为大伙的拖累,真的,我害怕成为累赘,怕别人轻蔑的眼神。今天傍晚,那些路过的女孩子……我在她们面前,真有些无地自容!"

洛兵笑起来："好家伙，为了培养你的意志，我费尽唇舌，对你做过多少思想工作，结果，不如人家女孩子一句笑话你的话呀，早知如此，我就该请些女学生来笑话你一番了。"

华林腼腆地笑了两声，转身又要继续练，被洛兵拉住了。

洛兵说："别操之过急，一步步来。咱们整个班整个中队，都是一个大集体，你的身体素质跟不上，就是我工作上的失职，对你关心不够，所以我决定，以后每天都陪你一起加练，直到你的身体变得强壮起来。"

就在这时，丁墨突然穿着大裤衩，嘻嘻哈哈地过来，原来丁墨也没睡着，偷偷溜出来，恰好听见了两人之间的对话："兄弟，你能有这意志，那我真要佩服一下了，以后我陪你一起训练，我可是练过武的人，有我点拨，你以后能把全班……不，全中队的人都超过了，除了我！"

丁墨大大咧咧地拍着华林的肩膀鼓气。

洛兵听他满嘴跑火车，哭笑不得，他突然站直了身子，大喊一声："立正！"

丁墨和华林条件反射地立正站好。

"丁墨，你既然愿意帮队友训练，那训练从现在就开始，向左转，跑步走……"洛兵中气十足地发号施令，丁墨和华林沿着训练场开始跑圈。

洛兵看着他们跑步的身影，忽然心里有些感触，想到自己刚入队的时候，老班长因为班里有几个人战术动作始终不对，而陪他们练到深夜的情形，他忍不住也跑上前去，跟着他们一起跑起来。

"哟，班长大人也亲自下场了啊。"丁墨笑嘻嘻地说。

"少废话，就属你皮。"洛兵虽然说着丁墨，可脸上依旧带着笑容，说实话，他更喜欢丁墨这样的，虽说性格有些跳脱，但是战斗力强啊！

消防队办公楼里，魏凯正在办公室轻声地给妻子打着电话，憧憬着她到来之后的情景。

魏凯："嗯，老婆啊，等你到了以后，再有什么事，我几分钟就能赶过去……对啊，是电梯房……绿化很好，小区里边还有一个很漂亮的小公园，以后吃完晚饭，我还可以陪你去散步……

"嗯！菜市场就在旁边，十分钟就走到了，哎呀你不用操心这些，到时候我请个保姆照顾你……花不了多少钱，老婆你要知道，你现在才是最重要的，买菜这种事情，怎么能让你亲自去呢？万一碰了摔了怎么办……

"好了好了，这个事情我做主了……日用品都买好了，放心吧，我已经提前请好假了，等你到的时候，我一准儿出现在火车站……嗯，我也想你，拜拜，明天见！"

挂断电话，魏凯坐在办公桌前，看着桌上的结婚照，妻子依偎着自己笑得如花般灿烂，突然心中涌起一股无限的幸福感。他伸手拿起照片，轻轻擦了擦，又轻轻放了回去……

次日上午，消防队一如既往，仍然是训练。消防队员每天就是在训练、执行任务、吃饭睡觉中度过，相比于一般的单位，显得枯燥许多。

大家正在训练的时候，一个穿着考究的中年妇女来到了中队，岗哨听说她是华林的母亲，来看望儿子，忙把她迎了进去。看到班里队友的母亲到来，洛兵宣布休息半小时。

一行人簇拥着华母去活动室，洛兵、丁墨等人给华母倒水之后就退了出去，把活动室让给了华林和他的母亲。看着变黑变瘦了的儿子，华母十分心疼，摸着华林的脸说："你看你现在，又黑又瘦，这是吃了多少苦啊！"

华林感受着母亲手掌的温度，忍不住鼻子一酸，还好忍住了，他看着母亲的眼睛说："妈，我没事的，刚来的时候确实感觉有些苦，但现在都已经习惯了。"

华母摩挲着儿子已经长了硬茧的手，心疼地说："都怪那死老头子，非要把你送到这里锻炼。不过我最近托了老同学帮忙，也介绍了你的情况，咱们家的孩子，哪受得了这样的训练嘛。我那老同学答应帮忙，想把你调去后勤部门。"

华母从包里抽出一张A4纸表格递给华林："儿子啊，你把这张表格上的信息填了，妈去找人运作，争取尽快把你调到后勤部门，到时你还能多些时间学习，以后考研也容易。"

华林看着母亲递过来的表格，眼里先是露出一丝喜悦，旋即就犹豫起来，他拿着那张表格沉吟良久，神色渐渐转为坚定，把表格递回给了母亲。

"妈，我以前不知道我爸为什么总说我没有男子汉气概，他把我送到这里，我心里还怨了他很久，但是待了这么长时间以后，我明白了，我明白他的苦心了。

"妈，我想成为一个真正的男子汉。在这里我能得到真正的成长与进步。

所以，我不想走！我希望继续留在这里，而不是去后勤部门，妈，你能理解我吗？"

华母惊讶地看着儿子，她从来都没有见过自己的儿子露出这样坚毅的神情，不禁呆住了。这时，警铃突然响了，华林飞快地上前拥抱了一下母亲，又迅速向她行了个礼，旋即飞奔而去。

第二十八章
人心人性

消防车上，队员们都正襟危坐，只有丁墨拿着手机。他刚给林雪发了个出警信息，但是并没有得到回应，丁墨想了想，便拨通了林雪的手机。

今天是星期天，林雪和池焰焰还躺在床上，两人昨晚都喝多了，此时正抱在一起呼呼大睡。

枕边的手机响了起来。林雪迷迷糊糊地摸到电话接了起来："喂……"林雪仍然闭着眼，拉长声音说道。

"什么，有任务了？你不早跟我说，我马上起床！"林雪急忙坐了起来，飞快地找着自己的衣服。旁边的池焰焰也被吵醒了，揉了揉惺忪的睡眼，打着哈欠说："今天不是周末吗，你起这么早干吗？"

"我不上班人家上啊，消防队有任务了，我得赶紧过去。"林雪急匆匆地穿衣服，看到仍躺在床上的池焰焰，忍不住一巴掌拍了上去，"别睡了，太阳都晒屁股了！"

池焰焰嘀咕了一声，翻个身准备继续睡，突然惊坐了起来："啊，我还没给我家小黑哥做饭呢。"随即拿出手机看了看时间道:"还好,我要送他的是午餐,时间还来得及。"

林雪一边穿衣服一边嘲笑她:"什么来得及啊,你以为我会在家等你啊,我得马上去出警现场。"

池焰焰忙问:"那我家小黑哥去不去现场啊?他要去的话,我陪你去嘛!"

一座十六层高的楼,十二层的位置,一个女孩坐在阳台的栏杆上,正喝着一罐啤酒,旁边还放了几个空罐,看来已经喝了不少。阳台是开放式的,阳台上方有木栅格,木栅格上铺了透明的塑料板防雨。

楼下警察已经拉好了警戒线,但仍有很多人站在警戒线外,有人在拍照,有人在起哄,拦都拦不住。一个西装革履的中年人突然冲着女孩喊了一句:"还跳不跳啊?再不跳我们可都回家吃饭了。"

还有个年轻男子举着手机边对着女孩拍视频边说:"老铁们,现场直播跳楼啊,看到没,这可是十二楼,下面是水泥地,一跳下来保准摔个稀巴烂。各位老铁,点点关注不迷路,美女跳楼,现场直播……"

这时一个拄着拐杖的老太太,突然抡起拐杖冲他打了过去:"让你现场直播,说的什么东西,你还有没有人性!畜生!"

年轻男子狼狈地躲着老人的拐杖,也顾不得直播了,嘴里还大声说:"我就直播而已,那大哥刚才还劝人跳楼呢,你怎么不打?"

"谁,谁劝人跳楼的?我一块儿都打了!"老太太一手拄拐一手叉腰,生气地说。

"他!"好多人都指着那个西装革履的中年人。

不等老太太打过来,他就灰溜溜地走了,老太太追了两步没追上,也就随他去了。刚才直播那男子,见老太太又赶了过来,赶紧收起手机钻出人群跑了。

这时,随着呼啸的警笛声,消防车来到了现场,消防队员们依次下车。一个警察来到董建平身前,介绍了现场的情况,说已经派人上去沟通,但是很难接近,希望消防同志能利用专业技能进行协助。

董建平了解情况后,派人铺好气垫,抬头向楼上看去。

警察已经进入那个女孩的房间,只是怕刺激她跳楼,所以不敢靠得太近。

一位警察同志说:"这位女同志,你手机响了,我拿给你吧。"说给从床上拿起那女孩的手机。女孩摇晃着身子说:"你少骗我,这会儿谁会给我打电话?"

另一位警察则拿着一瓶矿泉水,小心翼翼地往前走:"同志,不要冲动,你先喝点水吧,有什么事,我们可以慢慢谈。"

女孩扬起手中的啤酒对他说:"你不要过来啊,我告诉你,少跟我耍花样,你们就是骗我,我在电视上都见过,你们……骗不了我,你……敢过来,我就跳下去!"

几个警察面面相觑,女孩又喝了一口啤酒,大着舌头对警察们说:"你们这些方法,我在电视上早都看过了,你们还有没有点新花样啊?真是的,骗子!男人没有一个好东西,都是大骗子!"

在场的警察哭笑不得。

楼下,正和董建平交谈的那位警察突然接到一个电话,通话之后,他无奈地对董建平说:"市局刚刚传来消息,谈判专家被堵在路上了,估计短时间内赶不到了。"

董建平也很无奈:"看来,做思想工作怕是来不及了,我们只能执行第二方案!"

警察同志说:"是的,这姑娘情绪很不稳定,我们还是尽快执行第二方案吧!"

此时,匆忙出门的林雪和池焰焰也正坐在出租车上,也被堵在了路上。"师傅啊,这路还要堵多久啊?"林雪掏出手机看看时间,非常着急。

出租车司机无奈地说:"这我哪儿知道,以前也没有这么堵过啊。"林雪看看车窗外一动不动的车流,埋怨道:"早知道就不打车了,自己开车说不定早就到了。"

池焰焰说:"你可拉倒吧,你都还没醒酒呢,开车要是被抓进去就完蛋了。"

现场经过紧急商讨,由民警同志和消防队联手制定了一个解决方案。他们决定由陆江等人到楼顶去,利用消防队的专用攀爬工具,从楼顶顺下来进行救援。

而另一边,则由几位警察与消防人员与那位准备跳楼的姑娘保持交谈,避免她发现头顶有人下来。

在这个过程中,他们需要成功地吸引那姑娘的注意力,而与此同时,楼顶的行动队员和楼内安抚人员必须通力配合,行动严丝合缝,才能成功救援,而这楼上楼内进行联络的任务,就交给了民警同志。

商定以后,董建平马上带着丁墨上了十二楼。

董建平带着丁墨走进女孩的房间,几个警察同志正在低声商量着打破僵局的办法,双方见面后,迅速沟通了一下,董建平也觉得甚为棘手。

这时候,一个警察同志惊呼了一声,几人急忙扭头看去。那女孩可能是喝多了,已经坐不太稳,身体一阵摇晃,差点摔下去。而楼下围观群众中,又有人激动起来,喊着:"跳啊!跳啊!"

楼下华林、洛兵和几个警察怒视着那些人,想不通人性为什么可以阴暗到如此地步。那些人显然对此毫不在意,只顾吹着口哨大声起哄,兴高采烈。

女孩稳住了身体,傻笑两声,指着楼下起哄的人,对屋里的警察和消防员们说:"你们看,看到了吗?人心哪,这就是人心,多脏啊!"姑娘说完,随手拿起身边一个空啤酒罐扔了下去。

一位警察对女孩正色道:"姑娘,那些人有一个共同的名字,叫坏人,但这个世界终归还是好人更多,个别的坏人并不能代表所有的人心。"

女孩则不屑地嗤笑道:"好人,哪里有好人?我怎么看不到?为什么我看到的全部都是坏人?难道我的眼睛有毛病?坏人,全都是坏人!"

楼内沟通着,陆江等人也到了楼顶,简单了解了一下这幢楼房的构造,便开始准备悬坠设备。楼下人群外,林雪和池焰焰终于赶到了,她们挤进人群正要上楼,却被守在门口的警察拦住了。

"同志,现在不能进去。"

林雪赶紧亮出证件,说道:"你好,我是记者,负责消防队的跟踪报道任务,这是我的记者证,还有消防队特批的采访证明。"

池焰焰悄悄拉了拉林雪的衣角,林雪忙又指指她:"我助理!"

警察仔细检查了林雪的证件后挥手放行,两人赶紧进了楼道。二人通过电梯到了十二楼,那女孩的房间门开着,倒是好找,二人刚走进去,就听到董建平说话的声音。

"姑娘,你太偏激了,因为那些与你毫不相干的坏人,你就冲动跳下去,值得吗?难道你需要向他们证明什么?这世上还有更多关心你爱护你的好人,他们会多么伤心,你的亲人,你的朋友,他们才是你最重要的人啊。"

池焰焰看着董建平说话,一脸感动地频频点头。而阳台上的女孩则丝毫不以为意:"他们?他们才不会管我的死活呢,我爸妈眼里只有弟弟,我也没有朋友，一个都没有，我死了，这个世界上也不会有一个人伤心和在意的。"

一位警察真诚地说："不，你错了，其他人我不知道，至少现在，我们在场的这么多公安干警、消防队员，都希望你能好好活着。"

姑娘的声音一下子提高了："那是你们的工作，不是因为你们爱我！我干吗要管你们的工作！"女孩的情绪明显有些激动，挥动着手中的啤酒罐，身体又是一阵晃动。

而此时楼顶的陆江已经准备就绪，全身披挂准备攀绳索而下，楼下顿时一片骚动，有几个人顿时叫起来："姑娘小心，上边下来人了！"

"美女快跳啊，再不跳上面的人就要下来救你了！"

第二十九章
另辟蹊径

听到这些话，洛兵真是要气疯了，指着那些起哄最起劲的人怒吼道："你们还是不是人，还有没有人性！上面那姑娘要是你的朋友、你的妹妹、你的女朋友，你们还会这样叫吗？"

人群面对着气冲牛斗的洛兵，出现一阵微微的骚乱，突然最前面一个年轻人大声叫道："你想干吗，想打人吗？大家快看啊，消防员要打人了！"

洛兵被他气得浑身发抖，几乎都忍不住了，却见华林突然涨红着脸扑了出去，一把抢过一个正在拍照的路人的手机，对着那群刚刚起哄的人就是一阵拍。

他举起手机大吼道："你们刚才丑陋的样子，我都拍下来了。今天这位姑娘一旦跳楼，你们每一个人都是凶手，我这里有照片，你们一个也跑不了！"

一个警察厉声喝道："看住他们！妨碍执法，再敢起哄的，一律带回去！"几名民警锐利的目光马上盯住了他们，这些人顿时就怂了，缩了缩头，不敢再言语。

幸好这里距十二楼还有一段距离，那姑娘又在和室内的人说话，没有听见他们刚才喊的话。楼顶，陆江系着安全索，正在小心地滑落。

见人群安静下来，洛兵用力拍了拍华林的肩膀："好小子，行啊！"想起刚才自己的勇敢表现，华林也兴奋得满脸通红，在他心中，以前这种事情可是只有丁墨可以做到的，没想到今天自己也能做到。

楼顶，一位警察不怕危险，探出大半个身子随时观察着陆江的行动，同十二楼室内一名干警悄声用耳机联系着，室内那名联络警察听完对方的话，悄声跟几名同事和董建平说："楼上正在就位，但是姑娘很容易发现上边下来人，我们必须得把她的注意力彻底吸引过来。"

就在这时，女孩突然摇摇晃晃地站了起来，面向着外面，看样子是准备跳了。屋里屋外所有人的心顿时都提到了嗓子眼，这可是十二楼，离地三十多米，今天又有风，纵然已经铺好了气垫，但从这里跳下去，也有非常大的可能偏离安全气垫救护范围。

有些人已经在为女孩默哀了，有些胆小的甚至闭上了眼睛。董建平和丁墨作势要强扑过去，尽管如此，如果女孩此时跳楼，他们也根本来不及救援。

就在这千钧一发之际，林雪一阵冲动，突然上前一大步，大声说道："俗话说人过留名，雁过留声，你这一下就摔下去了，总该叫大家知道你有什么委屈吧？不然的话，指不定还传出啥难堪的谣言呢，让你死了都要背负污名。你也看到那些起哄的人有多坏了。"

这句话，让董建平和丁墨停下了扑过去的脚步，也让女孩暂时打消了跳下去的想法。女孩又转过身，重新坐在了阳台上，已显醉态的她憨憨地点头："有道理，我都要死了，总该让那个渣男的真面目暴露出来，要不然岂不是便宜了他。"

"渣男？你是因为男朋友想跳楼吗？"林雪见吸引了她的目光，趁机询问。

"对啊。"女孩又喝了一口啤酒，眼神茫然地说，"六年前，我刚刚大一，那个男孩对我一见钟情，疯狂地追求我，给我买好吃的好玩的，天天给我打水给我打饭给我占座。特别是在一个大雪纷飞的冬天，我生病了，他大半夜翻墙出去给我买药，就是那一次，我十分感动，就答应了做他的女朋友。"

女孩喝了一口酒继续说:"在一起之后,我们十分相爱,一转眼这么多年过去了,我们毕业后也留在了同一个城市,我一心一意地对他,每天下班回来还帮他洗衣做饭,可他呢,升职了,也变心了,我为他付出了一切,可他却变心了!"

女孩说着说着就哭了起来,警方的人其实早就查明了她的身份,早就在寻找她的男朋友,这时通过步话机已经得知她的男朋友正被带往现场,连忙讲给她听。

一位警察说:"姑娘,你先冷静一下,我们已经找到你的男朋友了,十分钟内就能带他来见你。"

女孩惊喜地说:"真的吗?"

警察说:"当然是真的,最多再等十分钟,你就能见到你男朋友了。"

女孩想了想,用力一点头,说:"好的,我等。"

漫长的十分钟过后,男孩终于来到现场,警察本想请他上楼,但他却不愿意,最后只好拿来一个电喇叭,让他在楼下跟女孩对话。男孩一手举着电喇叭,一手插在兜里,不耐烦地大声说:"吴青瑶,你要跟我说什么?"

女孩听到男孩的声音,又激动起来,带着哽咽的哭腔说道:"王东,你为什么要跟我分手?"

男孩不耐烦地说:"我为什么要跟你分手,你自己不知道吗?"

"我怎么会知道,我做错什么了吗?我每天白天上班,晚上回来还要给你洗衣做饭,你说你想留在这里,我放弃了老家父母安排的工作,留在这里陪你,你还要我怎样!"

"对,这些是你做得没错,但你还做了什么事情你忘了吗?"男孩一脸的怒不可遏,"你要我每天向你汇报行程,稍微晚一点就又哭又闹;每次过节,不管什么节,就连儿童节清明节重阳节,你都要我送你礼物,问你想要什么你不说,买了你又说不要,还是跟我闹。"

男孩顿了一下,继续说:"这些我都忍了,可是,我跟女领导多说一句话,你就让我辞职;我出差的时候,有女同事同行你就谎称生了重病让我回来;我跟同事聚个会就必须得拍照片发视频给你。你考虑过我的感受吗?我快被你逼疯了!"

女孩哭着说:"我这样做,是因为我爱你啊,你因为这些事情就要跟我分手吗?"

"就因为这些吗？就因为这些还不够吗？"男孩冷笑，"一年前我就受不了了，我说要跟你分手，你就要死要活，你说你再也不这样了，我一时心软，就答应不分，结果呢？这一年多来，你工作都不要了，每天就是跟踪我，就为了找出你心中的狐狸精，你找到了吗？你既然这么不信任我，为什么还要跟我在一起？"

女孩哭着说："我错了，我知道错了还不行吗？我以后一定改，你回来好不好？你回来我就不跳了。"

男孩显然是已经死了心，他用力摇了摇头，大声说："没可能了！该试的我都试过了，我再也不会相信你的承诺！你已经疯了！吴青瑶，你想怎么样就怎么样吧，跟我没关系，再见！"

男孩说完，就把电喇叭往警车上一扣，头也不回地走了。一时间，楼内楼外的警察和消防员都傻眼了，这小伙子，她都要跳楼了，你哪怕是暂时答应些什么，把她哄下来呢，这怎么就……

一看那男孩子如此决绝，女孩不禁痛哭流涕，站起来就准备跳楼。这时候就连林雪都不知道该说什么了，那男孩说得如此绝情，还能怎么劝啊。

就在这时，丁墨突然向警察同志打了个准备的手势，然后挺身而出，指着那女孩大声说："我听明白了，你们俩有今天，完全就是你咎由自取，你活该！"

一时间所有人都被丁墨这句话惊呆了，那女孩难以置信地回过头，死死地盯着丁墨，愤怒道："你说什么？"

趁此机会，那位警察悄悄通知楼顶："抓住机会，全速下降！"

陆江得到楼顶示意，立即加快了速度，他不但要降下来，还要在不惊动那姑娘的情况下，挪到那个塑料顶棚的边缘，才能再次下降到窗口，把那姑娘推进去。

丁墨指着姑娘，一脸愤慨地大声说："没听清吗？我说你闹到今天这个地步，全是你自找的，你爹妈辛苦养你这么大干什么，啊？当年他们都不如把你丢了，养个胎盘都比你强。"

这句话彻底把所有人都惊呆了，全都不可思议地看着丁墨。对面楼上几个正在拍摄的电视台记者，看到屋里大家目瞪口呆的景象，有人问道："他说了什么？为什么大家反应这么大？"

旁边一个看似领导的人说："别管他说了什么，先录下来，回头找懂唇语的翻译一下。"众人点头答应，继续工作。而在这边屋里，林雪气急，拉着丁墨的衣角小声说："你疯了啊？"

丁墨假装生气地推开她，快速小声说："常规方法劝不动！"接着一指女孩，义正词严地说："你看看你现在是个什么样子，啊？穷矫情！要么你就矫情到底，可你还没骨气！"

姑娘气得语无伦次，涨红着脸说："你！你怎么可以这么说！"

第三十章
最佳搭档

女孩一脸愤怒地看着丁墨，气得眼泪滚滚："我怎么没骨气了？"丁墨往前又迈了一步，嘲讽技能全开，一脸的不屑："这还用问我？你看看你现在，一副输不起的样子，你是不是觉得，你长得漂亮，你很优秀，你为他付出很多，被他甩了不甘心？"

女孩抓着栏杆，把一罐啤酒砸向丁墨："难道不对？"

丁墨利落地一闪，指着女孩说："当然不对！你光站在你的角度想问题了，你站在一个男人的角度想过吗？我也是男人，我理解他，不要说是男朋友，就是一般的熟人，你都要跳楼了，他也该让一步，哄你下来吧？可他为啥这么绝情，你明白吗？"

女孩蒙了："为啥？"

丁墨背过身去，冲林雪使了个眼色，又转身面对女孩："你们这种女孩啊，恋爱了就喜欢穷折腾，变着法子穷折腾，也不知哪儿来那么大的底气，还不是仗着那男的离不开你?

"可人的耐心都有耗尽的一天啊。你是女孩子,爹妈养你这么大,不是为了受男人欺负。人家男孩就不是他爹妈眼中的宝啦?就不是一把屎一把尿拉扯大的心肝宝贝啦,就活该一次次受你作践啊?"

"你……你……"女孩气得浑身发抖,指着丁墨,却连一句完整的话都说不出来。

林雪刚刚接收到了丁墨的信号,眼珠一转,装作愤怒地走上前去,对丁墨说:"你一个臭男人懂女人吗?女人嫁老公,当然得多方考验,才知道他的真心啊。"

丁墨竖起一根手指在眼前晃动:"NO,你看她,再看看这间屋子,穿的衣服用的化妆品都是名牌,一看就是虚荣、肤浅、喜欢攀比,这山望着那山高,总觉得别人家的男人更好。"

女孩气极:"你胡说,如果我真是那样的人,我怎么会为了他自杀?"

丁墨轻叹一口气,又对林雪使了个眼色:"我没有说你见异思迁,其实你这种心态,就跟有的孩子家长一样,只喜欢打压,不喜欢鼓励。而且你看你男朋友也跟看孩子一样,片刻不在眼前就不放心,总觉得会出问题。

"但是你明白吗?男人也需要自己的私人空间,外表再坚强,也一样需要鼓励。再老实的男人也是有底线的,可你是变本加厉啊。时间一久,男人受够了,厌倦了,你不从自身找原因,而是毫无依据地怀疑他移情别恋,你让他怎么想,他不是更寒心吗?"

林雪装出一副义愤填膺的样子说:"你这是在狡辩,明明就是那渣男不好,拿我们女人当什么了,想不要就不要,想要就要,他说好就好,说不好就不好,他凭什么啊?你们这些大猪蹄子!"

女孩如同找到了知音一样,立即附和道:"就是,他凭什么啊!我跟他在一起这么多年了,我的青春都给了他,他凭什么一句分手就不要我了?"

旁边那位警察同志趁机同楼顶联络:"快!女孩注意力已被吸引!马上展开营救!"救援行动都不需要太过隐蔽了,因为那姑娘的注意力已经完全集中在丁墨的身上。

丁墨冷笑地指着女孩,对林雪说:"我告诉你们,不管婚姻还是爱情,简简单单、平平淡淡,别矫情、别折腾,实在一点最好。你看她,之前不珍惜,之后又寻死觅活,她是真的舍不得那男的?我看未必,她是气不过,气不过她自以为这么优秀，居然被一个她认为自己开恩才接受了追求的男人抛弃。"

林雪反驳道："你怎么能随便臆测别人的想法呢？她如果不爱他，怎么可能为了他跳楼？"

丁墨立刻说："你让我别臆测别人的想法，那她为什么要臆测自己的男朋友？整天防贼一样防着，毫无缘由地认为别人有外遇，还辞了工作搞跟踪，这谁受得了？"

林雪不屑地说："哼，你们男人不都是那样嘛。女人的第六感是最准的，她觉得自己的男朋友有问题，在被狐狸精勾搭，那肯定就八九不离十。"

女孩拼命点头："对！说得太对了！"

丁墨反唇相讥："就是因为有你们这种自以为是的女人，喜欢无事生非，总拿第六感说事，才搞出许多莫名其妙的事来！"

楼上，陆江已经轻轻落在阳台的塑料顶板上，只要女孩一抬头就能看见，但她的注意力已经完全被丁墨和林雪吸引了。陆江试了一下，发现塑料板并不是很结实，如果脚步稍一移动，一定会发出声音，他不禁皱起了眉头。

房中，林雪大声说："女人都是感性动物，应该多点呵护和关心，她想要男朋友多关注自己一些，有错吗？"

女孩帮腔说："对啊，有错吗？"

丁墨冲着林雪说道："男人找伴侣，是要找一个知心爱人，而不是要找一个看守，把他的家变成一座牢房，如果是那样，换了哪个男人都只能想越狱，逃出去。"

两个人唇枪舌剑，你一言我一语，把现场所有人都听呆了，就连那个女孩都呆呆地看着两人在原地争吵。那名负责联络的警察急急向楼顶的同事发出信息："马上行动，快！"

楼顶的警察听了，轻轻摇晃了一下系在陆江身上的绳子，陆江抬头看了一眼，楼顶探出半个身子的警察向他打出了立即行动的信号，其实陆江这时也能看到阳台上的女孩正全力注意着楼内，他向楼顶打出一个"明白"的手势，便把目光转向了下边。

林雪愤怒地说："你个渣男，原来这就是你心中对女人的看法是吧？"

丁墨说："对，前女友同学，这就是我和你分手的原因。"

窗上的女孩张大了嘴巴：原来他们还是前情侣关系，这男人好渣啊！

林雪挥起拳头就向丁墨打了过去："你混蛋！"

丁墨挡住林雪的拳头，反手一掌把林雪推到床上。林雪指着丁墨大叫："你敢打我？我跟你拼了！"说完，林雪冲着丁墨就扑了过去，丁墨一闪身，就躲过了林雪的攻击，反手扭住她的胳膊。

"啊！"林雪痛呼一声，惨叫道，"痛痛痛，救命啊！"

女孩气得发疯，扑通一声跳下阳台，指着丁墨大叫："放开她，臭男人！"

恰在此时，陆江深吸一口气，两步跑到阳台上棚边缘，纵身一跃，双手向里边狠狠一推，却不想扑了个空，人家已经自己跳下去了。陆江悬在窗外，扒着窗沿，看着正揪着丁墨使劲捶打的女孩，目瞪口呆。

救援工作顺利完成了，林雪拥着女孩，在警察和消防员的簇拥下走出了楼道。女孩哭得梨花带雨，林雪善解人意地劝说着："我就说嘛，男人都是大猪蹄子，别跟他们生气，不值得，没男人，咱们一样活得开心自在！"

女孩用袖子胡乱地抹了一把脸，对林雪说："嗯，我知道了。我要跟你学习，就算被渣男甩了，我也要好好活下去。"

这时一个警察走过来敬了一个礼："你好，吴青瑶小姐。"女孩也知道自己得跟他们回去做个笔录，吐了吐舌头，便乖乖跟警察走了，临走还冲林雪说："以后常联系啊。"

丁墨笑嘻嘻地向林雪竖起大拇指："厉害，天生戏精啊，居然配合得这么好，我还怕独角戏不好唱呢。"

林雪扬起头骄傲地说："这还用你说？我可是传媒大学的优秀毕业生，怎么可能演不过你这个渣男！"

丁墨愕然："就演出戏罢了，我怎么就成渣男了？"

"刚才那番话，肯定是你的心里话，要不然你能说得那么流畅自然？"林雪反问。

丁墨摆出一副心累的表情："朋友，你入戏太深了。"

林雪似笑非笑："是吗，不假思索，振振有词，你敢说不是你的真心话？"

丁墨向她一个立正，一脸严肃地说："林雪小姐，我有必要让你了解一件事，我大学的时候可是学校辩论队队长，曾经以一道公认必输的反方辩题，愣是驳倒了正方四大高手。"

林雪上下看了他几眼："炫耀呢？孔雀开屏似的，我又不是你女朋友，用得着怕我误解吗？"说完，林雪就昂起头走了出去。

董建平看了这一幕，不禁笑着走过来，在丁墨肩上拍了一巴掌："刚才表现不错！"

"董队长！"听到那个娇滴滴的声音，董建平一个哆嗦，想走却已来不及了。池焰焰开心地追上董建平："董队长，真是遗憾啊，我昨天买了大虾，本来想今天做给你吃的，结果你们出警太早，我还没来得及做。"

董建平讪笑着说："这个……不必了吧，这个影响……"

池焰焰张大眼睛看着他："嗯？"

董建平干咳一声："我们消防队伙食挺好，就不麻烦你了。"

池焰焰连忙摆手："不麻烦，不麻烦，这是我的一份心意，你放心，我回头再做给你。"

"呃，不必了，谢谢你啊，我还有事……"董建平落荒而逃，片刻后楼下就响起了他嘹亮的大嗓门，"收队！"

"哎，董队长，你别跑啊，我明天做好了给你送过去好吧？"池焰焰追着董建平的背影大声喊道。

林雪掩面拖着池焰焰："赶紧走啦，花痴！"

第三十一章
涣然冰开

消防一中队，池焰焰踩着十二厘米高的高跟鞋，身姿袅娜地从董建平的办公室里走了出来。刚走了两步，董建平就追了上来。

"小池，小池同志，等一等！"

池焰焰闻声停下脚步，半真半假地开玩笑："怎么了董队长，不舍得我走啊？"

董建平顿时一阵尴尬，现在的女孩子热情如火，还真是叫人吃不消啊。为了掩饰尴尬，董建平干咳了两声，这才举起手中的便当盒："小池同志啊，我们有纪律，这……恐怕不大合适吧？"

池焰焰拧了拧眉："有什么不合适的？一盒油焖大虾也算不上受贿吧？上次多亏你帮我摆脱那个流氓，队上也不能连正常的人情走动都不允许吧？"

顿了顿，生怕董建平再说出拒绝的话，池焰焰赶紧开口："小雪还在楼下等我呢，不多打扰了，董队长，下次见了。"焰焰说完，便又迈着袅娜的步子走了。

吃人家嘴软，拿人家手短。早晚要把你这百炼钢，化作本姑娘的绕指柔。池焰焰得意地想着，就像一只小狐狸似的偷笑起来。

董建平端着便当盒，看着池焰焰的背影，原地驻足半晌，才苦笑着摇摇头，转身向食堂走去。正是中午时分，消防一中队的食堂里，此时分外热闹。

"赵志，你小子可以啊！恭喜恭喜！"

"是啊，这都提拔了，是不是得请客啊？"

"对对对，请客请客，必须请客！"

大家你一言我一语一阵嚷嚷，被围在中间的赵志笑容有些尴尬。看样子，今天要是不请客，这帮人是肯定不会放过自己了。

赵志将手伸进了裤兜里，在众人的注视下，掏了半天才掏出几张叠得皱皱巴巴的人民币，又小心而又仔细地从里面数出两张，这才抬头说："我去外面超市买点东西，给大家加餐。"

众人一阵不满，徐然首先开炮："我说赵志，你这也太抠了吧，一个月大几千的工资，你就拿出两百块请客？你是看不起我们这帮兄弟？"

林不凡附和道："就是，两百块能买啥，大家一分，能塞牙缝不？得了得了，大家就当没这事吧，吃饭吃饭。"

赵志臊得脸上有些挂不住了，口不择言地说："我……钱多钱少也是个意思，怎么还得一定拿出多少啊，看我工资高了，非得抠出来点你们才舒坦是吧？"

徐然的脸色一下子变了："你怎么说话呢，少把别人想得那么龌龊，这不就是图个喜庆吗？你这一天天那么辛苦地攒，打算带进棺材里去啊，做人别那么辛苦！"

赵志啪地一拍筷子，站了起来，涨红着脸说："你说什么呢？"

徐然冷笑地看着他："干吗，还想打我是吧？是我错了！你那抠抠搜搜的劲儿，一直就是这样，不只咱们班，全中队谁不知道啊，我还让你请客，得嘞得嘞，是我错了！"

赵志气得浑身哆嗦，指着徐然："你……"

眼看两人就要打起来，一旁的华林有点坐不住了，赶紧站起身来打圆场："好了好了，大家别吵了，我来了以后还没请过客呢，大家对我帮助不小，我赞助三百吧，大家图个乐呵。"

华林说着就要掏钱，却被丁墨一把拦下："我说华林，你是不是缺心眼，掺和什么呀？"说完又看向赵志，"我说老赵，怎么最近手头紧？再不济也不至于拿出个三五百就揭不开锅了吧？"

赵志被说得无力反驳，站在人群之中，脸上青一阵白一阵，嘴角死死地抿成了一条直线，手却探向口袋，犹豫要不要掏钱。陆江看了丁墨一眼，淡淡地说："这话欠考虑了啊，可不是所有的人都像你一样，家里开着加油站，不愁钱。"

两人自从闹翻以来，一直都是丁墨主动怼陆江，这还是陆江头一次主动呛丁墨，丁墨跟个炮仗似的，马上就火了，立即拧着眉毛，瞪着陆江："你说……嗯？"

丁墨突然心里翻了个个儿：不对啊，这不像是陆江的脾气，他能这么说，难道……丁墨看了看赵志，难道这里边真有什么我不知道的事？

这时，董建平走了过来："呵！正吃着呢，来，我给你们加个餐！"

董建平其实已经听到了几句，也感受到了他们剑拔弩张的气氛，所以直接就奔他们一班来了。不过，他却佯作没有看见刚才发生的事情，笑吟吟地把饭盒放在桌上。

"董队，手里拿的什么好东西啊？"华林好奇地询问。

"油焖大虾，今儿给大伙加餐！"董建平把手一挥，十分豪迈，"洛兵啊，快给大家分分。"

洛兵刚打饭回来，发现大家有点不对劲，一听这话赶紧过来解开塑料袋，挨个儿给大家攥大虾。

董建平的手顺势就搭在了赵志的肩上，把他按了下去，道："怎么，吃饱了呀？这可是来自我黑脸老董的关心，尝尝，尝尝。"

一场纠纷，就被董建平不动声色地化于无形了。

晚饭后，丁墨得到通知，活动室报到。等他赶到活动室，却见只有徐然和林不平坐在那儿，丁墨奇怪地看看他们，问："怎么就你们俩啊，其他人呢？"

徐林也是一脸茫然："不是说七点半到吗，这还差一分钟啊，我也没看见其他人啊。"

林不凡纳闷地说："不会就是只找咱们三个吧？"

丁墨乐了："不能，就只找咱们三干吗，斗地主啊？"

"斗地主！就是要斗你这个家里有矿的大地主！"中队长董建平的声音在门口响了起来。三人刷地一个立正："中队长好！"

董建平摁了摁手，示意他们坐下，然后关了门，走到上首位置坐下，看着他们。

徐然忍不住问道："董队，突然把我们几个叫来干什么呀？"

丁墨说："是啊，我最近也没犯错误啊！"

林不凡瞪了他一眼："就不能是有表扬啊？"

董建平微笑着听他们说，等他们说完了，说："贫够了没有？要是够了，那我就说两句！"

董建平向前倾了倾身子，双臂放在了桌上："首先，我给大家讲个故事……"

丁墨吐了吐舌头，小声说："恍恍惚惚，就回到了幼儿园大班。"

董建平没理他，继续说着。他讲的是一个来自贫困山区的年轻人的故事，如何进入消防队，如何立功受奖，不过，他家里人口多，负担也重，作为家族里唯一走出大山的有为青年，他等于一个人担起了全家的重担……

听到大半后，丁墨那机灵的脑瓜已经隐隐地明白了什么，但林不凡却还一根筋呢，以为是号召大家捐款，的确，他们三个家庭条件都不错。

林不凡马上站起来表态："中队长，我明白了！我捐一千吧！"

董建平一脸疑问。

徐然点点头："那我也捐一千！丁墨，你呢？"

丁墨深深吸了口气，盯着董建平："中队长，你说的这个年轻人，不会是叫赵志吧？"

董建平笑了笑，轻轻点头："没错，他就是赵志！"

这一下，林不凡和徐然也明白了，二人对视了一眼，半晌无话。

董建平慢慢地站起来:"你们还年轻,可能不明白,每个人的出生、成长环境都是不一样的,千万不要觉得,对你来说理所当然的事,别人就一定可以轻松地做到。"

"丁墨,你家里开着加油站和超市,你缺过钱吗?徐然,你父亲是一家商贸公司经理,母亲也工作稳定。林不凡,你家里开着一座加工厂。你们几个啊,怎么能够体会钱对一个贫困家庭的重要。你们出去吃顿饭唱个歌,几千块不当钱花,可是在赵志家里,那可能就是他们全家一年的生活费!"

董建平一番话说得几个人哑口无言,想起之前在食堂里发生的事,一个个都忍不住露出后悔的神色。尤其是徐然,他和赵志关系最好,经常一起下棋,可今天偏偏是他说话最重。

做了这么久的队友,他甚至都不知道赵志家里的情形,赵志自尊心太强,一定是不愿意对人诉说家里的困难,可自己……真是后悔啊。

董建平又看了看他们三个道:"我要说的话,已经说完了,你们三个啊,好好想想吧。"丢下这句话,董建平就起身离开了活动室,只剩下丁墨几个人坐在那里面面相觑。

寝室里,赵志坐在床上,交叉双臂枕在脑后,看着窗外的夜色,神色晦暗不明。华林和陆江知道他心情不好,所以都静悄悄地做自己的事,不发出大的声音。

忽然,敲门声响起,紧接着,丁墨、徐然和林不凡就推开门走了进来,徐然走在最前面:"那个……赵志啊……我们是来向你道歉的,就冲我大你一岁,算是兄长啦,你就别生我的气了。"

林不凡马上说:"赵哥,我比你小两岁,你当大哥的,别跟小兄弟一般见识!"

丁墨看看徐然,又看看林不凡:"是啊是啊!"

陆江的嘴角不禁抽搐了两下,唇瓣微动,无声地说了两个字,看那口形,应该是——"白痴!"

赵志一时间有些不知所措,华林高兴地看着他们,突然恍然大悟,马上说:"我有点事,你们聊!"华林快步走了出去,陆江放下书,懒洋洋地伸了个懒腰:"我去上个厕所!"

陆江和华林都出去了,房门悄然无声地关上,很快,寝室里就传出了一阵阵爽朗的笑声,隔壁宿舍的洛兵听见了,忍不住笑着说了一句:"这帮臭小子。"

第三十二章
护犊之人

皎洁的月光透过窗户照进了客厅，林雪抱着电脑盘腿坐在沙发上，灵活的手指在键盘上飞快地敲击着。敷着面膜坐在她身边的池焰焰，突然指着电视喊了起来："你快看，你快看，是咱们呀！"

林雪一怔，抬头向电视看去。电视画面中一张圆桌，几位专家模样的人围桌而坐，后边是一张大屏幕，屏幕上定格的画面，正是此前警察和消防队员试图说服跳楼姑娘的画面。

看那角度，应该是从楼对面拍的，还挺清晰，画面中最醒目的就是丁墨，他正指着窗台上的姑娘，大声说着什么的样子。

这是一档电视评论节目，探讨的正是那天丁墨救人的方式。他们已经请了唇语专家，解读了丁墨的发言，此时几位专家正在异口同声地批评丁墨的救人方式非常莽撞，是冒险。

"什么专家啊！"林雪听得火起，忍不住爆了句粗口，"他们懂什么啊！一个个就知道坐在沙发上品头论足，当时我就在现场，那姑娘油盐不进，按他们说的法子能救个鬼啊！"

林雪义愤填膺地说道："还说丁墨是不负责任？怎么着，一切全按章程来，看着人从楼上掉下去，反正自己没责任，那就是负责任了？一群光说不练的老匹夫！"

林雪越说越气，一张精致白皙的俏脸都气红了，胸口也因为愤怒而上下起伏着，一旁的池焰焰看得目瞪口呆，连面膜掉下来一半都没察觉。

或许是池焰焰的目光太过赤裸，林雪终于察觉到了异样。

"这么看着我干什么？"

"哎哟！我们林大小姐这么气啊，这是护犊子呗？谁也不能说你们家丁墨……"

"什么我们家丁墨，我这是公正客观！"反应过来的林雪马上恢复了常态，但仍是义正词严，"我和他虽然有点个人恩怨，可也不能由着这些人大放厥词啊，你当时在场的，你怎么说？"

"我？我哪敢说啊，我当时都吓死了，生怕说错了话，害得那姑娘跳下去！"

"所以啊，你说那些警察和消防员图个啥，自己背了那么大的责任，不就是为了把人救下来？这人都救下来了，他们倒在电视上卖弄本事了，真换他们去现场，能把那姑娘说下来？一群废物！"

"对，一群废物，呸！"池焰焰不愧是好闺蜜，马上也义愤填膺，跟着林雪愤怒声讨起来……

这个评论节目还是发酵起来了，第二天消防中队就召开了紧急会议，当时出警的所有消防员和领导都出席了会议。

"坦白说啊，我也觉得莽撞了！"赵志第一个开口，他看向丁墨，诚恳地说，"我是就事论事，没有针对你的意思。"

丁墨笑了笑没说话，董建平示意赵志接着说下去。

"我觉得丁墨固然是把人救下来了，但是，这么剑走偏锋，刺激那个姑娘，真的好吗？如果她受激不过跳下去的话，这个责任该谁来负？"

丁墨有点火了，他倒不是冲着赵志这番言论，而是因为刚刚重播了那些专家们的话，此时再听赵志这么说，他就有点压不住了："不然要怎么着？眼睁睁看着她死？然后给她收尸，完成任务了事？没错，那样我一点责任都没有，可我的良心会不安！"

赵志说道："你这是碰上这姑娘较真，跟你辩论上了，她正处在心理脆弱、万念俱灰的当口儿，如果她听你一说，反而负气跳楼呢？"

丁墨瞪起了眼睛："她本来就要跳楼啊，我们不是没试过别的办法，好说歹说，办法用尽了，如果我当时温言软语、好言相劝，她能听得进去？我这是重病用猛药！"

赵志瞪着他道:"你知不知道你这样非常影响我们的形象!一旦你的办法失败,我们会非常被动!"

洛兵似乎想说什么,董建平却摇头让他暂时不要插话。

丁墨皱着眉头,看着赵志:"这么说吧,我不喜欢消防员这个职业,到现在依然不喜欢!它距离我心目中的职业理想,差了十万八千里!"

在场的其他人,脸色都变得有些不自然。

"但是,"丁墨看着众人,一脸认真地说道,"我对生命,从来都是抱着一种敬畏态度的,我尊重生命!我想,在座的你们,同样也是尊重生命的人!那种情况下,我别无选择,我也没有第二个办法……"

丁墨站了起来,指着投影上的定格画面:"也许这世上还有更好的办法,但我想不出,在场的人也没想出,而这几位专家纸上谈兵的话,我可以负责任地告诉你们,行不通!"

赵志气呼呼地看着丁墨:"你这是在诡辩。"

"事实胜于一切。"丁墨撇嘴。

赵志有些激动,看着丁墨说道:"一百个跳楼的人里面,有九十九个其实根本就不想跳!不过是在吓唬人,有诉求罢了。要真遇到那个想死的,你做什么都没用!

"反倒是你这种半吊子心理专家,最容易惹大祸。不要觉得一次成功,就以为次次都能成功。我们在这里检讨此事,就是为了避免下次出现重大差错。

"这件事里面,我觉得你最大的问题是:第一,不注重消防员形象!第二,行动太鲁莽!我知道我说这些话,会让你不高兴,但我必须说出来,必须提醒你,救人不是儿戏!救援现场,更不是个人逞英雄的舞台!"

丁墨盯着赵志反问:"形象和责任,哪一个更重要?我们群策群力,内外配合,不仅仅是警察同志与我们的配合,我们内部的配合,甚至还有记者同志跟我们的配合,这叫逞个人英雄?我发现你上纲上线的本领挺厉害啊!"

董建平平静地说:"其他同志有什么看法?"说着,他的目光扫视了一圈,落在陆江身上。

陆江手中的笔一停,抬头看向董建平:"中队长,咱们把人救下来了,不是吗?"

丁墨没想到陆江这时候居然能帮他说话,不由讶然。

陆江放下了笔，神情严肃："每个人都是一个独立的个体，没有什么科学的模式可以完全套用到每一个人身上，救援现场的情况更是错综复杂，我们才是对现场决策最有发言权的人！如果一切都不得越雷池一步，我们今后的救援工作是不是就要束手束脚，完全不得发展了？"

丁墨下意识地想给他竖大拇指，但是马上又把脸板起来了。

董建平一脸平静地点点头，又看向其他人："你们怎么看？"

华林小声说："我们的任务不就是救人吗？人救下来了，管他是什么方法，救下了人就是好办法。当时如果不是丁墨急中生智，这个女孩真的跳楼死了，倒不会有专家指责了，可我们坐在这里，会不会懊悔？"

林不凡叹了口气："你们是不知道现在网络暴力有多可怕，它看着无形，但真的能杀人。有些时候做了好事，真未必会有好的结果。"

李斌说道："做心理辅导应该，救人也应该，但胡说八道就不应该了，毕竟被电视台的摄像机录下来，一旦播出，很容易引起误会，我们还是应该注意一下方式方法。"

徐然却有些不以为然："我不知道你们在担心什么，电视台录了也就录了，播了就播了，引发争议怎么了？我们出发点是好的，这毋庸置疑吧？还有啊，我倒是觉得，丁墨的方法非常高明！换我是那个姑娘，我也会打消死的念头，因为我想爬回来，打死他，那嘴，太贱了！"

现场忍不住发出一阵哄笑，气氛为之一松。

"都严肃点！"魏凯拧着眉毛，不悦地看了众人一眼，"这一次，人是顺利救下来了，所以，我认为倒不必给丁墨什么处分，但他这种行事方法，绝对不值得提倡，批评与自我批评还是必要的！"

"我干吗要自我批评？我不认为自己做错了，相反，我很自豪，我用我的办法，成功地救下了一条人命！我为此而骄傲，为此而自豪！"丁墨一下站了起来，站得笔直，目不斜视地说。

魏凯声音带了怒气："你坐下！"

丁墨气鼓鼓地坐下，魏凯瞪着他："你还带情绪了，怎么，你批评不得？放下上次救援这件事不说，你现在的态度就是个问题，回去写份检讨！"

一番讨论，散会了，活动室里最后只剩下董建平和魏凯两个人。

魏凯严肃的表情松弛下来，笑着对董建平说："这小子，就是个炮仗！"

董建平也放松了坐姿："现在各行各业都很重视舆情，这件事电视台都报道了,上级要我们拿出个讨论方案,你觉得怎么上报合适?"

魏凯说:"怎么上报?救人有错吗?这不是把人救下来了吗,那个时候,谁来决策?当然是救援的同志,他们做出了决策,事实也证明他们用对了办法,那还要怎么样?听那些专家胡说八道!"

董建平笑了:"你呀你呀,比我还护犊子。这事得直接跟上级领导汇报才行!"

魏凯一下子站了起来:"汇报就汇报,明儿我去!这要是办了咱们的人,以后谁还做事,怎么做事?生死关头,去向那些专家讨主意?胡闹!'将在外,君命有所不受'懂不懂啊?我去跟上级领导解释!"

魏凯当着丁墨的面扮铁面无私的包拯,背地里倒是个护犊之人。

第三十三章
远方来客

静海市消防大队,大队长办公室。

魏凯站得笔直,脸色激动得有些发红:"大队长、教导员,丁墨的做法虽然有些冒险,但出发点却是好的,而且最终还是把人成功救了下来,我们中队内部讨论,一致认为,丁墨的这次救援行动,没有错误!"

大队长没有说话,只是饶有兴致地看了他一眼,向教导员递了个眼神。教导员微笑着说:"董队啊,我们相信你们的专业判断,不过这次事件引起了社会上的广泛关注与讨论,上次电视节目里,专家们更是一致对丁墨的做法持反对态度……"

教导员还没说完，魏凯就按捺不住了："教导员，那些专家是哪儿的专家，有执照吗？那些电视节目分明就是为了博人眼球，增加收视率，根本不管事情发生时的具体情况，也不考虑我们的救援难度，只有教条式的分析，有意义吗？"

魏凯又转向大队长："大队长，舆论监督当然有其积极意义，但过于受其束缚，在瞬息万变的战场上可行吗？那是战场，千钧一发之际，决定的是生与死，不让我们依据客观情况自行决定，而是每一步都要顾虑外界舆论的话，那就没法干了！"

大队长乐了："行啊你，我还以为今天来找我们的会是黑脸老董呢，结果倒好，你这喷起人来跟机关枪似的，也不比他差啊！"

大队长说完，和教导员交换了一下眼色，微笑着对魏凯说："我们接受你们的讨论结果，也接受你们交出的答案！"

"谢谢领导！"魏凯激动地敬了个礼！

同一时间，《静海日报》总编室里，半秃的总编大人带着金丝眼镜，正在认真地阅读着林雪刚交上来的报告，林雪则站在办公桌前，眸光澄澈。

片刻后，总编摘下眼镜，略带赞赏地看了看林雪："不错，能够及时抓住热点话题，而且你这篇关于消防队救人方法分歧的讨论文章有理有力，但是你这结尾可没有下定语啊……"

林雪嫣然一笑："总编，咱们只是做客观报道，又不需要做主观决定。官面的话说完了，剩下的就让老百姓自己判断嘛，我相信，公道自在人心！"

总编哈哈大笑，指着林雪说："你呀，不是因为上次的报道失误，变得畏首畏尾了吧？教训是要接受的，不过锐气可不能丢，不然就会沦于平庸，还怎么做记者？"

林雪挺胸说道："谢谢主编大人关心，我的锐气，可没人挫得了！"

总编微笑地点点头，看着林雪转身出去，心里默默发问：这姑娘的锐气当然没有几个人挫磨得了，不过……她主动请缨去消防队，我当初的判断，是她不想吃这个亏啊，这篇报道虽然没有结论，可明显是站消防队这边的，她这心里……究竟是怎么想的呢？

……

几天后的一个下午，开发区消防一中队的中队长办公室里，董建平坐在办公桌后，对立正站在面前的丁墨说："关于这次救援的评断，咱们队里的决定得到了上级的支持,不认为你是错误救援。"

丁墨嘿嘿一笑:"中队长,我就说吧,公道自在人心,群众和上级的眼睛都是雪亮的!"

董建平闻言瞪了丁墨一眼:"你少臭美,不管怎么说,你的确是太冒险了,你说第一句话时,连我都吓出一身冷汗。你小子,以后可不许总是这么一惊一炸的,不然我这心脏早晚得让你吓出病来!"

"是!"丁墨一个立正。

董建平不满地瞪了他一眼:"刚说完不让你一惊一炸的!"

"是是是!"丁墨笑了笑,"那队长,没什么事我就先出去了。"

"等会儿!"董建平说着打开抽屉,从里面掏出两百块钱,"你去找一下陆江,你俩现在就出发去火车站,老魏去火车站接媳妇了,车次是……"

董建平翻了翻微信,把车次报给了丁墨:"你们去帮忙接待一下,打个车,把他们安全送到地方。"

丁墨听说要去接魏凯的媳妇,有点不情愿:"中队长,派陆江一个人去就行了吧?"

董建平瞟了他一眼:"别以为我不知道你小子心里头在想什么,怎么,是不是还在抱怨老魏让你写检讨的事?你知不知道他对你虽然这么要求,可是去大队为你申冤的,也是他?"

"不能吧?魏队一向都不怎么在意我。"丁墨不以为意。

"在意你?全中队这么多人,他得怎么在意你呀?咱们自己的人,怎么敲打都行,可外人不讲道理地欺负上门,那就得拼命地护着,你说他这算不算是把你当成自己人?"

"真的?"

"我有必要骗你?"

丁墨挠了挠头:"中队长,魏队的媳妇怎么来了?"

董建平哼了一声,说:"刚还说领导不在意你,你一共才几个领导,对人家的情况不也是不了解?老魏媳妇怀孕了,行动不便,可是偏偏与婆婆性格不合,娘家呢,一时也帮不上她的忙,一个女人独自守在家里,苦啊,所以老魏在咱们中队附近租了房子,也好有个照顾。"

"啊!我明白了,那我这就去。"丁墨转身就往外走,董建平放在桌上的两百块钱,却不知是有意还是无意,被他忘记了。

丁墨心病难去，不愿意与陆江来往，可正常的工作往来倒不受影响。他找到正在操场打球的陆江把情况一说，陆江马上跑到操场边拿起了衣服。

"丁墨、陆江，你们这是要去哪儿啊？"林雪开着她的高尔夫刚拐进消防中队的大门，就看见丁墨和陆江两个人向外走，难得他们能走在一起，林雪起了好奇心。

丁墨停住了脚步："我们去车站，魏队去接媳妇了，嫂子怀着孕呢，我们俩去看能帮个啥忙。"

林雪一听便招了招手："上车吧，我带你们去。"

陆江问："你不去队里驻访啊？"

林雪笑着说："这也是采访嘛，我这次专题采访是消防队，可不只限于救灾，快上车吧。"

两个人上了车，不过，陆江坐在后面，丁墨却坐了副驾，受那心病影响，他和陆江始终心存芥蒂。

静海市火车站前人头攒动，魏凯穿着便装，一脸焦急地望着出站口，这趟车已经到了，大批旅客已经出站，却仍迟迟不见妻子的身影，他的一双浓眉不禁越拧越深。

有多久没见过妻子了？好像从怀孕之后，自己就没有见过她几回。没有在身边好好陪她，没有看着孩子在她肚子里一点点长大，没有在她需要自己的时候照顾好她。

这些愧疚，此时就像是一块千斤重的巨石，死死地压在魏凯的胸口。好在，马上就能够见到了。一想到这里，魏凯就禁不住激动起来，他眼都不眨地朝出站口望着，生怕错过妻子的身影。

就在这时，一个大着肚子的孕妇，步履有些缓慢地走了出来，那是姚燕。她身怀六甲，行动迟缓，所以落在了后面。思念、愧疚，在这一刻都化作了动力，魏凯几乎是不假思索地朝她飞奔而去。

"燕子！"熟悉的声音从人群中传来，姚燕身形一顿，下意识地朝声音传来的方向望了过去，她看见了，看见了那个熟悉、高大的身影，看见他带着一脸急切和欣喜，穿过拥挤的人群，奔向自己。

顿时，姚燕的眼泪就盈眶了："魏凯！"姚燕忍不住大声呼喊。姚燕刚过检票闸，魏凯就张开双臂，把妻子紧紧地拥入怀中。

所有的思念，在这一刻都有了归宿。姚燕感受着丈夫坚实的手臂，感受着丈夫温暖的怀抱，感受着他胸膛里那颗心脏，强健有力地跳动着。

无数个孤独的夜晚，无数个委屈的瞬间，在这一刻，好像都微不足道了。两个人就这么旁若无人地紧紧相拥着，就连周遭行色匆匆的旅客，都忍不住驻足，纷纷投来艳羡的目光。

"太紧了，我快喘不过气来了。"听见怀里人的嗔怪，魏凯这才反应过来，连忙松开怀抱，焦急而又担忧地询问道："有没有事，我有没有勒到孩子？"

姚燕眼中闪烁着幸福的泪花，听到丈夫这句有些孩子气的话，却不禁笑了出来，随着那一笑，喜悦的泪也滚下了脸庞。

第三十四章
难免相亲

"大姐，这就是您丈夫吧？"因为姚燕是孕妇，所以出站的时候，邻座的人就帮着把行李拎了出来，刚才见到两人之间这感人的一幕，他一直没舍得上前打扰。

"是的，谢谢你啊，兄弟！"姚燕一边答应着，一边朝魏凯示意。魏凯顿时明白过来，连忙上前接过对方手中的行李："同志，真是太感谢你了。"

"没事没事，不用客气。"那旅客笑了笑，走开了。魏凯一手拎着沉重的行李，一手扶着姚燕，刚准备往外走，就见陆江、丁墨和林雪匆匆迎了过来。

"魏队！"看见魏凯身边站着的姚燕，丁墨率先开口了，"这就是嫂子吧？

嫂子好！"

"你好。"姚燕也笑着和丁墨打了招呼，目光看向丈夫，魏凯有些意外，但马上就猜到，一定是董建平安排的。丁墨和陆江分别抢过手拉箱和大提包，几个人一边说一边往外走。

林雪的高尔夫虽拥挤了些，倒也塞得下这几个人，便没有另叫车，几个人乘着林雪的车直抵出租屋。丁墨和陆江把姚燕的行李拿上了楼，林雪也帮忙收拾了一下房间，便想告辞离开。

林雪笑吟吟地说："嫂子，我社里还有工作，就先走了啊，改天再来看你。"

林雪说完，陆江也随之开口："嫂子，我也走了。"

丁墨老老实实地在沙发上坐着："着啥急啊，我跟嫂子还没聊够呢，再坐会儿吧！"

这个二傻子!

林雪又好气又好笑，不动声色地踩住丁墨的脚尖，微微一用力。

"哎，你怎么……啊，嫂子，那你和魏队聊着，我们就先回去了。"丁墨这才反应过来，连忙站了起来。陆江的唇角忍不住抽搐了几下，轻轻地嘟囔了一句："白痴！"

魏凯和姚燕看到三人的模样，忍俊不禁。走到门口时，丁墨还不忘回头说了一句："对了嫂子，我明天休息，到时候我带我妈来认认门啊，你刚到，我让我妈带你去逛逛商场，看孩子有啥需要的可以先准备上。"

"快走啦！"林雪真想再踩他一脚，完全没有意识到自己这举动已经和他透着说不出的亲密。她狠狠白了丁墨一眼，率先向楼下走去。丁墨急忙带上门，跟了下去。

屋子里，只剩下魏凯和姚燕，两个人相视一笑。

魏凯："老婆，这段时间辛苦你了。"

姚燕摇了摇头："没什么辛苦的。"

魏凯把手小心翼翼地放在姚燕的肚子上，像是抚摸一件珍贵的宝贝一般，轻轻地，一下一下地抚摸着："这里面，是我的儿子？"

姚燕闻言嗔怪地瞪了魏凯一眼："老思想，你怎么知道是儿子还是女儿？"

魏凯笑了："嘿！就是这么叫呗，我不在乎生男生女，不管男孩女孩都是我的娃。要我说，还是女孩好，女孩长到二十就知道心疼爹妈，要是男孩，怕是要四十岁才懂人事了。"

听了魏凯的话，姚燕却像是赌气一般说道："我还偏要生个男孩，免得跟我一样，爱上你这样的人，跟着受苦。"

说起受苦，魏凯眼眸里不禁划过一抹歉意，随即伸出手臂，将妻子再次揽入怀中："会好的，一切都会好的。"

"嗯，会好的。"

"哎呀！"说话间，魏凯忽然惊喜地叫了一声，张大双眼看着姚燕的肚子。姚燕不知道发生了什么事，慌忙问道："怎么了？"

魏凯惊喜地说："动了，他动了，我感觉到了，小家伙刚刚动了，他踢了我一脚。"看着丈夫开心得像个孩子一般，姚燕不禁莞尔一笑："谁让你老不在，孩子这是嫌弃你呢！"

"嫌弃我？"魏凯一听，顿时佯装着板起脸，"这可不行，我得好好教育教育他，让他知道知道老子是谁！"

"傻样，等他能听懂你的话再说吧！"夫妻俩的笑声，飘满了小小的出租屋。

丁墨三人回到队里，正碰见洛兵。

"魏队长的妻子接到了？"洛兵问。

陆江点了点头，丁墨则是眉飞色舞："组织上交代给我的任务，我丁墨什么时候没完成过。"

洛兵懒得搭理丁墨，随即看向林雪："林记者，你来得正好，董队长有事找你呢！"

"好的，我这就过去。"林雪向洛兵道了谢，便赶往董建平的办公室。到了办公室，林雪敲了敲门，听见"请进"两个字才推门而入。董建平正在打电话，见是林雪，伸手示意她先坐。

林雪倒也没扭捏，大大方方地坐在椅子上，就听董建平拿着电话，用一脸无奈的笑容应付着："是，多谢老领导关心啦。啥？对啊，正好三十周岁……"

"不不不，领导，我不着急……人家条件挺好？不不不，我不是这个意思……我暂时确实没有这个想法……嗯！嗯嗯！那……好吧，好，相亲……哦！好好好！后天中午十二点，步行街上岛咖啡……好，我一定到，谢谢老领导。"

董建平挂上电话，咧着嘴跟吃了口苦瓜似的。

林雪笑吟吟地问道:"董队,有人给你安排相亲啊?"

董建平有些不好意思:"是啊,一个老领导,关心我的终身大事,也不好拒绝……"

"哦,这样啊……"林雪偷偷看了董建平一眼,故作惋惜地说,"董队,其实我们家焰焰挺喜欢你的,上次还特意为你做菜,你知道吗,这可是她第一次给男的做饭,就连她爸都没享受过这样的待遇呢!"

林雪一边说,一边仔细观察董建平的反应。一听到池焰焰的名字,董建平的脑海中就不由出现池焰焰那张年轻艳丽的面容。只是,自己已经三十岁了,平时也没多少时间,她那么漂亮……

想到这里,董建平不禁苦笑:"林记者,你就不要开我玩笑了,小池那么优秀,我们俩怎么可能,那只是因为……我帮过她,她还个人情罢了。"

生怕林雪再提这件事,董建平连忙转移话题,从桌上拿起一摞资料:"林记者,这是上回你要的消防队资料,我们已经整理出来了。"

林雪连忙双手接过:"谢谢董队如此支持我的工作。"

说话间,董建平办公室的门被人敲响了,林雪循声望去,见是魏凯,就连忙起身:"董队长,那没什么事我就先走了。"林雪又向魏凯微笑着点了个头,便拿着资料出去了。

董建平关切地向魏凯问道:"怎么这么快就回来了,都安排好了?"

魏凯点头:"嗯,都安排好了,我请了房东平时帮忙照顾。"

"那好,如果有什么需要帮忙的,就直接说。"

"没事,我自己处理得来……"

长廊上,林雪把资料挟在肋下,摸出手机,一边走,一边点开了池焰焰的微信,给她发了一条讯息:"焰焰,你家小黑哥,要另觅新欢了!"

第三十五章
焰焰抢亲

"先生你看,这个洗面奶是氨基酸配方的,不同于现在市面上的皂基洗面奶,具有强大清洁能力的同时,还不伤皮肤,最适合您这样的帅哥使用了。"

池焰焰拿着洗面奶,笑着看着面前的男顾客。男顾客被说得发蒙,更被她的笑容弄得有些迷糊:"啊?洗面奶还分这么多的配方呢?"

"对,当然了,不只是洗面奶!"池焰焰趁热打铁,又拉出一堆产品推销,"还有爽肤水、精华霜,不同的配方都有不同的功效。"说着,她又拿起一瓶爽肤水。

"就像这款爽肤水,它的主要成分是神经酰胺和烟酰胺,美白的同时,还能保护你的皮肤屏障,再搭配同款的精华霜,锁住水分,让你的肌肤一整天都保持水润弹性。

"刚好,现在我们店内搞活动,洗面奶、爽肤水加上精华霜一起购买,可以给你八折优惠,还免费赠送我们店内的会员卡一张,以后你给女朋友买化妆品,都可以给你打折哦。"

男顾客被池焰焰说得有些不好意思地挠了挠头:"那个……我还没有女朋友。"

"现在没有不代表以后不会有啊,再说你长得这么帅,追你的女孩肯定一大把,是你太挑了吧?"

"也不是……"男顾客看了一眼池焰焰,脸微微一红,"要是我以后的女朋友，能有你这么漂亮能干就好了。"

"怎么可能？你以后的女朋友，一定比我漂亮！"

男顾客被池焰焰说得愈发不好意思起来，微垂着头，似乎是有些不大敢看池焰焰："那就借你吉言了……帮我把这一套都包起来吧。"

"好的！"听男顾客一买就买一套，池焰焰顿时暗暗给自己比了一个"yes"，面上却依旧保持着微笑，带着男顾客到收银台刷卡打包。手机就是在这个时候响起来的，池焰焰一手拿着包装用的裁纸刀，一手点开微信界面。

"焰焰，你家小黑哥，要另觅新欢了！"一句话，顿时让池焰焰心里一惊，也顾不得还有顾客在场了，马上拿起电话给林雪拨了回去："怎么回事？哪里来的小妖精，居然想截和我家小黑哥？"

"我也是今天偶然听见董队长打电话时候说的，好像是他一个老领导介绍的，对方条件不错，跟董队长年纪也相仿，你家董队长已经同意去相亲啦，亲爱的，这次你可危险了哟！"

林雪说得不怀好意，池焰焰却听得欲哭无泪："那我怎么办啊？"

林雪本来只是想逗一逗她的，却没想到池焰焰这么不禁逗，顿时气不打一处来："瞧你那没出息的样，从来都是人追你，头回你追人，怎么这么瓜啊？不就是相亲嘛，那就是八字还没一撇啊，他们相亲的时间地点我都帮你记下来了，后天我陪你去，咱们瞧瞧，那女的有你漂亮不？"

"那不能！"池焰焰回答得不假思索。

"对方能有你聪明能干吗？"

"绝对不能！"嗯？好像有点斗志了。

"对方能有你那么喜欢董队长吗？"

"坚决不能啊！"

"所以啊，亲爱的，你还等着干吗，赶紧磨刀，夺回心中所爱！"

池焰焰被林雪一碗鸡汤灌得斗志昂扬，手中的裁纸刀，也似乎受到了感染一般，在半空中划得极有气势："你说得对，杀父之仇、夺夫之恨、断人财路，人生三不忍！老娘跟她拼了，我就不相信了，凭本姑娘的聪明才智，还会输给一个狐狸精？"

"这才对！"

"亲爱的，你赶快回来！"

"我回去干吗？"

"还能干吗,赶紧陪我去做头发做美容,工欲善其事,必先利其器,我得赶紧准备好,才能手撕那只小妖精!"

池焰焰说得慷慨激昂,转眼间才想起来,顾客还在面前呢,赶紧抱歉地朝顾客笑了笑。再看男顾客,之前还羞涩的脸此刻已惊得目瞪口呆:女人啊!多么可怕的生物!

悠扬婉转的钢琴曲在上岛咖啡厅内缓缓飘荡着,董建平穿着便装,正襟危坐地坐在靠窗的卡座上,神情庄重而又礼貌。

对面位置上坐着一个三十出头的女人。女人个子不高,即便坐着,还要矮董建平一头,相貌普通,身着牛仔裤白T恤,戴着金丝边框的眼镜,厚厚的眼镜片掩饰不住她的傲慢和清冷。

坐在这儿大约有五分钟的时间了,女人一直没有开口说话,只是用一种打量的目光,毫不避讳地看着董建平。董建平微微有些不自在,只好率先开口打破沉默:"你好,我叫董建平。"

"哦。"女人冷冷地回了一句,却没有报上自己的名字。

董建平眉心动了动,出于礼貌,并没有表露出任何不悦。

"听说你是消防队的中队长?"这一次,女人先开口,用的却是趾高气扬的口吻。

董建平点了点头:"是的。"

"你家是农村的吧?"说着,又抬眼看了看四周,仿佛是对咖啡厅的环境极为不满意。

"嗯,我老家是江苏农村的。"

"你这么大年纪了,怎么一直没有谈对象?"

董建平有些无语,好像对方只比自己小一岁吧?语气如此咄咄逼人,这姑娘的涵养不怎么样啊。董建平已经在心里把这姑娘判定出局了,但是出于礼貌,仍然回答着,只是语气稍稍带了些不耐烦。

"以前谈过一个,后来分了。"

"为什么?"

"呵呵,性格不合吧。"

"哦,你家既然是农村的,那家里兄弟姐妹应该挺多的吧?你父母身体怎么样?退休了吗?他们有养老金吗?"女人根本没有在意董建平的回答,好像之前也不过是随口一问。

"我听人说，现在农村有一种男人，专门找我们这样大城市的女孩结婚，一家子人跟着沾光，有句话怎么说来着？哦，对，一人得道，鸡犬升天。好像，还给这种男人专门起了个名字，叫什么凤凰男？"

说到这里，女人别有深意地看了董建平一眼："你别多想啊，我说的不是你，我觉得，你应该不是这样的人，对吧？"女人说了一堆，而董建平根本没有听进去。

从刚才开始，他的脑海里总是不自觉地出现另外一个人的身影。那个人，年轻漂亮，每次出现的时候，都让他眼前为之一亮；那个人，机灵可爱，虽然有些让人难以招架，但是有她的时候，自己时常忍不住嘴角上扬；那个人，聪明勇敢，即便是面对危险会忍不住害怕，却还是会出人意料地冷静。那个人……叫池焰焰。

池焰焰此时根本不知道董建平的脑子里正在想自己，她坐在斜对面的位置上，正瞪着董建平对面的那个女人，她的目光宛如两把刀子，简直能从那女人身上削下两片肉来。

"这女人什么东西呀，简直人给女人丢脸了，这么肤浅，我都替她臊得慌！"林雪早就发现了池焰焰的不屑，不禁莞尔一笑。对，就是这个情绪，保持住！"喂，你还不快去，等什么呢？"

"嗯？什么？"池焰焰一时间没反应过来，不过林雪的目光让池焰焰一下子醒过神来，对啊，她还等什么呢？原本来此是想看看她的竞争对手来着，可此刻却只想给董建平出气。

她居然敢如此欺负小黑哥！

池焰焰心神一定，站起来向董建平走去。

"董哥哥——"池焰焰娇滴滴地喊了一嗓子，顿时引得人人侧目。这一声呼唤，含糖量超标啊。池焰焰就是在万众瞩目下，踩着高跟鞋一步一步地走到董建平面前的。

为了中和太过妩媚的长相，她今天特意穿了一件淡黄色的连衣裙，又化了时下最流行的元气妆，高挑的身材配上这样的装扮，只是站在那里，就成了一道靓丽的风景线。

董建平看见池焰焰，一方面是吃惊，另外一方面，也被她今天不同于往日的穿着打扮所惊艳："你怎么在这儿？"

"我约了人啊,刚进来就看见你在这儿,董哥哥,我们好有缘分呢!"说着,池焰焰看也不看对面女人一眼,就往董建平身边坐,董建平慌忙往里让了让。

"董哥哥,我都好几天没看见你了!你忙什么呢?"

董建平心想:这姑娘貌似有些不对劲,她这是在干什么?

因为是坐着,所以池焰焰必须微微仰起头,才能与董建平对视,她眼中带着毫不掩饰的崇拜与倾慕道:"董哥哥,我的姐妹们知道我认识了一个成熟稳重,又富有正义感的消防员哥哥,都羡慕得要命,一个个还劝我要赶紧下手,不然像你这么好的男人,肯定会被其他女人抢走的。"

董建平想了想,没有开口。

"董哥哥……"

"没想到,你竟然是这种人!"或许是听不下去了,也或许是池焰焰的出现,带给她不小的刺激,对面女人突然一拍桌子站起身来,怒视董建平。

"你这个渣男,根本配不上我!"说完,她还不忘狠狠瞪了一眼池焰焰,随即快速离开了咖啡厅。咖啡厅内的其他人,打从一开始就察觉到了这当中的火药味。但一个是女神,一个……

嗯,高低立见,胜负已分。

第三十六章
纯属误会

董建平没有在意离去的相亲对象,只是看着身边的池焰焰,笑容微微有些无奈:"你这是在干什么?"

"你说我在干什么？我看不得那个女人像买菜似的挑挑拣拣羞辱你，真是气死我了！"

"是啊！"林雪在这个时候也走了过来，看着董建平，"你怕不是个瞎子吧？难道真的会喜欢那种高傲自恋的水仙花？"

董建平有些哭笑不得："原来是你搞的鬼，你们两个啊！其实我也没看上她，只是人家是老领导介绍来的人，我只想应付一下，免得人家下不来台。"

听董建平这么一说，池焰焰一颗悬着的心立刻落了地。虽然不管是长相、气质还是其他方面，池焰焰都知道对方不如自己，但还是忍不住担忧。毕竟，她们家董哥哥的喜好，她是真的摸不准啊。不过，不喜欢就好！

"董队长，你今天休假吧？"

"嗯。"董建平老实回答。

"那正好，你也没什么事了，就陪我俩逛逛街吧。"

董建平刚想拒绝，池焰焰马上抢着说："我帮你出了气，这是回礼！"

池焰焰其实心里最想的，是能和董建平单独逛街，可是又怕他拒绝，所以只能忍痛拉上林雪这个人灯泡了。林雪自然知道闺蜜是想有个机会和董建平多相处一会儿，索性也在一旁帮腔："是啊董队长，我们两个女孩子，逛街可能不大方便，你跟着一起吧。"

多新鲜，逛街还有不方便的？池焰焰心里忍不住朝林雪翻了个白眼，面上却不露分毫，只是用一副期待的表情，直勾勾地盯着董建平。

董建平被盯得招架不住了，只好点头。见董建平同意，池焰焰忙不迭地拉着他出了咖啡厅，进了旁边的百货商场。

"董队长，你有没有什么想买的啊？"

董建平略微思索了一下。

"嗯……我们去婴儿用品区逛逛吧。"

"什么？"池焰焰步子一顿，"董队长你……你有孩子了？"

董建平失笑："我连女朋友都没有，哪来的孩子？是魏凯，他媳妇快生了，我想买点东西表表心意。"

"哦，原来是这样啊！"池焰焰暗暗呼出一口气，吓了一跳。

"婴儿用品区在那边，我陪你过去，正好给你出出主意。"

一路上，池焰焰只是跟在董建平身边说这说那，丝毫忘记了身后还有个闺蜜。林雪跟在她身后恨得咬牙切齿：这个重色轻友的！

　　商场的另一边，休假的丁墨连同自己的父母，正陪着魏凯的妻子有说有笑地朝婴幼儿用品区缓步走去。

　　"你这还有几个月就要生了，一定要提前准备才是，正好今天有时间，咱们就把东西都买齐，省得生的时候再手忙脚乱的。"商场里，丁母一边搀着姚燕的胳膊，一边说道。

　　姚燕满心感激："阿姨，真的是太麻烦您和叔叔了……"

　　"哎哟，你这孩子，怎么这么客气？有什么麻烦的？再这么见外，阿姨可不高兴了！"丁母佯装着板起脸。姚燕见状，立刻服软："阿姨您别生气，我不跟您客气就是了！"

　　"这才对嘛！"两人说着不禁相视一笑，随即互挽着胳膊，朝婴儿用品区走去，宛若一对亲母女，亲密不已。和她们相比，跟在身后的丁建国和丁墨倒显得多余了。

　　丁墨还好，反正他今天的主要任务就是拎包，其他的倒也不甚在意。可丁建国难免觉得受了冷落，只好瞪着眼睛四下看，打发无聊。

　　"咦？"蓦地，不远处几个身影，吸引了他的注意。丁建国定睛看了看，待认出对方的身份后，立刻欣喜地快走几步，来到了丁母身旁。

　　"老伴儿，老伴儿，你快看。"

　　"看什么？"

　　"对面那姑娘，好像是咱儿子的女朋友啊！"

　　"哪儿呢？哪儿呢？"听丁建国这么一说，丁母也立刻来了精神。

　　"就在那儿，那个黑脸小伙儿的旁边。"丁母顺着丁建国所示意的方向看去，果然看见一个身材姣好、容貌靓丽的女孩，顿时面露满意之色："呀，那个就是咱儿子的女朋友？真是不错！"

　　说话间，还不忘回头朝着身后的丁墨看了一眼。而此时的丁墨却对此毫不知情，他正无聊地东张西望。

　　姚燕在一旁将二老的话听得清清楚楚，打从昨天一见面，她就对丁墨这个热心正直的小伙子很有好感，现下听两人这么一说，也不禁起了好奇心，随即顺着二老观察的方向看了过去。

　　"咦？那不是林记者吗？"姚燕一眼就认出了林雪，同一时间，林雪也注意到了姚燕等人，立刻拉着池焰焰和董建平走了过去。

"嫂子，这么巧啊！"林雪看见姚燕，马上热情地打招呼。

"是啊林记者，你们也来逛街？"一边说，姚燕一边回头，别有深意地看了丁墨一眼，"这不是那天丁墨说，要带我来逛逛，给孩子提前准备些东西嘛，刚好今天就来了。"

林雪顺着姚燕的视线看了一眼，就看见了站在最后、吊儿郎当的丁墨。

丁建国和丁母一直目不转睛地盯着林雪。

"这二位，就是丁伯伯和伯母吧？"林雪记起之前丁墨说要带着父母一起陪姚燕逛街，所以这会子见到老两口，便主动打招呼。

"哎哎哎，我们是我们是！"嗯，有礼貌，有教养！林雪年轻漂亮，人也很有礼貌，丁建国老两口真是越来越满意了。

林雪没有察觉到二老眼中的异样，随即又看向姚燕，将池焰焰和董建平一一介绍给她："对了嫂子，这个是我的好闺蜜池焰焰。这位是消防中队的中队长董建平。"

池焰焰和董建平向姚燕问了好，而姚燕一听董建平是自己丈夫的领导，立刻想到丈夫之前说过，队长有多照顾他，感谢道："董队长，经常听我们家魏凯提起你，说是平时多亏了你的照顾。"

董建平听姚燕这一说，有点不好意思了："弟妹太客气了，都是队友，有什么照顾不照顾的。对了，家里都安顿好了吗，还有没有什么需要帮忙的？"

姚燕连忙摆手："都安顿了好了，谢谢董队长。"又寒暄了一会儿，几个人才一起往婴儿用品区走。路上，姚燕和林雪走在最前面，其次是董建平和池焰焰，剩下丁建国老两口和丁墨跟在最后面。

丁建国老两口看着自己儿子"不上道"的样子，恨得咬牙切齿。这个臭小子，怎么就没有自己当年的劲儿呢？丁母则是忍不住帮儿子张罗起来。

"哎呀，逛街用不到这么多人，这样吧，我和老丁陪燕子逛逛，丁墨啊，你去带着林记者，两个人吃点饭、看场电影什么的。"丁母一番话，瞬间让在场的人明白了过来。

之前丁建国和丁母之间的聊天，已经让姚燕认定了林雪和丁墨的关系，所以此时一听丁母这么说，也立刻附和起来："是啊，有叔叔阿姨还有董队长陪我就好了。丁墨、林记者，你们快去吧。"

丁墨和林雪均是一脸蒙。

"我为什么要带她去吃饭看电影？"

"我为什么要跟他去吃饭看电影？"

两个人异口同声，却被众人认为是害羞，就连知道"实情"的池焰焰，此时为了能够多跟董建平相处一会儿，也将"有异性、没人性"演绎得淋漓尽致。

"对对对，有我和董队长就够了，你们两个，赶紧哪儿凉快哪儿待着去吧。"池焰焰说罢，也不管林雪用一副怎样的表情看着自己，便不由分说地搀着姚燕，快步往前走去。

丁家老两口自然是乐意的，不忘丢给丁墨一个"把握机会"的眼神，随之也跟上了池焰焰和姚燕的步伐。倒是董建平，虽然一直没开口，但是事情到了这个地步，也猜出了个大概，不禁笑了笑，也转身离开。就这样，丁墨和林雪被毫不留情地"抛弃"了，连反驳的机会都没有。

"你是……董队长的女朋友？"姚燕早就嗅出了池焰焰和董建平之间不同寻常的味道，所以刚走出一段距离，就按捺不住地问道。池焰焰没想到姚燕会突然间这么问，先是一愣，转而眸光一定——

"会是的！"

姚燕顿时心下了然，不禁为眼前女孩的执着所打动。但是转念，一想到自己，却是忍不住叹息了一声："当消防员的妻子，可不是件容易的事。"

池焰焰一双漆黑的眼眸异常明亮："就算是不容易，嫂子，如果让你现在换掉魏队长，你肯换吗？"

姚燕从来没有想过这个问题，所以被池焰焰这么一问，一时间有些不知道该如何回答。可是转瞬间，她就极为肯定地摇了摇头："这辈子，既然已经选择了他，好像，也不觉得有谁能比他好了。"

池焰焰闻言，不禁回头朝着那个身材挺拔、一身正气的身影望了一眼，唇边不觉绽放出一抹耀眼的笑容。

"我也是！"

第三十七章
一曲征服

　　林雪和丁墨站在原地，两个人大眼瞪小眼，相对无言。居然把自己单独留下，跟这只猴子在一起？林雪表示不能理解。不过，好像也不赖。

　　"喂！"半晌过后，还是林雪率先开口打破了沉默，"既然咱俩已经被抛弃了，要不，我就辛苦点陪你吧。"

　　"你辛苦？"听林雪这么一说，丁墨瞬间表示不服。

　　"我还没说辛苦呢，你辛苦什么啊？"

　　林雪懒得和他争执："别废话了，你打算带我去哪儿？"

　　去哪儿？嗯，这好像是个问题。要不……

　　"去游乐园？"

　　"幼稚！"

　　林雪翻了个白眼。

　　"咖啡厅？"

　　"老土！"

　　"电影院？"

　　"没新意！"

　　"喂，你过分了啊！"

　　自己提的几个意见均被林雪否定，丁墨有点怒了。

　　没想到，林雪却在这个时候，直接了当、毫无铺垫地说了一句："瞧你领我去的这些破地方！"她上下看了丁墨两眼，"你是不是想追我啊？"

说这话的时候，连林雪自己都没有发现，心底某个地方，仿佛有一颗破土而出的种子，正在努力长成枝蔓，肆意缠绕。

丁墨没有防备，瞬间就怔愣在了原地。尤其是此刻望着林雪一双漆黑的眼睛，丁墨只觉得自己胸膛里一颗心，"扑通扑通"跳得厉害，仿佛像是一只被困住的猛兽一般，横冲直撞的，想要找到个出口。

丁墨咽了口唾沫，假装镇定地嗤笑一声："我追你？你也不看看我是什么人？玉树临风，风流倜傥，光是追我的姑娘，从这里都能排到大江口了，我会追你？"

丁墨一番大言不惭的话，让林雪不由得翻了一个大大的白眼，心里那点异样的情愫，也随之悄悄隐去："不是最好，走吧，我领你去个地方！"

丁墨不解地追上去："去哪儿啊？"

静海市某攀岩俱乐部。林雪身着黑色紧身攀岩装，头戴安全盔，如墨染一般漆黑的发丝，此刻已经在脑后扎成了马尾，整个人显得尤为干练清爽。

人造攀岩墙下，林雪一边戴手套，一边侧眸看向身旁的丁墨。丁墨此时也换好了攀岩专用服，腰上系着安全绳，头戴安全帽，看起来有那么点意思。

"怎么样，会攀岩吗？"

林雪开口，丁墨则是一脸傲娇："会攀岩吗？小爷我攀岩的时候，你还不知道在哪儿玩布娃娃呢！"

"呵！"林雪浅然一笑，倒是没有反驳，只是笑声中多了某些含义。

"你笑什么？"

"没什么，等会儿你就知道了。"

丁墨不以为意，在他看来，林雪就算是会攀岩，一个小丫头也不可能比自己厉害，好歹自己也是练过武术的人！

思忖间，两人已经准备好，随着一声哨声响起，林雪率先出发，只见她两手先找好了着力点，用力一抓，随即整个身子便挂在攀岩墙上，双脚依次抬起，立刻就与丁墨拉开了一人的距离。

丁墨见状，也连忙不甘示弱地行动起来。攀岩看起来简单，但是真正做起来，丁墨才发现这当中还是需要一些技巧的。首先，要计算好落脚点和着力点，还要提前预判好距离，运用好抓握勾挂的技巧，这样才能分配好体力。

而丁墨之前不知道这些，只靠着自己的身体素质，所以很快就感觉到有些吃力了。在半空一个着力点上，丁墨不得不停下来调整。

抬眸间，却发现林雪此时不仅已经超过自己一段距离，而且姿态极为轻松随意，宛若一只黑色的壁虎，游刃有余地在每一个支撑点上来回移动，仿佛不是在攀岩，而是在墙上演绎一段优美的舞蹈。

细看下，虽然林雪额边也沁出了点点细汗，可是却全然不影响她的动作和状态。丁墨不禁微微有些吃惊：没想到，这小妮子还真有两把刷子。可自己好歹是个爷们儿，要是就这么被比下去了……

丁墨不敢想，连忙调整策略，迎头追赶上去。他毕竟是第一次攀岩，即便很快找到了诀窍和技巧，可始终被林雪超出一段距离而无法追上。

在经过一个难度关卡时，丁墨手上着力不稳，等到再想要调整时，已然来不及，身子离开了攀岩墙。

林雪是俱乐部的老人，今天听说她要和人比赛，所以一早就有很多人围观，此时见到丁墨失误，众人不由得都发出一声欢呼："好啊——"

丁墨咬了咬牙，却也只能任由自己的身子由安全绳吊在半空中，然后缓缓而下。林雪察觉到动静，微微转头垂眸，看着丁墨被安全绳一点一点放下，不由得唇角一挑："你不行哦！"

"谢谢你啦，董队长。"池焰焰坐在副驾驶的位置上，车是池焰焰的，不过有她的白马骑士在，当然是白马骑士开车。

池焰焰凝眸笑着看向董建平："我家就在这栋楼，要不要上去喝杯水？"

池焰焰只想请董建平喝杯水休息一下罢了，毕竟今天他陪着魏凯的妻子和两个老人逛了一天街不说，还一一送他们回家。可是话一出口，池焰焰觉得味道好像就有点变了。

见池焰焰脸色微微有些尴尬，董建平不禁笑着摆了摆手："不用了，你今天也累了，赶紧回去休息吧。"

"哦！"池焰焰语气中难掩失望，又不想董建平就这么离开，连忙又找了个话题。

"刚刚送嫂子回去，看她一个人回家，也很孤独啊。虽说她住的地方离你们中队不远，但毕竟丈夫不能时时刻刻都陪在身边啊。"

说起姚燕和魏凯，董建平也是颇有感触："是啊，不过以后我会多照看一下队里的事情,这样老魏就能有时间多回家陪陪弟妹了。"

池焰焰看着董建平的目光,不禁多了几分赞赏和崇拜,就知道她们家董队长最善解人意、最Man了!

"咚咚咚——"蓦地,副驾驶的车窗玻璃被人敲响,池焰焰一愣,就看见车外林雪别有深意地望着自己。

回来得真不是时候!池焰焰心下吐槽,却还是无奈地打开车门,走了下去,向林雪和丁墨打招呼:"你们回来啦。"

林雪不怀好意的目光从董建平和池焰焰脸上扫过:"你当然不希望我这么快回来了。"

"你……"池焰焰瞪了林雪一眼,话题一转,"你们两个孤男寡女的,干什么去了?"说着,池焰焰还不忘意味深长地朝着丁墨看了一眼。

丁墨翻了个大大的白眼,心说:还能去干什么?被人家虐呗!

"收起你那点小心思!"林雪一巴掌拍在池焰焰的胳膊上,"我们能干什么,倒是你,嫂子和伯父伯母都送回去了吗?"

"哼,早送回去了,谁像你啊,光知道谈恋爱!"

"小雪!"说话间,身后突然有人叫林雪的名字,几人闻声回头,就见到一个五十多岁的中年女人此时正站在几人的身后。

"妈?"林雪一开口,丁墨和董建平才得知了女人的身份。董建平连忙从车上下来,向林母问好。林母虽然一一应答,但是看着董建平和丁墨的目光,却带了几分警惕。

"小雪,这二位是……"

"啊,我介绍一下,这两位是池焰焰的哥哥和弟弟。"

董队长什么时候是我的哥哥了?那是我未来的老公好吧?可是此时,林母已经向自己投来求证的目光了,尤其是林雪还在旁边偷偷掐自己。嗯……好吧!为了闺蜜,忍了!

"是啊伯母,这是我哥和我弟。"

"哦,这样啊!"听池焰焰这么一说,林母才放心下来,再看向董建平和丁墨的目光也变得柔和了许多,"既然碰上了,我们就一起去吃个晚饭吧?"

董建平和丁墨连忙婉拒:"不了阿姨,我们回去吃就好。"

林母却继续说道:"哎呀,不要客气啦!阿姨请你们吃饭,也是有事要求你们帮忙的呀。你们不知道,我这个女儿哦,真的是让人头疼死了,这么大了还不考虑自己的婚事。

"我都已经帮她联系好了一个很好的博士的,人家对方也对她很满意,安排了几次让他们见面,她总说忙,我就不晓得,能有多少忙啦。害得我这个老太婆还得亲自跑来找她。刚好,你们都是她的朋友,帮阿姨一起劝劝……"

看着董建平和丁墨被林母的喋喋不休弄得无可奈何的样子,林雪不禁趴在池焰焰的耳朵旁,窃窃私语道:"你说,我拿丁墨当挡箭牌怎么样?"

池焰焰闻言顿时一脸惊恐:"看你妈那样子,只怕不是矛折就是盾破了。"

林雪却突然坏笑起来:"那要不,就用你家小黑哥哥搪塞一下?"

池焰焰不假思索道:"不行!"

"为啥?"

"防火防盗防闺蜜,万一弄假成真了怎么办?"

林雪气得长出一口气,白眼简直要翻上天:"真是有异性没人性啊!"

第三十八章
棋逢对手

昨晚被老妈突袭了一回,林雪只好答应次日跟母亲去相亲。一想到董建平刚刚经历了一次奇葩的相亲,紧跟着就轮到了自己,林雪也是好生无奈。

傍晚,林母带着林雪来到一家事先约定好的日料店。其实林雪并不是很喜欢吃日料,她不喜欢生的食物,那些食物看着精致,可味道却不太适合她。

不过在双方老人看来,年轻人都喜欢时尚、浪漫的地方,再说了,要找个吃大盘鸡的地方相亲,也不合适不是?此时,归国博士秦佳木和母亲已经等候在这里了。相亲这种事，男方相对主动一点，也更能体现出诚意和修养。

秦佳木带着金丝边眼镜，头发梳理得一丝不苟，看上去风度翩翩，确实很帅气。

他不但外表英俊，内在同样优秀，作为一个归国博士，学的又是时下热门的生物制药专业，现在在一家跨国制药公司任职，即将升任集团中层，简直是前途无量。

不夸张地说，这种条件，找女朋友都得挑着找，但秦佳木一直表现得不急不躁，让秦母焦急不已。

秦母也好，林母也好，包括丁墨的母亲，其实都是典型的中国式母亲。孩子小的时候拼命阻拦，严厉警告，反正就是不许谈恋爱，生怕走偏了，学坏了。可是等他们年龄稍微大了一点，刚过法定婚龄没多久，便开始着急起来，生怕他们变成大龄青年，不好找对象。

秦母打扮得体，虽然不年轻了，但却风韵犹存，看见同样打扮得体的老同事林母和精致漂亮的林雪，脸上顿时露出热情的笑容："来了呀！快进来吧，都准备好了！"

秦母热情地指着一旁的秦佳木："这是我儿子秦佳木！"

"让你们久等了，真是不好意思。"林母笑着上前跟秦母握手，然后拉着林雪的手："这就是我家那不省心的姑娘，一天到晚在外面疯跑，非要当什么记者，你说呀，现在记者这行业多危险，有时候看一些新闻，哎哟吓得我哟……"

林雪在一旁偷偷翻白眼，秦佳木保持着良好的修养和风度，一脸微笑。林雪看了一眼，觉得这人的确很帅气，母亲没有夸张，只是那笑……怎么有点假呢？

众人寒暄着进了日料店。到了包厢门口，脱下鞋子，相互谦让着进了包厢。包厢通体采用竹制材料，散发着淡淡的清香，给人一种雅致的感觉。

很快有服务员过来问好，开始上菜，显然是秦母和秦佳木已经点好了东西。秦母还带着几分歉意道："不知道你们喜欢吃什么，就每样都来了点，待会儿你们都多吃一点。"

林母笑着道："应该我们说抱歉才是，路上有点堵车，来得晚了。"

她看着秦母，有些感慨地道："这岁月还真是可怕，我有些时候忙着忙着，脑子里就会突然出现我们年轻时候一起共事的画面。那会儿，都还是个小姑娘呢，可这一眨眼呀，都成了老太婆了！"

秦母也有些唏嘘，感慨道："可不是，我有些时候在我家老头面前显摆，他还嘲笑我，你还当你是十八岁的小姑娘呢？我说嘿，我就当我是十八岁的小姑娘，怎么了？"

两个母亲说着，都忍不住开心地笑起来。林雪和秦佳木在一旁保持着礼貌的笑容。随后，两位母亲又不约而同地把话题引到了两个年轻人身上。

"哎，你看，这一晃啊，我家这小子已经长这么大了，要不是看着他们，真的还以为自己很年轻。"秦母说着朝林雪露出友善的微笑。

林雪微笑着回道："阿姨，您现在也不显老呀，不知道的肯定以为您也就三十岁左右呢。"

"哎哟这小嘴真甜，真是个好姑娘，阿姨看着就喜欢！"秦母脸上笑开了花。

林母满意地看了一眼自己的女儿，然后夸秦佳木道："佳木一表人才，我这辈子没儿子，虽说有这么个小棉袄，可这丫头整天见不到影儿，一点都不贴心。"

秦佳木客气地笑着，说道："阿姨，我们都还年轻嘛，肯定是要以事业为重的。而且现在男女平等，甚至有些时候，女孩比男的还厉害。"

秦母也说道："这要成了亲家，以后可就是一家人了，你多了个儿子，我多了个姑娘，多好！"

"嗯嗯，是好！"两个母亲对各自的孩子都一脸满意的样子，脸上都能笑出花来。

林雪在心里呵呵了两声，两位老人家，真是幻想大师啊。

精致的日料菜品一道道上来。两个老人只吃了一点点，便不约而同地站起身，林母说道："好多年不见，咱们俩呀找个地方去逛逛，好好聊聊！"

秦母说道："是啊是啊，我们俩可是老同事了，要去找个地方叙叙旧，免得你们这些年轻人烦我们。"

"阿姨再见。"秦佳木一脸微笑。

"阿姨再见。"林雪也一脸微笑。

等到两个老人走了，林雪这才长长地松了口气，打量着对面的秦佳木，露出一个礼貌的微笑。秦佳木同样很客气，微笑道："松了口气吧？"

林雪扑哧一笑，然后点点头。

秦佳木道："老人都这样，巴不得替儿女把什么事情都给办好。"

"嗯，甜蜜的负担吧。"林雪有些违心地说道。她才不觉得甜蜜呢，她都烦死了!

太后驾到,准没好事,一天到晚数落她。什么"你看看你,一个大姑娘家家,这屋子多乱!跟猪窝似的!"又比如"那么大个人了,一天到晚能不能长点心啊?学学做菜,学学以后胎教、育儿啊什么的,别到时候抓瞎"再比如"能不能少熬点夜?你们这一代的年轻人,一点都不知道爱惜自己的身体,仗着岁数小就可劲儿祸害自己的身体,到老了就知道后悔了,可那时候也晚了!"

凡此种种,数不胜数。

随后两人有一搭没一搭地闲聊着,保持着包厢里的气氛不冷场。秦佳木倒是很有礼貌,也很有风度,谈吐中也能显示出他的博学来。不过面对这种优秀的人,林雪却是一点来电的感觉都没有。

心里还情不自禁地拿秦佳木跟丁墨比较,觉得像秦佳木这种典型的精英,还不如丁墨那种性子的人讨喜,虽然那家伙嘴巴挺毒的,不过总体来说,还是很有趣的。

想到这儿,林雪忽然在心里吐槽:也不知道那个家伙现在干什么,今天一点消息都没有,应该是在单位训练,没有出警吧?林雪脑子里想着事情,微微有些出神。

对面的秦佳木也很有礼貌,见林雪在发呆,也不再说话,低下头摆弄着手机,似乎在跟谁聊天。那种"相敬如冰"的感觉……两人感觉都挺好!

洛兵、丁墨和陆江三人此时站得笔直,对面则是董建平和魏凯。

魏凯看着三人说道:"上次大队进行消防检查的过程中,发现咱们辖区内的金色年华KTV存在着严重的消防隐患,曾要求他们限期整改,不然就要强行关闭整顿。

"现在大队那边正进行国庆前全市的消防大检查,警力紧张,责成我们中队负责辖区内的初检,今天派你们三个去金色年华KTV,进行一次突击检查。"

董建平接着说:"你们要彻底调查一下那里存在的消防问题,要调查仔细,方方面面都要查清楚,然后做一个具体的方案给他们。如果他们再拖延着拒不整改,为了人民群众的生命财产安全,那就只能采取强制手段了。"

魏凯清了清嗓子,看着丁墨三人说:"咱们的目的从来都不是为了惩罚,而是为了安全。所以,要争取让他们主动整改。"

洛兵点点头:"我们一定完成任务!"

三人离开之后，魏凯看着董建平道："队长，咱们把这个任务交给丁墨合适吗？"

董建平点点头："我觉得没什么，毕竟那里的情况丁墨更熟悉一些。"

"听说李向荣和丁墨是老邻居，丁墨会不会……"魏凯有些迟疑。

董建平摇摇头："我相信自己手底下的兵！"

魏凯点点头，大家相处这么久，他也相信丁墨的人品，魏凯说："我不是不相信他，只是觉得，感情上，这会让他有些为难啊。"

董建平笑了笑，说："人可以对邻居手下留情，可大火不会！"

魏凯轻轻地点了点头。

徐然开车，丁墨三人乘车离开消防队，驶往李向荣的金色年华KTV。路上，洛兵便问起了李向荣这人的情况："丁墨，听说你们是邻居？这人什么情况？"

丁墨说："这人倒是不坏，就是有些市侩，市井气很足，不过骨子里还挺讲义气的。他跟我家是老邻居。当年有人欺负小区里的住户，他听说了之后，带着一群人给那人直接打住院了。怎么说呢，这人一身毛病，却不招人烦。"

陆江的嘴角翘了翘："一身毛病，却不招人烦？"

丁墨扫了一眼他："怎么，你有意见？"

陆江淡淡地说："我只是觉得这种人少见！"

丁墨："那是你少见多怪！"

"白痴！"

"傻帽儿！"

"愚蠢！"

"脑残！"

"我说你们俩，行了啊。"洛兵一脸无奈地苦笑，"你们俩怎么跟小孩子似的！"这两个人闹矛盾，有时候看起来真跟小孩子过家家怄气似的，得找个机会让他们两个重归于好，洛兵暗暗想着。

第三十九章
突击检查

　　金色年华KTV的总经理办公室里此时乱哄哄的，李向荣正坐在办公桌后面，听着那一群在KTV里担任各种管理职务的亲戚子侄汇报。

　　"舅舅……"

　　"教你多少遍，叫李总、李总！"李向荣不满地用手指敲着桌子，发出当当的声响。

　　"是，李总，嘿嘿。"李向荣的外甥笑嘻嘻地挠挠头，然后说道，"前门消防通道那里，占道经营的那些摊贩都被我轰走了，那些人还不乐意，想跟我打架，这种事我能怕他们？"

　　"说正事！"李向荣皱着眉头，瞪了一眼自己的外甥。要不是姐姐求他……唉，真是家家有本难念的经。

　　"后面停的那些车，也都通知他们开走了，我让人花钱租了个停车区给客人停车，不过大多数客人都不乐意，嫌走挺远一段路……"

　　李向荣道："咱们是服务行业，这种客人一定要安抚，明白吗？回头送点代金券什么的小东西，酒水包房费给打个折。告诉他们，等过几天消防检查通过就好了，到时候还是该怎么停就怎么停。"

　　李向荣的外甥小鸡啄米般地点头。

　　随后他侄子又报告起来："李总，关于咱们公司明火明电的问题，咱们屋顶的送风风道顶部未进行封堵，我弄了个简易的装上去充充样子，还有那些明线，要重新走线的话太麻烦了，一些地方甚至得封闭起来重新装修。我灵机一动，直接让人在墙壁上凿了一道小沟，把线埋进去，然后外面糊了一层壁纸，这下他们肯定发现不了！"

李向荣脸上露出喜色，自己这个侄子，一看就是老李家的，聪明！

"嗯，你小子有办法，做得不错！"对聪明的孩子，李向荣向来不吝夸赞。

李向荣坐在老板椅上，一脸威严地吩咐着："你们每个人，都抓紧点时间，赶紧去安排，这几天应该就会来检查了，听说全市范围都在进行消防检查，再有一个多月就国庆节了嘛，都长点心，听见没？"

"是，李总！"众人一哄而散。

丁墨走到半路才想起还没有通知林雪，忙掏出手机，准备打给她。

洛兵看了丁墨一眼，说："消防检查枯燥得很，而且现在也有点晚了，就不用通知林记者了吧？"

丁墨一本正经地道："人家要全面了解咱们消防队的工作、生活嘛，我们又不是像外面想的那样，整天在火海中搏斗。还是要让他们知道，所谓消防，消不如防，是吧？

"其实咱们最大的作用就是检查监督，以此避免大量可能发生的消防安全事故，做到防患于未然。这么重要的事情，怎么能不通知人家林记者？得让她知道，让她写出来才行！"

洛兵一脸无语，心说：我用你教我消不如防的道理吗？丁墨拿起手机对洛兵说了一句："我给她打电话了啊！"

其实今晚这个检查，还真未必要通知林雪，可是昨晚上丁墨可是和林母一块儿吃的晚餐，他知道今晚林雪要去相亲，所以……反正他是绝不会承认，他就是有意的。

在日料店的林雪正百无聊赖地划拉着手机，对面的秦佳木也成了手机族，两个人都低着头，偶尔觉得太沉默了就尬聊一句，然后彼此尬笑。

突然见到丁墨打电话过来，林雪顿时来了精神："啊？什么！这么严重啊？天哪，好，好，等我啊，我马上就到！"林雪一脸震惊的样子，瞬间挂断了电话。

电话那头的丁墨听得一头雾水，一脸茫然地听着电话里的忙音，嘀咕道："什么情况啊？怎么就严重了？还天哪……消防检查而已，要不要那么震惊，你这不应该去当记者，直接去网站的震惊部好了。"

电话这头的林雪挂断之后，一脸歉意地看着秦佳木："对不起啊，那边有重大事故，我得马上过去采访。"

秦佳木一脸和煦，很有风度地点头："没关系没关系，您忙您的。"

林雪飞快地穿好鞋子，飞一般跑掉了。

她这边刚走，秦佳木顿时松了口气，露出如释重负的表情，欢天喜地地拨通电话："喂？青叶啊，我有空了！什么？不不不，刚才以为没空，现在突然有空了，你在漫展馆是吧？你等我啊，我马上就去！"

秦佳木一脸开心地喊来服务员买单，结完账也立即闪人了。

过了一会儿，秦母和林母携手归来，到这边一看，包厢都给收拾出来了。两个母亲面面相觑，秦母笑道："现在这年轻人啊，进入状态就是快，可不像咱们那会儿。"

林母也开心地笑起来："可不是，一会儿的工夫就没影了，估计他们俩是逛街去了，那咱们……"

"咱们再找个地方好好聊一聊去，找个茶馆吧。"

"走，咱们今天呀，一定得好好聊聊！"林母笑着说。

两个许久未见的老同事，还以为一对年轻人看对眼了，都满意得很。

丁墨等人的车到了KTV附近，发现林雪已经等在那里，下了车的三人不禁有点惊讶，丁墨问林雪："你怎么这么快？"

林雪笑嘻嘻地说："我刚才就在附近一家日料店，离得不远。"

林雪因为今天相亲，被母亲逼着打扮了一下，穿着一身碎花长裙，秀发披肩，挎着小包，整个人非常精致。

陆江瞄了一眼丁墨，笑着对林雪说道："林记者今天怎么打扮得这么漂亮？"

林雪微笑道："刚去相亲了，我妈给我介绍了个海归博士。"

陆江笑容一僵，心说：多嘴了，没事问这干什么？

林雪瞟了丁墨一眼，然后瘪嘴道："还说呢，我妈已经打上门来，整天张罗着带我相亲，都烦死了。"说完一双黑白分明的水灵眼睛看着丁墨。

丁墨哈了一声，一脸浮夸："是吗是吗？那快说说！"

"说什么？"林雪两只漂亮的眸子闪烁凶光，瞪着丁墨。

"说说都有啥八卦啊！我在网上看过各种关于相亲的段子，都特逗，我跟你说,等回头我给你找找网址把链接给你发过去……"丁墨说得兴奋。

林雪的脸色越来越难看,终于忍不住,怒道:"八卦你妹啊!你整天不想着如何保护人民群众生命财产安全,脑子里都装着什么东西?"

这什么情况?一秒变政委?丁墨傻傻地看着林雪。一旁的陆江旁观者清,面无表情地在心里偷笑:白痴。

看着丁墨那傻样,林雪最终也忍不住扑哧一声笑起来。林雪的眼睛很干净,皮肤很白,笑起来特别美。丁墨看得两眼一直,赶紧移开自己的视线,说道:"走吧,我们去检查。"

这片老城区,算是静海高速发展之后的一个历史遗留问题。开发区这种地方,以前就是纯粹的郊区,大农村。随着改革开放的到来,静海市的发展日新月异,可以用突飞猛进来形容。

原本的大郊区,如今房价也已经超过五万一平方米了,正是因为发展太快,导致很多地方拆迁出现拆不起的状况。这片老城区,就是这种情况。

土地的价格抬高,拆迁赔付太重,导致开发商们都喜欢拿"净地",也就是不涉及拆迁的土地,像这种住户复杂、历史遗留问题多的地方,一般人都不愿意碰。

一旦涉及拆迁,问题林林总总,复杂得很。前段时间一直有传言,说这片老城区要拆了,但这种传言,最近几年每隔一段时间就会出现。

李向荣的KTV是在一栋大厦的五楼和六楼,重新装修过,中间一部分做成了舞池。虽然年代有点久了,但胜在位置好,老客也多,生意一直非常好。这也是李向荣一直都不愿意整改的原因。

丁墨带着几人一边转,一边给他们介绍着,当然,他并不想给陆江介绍,他主要是看着洛兵和林雪。他对这一带熟悉得很,从小玩到大的地方。所以,不管是哪儿,都能介绍得声情并茂,隐藏在这里的一些老店,丁墨也一一点评。就连陆江都被丁墨说得忍不住偷偷咽了几次口水。当然,众人更关注的,还是消防方面的问题。例如有些老店线路老化、私接电线、各种杂物随处堆放等问题。丁墨都一一过去提醒。

有些老街坊认识丁墨,就笑呵呵地点头答应,表示尽快整改。有不认识的,也都爽快地答应配合。哪怕是抱着侥幸心理的人,其实也明白消防的重要,谁敢对着干。

到了KTV楼下,洛兵建议分开行动:"丁墨,你带着林雪乘电梯上楼,直接去KTV检查情况,我和陆江从消防通道走,一层层巡察。"

四人一进这栋大厦的门,就有人用步话机偷偷报告了楼上:"李总,消防队的人来了!"

第四十章
逃出生天

李向荣正在走廊上看着他自己找的半吊子电工施工,按照他那聪明的本家侄子的主意,很多明线在墙上凿了小沟,外边糊了壁纸,但线头集中到一起后,就成了一大堆,没那么容易隐藏了。

他们在墙上掏了一个洞把这些乱七八糟的线头顺进去,此时此刻,根本来不及糊上,李向荣一听说有消防队的人进了KTV,顿时急得团团转。

"快点快点,我说你们都动作快点,火烧眉毛了,还磨蹭什么呢?"李向荣气急败坏地道。

丁墨走得很快,林雪追上他,在电梯门关上的那一刻跑进了KTV的专用电梯。林雪忍不住抱怨道:"等等我呀,你走那么快干什么?"

"李总,有两个人坐电梯上去了!剩下那两个走的消防通道。"下面负责把风的人又将这一情况汇报给了李向荣。楼上李向荣皱着眉头,怒气冲冲地指挥道:"把电梯停了,快快快。挡他们一段时间!"

李向荣说着,狠狠瞪了一眼身边不断擦汗的侄子。亏着之前还夸他来着,结果这小子也是个样子货,没弄完就跑来跟他邀功。

李向荣的侄子大声呵斥工人道:"赶紧干活啊!之前你们怎么跟我保证

的？都快点，慢了谁也别想拿一分钱！"

一群人忙把地上堆得乱七八糟的电线硬塞进墙上的坑洞。

林雪气喘吁吁地跟进电梯，准备再数落丁墨几句：这是干吗，跟狗撵兔子似的……好像这么比喻不对，自己在后面。

已经开始上升的电梯忽然一阵震动，停了下来，紧接着电梯里的灯光熄灭了。丁墨连忙按下一到四层的全部按钮，结果这是KTV的专用电梯，一到四层根本不能用。

"怎么会这么巧？我发现，跟你在一起，经常会遇到倒霉事。"黑暗的电梯里，林雪幽幽说道。

"你当我是柯南啊？还有，我是消防员，出现的地方肯定是事故多发现场啊，不然我去干什么？"丁墨嘀咕了一句，然后拿出手机照明。

安全通道，楼梯已经清理过了，不过感应灯有的不好用，应急照明灯配备不全。一层超市堆放货物，导致一处消火栓箱门不能呈160度打开，"待上货区"堆放货物，阻碍疏散通道。

洛兵和陆江相互对视一眼，真像丁墨说的那样，这片老城区，存在问题的不止这一家KTV。

楼上干活的工人哭丧着脸看着李向荣："这也来不及贴墙纸啊，李总，你们找我们的时候，没说这么急啊！"

李向荣先是瞪了一眼自己的侄子，然后灵机一动，指着侄子凶巴巴地道："把那辆洒扫用的小车推过来，对，挡在这儿，然后立刻喊个保洁到这儿，就说……说客人吐了，正在清理，让保洁把这块来不及遮挡的地方给我挡住了，回头我给奖金。"

李向荣的侄子赶忙把车推过来，然后小跑着去找保洁。李向荣看着两个工人说道："你们赶紧离开这儿，工钱明天过来给你们结了。放心，我说话算话，少不了你们一分钱！"

两个工人点点头：李总那个侄子不怎么靠谱，不过李总这人，还没听说他拖欠过谁的钱。保洁员很快赶过来，李向荣一番交代之后，抹了一把额头的汗，忍不住骂了一句："真烦！"

电梯里，丁墨咕哝着："晕死了，这部电梯居然连信号都没有？那些运营商工作做得不到位啊！"按下紧急报警按钮，却没什么反应。

丁墨担心林雪害怕，便一边想办法，一边跟林雪聊天。林雪感觉出了他的用心，心中不由一暖：这小子，看着粗心大意的，还挺会关心人哪。

林雪说："行了，不用担心，我不怕。打小我爸就天天忙他的科研，我妈工作也忙，我经常一个人在黑漆漆的房子里睡觉，才不怕。"

"看不出来，你挺坚强的。"

"也不算吧，不如说是叛逆，不管我是吧？不管我我也能好好的，才不会哭鼻子！"

"你能这么想真是太好了，要是走向另一个极端，自暴自弃，那就完蛋了！"

"我才不会干蠢事呢，我这么聪明的人！"林雪笑起来，露出一口编贝似的牙齿，"熬到上了大学，哈哈哈，终于守得云开见月明，他们现在就是想管，也管不了我啦！"

丁墨无语地看着她，心里说道：腹黑女啊！

林雪四下看了看道："这么久了，怎么还没人来？"

丁墨想了想，道："恐怕不是故障，而是人为的！"

"人为的？"林雪顿时急了，"他们是不是想害我们？"

"你有王位需要继承啊？"丁墨白了她一眼，"我看，是不想让我们上楼，你过来！"

林雪茫然地看着他，丁墨把手机叼在嘴里，然后弯下腰，一把将林雪抱起来。林雪心里一慌，惊呼道："你干吗？"下意识就想反抗。

此时丁墨已经把林雪举了起来，面无表情地道："举高高。"

林雪还是没弄明白丁墨要干什么。

"笨，把电梯顶打开，我教你，来，先拧开那个螺丝……"

片刻之后，林雪成功打开电梯的顶部，在丁墨的帮助下灵巧地爬了上去，脸红得厉害。第二次被他扛在肩上了。

缓了片刻，她才冲丁墨伸出手，把丁墨也拉了上去。

"兄弟，有一膀子力气啊！"丁墨称赞了一句。

林雪怒道："滚！"

爬上来之后，丁墨发现他们距离上面的电梯门只有一米多高，他让林雪用手机给他照亮，然后强行掰开电梯外门，爬了上去。

随后他伸出手，看着下面的林雪微微一笑："成功逃出生天！"

丁墨和林雪出来之后，发现这里正是五楼KTV所在的楼层，有正好路过的服务员还吓了一跳。

"你们老板呢？"丁墨一脸严肃地看着服务员问道。楼上灯明瓦亮，哪有半点停电的迹象？这更加坐实了丁墨的猜测——电梯骤停，应该是人为的。

"我这就去找。"服务员有点害怕地快步跑走。片刻工夫，李向荣匆忙迎过来，洛兵和陆江也恰在这时走上来，他们俩还不知道丁墨跟林雪刚刚经历了一场不大不小的风波。

李向荣一脸热情地看着几人："哎呀，来了怎么不提前打个招呼？快请快请，到我办公室喝茶！"丁墨是熟人，可李向荣就像看到了一般的消防人员，根本没有多话，看来上回那事他还在生气呢。

丁墨看了一眼洛兵，洛兵点点头，几人一起到了李向荣办公室。拒绝了李向荣让人沏茶，洛兵直截了当地说："你们这里的问题整改得怎么样了？"

李向荣笑呵呵地说道："我们已经在认真整改了，没什么问题，不信的话，我可以马上带你们四处看看。"

洛兵看着李向荣，认真说起了安全通道的问题。李向荣拍胸脯说："那个简单，再说一楼那是超市的，不是我们的，不过你放心，他们不负责任，也是对我不安全嘛，我去打招呼。"

丁墨怀疑地看了一眼李向荣："李叔，这可不像您啊。"

李向荣语重心长地道："你不懂，昨儿看了个外地KTV起火的纪录片，要说人命这东西，真是脆弱啊，我的内心也受到了很大的触动！所以你们放心，别说咱们还是老邻居，叔叔看着你长大的，就算我们不认识，为了这里的安全，我也会尽我的一份努力！"

李向荣说完看着洛兵，脸上洋溢出热情的笑容："你看，都这个点了，你们肯定还没吃饭吧？我请客，你们放心，我知道你们有纪律，不能随便接受宴请。咱就吃点外卖，我现在就让人点！"

洛兵当即拒绝："李总，我们来这里，目的就是要进行消防检查，所以还请您配合，马上带我们进行检查。"

"检查肯定是要检查的，放心，我肯定配合。不过，人是铁饭是钢，就算是消防员，那也得吃饭不是？"李向荣热情地说。

陆江突然笑吟吟地说："李总，这点儿可陆续来客人了，我们穿着制服呢，您也不想客人们看见我们在这里走来走去吧？"

李向荣笑容有些僵硬起来："还是你们想得周到，那行，咱们现在就检查！"说着，他按灭了手中的烟头，站起身，冲着几人一笑，"走吧！"

第四十一章
忙中出错

来到餐饮区，洛兵、陆江和丁墨三人四处巡视起来，林雪则拿起手机，一张一张地拍着照片，也不知为什么，她下意识地把更多的镜头给了丁墨。

洛兵抬起头，看向厨房顶部，忽然发现烟感探头居然被小塑料膜片包裹着，不细看还真看不出来，不禁皱着眉问道："李总，这是怎么回事？"

李向荣佯装愤怒地拉过一个厨师，窃窃私语几句，然后冲着洛兵干笑道："他们说是油烟味大，怕呛得喷水，你说这些人是有多愚昧，就给包起来了。"

这解释，莫说丁墨几个消防员，就连林雪都差点憋不住笑出声来。洛兵看着李向荣，耐心地讲解了一下感烟探头的原理。

李向荣看着几个一脸无辜的厨师呵斥道："听到了吗？早就跟你们说过，没事多读点书，没文化！马上撕下来。"

从厨房出来之后，陆江现场提问了部分工作人员，在被问及"发生火灾后怎么办"的问题时，工作人员都存在"先向主管汇报，自行组织扑救，控制不了火势再拨打119"的误区。

陆江摇摇头，纠正说："万一发生火情，无论火势大与小，都要第一时间拨打119报警，不能自认为火势不大就先自行扑救，否则，就错过了消防队员扑救的最佳时机。"

此时刚才乱塞的电线因为短路已经开始溅起火花,但是有小车挡着,根本没人知道。

洛兵提出要去客房区看,李向荣一脸为难:"有的客人已经来了,不方便吧?"

丁墨笑着道:"我们不是警察,我们是消防员,相信您的客人也会理解,毕竟事关生命安全。再说了,我们早一点彻底检查完,您这也早一天安心,不是吗?"

洛兵说道:"李总,要不这样,您这里面的包房,总不能全都满了吧?您找几个空房间,我们先抽查一下总可以吧?"

李向荣勉强点头答应,却在心中恼怒丁墨一点情面都不讲。几人走在长廊上,看见有辆清洁车贴着墙壁放着,一个保洁阿姨正弯腰拖地。

丁墨几人也没太在意,从旁边走了过去。洛兵边走边问:"李总,您这里一共有几条疏散通道?是否有大量存放空气清新剂、灭虫剂等易燃易爆物的情况啊?"

李向荣一一解答,陆江听了,又问了下灭火器材的情况。李向荣一脸自信地说:"我们的灭火器材都是新的,消防检测公司已经验过了,没问题,我回头就让人拿检测报告给你们看。"

丁墨等人随意进入一间空房间,灯全打开也不是很亮,丁墨皱起了眉头,李向荣哈哈笑着说:"唱歌的地方嘛,谁要那么亮的灯,你说是不是?"

丁墨没搭理他,脱鞋踩着沙发背,打开手机里的手电筒,朝上照去,结果发现烟感器似乎也有些不对劲,不过,却不像刚才厨房里一样蒙了塑料膜。

李向荣在下面生气地说:"丁墨,你这是鸡蛋里挑骨头呢?"

丁墨回头看他一眼,平静地说道:"李叔,刚刚电梯骤停,差点要了我跟这位大记者的命,这笔账我还没跟您算呢。"

洛兵和陆江这才知道丁墨跟林雪刚刚差点出事,脸色都变得严肃起来,看向李向荣。

李向荣冷笑道:"电梯停了属于意外事故,跟我有什么关系?我警告你,别往人身上泼脏水。"心里却觉得很麻烦:没想到这女的居然是记者,丁墨这是存心想搞我啊!

丁墨看他一眼,然后看着林雪:"大记者,帮我把桌上的打火机递过来。"

林雪不明所以,拿起桌上的打火机递给丁墨。丁墨踩在沙发背上,一只手举着手机照亮，另一只手啪的一下，点着了打火机。

李向荣顿时怒了："丁墨，要是喷水溅了我的包厢，你不但要赔偿，我还要投诉你！"

丁墨冷笑道："赔就赔，你去找我爹赔您。"

洛兵感觉丁墨这手段不妥，想喊他下来，但丁墨已经打开打火机，点着了一张卫生纸。他拿着冒烟的卫生纸，朝着烟感报警器烤去，林雪赶紧退到门口，一脸紧张。

丁墨笑道："放心，湿不了身。"

林雪瞪他一眼："才怪，哪次见你不倒霉？"

烤了半天烟感器都没反应，丁墨弄灭火苗，得意扬扬地说："我就知道有问题，要是没把握，我敢烤吗？"

丁墨踮起脚，伸出手抓向消防喷淋头，用手指夹住后突然用力一拔，消防喷淋头居然直接被拔了下来，里面空洞洞的。原来这喷淋头只是做样子的，根本没接到供水管上，只是插在了吊顶上。

洛兵和陆江对视一眼，不得不说，丁墨这家伙虽然经常不按常理出牌，但有时还真有一手。洛兵严肃地看向李向荣："李总，这个情况，您怎么解释？"

李向荣满头冒汗，辩解道："就几个，就这几个坏了，我怕影响营业就没换，我一定整改，这个就不要记录了，好不好？"

李向荣一脸哀求地看着洛兵，他对丁墨已经死心了，什么老邻居，一点情面都不讲。

正说着，外边走廊一直短路的电线突然着火，新贴在上方的劣质墙纸马上燃烧起来，整座KTV瞬间停电，一片漆黑。

因为线路失火、停电，KTV里顿时乱作一团，火势虽然不大，但受惊的客人四处逃散，又因很多人根本不知道消防通道的位置，应急灯不管用，荧光指示也没有，以致混乱奔跑、拥挤踩踏、哭喊声和怒吼声几乎瞬间就连成了一片。

李向荣终于崩溃了，又跳又叫地哭骂："小墨墨，你真是一个丧门星啊，你一来就出事，真是倒霉透顶了！"

洛兵几人迅速冷静下来，冲出包厢，洛兵大声道："别慌，火势没有那么大，不要拥挤，我是消防员，都听我的！"

陆江和丁墨也大声招呼着众人，安抚大家，丁墨看了一眼陆江："你组织逃生，我负责救火！"

陆江点点头，面对突如其来的险情，两个精英消防员心里都清楚应该做什么、怎么做。就在此时，李向荣不知从哪个门后抱出一个灭火器，"勇敢"地冲向那片火焰，结果……灭火器却没有喷出泡沫。

李向荣焦急不已地大骂："这是什么破玩意儿啊！太坑人了！"

"你连灭火器都不会用？你这里啊，不但得整改，还得全体员工参加一次消防培训。"

丁墨看看目前还不算大的火势，哭笑不得地走过来，拿过灭火器，示范如何使用灭火器，结果却依旧不管用。丁墨也怒了："李叔，您这是过期多久的废品啊？"

李向荣都快哭了，拉着丁墨干号："丁墨，你得救我啊，你可是我从小看到大的孩子，你小时候我还给你买过冰激凌呢，还有上次……"

"行了行了，救火重要。"丁墨苦笑，再让他说下去，这火可就真的着起来了。

陆江已经指挥着大批惊魂未定的客人到了消防通道，一大群人一涌而出，全都跑了。

丁墨用手机当手电迅速找到总闸，将这一层的电源关闭，然后才回到起火的位置，这时林雪气喘吁吁地拎着两个灭火器跑了回来："我从四楼借的。"

"聪明！"丁墨不禁赞美一声，赶紧开始灭火。好在火势不大，等陆江和洛兵疏散完人群，丁墨已经把火扑灭了。

李向荣一脸狼狈地坐在地上，大口大口地喘着粗气。

丁墨看着李向荣："这回知道严重了吧？李叔，这次是幸运，没有造成太大的损失。但是您想想，如果安全门没能及时打开，灭火器又不管用……您别嫌我说话难听，您说这里跟火葬场有什么区别？"

李向荣呆呆地坐在那儿也不说话，眼神中不禁露出恐惧之色。他能想象出那种画面，他知道丁墨没忽悠他。

陆江说道："刚才慌乱中发生了踩踏，可能有人受伤不轻，现在都顾着逃命，回头他们肯定会回来索赔的。"

李向荣听了，更是欲哭无泪。

丁墨说道："李叔，您这儿的问题太多了，经过这一次，一时半会儿恐怕也没什么生意了，不如趁机停业整改吧。"

李向荣一脸沮丧地点点头，从口袋里掏出一根烟，想要点着，想了想又放了回去，他快成惊弓之鸟了。

"此次夜查我们发现火灾隐患数共十二条，要求您回头去消防队进行行政约谈，同时马上停业整改。"洛兵最后下了定论。

看着一片狼藉的KTV，李向荣瘫坐在地上欲哭无泪，真是偷鸡不成蚀把米啊！

第四十二章
怒火中烧

天色渐晚，浓重的蓝宛若幕布，挂在高高的夜穹之上。几人从李向荣的KTV走出来，丁墨抬头看了看天色，不禁皱了皱眉，转身看向林雪。

"时候不早了，我们还要回队里。"

林雪忙说："大家都忙活一晚上了，喊上徐然，我请大家吃个便饭再回去吧。"

洛兵一听，连忙拒绝："不不不，怎么能让你请客，我们还是回去吃吧。"

"我怎么不能请客？"对于洛兵的说法，林雪却不赞同，"平时大家都很照顾我，有事情也是第一时间通知我，我请客不是应该的吗？"

话虽是这么说，但洛兵总觉得不妥，所以还是婉言拒绝了，倒是陆江，看了看丁墨，又看了看林雪，把原本要说的话咽回了肚子里。

"就是在旁边吃个简单的便饭，用不了太长时间，也算是给我个机会，谢谢这段时间以来大家对我的照顾，洛班长，你就别再拒绝了。"

"这……"洛兵还想拒绝，却看见陆江投过来一记意味深长的眼神，再看看丁墨,从头到尾好像一直都没有开口,洛兵顿时心领神会,"好吧,那这次就请林记者破费了。"

四人找到徐然,就近找了家菜馆。包房里,林雪一一问过丁墨等人的喜好之后,点了菜。电话就在这个时候响了起来,一看是母亲,林雪的表情顿时垮下来,故作振奋,接通了电话。

"妈!"

"怎么样怎么样?你和佳木聊得如何?"

林雪自然不可能告诉林母,自己早就跑了,所以心神一敛,一本正经地胡说八道起来:"一直聊到刚刚才分开,你说聊得怎么样啊?"

一边说,一边有些不好意思地吐了吐舌头。丁墨三个人,心照不宣地保持着沉默。

林母一听,胸口悬着的大石头也顿时落了地:"那就好,小雪啊,妈妈的任务已经完成了,剩下的就要靠你自己了,佳木人长得帅又有学识,教养也好,你可千万要把握住这次机会啊!"

"嗯嗯嗯,我知道了,妈我这边还有事,就先挂了啊。"

"哎,你……"林母一句话没说完,已然被挂断了电话,但一想到自己的女儿和秦佳木进展得十分顺利,也就不再担心了。

这边,丁墨看着林雪对林母的敷衍,心情忍不住大好:"还没问你,今天相亲的是个什么样的人啊?"

林雪倒是没有多想,如实回答道:"一个海归博士,学什么生物制药的,现在在一家跨国制药公司任职。人长得倒是挺帅,带个眼镜斯斯文文的,不过,我就是不大感冒。"

"啧!"丁墨故意撇了撇嘴,"眼光还挺高,这样条件的都看不上,那什么样的你能看上?齐天大圣?"

丁墨的揶揄让林雪忍不住翻了个白眼:"齐天大圣怎么了?我的意中人还就是个盖世英雄了,有一天,他会在万众瞩目的情况下,身披金甲圣衣,脚踩七色祥云来迎娶我。"

一番话,林雪说得极有气势。她瞪着眼睛、扬着下巴的模样,着实让丁墨有些忍俊不禁。

"噗——"陆江和洛兵也是忍不住笑出声来。

洛兵追问了一句:"那林记者,你预期中的男朋友是什么样的?"说这话的时候，洛兵故意朝丁墨看了一眼，丁墨有些不自在起来。

林雪认真想了想，道："其实我的要求很简单，不需要人长得有多帅，也不需要多有钱，只要他是那个爱我的，我也爱着的人就好了。"

听林雪这么说，丁墨又忍不住揶揄起来："怎么听都是齐天大圣，不过可惜了，咱们这儿金甲圣衣七彩祥云没有，消防服和消防水车要不要将就一下？"

丁墨本来是开玩笑的一句话，林雪却不由得心神一动，几乎是下意识脱口而出："也不是不可以……"

一句话出口，两人均是一愣，尤其是林雪，一张白皙精致的小脸，瞬间染上两抹红晕，在灯光的映衬下，显得尤为迷人。饶是丁墨，看了也不禁为之心神一荡，仿佛此时正有一根羽毛在心底轻轻撩动着，让原本平静的心湖，瞬间泛起一阵涟漪。

空气，有一瞬间的安静。丁墨和林雪两个端茶的端茶，玩筷子的玩筷子，陆江和丁墨让人却心照不宣地对视了一眼。

徐然适时打破了平静："哈哈，这桌上可还有单身狗呢，你们可不能这样啊，这一把狗粮喂得人猝不及防啊。"徐然半开玩笑地说着，两人的神色迅速恢复了自然。

林雪连忙转移话题："陆江有女朋友我知道，你和洛班长都单着呢？"

徐然摇摇头："我单着呢，洛班长可是已婚人士！"

洛兵脸上不由自主地堆起幸福的笑意："我女儿都一岁半了，那小模样，喜死个人。"

林雪笑着问陆江："你呢，准备啥时候结婚？"

陆江想了想，说："顺其自然吧，该结的时候自然就结了！"

林雪挑了挑大拇指："真佛系！"

饭吃到一半，林雪抽身去洗手间。丁墨喝了一肚子饮料，她前脚刚走，便也要跟出去。徐然还忍不住打趣了一句："怎么，怕女朋友跑了，上洗手间也得追着？"丁墨懒得搭理他，自顾自地推门离开。

洗手间外的洗手台前，林雪补好妆，正低头收拾包，却听见身后有人唤自己的名字，林雪扭头一看，顿时面露惊喜："哎哟，我的大主持人，这么巧？"

来人是林雪上传媒大学时的同学，她笑着说："我算什么大主持人啊，三线电视台。倒是你，现在麦芒的大名，可是在咱们同学圈里传遍了。都说你选择新闻的角度新颖、言辞犀利，极具话题性呢！"

麦芒？正要推开洗手间门的丁墨，手一下子停住了。

"对了老同学，最近怎么没见你发表多少新闻啊？"

林雪叹了口气："别提了，我之前报道了一篇消防新闻，结果被人家给黑了，主编大人过河拆桥，把我调去养老组了，专门写些没人看的心灵鸡汤，烦死了。"

"这么惨啊？你不想点办法？"

"当然要想！"林雪冷哼一声，拍了拍胸脯，"我是那种有仇不报的人吗？我现在啊，都打入敌人内部了，正搜集他们的黑料呢，你等着吧，看我怎么收拾他们！"

"哈哈，我就说嘛，咱们的大记者能那么容易认输？针尖碰麦芒，斗志昂扬啊。"

两个人说笑了一阵，听说对方包厢还有几个老同学，林雪就跟着她一起离开了。丁墨避开林雪，垂在身侧的双手紧紧地攥着，一张棱角分明的脸阴沉得仿佛下一秒就要掀起疾风骤雨。

麦芒！

他当然知道这个名字！可是，直到这一刻，他才知道麦芒是她，她就是麦芒，是林雪！是她一篇报道，把自己赶出了支队，又是她一篇报道，抹黑了一中队，而她现在进入一中队，美其名曰"驻队采访"，实际上竟然是……

那他们的"并肩作战"算什么？他和她之间心照不宣的情愫又算什么？呵呵！都是狗屁啊！思及此，丁墨不禁勾起一抹苦笑。

包房，丁墨垂着眼睛，不发一言地推门而入，落座。陆江第一个察觉到他的异样，忍不住问了一句："你脸色不大好，不舒服？"

此时丁墨满腔的愤怒已经快要压制不住了，被他一问，顿时爆发了："关你屁事！"

陆江一怔，脸上不禁露出怒色。

洛兵沉下脸来："丁墨，你怎么说话呢！"

丁墨没好气地瞪了陆江一眼："我看到他心情就不好！"

陆江的脸色也沉了下来："事情过了这么久了，我希望你能理智些！"

徐然茫然地看着二人："你们俩，这是有什么事？"

洛兵看了看二人，把筷子放下："你们是因为三中队杨国锋队长牺牲的事吧？"

陆江和丁墨同时一怔,看向洛兵。

洛兵说:"这是你们俩心里的一块伤疤,我本来也不想揭开的。丁墨啊,作为一名消防员,你应该知道,火场就是战场。外人眼中的战场,只有斗智斗勇,可是没有人比我们更清楚,在火场上,我们除了斗智斗勇,还要斗专业,还要斗灭火知识,还要斗冷静缜密的思考和火场内随时出现的不确定性、偶然性……"

丁墨冲动地说:"班长,你也认为我错了?"

洛兵沉声说:"不是!"

陆江一怔,轻轻地说:"班长?"

洛兵看了陆江一眼:"我也不认为你有错!"

洛兵深吸一口气,语气稍稍有些缓和:"我们不是神,在火场里,出现出乎意料的情况是在所难免的。所以侦察、判断、运筹、决断,然后去执行!唯此而已,没有如果,也没有后悔!"

洛兵一番话,声音并不大,可是字字句句仿佛带了一种让人无法忽视的强大气势,让丁墨和陆江都愣住了,再也无法反驳一个字。

洛兵看了看他们俩,用反问的语气问道:"谁对?谁错?"

丁墨和陆江都沉默着,脸上激动的神情却渐渐地平息下来。

当林雪从另一个包厢返回的时候,饭桌上已经恢复了平静。

吃过饭,几个人在饭店门口告别,洛兵看了看丁墨道:"我和陆江先回队里,你送林记者回去。"

丁墨垂眸:"我和你们一起回去。"

洛兵说:"不行,这么晚了,你赶紧送林记者回去,自己打车回队里,反正你爹有钱!哈哈!"说完也不管丁墨是否同意,便拉着陆江和徐然离开了,趁着这个机会,他想再开导开导陆江。

丁墨和林雪站在原地,林雪微微有些羞赧地看了丁墨一眼。丁墨移开视线,淡淡地说:"走吧。"说完就自顾提起步子,朝林雪的停车位走去。

林雪见状,唇角不禁勾了勾,也连忙提步追了上去。

城市的霓虹灯将夜晚渲染得五光十色,车子悄无声息地行驶在路上,丁墨始终没有开口,两人之间的气氛一时陷入尴尬之中。

路上,林雪时不时会抬头偷看丁墨,灯光下,他侧脸的轮廓宛若刀削斧刻过一般棱角分明,林雪道:"我想了想,那个秦佳木确实不错,可是我跟他在一起就是别扭，呵呵，还不如和你在一起愉快呢，你呢？"

说到这里，林雪不禁有些紧张，虽说是半开玩笑的口吻，其实已经是情意的倾诉了。说完这番话，林雪只觉得自己心跳的频率都加快了许多。

这样的反应，让她自己都觉得讶异：怎么回事？以前在大学被学长表白时，明明不会有这种感觉，还希望对方赶快消失才好。那此时……

想到这里，林雪不禁暗自替自己叹了口气：林雪啊林雪！你完了！这是真要陷在人家手里了吗？

第四十三章
女儿心思

车窗开着，晚风微凉，此时的她却全然顾不得这些，她只知道自己狂乱的心跳，还有急切想要听到答案的期望。

丁墨凝视着前方，淡淡地说："我？我觉得跟你在一起，总是会吵架斗嘴，没感觉到有多舒服。"

丁墨的答案让林雪顿时愣住，心跳的频率也在一点一点放缓。她微微抬起头，目光复杂地看着丁墨，樱红的唇瓣上下翕动着，似乎是想要说话，可是最终却什么都没有说出口。

静，死寂。

丁墨虽然没有看向林雪，可是脑海里却不断浮现刚刚从后视镜里看到的她的表情，心里也有些不忍，于是，当车子停在林雪楼下时，他的声音柔和了一些："到了，你早点上去休息吧，我回去了。"

说完，他就打开车门，自顾向路边走去。林雪怔怔地坐在座位上，看着丁墨离开的身影，路灯在他身后拉出长长的影子。

直到丁墨上车离去，林雪才锁好车子上楼，一边走一边还在回想刚刚发生的事情：为什么丁墨的答案和自己预想的不一样？是自己暗示得还不够明显吗？

不能够……吧？不过，自己以前光拒绝人了，确实没有什么暗示别人的经验，该不会是自己说得太隐晦，所以丁墨没听懂吧？好像，也不是没有这个可能啊！

其实，她是能隐隐感觉到丁墨的冷淡，但是她不想承认：凭什么啊！本姑娘哪里差了，我主动表白，你居然会拒绝？不可能！

站在门口，林雪深深吸了一口气，这才拿出钥匙，打开房门。屋里没开灯，林雪脱了高跟鞋，蹑手蹑脚往房间里走。

"啪——"

林雪还没进卧室，客厅的灯就猝不及防打开了，林雪忍不住闭了下眼睛，这才看到池焰焰穿着睡袍，站在阳台和客厅之间。

"你还不睡，站在那儿装鬼呀？"

"呵呵。"池焰焰毫不留情给了她一个大白眼，"我有这么早睡过觉吗？刚刚可巧，看到楼下停车场有点情况啊，快从实招来，跟哪个小哥哥约会去了？"

"你说什么？我不知道！我没有！"林雪否认三连，回答得那叫一个干净利落。

"真没有？"

看见池焰焰那张就差写着"我都看见了"的脸，林雪不禁撇了撇嘴，顺势走到沙发旁："还问我是谁？你都看半天了吧，难道没认出来？"

池焰焰一听，顿时一脸心虚，连忙凑到林雪跟前："嘿嘿，真的吗？我表现得这么明显吗，居然被你发现啦！"

"哼！"林雪装模作样地哼了一声，"还不快扶本宫坐下？"说着，还煞有其事地抬起一只胳膊，凑到池焰焰面前。

池焰焰立刻弓下身子，双手扶起林雪："好嘞，老佛爷，您老快请坐。"只是扶到一半，她突然间反应过来，随即两手一松，自己一屁股坐到了沙发上。

"差点让你给糊弄过去了，明明是你先抛弃了组织，现在是我在审问你好不好？"

"你还好意思说我？"林雪一边说，一边也在沙发上坐下来，将两条大长腿没形象地往茶几上一放，"先抛弃组织的人是你吧，池焰焰同学？"

"怎么是我呢？"

"也不知道是谁，整天董哥哥长董哥哥短的，肉麻死了！"说着，她还故意抱起双臂，打了个哆嗦。

"你……"

"你什么你，还问我，我有什么好审问的？做个专访罢了。"

想起晚上的事，林雪就忍不住叹息连连，可惜此时的池焰焰全心都在"审问"上，根本没有注意到林雪情绪不对。

"啧啧，专访？要不是因为你的房子还没有重新装修，我看……这专访就做到你房间里去了吧？"说到此处，池焰焰还不忘朝林雪挑了挑眉，一副"你懂的"的表情。

林雪也不甘示弱："是啊，那又怎么样？总比某些人强吧？唉，辛辛苦苦选了几套衣服，怎么样，送出去没呀？一直没勇气送吧？"

话虽然这么说，林雪还是忍不住打开了手机，见微信界面空空荡荡没有新消息提示，不由叹了口气。

"林、雪！"池焰焰磨牙。

想到董建平，池焰焰也忍不住叹了口气："他不愿意理我……"说完，也学着林雪的样子，将两条大长腿搭在了茶几上，一脸郁闷道："老躲我，你说这是为什么呢？他为什么躲着不愿意见我呢？我的董哥哥应该不是那么肤浅的人啊……他不会也和有些男人一样，认为我是个坏女孩吧？"

池焰焰越说越紧张，两只手抓着林雪的胳膊，只希望对方给自己一个"不是"的答案。

"他啊……"林雪知道池焰焰着急，却偏偏故意拉长了尾音，不紧不慢地朝着池焰焰眨巴了两下眼睛，一副"你快求我，求我我就告诉你"的表情。

池焰焰暗自咬牙切齿："林雪同志！大家还是不是同一个战壕里的革命战友了？还有没有点革命友谊了？还有没有点团结友爱的互助精神了？难道你忘了，是谁给你洗衣服做饭？是谁带你吃鸡上王者了？"

池焰焰越说越声情并茂，到最后，就像一个控诉负心汉的小娘子一般，几欲垂泪。

"打住打住，你赢了！"池焰焰的控诉终于让林雪招架不住，只好投降，

"我给你仔细分析分析,你看啊,你吧……"

池焰焰挺直了脊背,接受林雪的"指导分析"。

"嗯,看着挺聪明,无论学习、经商、人际交往……都没问题。可是一到感情这里吧,就卡壳了。"

"是啊!我就是这样的,没追过,不会追啊!"

池焰焰头点得像小鸡吃米。

"你得对症下药!"

"快说快说,别废话!"池焰焰迫不及待地说。

见到池焰焰这副样子,林雪也不忍心再卖关子了:"我说,董建平呢,明摆着是那种硬汉的性格,你跟他认识了这么久,你自己觉得,他是不是个直男?"

"直男吗?"池焰焰认真思考了一下,"我家董哥哥当然是直男了!"

"丁墨就不是……"林雪下意识地脱口而出,却不想换来池焰焰一记白眼:"他当然不是,他是猴子!"

林雪无语:"说正事呢,大姐,咱能别歪吗?"

"好吧,你说!"

"所以,董队长这种直男硬汉,应该不怎么会谈恋爱,也不大懂女人的心,对吧?"

"对!"

对于这件事,池焰焰还是表示赞同的。

只是,这跟他认不认为自己是那种轻浮的女孩子,有什么关系?

丁墨打车回到消防队,发现宿舍没人,便拿了洗浴用品直奔澡堂子。

"华林,来来来,让你看看,什么叫肱二头肌!"

"你那还叫肱二头肌?看我的!"

"看我十六块腹肌……"

"十六块?你是蜈蚣成精啊?"

丁墨拿着洗漱用品刚一走到浴室门口,就听见里面传来一阵说笑声。

"哟,丁墨回来啦?"有人看见丁墨,打了声招呼。

"嗯,怕你们想我。"丁墨打起精神,不想让人看出他有心事。

"呸!"

"快使用双节棍哼哼哈嘿,快使用双节棍哼哼哈嘿……"这时候,不知道是谁,突然间发出一阵鬼哭狼嚎一般的歌声,听得丁墨浑身汗毛倒立。

"谁的破锣嗓子?赶紧把嘴闭上!"

"哈哈,你嗓子好,你唱啊。"对方也不甘示弱。

丁墨打开喷头,笑了笑说:"我就不唱了,听说洛班长的嗓子特别雄浑有力,给大家来一首怎么样?"

"对对对,来一首来一首!"

"来一首!"

洛兵起初还有些不好意思,但是架不住众人热情太高,最后无奈只好开口清唱起来:"拍拍身上的灰尘,振作疲惫的精神,远方也许尽是坎坷路,也许要孤孤单单走一程。"

"早就习惯一个人。"

"少人关心少人问。"

"就算无人为我付青春。"

"至少我还保有一份真。"

"嘿呦嘿嘿嘿呦嘿……"

最初只是洛兵一个人清唱,但是到了后来,不知道是谁先起的头,大家一个接一个都开始跟着哼唱起来。一首歌,几句歌词,或许简简单单,但此时却仿佛寄托着大家无限的情思和壮志一般,每个人都唱得极为动情投入。

一首歌唱完,浴室里又满是笑骂声。或许是被这样的气氛和情绪所感染,平时里不怎么说话的陆江,却在这个时候猝不及防地开口说道:"下个月就是国庆节了,到时候国庆联欢,大家来个大合唱,我给大家弹钢琴伴奏。"

华林意外地问:"陆江,你还会弹钢琴呢?"

李斌一脸羡慕:"陆江,你真的会弹钢琴吗?"

陆江浅笑:"到时候你们就知道了。"

"显摆什么啊!"丁墨不挑衅陆江不舒服,"不就是弹钢琴嘛,要知道琴棋书画……"

众人听他这么一说,一个个都忍不住把脑袋从隔间里探出来看向他。

"我全都不会,那才叫本事!"丁墨笑得毫不知羞。

"咦——"众人嘘了一声,各自又收回了脑袋洗澡!

第四十四章
辗转反侧

"他身处中队,每天跟一群消防员打交道,很少有机会接触外界,很少见到女孩子,对吧?"林雪收回自己搭在茶几上的大白腿,改为盘腿而坐,一本正经地帮池焰焰分析。

池焰焰点头:"对呀。"

"我们女生对心目中的白马王子,都是有憧憬的,对吧?"

"对呀。"

"同理,男人也应该有对理想女孩子的幻想,对吧?"

"太对了!"池焰焰此时已经对林雪佩服得五体投地了,但是转眼间就明白了林雪这番话的含义,"你是说……我不是他喜欢的那一款?"

"你当你是商品啊?还那一款?"林雪有点恨铁不成钢地道,"不过也差不多,就是这个意思吧。很显然,董队长现在对你这种扭扭捏捏、说话又嗲又做作的做派不感兴趣。"

"啊?"池焰焰被说得一脸忧伤,"你是说我扭扭捏捏?嗲?还做作?呜呜呜……太扎心了老铁,可是男人不是应该喜欢这种女生才对吗?"

"谁告诉你男人都喜欢这种女生的?"林雪简直无言以对,这小妮子的异性观到底是从哪个和尚那里听来的?"你家董哥哥就明摆着不喜欢,你呢?还非要硬装!"

"那我怎么办啊?"池焰焰现在简直把林雪当作自己的知心大姐姐兼人生

导师了，一双手死死地抓着林雪的胳膊，左右摇晃，林雪被摇得快要眼冒金星了。

"得得得，快别摇了，再摇就要被你摇晕了。"听林雪这么一说，池焰焰连忙收回手，老老实实地坐回原位。

"其实，这事也好办，你就把你本来的面目拿出来，足够。"

"本来面目？我什么本来面目？"

池焰焰有点蒙。

林雪越来越觉得，自己这个闺蜜的智商有点堪忧。

"你说你什么本来面目？别人或许不知道，我还不清楚？你活脱脱就是24K女汉子一个啊！"

"我？女汉子？"池焰焰有点难以置信。

"对！就是你！如果不是你骨子里的性格强势又自立，怎么会一个人跑到静海来打拼？别人都以为你是靠家里，甚至是靠着大款才在静海买房买车，其实呢，这些都是靠你自己努力赚来的呀！"

林雪这些年是看着池焰焰一步一步走过来的，池焰焰吃的那些不为人知的苦，她都看在眼里记在心上。所以此时说出这番话，一方面有对池焰焰的心疼，另外一方面，也有对池焰焰的佩服。

林雪自问，如果换作自己，恐怕做得还不如池焰焰好，池焰焰如今很清闲，那是因为她刚创业时吃了足够多的苦。而池焰焰此时已经被林雪一番发自肺腑的"夸奖"，说得有些找不着北了。但是，怎么听着这么舒服呢？

"我有那么厉害哪？"赶紧赶紧，再多夸两句。池焰焰的表情暗示太过明显，以至于林雪想要忽视都忽视不了。

"行了！"撇了撇嘴，林雪继续说道，"别说你胖你还喘上了，听我的，只要拿出你平日里对那些挑剔客户的气场，保证下次董建平见了你……"

"怎么样？怎么样？"池焰焰一脸焦急。

"你怕不是个傻子吧？还能怎么样？就投降了，拜倒在你的石榴裙下了呗！"

林雪的表情有点忧伤，难道恋爱中的女人，智商都得直线下降吗？

"真的吗？"

"真的！"林雪耐着性子，"这些年你为了保护自己，弄出来的做作模样，连你自己都信了。其实你呢，不过是个内心善良并且很保守的女孩，自立、自强、容不得别人看轻你！"

"我居然这么好，怎么我自己都不知道呢？嘤嘤嘤……"话虽这么说，但是此时的池焰焰，已经是一脸陶醉，丝毫没有一点谦虚的样子。

看着已经变身成"嘤嘤怪"的池焰焰，林雪只能用一种关爱的目光看着她。唉，闺蜜难做啊！

"那……我该怎么做才好呢？"从自我陶醉中清醒过来的池焰焰，立刻又抓着林雪追问起来，"我得让他发现我的优点才行，嗯，可是，要怎么做呢？"

"答案是肯定的，至于怎么做……"林雪打了个哈欠，随即拍了拍池焰焰的肩膀，"睡觉吧，罗马不是一天建成的，慢慢想，加油，我看好你！"说完，便起身去浴室洗漱，只留下池焰焰坐在客厅不断自言自语。

先是相亲，后来又去KTV跟踪采访，再后来又给某个智商不在线的女人做起了恋爱导师，忙活了一天，林雪着实是有些疲惫，所以洗漱完，便换上睡衣倒在了床上。

只是，晚上和丁墨分开时的情形，总是让她翻来覆去，无法入睡。

"啊——"第一百零一次尝试入睡失败之后，林雪终于从床上坐起来，仰天一声长叹，"死丁墨！"晚上分开时，他的那句话，到底是什么意思呢？难道真的是自己的暗示不明显？

可是万一，他听懂了自己的暗示，但是却一时间不知所措了怎么办？但要是他真的没听懂呢？他到底听没听懂啊……

林雪越想越乱，那些念头好似一团乱麻，无论怎么理都理不出个头绪。算了！反正也理不明白，干脆直接问吧！

想到这里，林雪直接拿起放在床头柜子上的手机，打开微信，找到丁墨，快速地输入了一句话："你今晚是不是害羞了？"

嗯？不对，好像有点太生硬了！思及此，林雪连忙将打好的文字删掉，重新又输入了几句，都觉得不对。不管了！最后一次，林雪实在是被自己折腾得快要疯了，直接一咬牙一闭眼，发送了出去。

信息发了出去，悬在心底的一块大石头总算是落了地。可是这块石头落地了，另外一块石头又悬了起来。嗯……一会儿他要是说听懂了，自己要怎么回答？要是说没听懂，自己要怎么继续？

哎呀，怎么好像更烦了。林雪扔掉手机，直接用被子将头一蒙，可是转念一想，自己蒙着被子，万一等会儿丁墨来消息听不到怎么办？这么一想，林雪又连忙将被子掀开。

听不到就听不到呗，什么时候看到什么时候回不就好了？被子再次被蒙上。哎呀，那多不礼貌啊！被子又被掀开。如此往复折腾了无数次，可是手机上，空空荡荡。

丁墨没有回复。

嗯？他睡着了吗？所以，我刚才是在干什么？

丁墨从浴室里出来，就换好衣服爬上了床。手机也是在这个时候响起来的。

"睡了吗？"是林雪发来的微信，丁墨下意识就打上了几个字，可是一想到今晚在餐馆里听到的那些话，又连忙将微信删除，然后将手机扔到一边。

她来到消防队，真的只是为了报仇吗？一时间，丁墨的心里五味杂陈，脑海中也犹如过电影一般，一一闪过与林雪相识后的画面。

初见时，明明被火情围困却还是张牙舞爪的她；再见时，被自己淋成落汤鸡的她；还有后来，看见自己受伤，带自己去医院的她；解救困在树上小男孩的她；劝说有自杀倾向女孩的她……

那么多回忆，一桩桩一件件，如此清晰，在脑海中挥之不去。难道那些，真的只是她为了报仇，才刻意做出来的吗？但是为什么，那些真挚的情感，自己能够真真切切感觉到呢？还有今晚分开时，她说的那些话……

丁墨觉得，自己的脑袋快要爆炸了，索性将被子一蒙。蓦地，警铃响起，连同丁墨在内的所有人，霎时间从床上弹起，条件反射一般跳下床，抓起衣服冲向操场。

伴随着警铃，几辆消防车快速从消防中队出发。路上，丁墨等人了解到，是江桥那里发生重大事故，一辆超载大巴车从江桥上冲破护栏坠入江中，车里面至少还有五六十人。

因为任务十分艰巨，不光是消防出动，就连120、交警、特警都全部联合出动了，情势十分严峻！一路上，众人的表情都十分严肃，消防警车内的气氛，一度变得沉默压抑。

超载！又是超载！又是安全事故！为什么事故那么多，这些司机却从来不肯吸取教训？为什么非要等到灾难降临，才哭天抢地表示后悔？生命只有一次，为什么不能多一分珍惜？

深吸一口气，想到林雪，丁墨一时间有些犹豫。想了想，他还是拿出手机，发了一条微信，刚想把手机放回口袋里，就见林雪的回复发了过来。

"马上到。"看着简单的三个字，丁墨顿了顿，随即将手机揣回到口袋里。

消防中队的车抵达现场的时候，已经有些救援人员在他们之前到现场了，警笛声、救护车声交错响起，此起彼伏，明亮的车灯和探照灯一束又一束，却无法照亮江边黑色的夜。

"现在我就在事故现场，这里有好多警察叔叔，一辆大巴车从桥上掉到江里啦……呀，谢谢宝贝刷的礼物，么么哒哟……"

丁墨等人快速下车，发现现场除了救护人员和大量围观群众，竟然还有新闻记者和一些网络主播混在其中。董建平迅速率队赶到救援指挥区，寻到一位负责人："我是消防一中队的队长董建平，现在情况如何？"

第四十五章
水火无情

"出事的是一辆大巴车，载了五十多名乘客，超载行驶，又与通行车辆发生并道超车冲突，导致车辆失控，冲出桥面，整辆车落入江中。"

负责的交警言简意赅地交代了情况，董建平立即加入联合救援指挥小组。由于专业的水下救援队赶来还需要一段时间，所以指挥小组一致决定——

先行安排会水性的人下水救人，即便还有幸存者的可能性微乎其微。

"人越来越多，越来越热闹啦，老铁们跟着我的镜头走，看看，看看，到处都是人……还有特警，大事件，大事件啊！"网络主播不痛不痒的声音再一次轻飘飘传来，饶是华林这样的好脾气，都忍不住想要上前将人揍一顿。

"这些人是不是有病？"李斌也很愤怒，却又知道这个时候自己一定要控制情绪，随时待命，随即抬手拍拍华林的肩膀，"警察会清场，这些无良主播待不久。"

华林点了点头，眸光随之一沉，和丁墨等人一同看向江面。时间一分一秒地过去，每个消防员的脸上，都挂着寒霜一般的凝重。

一俟有了决定，各部门领导立即赶回自己的队伍，董建平走到自己的队伍面前，神情冷冽地看着众人，大声喊了一句："会水的，站出来！"

丁墨、陆江、华林等人都在其中。很快，一支由消防员组成的临时水下救援队组建完毕。

董建平看了看江水的情况，知道如果就这样贸然下去，别说是救援了，恐怕连他自己的队员都会有危险，这可是晚上，能见度太低，如果遇到危险，恐怕就连身边的队友都发现不了。

董建平立刻让人取来安全绳，快速地分发下去："记住，时间就是生命，绑好安全绳，注意安全，跟我下去！"快速地嘱咐完，董建平随即绑好安全绳，带着丁墨、陆江、华林排众而出，走向江水！

江风扑面，如今已是九月，已经有了寒意，水中无疑更冷，但消防员们纵身扑向江水，没有一丝犹豫。此时，已经有一些会水的警察也扑向了江面。

深秋夜晚的江水有些冷，但丁墨却好像完全感受不到，他的眼中只有那辆大巴车，车里，是等待他们救援的生命。随着江水的灌入，大巴车正以肉眼可见的速度下沉，露在江水上面的车体越来越少，丁墨心中焦急，奋力向前，生怕在汹涌的波涛中迷失了方向。

两台探照灯的光柱从桥上直射下来，迅速定在了江水中正逐渐下沉的车体上。

借着这光束定位，丁墨终于赶到落水地点，此时那辆车已经彻底沉入水中，但是从水面上还能看到一片黑影，它还没有完全沉底，水灌满车体的时间不会太久，也许……还来得及？

丁墨立即深吸一口气，向水底猛地扎去。光束透水而入，水下虽然灰蒙蒙的，但仍勉强能看清物体。车中已经灌满了水，但后车窗还完好无损。

光束之下，他突然看到了一道人影在那略显浑浊的水质中一闪而过，丁墨心中一惊，立即摆动双腿全力游过去，可是隔着那扇玻璃，他什么都摸不到。

丁墨从腰间摸出消防锤，砸向车窗的边角，但由于在水中不好受力，丁墨几锤子下去，只把玻璃砸出了几道裂纹，并没有砸破。

从侧面钻进去呢？但是侧面没有光束，昏黑之中很难找准位置，一旦钻进去，有可能自己都出不来了。丁墨的大脑迅速地转动着，这时氧气用尽，他憋得肺都要炸了，只能把头一仰，迅速浮上水面，用力地换了口气。

他腰杆用力，继续沉入水中，抡起锤子狠狠地砸下去，一锤、两锤……平时很容易就能砸破的车窗玻璃，此刻在江水的阻力之下，却显得那么坚固，每一锤子砸下去，都仿佛砸在了棉花上一样。

连续用尽全力砸了十几锤，好不容易砸出一个缺口，他的气息又用尽了，这时车体似乎已经到底，不过幸运的是尾端仍然翘着，不然的话，上边的探照灯也难以照进那么深的地方。

丁墨再度上浮，深深地吸了口气，这时候，他发现周围已经有不少沤水而来的救援人员，他们有的在水面上搜索着幸存者，有的也在不断潜入水中。

丁墨顾不上多想，再度吸气深潜，此时耳鼓已经嗡嗡作响了。丁墨回到被他砸开缺口的位置，用脚蹬住车窗，双手掰住砸开的玻璃，使劲往外掰，锋利的玻璃划破了他的双手，但他仿佛一点感觉都没有。

玻璃被他掀开了，丁墨立即钻进半截身子，用手划拉着。忽然看到一个朦胧的人影，丁墨立即伸手一把抓住，是一个小孩子。

丁墨立即抱着他上浮，然后迅速向江边游去。一般人溺水在八分钟之内，经过科学抢救是有生还可能的，丁墨只希望时间还来得及，他拼命地游着，双臂都因为用力有些麻痹了。

"快！救人！"丁墨抱着孩子跟跟跄跄地冲上岸，险些再次摔倒，幸好被人及时扶住。旁边沙滩上躺着两个由武警打捞回来的乘客，其中一个旁边还有医务人员在做急救。

丁墨怀中的孩子被人抢了过去，开始急救。丁墨喘息着，想要转身再回水中，可是脚下一阵酥软，单膝跪在了地上。

"你不要命了，先包扎一下。"林雪看到丁墨手上还在流血的伤口，心疼地说。此时此刻，她也顾不上拍照了。

丁墨眉头微微一皱，有些抗拒地甩开林雪的手，目光落在一旁的沙滩上，几名医务人员忙碌着，人工呼吸、心脏复苏、电击……手段都用光了，最后那医生向旁边的人默默地摇了摇头。

丁墨忍不住颤声问道:"医生,还有救吗?"

医生和旁边的护士都垂下了头,一个护士轻轻地擦了擦眼角。

丁墨颤抖着身体走近两步,忽然好像被人抽去了全身的力气,一下子跪在沙滩上,看着那个幼小的生命,一时泪如雨下。他全身都是湿的,嘴唇青紫,脸上又是水又是泪。林雪心疼地抱住他,泣声安慰说:"你尽力了,你已经尽力了。"

专业救援队伍赶来了……

江面上游弋着小艇……

有几艘运沙船也主动赶来加入了营救行动。

因为缺乏专业的潜水装备,为了救援人员的安全,普通营救队伍被命令停止行动。

桥上,消防支队的政委正拿着对讲机不停地指挥,嗓子都喊哑了。武警部队、公安干警都在紧张有序地调度着,路过的车辆在交警的指挥下,给前来救援的车辆和人员留出生命通道。

丁墨同许多人一样,失魂落魄地站在岸边,江水在他的脚下一起一伏。看着沉默不语的部下,董建平心中也很难受,他们是消防员,又何尝不是一群刚刚成年的孩子?没有生还者,这次事件,对他们的冲击太大了。

轻轻咳嗽了一声,董建平沉声说:"同志们,我知道你们很难过,没有人愿意面对这样的结果,但事实就摆在眼前,你们现在必须接受。

"可能这里也有我的错,我忘记告诉你们一个道理,这个道理就是:不是每一次救援都会成功!很多时候,面对大自然的力量,我们人类是渺小的,我们所能做的,只有拿出自己全部的力量,认真面对每一个生命,拼尽全力,无怨无悔!"

"拼尽全力,无怨无悔!"丁墨仔细咀嚼着这八个字,内心深处的阴霾逐渐照进了点点阳光。

还有一些失踪者没有找到,至于车体的打捞,可能是两三天后才能完成的事了,天色微明的时候,开发区一中队的消防员奉命返回了驻地。

一路上,静默无声,这次事件,给他们造成了很大的冲击,一些经验丰富的消防员还好,那些年轻的消防员,尤其是新来的,情绪最为低落。

换下消防服,走出更衣间,丁墨就看到林雪正站在长廊里,她也有些憔悴。

丁墨低着头，想从她身边走过去，林雪迈出一步拦在了他的前面："丁墨，你先别走，我想跟你谈谈。"

丁墨挣开了她的手，继续往前走，冷冷地说："没什么好谈的！"

"丁墨，你的态度不对劲，你对我……是不是有什么误会？"

林雪追了两步，大声地问。丁墨站住了，慢慢转过头，直视林雪："我没有误会，麦芒小姐！"

丁墨冷冰冰地说罢，转身快步离去。静谧的走廊中传出他的脚步声，一声声好像踏在林雪的心上，林雪呆呆地站着，脸色苍白。

第四十六章
因为在意

池焰焰躺在沙发上，脸上敷着面膜，手里摆弄着手机，电视里正放着一部好几年前大火的宫斗剧。茶几上还摆着两个果盘。

听见开门的声音，池焰焰头也不回，嘴唇微张："回来啦？"没得到回应，池焰焰扭头看了一眼，一双妩媚的大眼睛落在林雪那张精神恍惚的脸上。

"咦，你这是怎么了？失魂落魄的，是因为刚刚发生的那场事故吗？唉，别太难过了。我知道，你在现场，那种冲击肯定大，网上现在也好多人在说呢。"

林雪依然站在那儿发呆，池焰焰起身走过去，抱住了她的肩膀："逝者已矣，活着的人更应该好好珍惜当下不是？别想那么多了，来，吃点水果。"

林雪抬起头，有气无力地瞥了一眼池焰焰，她换上拖鞋，整个人瘫在沙发里，顺手抓过一个抱枕，抱在怀里。

池焰焰一脸狐疑地看着林雪，凑到林雪跟前，伸手在她眼前晃了晃："林雪？"

林雪神色幽幽没有说话。池焰焰皱起了眉头："当记者的，神经该比别人更坚韧才对！"说着拿牙签扎了一块火龙果，递到林雪嘴边，"还有啊，得饶人处且饶人，我看人家消防员是真不容易，虽然不管怎么样，我都是绝对站在你这一边的，但我还是想劝你，就别报仇了吧？"

林雪怀抱着靠枕，幽幽地说："报仇？我已经报了，早就报了。"

池焰焰一脸诧异地看着林雪，林雪苦笑了一声，把来龙去脉仔细说了一遍。池焰焰怔了半响，轻轻敲着自己的脑袋说："慢点慢点，我怎么反应不过来呢，快被你绕进去了。要照你这么说，你报什么仇啊，明明是你先把人家给坑了啊。"

林雪瞪了她一眼："就是报仇，我知道他将来要对不起我，所以我先报的仇！"

池焰焰举手投降："好好好，姑奶奶你说得对！"她把面膜撕下来丢进垃圾筒，轻轻弹着自己的两颊，"你先坑了人家……啊不，你先报了仇，然后他坑了你，扯平啦！现在人家也知道你是麦芒了，明天不用去消防队了吧？"

林雪幽怨地看了她一眼："我的采访还没结束呢。"

池焰焰气急败坏："你还没结束个屁啊，你不就是为了找人家的碴儿才去的吗？现在你仇也报了，人家也知道你是谁了，你还去做什么？讨人嫌啊你……"

池焰焰突然停住，上下打量林雪几眼，眼睛微微眯了起来："你不会是……真的喜欢人家吧？"

林雪骄傲地扬起了下巴，像一只优美的天鹅："笑话！我喜欢他？我怎么可能看得上他，本姑娘只要愿意，什么男人找不到？"

池焰焰撇撇嘴："我可没说他是谁，你这就急着否认了，明显是做贼心虚呀。"

林雪抓起怀中抱枕向池焰焰砸去，池焰焰配合地惨叫起来："谋杀亲夫啦——"

虽然有池焰焰插科打诨，可林雪也只是强作欢容罢了，始终是有些提不起兴致。

第二天，林雪习惯性地来到了消防队，在门外静静地做了好久的思想工作，才鼓起勇气走进大门。队友们对她的态度一如既往地热情，很显然，他们并不知道她的事情，也就是说，丁墨并没有告诉别人，这让林雪心中多少感到些安慰。

这时已经过了早餐时间，还未到上午训练时间，林雪目光一扫，就看到了丁墨，他坐在操场边的一张长凳上，弯着腰，双手撑在膝上，不知在想什么，有些出神。

林雪咬了咬嘴唇，深吸一口气，走了过去。

丁墨没有回头，林雪虽然没有说话，但熟悉的香味入鼻，丁墨就知道她来了。

过了半天，在林雪终于忍不住想要开口说话的时候，丁墨先开口了："你看……"

林雪随着丁墨的目光看去，两个消防员正在高低杠下说笑，其中一个拍了另一个肩膀一下，另一个追上来，头一个便绕着高低杠的立柱跑起来。

"赶紧拍下来呀，选好角度，别拍笑脸，你的文笔那么好，就可以言之凿凿地写成两个人互殴打架了，多好，一发出去，多吸引人！咱们大记者麦芒，名声就更响亮了！"

丁墨的语气有些夸张，充满了揶揄，林雪脸色一白，急忙说："丁墨，我回头想了很久，是不是那晚吃饭，我和老同学聊天被你听到了？我不否认我最初来消防队的目的，可在老同学面前，那只是爱面子……"

丁墨一下子站了起来，向前跑出几步，在操场上跳跃前行，左右扭动着身体，大声说："盯紧了哦，我一身毛病，你盯紧点，肯定找得到你想要的！"

这时，林雪才怏怏地把最后三个字说出来："吹牛的……"只是声音已变得很小。

洛兵目光一转，发现了林雪神色有些不对劲，便走过来关心地问："林记者，你没事吧？"

林雪摇摇头，神色有些黯然。洛兵看了眼跑去和队友说话的丁墨，吁了口气说："刚刚经历了一次失败的救援，大家情绪都不大好，你别看他们表面很坚强，其实都是些刚刚步入社会的年轻人……"

"不是的！其实是……"

林雪扭头看着洛兵，犹豫了一下，还是忍不住坦白了。

两个人在长凳上坐下来,林雪把事情的来龙去脉说了一遍,苦笑道:"我是不是挺任性的?就为了这么点理由,就……"

洛兵理解地笑了笑,说:"正常啊,年轻嘛,年轻人就得有点年轻人的样儿,轻狂、莽撞、冲动……小事较真怎么了,想为国家大事较真,也轮不到你们这些小年轻啊,谁还没个成长过程。"

洛兵看着林雪:"你这边前嫌尽释了,可他却不依不饶了是吗?"

林雪点点头,苦笑:"我一开始是有些不甘,有点记仇,不大去想自己的错,只怪他害了我的前程。不过……不过我其实更多的是想给自己找个理由,好找点事做。

"我不想坐在一群养花种草的临退休老人中间,听他们在那儿扯些张家长李家短,偶尔还会把话题转移到我头上来,听他们各种说教,就像一群唐僧在你耳边嗡嗡嗡,好可怕。只是没想到后来……"

"后来,不但改变了对消防员的认识,还被其中一个小伙子吸引了?"洛兵微笑着问,他看着慈厚,可眼睛里却透着一丝狡黠,性格敦厚,可不代表他情商也低。

林雪叹了口气,下意识地瞟了眼远处的丁墨,幽幽地说道:"我就是那只扑火的飞蛾,结果反被火所伤啊。"

洛兵随着她的目光看着远处的丁墨,轻声说:"你知道丁墨和陆江有矛盾吗?"

林雪:"知道,不过,一直不知道是因为什么。"

洛兵说:"那件事,如果是换一个人来做,丁墨不会遗憾到现在,记恨到现在,可那是陆江做的,而陆江是他最好的朋友,他最看重的朋友,所以,他始终放不下!"

林雪疑惑地问:"他们之间,究竟发生了什么事?"

洛兵说:"这事,你还是等将来他自己告诉你吧。"

林雪苦笑一声,黯然道:"只怕,他以后不会再和我说什么了。"

洛兵扭头看了她一眼,微笑着说:"不管你最初来我们这里的目的是什么,但你怎么做的,我们可都看在眼里,你前后几次为我们仗义执言,那总不是假的呀,丁墨又不瞎,就算偷听了你说话,就恨上你了?"

林雪一呆,忙道:"洛班长,你的意思是……"

洛兵说:"丁墨这个人,其实大大咧咧的,不太会把事情放在心上,除非伤害了他的人,是他特别在意的人,他才会耿耿于怀,我刚才举陆江的事做例子,就是这个意思。他对你,应该也是这个意思。"

林雪的眼睛里闪过一丝光芒:"因为在意,所以耿耿于怀?"

洛兵笑起来:"哈哈,丁墨那小子鬼机灵,你也是个聪明的姑娘,你们俩凑在一起呀,那才是棋逢对手,将遇良才。"

林雪情绪大好,俏皮地回答说:"该说是针尖碰麦芒才对!"

洛兵笑着说:"你说对了,丁墨这小子什么都好,就是在他在意的人面前啊,心眼比针尖还小,你可得有点思想准备。"

林雪皱了皱鼻子,轻快地说:"亏他还是大男人,那也没什么啊,他心眼小,本姑娘大度些就行啦!"

洛兵向她跷了跷大拇指,起身向操场上走去,正容站定,大声喊道:"开始训练!"

第四十七章
逆向而行

一幢三层高的商住房,此时二楼火势汹汹、浓烟滚滚,已经向楼上楼下蔓延开来。维持秩序的片警迅速向董建平介绍着情况:"这栋房子楼梯在后面,是外置的长廊。但是前面的一些商铺,从里面也有改动。所以情况非常复杂。"

董建平说:"麻烦你们把警戒线再往后移动一段距离,现在的距离并不安全。"

片警点头:"好!"

就在此时,二楼起火的地方突然有东西掉落下来,引起围观群众一片惊呼,众人迅速后退,来不及避让的人被挤得踉踉跄跄,片警顺势把隔离带向后推移出去。

这时候,洛兵已经从围观群众那里得到比较确切的消息,此时正是上班时间,所以楼里的人并不多,火起时一楼的人都及时逃出来了,但是三楼有一个年逾八旬行动不便的孤寡老人,二楼有户人家租赁一楼门面开餐馆,一家老少五口人,现在逃出来的只有三个人,二楼还有一个孩子和一个中年妇女。

餐馆老板扑通一声跪在了洛兵等人的面前,哀求道:"求你们一定要救出我的老婆孩子啊!"

有邻居怒声指责:"常老板,你真行啊,起火了你自己先跑了,把女人孩子扔里面?"

餐馆老板哭着道:"当时我都蒙了,根本没顾上啊!"

"纯粹是没心没肺!"邻居义愤填膺。而此时董建平已经开始有条不紊地指挥救援:"林不凡,你们几个在外面用水枪压制住里面的火势!"

"洛兵,你带着赵志进行大范围搜救,丁墨、陆江、李斌……还有华林,你们四个,带装备进去救人!"

"收到!"洛兵等人大声回应。

董建平看着众人,沉声道:"一定一定,保证安全!"消防这个职业,是不知道明天和意外哪个先来的职业。他能做的,是时刻提醒大家首先保证自身的安全。

丁墨几个人迅速绕到后面,身影很快消失在满是浓烟的楼道中,丁墨和华林直接上了三楼,在预先获知位置的房间里找到了那位孤寡老人。

此时老太太已经接近昏迷,丁墨跟华林立即采取措施,给老人戴上氧气面罩,不过老人的情况还是不太好。华林看着丁墨说:"走楼道怕是不行,烟太大了,能见度太低。"

丁墨点点头,顺着三楼的阳台把脑袋伸出去,大声喊道:"云梯,升上来升上来,这边,这边!"

马上有人操纵云梯伸过来,幸亏窗户没加护栏,少了些麻烦,丁墨和华林将老人带上云梯,由华林扶着,驾驶员操纵云梯转移方向,迅速把人转移到了地面。

120救护人员也已经赶到了,马上把老人扶上担架,送进了救护车。此时电视台的人也已赶到了现场，林雪和另外一些媒体记者，也都在现场匆忙地拍摄着。

这些天来，林雪和丁墨的关系稍有缓和，至少表面上，不会让别人看出他们闹了矛盾。

林雪心思细腻，她渐渐感觉到，正如洛兵所说，丁墨这家伙真的是越觉得重视、亲近的人，越容不得他们有一点背叛，否则就会耿耿于怀，如此一来，对于恢复两人的关系，她倒是信心十足了。

陆江和李斌经过一番搜救，把二楼的小女孩也救了出来，过程很是波折，因为小女孩没有逃生经验，火起之后，她四下逃窜，藏得很隐蔽。

因为通风不畅，而且楼道、房间里堆放的物品也多，所以烟气极浓，如果没有呼吸设备的话，很快就会因浓烟而窒息或一氧化碳中毒而死，援救刻不容缓。

这时候，三楼阳台处传来了一个女人的呼救声："救命啊！"她只叫了两声就跑开了，因为阳台处也正有火舌喷吐出来。

饭店老板马上叫起来："老婆！"原来，这是那饭店老板的妻子，她本来是住二楼的，想是大火封住了下楼口，她惊慌失措之下，反而跑上了三楼。

洛兵看了一眼，当下毫不犹豫地冲过去，顺着外面的墙体向上攀爬，这身手就连丁墨看见都有些愣住。洛兵灵活至极，跟平日里表现出的厚重和沉稳，形成了强烈的反差。

眨眼间洛兵便爬到二楼阳台，他一纵身，攀住三楼阳台的底缘，引体向上，麻利地翻上了三楼，与此同时，华林的水枪也精确地定位在阳台，对大火进行压制。

驾驶云梯的同志操纵着云梯移动过来，彼此的配合默契无比。

"人呢？大姐，快过来，我扶你从阳台出去，快。"洛兵找到了因为避火逃到一个酒柜后的妇女，马上冲过去架住了她。

那女人战战兢兢，脸上黑一道白一道，已经被吓得六神无主，哆嗦着说："哎呀不行，我儿子呢，我儿子还在里面！"

终于等来了援救，中年妇女心神大定，这才想起了她的儿子。

"什么，你儿子也在？"洛兵一惊，这和预知的情况不符啊，"他在哪儿？"

"我不知道啊，它刚刚还在，一定是吓得跑开了，儿子，儿子，快出来，我们得救了！"中年妇女呛得直咳，但却不肯走，弯着腰四下寻找，"你快帮我找啊，我儿子是一只泰迪，它胆子很小的。"

一听是条狗，沉稳如洛兵也不禁有些恼了："大姐，狗重要还是你的命重要？你这屋子已经很危险了！"

他不由分说将妇女扶向阳台，中年妇女却拼命挣扎着，尖叫起来："不行，你别碰我，别碰我！看不到我儿子我不下去！儿子，你在哪儿呀？"

中年妇女的尖叫声传到下面，那些围观群众一脸惊讶，忍不住纷纷议论起来："怎么把孩子给丢在里面了？这心得多大啊！"

"是啊，当妈的怎么这么粗心，现在让人家消防员去救她儿子，你看那浓烟，怎么救？"

"你赶紧下去，我去给你救，大火已经烧过来了！"洛兵无奈，忍着心中的怒火，将中年妇女扶上消防车的云梯，中年妇女在云梯上还眼泪汪汪地回头看："儿子，我的宝贝儿子！"

这一幕被楼下的摄像机忠实地记录下来。洛兵的身影消失在窗口，屋子里的火势已经明显大了起来，他硬着头皮又冲进里面，经过一番寻找，终于把躲在角落里的那只小狗给抱了出来。

他抱着小狗刚刚跑到阳台处，身后天花板就整体脱落了下来。发出一声轰然巨响！里面的火焰，也一下子变得高涨起来，气浪推着火焰向外喷吐。

穿着消防服的洛兵用身体护住了小狗，火舌从他身旁喷吐而过，外面的人都忍不住发出了惊呼声。

但下一刻，很多人就愤怒起来。因为他们看见洛兵怀里抱着的居然是一条狗，这就是那个被救下来的中年妇女所说的儿子？有的围观群众顿时大怒："这就是你儿子？你让消防员冒着生命危险冲进去救一条狗，你还是人吗？"

很多人都附和起来："太过分了！在你眼里你的狗是不是比消防员的生命还重要？"

中年妇女转回头凶巴巴地反击："狗怎么了，那就是我的宝贝儿子，是我的家人，怎么就不重要了？他们消防员不就是搞救援的吗？狗就不是生命了？"

"太不要脸了！"听着中年妇女的强词夺理，有的围观群众怒不可遏，"像你这样的，烧死都不冤！"

这时，将妇女放下去的云梯正缓缓探回，可房间里的火却愈加猛烈，洛兵一看，自己穿着防护服暂时还能抵挡，那只狗肯定不行，他只得探身出去，大叫道:"接住!"

洛兵看了一下位置,将狗猛地抛了出去,董建平上前两步,在那妇女的惊呼声中,伸出双手稳稳地接住了那只狗。中年妇女赶紧冲上来,从董建平怀中抢过狗,检视一下,发现无恙,不禁大喜:"乖儿子,吓坏了吧?没事了没事了,妈妈带你离开这儿。"

洛兵见狗被人顺利接住,咧嘴笑了一下,一返身,又迎着那火焰冲了进去。火越烧越大了,他必须得抓紧时间,做最后的搜索。

那强壮的身影,迎着向外喷吐的火舌,义无反顾地冲了过去,仿佛扑火的飞蛾……

第四十八章
电光石火

丁墨和华林向三楼搜索着,这里已经处处烈火,仿佛修罗场。

华林脚下被东西绊了一下,幸亏被丁墨一把拉住:"小心脚下!"

华林喘息着,一边四下搜寻,一边大声说:"丁墨,我可不是害怕,真的是有点不知所措,我是不是很没用啊?"

"少扯淡了,这个时候,有几个人敢进来?你敢!就算你害怕,也没什么!我也怕!勇敢不是不害怕,而是咱双腿打战,还是要往前走!"

火焰中,两个年轻人一边大声地说着话,一边在能见度越来越低的楼道和房间里搜索着,烈火浓烟中,他们的身影若隐若现。

能见度更低了,丁墨和华林只能趴下来,一点点地向前搜索,他们听见呼吸面罩里自己的喘息声，还有烈火燃烧时的噼啪声，偶尔有东西烧塌的轰然响声。

忽然，华林摸到一个软绵绵的物体，连忙拉近一看，才发现是一个被熏晕的人，华林急忙摘下自己的呼吸器捂到他的口鼻上，一边剧烈地咳嗽，一边喊："丁墨，这边！"

丁墨听到呼喊声，向这边赶过来，可中间棚顶轰的一声塌了下来，一时堵住了他的去路，借着这火光，华林也看清了被他拖到身边的是一个老人。

他立即半蹲下来，戴回呼吸器，把老人背在了肩上，丁墨一边试图从障碍物旁边绕过来，一边喊："窗台方向过不去了，下楼，楼梯勉强能走！"

"好！"华林答应一声，咬紧牙关，背起老人就往楼道边摸去，他还能记起过来的路，如果回不去，只怕他也要葬送在这里了。

林雪紧张地拍摄着，心情忽然有些复杂。她一直觉得自己的职业是很高贵的，可是同这些正在浴火奋战的消防员相比，躲在外边安全的地方拍些照片，配些煽情的文字，忽然间让她觉得……

她知道自己这种想法不正确，可就是避免不了这么去想。

电视台的记者正以火海为背景，脸色凝重地进行着现场报道。

"我们看见火势越来越大，这种老楼几乎很少使用防火材料，一旦失火，想要扑灭可以说非常困难。"

"现在……大量的消防车都已经到位，很多水枪都在进行火势压制，但感觉还是……杯水车薪啊！"

"我们看见消防员不断地进行着营救，他们奋不顾身的身影，令人感动。"

"刚刚得到消息，这栋彻底燃烧起来的老楼里还有一个老人没有救出来……"

有燃烧物崩出来，就落在那些记者和林雪面前不远处，记者吓了一跳："大家看见了吗？我们站在十几米远的外面，都不安全，而我们的消防员，却都还战斗在第一线，他们挨家挨户搜寻，多次进入火场营救。在这里，真心为这群年轻的消防员点赞。同时希望他们能在保证被困人员安全的同时，也能保护好自己。"

洛兵顺着走廊逐户搜索了一阵，并没有什么发现，这时火势愈加大了，能见度也越来越低，他知道继续待下去将非常危险，只好向通道方向转移。

通道附近因为有空气流通，烟气被冲散了不少，火光将这里照得明亮了许多。

洛兵将要赶到楼梯口时,就看见一个身影从对面摇摇晃晃地走过来。那人穿着一身消防服,虽然认不清是谁,但一定是队友没错了,洛兵立即叫道:"这边!"同时快步迎了上去。

华林也听到了叫声,见有人相助,心中大喜,连忙加快了脚步,可就在这时,头顶轰隆一声,一根横梁塌了。

"小心!"

洛兵一见,想也不想,立即猛扑过去,将华林向旁边狠狠一推。华林背着一个老人,自己根本来不及闪开,被他一推,整个人撞向一边,被楼道的铁栏杆挡住了身子。

而垮坍下来的横梁,却正砸在洛兵身上,洛兵倒下了,燃烧的横梁重重地压在了他的双腿后弯处,令他动弹不得。

华林跌坐在栏杆边,也发出痛苦的呻吟,砖石砸落,他的右小腿也被砸中,一大块水泥糊住的砖石盖在腿上,小腿疼痛难忍,他想站起来都办不到。

洛兵的面罩摔掉了,华林才看清那是班长。

"快,走!这房子顶不住了!"洛兵吃力地向他摆手,华林见身后的老人委顿在地,仍然晕迷不醒,就暂时放下他,奋力搬开自己腿上的砖石。

这时候,丁墨也绕过障碍物,急急摸了过来。

"华林,班长!"丁墨一看眼前的情形,就明白发生了什么,他立即扑过去,试图搬动洛兵腿上的横梁。

浓烟、烈火、高温……

虽然穿着防护服,但火焰的高温还是让他们汗流满面,丁墨用戴着消防手套的手奋力地想要搬开横梁,可横梁却纹丝未动。

"丁墨,快!带华林和老人出去!"

眼见横梁根本搬不动,洛兵的心凉了,此时此刻,他必须得做出一个决断。

"我不!我能行!我能救你出来!"丁墨嘶吼着,额头青筋暴起。

华林瘸着一条腿站了起来,也跟跄地扑过来,和丁墨一样,两个人奋力地搬那沉重的横梁,然而,那横梁纹丝不动,它不仅本身沉重,还被其他倒塌物卡住了,根本抬不起来。

……

"快走！快走啊！"

"我能救你出去！杨队，你挺住啊！"

"走！马上走！忘了我说过的话了吗？任他烈火焚天，必须心如静水！你给我冷静点！"

"不！我能救你出去，我能……"

哭喊声中，一双有力的臂膀紧紧地抱住了他，在他挣扎之际，一掌切在他的后颈，丁墨顿时眼前一黑，被人拖出了浓烟与烈火的漩涡。

……

丁墨只觉天旋地转，眼前的一幕，与当初那一幕何其相似。消防营救，各种各样的事件多不胜数，几乎什么事情都能遇到。类似的火灾现场，但凡当消防员超过一年的，早就经历过不知多少次，甚至都有些麻木。

可他没有，那一幕始终是他心底的痛，而今天，命运狠狠地撕开了他心口上的伤疤，让他的心头再次鲜血淋漓。

他不甘心，他不甘心，可他全部的力量，只是将那该死的梁柱微微地撼动了一下。不远处，又有一处房顶塌落，火焰、浓烟、翻滚而来。

"走啊！听我的命令，走啊……"洛兵这时也已泪流满面，叫眼中却满是惶急焦虑，谁也不知道整个楼层的彻底垮塌什么时候发生，也许就在下一刻。

"丁墨，这是命令，我是怎么教你的！赶紧走啊！赶紧出去，你再不走，我死不瞑目！走啊！走啊！走——啊——"洛兵用尽全力嘶吼起来。

"面对瞬息万变的局面，侦察、分析、判断、执行，不需要如果或后悔。"丁墨想起了洛兵说过的这番话，不禁泪如泉涌：我是人啊！活生生的、有血有肉有感情的人啊！我不是机器，怎么可能不后悔？只要选择，就一定存在后悔啊！

丁墨泪流满面，他猛然站了起来，他知道，无论他如何选择，都有可能后悔，可眼下，他已别无选择。他站起来，奋力一摇头甩去眼前的泪，背起昏迷的老人，扶起伤了一条腿的华林。

他不敢低头，他不敢再去看洛兵的面庞，就那样流着泪，在火与硝烟中穿行，一步步向前走，每远离一步，都心如刀割，被他架着的华林已泣不成声。

终于，他们穿过了火海，摇摇晃晃地走出了大楼，外面，群众仍仰头围观，媒体正在紧张地报道，所有的消防队员正在奋力地灭火，早已放下相机的林雪紧张地看着大楼出口。

一看见三个人相扶着走出来，林雪的脸上不禁绽出一丝笑容。就在这时，整座被这些商户反复改装搞得千疮百孔的三层老旧楼房轰然倒塌了。

安装在墙面高处的一扇着火的牌匾崩落了，翻滚着向前飞来，正撞向丁墨的后脑方向，而丁墨刚把背着的老人放下，松开搀扶着的华林，腰还没有直起来。

"小心哪！"

林雪一颗心都提到了嗓子眼上，她一个箭步扑上去，身子一侧，用她的肩膀奋力一扛，把那扇着火的牌匾撞了开去，牌匾重重地砸在丁墨身后三四步远的地方。

那牌匾从墙上崩落的时候就已扭曲变形了，林雪这一撞，肩头豁开好大一个口子，鲜血直流。丁墨的目光落在林雪滴血的肩头，再看到她焦急的模样，眼神柔和了那么一霎。

他慢慢转过头，看向那栋楼。原本三层的楼，此时塌成了一层半，浓烟烈火飞起半天高，丁墨无声地看着，嘴巴一张一合，却一点声音也发不出来。

他双膝一软，重重地跪在了地上，身旁，传来了华林撕心裂肺的大哭声："班长！班长啊……"

第四十九章
壮志在我胸

"好像……有个消防员埋在里面了！"扛着摄像机的摄像师哆嗦着说了一句。他身旁的女记者都有些呆住了，听见摄像师的声音，这才回过神来。

她看了一眼镜头，一脸惊慌失措的表情，说话的声音也带着颤抖："我们看见，有两个消防员……好像受伤了。"

她深吸一口气，努力平稳情绪："刚刚太危险了，就在我们眼皮子底下，我的一个同行，用肩膀撞开了一面广告牌……消防员救出了一名老大爷，现在120的人正在检查……"

摄像师将镜头推向老大爷那边，急救人员正在检查老大爷的伤情。一名医生看了一眼镜头这边，伸出一只手，做了个OK的动作。

女记者眼含热泪，说道："好像还有一个消防员，在里面没有出来。"摄像机的镜头跟着拍向已经垮塌的楼房。楼的一侧，已经支离破碎，一片断壁残垣，冒着浓烟，很多地方还有明火。

陆江、赵志、李斌、林不凡、徐然，全都冲了过来。他们脸上黑一道白一道，满身尘土，一脸茫然地站在跪着的丁墨身旁，望向垮塌处。

林雪简单处理伤口之后，来到丁墨的身旁，默默地蹲在他身边。她眼里含着泪，强忍着没有落下，望向脸色苍白的丁墨。这时候，被烧散架的楼却再次发生了垮塌。

丁墨的两只拳头死死地攥成一团。他像是一条被扔在岸上的鱼，拼了命地吸气，身体哆嗦着，死死盯着彻底垮塌的那个方向，喉咙里发出"咯咯"的怪声。

"你，你哭出来，丁墨，你哭出来好不好，你别这样……"林雪犹豫着，轻轻握住丁墨的胳膊，哽咽着说。

丁墨却没有丝毫反应，依然哆嗦着，无声无息。林雪终于忍不住哭出声来，一边哭一边用力抓着丁墨的胳膊："你哭出声行吗？你这样，我害怕。"

丁墨木然地扭头看了一眼林雪，嘴唇微微张开，一句话都说不出来，只是勉强地冲着林雪微微翘了翘嘴角。

腿被砸伤的华林拒绝护士给他清理伤口，一瘸一拐地跑到丁墨身边，一下子跪倒，号啕大哭："班长！班长！都怪我啊！都怪我！"

这一声"班长"，像是点燃了炸药包。陆江猛地仰起头，泪水却簌簌往下滑落；李斌一下子蹲在地上，两手抱头，听不见声音，身子却抖动得厉害；林不凡和徐然两人抱头痛哭。

那个女记者眼睛里满是泪水，她哽咽着道："现在已经可以确定，有一名消防员，在营救受困群众的时候被坍塌的房屋埋在了里面。那个老大爷得救了，经过医护人员确认，没有生命危险，也没有受伤。但被埋在里面的消防员却……却生死不知。"

女记者想说的是被埋在里面的消防员却牺牲了，但这话太不吉利了，在没有最后确认之前，她希望能有奇迹发生。

"我们现在看到……所有的消防员，都悲痛万分。楼里面所有被困人员，都已经成功救出，可我却不知道那位被埋在里面的消防员，还有没有生还的可能，但真的希望……希望他能平安！"

董建平这些年不止经历过一次队友牺牲，但还是忍不住眼里蓄满了泪水，开始还强忍着，可没过多久，泪水就顺着眼角流淌下来。

消息传来，原本喧闹嘈杂的围观群众一下子安静下来。那个远远抱着狗的中年妇女已经瘫倒了，她没想到真的有人牺牲了。

大队、支队的领导陆续赶到了，市局领导赶到了，市领导也赶到了。所有人，全都一脸沉重。

董建平给领导们敬了个礼，声音无比嘶哑，却依旧铿锵有力："报告各位领导，现场被困群众全部成功救援。我中队一班班长，洛兵同志……牺牲了。"

说到这儿，董建平终于忍不住，泪如雨下，痛哭起来。洛兵是他一手带出来的，最满意的那个。干了这一行，没有人知道明天和意外哪个先来，谁都不知道下一次出警还能不能回来。牺牲从来都不是写在剧本上的故事。

数日后，消防队为洛兵召开了庄严肃穆的追悼会，洛兵的照片摆放在灵堂正中，带着憨厚笑容的年轻班长，永远定格在那一刻。

现场摆满了花圈，庄严而又肃穆。大批社会群众出现在灵堂外自发送行。灵堂内，洛兵身披党旗，静静地躺在鲜花当中。

一中队的消防员全都到场了，看着洛兵的照片，他们忍不住再次落泪。林雪和池焰焰也来了，穿着素色的衣服，表情庄重。

林雪的肩膀明显还是有些不自然，那天情绪过于激动，连她自己都没有察觉到她的伤其实比想象中还要重，已经休息了几天，但伤口还是很疼，整条胳膊依然不怎么敢动。

林雪来到丁墨面前，看着丁墨，脸色多少有些不太自然。

丁墨看着林雪，轻轻点了点头。其实所谓的恩怨，哪有那么深，他气不过的只是林雪对他的欺骗，林雪又没有真的对他和消防队造成什么伤害。

跟生死比起来，其他都是小事。这么长时间的相处，二人已经相互了解，他知道林雪是什么样的人，彼此间早已生出情愫，如果不是之前那场误会，说不定如今已经成了恋人。

林雪看着丁墨，轻声道："节哀。"丁墨默默地点了点头，眼睛红红的。

乐瑶请了假气喘吁吁地跑来，看见盖着党旗的洛兵，不由潸然泪下。陆江来到她身边，无声安慰着。

这时候，洛兵的父母和抱着孩子的妻子在几个晚辈和消防队领导的陪同下来到这里。洛兵的父母不到五十岁，还很年轻，但看上去却已一脸沧桑。

洛兵的妻子看着丈夫，哭成了泪人，被两个女队员搀扶着。她怀里抱着的孩子口中咿咿呀呀，伸出小手似乎想要抹去母亲脸上的泪水。还不懂事的小宝宝并不明白她正在经历什么，更不会明白从现在起，她永远失去了父亲。

洛兵的父母都是农民，干了一辈子农活，怎么都没想到会白发人送黑发人。洛兵的母亲被几个晚辈扶着，看见儿子遗体的那一刻，终于情绪崩溃。

她痛哭着走上前，虽然被几个人扶着，但依然站立不稳。她泣不成声地道："儿子……你怎么就这样撇下我们走了？妈妈心痛啊！"

洛兵的父亲，蹲在儿子遗体前，浑身哆嗦着说不出话来。一颗心山崩地裂，无声地流泪。坚强了一辈子的男人在这一刻甚至连多看儿子一眼的勇气都没有了。

跟着洛兵父母前来的几个晚辈，也都在抹着眼角。现场所有人都在落泪。支队的领导走过来，轻声慰问，询问洛兵的父母有什么需求。

洛兵的父亲直摇头，老人很淳朴，眼睛红着低声道："我没啥要求，我只想带着儿子回家。"

董建平向老人承诺，以后一中队一班的所有消防员都是他们的儿子，有时间都会去看望他们，也跟洛兵的妻子说，有什么困难，千万不要一个人挺着，洛兵有这么多兄弟在，不会放着她们孤儿寡母不管。

灵堂上，照片中的洛兵笑容亲切依旧。送别归来，夕阳的余晖最终散去，华灯初上，仿佛在跟洛兵的英魂告别。

众人回到消防队，来到消防车旁，看着洛兵生前摆放消防服的地方，悲伤的情绪又在心间渲染开来。没有人说话，大家都静静地站着。

洛兵的音容笑貌依稀就在眼前，似乎他从未离去。

丁墨忽然沙哑着嗓子，轻轻地唱起来："拍拍身上的灰尘，振作疲惫的精神,远方也许尽是坎坷路,也许要孤孤单单走一程……"

这是洛兵生前最喜欢的一首歌,身边的队友们都跟着唱了起来。浑厚的歌声,带着思念与哀伤,渐渐飘扬开去。他们头顶的墙上,是一行鲜红的大字:"忠诚可靠、服务人民、竭诚奉献!"

第五十章
澄心涤虑

"新时代最可爱的人!"

坐在办公室里,心绪难平的林雪敲击着电脑,只打出一个标题,便再也写不下去了。又酝酿了许久,她的十指才乐符一般跳动起来,随着一张张熟悉面孔地浮现和键盘弹跳地交换,光影交错间,一篇关于这场救援生命和生命救援的报道,出现在了林雪的电脑上。

她一遍都没有修改,甚至连一个字都没有修改,就发送给了总编,然后整个人,像是脱力一般靠在椅子上。那张明媚的脸上,目光依然纯净如水,眼角,却挂着一滴晶莹的泪。

这篇报道,经过报社纸媒和网络第一时间发表了出去。至于是否会引起强烈的社会反映,又能感动到多少人,让多少人了解到这群消防员,了解到这些英雄——林雪其实已经不在意了。

她想起自己之前对这个职业的误解,想到曾经那些幼稚的举动和话语,想到被她伤害过的人,依然挂着泪的脸上,满是自责。

"消防员火大,救火靠拳头!"

"公寓失火现场,路人见义勇为,消防车姗姗来迟。"

"哼,我要去找他们的毛病,我还就不信了,他们就那么高大上,一点瑕疵都没有?我要报仇!"

"消防有什么,不就是坐在消防车里面端着水枪随便滋水嘛。"

当初义愤填膺说过的那些话,对丁墨的怨和人家对她的施救……如今想来,让她有种面红耳赤的感觉。

麦芒?呵呵,怎么那么讽刺?我哪里是什么麦芒,分明就是一个无知而又愚蠢的笨蛋啊。连身为记者的我都这么想他们,可见这个社会,对这个职业,是多么陌生啊?

我们天天都看得见他们的消息,甚至我们会经常看到关于他们牺牲的消息。可我们真的了解过他们吗?真的了解过这群人的喜怒哀乐吗?了解他们每天都是一种怎样的精神状态吗?

他们很年轻,跟他们同龄的人,这时候在干什么?上大学谈恋爱?上网打游戏?说着最时髦的段子,讲着最搞笑的梗,肆意挥洒着青春。这群消防员呢?他们每天都在救人!

哪怕是最跳脱的丁墨,现如今言谈举止,也都充满了纪律和规矩的味道。尽管他们都很年轻,但他们在穿着的时候,跟所有的同龄人,都不一样!

林雪的这篇报道,一经发表,便引起了强烈的轰动。虽然它是发表在A18版面上,但好的内容,总会引起人们的共鸣和感动!尤其是在没有限制的网络上。

那一幅幅静止的画面,却完整诠释着一次关于生命的救援。

"看了之后我一个大老爷们,都忍不住哭了,真的,他们太不容易了!办公室的同事像看傻子一样在看我,我默默地把报纸递过去,就只有一个特坚强的没哭,但我看见他低头的瞬间眼圈也是红的。"

"如果不是最后有一个老大爷需要救援,那个班长不会牺牲,老大爷的家人开心了,因为他们的亲人得到了救援。可是那个消防员的家庭却不完整了!"

"看他的照片,也就是二十几岁吧?二十几岁的我们在做什么?抱怨上司,讨厌工作,对恋情不满对生活厌倦,还在父母面前撒娇卖萌,还在心安理得啃老,发着莫名其妙的脾气。

"矫情啊,矫情着连自己都不知道原因的矫情。可是这个消防员,却已经救了不知多少人,甚至牺牲了自己的生命。我忽然觉得自己很惭愧,很对不起父母。"

"我是九五年出生的，跟他们差不多是同龄人，看完这篇报道之后，我哭了。被感动的，同时也有对爸妈的愧疚，想想真是太惭愧，就在昨天，我还跟我妈要钱，想换个新手机，刚刚打电话，跟我妈说不要给我寄钱了。

"我给我妈道歉，说我之前不懂事，以后不会这样了，我妈吓坏了，问我是不是出了什么事？呵呵，我能出什么事？看报道之前刚刚赢了一局游戏，正美滋滋呢！我就是不懂事的混蛋！我跟我妈解释了原因之后，我妈当场就哭了。"

"向最可爱的人致敬！"

"同为九五后的我们还在心安理得当着咸鱼，看见他们，实在是太羞愧了。"

报社的官方微博火了，无数人转发、留言，没有水军，没有吐槽。

人们的眼睛都是雪亮的，也都不傻，他们自己分得清什么是真善美，什么是假丑恶。对于真正的正能量，没有人会拒绝。很多人都在用自己的方式，为这位牺牲的消防员送去他们的哀思。

还有很多人说起自己跟消防员曾经有过的交集，这些人，九成以上，都是亲身经历过被救援的人。这篇报道，也让静海市开发区一中队一班在网络上红了。

但这种红，不是丁墨他们想要的。他们更希望那个人留下来，晚上给他们掖被子；白天带着他们训练；浴室中带着他们一起唱《壮志在我胸》这种在很多人眼里早就过了气的老歌……

至于静海日报社的老年组……哦不，是"梦想你好"，也因为这篇文章打了一场漂亮的翻身仗，一下子红遍整个报社。就连要退休的老记者、老编辑们都纷纷跑到林雪面前，恭喜这个年轻厉害的小姑娘。

换作从前，林雪或许会特别开心，觉得自己做了一个大新闻、好新闻。但现在，她并不开心。如果能让牺牲的洛兵活过来，她就算一辈子做不出一个大新闻，也心甘情愿。

报社的总编看到这篇专题报道带来的影响之后，对林雪的工作，予以了肯定。他把林雪叫到自己的办公室，看着眼圈通红的林雪，总编叹了口气，对林雪道："别太难过了，之前又不是没报道过这种有人员伤亡的事故。"

林雪摇摇头："那不一样的，之前那些，我并不熟悉他们，也不了解他们，看见死亡，触动肯定会有，但真的没那么深刻。这次不一样。昨天还在一起谈笑风生的朋友，今天却在你面前牺牲了。您知道吗？我是亲眼看着他进了那间屋子，然后他再也没能出来。"

"我理解那种感觉……"总编点了根烟，靠在椅背上，轻轻说道，"你知道我刚当记者那会儿，是在哪儿吗？"

林雪愣了一下，微微摇头，这个她还真的不了解。反正她知道，总编虽然是领导，但人挺开明，口才也很好，看上去天生就像个当领导的。

"我年轻那会儿……比你现在还小一点吧，刚刚当了记者，跟你一样，一门心思想要做大新闻，想要寻求有刺激的工作。于是，我就瞒着家里，偷偷去了越南。"

总编看着林雪笑了笑，鼻孔里飘出两股烟，让他的脸庞看上去有些朦胧。

记者，越南，莫非是七九年那次？原来总编大人是个有故事的人呀！

"那年，我才十八岁，阳光少年，风华正茂。"总编脸上露出一丝怀念的笑容，"如今都奔六十了！要不了多久，就要退休，可以享清福喽。"

林雪愣在那儿，一脸不可思议。她从来没有了解过领导的信息，所以也从来想不到，自己的领导，居然这么大岁数了。

"年轻的时候胆子大得很，跑去战区，做战地记者，天天跟那群战士们吃住在一块儿。"

总编喝了口茶，边回忆边轻声说道："那群战士，也都跟我一样，十八九的，二十几岁的，也有三十来岁成了家的。大家在一起，都是兄弟。唯一的不同，是我拿着照相机，他们拿着枪。

"今天还在一起谈天说地地畅想，说以后等国家富强了，自己要如何如何。可明天一场战斗过后，可能再看见的……就是一具具年轻的尸体，甚至有些连尸体都，唉……"

领导说着，摘下眼镜，揉了揉眼角，然后微笑着看着林雪道："让你这个小姑娘一篇报道，回忆起了一堆往事。你这文字，厉害啊！"

林雪轻声道："不是我厉害，是因为这些都是最真实的，是他们用生命换来的感动和尊重。"

领导点点头："现在还觉得去老年组委屈不？"

林雪摇摇头，却抓住总编的话柄，气呼呼地看着他。

"口误，口误！"总编说着，忍不住轻笑起来。

总编看着林雪说:"你的采访,也快结束了吧?最后,要形成一份完整的报告,深挖这些消防员,深挖他们生活中的点点滴滴,包括他们背后的故事,他们的喜怒哀乐。咱们不造神,他们都是平凡的普通人,但他们都是英雄!英雄,就应该让更多的人去了解。"

林雪点点头,然后对领导行了个礼:"那我去做事了,总编大人,您也很伟大!"

总编看着走出去的林雪,脸上露出一个微笑:"还是那句话,不管在哪儿,能力和态度才是最重要的。继续努力,我看好你!"

林雪走到门口,微微一顿,伸出手,有些俏皮地冲着身后挥了挥。

第五十一章
握手言和

消防支队宣布了对此次救援事件的嘉奖和命令。这场救援,在极为复杂和危险的形势下,救出了所有困在楼里的居民,甚至还找出了被锁在家里的人。

如果不是洛兵的牺牲,这将是一场教科书级的救援。所以哪怕没有网络上掀起的舆论风潮,对消防队进行嘉奖,也是必需的。

接到上级通知后,董建平很快召集了中队全体会议。会场上,中队全体成员穿着笔挺的制服肃然而坐。

董建平稳稳地站着,看着下面的众人,沉默了一会儿,沉声说道:"现在,全体起立,为洛兵同志默哀三分钟。"说完摘帽,轻轻地低下了头。

"哗!"全体消防员齐刷刷站起,整齐划一地摘下帽子,所有人都是一脸肃穆。

　　这次事故的原因已经查清楚了，因为家用电比商用电便宜，那个餐馆老板便从家里私自乱接电线，导致起火，现在他已被公安机关带走，等待他的将会是法律的严肃处理，而洛兵同志，却是永远地离开大家了。

　　三分钟后，董建平道："默哀完毕！"

　　董建平看着下面还没从哀伤氛围中走出来的消防员们，叹了口气，他的伤心难过，一点都不比他们少。但他是队长，他必须要稳住，要坚强。

　　董建平深吸了一口气，眉宇之间带着哀伤，大声说道："下面我宣布这次上级对我们的嘉奖，以及对我们牺牲消防员洛兵的烈士称号认定。"

　　"一班班长洛兵，因在火灾现场救援老人牺牲，被评定为烈士。"

　　全体消防员用力地鼓起掌来，很多人眼中都闪烁着晶莹的泪花。烈士，一个光荣的称号，但却是用牺牲换来的。

　　"一班丁墨，因在这次救援过程中，表现突出，体现了大无畏精神，为救援受困群众，不顾个人安危……组织决定，对丁墨，予以个人二等功嘉奖！"

　　所有的消防员，又是一阵热烈的掌声，看向丁墨的目光中，充满鼓励。没人嫉妒他，因为他们都知道，这也是拿命换来的！

　　丁墨起身，敬礼，用力地抿着嘴唇，因为他怕自己哭出来。如果可以的话，他多少功劳都不要，只希望班长还能在他身边。

　　"一班陆江、赵志、徐然、林不凡、华林、李斌，在这次救援当中，表现英勇，为解救受困群众生命安全，表现突出……现组织决定，均予以个人三等功称号！"

　　陆江等人起身敬礼致谢。潮水般的掌声再次响起，所有人都起身鼓掌，这是他们应得的荣誉。等到所有人坐下，董建平才接着说道："我们的一班，被上级授予英雄班称号！"

　　这一次，掌声变得更加热烈了！

　　等到掌声平息，董建平看着下面，有些动情地说道："这一次的救援，非常关键、及时。是你们这些人的努力和牺牲，将一场可能引发特大火灾的事故，变成最终的群众零伤亡。这些荣誉，都是你们应得的！但同时……我们兄弟的牺牲，也让我非常难过、痛心。"

　　下面的所有人都低着头沉默。华林忍不住偷偷抹泪，班长再也不能晚上陪着他加练了，到现在他都不能释怀，认为班长是为了救他才牺牲的。哪怕经过队里请来的心理医生进行疏导，他心里依然充满自责。

董建平看着众人道："所以，还是老生常谈的一件事，安全！我们的口号是……"

"消防安全，重于一切！"所有人都大声回答，这一次，就连丁墨，也一脸认真。这不是一句口号，这是必须融入骨子里、血液中的一条法则，一种精神。

"所有的救援，都有可能出现意外情况，也都具有各种各样的危险性，所以在救援过程中，一定要保证自身的安全。这也要求大家平日的消防训练，必须要认真对待！"董建平说道。

"最后一件事，算是我的私人请求。"董建平声音有些低沉地道，"我是你们的队长，但同样也是你们的战友。战友就是兄弟！我希望你们不要忘记在殡仪馆对洛家二老和洛兵妻子的承诺。"

丁墨起身敬礼，一脸认真地说道："我们一定不会忘记！永远都不会忘记！"

陆江起身敬礼，说道："我们都是班长父母的儿子。"

其他一班的消防员，也都纷纷表态，严肃而又认真。

"散会！陆江，你跟我来一下。"董建平干脆利落地说道。

陆江跟着董建平来到办公室。董建平看着陆江道："陆江，如果我把洛兵的班交给你带，让你来做班长，你能不能带好？能不能把英雄班的传统继承下去？"

陆江沉默片刻，一个立正，肃然敬了个礼道："保证完成任务！我将用生命和尊严去捍卫英雄班的荣誉！"

"很好！"董建平用力地点了点头，"我相信英雄班在你的带领下，一定会表现得更加出色！从今天起，你就是一班班长。"

"是！"陆江原地转身，肃穆庄重地迈步走了出去。

长长的走廊里，陆江看到丁墨站在一个窗口前，正向外望，阳光透窗而入，给他的身体镀上了一层明亮的光边。

陆江的步伐没有迟疑，继续走过去，当他走到距离丁墨几步之遥时，丁墨转过身，凝视着他，然后举步迎了上来。只隔一步，两个人停住了。

就这样静默着站了许久，丁墨伸出了自己的手。

陆江的目光微微闪烁了一下，也伸出了手，和他握在一起。

丁墨用力地握了握陆江的手，四目相对！

丁墨说："握手！"

陆江说:"言和!"

两个人的唇边,同时绽起了一丝笑意。

陆江右侧不远就是楼梯,此时林雪和池焰焰正站在楼梯口看着二人握手言和的模样,池焰焰感动得都快哭了:"哇!好酷啊!太帅了!"

林雪喟然道:"这就是男人啊……"

丁墨和陆江交谈了几句,陆江就继续向前走了,而丁墨的目光却落在了两位姑娘的身上,他举步走了过来,在林雪面前停住,目光向她肩头落了一下,轻声问道:"你的伤,怎么样?"

林雪从他走过来,心跳得就快了,这时强作镇静,说:"我都活蹦乱跳的了,当然是好了。"

丁墨皱了皱眉:"这才没几天,你该多休息一下。"

林雪的眼睛亮了:"你在关心我啊?"

现在的姑娘,就是这么爽快直接,池焰焰一旁紧张地看着,生怕丁墨不知道怎么接。但丁墨只是酷酷地说了一句:"我们又不是阶级敌人!"

说完,他就从林雪的旁边走下去了。

林雪和池焰焰看着他英姿焕发地下了楼梯,池焰焰这才扭过头来说:"你们俩啊,还真是针尖对麦芒,你就不能先让一步,说点好话啊?"

林雪嘟起嘴来:"我是女的,凭什么啊!"

池焰焰说:"这就是你不对了啊,女的怎么了,男女平等了,还非得男人主动啊?"

正说着,董建平走了过来,到了楼梯口一眼看见池焰焰,董建平一只脚在空中画了一个弧形,原地转了一圈,转身就往后回走。

不过,他已经被池焰焰看到了,池焰焰立即喊了一声:"董队长!"

董建平站住脚步,慢慢地转过身,然后一脸惊讶道:"啊!是小池呀,还有林记者,这么巧!"

池焰焰也不点破,巧笑嫣然地迎了上去:"董队,你哪天休息啊,我们有几个好朋友想趁国庆前去郊游,有温泉的,我想约你一起。"

董建平一副头痛的表情:"啊!我怕国庆前太忙,根本没时间出去呀。"

"真的?再忙也不至于没有休息时间啊,董队长,你……不是特意避开我吧?"池焰焰的表情有些难过。

董建平赶紧解释:"不会不会,怎么会呢,这不是老魏媳妇怀孕了吗,最近我就多担着些呗,让他多些时间陪陪媳妇,他也怪不容易的。"

"哦哦,我忘了这茬儿了,没事没事,那应该的!"见他真的很着急,生怕自己误会似的,池焰焰的心情莫名其妙就变得愉快起来。

第五十二章
情人眼中

"和平时代没有英雄吗?1998年那场特大洪水中的人民子弟兵,2003年那场悲壮的非典疫情中广大的医护工作者,2008年汶川大地震中不计其数的志愿者和子弟兵……

"在每一次灾害或危难面前,在每一次生死抉择的关头,总会有一些人义无反顾地站出来,勇敢地冲向最危险的地方。火中逆行的消防员,何尝不是这样?

"笔者不想说教,也知道一有说教的意味,就会有人嗤之以鼻。我要讲述的这些英雄,他们和你我一样都是普普通通的人。他们从事的职业崇高,但他们每一个人也并非因为它崇高,所以才选择它。

"他们和你我一样,也只是为了安身立命,只是为了谋得一席生存之地。可是,既然选择了有风险的职业,他们就有了为自己所从事的职业而献身的觉悟,这正是他们平凡中的不平凡。

"我曾经问他们,你们每一次出警,必须面临各种危险,你们紧不紧张,害不害怕?他们告诉我:会啊,怎么可能不紧张、不害怕?可是既然穿上了这身衣服,那就得上。他们是这么说的,也是这么做的。

"我抱着不良的目的走进他们中间，亲眼看着他们在一次次危险中，不畏惧、不退后，赴汤蹈火、勇往直前，在那火光中淬炼得闪闪发光。人之所以为人，正是因为在生死关头，可以如此伟大！"

林雪一遍遍地看着自己敲打在屏幕上的字，时不时会停下来修改，她有一种感觉，那满腔的感动与震撼，完全无法用她的文字形容出来。

那种感动，一定要亲眼看着那烈焰焚天，感受着那炽热地炙烤，看着那一道道鲜活的身影飞舞在烈焰之间，如同浴火而生的凤凰，才能切身体会到。

晚饭之后，林雪正在整理自己对消防系统的采访资料，千头万绪不知该从何说起，便想先写一个小帽儿定定调子。

池焰焰穿着睡袍晃荡过来，脸上敷着面膜，只露出两只眼睛，敲着林雪放在电脑桌上的水杯："喂喂喂，大才女，差不多了吧，用不用天天这么拼啊！"

"马上就好！"林雪匆匆把文档上传云盘，跟着池焰焰回到卧室，纵身一跃，把自己砸到了床上。

池焰焰丢过来一片面膜，林雪熟练地敷上，两个人穿着睡衣躺在床上，看着前方的电视。

池焰焰看了林雪一眼，为了不让面膜起皱，嘴巴动得很小，声音有点模糊："你跟丁墨，这回算是冰释前嫌、握手言和了吗？啧啧啧，当初气势汹汹去报仇，然后被人家感化，好像电视剧里的狗血桥段哦。"

林雪白了她一眼，娇嗔道："这怎么能叫被感化呢，就那种场合，眼见他们奋不顾身的样子，但凡还有一点正确的三观，谁能不感动？要知道，脱下那身消防服，他们跟你我一样，都是普普通通的人，都还是父母眼中的孩子呢，人心都是肉长的呀。"

池焰焰翻了个身侧卧着，撑着脑袋看着林雪道："喂！你这都快变成消防员的小迷妹了啊，是不是……真的特别喜欢那个丁墨呀！"

林雪瞥了她一眼，抓过遥控开始调台："喜欢又怎么样？不喜欢又怎么样？那是本姑娘的事。"

"喜欢你倒是行动啊，你又没有动作，整天就在这儿敲敲打打的。你妈给你介绍的那个秦博士呢？你不考虑啊？斯斯文文、高高大大的，长得挺有型啊，高学历、高素质、高收入，生活品质绝对有保证，你真的不考虑？"

林雪停止了换台的手，想了想，突然扔掉手中的遥控器，也转身侧卧，用同样的姿势看着池焰焰，认真地说："说到生活品质，焰焰，你说，什么叫生活品质?"

池焰焰沉思起来:"嗯……吃的、穿的、住的、用的,有一套大房子,一辆好车,还有漂亮的名牌时装……"

"就这些?"

"当然还得有一个让你喜欢的男人啦,不然再漂亮的笼子,它也只是笼子啊。"

"对啊,可我和那位秦博士吧,嗯……怎么说呢,和他在一起吃饭、聊天,不管做什么,我就觉得,没毛病,可也说不上喜欢。我就这么说吧,我跟丁墨那臭小子就算吵架,回头想想都比和秦佳木相处有趣。其实我就想不起和秦佳木在一起的时候,有什么能让我回味的事情,寡淡如水。"

"哟!小妮子这是真的春心动了啊,那你倒是跟丁墨表白啊!"

"凭什么啊!本姑娘要身材有身材,要脸蛋有脸蛋,又是一个工作挺体面的小白领,怎么着也不能……也不能我先去追他吧,多掉价。"

"在本姑娘面前敢说你有身材,来来来,我看看你本钱如何。"池焰焰向林雪扑过去,两个人笑闹半天,林雪喘着气躺好:"别闹了,面膜都要掉了。"

她一边说一边整理着面膜,顺口问道:"你说实话,你是真心要主动追求董队长啊?"

池焰焰拢了下睡衣,说:"真的啊!看见合适的就赶紧下手,先把他拿下,变成你手里那盘菜再说,什么等谁先开口,天天嚷嚷男女平等,这会儿又当小公主啦,你这缺心眼的。"

林雪撇撇嘴:"你真好,从小家里就不大管着你,什么都由你自己做主,不像我妈那么烦,你现在可以找个老实人嫁了,我还得先跟我妈斗智斗勇呢。"

林雪说完,没听见池焰焰的动静,扭头一看,池焰焰正坐在床上瞪着她,不禁吓了一跳:"你干吗?"

池焰焰一把揪下脸上的面膜,很严肃地看着林雪道:"你怎么说话呢,什么叫找个老实人嫁了,我可真要生气了。"

林雪忙坐起来道:"别呀,我就是没注意措辞,顺口一说。"

池焰焰没好气地拍了她一巴掌,嘟着嘴道:"我妈就是被我爸花言巧语骗到手的,我爸整天拈花惹草惹她生气,所以我妈从小就教我,要好好看人。结果,这些年碰上的就没一个靠谱的,我都郁闷,是不是我这长相天生就是一副"遇不到好人"的模样啊。"

林雪若有所思地点头:"嗯,所以你才喜欢董队是吗?觉得他这人踏实可靠?"

池焰焰歪着头想想,说:"一开始吧,主要是冲着这一点,可是渐渐地,就越来越喜欢,不仅仅是喜欢他的性格为人,那模样吧,也看着特呆萌,打心眼里喜欢。"

林雪一脸吃惊道:"啥?就黑脸老董,一天到晚绷个脸,还呆萌?你这真是情人眼里出西施啊。"

池焰焰没好气地又给了她一巴掌,道:"反正比你家丁墨好,那狗毛哆嗦的样,我就看不上。"

"先说清楚啊,他可不是我们家的,本姑娘看不看得上他,还两说呢。不过,比起董队那张乏善可陈的脸,丁墨哪儿差啦……"

两位姑娘的些许不快登时烟消云散,开始就董建平和丁墨谁更招女孩子喜欢争论起来……

第五十三章
意外事件

一大早,消防队又开始了如火如荼地训练。队友逝去的悲痛虽如同一片阴霾,但终究遮不住年轻人的热血与阳光。

训练塔上,两名消防员正缀着绳子飞快地滑落。一名消防员站在操场上,正奋力甩着那沉重的水带,这是消防员的基本训练。

华林身着防护服、套靴、头盔,身上缠绕腰带绳子和空气呼吸器,再加上两盘水带,总共加起来足有50多斤重,正奋力奔跑着。

一旁新任班长陆江沉声呼喝:"调匀呼吸,脚下稳住,继续跑!"

赵志也给鼓劲:"不就100来斤嘛,这都扛不住,将来怎么背你媳妇下楼上婚车啊?加油!"

"妹妹你大胆地往前走啊,往前走,莫回呀头——"丁墨佩挂着和华林完全一样的装备,从他身边超越了过去,虽然有些气喘,可还鬼哭狼嚎地唱着歌。

"你小子……"

赵志指着丁墨,刚要说他两句,却见华林累得咬牙切齿,盯着迅速超过他的丁墨,奋力追了上去。陆江脸上不禁露出一丝笑容:"华林这小子就怕激将法,还是丁墨的激将法管用。"

……

池焰焰赶到店里,几名店员已先她一步来了,正在做开店前的准备工作。一见池焰焰赶来,副店长崔晶马上迎上来报告:"老板,王健辞职了。"

池焰焰一愣:"啊?什么时候,我怎么不知道?"

崔晶道:"就早上给我打了个电话,说他不想干了,今天要跟几个朋友来个西藏自驾游,回来后再继续思考人生。"

池焰焰忍不住笑起来:"这小子,我就欣赏他这样的,活得多真哪,这一场说走就走的旅行,多率性!"

崔晶讶然说:"老板,他……招呼都不打一声就走了,你不生气呀?"

池焰焰说:"生什么气呀,王健那小子,开着百万豪车,在咱这儿挣几千块钱,人家根本就是游戏人生、消磨时光的,这样的人,你奈其何?"

崔晶跟在池焰焰后面进店:"可是……他负责进货呀,一些日用品都不全了,也不知道他事先订货了没有,订了多少,跟厂家结算的单据也不全,我刚打电话给他,已经不接了。"

"什么?这混账东西,也太不靠谱、太不着调、太没责任感了!这不是坑姐姐我呢,我……要不我喜欢董哥哥呢,就这一个责任感,就甩他八条街。"

"老板,你说什么?"

"啊!没什么,算了算了,我去厂家一趟,把账对明白,再进些货。你把单子开给我。"

店里有一台皮卡,平素是王健进货时用,不用时钥匙就在店里放着。王健家是动迁户,确实有钱,百万豪车开着,不会蹭店里的车用。

池焰焰驾了皮卡直奔静海日用化妆品厂，她的店开在三个小区的中间位置，地点绝好，主要用户也是小区居民，卖的不是高档日用品，所以很多货都是从静海日用化妆品厂进的。

早期开店的时候，池焰焰常常亲自上货，这一年多才腾出手来，如今再度亲身上阵，路倒也还记得。

当甩手掌柜的当习惯了，池焰焰到了日用化妆品厂后，竟然不知道王健平时与谁联系上货，便向门卫问了她以前熟悉的那个工作人员的位置，去找他帮忙。

厂里原来失火烧掉的厂房区如今已经重新搭建起来，食堂区也已修复完成。池焰焰拐过墙角，正看见一个小黄毛和另一个人抬着一口沉重的纸箱子从厂房中走出来。

下台阶的时候，小黄毛脚下一闪，箱子脱手磕在台阶上，里边桶装的洗涤液洒了一地，还有几袋冰糖似的袋装物品。

池焰焰见人家箱子洒了，便站住了。一扭头看见有人站在这儿，小黄毛和另一个搬箱子的人吓了一跳。

紧跟着二人走出来的，是一个貌相有些阴鸷的中年人，个子不高，身材中等。一见二人摔了箱子，那人勃然大怒，刚要开口骂人，一看见池焰焰，不禁定在那里。

池焰焰笑着问道："请问，戴崇华在吗？"

中年人怔了怔，下意识地向右前方一指。

"谢谢！"虽然觉得这人有些奇怪，池焰焰也没多想，便走了过去。

小黄毛紧张地叫道："球哥！"

那阴鸷中年人低声喝道："混蛋，还不快收起来。"

小黄毛和另一个年轻人赶紧蹲下，七手八脚地归拢箱子。

球哥站在台阶上，望了眼池焰焰的背影，脸色有些阴晴不定。

董事长办公室下的地下室，被装修成了影音室。

室内装潢豪绰，边上有红酒柜，前方有电影屏幕、音箱，几张欧式真皮沙发，中间一张价值不菲的橡木长几，看起来又像一个小酒吧。此时，轻音乐正在室中柔和地回荡。

茶几上的烟灰缸里一个刚刚拧灭的烟蒂还在余烟袅袅，旁边放着两杯尚未饮尽的红酒。沙发上,沈龙飞拥着一个身材妖娆的女人,正说着什么,球哥走了进来。

沈龙飞看了球哥一眼,拍拍那女人的后背,那女人便识趣地走了出去。

沈龙飞端起红酒杯呷了一口,问道:"货送出去了?"

球哥应了一声是,神色微微有些犹豫。

沈龙飞目光一冷,问道:"怎么?"

球哥犹豫地道:"刚刚搬货的时候箱子摔散了,正好有人经过,也不知道她看到了没……"

沈龙飞手中的酒杯脱手掷出,球哥下意识地一躲,酒杯摔在墙上,啪的一下碎片四溅,红酒在墙上溅出梅花般的形状。球哥闷哼一声,脸颊上缓缓淌下一道血迹。

沈龙飞一把冲上前去,揪住了球哥的衣领:"也不知道?嗯?你说也不知道?我们干的是掉脑袋的生意,这个你知不知道?"

沈龙飞用力一推,球哥肩头撞在墙上,期期艾艾地道:"是!我……我知道。"

沈龙飞喘了几口气,咬牙问道:"那人是谁?"

球哥忙道:"一个年轻女人,不晓得是来厂子找人,还是客户。"

沈龙飞沉声道:"把她干掉!做我们这一行的,容不得半点纰漏!"

球哥答应一声,转身就要走。

沈龙飞忙又唤住他:"慢着!不能在我们厂子里动手,要让她走出我们的厂子,监控看得到,路上再找机会动手,完了寻个地方埋了,尽量不要把事情闹大!"

球哥用力点头:"明白!"

球哥转身急急走了出去,沈龙飞在室内来回踱了几步,越想越不放心,忍不住恨恨地咒骂了一句,也急步走了出去。

熟人好办事,池焰焰找到以前的联络人帮忙,很快对清了账目,又进了批货,便开着皮卡出了厂子。

厂子距池焰焰的店大概一个多小时路程,一路闲极无聊,池焰焰便按了车上的蓝牙电话,和闺密煲电话粥。

今天林雪没去消防队,她在单位整理资料。一段段文字,一张张图片,按照时间顺序一点点看下来，她不仅看到了与丁墨、陆江、赵志、华林、董队长等人相识的种种，也看到了自己，看到了她的转变。

她一开始抱着不良的目的、抱着鸡蛋里挑骨头的心态进入消防队，却在一点一滴中渐渐被他们感动、感染，直到再也容不得有人抹黑他们……

不知不觉，屏幕定格在丁墨的一张训练照片上，那阳光十足的笑容、那有些炫耀的感觉、那身健美的肌肉，林雪托着下巴，痴痴地看了起来。

昨夜与闺蜜的一番对话，又回响在耳边。本姑娘真的喜欢他吗？真的喜欢他吧？可是，那个家伙整天一副没心没肺的样子，这事总不能本姑娘主动吧？

林雪正托着腮胡思乱想，手机响了起来，是池焰焰打来的。林雪按了接通键，戴上了耳机："喂？"

"干吗呢？"

"爬格子呗，你呢？"

"我去日用品厂取货，正往回赶呢。唉，我店里那个王健，实在是太不着调了，说辞职就辞职，他是潇洒了，可把我这个老板折腾坏了……"

池焰焰一边开车，一边用蓝牙耳机与林雪聊着天。郊区车并不多，但是一辆轿车突然超车，紧跟着迅速变道，切到了她的前面，同时车速一缓。

吓得池焰焰一脚刹车，谁料前车居然也停下了，从后排下来两个男人，指着池焰焰就大声指责："我说你会不会开车啊，差点撞了我们，我有心脏病你知不知道……"

哎哟！就我这暴脾气，你们居然还敢恶人先告状！

池焰焰恼了，手刹一拉，解开安全带，拉开车门就跳了出去。

林雪只听耳机中传来池焰焰的怒斥声："有病吧你们，我车上可是有行车记录仪的，你们突然变道，不打转向，还减速，你们还有……呃……"

林雪一听就知道池焰焰跟人理论起来了，本来还太当回事，可是接着就是摩擦声、撞击声，林雪不禁起了警觉，急忙唤道："焰焰，焰焰？你别跟人吵，焰……"

手机里突然传来一阵刺耳的声音，然后再无声息，林雪心中一紧，一把扯下了耳机。

第五十四章
祸起连环

路边，小黄毛扶住了被一掌砍昏的池焰焰，迅速把她拖回车上。球哥的大皮鞋在地上用力踩动了几下，将那蓝牙耳机踩得粉碎，然后他们二人便上了池焰焰的车。

球哥先关了池焰焰的手机，迅速启动皮卡，瞟了一眼行车记录仪，吩咐刚刚钻进副驾驶的小黄毛："把它拆下来！"

小黄毛答应一声，车子跟着前车迅速离开了。

远远缀在后边的沈龙飞开着车，暗暗地吁了口气，他们动作还算利落，路边没人，在他们行动的短暂时间里，也没有旁的车经过。

"喂？焰焰，焰焰？"

林雪拨回去，传来的却是"对方已关机"的提示音。

林雪的第一反应就是池焰焰碰上了"车怒族"，应该是跟对方发生了肢体冲突。林雪心急如焚，抓起包便急匆匆出了门。

林雪先开车去了池焰焰的店，问了他们进货的厂子位置，副店长崔晶一听放心不下，忙跟着上了林雪的车，指点着向郊外开去。

球哥把池焰焰弄晕，放在后座上，前方不远就是环城高速入口，他想开车上环城高速。要把人搞掉，抛尸地点当然离他们的所在地越远越好。

但是因为有收费口，高速入口的车开始变得密集起来。小黄毛不放心地回望一眼，恰见池焰焰睁开了眼睛，小黄毛吃了一惊，叫道："球哥！"

他一面说，一面纵身弹起，想扑向后座的池焰焰，结果咔的一下停住了，这才意识到自己系了安全带。

池焰焰一醒过来，马上就意识到出了什么事情，她立即扭身去拉车门，但车门锁了。

池焰焰毫不犹豫，立即纵身向前扑去，去抢球哥手中的方向盘。小黄毛急忙解开安全带，扑过来想拉开池焰焰，但池焰焰紧紧抓住方向盘，任由那小黄毛挥拳打来，额头都流下了鲜血，就是不撒手。车子顿时在路上画起了"龙"。

沈龙飞开车跟在球哥后边，见他驶向环城高速入口，便明白了他的用意，这小子，还算机灵。沈龙飞放心了，决定不再跟下去，而是照直前行，进城逛逛。

这个女人一旦失踪，警方一定会到他的厂子来调查，可不能留下一点蛛丝马迹。就在这时，旁边忽然传来呼声："沈总，嘿！沈总，这里这里……"

沈龙飞一扭头，见左侧车道行驶过来的是李向荣，他微微一惊，忙挤出一个笑容。他带兄弟们出去潇洒时，常去李向荣的KTV，一来二去，也就熟了。

李向荣哈哈地笑着，一打方向盘就把车圈了过来："沈总，你这是上哪……"

沈龙飞脸色一变："小心！"

一辆大货车从迎面车道驶来，本想拐向高速入口，一见有辆轿车"画着龙"驶来，不由吃了一惊，猛打方向盘回避，结果李向荣一脚油门窜了上来，堪堪被那大车撞中。

轰的一声，李向荣的车被大货车从侧面撞中了驾驶室的位置，车头向右一栽，撞在沈龙飞车的发动机处，将沈龙飞所驾轿车的右前轮撞得滑下了车道，卡在沟沿上。

球哥和池焰焰争夺方向盘，车子一头撞中前边一辆面包车的尾部，池焰焰身子向前一冲，脑袋撞在挡风玻璃上，晕了过去。球哥被安全气囊糊住了脸，他气急败坏地拨开安全气囊，还想再给池焰焰致命一击，却因为安全气囊挡在前边无法使力。

这时小黄毛看见前边面包车车门拉开，几个年轻人气势汹汹地下来，不由大惊道："球哥，过来好几个人！"

"走！快走，马上！"球哥当机立断，立即拉开车门，闪了出去。小黄毛见状不敢怠慢，急忙也从另一侧下车。趁着现场一片混乱，周围的车子纷纷停下，二人立即横穿车道，逃之夭夭。

前车几个小伙子本来想下车找他们理论，见他们竟弃车逃跑，不由一愣。

沈龙飞坐在车内，眼睁睁地看着这一切发生，饶是他心肠狠辣、行事果决，这时也不知该怎么办了。怔了半晌，他才拉开车门，走了出去。

"车里还有人，晕了。"

前车的几个小伙子莫名其妙地站在肇事车辆旁边，有人往车里张望了一眼，看到了趴在车中的池焰焰。

"油箱漏了！"这时又有人叫了一声，众人扭头一看，这才发现皮卡油箱正沥沥地向外淌着汽油。几个年轻人中有一个正叼着烟卷的，吓得立刻躲开老远。

"把人弄出来，快！"

几个年轻人受了无妄之灾，可也不能见死不救，他们费尽周折，把昏迷的池焰焰从车中救了出来，马上拖回自己的面包车，叫嚷着："快快快，开远点，可别炸了。"

一见车子漏油，本来围观的司机们顿时躲出好远。李向荣坐在车内，驾驶室已经扭曲变形，他的一条腿被卡住了，安全带也勒得死死的，根本挣扎不得，他忍不住大叫起来："救命啊！救命啊！沈总，救我，救我呀！"

沈龙飞眼睁睁地看着池焰焰被人救走，不由恨得暗中骂娘。这时听见李向荣叫喊，他没好气地扭过头去，见李向荣被卡在座位上，正绝望地向他招手，他忍了忍心头气，这才走过去。

谁料他才走出几步，轰的一声，李向荣的车子居然起火了。车头起了火，但油箱处沥下的汽油正在地上缓缓流动，这要是和前边的火苗连上……

沈龙飞不由得倒抽了一口冷气，他看了看车中正在绝望挣扎的李向荣，又看了看地上缓缓流淌的汽油，脸颊抽搐了几下，缓缓向后退去。

"沈总，救我！你不要走啊！"李向荣一见他要逃开，声音都带了哭音。可这番叫喊反而促使沈龙飞加快了逃离的脚步。

林雪载着崔晶驶向郊外，越走越觉不安。她尝试着给池焰焰拨了几回电话，还是不通。

本来她只是担心有小的行车事故摩擦，所以也用不着报警。可现在却开始担心，焰焰会不会碰上车怒族，被人打成重伤了，否则为什么电话一直打不通？犹豫再三，林雪还是让崔晶打了报警电话。

崔晶那边说明了情况,刚把电话挂掉,林雪就驶到了事故现场。前方拥堵着很多车辆,一些人正从事故发生地跑开,而有些提前跑回来的司机正想把他们的车子退开一些,林雪不由得心中一动,急忙一踩刹车,车子猛然停住。

……

消防一中队的警报声又响了起来。不到一分钟,消防员们便已登上消防车,鸣笛离开了消防队。

消防车一到,董建平立即命令布置好隔离带,请及时赶来的交警和民警配合清场。林雪和崔晶已经找到了池焰焰驾驶的那辆车,紧接着就找到了池焰焰。

池焰焰眼眉处破了一个口子,额头淤青,如今还未醒来。林雪刚刚打完120的电话,很担心又不敢随便搬动她。

消防车到了,在消防一中队待了这么久的她,当然清楚这里是消防一中队的辖区,林雪立即叮嘱崔晶照顾好池焰焰,自己向消防车跑去。

董建平已经看清了现场情况,车头的火已经快要蔓延到驾驶室,地上的汽油在地上蜿蜒流淌着,巧之又巧地避过了着火点。但是随着滴漏扩大,地上的汽油很快就要与着火点相连。

董建平立即下达命令,首先隔断流淌的汽油与着火点,然后集中力量扑灭车头燃起的大火。丁墨和陆江则负责救出被困在车里的李向荣。

林雪冲到近前,眼见董建平正神色冷峻地指挥灭火,冲到嘴边的话又咽了回去。这个时候,董建平显然不能撇开火灾现场,去探望池焰焰。

李向荣一见丁墨,登时涕泗横流:"墨墨,小墨墨,我是你李叔啊,你可不能见死不救啊,我不想死啊,快救我出去啊!"

被李向荣叫出了自己的乳名,丁墨脸都黑了。他迅速冲到近前,喊道:"李叔,你别急,我们救你出去。"

地上是不断流过来的汽油,面前是炙人的烈火,随时可能引发爆炸,但丁墨和陆江毫无犹豫,马上就投入了破拆行动。

第五十五章
火海双雄

老虎钳子、电锯、千斤顶,各种工具轮番上阵,可是那车门被撞得整个内凹,完全变形,很难把车门撬下,虽说他们已第一时间割断了李向荣身上的安全带,可李向荣的大腿卡得死死的,根本爬不出来。

林雪听到李向荣那一声声嘶力竭的"小墨墨",心头不由一紧,她循着声音望去,果然看见丁墨正在拿着一根撬棍,努力想把内凹的车门扳开。

林雪下意识地向前冲了两步,却被一位交警拦住:"同志,不要往前走了,前边危险。"

前边危险,而他……就在最前边!

林雪一个恍惚,仿佛回到了初识他的那一天,他的阻拦,可不像这个交警那么文明呢,他这人……咋咋呼呼的。

林雪的唇角下意识地牵起,但马上又抿住,再望向前方时,一颗心紧紧地吊了起来。

她好怕,好怕听到轰的一声巨响。此时此刻,她更加深刻地明白了董队长为什么面对焰焰的主动追求,却是如此犹豫。

成为他们的妻子,付出的可能比他们还要多,那种揪心的感觉啊……

林雪不由自主地揪住了衣角。

陆江向丁墨摇了摇头:"弄不开啊!"

丁墨咬着嘴唇往车里看了看，一把抄起千斤顶，对陆江说道："我去车里！"

"丁墨！"陆江叫了一声，但丁墨已经拿着千斤顶向另一边跑去。

陆江咬了咬牙，一把抄起老虎钳子，从车尾爬上了车，这里是高处，被火焰一炙，如果不戴防护罩，眉毛头发都要烤焦了。陆江把老虎钳子卡在车窗上，以车顶为支点，奋力地撬动着。烈焰和灭火干粉喷溅在他的脚下，他就像是站在火中。

丁墨打开另一侧车门，一头钻进去，扑到李向荣身上，仔细观察了一下驾驶室的情况，将千斤顶放好……

林雪远远地看着，眼见丁墨也钻进了车子，一颗心都提到了嗓子眼，这一刻，除了车中那个隐约闪现的身影，她已再无所见、再无所闻。

"小墨啊……"眼见丁墨居然钻进车来，李向荣的嘴唇有点哆嗦了，一时不知该说什么好。

"砰！"也许是受了燃烧产生的高压影响，前车盖突然弹了起来，火苗子向上一涌，笼罩了陆江的身体。

丁墨一惊，仰头大叫："陆江！"

"我没事，一起动手，快救人！"

"好！"丁墨咬了咬牙，迅速地摇动千斤顶，头上的陆江也奋力地撬动老虎钳子。

消防防护服是不能长时间接受炙烤的，更无法防护爆炸冲击。陆江站在车顶，直接承受了火源散发的高温，车头发动机也难说不会再度爆炸、溅射零件，两个人此时的情况可以说是险之又险。

李向荣哆嗦着嘴唇，眼看着火舌向两侧车窗蔓延过来，泪流满面。突然，他像抽风似的叫起来："要爆炸了，要完蛋了，我要完蛋了！"

李向荣奋力地推着丁墨："你走吧！别管我了！这是老天爷要收了我啊！我是活不了啦，可别再坑了你，你是老丁家的独苗苗啊！"

李向荣一边号啕大哭，一边推搡着丁墨，这时丁墨刚刚把千斤顶摇到尽头，就听嘣的一声，站在车顶扳着老虎钳子奋力下压的陆江一屁股坐在了车顶上，那严重扭曲变形的车门被他撬得弹回了原形。

而丁墨的千斤顶在陆江配合下，也把下塌的驾驶台顶了起来。丁墨大喜，一扳李向荣的腿，已经可以活动，丁墨立即抱住他的身体，向副驾驶位置拖动。

"陆江啊！"

丁墨奋力拖着李向荣，向头顶喊了一声，陆江明白了他的意思，干净利落地一个后滚翻，从车顶翻到了副驾驶位置的车门处，迅速滑下车，抱住丁墨的腰。

丁墨人在车中，双脚在地上，本来不太容易使力，有了陆江的帮助，迅速就把李向荣拖了出来，二人架着李向荣快速向前奔跑了几步，往路边水沟里一扑。

轰的一声，也许是二人的撬动让本已经松散的车体更加变形，爆炸腾起一团火球，碎片四溅。瘫在水沟里的丁墨和陆江，相互看了一眼，满是硝烟和汗水的脸上浮起开心的笑容，两个人握起拳，帅气地撞了一下。

李向荣就瘫在二人中间，眼看着两只拳头在自己的眼前抵在了一起，直勾勾的眼神都成了斗鸡眼，嘴里喃喃自语："我没死！我没死！我居然没死啊！"

李向荣喜极而泣，也顾不得血肉模糊的左腿，再度号啕大哭起来。

丁墨和陆江搀着泪眼蒙眬的李向荣从水沟里站了起来，远处围观的群众顿时欢呼起来。林雪脸上也露出了放松的笑容，她想走过去，但是犹豫了一下，又站住了。

不知道为什么，她就是觉得，此时此刻，那硝烟与火焰之中，只该站着那样钢铁一般的身影。

丁墨和陆江搀扶着李向荣出来，其他的消防员纷纷迎上去。在一片忙碌之中，林雪返身悄悄地离开了。

医院里，李向荣和丁墨、陆江都躺在病床上。

李向荣最严重的伤势是之前出车祸时被卡的左腿，左腿骨折，此刻已经打了石膏板，被悬在病床的上方，脸上、身上也有一些轻微的烧伤，都涂抹了药膏，包裹得像木乃伊似的。

他的病床前围了一帮人，有亲戚、朋友、公司的下属，一个个嘘寒问暖，害得护士几次进来提醒他们要注意保持安静。

最后吵得李向荣自己也不耐烦了，挥舞着右手赶人："去去去，都出去，吵得老子烦死了，快走快走，老子大难不死，就是福气，跟个败家娘儿们似的哭什么哭。"

李向荣没好气地轰赶着，把围在病床前瞻仰遗体似的一伙人都赶出去了，床头柜、病床前留下了一堆花篮水果。

李向荣裹得像木乃伊似的,头也不容易转动,只把眼珠子向右倾斜着,蠕动了一下嘴唇,道:"小墨墨啊……"

　　"叔!你是我亲叔!咱能别叫得这么亲切吗?"右边病床上丁墨发出一声哀号,把坐在他床边的董建平和李向荣左边病床上的陆江都逗笑了。

　　李向荣干笑一声,道:"这不是从小就这么叫嘛,小墨啊,今天多亏了你和那位同志。真是多亏了你们了,要不然,叔现在就是一堆焦炭,唉!叔算是死过一回的人了啊……刚才人多,也来不及细想,现在琢磨一下,这人生啊!"

　　李向荣咂巴了一下嘴,感慨地说:"以前吧,常有人说,你要是想不开啊,就去火葬场看看,看看人之死,很多事啊,就看开了,我去过啊,去过不止一回呢,可也没看开,但今天经历了这事之后啊……"

　　老李唠唠叨叨,开始探讨人生的重大哲学问题,丁墨没理他,转向董建平道:"队长,我没事。就一点小伤,休息几天又是一条好汉。"

　　丁墨伤在肩上,他和陆江拖着李向荣跃进水沟的时候,爆炸的车辆溅出的一块碎片刺中了他的左肩胛骨处,得在医院接受几天治疗。

　　丁墨说完,冲着陆江道:"你怎么样?"

　　李向荣唠叨人生,但丁墨不理他,他已转向对陆江继续大发感慨,陆江伤势轻得多,只是小腿有些轻微烧伤,已经敷了药,此刻只是在这儿"陪绑",观察一下,只要没有发炎,回去按时敷药就好。

　　听到丁墨的话,陆江向他摆摆手,依旧微笑地听李向荣感慨着,那风度可比丁墨君子多了。

　　"没事就好,你们是我的左膀右臂啊,车子爆炸那一刻,我还真是担心!"
　　董建平爽朗地笑着,一拍丁墨的肩膀,丁墨惨叫起来:"疼疼疼疼疼……"
　　董建平笑道:"忘了忘了,下次我拍轻点,哈哈哈哈……"

　　董建平笑着,忽然看见丁墨睁大了眼睛瞪向门口,神情有些怪异,不禁也回头望去,就见一个身穿白T恤、水磨蓝牛仔裤,显得健美干练的女孩子正站在病房门口。

　　董建平讶然站了起来:"林记者,你怎么来了?"

　　正反思人生的李向荣惊喜地道:"美女,你是来看我的吗?哦哦,你是来采访我的吗?我跟你说,今天我遇到的情况,实在是险之大险、九死一生,你回去一报道,肯定……"

　　眼看着林雪走到了丁墨的病床前,根本没看他一眼,李向荣的声音戛然而止,陆江笑道:"叔,你继续说,你对人生这感悟啊,我还挺爱听的。"

林雪走到丁墨病床前,看着他,轻轻一笑,道:"大英雄,没事吧?"

丁墨马上嘚瑟起来,挑了挑眉道:"当然没事,我这身手,什么场面应付不来。你怎么来了,谁告诉你的?"

林雪没理他,扭头对董建平说:"焰焰受伤了。"

董建平吃了一惊,脸色一变:"池焰焰,她怎么了?"

林雪道:"你们救火时,我就在现场。今天这起车祸,就是因为有人试图绑架焰焰造成的,事发之后,凶手已弃车逃跑,焰焰受伤昏迷,警方刚刚来做过笔录,她正在休息,你要不要去看看?"

第五十六章
情愫暗生

董建平动了动嘴唇,林雪一笑,道:"她在408病房。"

董建平马上大步流星地往外冲,丁墨在后边喊:"队长,咱说好了啊,千万别告诉我爸妈。"董建平挥了挥手,风风火火地消失在门口。

林雪就势在病床前坐下来。丁墨一条腿正搁在床边,还半挽着病号服,被林雪一挨,便触电似的,悄悄往里挪了一下。

林雪柔声道:"你呀,我安顿好了焰焰才过来,怎么样……"

林雪上下看了看丁墨:"好像没什么事呀。"

"没事?谁说没事?我伤在背上好吗?好严重的伤势,拉开这么大一口子,血呼呼地流啊。"丁墨立即侧了身子,示意伤在背上,刚刚在董队长面前的

"一点小伤"，被他说得快要死了似的。

　　林雪震惊道："哎呀，真的呢，这是伤了肾吧，唉！可惜了，一个小伙子，这以后……"

　　丁墨急了，扭过头来："谁伤了肾了，我就一点皮外伤，歇几天就……"丁墨忽然发现说漏了嘴，一下子闭上了嘴巴。

　　林雪扑哧一笑，道："得了，你的情况，我早问过医生了，才不听你当事人一面之词，你忘了我是干什么的啦，会听你忽悠？"

　　林雪扭头看看，从床头果篮中拿过一个香蕉剥皮，李向荣干巴巴地道："那是我的果篮。"

　　林雪瞪他一眼，道："那怎么啦？"

　　李向荣讪笑道："没……我是说，床底下还有火龙果，你要不要？"

　　林雪没理他，转向丁墨，丁墨伸手来接剥了皮的香蕉，林雪却自己咬了一口，继续说着："我妈又催我去跟先前介绍的那个男朋友约会了。"

　　丁墨一愣，迟疑地道："啊！那人……你觉得……咋样？"

　　林雪若无其事地说："谈不上喜欢，不过……先处着呗，人挺不错的，一表人才，还是个博士，就是不知道性格脾气啥的合不合得来，接触一下再说。"

　　"哦！对……终身大事……慎重些好！"丁墨说着，心中没来由地一阵失落，她就俏生生地坐在床边，可丁墨心里却空荡荡的，好像将要失去什么似的。

　　董建平急急赶到408病房，迟疑了一下才轻轻推门进去。这间病房也有三张床，但只有池焰焰一个病人，她正躺在床上休息，应该是睡着了。

　　点滴静静地滴着，一下一下像是在敲打着董建平的心。他在床边安静地站着，池焰焰的额头已经包扎起来，脸色有些苍白，董建平微微伸出手，想要触碰她的脸蛋，却又没有勇气。

　　最终，他只是轻叹了口气，在旁边床上坐下静静地看着她。阳光从窗外透射进来，与树影融合，在地上形成一片摇曳的斑斓，映得两人的脸色也忽明忽暗。

　　董建平什么都没有说，就这么静静地坐着，直到一位护士走进来。

　　董建平连忙站起来，向护士客气地点点头，问道："请问，她怎么样了？"

　　护士看了看点滴，又调整了一下速度，对董建平道："你女朋友啊？情况不是很严重，外伤好办，但是有些轻微脑震荡，还得住院观察一下。"

　　他和护士说话的时候，池焰焰已经被二人的说话声弄醒了，她张开眼睛，正好看到那道山一般厚实可靠的背影，心中顿时一阵激动，池焰焰生怕被他看到，连忙又闭上了眼睛。

"谢谢。"

护士一阵风似的又走了，董建平吁了口气，又在床边坐下，痴痴地看着池焰焰姣好的容颜，半响才自嘲一笑："女朋友，我倒想呢，同龄人整日卿卿我我，谁受得了那没有人陪伴的寂寞？尤其是她条件这么好，长得……又这么美……"

躺在床上的池焰焰睫毛跳动了一下，强忍着没出声。他喜欢我的？他原来是喜欢我的，他不是一块木头。这个家伙，原来是担心……我与别人不一样的好不好！

董建平不再说话了，池焰焰差点睁开眼睛，看他是不是已经走了。

许久，林雪走了进来，董建平一见她进来，立即站了起来。

林雪看了看病床上的池焰焰，说："董队长，你们聊着呢？"

董建平不自在地说："焰焰睡了，我没打扰她。她情况不严重就好，你刚刚说……她被绑架了？"

林雪点点头："我原来也以为是普通的车祸，她醒来后，才知道她是被人绑架了。目前还不清楚是因为发生争执对方临时起意还是早有预谋，警方已经在调查这件事了。"

董建平脸色沉重地点点头，又依依不舍地回头看了看池焰焰，对林雪道："单位还有很多事情要处理，我就先回去了，回头再来探望她，这里就……麻烦你了。"

林雪看着他，揶揄地道："这是托我照顾她吗？她可是我的闺蜜啊，董队长是以什么身份拜托我啊？"

董建平的脸有些红了："呵呵，你就别开玩笑了，我们……我们也是朋友。"

林雪眨眨眼道："男女朋友？什么时候确立关系的呀？你们保密工作做得真好，我都不知道。"

"哈哈哈，开玩笑，你太爱开玩笑了，焰焰生得这么漂亮，我这么口笨嘴拙的一个人，哪有可能赢得焰焰姑娘的青睐啊。我工作正忙，先走了，走走了。"

董建平几乎是落荒而逃，林雪笑盈盈地看着他离去，再一回头，正看见池焰焰睁着眼睛看着她，有些懊恼的样子。

林雪笑道："你醒啦，刚刚装睡呢？"

池焰焰恨恨地捶了一下病床："这个大傻子，真是气人。"

林雪好笑地看她一眼，说："可是也从另一个方面证明，你在他心中，真的很优秀啊。因为他觉得你太优秀，才不敢生出'非分之想'啊。"

池焰焰白了她一眼，叹了口气："其实，我跟他想的不一样。我是开了个店，收入也不错，可这店能做到今天，终究是靠我自己。

"我现在是很闲，那是因为店的经营已经上了轨道啊，一开始在批发市场做的时候，我也是每天三四点钟就起床去上货，早上八点就在批发市场支起摊子，过着日夜颠倒的生活，我不是吃不起苦的女人。

"我更看重踏实可靠的男人，他可以不懂得甜言蜜语，但他专一，能和我踏踏实实过一辈子……"

池焰焰说到这里，激动得眼中涌出晶莹的泪光。

林雪揽过她的肩膀，安慰道："好啦好啦，看把你委屈的，这女追男啊，隔层纱，容易着呢。董队长早晚变成你家的大猪蹄子，被你烹得烂烂乎乎的。"

池焰焰被她逗得扑哧一声笑了出来，嗔道："胡说什么呀你，谁大猪蹄子呀，你还酱猪肘子呢。看过丁墨了呀，那小子伤得重吗？"

林雪满不在乎地道："当然没事啦，那小子，皮实着呢。我刚刚啊，告诉他我打算跟相亲对象去约会呢。"

池焰焰先是睁大了眼睛，旋即恍然大悟："哦，原来你是想以退为进啊，他怎么说？"

林雪道："他当着别人的面，还能怎么说？男人嘛，面子总要给他的，我等他跟我主动说，哼。你打算怎么办？"

池焰焰把拳头一握，笑道："我要厚着脸皮、极度无耻、不要自尊、死缠烂打，追不到小黑哥誓不罢休。小黑哥是我的！不要脸的我一定会成功的！哈哈哈哈……"

第五十七章
阴谋重重

池焰焰的案子，警方已经正式立案。警方调取了那天事发路段的相关录像，最终锁定了行驶在池焰焰车子前的那辆可疑车辆，调取车牌信息时发现这是伪造车牌。

也就是说，那辆车子上的人并不是因为与池焰焰发生了争执，一时气怒之下才犯罪，而是一开始就有意识地针对池焰焰，之前别停她的车，很可能就是为了实施犯罪。

那么，他们究竟是出于什么目的要对池焰焰实行绑架呢？

图财？池焰焰虽然有一家店，生意也不错，但在静海市也算不上特别有钱，似乎不应该成为这些犯罪分子的图谋对象。

图色？采用这种手段，多人合伙作案，如此劳师动众也不可能。如果说是为了报复，警方又对池焰焰调查取证了一番，也并未发现她有什么仇家，调查一时陷入了僵局。

医院里，陆江已经回消防队了，他的伤不重，观察平稳下来后，就是正常的敷药养伤。他在医院待了两天，闲得骨头发痒，迫不及待地出院回部队了，病房里就只剩下丁墨和李向荣。

此时，丁墨提着一袋水果出了病房，为平稳后背的伤势，他左臂吊着绷带，晃呀晃地往408病室走去。

楼梯口，沈龙飞提着两个塑料袋，正犹豫要不要上楼，看到丁墨从面前晃过去，想了想，便咬牙往楼上走去。

李向荣正在病床上睡午觉，呼噜打得抑扬顿挫，极具节奏感。沈龙飞悄悄打开一道门缝，探头探脑地看了看，这才蹑手蹑脚地走进去。

408病房，丁墨推开病房的门进去，却未见到池焰焰，这几天一有空就来照顾池焰焰的林雪也不在，丁墨纳罕地自语："去院里溜达了？怎么不叫我呢。"

丁墨晃进房间，一屁股坐在病床上，他刚坐下，林雪就扶着池焰焰从洗手间走了出来，一见他在，池焰焰赶紧把提得不到位的裤子又提了一下。

林雪瞪起了眼睛："喂，你自来熟是吧？这是女生病房，门都不敲就进来。"

丁墨嬉皮笑脸地说："咱们谁跟谁啊，多熟的朋友了，是吧，焰焰，咱们不光是朋友，还是病友呢。"

池焰焰懒洋洋地说："你俩聊你俩的，别拉上我。"说着往病床上一倒。

"什么叫我俩聊我俩的呀，我可是来看你的。"丁墨举起塑料袋，"刚刚华林他们来看我时带的苹果，我削一个给你，刀呢？"

丁墨找到水果刀，拿出一个苹果削起了皮。

池焰焰看了一眼林雪，忽地眼珠一转，故意对林雪说："行了，我这能吃能睡的，你先回去吧，刚处对象，得趁热打铁，别老冷落了人家。"

丁墨一愣，虽然继续削着苹果，却已悄悄竖起了耳朵。

林雪会意地一笑，道："不用理他，别看是个博士，本姑娘嫁的又不是学历，对吧？"

丁墨马上说："对对对，这话对，林雪哪是那么肤浅的人哪！古语有云，仗义每多屠狗辈，负心多是读书人，小白脸子，没有好心眼子，那种人，靠不住。"

林雪气不过，抢白道："对！我得嫁一个杀猪的屠夫，是吧？"

丁墨讪笑道："那也不必……"

林雪没再理他，对池焰焰说："我再多考验考验他，看他能有多久的耐性。"

池焰焰说："你呀，见着好男人，就得及时下手才对。你看人家刚跟你见第二面，就给你买了个香奈儿限量款的包包，每次见面，都带一束花，每天晚上一定跟你道晚安，这多殷勤啊，还考验人家……"

丁墨竖起耳朵听着，越听心里越酸，唯觉安慰的是，林雪似乎还没动心，还在考验那个男人。他咳嗽了一声，干巴巴地插嘴道："我觉得吧，林雪考虑是对的。"

两人都看向丁墨，丁墨硬起头皮解释道："你们女孩子吧，都希望自己是个小公主，让男人嘘寒问暖、关怀备至，可是男人呢，一般都是有些粗枝大叶的，可这就证明他不是一个好男人吗？未必！

"相反，恰恰是那些能腾得出大量的工夫，整天围着女人转，时刻察言观色哄她开心，时不时绞尽脑汁想些花样骗她动心的男人，你觉得他用心、温暖是吧？

"我跟你讲，这样的男人，要么是别有所图，要么对很多女孩子都这样，他是把征服当成一个乐趣了，两口子过日子哪有天天这样子的？可别被人骗了，那时才知道后悔。"

丁墨滔滔不绝，喋喋不休地说着，两位姑娘忍着笑，假装一本正经地听着，眼看着他把那苹果削了一圈又一圈，都快看见核了，他还在说……

李向荣打了个哈欠，微微睁开眼睛，看见面前坐着一个人，贴得很近。李向荣还以为是自己的家人又来探望了，可视线清晰后发现，贴得很近的那张脸居然是沈龙飞的。

李向荣下意识一缩身子。沈龙飞被他吓了一跳，也不由得往回一缩，然后马上挤出一副尴尬的笑容："哈哈哈，老李啊，你好点了吗？"

"是你？"李向荣的脸色顿时沉了下来，"姓沈的，你来干什么？"

沈龙飞忙把放在脚边的"正官庄"和"冬虫夏草"举了举，又放下，讪笑道："这几天也没腾出时间，今天才得了空儿，来看看你。"

李向荣冷笑一声："可不敢当，你沈大老板，我姓李的高攀不起，你还是请回吧。"

沈龙飞苦笑道："老李啊，我知道，你生我的气，可……可实话实说，我就一普通人，我不会救人，我胆子也小，怕死啊！就当时那情况……我也不知道车子会不会爆炸，我不敢过去，我……"

李向荣扭过头去闭上眼睛不看他，沈龙飞叹了口气，说："早就想来看你了，可我不好意思啊，这不……都过了好几天了，我才厚着脸皮过来看你。但实话实说，要再来这么一次的话，我……还是不敢过去！这除了我亲儿子，就是我老婆卡在那儿了，我一样不敢过去！"

李向荣的身子一震，慢慢张开了眼睛。

沈龙飞看他一眼，说："算了，我知道，你烦我，我来就是看看你，你没事，我也就安心了，我……我也不碍你眼了，我走啦……"

沈龙飞一边说，一边磨磨蹭蹭地往外走，李向荣慢慢转过头来，脸依旧板着，不过眼神已经没有那么厌恶了。李向荣深深地叹了口气，说："行了，回来，坐吧！"

"唉！"沈龙飞笑容可掬地回来，在凳子上坐下来。

李向荣苦笑说："你刚才那句话，打动我了。我想了想，如果咱们俩易地而处，换了我，我敢不敢冒着车子爆炸的风险上去救你，也不好说。咱们俩啊，半斤八两，我哪有资格怪你。"

沈龙飞搓了搓手，干笑两声。

李向荣吁了口气，说："总算大难不死，得了，这事咱俩都别提了。"

沈龙飞笑道："是是是，揭篇儿了，都不提了。"他迟疑了一下，试探地问道："我听说，老哥你这回出车祸，可也没白出啊，阴差阳错救下一姑娘？"

李向荣一听眉开眼笑："可不，我觉得啊，我能活下来，就是因为做了这件好事，积了功德了。要不然那么危险的场面，我还能侥幸活下来？你是不知道那叫一个凶险，当时啊……"

沈龙飞有些不耐烦，但马上掩饰好，打断他的话道："说起来啊，就是老兄你福大命大。对了，听说那姑娘是被人绑架了啊，结果被你这一撞，歹徒吓跑了。那姑娘能被绑票，是亿万富豪吧？"

李向荣说："啥亿万富豪啊，虽说有个店，还没我有钱呢，更不要说跟你比了。"

沈龙飞笑道："这样啊，那这贼可真是笨了点，费这么大劲，绑了她能赚几个钱？"

李向荣摆手道："就怕这事没那么简单。"

沈龙飞脸皮一紧："怎么？"

李向荣道："这两天啊，警察也来问过我，我知道什么呀，我就是点儿背，被那大货车撞上了。不过听警察那话音，他们是怀疑这其中另有文章，只不过现在没有进一步的线索，他们也不确定。"

"哦……"沈龙飞点点头，露出若有所思的表情。

丁墨苦口婆心一番开导，一副生怕无知少女误入歧途的模样，好不容易说得林雪连连点头，似乎把他的话都听进去了，丁墨才口干舌燥地离开。

这时沈龙飞也刚刚离开李向荣的病房，等丁墨回到病房，病房里就只剩李向荣一个人坐在那儿无聊地看着电视。

丁墨走过去拿起自己床头柜上的水杯咕咚咕咚灌了几口，刚把水杯放下，李向荣的手就伸到了他面前，手里提着一个袋子，装着"正官庄"高丽参和一盒冬虫夏草。

丁墨哟了一声，说："李叔，你这是啥意思？这可挺贵的啊。"

李向荣扬了扬手道："送你。"

丁墨上下看他两眼，一脸警惕："为啥？"

李向荣停顿了一下，笑了笑："就因为……我卡在车里的时候，你敢过去。"

丁墨把他的手往回一推："行了李叔，咱们多少年邻居了，你别整这没用的。"

李向荣又把手伸过来："拿着，你不吃，给你们那队长吃，拿回家给你爸吃，都行。我送的不是一个你，是你们，是消防勇士！"

楼下，沈龙飞坐进车里，神色立即变得冷肃起来。车窗阻挡了大部分的阳光，后排座椅上有些阴暗，他的目光在那阴暗之中却灼灼如火。沉吟良久，他摸出手机，拨通了一个号码。

车子启动了，沈龙飞低沉的声音在车中响起："嗯，警方应该是有所怀疑了，他们还在调查，对！去外地？现在不准动，你们给我老老实实地蹲在房子里，不许外出！不出所料的话，交道要道上都有布控，你们难道想自投罗网吗？"

电话被狠狠地挂了，车子扬长而去，汇入川流不息的道路之中。

……

第五十八章
为你改变

"叔,咱们停业整顿这么久,那损失都多大了啊,这一天得损失多少钱啊?你还想消防措施更严格点?什么消防啊,咱们只要小心点就行了,哪那么容易出事……"

"别跟我废话!按照消防队的要求,还要更加严格三分!"

"叔,那又得多停一个多月,得少挣多少钱?最怕的是老客人都流失了,到时再想拉回来就难……"

帮着李向荣打理KTV的是他的本家侄子,他还没说完,李向荣就恼了,他从床上噌的一下蹿了下来,左臂架拐,右臂抡起另一只拐,就向他的本家侄子打去。

"你个小兔崽子,老子说话不好使了是吗?挣钱挣钱,命都不要了光挣钱啊,挣了钱你到阴曹地府花去?消防,防的就是未然,真出事那天,你哭死都晚了!"

丁墨和林雪、池焰焰走进病房的时候,就看到李向荣正跳着脚追着侄子打。丁墨忍不住笑道:"哟,老李叔,你这是干吗呢,身子刚好一点,这就又要起威风来了?"

李向荣见他们来了,便停下了脚步,用拐杖指着侄子,气呼呼地道:"别跟老子废话,马上照我说的去做!不然轰你回老家,别跟着老子干了。"

李向荣的侄子悻悻地说:"叔,我这不是为您着想吗,行行行,我听您的,我这就回去，按您说的办。"

侄子走了，李向荣在床边一屁股坐下来，累得呼哧带喘。

丁墨笑着说："老李叔，啥事啊这么大脾气？"

李向荣说："我叫他在你们要求的消防措施之上，再多严格几分翻修，借着这个机会，来个彻底整改，他可倒好，替我心疼起钱来了。"

丁墨有些意外地道："哟！老李叔，行啊你，这觉悟一下子提起来了。"

李向荣把拐杖放好，撇嘴道："屁！我是想开了，死过一次的人哪！经过上回那事，我算看透了，人哪，不能只顾着眼前的利益，鬼门关上走一遭，要还想不明白，真就白活了。"

林雪笑道："你被卡在车里，跟防患未然没关系吧？"

李向荣白了她一眼，说："可命就一条，生死关头都是一样的，我是真的想开了。"

李向荣叹了口气，目光在三人身上一转，忽地一怔："唉，你们这是要干吗？怎么……要出院了？"

丁墨点头："是啊，我这体格，早养差不多了，队长不放心，才拖到现在，我本来是去向她们俩告别的，谁知道她们也要出院，这就赶一块儿了。"

李向荣一听顿时依依不舍起来："你们都走了，那不是只剩我一个人了？"

池焰焰哼了一声道："不然呢，还要我们陪着你一块儿住院哪？你老实待着吧，我们走啦。"

丁墨东西不多，很快就收拾好了，李向荣看着他忙活，忍不住问道："就你们仨自己走啊，你队上没人过来？你们俩，家里人呢？"

池焰焰说："我没叫他们过来，出个院而已，又不是太后出宫，有小雪陪着就行了。一会儿我们先把丁墨送回去，你就别操心了。"

丁墨收拾完东西，又跟李向荣道了个别。李向荣本想送送他们，可是瞧他架着拐的样子，丁墨就把他摁在了床上，三人急急出了门。

林雪开车，把丁墨送到消防队门口，丁墨下车弯腰对车内的两个女孩说："要不要进去坐坐？"

"不了，我们先回去！"林雪莞尔，看了眼池焰焰，"我们的池大美人不精心打扮一番，才不会去你们队里呢。"

池焰焰的脸顿时红了，嗔道："喂！你什么意思，本姑娘天生丽质，不打扮就不敢见人吗？"

林雪笑道："敢哪，那要不……咱们进去瞧瞧？"

池焰焰赶紧道："还是别了，赶紧回家，我家小三一定想我了。"

林雪撇嘴："就你刚捡回来的那只破猫？没良心着呢，每天吃了睡，睡了吃，想你才怪。"

"行了，那我归队了，咱们回头再见。"丁墨向二人招招手，他迟疑了一下，又说，"焰焰姐，我们队长呢，确实是个很棒的男人，我们都支持你！"

丁墨挥起拳头，向她做了个"加油"的动作，也不管她羞红的脸，笑着向消防队大门走去。林雪在车中看了他一眼，发动了车子。

丁墨走进消防队，远远就看见一群人围在操场上，顿时加快了脚步赶过去，大声道："嗨！我回来了，各位，欢呼吧！"

陆江、华林等人回头看了一眼，见是他回来了，脸上都露出笑容，但只是向他打了个手势，并未过来。丁墨急忙走上前，见队友们中间围着一家三口人。

是一对夫妻，还有一个七八岁的小孩子。孩子脖子上套了个板凳，引人发笑。有三名队友正在相互配合着把他脖子上的板凳取下来。

丁墨马上收声，也在一旁观察起来。

这种板凳是给家里还坐不了马桶的孩子用的一种辅助工具，中间带圆孔，估计这孩子是淘气把头伸了进去，结果拿不出来了。

因为板凳紧贴着脖子，不管是硬掰还是锯开，都容易把孩子的脖颈弄伤。孩子的父母没有办法，便想到了"万能的消防队"，消防员们也不能把他们拒之门外，正在群策群力地想办法。

他们中有两个人从两侧固定着板凳，不让它产生晃动，第三个人则用小钢锯，先把板凳尽可能锯开，临近脖子的时候便不再使用工具。仔细观察一番后，两个消防员决定把还差一点没有锯开的板凳硬生生掰开。

丁墨跃跃欲试地想亲自上手，却被陆江阻止了："你肩胛的伤刚好，我来！"

丁墨也怕自己现在力有未逮，只好遗憾地退下，下意识说道："这得叫咱们班长来，他那一身神力……"丁墨说到这里，声音戛然而止。

住了一周多的院，他竟然有些恍惚了，忘记了洛兵已离他们而去。阳光洒落，丁墨仿佛回到了他刚刚来报到的那个下午，同样明媚的阳光，他仰着头专注地看着趴在高处不敢下来的华林。不知不觉间，泪水便模糊了他的眼睛。

消防员们都听到了他的话，但只是微微一顿，大家便继续忙着自己的事情，仿佛没有听到他说了什么。

孩子脖子上的板凳被安全地掰开了，一直挺着脖子的孩子松了口气，孩子妈妈嗔怪地拍了两下他的屁股，就赶紧把宝贝儿子抱进了怀里，夫妻俩不住地道谢。

两夫妻带着孩子千恩万谢地离开了，队友们这才把丁墨围起来上下打量着，七嘴八舌地问他的近况。一向人来疯的丁墨自然是把自己的棒体格狠狠地炫耀了一番，还想爬爬杆，以示健康，结果挨了赵志一脚，这才罢休。

丁墨左顾右盼一番，问道："队长在办公室吧？"

陆江接过了他的背包："在呢，去报个到吧！"

丁墨点点头，整了整衣装，大步向前走去。

车子行驶在路上，窗外的喧嚣声从车窗开的缝隙钻进来。

林雪开车默默行进了一阵儿，看了池焰焰一眼，道："直接回家，还是先去美个发呀？"

池焰焰道："先去美发店吧。"

林雪抿嘴一笑，说："我就知道，你这个爱美的，在医院里好几天，不能好好捯饬捯饬，一定憋坏了。"

池焰焰白了她一眼，忽然神色一正，说："唉，你说，小黑哥是因为本姑娘太过妖娆妩媚，他觉得hold不住，才主动退缩的是吧？"

林雪睨了池焰焰一眼："干吗，你不会是想……毁容吧？"

池焰焰沉思一会儿，忽然顽皮一笑："一会儿修完头发，再陪我去买套衣服吧。"

林雪讶异地说："你这是要干吗？"

池焰焰咬着下唇，露出一丝狡黠的笑。

翌日，操场上，消防员们正在打篮球。

丁墨和陆江分属两方的前锋，最主要的任务就是拿分。对抗、投篮、抢断、篮板球、三分球……

两个人打得有声有色，陆江一个前冲，却被丁墨敏捷地晃过，丁墨作势直扑篮板，却在对方两名队员夹攻过来时，突然止步，原地起跳，一个漂亮地远投，篮球应声入网……

陆江笑了，看得出来，这小子是真的恢复了，而且这几天在医院是憋狠了，一身的力气没处发泄呀。

这时，华林匆匆赶到球场边，跳着脚向场上招手："丁墨，丁墨。"

丁墨扭头看了一眼，把球抛给一个早就跃跃欲试想要上场的队友，跑了过去。华林小声地说："林记者说她的调研任务结束了，要回报社，她正在活动室收拾东西呢。"

"哦！"

丁墨只说了一个字，简简单单，但他的心一下子变得空空荡荡，他站在那里，好像有什么很重要的东西一下子被他遗落了，可那感觉又捉摸不定，刚刚投了三分球的喜悦顿时一扫而空。

第五十九章
主动出击

华林瞟他一眼，小声道："你……要不要去看看？"

"我？我干吗要去！"丁墨瞪起了眼睛，"人家一个女同志，我去干吗？要送也得是队长、副队长他们哪。你别跟我说这个，关我什么事。"

华林一呆，他是好心跑来送信的，他总隐隐觉得林雪和丁墨之间，有种若有若无的情愫，下意识地就来了，被丁墨一说，一向内向腼腆的他不知道该怎么说了，支支吾吾不知该如何是好。

丁墨拍拍他肩膀，大大咧咧地说："去打会儿球吧，活动活动身子。"说完转身就走。

华林茫然道："你干吗去？"

丁墨头也不回，摆摆手道："我去洗把脸。"

丁墨进了大楼，在大堂停了片刻，突然拔腿向楼上飞奔。

消防中队活动室内，林雪安静地收拾着自己的东西。虽然来消防中队的时间不长，可这里却充满了她和丁墨，和这群消防员的回忆。

林雪的视线，轻轻地扫过书架。这曾是她收集资料，和消防员们一起学习的地方。哦，对了，之前她看书的时候，丁墨还趁她不注意的时候，打了她的头。想到这里，林雪的嘴角不禁勾起一抹弧度。

书架前，是一个大型的会议桌，在这儿，她曾经和消防员们一起聊天，了解他们每天的生活，开心的、感动的、心酸的、遗憾的。想到这些，林雪耳边仿佛还能响起，一群热血正义的消防员们爽朗而又开怀的笑声。

还有已经牺牲的洛兵。时间并不长，却经历了很多，让她也得到了巨大的收获和成长。可惜，她马上就要离开这里了。笑容，凝结在了唇边，瞬间被落寞和不舍所代替。

可是再不舍，她还是要离开这里了。深深地叹了口气，林雪转过头，一眼就看见丁墨正站在门口，那张年轻的脸庞上满是汗水，他，正望着她。

队长办公室里，董建平和副队长魏凯坐在各自的办公桌后，正喝着茶聊天。董建平吹了吹茶叶，问道："你爱人什么时候生产啊？"

"还得个把月吧。"

"怎么样，看了吗？男孩女孩啊？"

"没看，管他生男生女，都是我的心肝宝贝啊。"

魏凯一向以冷面著称，可这时却笑得温暖得很："等我孩子出生了，认你当干爹啊。"

董建平撇撇嘴："我才不要呢，我都还没结婚呢，这就当上孩子爹了，更没姑娘肯嫁我啦。"

魏凯哈哈大笑："你啊，我说你的终身大事也该考虑考虑了，过去的事已经过去了，咱们什么刀山火海没经历过，还能让一次感情挫折就给吓怕了？"

"行了行了，你别教育我了，我说你把媳妇弄过来，也没个人照应，行不行啊，要不要组织上帮忙解决一下？"

"得得得，你可别添乱。我已经找了个保姆，就近照看。"魏凯叹了口气，"没办法呀，我爱人家里负担重，岳父岳母照顾不过来。我娘呢，是黑眼白眼看不上这个媳妇，这个婆媳关系啊，难搞得很，我还不如自己就近照料。等孩子出生了，我探亲假加上护理假，再加上雇的保姆，没问题的。"

这时候，门口姗姗进来一个人，魏凯一怔，看了一眼董建平，马上起身笑道："小池同志，你来了啊，哦！我还有点事，先出去一趟。"

魏凯向池焰焰笑了笑，举步走了出去，到了门口，还欲盖弥彰地替他们关上了门。董建平举着杯子，呆呆地看着站在门口的池焰焰，一脸错愕。

池焰焰平素的服装都是很时髦的，轻柔飘逸而不失美感，不管多艳丽的颜色，多繁复的花纹，她都能hold住，配上她妩媚的面庞，大波浪的秀发，特别娇艳。

而此刻……此刻的池焰焰，居然穿了一身素色的休闲西装，配一双半高跟的鞋，她那头秀发也被修剪了，变成了一副干练朴素的职业女性形象。

最奇葩的是，她还戴了一副黑框眼镜，把自己装扮得更老气、朴素了几分，除了眉眼之间还能找到一点之前的妩媚之外，整个人都完全变了模样，气质也完全不同！

董建平看得目瞪口呆，几乎说不出话来。

池焰焰有些局促，毕竟她还没这么穿过，自己也有点没底气。她揪了揪衣服，向董建平展颜一笑："我……我帮小雪收拾东西，顺道过来看看你。"

"哦哦……啊……"

董建平呆呆地应了两声，茫然地喝了口茶，可那茶太烫，一下子烫着了舌头，慌得他连忙把茶吐了出来。

"哎呀，你没事吧？"池焰焰赶紧上前，摸出手帕递给他。

董建平下意识地接过，擦了擦嘴巴，一副见了鬼的表情："你……你怎么这副打扮？"

池焰焰在他面前转了个身，歪头一笑："你看我现在的装扮，行吗？"

董建平呆呆地问："什么行吗？"

池焰焰鼓足了勇气，说："这样子……的气质，能配得上你吗？"

董建平不敢相信地看着她："你……是为了我，才变成这副样子的？"

池焰焰看着董建平，用力点点头："我仔细想过了，你是个稳重踏实的男人，一个整天打扮得花枝招展的女人，你不会喜欢的。"

池焰焰低下了头，有些伤感的模样："我愿意为了你而改变，变成你想要的模样，这样，你能……接受我吗？"

董建平呆呆地看着池焰焰，舌头那火辣辣的感觉都变轻了。她……居然为了我,而变成现在这副模样!一个年轻、漂亮、独立、自信的女性,这要多大的诚意与真心,才会让她为了我而如此委曲求全?

池焰焰凝视着董建平,见他呆呆地毫无表情,脸上渐渐露出失望的神色:"你……终究不愿意接受我,是吗?"

她的目中渐渐闪起泪光:"我真的不知道,该如何做得更好。对不起……"

当她鼓起勇气,以这副形象出现在董建平面前时,她心中也充满了忐忑,而今见董建平毫无反应,这忐忑就变成了恐慌与羞辱,池焰焰一转身就想冲出去,但她的手臂马上被一只有力的大手抓住了。

……

"小黑哥,这是我煲了一上午的冬瓜排骨汤,很养身体的……"

"我给我店里帮你选了几件衣服,你试试看合不合适?哎呀,没关系啦,你休假的时候可以穿啊。"

"小黑哥,你是不是很讨厌我?其实,其实我还是……算了,你要讨厌我,那我明天就不来了。"

然后,第二天她还会出现在他的面前,笑得一脸灿烂。

以她的条件,本该是被许多优秀的男性主动追求的女人,而她在自己面前,却一次次放下自尊,这一次,更是为了自己,愿意彻底改变形象,要怎样才会让一个女人,为了自己愿意改变如许之多?

董建平心里忽然生出一股异样的感动,这种情绪是他从未体验过的。这一刻,他忽然觉得,这个女孩,前所未有地美。

"我……不是嫌弃你,是因为……你是一个条件很优秀的女孩子,我不知道,你为什么会喜欢我……"

池焰焰睁大了眼睛:"当然是因为……我玩够了,想找个老实人嫁了啊!"

"啊?"董建平被这一句话,轰得外焦里嫩,整个人都呆滞了。

池焰焰忽然扑哧一笑,有些不好意思地低下头,期期艾艾地说:"你是不是觉得,我是个挺随便的姑娘?或者说,觉得我曾经经历过很多……"

"我……不是……没有……"

"虚伪!"

池焰焰鄙视地看着董建平,令他有些无地自容。

池焰焰平静地说:"我没有!我爸是画画的,我妈是法院的,从小就管我管得很严,我不是个喜欢乱来的姑娘。"

"确实有很多人被我的外表吸引,或者在他们眼里,我是个容易上钩的女人吧,所以他们很快就会在我面前原形毕露,这反而让我更快认清了他们的嘴脸。

"我很厌恶这样的男人,我其实一直很憧憬我父母那样简单、纯粹的爱情!可惜,太多的男人,只看到我的外貌,却看不懂我的心。你……也因为我的外貌,觉得我是个很随便的姑娘吗?"

她深吸了口气,凝视着董建平:"你问我为什么喜欢你?因为你踏实、稳重,有责任感,能给我安全感。和你在一起,我心里就觉得踏实。

"在如今这个社会,太多人浮躁了,以追求个性追求自我的名义,视责任为无物,发现了你,我像发现了一块瑰宝!这就是我选择你,主动追求你的原因。

"我肯主动出击,是因为我觉得,幸福要靠自己去争取,既然男女应该平等,那么我们女人也就没有必要一定矜持着,非得等着男人来追求。可上赶着不是买卖,我这样一副打扮过来,就是为了向你表明我的诚意。我最后一次问你……"

池焰焰盯着董建平,眸中隐隐有着一丝紧张:"你……愿意接受我吗?"

第六十章
缘定三生

中队活动室里,丁墨和林雪四目相对。丁墨忽然注意到,今天林雪打扮得很俏丽。

公主衫、包臀裙,色调简洁而典雅,令她显得尤其甜美。之前她是什么形象来着？好像……更正式更职业一些？

不对不对！好像就是牛仔裤、白T恤，很率性简单的打扮。她精明干练的形象经常给人留下深刻的印象。

两个人对视良久，林雪先开口了："来送我吗？"

丁墨呆了片刻，用力一点头："啊！"

林雪继续低头收拾东西，一边收拾东西一边说："那多谢你啦。以后怕是不能常见面了，咱们微信保持联系。对了……"

林雪忽然回眸："等我结婚的时候，可以邀请你来吗？"

丁墨一惊，失声问道："结婚？你结什么婚？"

林雪无奈地一摊手："就是那个海归博士喽，特会哄我家太后开心，我家太后老是催我，就这么定下来得了。跟他接触了一阵儿，感觉人挺靠谱的……"

丁墨紧张地问道："你喜欢他？"

林雪顿了顿，回答："也谈不上喜欢不喜欢吧，见到心仪的男人就小心脏怦怦乱跳，那是十六七岁小丫头的特权啦。反正，跟他在一起的时候，挺平静的感觉，就像相处了多年的好朋友在一起的感觉，婚姻……大抵都如此吧。我觉得，选择他做终身伴侣，似乎也不错。"

林雪看了丁墨一眼，丁墨的眼神有些飘忽，但他什么都没说，于是林雪又继续低头整理东西："关于消防队的专题报道已经告一段落了，这段时间，和你们在一起很愉快，我也体会到了我平常体会不到的人生，这是很宝贵的经历……"

丁墨站在那儿，定定地看着她的背影。不知道什么时候起，他已经习惯了林雪在身边的生活。出任务的时候，她会一起；被队友调侃的时候，她也会一起；面临生死危险的时候，她依然会一起……

可是如今，她却要离开了。丁墨忽然感觉不舍，那种感觉，不是一个队友要调离的感觉，也不是一个知心好友要远赴他乡的感觉，一想到她将要和另一个男人卿卿我我、共同生活，丁墨的心就说不出地难受。

林雪收拾好东西，拉上背包拉链，转身看着丁墨，忽地嫣然一笑，向他伸出手："再见啦！"

丁墨缓缓地伸出手，感觉重有千钧。

林雪凝视着丁墨，轻轻地说："生活的节奏越来越快，很多人不愿意或者懒得慢下来，去体会周边的一切，去观察自己的人生。做新闻，经常也是这样，其实在学校的时候，我自己也有很多的理想与憧憬……"

林雪深深地吸了口气，继续说："可是等我真正走入社会，我才发现，很多事并不像我想象得那样简单。为了吸人眼球，我也会学习做一个标题党，为了哗众取宠，我也会学着避重就轻，学着迎合读者情绪，甚至颠倒黑白来制造话题，并为这点小聪明而沾沾自喜……"丁墨想说话，但是林雪竖起一根手指阻止了他。

"我到你们这儿来，只想着挑你们的毛病，用我的笔，写你们的丑，让你们丢脸，可是……我所见的、我所知的，却一次次刷新了我的认知。

"你我是同龄人，同龄的年轻人中，有几人像你们一样，每天是在主动寻找危险，在路人纷纷避危险而去的时候，逆流而上。每一天的你们，都是随时备战的战士，你们不是完人，但是就算是我这样的键盘侠，都无法去抹黑你们。"

林雪放下了手指，依旧握着丁墨的右手，用力地紧了紧："很高兴，我的任务，失败了！"

林雪放开丁墨的手，慢慢地退了几步，反手抄起桌上的背包往肩上一搭，迈开长腿，从丁墨的身边走过去。

房门关上了，丁墨慢慢向前走出几步，拉开椅子坐下，双手支在下巴上，微微低着头，眼睛却直视着前方，似乎在想什么，又似乎什么都没想。

队长办公室里，董建平那张脸越憋越红，眼看就要爆炸了，却还是一个字都憋不出来。

池焰焰的目光渐渐转为失望，她黯然地摇头，慢慢退了几步，转身就要离开。

董建平动了，一个箭步就从办公桌后闪了出去，脚尖再一动，直挺挺地站到了池焰焰的面前，池焰焰哎哟一声，鼻尖撞在了那结实的胸膛上。

池焰焰急忙退后一步，捂着鼻子。董建平厚重的胸腔里蹦出了几个字："我愿意！"

池焰焰抬起头，泪眼蒙眬。

董建平不由得慌了，胡乱摸索了一阵，掏出一方手帕，想给她拭泪，将要触及她脸颊的时候，又忙不迭停住，只是尴尬地道："怎么还哭了，别哭啊，这……我……不至于吧，可别叫人看见……"

池焰焰眸中带泪地扑哧一笑，恨恨地捶了一下他的胸口，嗔怪道："谁哭了呀，本姑娘什么风浪没见过，我至于吗，我……这是被你撞得。"

"啊！对不起！对不起。"

"对不起就完啦？帮我把眼泪擦了。"

池焰焰仰起了脸，董建平犹豫地回头看看，池焰焰不耐烦，一把抓住他拿手帕的手，按在自己脸上擦了两下，直到董建平僵滞的手终于懂得动作了，池焰焰才满意地放下手，仰着脸任他擦，脸上洋溢出幸福的笑容。

林雪背着肩包，一路赶到队长办公室，正要敲门，忽然又停住，侧耳听了听。

屋内，董建平正摁着池焰焰在椅子上坐下，有些紧张地道："这儿是单位，不能在这儿黏糊，你坐，你坐。"

池焰焰坐下，委屈地说："你知道我每次主动示好，你都从来不搭理我，还躲得远远的，人家有多难过。"

董建平讪笑："我那不是……好吧，我错了还不行吗？"

池焰焰说："你们男人哪，都是大猪蹄子，喜欢以貌取人，早知道你喜欢这样……我以后都打扮成这样，你该放心了吧？"

董建平连连点头："放心，放心，我有什么不放心的，我就是……"

他说到这里，看着池焰焰的黑框眼镜，微微一怔，问道："你近视？"

"我不近视啊，视力2.0呢！上学时都没好好学习，就为了这双明媚的大眼睛。"

"咳！不亏心吗？林雪是你同学，人家也不近视，但人家的学习……"

"小黑哥，你这样会没朋友的。"

男女之间的感情，就是这样奇妙，其始也，不知所由。但是当那一层窗户纸捅破，感情的温度很快就会沸腾起来，两个人说的话，其实都没什么内容，但心里就是像蜜一样甜。

董建平握住了池焰焰温热的小手，池焰焰被他看得心头小鹿怦怦乱跳，正在犹豫要不要配合地闭上眼睛时，董建平已经一脸严肃道："还是恢复你以前的打扮吧，你的男朋友，没那么不自信！"

说着，董建平摘下了池焰焰的平光镜，那双妩媚的大眼睛少了几分戴黑框眼镜时的呆萌，平添几许明媚。

池焰焰鄙夷地瞟着董建平："真心话吗？"

董建平挺起了胸膛："当然是真心话，我董建平可从未自卑过。以前只是因为你的外表……"

"太妖娆？"

董建平求生欲很强，马上解释："不不不，外形太过艳丽，所以晃花了我的眼，让我无法一下子看到你的内心。"

池焰焰向董建平眨眨眼，说："小黑哥，我忽然有点后悔了。"

董建平疑惑地问："后悔什么？"

池焰焰忍笑说："我是因为你老实忠厚才找你做男朋友的，忽然发现，你很会甜言蜜语啊，这样子的男人，我怎么放心得下？"

董建平忙说："哪有，我说的都是心里话。其实，我挺喜欢你以前的打扮。"

"哦？"

"男人嘛，漂亮姑娘，谁不喜欢看？"

"那我现在这打扮不漂亮呗？"

"我忽然觉得，我是不是无论怎么回答都是错？"

池焰焰打了个响指，甜甜地笑了："真聪明！"

第六十一章
同病相怜

这时，一阵急促的警报声响起，董建平一下站了起来，从桌上一把抓起帽子扣上，说道："有任务了！"

池焰焰点点头，一点也不拖泥带水："你去忙吧！"

董建平大步流星地走了出去，一拉房门发现林雪站在门口，他愣了一下，向林雪点头示意，便快步下楼了。

林雪快步走到窗户处，向下望去。大门打开，第一辆消防车已然闪烁着灯光驶向门口。

林雪叹了口气："要跟他们谈恋爱啊，那就经常要体验闪电般的爱情喽，来也匆匆，去也匆匆。"

池焰焰走过来，不以为然地说："那有什么啊，我上上任男朋友是搞IT的，加班啊，昼夜颠倒啊，还不是家常便饭。小别胜新婚嘛，这种感觉挺好。"

林雪听她语气有些古怪，心中忽然一动，扭头向池焰焰看去。阳光正照在池焰焰的脸上，肌肤奶白如玉，唇瓣红润，眉梢眼角神采飞扬。

林雪脱口问道："你跟董队长刚刚在说什么？"

池焰焰吓了一跳，心虚地说："没说什么呀。"

林雪不信，问道："你们两个，是不是已经确立恋爱关系了？实话实说！"

池焰焰先是咬唇，眼神飘忽了一阵儿，然后嫣然一笑，嘿嘿笑道："本姑娘出手，谁能逃得出咱的五指山哪！"

林雪撇了撇嘴，说："嘚瑟！"然后扑哧一下笑了出来，张开双臂将池焰焰抱住："恭喜你，焰焰。"

池焰焰在林雪的肩头笑得像鲜花一般娇艳。两人拥抱了一阵儿，池焰焰轻轻推开林雪，上下打量着她，问道："你都以回报社做撒手锏了，怎么样，小墨子公公有没有答应追随小主啊？"

林雪扬起了下巴："什么小墨子公公呀，别胡说八道。我林雪对男朋友可是很挑剔的好吗？这个家伙呀，还有待考察呢。"

池焰焰向她扮了个鬼脸，笑道："好好好，随你怎么说，反正你我相识那么多年，我还没见你正眼打量过哪个男人，只有这一次，我池焰焰就瞪大眼睛看着。"

"看什么？"

"看你们两个，谁先投降。"

林雪刚要说点什么，手机铃声突然响了，她拿起手机一看，脸色顿时垮了下来。

池焰焰看着她的脸色："你家太后？"

林雪点点头，哭丧着脸说："嗯！"

林雪和池焰焰坐在咖啡馆临窗的位置，林雪心不在焉地看着窗外的行人与车辆，池焰焰脸上则挂着尴尬的笑容。

林母滔滔不绝地对女儿讲着："秦佳木这孩子，从小就优秀，我跟他妈妈曾经是大学同事。他妈妈生了他之后，就辞职回家，一心做全职太太，不得不承认，人家的教育非常成功！

"你知道秦佳木高考的时候考了多少分？710分！乖乖，了不起吧？全国大学随便上！这孩子人品也好，小时候就特别懂礼貌，在美国读的博士，回来之后，现在已经是一家上市公司的高层！

"你自己说，人家要学历有学历，要学问有学问，要长相有长相，要啥有啥，你还有什么不满意的？上次我以为你俩认识了，会好好发展下去，结果跟他妈通了气，才知道你俩好久都没联系了？"

林母叹了口气："闺女啊，碰见优秀的男人，你得主动出击啊，可不能一直这么被动地等下去。妈是过来人，知道你们这群小年轻心里面想什么。但是妈妈告诉你，找对象，就得门当户对，这是亘古不变的道理！

"妈不是老古董，妈跟你说啊，这个门当户对，可不仅仅是物质条件上的，更多的是精神层面上的……

"你可不能再耍小孩子脾气，要认真去对待这段感情。今天我厚着这张老脸拉你俩见个面，下回得你们自己主动了啊！"

林雪无奈地听着母亲在那儿说个没完，眼睛不由得瞄向放在一旁的手机，心想：死丁墨，怎么就不能来个电话呢？赶紧救救我吧！让我出去采访，这样就可以不用去相亲了。

这时她才想起，自己已经结束了在消防队的考察工作，不由得心中一阵失落。

林母说得口干舌燥，停下来喝了口咖啡，又上下打量了女儿一番，满意地点点头："嗯！还不错，我的女儿呢，本来就是天生丽质，不过人家小秦也很优秀啊，所以，要珍惜！"

这时，秦佳木走进咖啡厅，四下一张望，微笑着走过来，扶了扶眼镜，客气地点头道："阿姨好。"然后又对林雪和池焰焰点点头。

"哎呀，小秦哪，你来了！"

林母眉开眼笑地站起来："快！快坐！"

眼见池焰焰还坐在那儿,林母连忙把她拉了起来,小声嗔怪道:"你这孩子,怎么没点眼力见儿呢。"

池焰焰对林雪投了一个爱莫能助的眼神,乖乖站到了对面。林母热情地把秦佳木摁在林雪身边。林雪心里叹了口气,脸上露出礼貌的笑容,向秦佳木轻轻点了点头。

"哈哈,我是路过的,我让焰焰陪我逛逛商场,听说雪儿约你在这里见面,正好你还没到,我就跟她聊会儿天。焰焰啊,你不是说要陪阿姨去选衣服吗?走走走,咱们去看看衣服。"

林母不由分说地拉起池焰焰,完全不理会她一脸无辜的表情,转身又笑眯眯地对秦佳木道:"小秦哪,你跟雪儿聊吧,阿姨和焰焰去买衣服了。"

林母说完就拉起池焰焰离开了。林雪低下头,用勺子搅拌着咖啡,一时无言。她和秦佳木在一起就是这样,她没有什么不适,却也没有什么心动,平静得就像多年的老朋友。简单直白地说,就是……完全不来电。

她心里承认,这个男人很优秀,他长得很帅气,人很有风度,工作相当不错,穿着也很有品位,简直是完美型男人。

可是,近乎完美的他,却很难让林雪心动。

对林雪来说,她只想找一个拥有有趣灵魂的男人共度一生,举案齐眉、相敬如宾,本就不是她想要的爱情啊。

她想要一个与她情投意合的男人,一个能轻易挑动她情绪的男人,她不想要一段波澜不惊的爱情。她想到了丁墨,又下意识地拿丁墨跟秦佳木对比。

看上去完全没有可比性的两个人,一对比,林雪顿时发现了一个问题,也正是这个问题,使得她对秦佳木完全生不出任何感觉。

丁墨浑身上下,都写满了真实!虽然他跳脱,他不安分,甚至经常表现得跟个猴子似的,不服管教也不听话,但他特别真实。

而秦佳木,看上去温文尔雅,一副海派精英的模样。可也因此使他很难走进林雪的心里:真正的生活,应该是充满人间烟火气的,秦佳木……做朋友就好。

秦佳木微笑地看着林雪,忽然说道:"小雪……"

"还是叫我林雪吧。"林雪没抬头,淡淡说道,脸上分明写着"咱们没那么熟"。

秦佳木笑了笑,说道:"嗯,林雪,你……应该是对我完全没感觉吧?"

林雪手中的勺子一顿，抬头瞟了他一眼。

　　秦佳木起身，绅士地坐到对面。

　　林雪的眉轻轻地挑了起来："我忽然发现，你这人有点意思了。"

　　秦佳木笑着说："受宠若惊！"

　　林雪哼了一声，说："可我还是没有喜欢你的感觉。"

　　秦佳木依旧一脸微笑："如释重负！"

　　这回，林雪是真的呆住了，她定定地看了秦佳木半晌，忍不住问道："你似乎……也没有想与我交往的意思？"

　　秦佳木点点头，坦率地说："没错！不瞒你说，我有女朋友！"

第六十二章
一语定情

　　林雪更加讶异地看着秦佳木，秦佳木苦笑起来："她是……画漫画的，是个很可爱的女孩子。我很爱她，可是……我的父母一直觉得我和她不合适。"

　　林雪忍不住笑了："你一个生物学博士，和一个二次元女孩，我想想都觉得很古怪。"

　　秦佳木认真地说："可我喜欢她，她也喜欢我，我们彼此觉得合适就行了。但问题是，长辈总有操不完的心，总是喜欢用他们认为的'为你好'取代你自己的意愿，根本不让你有自己的想法，哪怕你已经是个成年人，在他们心中，却永远是个孩子。"

　　林雪感同身受地点头："没错，就是这样！"

秦佳木笑道:"所以啊,我们俩算是同病相怜,你也知道,要说服父母放弃他们的想法很难。我现在也不想和他们闹得太僵,希望能慢慢说服他们。"

林雪眨眨眼,会意地问道:"你是说……"

秦佳木伸出了一只手:"我们暂时应付一下,然后再各自寻求解决的办法。或许,我们之中,有一个人找到解决办法的时候,另一方的问题也自然而然解决了。"

林雪愉快地伸出了手:"好!合作愉快!"

大街上,消防车正在驶回消防队,丁墨坐在车尾,懒洋洋地抱着消防头盔。他有些疲惫,头发被汗湿了,成绺儿搭在额头,但丝毫没有懈怠感,即便是消防服穿在他身上,也给人一种猎豹般的力量感。

他微微眯着眼睛,看着车外人来人往、车流不息,心头满是满足感。今天的救援很成功,消防是他们的职业,但他们在从事这一职业的过程中,从未只简单地把它看成一份职业。

人,大多数时候都显得普普通通。但总有些人,会在人生中经历一些轰轰烈烈,而人性也就在这样的轰轰烈烈中得以升华。每一次成功的救援,都会带给消防员们一种人性升华的感动。

然而,正在感动之中的丁墨马上就被"打落凡尘"了。他眯起的眸子无意一转,恰恰看到了窗中的一幕。

一个帅气的男孩,一个漂亮的女孩,男孩和煦如风,女孩笑靥如花,他们四目相对,执手相望,是那么唯美、生动。但是看清了那女孩的脸,丁墨的心中马上泛起了酸意。

林母耗足时间才回到咖啡厅,池焰焰一脸幽怨,大包小包提在手里,仿佛林母的小跟班。发现林雪正愉快地与秦佳木聊天,林母脸上的笑容就更加愉悦了。

所以,林母难得没有跟女儿唠叨。这是个好的开始,一对年轻人只要有了一个好的开始,就能顺利进行下去了。林母觉得,这是此番她来这儿最大的收获。

林雪叫了辆车,把"满载而归"的母亲送回东城,林母的车刚启动,池焰焰就迫不及待地说道:"喂!聊得很愉快啊,不会真的喜欢上这个秦佳木了吧?"

林雪看着池焰焰，笑道："如果就是真的呢？"

池焰焰耸耸肩："你是我闺蜜，本姑娘无条件支持啊！"

林雪嘿嘿一笑，挽起了池焰焰的胳膊，愉快地说："明天又要开始朝九晚五了，走，今天陪本姑娘好好逛逛街。"

池焰焰叫苦："还要逛啊，陪你家太后逛得我腿都细了……"

"哎呀，腿细点才好看，省得你减肥了，走啦！"林雪兴冲冲地拉起池焰焰走了。

晚上，林雪沐浴完懒洋洋地躺在床上，顺手拿起枕边的手机，看到微信上有几条信息。

林雪迅速看了眼发信息的人，其中……没有丁墨，林雪心中顿时一阵失落，把手机塞回枕下。

林雪在枕上躺下，恨恨地说："这个臭家伙，对本姑娘还真的没感觉呀！"

"咦？"林雪忽然又坐了起来，自言自语道，"他是我的联络员，所以才特许带手机的，别是……已经收回去了吧？"

林雪盘膝坐在床上，眼珠转动着想了一阵儿，又沮丧地躺了下去。

消防中队的寝室里，丁墨正枕着手臂，望着棚顶发呆。与林雪相识以来的种种，像一幅幅幻灯片似的，从他眼前一一闪过，最后定格在午后所见的那一幕……

那执手相望，那笑靥如花……

丁墨忍不住摸出枕下的手机，把被子一拉，整个人埋进了黑暗当中，然后，打开手机。

林雪正躺在床上出神，手机突然发出一声提示音，林雪马上抓起了手机，迟疑了一下才打开，屏幕仍然停留在微信界面，最上面一条信息。

信息很短，只有一个字，看得很清楚。

大猪蹄子："嗨！"

林雪咬着唇，迟疑了很久，单手打出两个字："干吗？"

屏幕上迟疑了很久，出现了一行字："你对消防队的专题报道，这就结束了呀？"

"好没营养的话题！"林雪冷笑一声，就想丢开手机，想了想又打出一个字："嗯！"

又是许久，屏幕上又出现了一行字："你……有没有兴趣，对我个人做个专题采访啊？"

林雪皱了皱眉，没好气地打下一行字："你以为你多了不起呀，采访你个人？请问，发表在哪儿呀？"

屏幕上又出现了一行字："发表在……我的结婚证上，可以吗？"

林雪看着屏幕，整个人都呆住了。

蒙在被子里的丁墨打出这句话后才发现自己心跳加快，呼吸也急促起来：啊——脸好烫，我得多不要脸，才有勇气打出这样一句话，她会怎么做，不会拉黑我吧？应该不会吧，大家都是开明的现代人，应该不会的吧？

丁墨一边胡思乱想，一边瞪着屏幕，渐渐绝望的时候，屏幕上突然出现了一行字："既然这样，余生，请多关照！"

丁墨望着屏幕呆住了，无声地把这句话反复咀嚼了三遍，他才相信出现了一个让他不敢相信的结果：她答应了！答应得如此干脆，如此帅气！

丁墨兴奋地打了一个"好"字，连叹号都来不及打就发了出去，丁墨在手机上狠狠亲了一口，床铺发出咯吱一声，他连忙警醒过来，拉开被角小心地看了看，队友们都没什么动静。

丁墨连忙又钻回被窝，兴奋地在手机上打字："我、好、开、心！"

林雪把手机捂在心口，一脸幸福的微笑。听到讯息声，她拿起手机一看，脸上露出了更加甜美的笑容，她想了想，又在屏幕上打起字来：

"不过，还要看你表现哦。早请示、晚汇报，让本姑娘时时了解你的动态、你的思想活动。要时刻记着我，还得让我知道你时时刻刻都在记着我。八块腹肌别有事没事就露出来，你不是卖肉的！执行公务时不许撩妹，休假休息时也不许撩妹，嗯……暂时就想到这么多，再想到了再补充。"

当丁墨看到这满屏的文字时，忍不住扑哧笑出声来：这丫头，刚说要建立恋爱关系，马上就张牙舞爪起来了，可是，为什么心里甜甜的呢？男人果然都是贱皮子。

丁墨想了想，兴冲冲地回复："第一，我倒是想早请示晚汇报，可工作状况不允许啊领导。第二，我会时刻想着你，但我真的没办法让你知道我每天都在想着你，请领导大人多多体谅。第三，我可没有执行公务时撩妹啊，平时也没有，我可是凭实力单身至今的。"

林雪歪着头看看手机，迅速地回复："第一个问题，知道你忙，但是有条件的时候，总该向本姑娘请个安吧？第二个问题，如果你心诚呢，本姑娘是能够感觉得到的，这叫心灵感应，懂吗？第三点，呵呵！"

"喂喂喂，呵呵什么意思？"

"你没有在执行公务时撩妹，平时也没有，是吧？"

"是！"

"啊！那我是空气喽？"

……

刚刚陷入爱恋的男女，不管多么无聊的话，他们总能聊得兴趣盎然。一番唇枪舌剑之后，林雪首先冷静下来，控制着自己向对方道晚安。

双方结束通讯之后，林雪把手机捂在心口，满脸激动地看着屋顶，许久才重新举起手机，点开丁墨的备注，在"大猪蹄子"前，又加了两个字："我的！"

丁墨在被子里捧着手机傻笑。他第一次知道，原来爱的滋味就像蜜，可以这样甜。

丁墨笑得床一颤一颤的，然后……他发现好像自己有点太忘形了。即便隔着层被了，他也感觉到自己似乎正被几双眼睛盯着。

丁墨深深吸了口气，掀开被子，灯已经打开了，陆江等同寝的三人正围在床前，盯着他看。丁墨忽然有种错觉，好像唐僧、沙僧、白龙马都站在面前，一脸亲切地说："八戒，我们该上路了！"

第六十三章
特殊任务

　　刑侦大队的办公室里灯火通明，刑警同志们还没有休息。放映板的幻灯片上正显示着一张图片。

　　画面上的人怀里揽着东西，头扭向一边，似乎在看着什么。激光笔在一个行人身影上晃动着，刑警队长介绍道："这是我们在二道口监控中抽取的画面，这个人与之前池焰焰绑架案现场逃逸的疑犯为同一个人。"

　　屏幕上又出现了一张监控图片，两张监控照片渐渐放大，虽然两人都不是正脸面对摄像头，但是这些办案经验老到的刑警们还是一眼就辨认出，他们是同一个人，一个头发染成黄色的年轻人。

　　刑警队长放下激光笔，肃然道："得到这个情报后，我们安排了人对那一地区进行了认真细致地排查，最终确定了嫌疑人的居住点，并初步摸清了嫌疑人居住点内的情况。"

　　刑警队长示意了一下，屏幕切换，又出现了一个人，他正站在阳台上抽烟，隔着窗户和铁栅栏，他的模样有些模糊。

　　刑警队长说："这个人，绰号球哥，两个月前，在邻省一个歌舞厅与人发生争斗，持枪杀人后一直逃亡在外，处于缉捕之中。如今他就与那个黄毛年轻人共处一室，室内还有两个人，但不大出现。"

　　刑警队长双手按在桌上，扫了众人一眼："所以我们可以初步确认，这个四人团伙，至少是有一把枪的。他们中有人杀过人，性情凶残，高度危险。从他们上次失手后逃脱、潜伏的情况来看，他们很狡猾，警惕性非常高，也有一定的反侦察能力。"

屏幕上又出现了一张照片，刑警队长介绍道："这是用无人机拍摄的空中俯瞰图。四名嫌犯住的是我们开发区老城区一幢住宅楼的二楼。楼正对着马路，对面就是一个露天菜市场，楼后面是一个幼儿园，实施抓捕的话务必要把这个因素考虑进去，以防嫌疑人狗急跳墙对孩子们造成伤害。"

"这个小区，道路复杂、人流密集，一旦有一个嫌疑人逃脱，很容易出现意外情况，所以要实施抓捕非常困难，大家有什么想法？"

刑警队长介绍完情况，看向众人……

翌日，消防一中队的办公室内，气氛稍显压抑，董建平和魏凯等几个中队的队长正在争执。

支队领导打来电话，说是市局有个案子需要消防部门协助。这个案子相当危险，但是为了把罪犯绳之以法，上级还是考虑由消防一中队配合公安干警完成这个任务。

执行这样的任务当然很危险，市局的公安同志拟定了多套行动方案，但是考虑到那幢楼的复杂情况，要最大限度地避免意外发生，就需要用到一些巧妙的办法了。

有一位刑警想到利用消防为掩护，可以名正言顺地进入嫌疑人所在的住宅楼，而不至于引起那几名嫌疑人的戒备。

刑警队的同志可以冒充消防员，但是考虑到嫌疑人有枪，为了避免打草惊蛇，最好有真正的消防员参与行动，打消嫌疑人的戒心。所以他们才向消防支队提出了请求。

上级交代的任务自然是不能推辞的，而且消防队配合公安破案，之前也有过很多次。但大家很清楚这次任务的危险性，所以都非常谨慎。

尤其是董建平，更是极为慎重地对待这件事。在跟市局相关部门联系过后，董建平知道了更多细节。几位中队领导一番争执，拟定了配合人员，丁墨和陆江。

陆江没有积极表态，也没有丝毫犹豫，听领导介绍完情况，只是点了点头，仿佛领导和他说的只是晚饭要加个菜那么简单。

而丁墨就有些兴奋得难以自已了，他脸庞发红，两眼放光，他从小的梦想就是当兵，做一个扛枪的男人啊！当初才来到消防队，他还为此闹过情绪，和当时的队长董建平发生过冲突。

以至于看了他的状态之后，董建平不是对他进行动员，而是再三泼冷水，一再强调：你只是作为一名配合人员，去配合警察同志行动，你只是作为一名真正的消防员去配合做一出戏。

直到丁墨不耐烦地点头答应，董建平才开始介绍详细情况。

"嫌犯一共四个人，其中一人有命案在身，手上有枪。一人是本地一个小混混，另外两人情况不明。他们的隐蔽点显然是经过充分考虑的，不易突破进入，却很容易逃走，所以要出其不意，突然动手，成功的概率才会更大。你们……"

丁墨一挺胸："队长，你放心，我绝对误不了事。"

董建平加强语气道："不是你，而是你们两个！你小子，应变能力虽然很强，但是太容易冲动了，陆江要比你冷静，所以，这次任务，你首先要听从刑警同志的安排，其次就是服从陆江的指挥。这次配合行动，由陆江负责！"

"是！没有问题，坚决服从命令！"

丁墨答应一声，又朝陆江做了个鬼脸。

董建平点点头，说："好，你们两个，马上去刑警队报到，老魏，你带他们走一趟。"

魏凯点点头，向二人一扬下巴："出发！"

今天一天，林雪都有点恍惚。不曾确立过恋爱关系的时候还不觉得，当她真的陷身其中，才知道爱情滋味。

林雪可不比池焰焰是一位身经百战的"老兵"，对林雪而言，这就是初恋，心里突然住进了一个男孩，情思乍起、心海微澜，当真是难以描述。

她正在整理消防队的采访资料，字里行间看到的仿佛都是他，一张张相片上她下意识地去寻找的也总是他……

"小林，小林？"

总编站在林雪面前，有些疑惑地挠了挠头。原本望着电脑屏幕痴痴微笑的林雪突然惊醒过来，顿时脸一热，连忙站起来："总编！"

总编点点头："小王休假了，你替他去一趟刑警队，关于上次破获重大案件的报道需要他们过过目。"

"哦！好的！我这就去！"

总编转身要走，忽然又站住，回头看了她一眼，疑惑地说："小林哪，你是不是处对象了？"

"这么明显吗？"林雪惊叫一声，自知失言，忙又掩饰，"当然不可能啦，哈哈哈，总编大人你可真会开玩笑，我的眼光有多高，你又不是不知道。"

总编上下打量她几眼，说："处对象嘛，也是应该的。不过，工作的时候，还是该专心致志。"

"明白，明白，我懂，我懂！"林雪连忙点头，等总编企鹅般晃动着久不经锻炼的身子进了办公室，她才松了口气，俏皮地吐了吐舌头。

刑警队里，丁墨和陆江已经同刑警们一起投入了工作。在座的这些人，除了丁墨、陆江二人，还有几个负责抓捕犯罪嫌疑人的一线干警，都是有多年经验的精锐刑警。

专案组组长站在上首，清了清嗓子，说道："我现在开始布置任务，首先我给大家介绍一下这次行动的细节，以及参与的人员和具体的分工……"

按照计划，专案组的人将犯罪嫌疑人隔壁的住户清走，而前边的菜市场、后边的幼儿园，他们担心清理会引起犯罪嫌疑人的警惕，所以尚未采取行动。他们要在启动计划的时候，以火险为理由，进入嫌疑人所在的住宅楼。

丁墨和陆江的任务，是在制造火险之后，以消防队员的身份冲上楼，要求所有住户立即撤离，如果四名犯罪嫌疑人也离开房间那是最好的结果，干警们可以在巷道中执行抓捕。

但是如果这四名犯罪嫌疑人不肯撤出，那就需要丁墨和陆江叫开房门，以灭火为由实施抓捕。

在这个计划中，考虑到刑警同志对消防工作不够专业，担心出现破绽，所以需要专业消防员的配合，一旦房门叫开，就是公安干警大展身手的时候了。

专案组长把计划说了一遍，微笑着看向陆江和丁墨："这是我们目前拟定的计划，还有许多细节没有补充，因为其中涉及许多消防知识，我们需要你们这些真正的专业人士来配合一下。你们两位有什么建议吗？"

陆江摩挲着下巴，望着前方投影上居民楼的平面设计图，缓缓说道："你们是想在隔壁房间制造一起火情，然后以火险为由逼迫犯罪嫌疑人离开？"

专案组长点点头："这是最好的结局。如果他们仍然龟缩不出，那么……"

第六十四章
枕戈待旦

专案组长指了指两间房的阳台："从犯罪嫌疑人所住房间的阳台，可以进入'起火'的住房，我们可以用这个理由叫开犯罪嫌疑人的门，实施抓捕。"

陆江摇摇头："这样的话，除非制造一起真正的火灾，否则很难取得犯罪嫌疑人的信任。这些人很警惕，从你们刚才介绍的情况看，那个小黄毛和球哥，时不时就会关注一下外面的动静，火灾的发生，都是由小到大的，如果此前毫无声息，突然间我们消防队就到了，这些人本就心中有鬼，会不起疑吗？"

众人面面相觑，都觉得陆江的话有道理，但是一时又想不出可以弥补这个漏洞的办法。

丁墨忽然打了个响指，说："各位，咱们的抓捕行动一定得放在白天吗？如果放在晚上呢，九点钟左右，这时菜市场已经歇业，幼儿园也早关门了，我们就可以减少很多的前期工作。"

专案组长瞪着丁墨，这人说的问题和正在聊的难题好像没关系吧？

陆江注意到了专案组长和众刑警的表情，笑着说："这小子一向思维跳跃，听他说说看。"

丁墨兴致勃勃地道："这样的话，外部的问题，就可以解决大半了。接着再说里边，嫌疑人隔壁的房间你们已经清理出来了？"

专案组长点点头："不错，住户很理解也很配合，我们也承诺过，一旦造成损失，会进行赔付。不过，这家住户离开太久，只怕会引起犯罪嫌疑人的警惕，所以我正打算先派两名刑警进驻，必要时也可协助抓捕！"

丁墨笑着说："我们利用这幢房子搞'装修'好了，明儿一早就找几个人去装修，隔壁的犯罪嫌疑人一定会知道这个情况，当天晚上就会'失火'，建材多，烧得就快啊。搞装修，一旦不注意安全防范，失火也很正常啊，有了这些铺垫，也不容易引人注意。"

刑警们的眼睛亮了，其中一个刑警兴奋地说："这方面还是你们专业，高啊！这样层层铺垫，的确是天衣无缝！"

陆江补充道："这个问题解决了，我们再研究一下这个火。首先，我们不能真的把人家的房子给点了，其次，如果制造假火险，如何做得逼真。"

专案组长点头道："我们本打算动用烟雾机制造烟雾，不过这种烟雾没有味道，所以我们打算弄个大桶，里边点燃易燃物，使它更加逼真。"

丁墨击掌道："成！再加一个电风扇，把烟吹出去！"

刑警们都笑了起来，整个行动计划逐渐在众人心中清晰起来，大家越想越觉得可行性甚高。

丁墨不失时机地道："等这一切准备妥当，就该轮到我和陆江出马……去诈开房门，实施抓捕了！"

前半句说完，刑警们的目光就向他集中过来，丁墨马上面不改色地说出了下半句，其实心里还是有些蠢蠢欲动。

"好极了，行动计划就这么定下来吧。我马上把计划报告上级，请求批准。下午，你们就整个行动计划进行最后推敲、模拟。同时，我派人与原住户取得联系，安排装修人员进驻，今天就开始'装修'，一切顺利的话，明晚行动！"

专案组长的话说罢，全体刑警一下站了起来，丁墨和陆江也跟着站起来。

专案组长的目光扫过所有人："全体都有，交出私人通信工具，从即刻起，就在队里待命，不得离开！"

"是！"齐刷刷的应答声，在会议室中响起。

刑警队大楼，林雪问过刑警队队长办公室，正拾级而上，一抬头，就看见丁墨被一群公安干警围在中间，正向下走来。

林雪吃了一惊，急忙迎上去，惶恐道："怎么回事，丁墨，你犯什么事了啊？"

旁边陆江咳嗽一声，急忙扭过头去憋笑。

丁墨见到她，先是一喜，听她这么一问，却不由得啼笑皆非。

丁墨白了她一眼，悻悻地道："小姐姐，你能不能想点好的？"

一位干警好奇地问道："丁墨，这是你姐？"

丁墨忙道："不是不是，这是我女朋友！"

头一晚才确定关系，现在算是首次公布在他人面前，林雪心中又羞又喜。至于陆江，昨晚就已经"拷问"过了，倒是没有吃惊。

一位干警打趣道："你女朋友都追到这儿来了，小丁，很辛苦啊，哈哈哈……"

丁墨拉着林雪，对几位干警和陆江道："你们先去，我一会儿就来。"

众人笑着答应一声，向楼下走去，已经过了午饭时间了，不过他们推敲计划耽误了一会儿，这时才去食堂用餐。

丁墨拉着林雪站到楼梯拐角处，好奇地问道："你怎么来了，不是在我身上放了定位器，一路跟过来的吧？"

林雪得意地道："那可不，本姑娘可是大记者，有最先进的定位跟踪器，早安在你身上了，你呀，就给我乖乖的，别玩任何心眼。说，你到刑警队干什么来了，真不是惹了事啊？"

丁墨说："当然没有，我是要配合……"

"嗯？"

"没什么，有个消防案件，需要与警方联动。你怎么到这儿来了？"

林雪扬了扬手中的文件袋，说："我们要报道公安局上次破获的重大案件，稿子刚刚完成，得请刑警队的同志过目一下，一些不宜公开的部分，再做一次技术型调整。"

丁墨恍然道："原来如此，那你快去吧，我下午还有得忙呢，等我休假了，请你看电影。"

林雪心中一甜，轻轻点头："嗯！"

两人分开之后，林雪找到队长办公室，亮明证件，说明来意。刑警队长请其就座，马上接过稿子看了起来。

看的时候，刑警队长提笔在稿子上做了些涂改。看完之后，刑警队长点点头说："嗯，不错！挺好的，你们就这么发吧，没什么大问题，只有几处地方涉及一些破案细节，这个还是需要保密的，我们不能让新闻稿件成为犯罪分子的教科书，让他们学会那么多的反侦察手段啊，哈哈……"

刑警队长把稿子递了回来，说："林雪同志，你看看，不会影响你们稿子的精彩与完整性吧，有什么问题你就提，咱们再商量。"

林雪爽快地答应一声，接过稿子看起了批注。这时候刑警队长桌上的电话响了起来。刑警队长拿起电话，听着里边的声音连连点头："认可我们的行动方案了？太好了！什么？领导，您放心，陆江和丁墨两位消防同志的安全，我们一定会负责的。是！"

林雪正在看着稿子，听到"丁墨"两个字，耳朵一下子竖了起来，她脱口就想问发生了什么事，但是作为一名记者，她也清楚很多行业的规矩，显然从这位刑警队长口中很难问出更多的东西，有可能这一问，反而会引起对方警惕。

林雪心道：我去问丁墨，我还就不信了，这小子也会瞒我。

然而，丁墨什么都不肯说。几名干警从食堂出来后就站在一边，显然是在等着丁墨一起上楼，有他们在，林雪就更加问不出什么了。

"好啦，这事跟你没关系，你也不用担心什么，就是有一桩消防救援案件，需要警方密切配合而已。等我回去再向你赔罪啊，当着这么多人呢，你不得给我留点面了啊。"

"去你的，告诉你，考察试用期还没过呢！"林雪忍不住笑了，嗔怪地打了他一下，"行吧，你去忙吧，我又不是不明事理的人。"

丁墨开心地向她抛了个飞吻，跟着几名公安干警上楼去了。林雪转着车钥匙，凝视着他的背影，眸中的疑惑反而更浓了。

之前消防出警，又有哪次不危险？可也没见他瞒着自己呀，固然，那时候她是带着任务来的，可如果只是一般的行动，这次也不会如此保密吧？

林雪眼珠转了转，一边往外走，一边摸出了电话，总编一听她保证会有第一手的重大新闻，马上爽快地答应了她不回单位的请示。林雪离开刑警队后没有走远，而是钻进车里，听着音乐，静静地观察着刑警队的动静。

陆江和丁墨与明天参与行动的公安干警又推敲了一下午的行动计划，确保每一个环节、步骤大家都烂熟于心，才结束会议。当晚，所有参与行动人员都住在刑侦队，没有离开。

第六十五章
箭在弦上

陆江和丁墨分到了一个宿舍,丁墨躺在床上,先是枕着手臂畅想了一阵儿,然后用右手做出手枪的模样,嘴里啪啪地发出射击的声音,一脸兴奋。

陆江扭过头来,瞟了丁墨一眼,笑着说:"喂!想想可以,明天行动的时候,可不许搞什么幺蛾子啊。"

丁墨坐了起来:"还真拿自己当领导了啊,这就指挥上了。"

陆江用手指点了点他,没有说话,可是威胁的意味很明显,脸上就差直接写上"你不服从安排我就打小报告调你回去"了。

丁墨无趣地撇撇嘴,忽然又美滋滋地道:"对了,今天林雪对我那个紧张劲儿你看到了吗?嘿嘿,真的很关心我呢。"

陆江淡淡一笑,一脸云淡风轻。丁墨忍不住道:"我说你这人,是不是永远没有大喜大悲的时候啊,老气横秋的,一点也不像个年轻人。"

陆江微微一笑,说:"年轻人该什么样?就一定得咋咋呼呼?我这性子啊,还真难说随谁,我爸我妈都不是这样的性格,也许是从小喜欢看书吧,看久了,性格就变得沉稳下来了。高考的时候我妈带我去庙里上香,大和尚还说我这面相一看就有佛缘呢,大概也是看我喜静吧。"

丁墨摇摇头,说:"你这样的性子,居然能当消防员,实在不可思议。你以前的理想是什么啊?"

陆江淡定地说:"当科学家。"

丁墨一怔："这理想怎么这么耳熟，你什么时候的理想啊？"

陆江眸中露出了一丝笑意："小学一年级。"

丁墨不屑地一摆手："那时说的话能作数吗，那时你问谁，谁都这么答，再不然就是当解放军叔叔。"

丁墨出神了片刻，笑起来："不过我的理想倒是从小到大就没变过，一直就是想当兵。你呢，后来长大一些，没再有过别的理想？"

陆江看着电视，头也不回地答道："我早熟。"

丁墨翻了他一眼，哼道："乐瑶居然会喜欢你这样的，真没趣，她要嫁了你呀，还不得闷死。"

陆江回过了头："才不会，你别看她个性爽朗，其实私下里，她也好静。我们两个人在一起的时候，经常是各忙各的，并没有那么多话要说，但就是肩并肩，依偎在那里，心里就踏实。"

丁墨转了转眼珠，疑惑地道："听你这话，怎么跟老夫老妻似的，喂！你跟乐瑶，不会已经……哦？"丁墨挑了挑眉，换来的却依然是陆江平静的眼神。

陆江说："没有，我跟瑶瑶说好了，一切等到结婚的那一天。倒是你……"

陆江笑了笑接着道："你跟林雪啊，一见面就像针尖碰上麦芒，从没一刻消停，说实话，昨天你坦白的时候，我都不敢相信，她会真的喜欢你，直到今天……"

丁墨反问道："今天怎么了？"

陆江想了想，缓缓地说："今天在楼道里，她关心你的时候，我在她的眼睛里，看到了和乐瑶看我时一样的眼神。"

丁墨挠了挠脑袋，疑惑地自语："一样的眼神？那是什么样的眼神？"他想着，不知道想明白了没有，但神情却已渐渐地痴了……

刑警队外不远处的停车区域，停着几辆车子。

林雪坐在其中一辆车上，一边啃着汉堡喝着咖啡，一边看着手机。手机中是她存储的一些照片，都是以丁墨为主角的。

看着那些照片，她就能想起与丁墨相识以来或喜或怒的每一幕，这个家伙！林雪向照片上的他皱了皱鼻子，无声地笑了。

这时电话响了，林雪看见"焰焰"两字，顺手按了免提。

"哇！这么神速，你是在加班啊还是在专门等我的电话呀？"手机里传来了池焰焰的大嗓门。

林雪拈起一块鸡块，道："正在翻手机罢了。你回家了啊？"

池焰焰道："是啊，本以为我家小保姆早做好了香喷喷的饭菜等我回去，这可倒好，碗也空来锅也空，你今晚加班啊？"

林雪嚼着鸡块，含糊地回答："没啊，我发现丁墨这小子行踪鬼祟，好像要干点什么见不得人的勾当，我盯他梢呢。"

"什么？"池焰焰的声音马上拔高了两个调门，"这小子刚追上我家雪儿，马上就见异思迁了啊？没准这小子早就脚踩两条船呢，我就说嘛，找终身伴侣还得是小黑哥这样的，稳重、诚实、专一，丁墨那小子眼珠子贼溜溜的，一看就不是个安分的，你在哪儿呢，我去找你，这小子太不像话了，这事跟他没完……"

手机里，池焰焰滔滔不绝。林雪被噎住了，忙不迭拿来咖啡灌了几口，顺了气息，才嗔怪地打断了池焰焰义愤填膺的发言："你胡说什么呢，我哪说他外面有人了呀。我今天到刑警队送一份材料，发现他和一个叫陆江的消防队员都在这里，和一帮刑警在一块儿，我问他来干什么，他含含糊糊不肯说，到现在他都没出来呢！"

池焰焰又惊呼起来："他犯事啦？他干什么了，小偷小摸还是趁火打劫啦？"

林雪怒道："天底下就你家小黑哥一个好人了是吧，洪洞县里没好人了是吧？我说了，他好像是要配合刑警做什么事情，一定很危险，所以瞒着我。"

"哦哦哦……你发什么火呀，我这不是关心你吗？"电话里，池焰焰顿了顿，"那你打算怎么办啊，就在那儿一直蹲点啊？"

林雪笑道："我以前当娱乐记者的时候，又不是没干过这种蹲坑死守的事，没啥。"

池焰焰道："可你不就是因为觉得这种工作太辛苦才应聘日报的吗？"

林雪爽朗地笑起来："是呀，可这回不是盯自己男朋友的梢吗？不辛苦。"

电话里池焰焰叹了口气："行吧行吧，比我还疯，那……你今晚不回来了啊？"

"看情况吧！"林雪扭头看到刑警队院内还有好几处灯火亮着，"我盯梢到十一点吧，要是他还不采取行动，我估计，今晚就是没动静了，到时我就回去，要不然车里待一晚上，就成疯婆子了。"

池焰焰说："好，那我给你留门啊，我先点外卖去了。"

电话挂了，林雪又向刑警队院内几处亮着灯火的房间望了一眼，咬一口汉堡，得意扬扬地说："本姑娘有耐性得很，一定盯到你！"

翌日晚上，球哥光着膀子从里屋爬起来，踢开两个空酒瓶子，懒洋洋地踱到厅中。他们闭门不出的这些日子里，消遣就是打牌、看电视、打游戏，再不然就是喝酒，搞得日夜颠倒，以致他刚醒的时候，一时都没搞清现在的时间。

"隔壁装修停了啊，几点了？"

球哥走到厅中，看到小黄毛和另外两个兄弟席地而坐，围着茶几在斗地主，厅中也是一团混乱，到处都是生活垃圾，几个装得乱七八糟的塑料袋扔在角落里。

三人面前还摆着啤酒，其中两个已喝得面色潮红。

壁钟显示的时间是晚上八点半。昨天下午，隔壁人家突然搞起了装修，吵得他们心烦气躁，可又不敢张扬，幸好那户人家还算规矩，一到晚上六点就停工了。

小黄毛不耐烦地道："八点多了，隔壁六点就停工了。球哥，咱们还要在这里待多久啊，这么多天，大家都快憋疯了，咱窝在这破地方有意思吗？去外地避避风头不是更安全？"

"就你话多。"

球哥晃过去，一屁股坐在沙发上，拿过一罐啤酒打开，狠狠地灌了一口，说："老大也是这个意思，不过，不能是现在，该忍的时候就得忍。有句话怎么说来着？善守者，藏于九地之下。"

一个兄弟哭丧着脸说："球哥，我就不明白了，明明去外地避风头更安全，干吗要在这儿耗着，这什么时候是个头啊？"

球哥摸了摸光头，没好气地说："你以为我不烦？快了快了，只有千日做贼，哪有千日防贼？你以为警方能一直把警力集中在这一个案子上？拖也拖死他们。再熬三天吧，三天后，我联系老大，请示离开的事。飞机火车不行，得需要老大给调配一辆查不到根底的车子，还得准备一笔钱，咱们到外地逍遥快活半年，再回来，就风平浪静。哈哈哈哈……"

球哥说得开心大笑起来，小黄毛和另两个人也笑了起来。

隔壁小区，静静地停在路边的一辆警车中，"滋滋"几声电磁干扰声后，一台步话对讲机里传出了声音："一号一号，二号已经就位。"

"三号已经就位！"

"四号已经就位！"
……

第六十六章
动如脱兔

一号是刑警队长的指挥车，其他代号分别是潜入隔壁房间、潜入楼道、楼顶，布控在前后街道等处的特警同志。这四个嫌犯中至少有一个是有命案在身的亡命徒，而且拥有枪支，警方虽做了充足准备，仍是丝毫不敢大意。

后边一辆面包车上，一名干警把两件防弹衣分别递向陆江和丁墨，二人虽然只是负责叫开房门，并不需要参与抓捕，但毕竟要与嫌犯接触专案组对这些配合行动的消防队员的安全甚是重视。

二人点点头，接过防弹衣，在干警的指点下穿好，静静地等待着。虽说心中只有期待没有害怕，丁墨还是感觉心脏怦怦直跳。

他偷偷看了眼陆江，这人居然仍是一脸淡定。丁墨不得不相信这世上真的有一些怪胎了，这么紧张、惊险、刺激的事情，居然都没有神情变化，可别是天生面瘫？

小巷，林雪静静地坐在车里，脸上既有兴奋之色，又有一些紧张。她悄悄跟来，眼见如此一幕，如何还不清楚要发生一件大事？

作为记者，她本能地为捕捉到一个重要报道而欢喜，而作为丁墨的恋人，她的一颗心又跳得七上八下的，不晓得他在其中扮演什么角色，有没有危险。

"行动开始!"

随着刑警队长一声命令,已经提前潜入房间的刑警点燃了铁桶中的易燃物,并启动了风扇,很快,烟雾就升腾而起,沿着打开的窗户飘散出去。

"起火啦!起火啦!"楼道里的便衣刑警尖叫着向外跑去。楼上楼下其他住户均已事先得到了通知,有的早已先行避离,没有离开的也是门户紧闭,因为大火而紧急疏散的人员均由公安干警扮演。

"什么情况?"

小黄毛听到尖叫声,趴在猫眼上仔细确认外间楼道上已经没人,这才打开保险锁,探头向外看了看,眼见浓烟从隔壁房间涌出来,他急忙关上门,回头叫道:"球哥,起火了。"

球哥一下子从沙发上站了起来,下意识地摸了摸腰后的手枪,又向另外两名兄弟递了个眼神,这才赶到门口,隔着防盗门向外看了一眼。

小黄毛急道:"球哥,咱们快下楼吧。"

球哥眼珠转了转,沉声道:"把门锁上!"

小黄毛急道:"起火了啊球哥!"

球哥手一抬,手枪已经握在手中:"锁上!"

小黄毛害怕地退了一步,忙把内层房门重新反锁。

球哥摸了摸下巴,说:"提防有诈。弄条棉被浸湿了,把烟缝堵上,咱们看看情况再说,实在不行,就用窗帘当绳子,从窗户顺下去,咱们是三楼,出得去。"

那两个人答应一声,一个急急窜进房间弄被子,另一个窜到了阳台上,一把扯下窗帘,准备拧做绳子。球哥是沈龙飞的打手头子,同时也算是他的下线,这两个人是他的死党,同样是亡命徒。

小黄毛则不同,他是直接跟着沈龙飞的,因为配合了这三个人行动,只好一起藏了起来,所以那两个人更听球哥的话。

隔着一个小区,董建平、赵志等人坐在驾驶舱中,车上载的却是穿上了消防服的刑警。在刑警队长下达行动指令三分钟后,消防车准时启动,拉响了消防警报。

内穿防弹衣、外罩消防服的丁墨和陆江对视一眼,同时跳上了消防车踏板,挂靠在消防车外侧。消防车疾驰而去,藏在小巷中的林雪迟疑了一下,发动了车子。

四名嫌犯所住的房子是一幢老楼，楼前是丁字型路口，马路并不宽，再加上毗邻菜市场，有些商贩把东西堆放在路边，还有一楼用户悄悄扩建院子，所以消防车只能靠近，无法直接开到楼下。

　　当然，如果消防车绕道从后边的幼儿园开进来，反而更方便，但是这个办法刑警同志不做考虑，这样"诈门"才更加顺理成章。

　　球哥已经提前命令小黄毛把灯全关了，他贴在窗户一侧，借着窗外的路灯，偷偷打量街上，此时已有附近小区的百姓闻讯跑了出来，但消防队的车赶到后，把他们赶到了较远的地方。

　　有了这些围观者，显得这失火更加真实了，隔壁房子里三只大号汽油桶火光熊熊，浓烟滚滚而出，干警们还用了红灯，加强了房中的"火光特效"。

　　球哥看到消防员下了车，开始搬消防器材，不禁松了口气。他走回房中坐下，沉声道："都沉住气，咱们这儿又不是木制的房子，火没那么容易烧过来，消防队已经到了，能扑灭。"

　　他正说着，就听外边一阵急促的脚步声，他马上停止说话，一个箭步窜到门口，贴着猫眼看去，同时，手摸向后腰的手枪。另外两名歹徒也摸出了枪，四人中只有小黄毛一个人赤手空拳，他害怕地退了两步。

　　陆江砸了几下门，大声说："好烫！火点应该就在门口附近！"

　　丁墨怀里抱着水枪，大声接口道："不要破门，防止火势蔓延出来，我们去外面架云梯！"

　　陆江道："路边电线杆太低，太危险了。"

　　丁墨一扭头，指着球哥所在的房间道："我们从这里过去，两幢房子挨着，阳台过得去！"

　　陆江马上拍门："有人吗？有人吗？"

　　一个穿着消防服的刑警冲过来，大声说："破门而入吧，有什么问题回头再向住户解释。"

　　一个嫌犯听到这里，紧张地举起了枪。球哥急忙伸手把他的枪按了下去，并迅速做出了决定，他压低声音道："去，装喝多了，见机行事！"

　　这里住了四个男人，正常情况下早该随着外边的呼喊声以及警报声而撤离，为了不引起怀疑，只能装作酒醉。

　　既然来的是真正的消防员，球哥还是想蒙混过去，因为此时虽可以杀出一条血路，接下来的逃亡却是难之又难。

随着球哥一声吩咐,那两个手下马上回到茶几旁,东倒西歪地躺下,其中一个还机警地提起两个酒瓶子摆在了桌上。

球哥点点头,啪的一下打开灯,见小黄毛还傻在那里,向他递了个凌厉的眼神,小黄毛犹豫了一下,忙靠后两步,歪在了沙发上。

"准备破门!"

陆江举起了消防斧,这时球哥一下子拉开了房门,隔着栅栏式防盗门看着外边,摇摇晃晃、口齿不清地道:"吵……吵什么,什么……事啊?"

就是他!

陆江早在照片上认识了这张面孔,心里咯噔一下,幸好他戴着消防头盔,神色没有露出什么变化。

陆江马上掀开面罩,急声道:"屋里有人哪?你们邻居家起火了,快开门,我们需要从阳台过去。"

球哥飞快地向外看了一眼,除了一个消防员抱着水枪,后边还跟着一名消防员,一共就这三个人。球哥点了点头,拉开了门锁,然后迅速退了两步,贴墙站定。

此时,两个装醉的嫌犯也挣扎着从地上坐起来,迷迷瞪瞪地向外看。那名刑警同志敏锐的目光一扫,就发现那两名歹徒手撑着沙发,如果他们有武器别在后腰或藏在沙发垫下,随时可以拔出来。而开门的球哥背靠墙壁,身体已经做好了防御姿态,这个人是确定带枪的,恐怕也很难一招制敌,夺下他的枪支。

这些念头在他脑海中盘桓了一刹那,他马上喊了一声:"快!我们上阳台!"

这也是他们的预案之一,如果"失火"不能逼四名嫌犯主动离开房屋,就诈开房门见机行事。眼下这种情况也在他们的预案之中,出现这种情况不能贸然强攻,要先引开他们的注意力。

于是,陆江和丁墨立即向阳台冲去,那名装扮成消防员的刑警故意放慢脚步跟在后面。丁墨怀抱水枪,也是计划之一,因为外边楼道还贴墙站着六七名警察,要避免歹徒随手关门。

球哥和另外三名歹徒的注意力果然被丁墨和陆江吸引过去。他们眼看着陆江飞快地冲上阳台,打开窗户,丁墨抱着水枪冲过去。球哥的目光被拖曳在地上的水管吸引,目光微微一垂的时候,那名扮成消防队员落在后边的刑警突然向他猛扑过去,同时大叫:"动手!"作为一名优秀的刑警,他无疑捕捉到了一个极佳时机,这一个虎扑,当真是狠、准、稳,出手时机极准、出手速度极快。

球哥大吃一惊,伸手就去拔枪,但那名刑警已经冲到了他面前。

第六十七章
迅雷不及

那名刑警把球哥狠狠地撞在了墙上,球哥的手被墙壁硌了一下,他疼呼一声,刚刚拔出来的手枪失手落地。

旋即,那名刑警用力一甩,让球哥分一名刚刚要站起来的歹徒相撞,与此同时,他一把拉开拉链,拔出佩枪,指向另一名刚刚举起枪来的歹徒。

二人同时射出一枪,又同时闪了一下。刑警的一枪射在了酒柜上,而歹徒的一枪射中了门框。

刚刚冲到门口的一名刑警刚一冒头,又被迫缩回头去。

小黄毛吓得抱头向内屋跑去。那个歹徒咒骂着举枪,要向刑警射击。那名刑警先是撞开了球哥,再拔枪与这个歹徒对射,脚下已经不稳,动作比对方慢了一步。

那歹徒疯狂地笑着,扣动了扳机……

"呼!"一道急骤的水柱喷了过去,正中那歹徒的太阳穴,冲得他整个人向右栽去,摔在了沙发上。

砰!的一声,他那一枪射中了天花板。丁墨抓着水枪,水柱喷在那人脸上。歹徒被强劲的水流冲得睁不开眼睛,水直从鼻孔往里灌,手忙脚乱中,枪都不知甩到哪儿去了。

这时，被球哥撞倒的那名歹徒已经急急举起了枪，丁墨手中水枪一转，急骤的水流又向他激射过去。

其他刑警趁着这间隙已经冲进了房间。球哥刚刚纵身扑向地上的手枪，他的手和枪就被死死踩住，再一抬头，黑洞洞的枪口已经对谁了他的额头，头上传来一声厉喝："不许动！"

那名持枪的歹徒抬臂遮挡着头面，砰砰地乱开了几枪，一枪打中了老式电视机，把电视机打得粉碎，另外几枪也不知射中了哪里，在水流之下他根本没办法瞄准。

不过他其中一枪却巧巧地射穿了水枪，水管一下子变成了"软皮蛇"，那歹徒猛地抹一把脸上的水，举枪对准了丁墨，旁边一位刑警吃了一惊，立即纵身一跃。

"砰！"枪响了，那位以身挡在丁墨前边的刑警中枪倒地，丁墨一惊，手中软软的水枪脱手而出，沉重的水龙头砰的一下砸中了歹徒的嘴巴，门牙登时掉了两颗。

这歹徒一声惨叫还没出口，一名及时扑上的刑警一脚飞来踢中了他的手腕，紧跟着一脚将他踢翻在地，而那名最先被水流喷倒的歹徒刚挣扎着从沙发上坐起来，陆江已经一个鱼跃，扑到了他的身上，死死地扭住了他的胳膊。

"里屋还有一个！"两名警察反应十分敏捷，陆江刚叫了一声，身边两道身影已经冲进了里屋。

而丁墨则扑在那位中枪的刑警身边，抱起他焦急地问："同志，你怎么样，同志？"

那位刑警咳嗽了两声，摸了摸胸口，笑了笑说："还好，幸亏穿了防弹衣！"丁墨这才发现他的胸口中弹处仍在冒烟，却没有血涌出来，顿时松了一口气。

待冲进内屋的两名刑警看清房中的情形，差点笑出声来。

小黄毛推开了一扇窗子，看样子是想越窗而逃，可是窗子外加了铁栅栏。有两根铁栏杆已经被掰弯，这小子看来是真急了，小小的个子，居然掰得开这么粗的铁条。

可现在，他的髋部卡在栏杆间了，两名刑警冲进房间时，就见他半截身子在栏杆外边，腰部以下在栏杆里边，正在努力地蹬踹，两名刑警走过去，一人拖住他一条腿，把他扯了回来。

林雪把车停在了菜市场入口处，徒步赶到现场。警察知道歹徒有枪，为了避免流弹伤人，布控非常严密。林雪也被挡在了较远处，她只能在原地对冒着火光和浓烟的窗口连续抓拍几张，当枪声响起的时候，她的心猛地一跳，手中的相机放低了，一双美丽的眼睛睁得大大的，紧张地看着那扇窗。

曾经，在传媒学院新闻系的时候，她认为哪怕是成为一名战地记者，在流弹炮火纷飞的战场上，她也能履行自己的职责，冷静、沉稳地拍摄，即便她的同事、战士们就在眼前牺牲。因为她是一名记者，照相机就是她的武器，她有她的战场与她的职责。

然而，直到枪声响起的那一刻，她才知道自己的心揪得有多紧，如果不是尚有理智控制着她，她一定会冲上前去，虽然她在场与否并不能解决什么问题。

煎熬许久之后，终于，人群一阵骚动，有人指着窗口叫了起来，林雪急忙看去，这才注意到有个人正试图钻出窗子外的栅栏，然后……他就卡在了那里。

林雪这才舒了口气，既然歹徒试图逃跑，那就意味着……警方占据了上风吧？她赶紧抓拍了几张照片，突然一个念头袭上心头，她又开始揪心了。

刚刚有枪声响起，那个家伙……他没事吧？

几分钟后，刑警押着四名被铐住的歹徒下了楼，围观的群众再也控制不住向前涌去。林雪也向前冲去，不过没有再拍照，她只是紧张地扫视着走出楼道的人，寻找着熟悉的衣服和面孔。

球哥、小黄毛和另外两名歹徒被反扣着双手押向警车。球哥这种亡命徒，直到此刻依旧是一脸淡定，甚至有些笑意，也不知道是在自嘲，还是故意做出这副姿态，自诩是条好汉。

最为沮丧的是小黄毛，眼神里透着绝望，他惶恐地四下张望。四名歹徒被押解出来的时候，刑警队长已经在注意他们的神情，见此一幕，立即向一名经验丰富的老刑警示意了一下，朝着小黄毛努了努嘴。

那位老刑警笑了笑，向队长打出一个"OK"的手势。四名歹徒被分别押上了几辆警车，他很"亲热"地挤上了押运小黄毛的警车，拍了拍他的肩膀。

小黄毛难受地坐在座位上，扭过头茫然地看着刑警。刑警抬起手腕给他看了看腕上的手表，小黄毛茫然地看看表，又看看刑警。

刑警微笑着说："从这里，到我们队里，大概需要十五分钟。十五分钟，时间很短，但足以决定你的一生。你们几个人的底细，我们都很清楚，那个球哥，可是手上有人命的亡命徒，下场怎么样，相信你也清楚。而你是他的同伙……"

小黄毛急道:"不!我不是!警察同志,你听我说……"

老刑警做了个噤声的动作,然后把手表摘下来,拿在手中,就摆在小黄毛的面前,继续说道:"你们绑架并试图杀人的幕后主使是谁,他的目的是什么?这些是我现在最关心的问题。你只有十五分钟时间来减轻你的罪责,可能还不足十五分钟,因为……其他几人,有可能会比你先招供……"

老刑警说完,就靠在了椅背上。秒针"咔咔"地走着,每走一格,都带给小黄毛无比巨大的压力与煎熬。

警方早就判断这个案子没有那么简单,从这几个犯罪嫌疑人的背景以及作案后能有一个"安全屋"谨慎藏身的行为来看,不会是普通的绑架案。

如果还有幕后指使者,那么在他们被捕、与幕后指使者失去联络后,对方很快就会外逃,所以必须第一时间查到此人的消息。因此刑警队长对抓获的四人一番观察后,把突破口放在了小黄毛的身上。

林雪站在人群中,焦急地看着,生怕从楼道中抬出一具尸体,但随即她就看到了丁墨,他摘下了头盔抱在怀里。

林雪欢喜地想要冲上前去,但是马上又站住了。就如那次在路边车辆的爆炸现场,她只能默默地站在人群中,看着他浴火奋战一样,这不是她和心上人卿卿我我的时候。

她的英雄,不仅仅是她一个人的英雄。

公安干警们迎了上去,董建平和赵志也迎了上去,几个人围作一堆,也不知道在聊些什么。林雪的眼里,只有神采飞扬的他。过了好久,她才突然醒觉过来,急忙抓拍了几张照片,毫无例外,都是以丁墨为中心。然后,她目送着他和他们离去,自始至终,她都没有露面。

第六十八章
不眠之夜

这一夜，注定是个不眠之夜了。

小黄毛没有撑到回警队，当车子即将驶进警队的大门时，豆大的汗珠顺着他的额头滚滚而下，他的心理防线再也撑不住了。似乎车子再往前一步，就是踏进了鬼门关。

小黄毛声嘶力竭地喊叫起来，他招供了。

于是，警方的第二次行动迅速开始了，不少刑警车子还未驶回刑警队，就马上转动方向盘，去执行新的任务。

小黄毛供出了沈龙飞，此人竟是几年前中缅边境一个贩毒团伙的二号人物，绰号"毒龙"。一次边防缉毒行动中，该组织的大头目被击毙，"毒龙"也下落不明，没想到他竟潜伏到内地，干起了化学制毒的生意，开始贩卖冰毒。

小黄毛交代，他们四人虽然藏在这个地方，但球哥每天都会和沈龙飞进行联络，所以，即便沈龙飞现在不知道这里出了事，明天也必然有所察觉。

有鉴于此，刑警队来不及进行更加周密的部署，他们一面向上级领导汇报，一面果断采取了行动，同时调动了此时能够调动的全部警力。

城郊那座成为沈龙飞的冰毒生产窝点的日用化学品厂，沈龙飞在城里的家，在另一处的别墅，兵分三路同时行动，一串串闪烁的警灯，划破了城市安静祥和的夜色。

沈龙飞在他的别墅里被捕了。他一直很警惕，每天用匿名购买的手机与球哥等人联络，这固然是安抚他们，也是他随时了解几人情况的手段。

只是他没想到，四人中三个亡命徒，且拥有三支手枪，居然如此干净利落地被捕了，而他一向倚为心腹的小黄毛被刑警用心理攻势瓦解了斗志，将自己供了出来。

当他和他的情妇被破门而入的刑警扑倒戴上手铐的时候，他只露出了一个惨淡的笑容，他知道，自己完了。

林雪这一夜也没有睡。当心中充满了创作冲动的时候，不把心中的想法倾诉出来，她是无法安枕的。

林雪兴冲冲地回到池焰焰的住所，打开电脑把之前整理好的稿件下载下来，然后把今晚拍摄的照片分门别类。她思索着，如何在今晚的报道单独形成一份新闻稿的同时，也在完整的采访报告中有所体现。

池焰焰穿着睡袍晃晃悠悠地起夜，一眼就看到正趴在台灯下聚精会神的林雪。

池焰焰已经习惯了林雪当夜猫子的习惯，她打了个哈欠，懒洋洋地道："回来了啊！"也不等林雪回答，便钻进了洗手间。等她再出来时，才踱到林雪背后，手搭在她肩上，弯下腰来。

"还不睡啊，写什么呢，这么兴高采烈。"

"我在整理采访资料，消防队的，这张照片是你们家的小黑哥，帅不帅？"

一见了她家小黑哥就犯花痴的池焰焰难得没有把目光都集中在董建平的身上，而是看着旁边的文字："和平时代没有英雄吗？1998年那场特大洪水中的人民子弟兵，2003年那场悲壮的非典疫情中广大的医护工作者，2008年汶川大地震中不计其数的志愿者和子弟兵……

"在每一次灾害或危难面前，在每一次生死抉择的关头，总会有一些人义无反顾地站出来，勇敢地冲向最危险的地方。火中逆行的消防员，何尝不是这样？"

池焰焰读了一段，就打了个大大的哈欠，颇感无趣地说："嗯，你写吧，早点睡啊，别太晚了。"

池焰焰转身就要走，马上挨了林雪一下"暴击"。

"你打哈欠什么意思啊，我写的文章，就这么难以入眼吗？"

池焰焰说："没有啊，你们采访报道不都是这样吗？我去睡了。"

"回来！"

林雪一把拉住了池焰焰的手腕，指着一段配图解说，那是一家化工厂突发大火后的照片。那次出动了全市所有的消防队，冒着爆炸危险，用了三天三夜的时间才扑灭明火，又累又饿的消防员还得继续坚守在现场，以防复燃和化工产品泄漏。

林雪拍的这张照片，就是董建平所在中队的消防员们背倚着墙正在休息。丁墨、陆江等人怀抱着方便面，嘴里叼着叉子，还没等到开水送来，就这么睡着了。当时林雪是噙着泪拍下来的。

林雪说："看，这样的图片，你还不动情吗？再加上我这么煽情的文字。"

池焰焰还在犯困，只是"哦"了一声。

林雪指着画面的一角："看，你家小黑哥也在。"

池焰焰无奈地问："我说雪儿啊，你究竟想说什么啊？"

林雪道："这报道不吸引你吗？"

池焰焰嘟囔道："真的不吸引人啊。"

林雪怒道："新闻报道啊，不就应该这样吗？"

池焰焰摊了摊手："你们可以这样写啊，我们也可以不看吧。传播正能量就非得做出一副苦大仇深的模样啊。啊——不说了哈，崔姐生病了，我明天一早还得去顶班呢。"

池焰焰懒洋洋地回屋去了，林雪怔在那里，半晌才端起已经凉了的咖啡，狠狠地灌了一口。

这篇报道，她用心构思，字斟句酌，很是花了一番心血。本想着即便是到了最没人气的栏目组，也能力挽狂澜，制造一个奇迹，谁心里还没有一个英雄梦？

可是，池焰焰可是她的闺蜜，报道里还有她最爱的男人，她都兴致缺缺，这样一份报道，真能打动读者吗？"传播正能量，就非得做出一副苦大仇深的模样啊？"池焰焰的话回响在她的耳边，林雪忽然想起，对于这样充满官方口吻的文字报道，其实她也一向不以为然，但是久而久之，她也习惯了这样的报道，并渐渐感觉出了其中的力量。

然而，即便是她，一个专业的记者尚且要经历这样一个过程，难道要求普通的读者们都和她一样去适应？为什么不该是记者去适应读者？

"也许……该用点新媒体报道的风格手段？"

林雪的眼睛渐渐亮了："把我发配到一向只用来充版面空白的栏目组？哼！本姑娘要是把它做大、做强了……"

林雪仰天做出一个狂笑的动作，当然，没有真的笑出声，要不那个有起床气的疯丫头没准会拿枕头丢她。然后，她就埋下头，噼里啪啦地打起字来。

她要重新拟定一个报道方案，一个全新的报道方案……

梦想，你好！

林雪在心里默默地念着所在栏目的名字，偷笑起来。

一早，是消防中队的日常操课训练。做消防员必须有一个好的身体素质，所以这是每天雷打不动的早课。

当消防员们列队完毕，准备跑步的时候，董建平带着陆江和丁墨、赵志走过来。

魏凯转身看到他们，脸上露出了笑容，朗声说道："欢迎归队！"说完率先鼓起掌来。

"你们回来了啊，抓到歹徒没有？"

"那当然，本将军出马，你说呢。"

"几个歹徒啊，厉不厉害？"

"你亲手抓了几个？"

"什么时候动的手啊，怎么清早才回来？"

消防员们兴奋起来，七嘴八舌地追问，期间只有丁墨来得及回了一句，陆江和赵志只是微笑着站在一边，这两个人性子都比丁墨沉稳许多。要不是丁墨自幼学武，身体素质优异，董建平不会安排他执行昨夜的任务。这小子，性子太跳脱，还得磨。

董建平咳嗽一声，板起脸道："他们协助公安同志执行的任务，昨夜就顺利完成了。是我没有安排他们当晚归队，要不然你们这帮小子问东问西的，还能准时睡觉？有什么话，早餐的时候你们再聊，现在，开始训练！"

消防员们整齐划一地跑起步来，董建平和魏凯微笑地看着他们的队伍跑动起来，然后端起双臂，跑步跟了上去。

早餐之后休息一阵儿，就是器械装备训练，这段休息时间就成了消防员们"摆龙门阵"的时间，丁墨把昨夜整个行动说得天花乱坠，听得其他人神往不已。

这时，董建平在办公室也接到了公安局打来的电话，这次行动，消防同志不但给予了大力配合，而且在抓捕环节也起到了至关重要的作用。公安局领导打来电话表示感谢，同时也告之了一下战果。

沈龙飞被顺利抓获了，在他的工厂里发现了一个秘密的冰毒制造基地，入口非常隐秘。在他厂长办公室下边的酒吧中有一个伪装成酒柜的小门，里边别有洞天，赫然是一个秘密工厂。这一次警方可是抓了一条大鱼。

第六十九章
新颖报道

"好！好啊！"董建平也是眉飞色舞，当公安局领导提出一定会为他的队员请功时，董建平可没有谦逊推辞，他觉得，这是他的队员应得的荣誉。

董建平撂下电话，魏凯笑道："怎么，公安局那边打来的电话？他们这回破了个大案子？"

董建平刚要答话，电话又响了起来，他抓起电话，刚听了两句，脸色就变了："老魏！"

董建平把电话递给魏凯，魏凯一怔，急忙接过电话。林不凡来到办公室，正要向董建平汇报情况，董建平急忙做出噤声的手势。

魏凯很快挂了电话，脸色有些难看："老董，我得请个假，去看看爱人。"

董建平问道："弟妹怎么样了？"

魏凯回答说："今早她做早餐的时候，不小心滑了一下，当时也没太在意，可是现在感觉肚子有些不舒服。刚刚实在忍不住，才打电话给我，她哭了……"

说到这里,魏凯那样刚强的汉子,眼中竟闪烁起了泪花。对妻子,他真是亏欠良多,由于工作的特殊性,本就聚少离多。另一方面,由于媳妇和婆婆的矛盾,家里人也无法替自己照顾她。媳妇任劳任怨,难得抱怨他几句,今天……应该真的是委屈受得太多,心伤得太多吧。

董建平拍拍他的肩膀:"骑摩托去吧,咱们不是有辆执勤摩托。"

魏凯忙道:"不不不,我出去打辆车吧,也方便!"

消防大队才会给队长和指导员分别配车,城区中队只配备有举高救援车、水罐消防车、干粉消防车和泡沫消防车,不过一中队倒是还有辆消防执勤摩托,平时也不大用。

董建平沉声道:"啰唆什么,赶紧看媳妇去,骑摩托快些,少在这儿废话!我批准的,去!"

魏凯犹豫了一下,这才点点头,咬牙道:"好!"

魏凯匆匆离去,董建平处理了林不凡汇报的事情,目送他离开,沉吟片刻,他拨通了大队领导的办公电话:"喂?支队长,是我啊,董建平!领导,我这儿有点难处,我可只能厚着脸皮向你请援了啊。是这么个事,我们老魏啊……"

等中午用餐的时候,众人通过林不凡之口,才知道副中队长把怀孕的妻子接到了本市,今天单独在家差点出事的消息。一些消防员听了不禁慨叹起来。

赵志道:"孕期的女人情绪本来就不稳定,脾气有点大,需要人哄着。可咱们的工作性质,又决定了副中队长不可能时时刻刻候在妻子身旁,唉……"

"我觉得嫂子人挺好了,不大给丈夫找麻烦,可这总不能陪在身边,也不是办法。唉,干咱们这一行的呀,没辙。"

"话不能这么说,这世上有太多职业,是夫妻俩不能总是长相厮守的。军人,警察,那些跑长途货运的司机,整天东奔西走的推销人员……"一向寡言的陆江开口了,"我觉得婚姻哪,不是一加一等于二,而是从结婚的那天起,两个一就要各自砍去一半,对选择的终身伴侣多一些包容与理解,这样,两个零点五才能合成一个完美的一。"

丁墨忍不住笑起来:"小陆同志,这不开口则已,一开口就变成哲学家了呀。那你和乐瑶什么时候各自变成二百五……啊不,零点五啊?"

陆江白了他一眼,没搭理他。林不凡忍俊不禁地道:"陆江和乐瑶都是干消防的,彼此都能理解对方。你说你个单身狗,也好意思笑话人家?"

陆江和赵志对视一眼,眼中都露出了笑意。他们俩都是不喜欢八卦的人,虽说知道了丁墨和林雪谈恋爱的事,可并没有张扬出去。

丁墨得意扬扬地说:"哥们儿那是没想找呢,要是想找啊,上大街划拉一下,分分钟就找个女朋友回来。"

"天啦,大家快看,牛在天上飞!"

"你还别不信,你等着啊,下周二我休假,到时一定找个漂亮的女朋友来,要不要打个赌啊?"

林不凡刚要接腔,赵志咳嗽一声,笑道:"不凡,别上当啊,这小子,可不打没把握之仗。"

林不凡马上警觉起来:"我才不跟你赌。你……不会已经有女朋友了吧?"

丁墨笑而不语,想起林雪心里美滋滋的。刑警队已经把手机还给他了,队长也忘记问他要,所以被他塞在了枕下。丁墨偷偷地犹豫要不要回房间,一会儿午休的时候跟女朋友联系一下,忙的时候不觉得怎么样,一闲下来,还真怪想的。

不想则已,这一想还真坐不住了。于是,丁墨趁别人不注意,鬼鬼祟祟地朝宿舍走去。

电话拨通了,丁墨觉得心跳得厉害,就像他第一次迎面冲进火场时一样,只是,这回不是紧张,而是兴奋。

手机接通了,丁墨开心地把手机凑到耳边,但是听到了电话挂断的忙音。丁墨捧着手机,发起呆来:这什么情况?怎么挂断了?难不成……上次在刑警队遇到她,没把自己的任务说给她听,惹她生气了?

林雪此时杏眼圆睁,确实像一个斗士,但是她发怒的对象却不是丁墨,而是总编。

"胡闹!简直是胡闹!那篇稿子,我是审过的,很好!就这样发表不是很好吗?为什么擅自通知从排版稿中撤出来,啊?"

"总编,我说过了,我觉得……"

"你觉得?我们这是正规的报社,能随心所欲吗?"

"总编,我的报道,没有任何违反国家法纪法规的地方吧?时代在变,人的审美也在变,我们媒体人,也应该随时代而变,不能故步自封啊!"

"随时代而变,也不能这样胡闹啊,你看看你这篇稿子,我没有看到一个文字，通篇就是一些照片，没有任何文字说明。这也就罢了，但这都是什么照片，啊？"

总编用鼠标划起了电脑桌面："这张掰手腕的，这边这人明显在作弊嘛，另一只手正在旁边借力，这样子好吗？还有这张，消防队员们脸都熏黑了，却躺在地上，互相以他人为枕头，躺成了花瓣状？"

林雪忍不住解释道："总编，我觉得……"

总编自顾自地道："这张呢，这些消防员在负重跑步是吧？为什么照片的重点放在这名消防员身上，这动作……是航母上战士下达起飞指令的动作？"

林雪带着笑音道："是！网络上，把这个动作称为'走你'，年轻人一看就会喜欢的，会觉得很好笑，很有趣。"

总编扶了扶眼镜："嗯，可这张蜘蛛侠造型的是什么鬼？还有这个，拿着水枪，摆出狙击枪的姿势，这个这个，四名消防员一人骑一个扫帚，跳在半空中，跟一排哈里·波特似的。还有这个……"

总编的目光停在了一张照片上，皱着眉头看了半晌，照片上是丁墨、华林等四名消防员。第一个蹲在地上仿佛一只大猩猩，那是丁墨，第二个是华林，屈着膝，佝偻着腰，第三个扛着一口大锤，努着嘴，第四个是陆江，站在最前面，手里捧着一本书在看。

总编疑惑地问道："这是什么意思？"

林雪忍着笑道："总编，这是他们在模仿人类进化史图片。"

"什么？不行不行，绝对不行，这是把我们的消防员当成什么了，怎么可以这么不严肃？"

林雪认真地说："总编，难道我们要歌颂什么事业，就一定要用非常严肃、非常庄重的方式？难道我们要褒扬什么人，就一定要卖惨，要凄风苦雨？我觉得这种思维很有问题。"

她走过去，指着图片道："在火场中，他们就是上了战场英勇无畏的战士，但在生活中，他们应该是什么样子？永远不苟言笑？他们是我们的同龄人啊！

"他们和我们有共同的喜好、共同的话题，并不是说穿上这身衣服，他们就和我们活在了不同的世界里。

"总编，我觉得如果我们宣传他们的时候，总是血与火的画面，总是悲壮与恢宏，那英雄们离我们的生活就太远，我们的读者会对他们心里尊重，但不会想深入去了解他们。

"我的连续报道共计九篇,我想以这样一个别致的开篇,把我们的读者带进来,让他们真正地了解这些年轻的消防员,了解他们所从事的事业,而不是一味地讲牺牲与奉献,他们的人生,也不仅仅只有这一点可以讴歌!"

总编依旧眉头深锁,但是林雪的话似乎打动了他,他点起了一支烟,没有再说话。

第七十章
纯属巧合

林雪道:"总编,这些图片,并没有冒犯我们的消防员,我想,他们也很希望我们的普通民众,能够了解到他们真实的一面,而不仅仅是他们逆流而上,冲锋在危险的第一线时那种严肃的面孔。

"何况,我是想把他们真实、完整地呈现给我们的读者,后续报道中当然会有他们赴汤蹈火的英勇场面。我想,有了这些画面,我们的读者在看到那些场面时,才更清楚这是一群有血有肉的年轻人,会带给他们更多震撼!"

总编沉默了许久,深深地吸了口烟,对林雪摆了摆手:"你先出去吧,让我想一想!"

"是!"林雪昂首挺胸地走了出去。总编又吸了两口烟,把烟摁熄在烟灰缸中,伸手抓起了手机。

很快,总编那严肃的面孔堆满了笑容:"女儿呀,这个周末回不回家呀?哦,好好好,那爸爸到时给你做蘑菇炖鸡腿,哈哈哈。有这么个事,你帮爸爸看一看!一会儿爸传你微信上,你把你看完的感觉,告诉爸爸,爸爸有点拿不准主意了……"

总编挂了电话,把林雪第一版准备发布的报道——全部的照片,传到了女儿的微信上。

过了一会儿,女儿打电话过来了,详细地听女儿说完,他笑容可掬地挂断,又拿起内部工作电话:"喂,是我,林雪那篇稿子,就按她提交的内容排版吧,对!"

林雪回到自己的座位上,拨通了丁墨的电话,可等了很久丁墨也没接,林雪皱了皱眉:"什么鬼,不会生我气了吧?"

林雪觉得很可能是丁墨出任务去了。她放下电话,晃了晃鼠标,屏幕上出现了一张张照片。块垒结实的胸肌、强壮诱惑的腹肌,每一张照片都洋溢着雄性荷尔蒙的味道。

这是林雪准备放出的专题报道的第二弹,如果说第一弹是以搞笑拉近这些消防英雄与普通大众之间的距离,这第二弹就是征服他们的武器,无论男性女性,通杀!

之后,她才会通过一桩桩事件,让她心目中的英雄们,也走进读者的心中。想到这里,林雪的嘴角悄悄溢出一丝笑意。总编那里,她并不是很担心,总编看着呆板,其实也是身在其位,不得不摆出该有的架子,林雪有信心说服他。

确如林雪所料,丁墨的确是出警了。

这次出警,可以说是非常有趣的一次行动。

一位妈妈带着一岁半的儿子去超市买东西,回来的时候把宝宝放进车座,想去后备厢放东西,结果小家伙误打误撞地把车锁上了。小家伙的妈妈急得满头大汗,尝试了很多回,但宝宝却不知道该怎么把车门打开,他也意识不到危险,一个人在车里玩得不亦乐乎。

母亲无奈之下只好求助于119,当丁墨等人赶到的时候,小家伙正穿着开裆裤,握着方向盘,模仿着他的母亲,玩得不亦乐乎。

丁墨和陆江、华林在外边忙忙碌碌,小家伙笑嘻嘻地看他们动作,也不哭闹。

丁墨和陆江商量了一下,本想用手工工具把门打开,结果孩子从驾驶台上摸到了一枚一元硬币,放进了嘴巴,这一下可把孩子妈妈吓坏了。

丁墨等人也很紧张,这要是咽下去,卡住孩子的喉咙,到时就有窒息的危险了。他们匆忙征求了孩子妈妈的同意,直接把后门窗户打碎,这才把孩子救出来。

孩子妈妈喜极而泣,还拉着几位消防员合照,于是丁墨等人临时客串了一回群众演员,逗得自始至终不知道自己曾处于危险之中的小宝宝略略直笑。

回到消防队后,丁墨回到宿舍,摸出手机一看,林雪曾给他打过电话,丁墨想了想,登录了微信,先发了一个笑脸:"嗨!"

几乎是瞬间,林雪就回复了:"干吗!"

丁墨:"哇!这么快,一直在等我回信?"

丁墨发了个嬉皮笑脸的表情,打字说:"下周二我休假!"

"哇!太棒了,带我去吃潮汕火锅!"

"没问题!"

"我还要去看大片!"

"没问题!"

"我们去逛商场。"

"没问题!"

没什么意义的打情骂俏,他们却都乐此不疲。爱情之所以能成为永恒的主题,就是因为它拥有"有情饮水饱"的魔力。

到了休假那天,静海日报"梦想你好"栏目有关消防的专题报道的第一版、第二版报道相继发行,引起了巨大轰动,在社会上引发了热议。

甚至一些网络媒体都开始联系报社,请求转载权,这可是少见的新媒体向传统媒体臣服的画面。总编大人笑得眼睛都快看不见了,每次接到同行电话,那嗓门都能把房盖揭起来。

一向在报纸上只做陪衬,少有人问津的"梦想你好",一下子摆脱了在报社内部可有可无的尴尬角色。对报界同仁包括日报内的同事们来说,最重要的不是这一次报道所产生的轰动效应,而是这次大胆的尝试为日渐冷落的纸媒业打了一针强心剂,让他们找到了一种新的可行性。

所以,当林雪向总编请假的时候,总编很慷慨地答应了。

丁墨穿了牛仔裤夹克衫,打扮得清清爽爽,一大早就开开心心地离开单位去与林雪约会。

林雪不出意料地迟了好久才下楼,虽然只是薄施脂粉,却也清丽动人。

两个人的穿着都很简洁,审美也很接近。

两人先去了趟公园,临近中午,一块儿去吃了顿潮汕牛肉火锅,美食下肚,心满意足,二人便逛到了电影院。

两个人早到了半小时。林雪大大方方地挽着丁墨的胳膊在草坪上散步,忽然迎面看见一个高高大大、戴着眼镜的斯文男孩,她顿时站住了,惊讶地张大眼睛。

男孩也看到了她,先是露出惊讶的神色,接着目光往丁墨身上一落,便露出了笑意,轻快地走过来,笑道:"好巧!"

林雪也笑了起来:"是呀,你怎么在这儿?"

那个男孩说道:"我跟青叶来看电影。青叶……"

男孩扭头唤了一声,一个女生加快脚步赶上来。

其实她刚才就跟在男孩子身边,距离并不远。只是林雪乍一看,实在难以把他们两个想象成一对。

两个人的身高……也许这就是最萌身高差?女生脸蛋圆圆的,有点婴儿肥,身材娇小玲珑,和男生差了一大截,脸上还戴了个圆圆的黑框眼镜。

丁墨自男生开始说话,眼睛就在对方身上不住移动,直到男生把女生叫过来,他的表情才松弛下来。

"咳!雪儿啊,这位是……"丁墨用肉麻的声音唤着林雪。

林雪哪儿还不知道他肚子里的那点弯弯绕。她白了丁墨一眼,这才介绍道:"这位,是秦佳木,嗯,是我的……"

"朋友!"秦佳木爽朗地一笑,向丁墨友好地伸出手。见人家这么大方,丁墨倒不好显得小气了,便也伸出手,大大方方地道:"我是林雪的男朋友,你和林雪的事,我已经听说了,想必这位就是你的女朋友吧?"

第七十一章
随机应变

丁墨笑着看向青叶，青叶本来一副心不在焉的模样，见他向自己望来，不由睁大了眼睛。

"啊！你好！"

小姑娘甜甜一笑，向他伸出手。

丁墨握着她的手道："你叫青叶是吧，很好听的名字。"

青叶笑眯眯地道："嗯。"

丁墨看了眼秦佳木："真的好可爱呢，难怪你的男朋友这么喜欢你。"

"是吗，其实我也很喜欢他的！"

青叶一副萌萌的长相，配上一本正经的语气，却让人感觉不到一丝违和感。

丁墨心想：还好自己不是单身，不然，这碗狗粮还真得干了。

丁墨和青叶看起来相谈甚欢，林雪在一旁不禁有些吃味，尤其是看见丁墨那只大手，还抓着青叶不肯松开的时候——

"啪！"一巴掌毫不留情地拍在了丁墨的胳膊上。

丁墨吃痛收回手，装作一脸不解地看向林雪："你打我干什么？"

打你干什么？

"不打你，你打算握一辈子是吧？"

丁墨讪笑："嘿嘿，我哪敢啊！"

两人之间的亲密打闹，让秦佳木和青叶忍俊不禁。

　　丁墨趁另外两人不注意，悄悄凑到了林雪的耳边，幽幽地说了一句："谁让你跟秦佳木相亲来着？"

　　丁墨的气息喷洒在肌肤上，林雪忍不住一个激灵，佯装愤怒，瞪了他一眼：居然还是个醋坛子。

　　丁墨抬头望天。

　　"对了，你们也是来看电影的？"

　　秦佳木开口向林雪和丁墨询问。

　　"对啊，你们也是？"林雪回应。

　　"相请不如偶遇，一起吧。"秦佳木笑得温文尔雅。

　　四个人犹如一道靓丽的风景线，霎时间吸引了许多行人的目光。

　　"等一等！"刚走了两步，秦佳木突然停下脚步，三人疑惑他转头，发现秦佳木脸色有些不自然。

　　"怎么了？"青叶面露担忧，"是不是哪里不舒服？"

　　只见秦佳木两只眼睛死死地盯着前方，随即启唇："我妈！"

　　"啊？"秦佳木一句话，让三个人也顿时紧张起来。

　　林雪和秦佳木瞒着父母各自"暗度陈仓"的事情，青叶和丁墨都是知晓的。所以这个时候，大家是拴在一条绳上的蚂蚱，当然要万众一心，一致对外。

　　眼见着秦母越走越近，千钧一发之际，林雪和青叶对视了一眼，极有默契地交换了一下位置。这样一来，两个男人站在外侧，但是丁墨身边的人就换成了青叶，而秦佳木的身边则换成了林雪。

　　完美！

　　"妈。"秦母走到几个人跟前，秦佳木率先开口唤住自己的母亲。秦母一眼看到自己儿子和他身边站着的林雪，顿时笑了起来。

　　"嗯，林雪也在啊，你们这是要去看电影？"说着，还不忘朝丁墨和青叶看了一眼：嗯，男的帅气，女孩漂亮，可是怎么都不敌自己儿子和林雪郎才女貌。

　　"是啊，阿姨，今天刚好有时间，我和佳木就约了朋友一起看电影。"一边说，林雪还一边故意伸出手挽住秦佳木的胳膊。

　　丁墨知道林雪这么做只是演戏给秦母看，但看着那两只交缠在一起的胳膊，还是浑身不爽，好像有无数只虫蚁在身上乱爬一般。

说话就好了，挽什么胳膊？当我不会吗？想着，丁墨也不由得伸出手臂，一把揽住青叶的肩膀。虽然丁墨这一举动太过猝不及防，但是呆萌的青叶却没有发觉什么不妥，只是甜甜地笑着朝秦母问好。

"阿姨好。"

这就是我的未来婆婆吗？眼神好像很犀利。

"阿姨好。"

丁墨虽然不爽，但还是有礼貌地打招呼。

"你们好。"

这个醋坛子。

看着丁墨揽在青叶肩膀的那只大手，林雪恨得牙根直痒痒，要不是现在情况特殊，她真想上去直接把那只手拧断。

怎么，握手还不够，还得揽肩膀呗？

几人之中，秦佳木还算理智，虽然不喜青叶跟别人亲密，但一想到现在的状况，倒也理解了，现在最重要的，是要打发他妈。

"妈，你也是来看电影的？"秦佳木看向秦母。

千万别是！

"我这一大把年纪了，看什么电影啊！这不是你王阿姨家的女儿结婚，我来参加婚礼了。你王阿姨你还记得吧，就是妈妈那个老同事，她家女儿找了个公务员，听说对方人老实，工作也算稳定，你王阿姨这下子算是省心啦。"秦母说到一半，又看了看林雪，"不过嘛，公务员再好，跟我们佳木是比不了的。"

"佳木这么优秀，其他人当然比不上了。"林雪的话让秦母极为满意，丁墨却在一旁听得眼睛直翻：马屁精！怎么没见你这么夸过我？眼不见心不烦，丁墨只好把头转向另外一边，没想到这一转，心脏差点没直接从喉咙里蹦出来。

有句话怎么说来着？祸不单行！只见不远处，丁建国和丁母正慢慢地朝着他们的方向走过来。丁墨一个激灵朝林雪使了个眼色。

林雪不明所以，顺着丁墨的视线看了过去，顿时浑身打了个激灵。怎么一个还没送走，就又来了两个？

秦佳木还在应付自己的母亲，青叶也不知道另外一波"父母"即将袭来，只剩下林雪和丁墨，不住地思考着接下来的对策。

眼看着丁家二老就要走到跟前了，丁墨急中生智，不着痕迹地向后退了两步，然后站到了林雪和青叶的中间。

嗯……死马当活马医吧！

这个丁墨！林雪顿时明白了丁墨的意图，暗自为他捏一把汗。

"丁墨！"丁墨刚站好，丁建国的声音就传了过来。说话间，二老已经走到了几人面前。

丁墨定了定心神，佯装镇定朝丁家二老说道："爸妈，咱们家也不在这个区，你俩怎么遛弯遛到这儿来了？"

虽然此时的丁墨和林雪身边都有别人，但是在丁家二老的眼中，这两个人只要站在一起，根本就没有别人插足的份儿。

"你这是陪女朋友逛街呢？"

"对啊。"丁墨回答。

"叔叔阿姨好。"林雪连忙问好。

"叔叔阿姨好。"青叶此时也看明白了状况，为了怕秦母起疑，只好跟林雪一起开口。然而丁家二老从始至终都盯着林雪，自然而然就被站在一旁的秦母注意到了。

秦母有些不悦了。林雪可是自己儿子的女朋友！想到这里，秦母不禁瞪了自己儿子一眼，秦佳木无奈，只好假装不懂自己母亲的意思。

倒是丁墨眼尖，察觉到了秦母的疑心，为了转移注意力，连忙主动向自己父母介绍起来："对了，这个是秦佳木，这位是他的母亲。"说完，又看向秦母："阿姨，这是我的父母。"

丁家二老早就感受到了秦母的"敌意"，再看她看林雪时的目光。嗯，没错了！这是看上自己儿子的女朋友了呢！三个人看着对方，皮笑肉不笑地各自打了招呼，但是彼此间仿佛有暗潮涌动。

怎么火药味还越来越浓了？林雪急得想跳脚，不住地给丁墨使眼色。你不是挺聪明机灵的吗？你不是鬼主意最多吗？还愣着干什么，想想办法啊？

此时丁墨的大脑也在飞快地旋转着，眸光微转间，他发现身旁的青叶斜挎的背包就快到身后去了。丁墨顿时眼珠一转，伸出手，动作既不亲密也不疏离，帮青叶将包的位置重新挪了回来。

这一举动，自然被丁家二老和秦母，看了个一清二楚。

秦母内心道：哼，再惦记我们林雪有什么用，你儿子都有女朋友了。

丁家二老心想：哼，看看我们儿子多么细心体贴，林雪就是看上他这一点了，你儿子永远比不上。

众人心思迥异，气氛却好像一点也没有缓和。

"喵帕斯——"

蓦地，青叶眨巴了两下大眼睛，猝不及防地说了三个字。

秦母和丁家二老一头雾水。

就连丁墨和林雪，也是满脸疑问。

还是秦佳木站出来为大家解释："这是二次元的问候语，是'早上好''中午好''晚上好'的通用语。妈，叔叔阿姨，青叶这是在向你们三位问好。"

这么一听，秦母和丁家二老忍不住笑了起来。

"这孩子真有趣。"

秦母心里却得意起来，还是自己的儿子博学多才，懂得多呢！

"妈，你不是要去参加王阿姨女儿的婚礼吗？"

"哎哟，是啊。"

经秦佳木这么一提醒，秦母也顿时想起来自己还有事情要办，随即客气地和众人道别。

"那我就先走了，你们聊。"

说完，还不忘朝秦佳木递个眼神：自己的女朋友，看好了！

第七十二章
甜蜜蜜

秦佳木无语，不过送走了一尊大佛，剩下的就好办了。秦母一走，四个人都是松了一口气，丁墨说话也随意了许多："爸、妈，你们俩到底跑这边干什么来了？"

丁母回答："就是你爸一个老同事的儿子，考上公务员一年，这不，就结婚了，要我说你也工作这么长时间了，也抓紧时间吧。"丁母意有所指的话让林雪忍不住脸红起来，身子也不由自主地朝丁墨身边靠了靠。

"叔叔阿姨，我们还年轻呢……"

"这孩子，还害羞了？"

眼看着自己母亲要开启唐僧模式了，丁墨连忙打断："好了啊妈，你们不是要参加婚礼吗，赶紧去，别耽误我跟林雪看电影。"

丁墨的话惹来丁母一个严厉的警告眼神，但是丁母的笑容却始终没有消失："行行行，不耽误你们了，我们这就走了，小雪啊，改天去家里吃饭。"

说完，又想起旁边还有两个人："你们也是，到时候一起去阿姨家里吃饭，阿姨给你们做好吃的。"

秦佳木和青叶笑着道谢。丁墨则是连说带推地把二老送走。终于，只剩下四个人了。电影院门口，丁墨、林雪、秦佳木、青叶你看看我，我看看你，静默了两秒，随即忍不住爆发出一串笑声。

林雪拍着胸脯道："刚刚简直是太惊险了。"

丁墨臭屁道："还不是靠我的机智聪明？"

秦佳木算是几人中最淡定的一个："不管怎么说，总算是蒙混过去了。"

青叶眨巴着两只水汪汪的大眼睛："刚刚真的是好吃鸡呢！"

吃鸡？林雪闻言，一双眼睛顿时亮了起来："你也玩吃鸡？"

青叶摇头："不是啦，人家的意思是刺激啦！"

几个人又笑了起来。片刻后，还是秦佳木提醒了大家："咱们赶紧进电影院，不然等会儿再碰上，可就不会像刚刚那么轻松过关了。"

此时的消防中队，董建平坐在办公桌前摆弄着手机。手机响起，是池焰焰发来的微信："董哥哥，我去看你好不好？"

董建平看见微信，嘴角不由得向上勾起，却还是在手机上打出回复："之前有林记者在，你跟来还算名正言顺，现在采访结束了，你再来的话怕是不合适。"

池焰焰很快回复："可是我都好久没看到你了。"

董建平拿着手机，心里也有些不是滋味，自己这段时间确实有些忙。想了想,董建平又回复池焰焰:"这不是老魏的妻子来了吗,我多忙一些,他就能多一些时间陪妻子,等过了这段时间,我就能经常去看你了。"

池焰焰:"那好吧,人不让我去,快递你总要让我送吧。"

董建平拿着手机一愣,快递?什么快递?思忖间,办公室的门被敲响,董建平抬起头,就见门口的警卫说道:"报告中队长,有一个您的同城快递。"说完,直接走到董建平面前,将快递放在桌子上,然后才迈步转身离开。

董建平一边讶异,一边拿过快递拆开。

池焰焰送来的是一个用粉色套子包裹好的保温饭盒,打开饭盒,里面装了满满的油焖大虾。董建平顿时勾起一抹笑意。

"看清了没?看清了没?送的什么啊?"

"你别挤我,这不正在看呢!"

蓦地,身后传来几个熟悉的声音。董建平一回头,就看见洛兵、华林、林不凡等人正伸长了脖子,站在自己的窗户下往里看。

董建平笑骂:"一个个干什么呢,不用训练了?"

"队长你不够意思啊,找了女朋友这么大的事,也不说出来让大家高兴高兴。"

"队长找女朋友跟你有什么关系?"

"队长的女朋友就是我们的嫂子啊,嫂子是大家的!"

"对,嫂子是大家的!"

"大家的!"

众人你一言我一语地说着,说得董建平脸上的笑意愈发掩饰不住,但他还是强板起脸来道:"干什么呢,就算在那儿看着,今天这顿也没你们的,去去去,都去吃午饭去!"

消防员们一哄而散。长廊里,不知道是谁先起头喊了一嗓子,众人随即开始大声合唱起来:"嫂子,嫂子借你一双小手,捧一把黑土先把鬼子埋掉;嫂子,嫂子借你一对大脚,踩一溜山道再把我们送好——"

此时,漆黑的放映厅内正在上演一部3D恐怖片。一个血腥的镜头闪过,飞溅而来的鲜血和人体残肢吓得青叶不由得向后一缩。

秦佳木见状,连忙将青叶揽入怀里,拍了拍青叶的背:"别怕,有我在。"

青叶闻声抬头,圆圆的眼镜框下,两只大眼睛宛若明珠一般,甚是光亮:"那你要喂我薯条我才不怕。"

秦佳木满是宠溺地抬手刮了一下青叶的鼻子，然后真的拿出一根薯条，小心翼翼地喂到了青叶嘴里。看青叶吃得高兴，秦佳木的脸上也忍不住挂上笑意。

"这回不怕了吧？"

"是的呢！"

两人的举动让坐在旁边的丁墨忍不住嘴角直抽，下意识地回头看向林雪。只见后者表情极为淡定，一边往自己嘴里塞薯条，一边看着电影，仿佛血腥恐怖的画面，根本激不起她一点反应。

"你看看人家！"

丁墨凑到林雪耳边小声说了一句，林雪闻声侧头看了一眼。

"看什么？"

"人家一个喂一个吃的，多甜蜜。你这自己吃得挺嗨，完全把我这个男朋友忘了个一干……"

丁墨"二净"两个字还没等说出口，就见眼前多出一根薯条。

"干什么呢，不是要吃薯条吗？吃啊！"

见丁墨没反应，林雪忍不住翻了个白眼。

丁墨想了想：行吧，谁喂谁还不都一样吗？

思及此，丁墨低头张开嘴，朝着眼前的薯条毫不客气地咬了下去。嗯，好像跟平时的味道不大一样？果然是喂的更好吃？

丁墨下意识地伸出舌头舔了一口，想要再回味回味，林雪原本要收回的手，却在这时传来一阵湿热的触感，她的身体顿时犹如过电一般僵硬了起来。

"扑通——扑通——"心，不受控制地剧烈跳动起来，宛若一把重锤，一下一下，狠狠地敲击着她的心脏。

察觉到林雪的异样，丁墨也瞬间反应过来，保持着自己吞薯条的动作，有些不知所措。刚刚自己那么做，是不是太轻浮了？林雪会不会生气？

思忖间，林雪的手，不着痕迹地慢慢收回。丁墨下意识地侧头看向林雪，而林雪刚好也看着丁墨，一时间，四目相对，彼此在对方的眼中看见自己的倒影，那么小，却又那么真切。

空气中仿佛有什么东西，在悄然流淌，旖旎暧昧。

一棵棵参天的古树宛若一个个古老的生灵，威严而又挺拔地伫立在山中，遮挡着来自头顶的烈日。半山腰的位置上，三个身背登山包、身着运动服的少年,正排着队向深山走去。

"在这里休息一下吧。"

走了一会儿,为首的少年便转身向身后两人建议,那两人脸上都有了些疲色,所以对此建议纷纷点头。

几个少年人就地休息,为首的少年坐在一块大石头上,抬手抹了把额头上的汗,他打开背包,掏出水壶递给同伴。同伴接过后也不客气,咕咚咕咚灌了好几口才将水壶归还,少年接过水壶,也喝了好几口,才放回背包。

又休息了一会儿,为首的少年看了看天色,转头对另外两人说道:"你们再休息会儿,我先去前面看看,等我回来了,咱们再出发。"

"小心点。"同伴提醒道。少年点点头示意,便一个人先行离开。

山腰之上,密林之中,少年一个人孑孑而行。头顶是茂密的大树,脚下是繁盛的灌木,少年每走一步,地面都会随之发出"吱呀"的响声,好似怕少年孤独,而演奏出的和弦乐曲。

就在这时,少年突然停下,瞪大了一双眼睛,望向了前方,大喊道:"你们快过来!"

还在原地休息的两人冷不防听到少年传来的声音,不由得一顿,随即相视一眼,快速背起背包,朝声音传来的方向跑了过去。

两人的步子极快,生怕少年遇到了什么状况。很快,两人看见少年站在一片巨大的藤蔓之前,一动不动。

"怎么了?怎么了?"两人跑到跟前,忍不住询问。

少年抬起一只手,两人顺着少年所指的方向看了过去。

眼前的藤蔓密密麻麻,不知道生长了多少个年头,交织缠绕着。藤蔓的下方,是一个洞口,从洞口往里望,无声无息,漆黑一片。仿佛有一只蛰伏在黑暗中的猛兽,呲着獠牙,张着血盆大口,随时准备将他们吞吃入腹。

两个同伴面露惧色,均是忍不住吞了吞口水,一齐看向少年。

少年的脸上,虽然也有些惧怕,但细看之下,他漆黑的眼睛里,却带着兴奋无比的光芒。

"乐天,不是要下去吧?"

"我看还是算了吧,这洞看起来怪瘆人的,咱们还是赶紧往山上去吧。"

两个同伴萌生退意,为首的少年却说:"怕什么,我未来姐夫可是消防员,一身本事,我也不能尿,咱们不是出来探险的嘛,要是这就不敢进了,还探什么险啊,你们两个要是怕,就在这里等我,我下去看看。"说完,也不管同伴反对,朝洞口走去。

他走到洞口处,先将遮挡的藤蔓扒开,又往里望了望,下定决心之后,深吸一口气,抬起脚——

然而脚刚一落地,原本还结实坚硬的土地,却瞬间松软,大量砂石突然齐齐朝洞内倾泻而下。乐天此时再想反应已经来不及了,他重心不稳,朝着洞内摔了进去:"啊——"

"乐天!乐天!"

第七十三章
半场电影

支队接警中心,乐瑶摘下耳麦,深吸了一口气。

"乐瑶,换班了。"

乐瑶闻声回头,朝同是接警员的同事笑了笑:"是啊,接下来就要辛苦你了。"

说完,乐瑶将位置交给对方。只是刚一坐下,桌上的报警铃就响了起来,接警员来不及跟乐瑶道别,立刻带上耳麦,接通了电话。

"喂你好,这里是119报警中心。"

"喂?我要报警,我要报警,有人掉到洞里了。"

电话里传来一个焦急的声音,听声音年纪不大。

"你好,请不要着急,麻烦你说一下具体地址。"

"哦好好好，地址地址，我说不清啊，这里是山里，我们一个同伴刚才掉到洞里去了，你们赶紧派人过来救人啊！"

"你不要着急，你在哪里的山里？"

接警员一边安抚对方的情绪，一边仔细询问具体情况，刚准备离开的乐瑶听到接线员重复的人名和镇名却是一惊，她猛地上前一步，一把抢过话筒，语带焦急地问道："请问怎么称呼你？"

乐瑶的举动让周遭的人不由得吃了一惊，要知道乐瑶平时一向沉稳冷静，怎么会突然这样？

"夏阳，我叫夏阳！"

电话里传来声音，乐瑶心里顿时咯噔一声："夏阳，我是瑶瑶姐，乐天跟你们在一起吗？"

一听是自己认识的人，对方的情绪一下子就控制不住了，哇的一声就哭了出来："瑶瑶姐，你快来啊，乐天……乐天掉到一个大洞里去了。"

消防一中队，陆江和华林正举着水枪，往消防警车上滋水，漆黑的泥块顺着水流，一点一点滑下。

就在这时，警报响起，华林和陆江对视一眼，立刻关掉水枪，快步跑向准备区。而消防中队的寝室楼口，此时也跑出一个又一个面色凝重的消防员，大家虽然脚步急促，却井然有序、沉稳冷静。

同一时间，静海市万达影院的放映厅里，丁墨的电话也震动起来。林雪转头，就见丁墨接起电话后神情愈发严肃。

"什么？"即使丁墨用手捂着嘴巴，但林雪还是听出了他语气中的急切。

"你等一下，我出去说。"丁墨站起身，有些抱歉地看向林雪，"有情况，我出去接个电话。"

青叶见到这副架势，不由得吐了吐舌头道："你们消防员的工作这么忙啊，连休息日都不消停。"

林雪笑着摇了摇头道："我没事，你有事就快去忙吧。"丁墨动了动唇，想要再说些什么，最终还是什么都没说，转身离开，只留给林雪一个匆忙的背影。

饶是理解丁墨的工作，林雪脸上还是忍不住划过一丝落寞。刚刚发生的一切，秦佳木都看在眼里，也不禁替林雪担忧："你没事吧？"

"没事啊！选择消防员，就要有这样的觉悟，放心啦，我有心理准备，况且，不是还有你们两个陪着我呢！"林雪振作起来，向他们嫣然一笑。

因为怕乘坐电梯没有信号，所以丁墨特意选择了安全通道，一边下楼一边朝电话里的乐瑶说道："我知道了，你先别着急，你现在在哪儿？"

乐瑶声音里带着掩饰不住的焦急和担忧："我现在正坐出租车往清枫镇赶，刚刚经过静江大桥。"

"那正好，我现在辉煌路的电影院，顺路，你来接上我。"

乐瑶满心感激，又觉得歉疚："谢谢你丁墨，真不好意思……"

"好了！"不等乐瑶说完，丁墨就直接打断，"等见了面再说吧。"

丁墨站在街边的候车区，看着来往的车辆，听乐瑶说了情况，虽然心里也着急，但是一想到林雪，满心的愧疚就好似洪水一般，快要将他淹没。

从两人在一起以来，就没有正式约会过，好不容易今天有了机会，却又……可即便如此，丁墨也不后悔自己的决定。

他是一名消防员，今天就算不是乐瑶的弟弟出事，丁墨知道自己也一定会做出同样的选择。时间一分一秒地过去，很快，一辆出租车停在了丁墨跟前，车窗落下，乐瑶的脸探了出来。

"丁墨。"

丁墨拉开车门上车。车速很快，乐瑶和丁墨坐在后排，乐瑶看着丁墨，忍不住说道："谢谢你。"

丁墨随意地笑笑："客气什么。"

"清枫镇是你们一中队的辖区，我知道已经出警了，可还是放心不下。本来你今天休假，我不应该打扰你的，可是你身手好，有你在我能更放心一些，所以才忍不住给你打了电话……"

丁墨幽默地说："你这么说，陆江会吃醋的。"

"我是心乱了，想着人多点，更有把握！"说到这里，乐瑶又有些生气，"我弟弟真是太不省心了，做事没轻没重，也没什么危险意识，好几个人爬山，偏偏就他掉到洞里去了，太能作了！"

乐瑶越说越气，如果人在眼前，真是恨不能上去就是一脚。丁墨除了安慰，此时也没有什么其他事可做，只是希望，人能平安无事吧。

……

电影结束了。影城门口，林雪顺着拥挤的人群走出来，找了个不阻挡行人的位置，转头看向秦佳木和青叶："那我就先回去，不给你俩当电灯泡啦。"

秦佳木却说："我和青叶也准备回家了，正好，我们先送你。"

林雪闻言连忙摇了摇头:"不用不用,你送青叶,我自己回去就好。"

秦佳木笑笑:"让漂亮女孩子单独一个人回家这么不绅士的事情,我可做不出来,况且,你还是我名义上的女朋友呢!"

秦佳木这么一说,林雪也忍不住笑起来:"你这么说,就不怕青叶吃醋?"

青叶一脸呆萌地眨了眨眼睛:"我为什么要吃醋呀?"

"看,青叶都不吃醋,你也别推拒了。"秦佳木笑着说完,自顾自地拦了一辆车,回头看向林雪和青叶,"走吧。"

林雪推辞不过,也只好同意:"那就麻烦你们了。"

另外一边,丁墨和乐瑶也抵达了乐天出事的山下,司机停下车,回头看向乐瑶和丁墨:"上面上不去,车子只能停在这里了。"

此时的乐瑶已经焦急地先一步下车,丁墨见状,付了车钱,也连忙下车。丁墨本来想再安慰几句,却见乐瑶已经打起了电话。

"夏阳,我是瑶瑶姐……嗯,我已经到了,你们在哪儿?……就是小时候摘山梨栗子那座山头对吧?嗯,我记得……和左边那座山中间的山梁上……"

乐瑶一边说,一边移动视线寻找位置,确定位置以后,她对丁墨眼神示意了一下,向电话里说道:"好我知道了,这就过去。"

挂断电话,两人不敢做丝毫耽搁,立刻快步朝山上走去。

静海市郊区的清枫山,虽然不比北方的山那般巍峨,但也是群山连绵、一望无尽。

出事的山洞口,陆江等人已经先一步到达。

"小陆啊!"乐母一见到陆江,就立刻上前,"阿姨就这么一个儿子,瑶瑶就这么一个弟弟,你一定得帮帮阿姨,帮阿姨把他救出来啊!"

来的路上,陆江已经了解到出事的人是乐天,现场看见乐父乐母焦急担忧的样子,忍不住心底一软:"阿姨你放心,我一定会找到乐天。"

"唉,阿姨相信你!"

乐母一边说,一边抹眼泪,乐父在一旁不住地叹气:"好了,咱们赶紧让开,别耽误小陆他们救人。"

乐母闻声连忙点头,和乐父一起让到了一边,两只眼睛死死地盯着洞口的方向,期望着能从里面得到些回应。和乐天一起登山的两个小伙伴已经被吓坏了,但对乐天的担心让他们无论如何也不肯离开。

陆江安顿好了乐母,快速地看了看洞穴的情况,尝试着向里面喊了两声,却没有得到任何回应。陆江问道:"洞穴到底有多深?"

乐父摇了摇头:"这个我们也不清楚啊,以前这里是没有洞穴的,最近总是下雨,可能是暴雨把山体和砂石冲软了,才塌陷出这么大一个洞。"

原本情绪已经稍稍有些缓和的乐母,听见这番话,眼泪又忍不住落了下来。陆江神情严峻地看了看天色,对华林等人说道:"我们必须赶在天黑之前把人救上来,不然救援工作就更难展开了。"

夜晚救援难度大,而且时间拖得越长,乐天也越危险。当然,这样的话,陆江没有说出口,但是消防员们都心知肚明。

"班长,我下去吧。"华林主动站了出来,"我瘦小一些,身材灵活,比较方便。"

在场的人中,华林确实最适合,但是这洞不知道有多深,一想到他畏高的事,陆江的眼中就不由得闪过一抹担忧。

华林把陆江的表情都看在眼里,也知道他担忧什么,遂主动开口:"班长放心,我可以!"

第七十四章
我不后悔

看着华林眼中的坚定,陆江只略微犹豫了一下,便重重地点头道:"好,你跟我,我们两个下去,其他人在上面随时待命,准备支援!"

部署完毕,陆江和华林便开始准备。两人将通信设备挂在肩头,又将安全绳绑在身上,其他人在这个时候将两人的安全绳固定在附近的大树上。一切准备妥当，陆江和华林对视了一眼，便准备下洞。

"陆江！"

"班长！"

乐瑶和丁墨刚一赶到，就看见陆江和华林站在洞口，准备下去营救，两人立刻跑了过去。

乐母一见到自己的女儿来了，又忍不住哭了起来，乐瑶也只能简单安慰母亲几句，便跑到陆江身边道："陆江，让我下去吧，我也受过训练。"

虽然来的路上一直在劝自己要冷静，可是到了现场看见父母的情形，乐瑶就有些控制不住自己的情绪，只有她亲自下去看了才能安心。

丁墨一眼就看出了乐瑶的心思："乐瑶，你先冷静冷静，虽然你受过训练，但你只是接警员，对于这种救援的事情，我比你更专业。相信我们！"

听丁墨这么说，乐瑶也知道自己是情绪太过激动了，现在自己能做的就是安静配合，耐心等待。想到这里，乐瑶抿了抿唇道："好，我相信你们。"

陆江虽然没有说话，但已然听出了丁墨话中的意味。他这是要代替自己下去？

"陆江，你是班长，是这次救援行动的指挥官，所以你更应该留在上面照应全局！"丁墨漆黑的黑眸望着陆江，一番话铿锵有力。他说得没错，自己现在是班长，需要照应全局。可是……

"你今天明明在休假……"

"我已经回来了！"

一句话，六个字，明明声音不大，但是无形中带着的某种气势，让人无法忽视。最终，陆江只能重重地点头："好！"

说完，陆江不敢有耽搁，立刻将通信设备和安全绳交给丁墨。丁墨准备好之后，便和华林顺着安全绳，进入到洞穴之中。

洞内的能见度极低，几乎到了伸手不见五指的地步，两人只能打开头盔上的矿工灯照明。

光束在漆黑的洞穴内晃动着。洞内泥土陈腐，四壁凹凸不平，还挂了不少的水珠，一股潮湿的气息将两人紧紧包裹起来。

好在洞穴内有斜坡，两人一手拉着安全绳，一边小心翼翼地移动着。泥沙不时滑落，令二人移动得更加小心。

灯光映得华林脸一半晦暗，一半明亮。他的唇瓣紧紧地抿成了一条直线，眉心拧在一起,但手上和脚下的动作,却依旧有条不紊。

丁墨见状,不由得笑着夸奖了一句:"行啊,有长进啊。"

华林被夸得有些不好意思:"其实,我一直希望自己能够强大起来,克服畏高的毛病,尤其是一想到洛班……"

说起洛兵,两人眼里的光顿时暗淡了下去,丁墨也收起了脸上的笑意。两人陷入了沉默,抓着安全绳,小心翼翼地继续向下。

下了一段距离,始终没有看到乐天的身影,华林有些心急,便忍不住大喊了两声:"乐天?乐天?"

话音刚落,乐天的声音倒是没听到,几块原本已经松动的碎石却像受到了惊吓一般,噼里啪啦往下掉。丁墨一惊,连忙低声提醒:"别喊,洞中情况还不明确,你再这么喊下去,一会把洞喊塌了,人没救上来,咱俩的小命也得交代进去。"

说到一半,见华林的表情有些严肃,丁墨又忍不住放缓了语气:"没事,咱们小心点往下找,这个洞虽然长,但好在不是垂直的,估计那小子是顺着坡滑下去的,应该没有性命危险。"

华林还是担心:"那怎么一点反应都没有?"

丁墨想了想道:"或许是晕了吧,我小时候也这样,整天爬墙上树的,也摔晕过。"说着,又往下移动了一段距离。

华林道:"我跟你可不一样,我从小胆子就特别小,说出来你可能都不信,我从小到大连架都没打过。"

"咱俩正好相反,我是天生胆子就大,不喜欢被束缚。小时候学习成绩好,却一直喜欢当兵,尤其喜欢特种兵那种威风凛凛的感觉。不瞒你说,我经常做梦梦见自己在特种部队里,大显身手。"

丁墨说着,突然间叹了口气:"谁知道,最后竟然成了一个消防员。"

华林低声笑了笑:"那你后悔吗?"

"那你后悔吗?"同一时间,池焰焰的房子里,林母看着林雪,一脸郑重地问。

"我不后悔!"林雪眼眸漆黑明亮如黑曜石,眸光坚定异常,"妈,这么跟您说吧,找对象这种事,得双方确认过眼神……"

看着母亲疑惑的目光,林雪叹了口气:"就是看对眼……这事吧,勉强不来，秦佳木是挺优秀，可我跟他根本就……"

林雪话还没说完，就被林母打断："优秀就够了啊！"

"妈！"林雪也有些恼了，皱着眉头道，"我爸也优秀，真的就够了吗？"

"怎么不够？我跟你爸相敬如宾这么多年……"

"对，你们还举案齐眉呢……"林雪撇撇嘴说道，"从小到大，你忙你那一摊子事，他忙他那一大堆事，咱们一家三口一共在一起吃过几回饭？这么多年都能数得过来吧？你当我真看不见你背地里失落的样子吗？这样的婚姻，真的有意思吗？两个优秀的人，组成一个冷冰冰的家庭，真的会觉得幸福吗？"

林母深吸了一口气，想说点什么，却发现自己似乎无话可说：是啊，老林不优秀吗？太优秀了！简直优秀过了头。他们老林家的人都优秀。自己当年，也是听了妈妈的话，觉得嫁给一个优秀的人，肯定会非常幸福。

仔细回想起来，这么多年来，属于夫妻二人之间的故事，少之又少。甚至对女儿小时的回忆，很多都已模糊。林母顿觉自己的胸口有些憋闷。

林雪见母亲发呆，态度便软化下来，柔声道："妈，我不是说你跟我爸不好，可能你们那辈人，觉得那样挺好。但我不喜欢这种生活。我对秦佳木一点感觉都没有，而且，你得相信我的直觉。他对我……也没有那种感觉，你可别拿人家的礼貌和客套当成真心啊。"

林雪的话让林母不禁回忆起刚才在楼下碰见秦佳木时的情形……

……

"好不好吃？"秦佳木拿着柿饼看着青叶一脸满足的样子，心里顿时涌上一阵甜蜜。

"嗯，好吃！"青叶的眼睛简直笑成了一弯月牙。

"有那么好吃吗？"

"嗯！"青叶重重地点头，"因为是你买的，所以特别特别特别好吃，简直就是这个世界上最最最最好吃的柿饼！"

秦佳木忍不住宠溺地揉了揉青叶的发顶，温润的面容之下，是掩饰不住的幸福。

林母就是这个时候出现的。

"佳木……"林母简直不敢相信自己的眼睛，那个温文尔雅、懂礼貌、有教养的秦佳木，居然和别的女人如此亲密！

林母既震惊又愤怒，说话都有些颤抖起来："你这孩子……看你挺好的，怎么能够做出脚踩两只船这种事？你对得起小雪，对得起我和你母亲吗？"

"伯……伯母。"秦佳木和青叶也很震惊，没想到林雪的母亲会在这个时候出现。青叶听见自己的男朋友被这么误会，顿时往前一站。

"青叶！"察觉到青叶的举动，秦佳连忙上前拉住她，摇头示意自己没事，千万不要冲动。可是青叶哪肯让他被人骂，直接一把将他甩开，站到林母面前。

"伯母，你怎么能这么说佳木？"

佳木？听见青叶对秦佳木的称呼，林母胸中的怒火越烧越旺："我说他？我还说你呢？你明知道他有女朋友，还勾引他，你们两个一样不要脸！"

林母的话彻底激怒了青叶："我不要脸？实话告诉你，我才是秦佳木的女朋友，是你和他妈妈非要乱点鸳鸯，他们两个又孝顺，所以才不得不暂时隐瞒你们。我真是不明白，现在都什么年代了，你们还搞父母之命这一套，我们年轻人就是应该恋爱自由，凭什么要受你们的控制？"

……

青叶鼓着腮帮，瞪着眼睛的样子，在林母脑海中异常清晰，她忽然觉得很累，身体累，心也累，她叹了口气道："秦佳木说你也有对象了，消防员？我见过的那个？"

"嗯！"

林母认真地看着女儿："你的选择，真的不是草率的吗？雪儿啊，你不后悔？"

林雪认真地迎着母亲的目光道："我不后悔！"

第七十五章
美丽发现

"我不后悔！"山洞内，丁墨回答得异常坚定。

"其实，我一开始也是不情愿的，那种心态怎么说呢……就是破罐子破摔吧。但是随着时间推移，经历得越来越多，我就有点想通了。

"说实在的，咱们这工作危险又平凡，但每次救完人，哪怕累到想瘫在地上就睡，可救了人的那种满足感，叫人心里熨帖得很。你要问我喜不喜欢当消防员，我还是告诉你，不喜欢！我喜欢特种兵！但是你要问我后不后悔？我不后悔。"

华林从来没听丁墨说过这么大段的话，不由得对这个平时吊儿郎当的"刺儿头"刮目相看起来。

说话间，两人又下降了一段距离。丁墨看了看脚下，发现接下来一段距离没有斜坡，需要垂直降落，不禁看了华林一眼。

"小心点。"说完，丁墨双手抓着安全绳，双脚借助着力点，用力一蹬，整个人腾空，下降。华林也不甘示弱，用同样的动作，向下降落。

直到两人再次降落在一个斜坡上，重新找到落脚点，华林才开口："这么一听，我还真有点羡慕你。"

"羡慕我？"丁墨一边下降，一边觉得有些不可思议。

"嗯。"华林握着安全绳，重重地点了点头，"从小，我妈就把我保护得严严实实，不许做这个不许做那个，所有的人生规划，都必须按照她的意见来，家里的大事小事，包括洗袜子和内衣这种事情都不用我来做。"

华林忍不住吐槽："你说他们那群70后掌控欲怎么那么强？"

丁墨脚下用力踩了踩，确认没有安全隐患，才抬头笑着对华林说道："没想到，你的剖析还挺准确。"

"哥，我只是性格软，但不是缺心眼。"华林忍不住翻了个白眼。

两个人一边说一边向下继续移动着。

洞穴外，等了许久都没有等到消息的陆江不禁有些担忧，他拿起对讲机："丁墨，下面情况如何？注意氧气含量，注意安全。"

一句话说完，对讲机安安静静，没有回应。陆江心里一惊，再次将对讲机凑到嘴边，语气急切地说道："丁墨、丁墨，我是陆江，收到请回答，收到请回答。"

又等了一分钟，还是没有听到丁墨回话，陆江等人都有些紧张着急，正准备再次呼叫，突然听到对讲机中传来"滋滋"的电流声，丁墨的声音响起来："陆江，我们好像发现了……天堂！"

"天堂？什么鬼？"地面上的人相视无语，他俩不是因为里边空气污浊，神志迷乱了吧？

还没等他们问，华林的声音惊喜地传来："我们找到乐天了，他摔晕了，不过没有大碍，呼吸平稳，也没有明显外伤，我们马上带他上去。"

陆江松了口气，回道："好的，你们注意安全。另外，什么天堂？"

洞里，华林蹲在乐天面前做紧急救治，丁墨借着探照灯向四周看去，虽然已经看了有一会儿了，但他仍被洞中的景象震撼。

只见漆黑的洞中，光束所照之处，一片五颜六色、形状各异的石笋从洞顶、石壁中长出，灯光经过石笋的折射，呈现出最美的舞台也无法展现出来的绚烂色彩，清澈的地下河水，与多彩的石笋交相映照，仿佛一幅梦幻的画卷。

丁墨被这从未见过的美景吸引，一时间神迷目眩，不自觉地走过去想触碰一下石壁上的石笋，看看它们到底是不是真实存在的。

这时，只听背后传来一声尖叫："啊，鬼啊！"丁墨被吓了一跳，从出神的状态中惊醒，一口气闷在心里吐不出来。他怒气冲冲地转过头，发现乐天已经醒了过来，正惊恐地看着自己和华林。

因为二人头上亮着矿灯，乐天一睁眼只看见两道光，这才吓了一跳。

"什么鬼，你个小屁孩！"丁墨没好气地说，"我们是来救你的，我是你姐的好朋友。"

随后他接通对讲机说："乐瑶，你家那小屁孩已经醒了，我们等会儿就把他带上去。"

乐天这时候总算缓过气来，拍了拍胸脯说道："原来不是鬼啊，吓我一跳。"他好奇地看着丁墨问道："你喊乐瑶？你是我姐的新男朋友吗？不是吧，她又换男朋友了，陆江哥哥那么帅，干吗要换啊，眼光太差了。"

丁墨一听就不乐意了："我怎么了，我这么帅这么有本事，不比陆江强多了吗？"

"看不出来。"乐天仔细看了看丁墨，随后摇摇头叹了口气，"唉，难道鲜花始终摆脱不了插在牛粪上的命运吗？"

丁墨大怒，指着乐天说："臭小子，要不是看在你还小的份上，我今天非把你屁股打成四瓣，让你妈都认不出你来。"

乐天跳起来捂着屁股跟丁墨对峙："哼，我才不怕你呢，你要是敢打我，我就让姐姐甩了你，让你当单身狗。"

丁墨被气得牙痒痒，挽着袖子就要去揍乐天："我这暴脾气，信不信在我成单身狗之前，我先把你打成狗！"

乐天见丁墨要来真的了，赶紧躲到华林身后："杀人啦，救命啊，乐瑶你男朋友要打你弟弟啦……"

丁墨赶紧说："别喊，这洞不稳定，可别喊塌了！"

华林哭笑不得，护着乐天跟丁墨说："好啦，你怎么也是个小孩脾气，这时候还没轻没重地跟一个小屁孩计较什么，赶紧上去。"

"哼。"丁墨不情不愿地走过去，一把扯过乐天，把备用救生绳系在他的腰上，乐天也老实了，捂着屁股一言不发地配合丁墨。

丁墨刚刚跟陆江通话，对讲机忘了关，他们的对话都被上面的人听到了，所有人都被逗得哈哈大笑。

不一会儿，丁墨和华林带着乐天从洞里爬了出来。刚一上来，乐母就冲过来一把抱住乐天，又是心疼又是数落的，把乐天说得低了头。

乐瑶也走过去，故意板着脸跟乐天说："以后还敢不敢这样乱跑了！"

乐天眼珠子乱转，突然看到正在跟陆江和华林说话的丁墨，他指着丁墨说："老姐，你新男朋友欺负我，你管不管？"

乐瑶脸色一寒，伸出手狠狠揉着乐天的头："谁告诉你他是我男朋友了？

你个小鬼头，年纪不大，心眼倒是不少，看我今天怎么教训你。"

"啊，老姐，饶命啊，我再也不敢了。"乐天不停地摇晃着脑袋，想要躲避乐瑶的魔掌。

"哟，这是谁啊，刚才不还挺横的，怎么这会儿老实了？"看到乐天被整治得服服帖帖，丁墨心中大乐，走过去戏谑地跟乐天说。

乐天打了败仗，垂头丧气不说话。这时陆江走了过来，跟丁墨说："好了，欺负一个小孩子有意思吗，你刚刚说的天堂是什么？"

丁墨一下来劲了，眉飞色舞地说："你不知道，洞里面实在太美了，美轮美奂，啧啧，那真是只可意会不可言传啊。"

"呵呵，你怕是没什么文化，描述不出下面是什么样的吧，还只可意会不可言传呢。"陆江毫不留情地揭穿丁墨。

丁墨立马炸毛了："你懂什么，你又没看到，不信你问问华林，下面是不是很美？"

这时华林走过来说："确实，下面挺美的，是个溶洞。"

华林接着解释道："这个溶洞是可溶性岩石中因喀斯特作用所形成的地下空间，是石灰岩地区地下水长期溶蚀的结果，由于石灰岩层各部分含石灰质多少不同，被侵蚀的程度不同，就逐渐被溶解分割成千姿百态、陡峭秀丽的山峰和奇异的溶洞。"

丁墨、陆江、乐瑶相互看看，有种无地自容的感觉：不愧是大学教授的儿子啊，这简直就是活的百度百科啊。丁墨苦笑地说："这个嘛，你说的每个字我们都明白，但放在一起，就全都不明白了。"

华林也很无奈："其实就是一种特殊的地貌形态，在西南云贵高原一带很常见，在咱们这儿就很少见了。"

"还是听不懂。"丁墨再次摇头，大大咧咧地说，"不过没关系，虽然不知道那些乱七八糟的东西，但我知道一点，它漂亮啊！"

乐瑶兴奋地说："既然那么漂亮，不知道能不能开发成旅游区。"

丁墨的眼睛顿时亮了："有道理啊，这么美的地方，不开发成旅游区实在太可惜了。"

陆江沉思道："对，而且华林刚才也说了，这种溶洞在我们这儿很少见，物以稀为贵，到时候肯定会有很多周边的群众来旅游。"

乐瑶高兴地说："对对，而且还是在离市区不远的郊区，交通也方便。"

丁墨大手一挥："哈哈，这里的人民群众都要感谢我了，我给他们发现了一处风景胜地啊！是不是该以我的名字命名啊？"

乐天立即跳着说："是我发现的，是我发现的！"

第七十六章
独家报道

把乐瑶的弟弟和母亲送回家后，众人坐在消防车上返回消防队。"叮铃"一声，闭目养神的丁墨被惊醒了，他拿出手机一看，是林雪发过来的微信："怎么样了？任务完成了吗？"

丁墨嘴角露出一丝微笑，却故意装作不高兴发道："现在才问，你不关心宝宝，宝宝不开心了。"

另一边的林雪正盘腿坐在沙发上，林母坐在另一边，一边嗑瓜子一边看电视，两人有一搭没一搭地聊天。看到微信，林雪顿时一脸无语，无奈地回了一句："我这不是怕打扰你工作嘛。"

林母突然蹦出一句话："丁墨这人吧，我看着就不喜欢，油嘴滑舌没个正行，你到底看上他哪一点了？"

林雪的脸色更黑了，叹了口气说："妈，丁墨这种性格，在你们眼里叫油嘴滑舌，在我眼里那叫情商高啊。"

另一边的丁墨脸上都笑出一朵花来了："我不管，宝宝不开心，要亲亲要抱抱。"

林雪实在忍不了了，发了一张"大锤砸小人头"的图片："你够了啊，是不是不给亲亲不给抱抱,你还要嘤嘤嘤啊。"

丁墨差点笑出声来,发道:"你欺负人,嘤嘤嘤。"

林雪一下从沙发上站起来,恶狠狠地瞪着手机,翻出一张"一拳一个嘤嘤怪"的图片发了过去。

"干什么呢,大惊小怪的。"林母让女儿的动作吓了一跳,"刚跟你说的话听到了吗?"

"啊?你说什么了?"林雪一脸迷茫。

"你啊。"林母一脸恨铁不成钢的样子,"我说你跟丁墨在一起,一定要小心,别被他骗了。"

林雪不屑地说:"你女儿我这么聪明,怎么会被他骗。"

很快,丁墨的短信就回了过来:"女侠饶命,小的不敢了。"随后又发过来好几张溶洞的图片,都好看极了。

林雪坐下把每张图片都仔细看了一遍,眼中满是惊叹地问道:"这是哪里?"

消防车内,丁墨满脸得意的笑容回道:"刚刚乐瑶的弟弟掉进洞里了,我们去救他,在洞下拍的照片,怎么样,漂亮吧。"

"乐瑶弟弟掉洞里了?怎么样?没事吧。"

"没事,连稍微严重点的皮外伤都没有。你是不是关注错重点了,问你那些图片美不美呢。"

"喂,又走神了,在跟谁聊天呢,是不是那个丁墨。"正当林雪欣赏那几张照片的时候,林母突然放大了音量,把她吓了一跳。

"啊,没有啊,你说什么?"林雪连忙装作若无其事的样子放下手机。

"我是问你,丁墨家是不是开了几个加油站?"林母停下嗑瓜子的动作。

"哦,这个啊,是啊,他家加油站我还去过呢,生意挺好的。"林雪松了口气,拿出手机给丁墨发微信:"太漂亮了,简直是鬼斧神工啊。"

"嗯,那还挺不错的,以后嫁过去至少不会太缺钱花。"林母又缩回沙发。

"哼,哪那么容易嫁给他,他还没有通过我的考验呢。"林雪一脸娇傲地昂起头。

"那你说,把这个溶洞开发成旅游区有没有前途?"丁墨又发来消息。

"必须有前途啊,不行我得赶紧联系当地镇政府,写稿子,发新闻,不能让其他媒体抢先了。"噼里啪啦打完字,林雪光着脚跳下沙发就往自己的卧室里跑去。

"唉，你要去哪儿啊？"林母喊道。

"我有大事要做，不跟你聊天了，么么哒。"林雪边跑边回头给母亲一个飞吻。

而另一边，丁墨看到信息，也是十指纷飞："急什么，再聊十块钱的啊。"

林雪回到自己的卧室后，飞快地打开电脑，回道："才不，反正男朋友跑不了，可若迟一步，这独家新闻就跑了，我要为调离报社老年组做最后一搏，开工啦！"

几日后的一个上午，消防队照常训练。大家正在跑圈，林雪穿着一身休闲装突然出现在训练场旁边，手里提着一个果篮。

华林最先看到林雪，用胳膊碰了碰旁边的丁墨，嘴角往林雪的方向努了努。丁墨会意转头望去，看到林雪后给了她一个大大的笑容。林雪捂嘴轻笑，径直走到旁边的树荫下坐了下来，笑眯眯地看着他们跑圈。

原本被太阳晒得有些萎靡的消防队员们，突然仿佛打了鸡血一般，速度提升了不少。跑完圈后，丁墨来到林雪身边。

"哟，这哪儿来的小仙女啊，这么美。"丁墨带着浮夸的表情说。

"少来。"林雪站起身笑着给了丁墨一拳，把手中的果篮递给丁墨，"我是来感谢你们消防队的，我报道了你们发现的溶洞，现在已经调回最热门的'每日新闻'栏目组了呢。"

林雪眯着眼笑得很开心。

"真厉害！"丁墨冲林雪竖起了大拇指，接过果篮说，"那我就代表他们接受你的感谢了，水果待会儿带回宿舍给他们分。"

"全体都有，集合！"这时，陆江小跑过来，大声发令。

丁墨冲林雪使了个眼色，放下果篮跑进队伍，林雪也好奇地看着他们。

队列很快站齐，陆江大声说："鉴于上次江上救援事故中，很多同志表现出游泳技能不娴熟的情况，上级决定对全体消防员进行游泳及水域救助等能力的训练，不断提高消防员的实战能力。

"为响应上级号召，本中队领导已经租借了游泳馆的一个泳区，请来了专业的游泳和潜水教练，中队各班轮流进行训练，听明白了吗？"

"明白！"消防员们齐声说。

游泳训练？听到陆江的话，林雪眼珠一转，突然想到上次发布的那些充满阳刚之美的照片所产生的巨大反响，心中马上又有了一个主意。

消防中队队长办公室里，董建平对魏凯说："中队的游泳训练工作，就由你来负责吧。正好也可以带着弟妹在游泳馆附近散散步，呼吸呼吸新鲜空气，孕妇嘛，天天闷在家里也不好。"

魏凯正色说："谢谢队长，不过我们能坚持。"

"坚持，坚持什么啊。"董建平看着魏凯，"以前是条件不允许，现在支队帮你解决了问题，让弟妹住进了支队宿舍楼，平时有人帮忙照料了，可你陪她的时间还是太少啊！"

魏凯有些为难地说："可是……"

"没什么可是的。"董建平一挥手，"就这么定了，你要知道，虽然她有其他家属们的照料，身体上不会出啥大的问题，但精神上的慰藉，却是没有人可以代替你的。"

魏凯用力点了点头："谢谢中队长。"

"假惺惺。"董建平看着魏凯，哼了一声。

魏凯一拍脑门："啊！你这么一说，中队长……咱们中队租的这个游泳馆，离支队宿舍那么近，不会是你特意挑的吧？"

董建平摆摆手转过身往门口走去："纯属巧合。"

魏凯看着队长的背影，笑了。

次日上午，魏凯就带着一班的全体成员来到了游泳馆，他们包下了一个泳区。大家换好衣服，所有队员除了魏凯之外，都是赤裸着上身穿着泳裤。

陆江带领大家列好队后，向魏凯汇报。魏凯示意陆江入列，清了清嗓子说："同志们，一班的第一次游泳及水域救助训练马上开始，在此之前，我要先跟大家强调一下纪律。

"首先，一定要严守纪律。严禁在水中打闹，影响到游泳馆的正常运行。其次，有'三忌'来保障大家的健康与安全：一忌到非训练区游泳；二忌游泳时间过长；三忌游泳前不做准备工作，都明白了吗？"

"明白了！"消防员们齐声道。

"很好，现在给大家介绍我身边的教练员。在我左边的这位，是游泳教练孙教练，在我右边的这位，是潜水教练李教练，大家欢迎。"

两个年轻的训练员上前一步，向大家笑着招手。

"教练员好！"众人们齐声欢迎。

这时，魏凯的媳妇姚燕出现游泳馆的门口，探头向里面看了看。

"很好，下面，教练员们会对你们的游泳水平进行评测，水平过关的，将直接进行潜水训练，水平不过关的，将进行游泳训练，明白了吗？"

"明白了！"

"明白了，魏队，嫂子在门口等着呢，你赶紧去照顾媳妇吧，我们可以的。"丁墨大声说道，顿时引来其他人的哄笑。

"你小子"魏凯笑着对丁墨说，"好了，你们听从教练员的安排吧，我先去照顾媳妇了。"

"哈哈哈……"众人再次大笑，一向严肃的魏队突然也开起玩笑来，让他们感到很新奇。魏凯向两位教练员示意后，走了出去。

两位教练员小声商量了之后，教游泳的孙教练向前走了一步，说道："同志们，我们首先要进行的是游泳测试，现在所有人跟着我做准备动作。"

说完，教练员们就带着消防员们开始做准备动作，众人随着教练员的动作，尽情地舒展着身体，展示着浑身的肌肉。

第七十七章
出水芙蓉

旁边不远处的另一个泳池旁边，林雪和池焰焰穿着泳装趴在水边，小声地对消防员们的身材评头论足。

"你看，陆江的身材好好啊，那腹肌，那肱二头肌，那胸肌，啧啧，比你家那猴子的身材好多了。"池焰焰带着挑衅般的眼神看着林雪。

林雪顿时就不服了："哼，你有没有眼光啊，你看我家墨墨，身材匀称，线条感十足，一看就是猎豹型的，真游起来陆江肯定不是他的对手。"

游泳馆外面就是一个小公园，魏凯扶着姚燕走到树下的凉亭里道："累了吧，坐下歇会吧。"

姚燕一脸灿烂的笑容："不累，这才走多大一会儿啊，之前在家的时候，每天买菜要走20分钟呢。"

魏凯心疼地看着她："老婆，是我不好，我以前没有照顾好你，你放心，我以后一定把你当宝贝一样宠着，不让你受一点委屈。"

姚燕温柔地看着魏凯："别这么说，以前你也是迫不得已。只要以后每天都能像现在这样，你有空就陪我出来散散步，我就满足了。"

"老婆！"魏凯握着姚燕的手，声音有些哽咽。

"好啦，都多大的人了。"姚燕娇声说，"我们去游泳馆里看看吧，外面有点晒，再说，也不能太耽误你工作。"

"嗯。"魏凯回道，随后扶着姚燕向游泳馆走去。

游泳馆里，大家已经做好了准备工作，马上就要开始游泳技能的测试了。这算是教练员在进行有针对性的指导训练前的一次摸底调查。

教练员站在泳池旁边，手里拿着秒表。几个消防员一人一个泳道，全部做好了准备，本来就懂水性的更是诚心表现，弓着身子目视前方，随时准备起跳。他们仿佛一颗颗即将出膛的炸弹一般，充满了爆炸性的力量感。

旁边泳池里，林雪和池焰焰都兴奋了起来。

"快看快看，马上就开始了！"池焰焰兴奋地张牙舞爪。

"你小声点，别被他们听到了。"林雪拿在手里的相机差点被池焰焰一把打到水里，赶紧往旁边挪了两步。

"你猜谁能拿第一名？"池焰焰压低声音说。

"那还用问，当然是我家墨墨了。"林雪不假思索地说。

"猴子嘛，上山可以，下水就不一定了，我赌陆江获胜。"池焰焰用挑衅的目光看着林雪。

"哼，要不要赌点什么？"林雪不服地说。

"赌就赌，谁怕谁，就赌一个月的袜子，敢不敢？"池焰焰丝毫不惧。

"咦,"林雪一脸嫌弃地看着池焰焰,"你现在还有半个月的袜子没洗吧,这一赌我得吃多大亏,不干。"

"那你说赌什么。"

"嗯……"林雪托着下巴沉思,"就赌两顿大餐吧。"

"行,就两顿大餐!"

两人赌约成立,消防员们的游泳技能测试马上也要开始了。魏凯扶着姚燕走了进来,坐在旁边椅子上饶有兴致地观看比赛。

只见孙教练员手上拿着秒表,胸前挂着一个哨子,见所有人都已经准备好,他拖长声音喊道:"各就各位……"

所有人立刻绷紧了浑身的肌肉,身子同时往前探了一下,双腿微曲,积蓄着力量。随着教练员一声哨响,所有人几乎同时扎进水中,奋力向前游去。

一道的陆江和二道的丁墨几乎并驾齐驱,20秒过后,已经甩开其他人好几米了。30秒,两人几乎同时触壁返回,而这时第三名还差十几米才能触壁。

林雪和池焰焰兴奋地看着他们的比赛,林雪连拍照都忘了,把相机扔在一边。两人紧握着双拳,满脸通红地看着比赛。

30米,20米……泳池不断被拍打起巨大的水花,丁墨感觉自己身体里的力量几乎就要用尽了,两条手臂仿佛马上就要失去知觉,双腿也有些不听使唤。但与生俱来的好胜心,让他仍然咬牙坚持。

趁着抬头换气的一瞬间,丁墨睁大眼睛想要看看离终点还有多远,但入目尽是白花花的水浪,什么也看不见。他索性忘掉了一切,只顾用尽全力往前游去。

终于,手好像碰到了什么东西,丁墨这才停下来,在水中站了起来,他摘下泳镜往后看去,却被刚刚抵达终点的陆江拍起的水花眯了眼睛。但他心中异常开心,笑得十分灿烂。

因为他赢了。

另一边,池焰焰却很不开心,噘着嘴说:"哼,就差一点点。"

林雪笑眯眯地说:"差一点也是差啊,这下两顿大餐有着落了,开心。"

池焰焰耍赖说:"这次不算,我家小黑哥不在呢,他要是在,一定能赢丁墨。"

"对对对,你家小黑哥最厉害了,不过他要是来了这里,可不见得是什么好事呢。"林雪眼里闪着狡黠的光芒。

"为什么?"池焰焰疑惑地问。

"你想啊,你家小黑哥那么优秀,要是到这儿来,一秀肌肉,不知有多少妹子来跟你抢呢。"林雪循循善诱。

池焰焰歪着头想了想说:"嗯,说得有道理,他还是别来的好。"

"对啊,所以你看,这个赌局还算不算数呢?"

"算了,就当本姑娘做回善事,接济一下你这个小穷鬼好了,大餐我请了。"

"焰焰万岁!"林雪低呼道。

所有人都完成测试后陆续上岸,孙教练拿着秒表走过来说:"测试完成,现在我公布一下通过测试的人员名单。丁墨,59秒;陆江,1分02秒;赵志,1分25秒;徐然,1分28秒。你们通过游泳技能测试,之后的训练里,你们可以直接进行潜水训练,其他人跟我进行游泳训练。"

"是!"所有人齐声道。

丁墨用胳膊碰了碰陆江,小声说:"可以啊,达到国家二级运动员的标准了,有点水平。"

陆江轻轻扬起头,有点小傲娇。

这时魏凯走上前来,说:"好了,休息十分钟,然后就跟教练用心训练。"

"是!"大家高呼一声,随后各自找地方休息,刚才拼尽全力游100米,几乎耗尽了所有人的体力。

陆江默默地向泳池边走去,丁墨眼珠一转,悄悄来到陆江身后,伸出手想把陆江推到水里,被陆江灵活地闪身躲过。

"无聊。"陆江白了丁墨一眼。

丁墨尴尬地摸了摸鼻头,环顾一圈发现姚燕正在玩手机,赶紧连跑带颠地过去,满脸堆笑:"嫂子,手机借用一下呗,我们来训练没带手机。"

"给。"姚燕笑着把手机递给丁墨,随手从旁边的水果盘里拿起一个橘子剥了起来。

"谢谢。"丁墨拿过手机,看着肌肉壮硕的队友们,一脸坏笑地拍了几张照片,然后熟练地登录微信,把照片发给了林雪。

"叮叮叮……"林雪手机响个不停,她赶紧掏出来看,看到丁墨给她发了好几张肌肉男的照片,她扑哧一下笑出声来,然后挨个儿翻看,却半天都没有找到丁墨的身影。

林雪心里顿时不高兴了,噘着小嘴给丁墨发了一张"你的小祖宗不理你还瞪了你一眼"的表情,丁墨一脸疑惑,挠着脑袋不知道什么意思。

这时陆江走了过来，看见丁墨一副猴急的样子，忍不住好奇地问："怎么了？"

丁墨一脸迷茫地把手机拿给陆江看："你看，我好心给她发了几张照片，她咋不但不喜欢还不高兴了呢？"

陆江看完照片后，一脸鄙视地看着丁墨说："你是不是傻？发我们的照片干吗？"

丁墨疑惑地问："怎么了？不能发吗？"

陆江撇了撇嘴说道："看你平时做什么事比猴都精，怎么一遇到感情这么迟钝呢！她当然是想看到你的照片啊！"

丁墨一拍脑袋感叹道："对呀，快快快，给我拍一张，拍帅点！"

丁墨一边摆造型一边感叹地说道："一表人才，风度翩翩，你说我要是混娱乐圈，还有那些小鲜肉什么事？跟你说，我平时最讨厌照镜子，每次看见镜子里的那个人，我都想揍他一顿，凭什么可以长那么帅？"

丁墨自吹自擂着，照片还没拍完，只听陆江手上的手机"叮叮叮"地响个不停。陆江看了一眼手机，就把它还给了丁墨："人家给你发信息了。"

丁墨接过手机，又是"叮叮叮"连续好几声，打开微信一看，居然全是林雪穿着泳装自拍的照片，脸上笑容洋溢，身上水珠反射出灿烂的光芒，好一条美人鱼！

"你也在游泳啊？"丁墨飞快地打字。

"给我看看发了什么。"陆江伸手要拿手机。

丁墨赶紧把手机藏到身后："不行，不给看。"

"小气鬼。"陆江撇嘴。

片刻后，丁墨没有等到林雪回话，却等来了一堆照片，打开一看，全是自己的！

"你也在现场？"丁墨惊讶地打字。

这时，只听现场传来一阵骚动，丁墨定神望去，却见两条"美人鱼"落落大方地向他走了过来。

第七十八章
大比武

丁墨目瞪口呆："你……你们怎么也来了？"

"怎么，不能来啊。"林雪横了一眼丁墨。

"不是，就是没想到你们也在。"丁墨摸着脑袋傻笑，虽然已经确定了男女朋友关系，但是这样的林雪，他还是第一次见到，有些不适应。

"我是来搜集新闻素材的，消防队进行水上救援训练，也是独家新闻哦。"林雪笑眯眯地说。

丁墨正不知说些什么，一声哨响，休息时间结束了。丁墨如释重负，把手机还给姚燕，赶紧一溜烟地跑去训练了。而林雪和池焰焰两人，则陪着姚燕说话。

见刚才还瘫在地上的小伙子们突然间生龙活虎起来，训练十分卖力，魏凯心中有些疑惑：这群人是怎么了，平时也没见他们这么积极。

目光一转看到两个身段窈窕的姑娘，他不禁失笑：这帮臭小子，我的动员比不上人家漂亮姑娘一个回眸啊。

消防中队宿舍，训练了一天的消防员们都瘫倒在床上，丁墨和陆江在有一搭没一搭地聊天，华林敷着面膜躺在床上，赵志则抱着个手机不停地打字。

"林妹妹，今天都在水里泡一天了，你还要给皮肤补水啊。"丁墨调笑华林。

"你不懂，呵护自己的皮肤是一种态度，游泳池里的水能跟面膜的水一样吗？"华林口齿不清地说。

"好吧，你赢了。"丁墨有些无语，眼睛一转，看到陆江的眼神，又不舒服了，"干吗这么看我？"

"我看蠢蛋呢！"

"我这么聪明伶俐，智慧超群，哪里蠢了？"

"你要不蠢，怎么会把其他人的照片发给林雪。"

丁墨瞬间被这句话噎得说不出话来。陆江乘胜追击，继续扎心："还有，就你今天看林雪的那眼神，就知道你俩最多只发展到牵牵手的地步，这都多久了，进展真是慢。"

"这……"丁墨搜肠刮肚准备反击，终于憋出一句话来，"你跟乐瑶比我跟林雪还要先开始吧，你们又发展到什么阶段了。"

"呵呵，我们俩啊，都快结婚了。"陆江轻描淡写的一句话，把华林和赵志都给炸了起来。

"我去，这么快，啥时候的事啊？"丁墨震惊地问。

陆江有些无奈地说："自从上次救了乐天之后，她爸妈就总是旁敲侧击，想让我们尽快结婚。"

"那乐瑶自己呢？她想不想结？"丁墨趴到陆江的床头，好奇地问。

陆江叹了口气："她啊，她说怎么都行，说彼此有情有意，何必刻意选择什么时间段，两人的感情是顺其自然的，结婚也该顺其自然，该结就结。"

丁墨若有所思："嗯，说得有道理，这是佛系生活啊，我支持。"

"我也支持！"

"我也支持！"赵志和华林也纷纷表态。

"可哪有那么简单啊。"陆江又叹了一口气，"各中队都在加强游泳训练，过段日子就大比武了，再之后就是国庆安保，根本没心思，更加没时间操办这些事，我婚都还没求呢，难不成这也拜托给家里？"

"也有道理。"丁墨摸着下巴沉思，华林和赵志也纷纷应和。

片刻后，丁墨突然跳下床站在宿舍中间，举起手大声说："有了！我有办法了！"

"什么办法？"陆江也坐起身看着丁墨。

丁墨跑过去把赵志和华林全部从床上拉了下来，道："来来来，赶紧都过来，我跟你们仔细说说。"

几人围在一起，站在宿舍中间。

"你们看，陆江和乐瑶他们是现在想结婚，但是没时间对吧。"三人纷纷点头。

"那如果让他们先把婚定下来，等以后有时间再结不就可以了吗？"三人纷纷点头。

"可是，订婚也要花时间啊？"赵志为难地说。

"笨，订婚的方式多种多样，非要在大酒店里举办个仪式才叫订婚吗？如果咱们帮他们俩策划一场浪漫的求婚，那样既不花时间，还能有一个仪式、一场浪漫，岂不是两全其美？"

"哦……"三人的嘴都张成了"O"形。

"可行，绝对可行。"华林兴奋地说，"怎么求婚呢，让我想想看，要有气球，很多的气球，还要有蜡烛，有玫瑰，有戒指，这场面，想想都让人兴奋。"

"依我看吧……"陆江想发表自己的意见。

"走开，没你啥事。"丁墨、赵志、华林齐齐推开陆江。看着围在一起的三个人，陆江心里对自己的求婚仪式有些担心。

兴奋地商量了半个小时后，三人终于心满意足，各自上床。这时却见赵志拿着手机走到丁墨面前："小墨哥哥，你这么有办法，也帮我想个办法呗。"边说边帮丁墨捶腿。

"什么事呈上来，让本军师帮你想想办法。"丁墨眯着眼坐了起来。

赵志把手机拿给丁墨，说："你看，我有个弟弟，高中还没毕业，就天天想着要出来打工，说什么家庭负担重，不能让我一个撑着，他也要帮我分担。

"我说你分担个屁啊，天大的事，你哥我扛着就行了，现在这年头，不读个文凭下来，出来打工又能干什么？还不是卖卖苦力，一辈子都没个出息？生活会越来越好，你却越过越回去，也对不起我这么多年的努力啊，你说对不对？"

一口气说完这么多话，赵志有些喘，看得出来他是真急了。丁墨翻着赵志和弟弟的聊天记录，大脑飞速地转动，突然，他一拍大腿说："没问题，熊孩子嘛，小事，看我分分钟帮你解决了。"

说完，丁墨按下语音键，对着手机说："我说大兄弟啊，我是你哥队友，我家开着好几家超市和加油站，给你留个位置，后顾无忧了吧？你现在专心学业，不用担心考不上，好好努力，考上了，将来有份更好的前程等着你，考不上，我这儿也有条路给你走，卸了包袱，全力以赴。"

陆江和华林都震惊地看着丁墨，没想到这种话居然能出他嘴里说出来。

片刻后，赵志的手机上，弟弟发来信息："谢谢兄弟，谢谢哥哥，我想明白了，虽然我现在成绩不好，但离高考还有一年呢，我一定会加油努力，争取考上一个好大学！"

赵志欣慰地笑了，对丁墨深深地鞠了个躬。丁墨赶紧手忙脚乱地把他扶起来："不至于不至于，都是自家兄弟，互相帮忙那不是应该的嘛。"

说完，宿舍里的兄弟们都哈哈大笑起来。熄灯哨响起，大家上床睡觉。

时间一天一天过去，消防队的游泳和水域救助的训练也在继续开展，丁墨等人对陆江求婚仪式的策划，也在推翻了一个又一个创意之后，逐渐完成了。

这天，消防系统游泳和水域救助能力大比武终于要开始了，丁墨、陆江和赵志由于在训练中表现优秀，被抽调代表中队参加整个消防系统的比武。

一大早，三人就在董建平和魏凯的带领下来到游泳馆熟悉比赛场地。其他队友们也都跟着一起来了，要为他们加油助威。

刚进游泳馆，一股巨大的声浪就袭了过来，场馆中不但有参赛选手，还有来为他们加油助威的兄弟们，由于比赛还没有开始，大家都在相互鼓励加油。

而且在主赛场游泳池的正对面，还有一道美丽的风景，正是来自消防支队各个部门的女队员们，手里拿着各色花带，显然是来充当啦啦队的。

乐瑶也在其中，看到丁墨和陆江他们后，她朝他们挥舞了一下手中的红色花带。丁墨看到乐瑶，冲她竖了个大拇指。

主赛场旁边，是一个由几张桌子搭建起来的临时主席台，再旁边，一群后勤工作人员正在整理比赛所需要的各种道具。

"好家伙，阵仗不小啊。"丁墨感慨道。

"那当然，全市消防支队的比武呢，你们准备好拿回奖杯了没？"董建平笑着说。

陆江刚想说话，却被丁墨抢先。丁墨看着董建平，把头一扬说道："小事一桩！"

魏凯看着丁墨欠揍的样子不禁皱眉，他看看董建平又看看丁墨，说道："小心风大闪了舌头，别到时候丢脸。"

丁墨却嬉皮笑脸地说道："报告！游泳馆里没有风！"

这句话把身后的人都给逗笑了，魏凯瞪了一眼丁墨。董建平笑起来，又指指丁墨，竖起一根大拇指，为他加油，然后跟魏凯走到看台上。

"快去集合吧，比赛马上就要开始了。"陆江对丁墨和赵志说。

远处看台上，有两个鬼鬼祟祟地身影也混了进来，正是林雪和池焰焰。池焰焰看到董建平坐在前面，忍不住就要跑过去，被林雪死死拉住了。气鼓鼓地看了林雪几秒钟后，池焰焰乖乖跟林雪坐在了后面的角落里。

第七十九章
成绩不错

比武马上就要开始了,支队政委和几个领导走到主席台上,政委清了清嗓子对着麦克风说:"同志们,由静海消防支队主办的首届游泳救生比赛马上就要开始了,来自支队机关和二十一个区县的消防代表队将在这里进行游泳、救生、接力三个大项的角逐。"

说到这里,政委环顾一周,大声说:"你们准备好接受挑战了吗?"

"准备好了!"所有的参赛人员排好队,齐声说道。

"那好,我宣布,静海市首届游泳及水域救助能力比武大赛,现在开始!"政委中气十足地说完,现场雷鸣般的掌声响起,啦啦队员们也挥舞起手中的花带。

第一场比赛马上开始,第一组出战的是陆江。他沉稳地走出队列,站在了一号泳道。刚一站定,便听到一阵巨大的欢呼声,他回头一看,只见一个身高1米85,长相帅气的男人正向二号泳道走去。

"'水中刘翔'啊,是'水中刘翔'!"只听乐瑶身边一个身材娇小的女孩激动地喊道。

"'水中刘翔'是谁?"乐瑶抓着女孩的胳膊问,显然两人是认识的。

"'水中刘翔'你都不知道?他是我们消防支队特勤中队的精英呢,人长得帅,技能又强,简直是完美男人啊。"她说着,脸上已经泛起红晕,"特别是他的游泳技术特别强,据说小时候专业训练过,肯定能拿第一。"

乐瑶撇了撇嘴说:"都还没开始比赛呢,他怎么就一定第一了。"

女孩不忿地说:"那你说除了他还有谁能拿第一?"

"我感觉一赛道的那个就能拿第一。"乐瑶指着陆江说。

"就他?"女孩皱眉,"长得没人家帅,也没人家高,凭什么能拿第一?"

乐瑶简直被气乐了:"你家游泳比赛,还看长得帅不帅、高不高是吧?不信咱们就走着瞧好了。"

"行,走着瞧就走着瞧。"

说话间,比赛马上就要开始,裁判正在宣读比赛规则:"在每个赛道25米处的水下,有一个桶,里面放着红橙黄绿青蓝紫七种颜色的证物,比赛过程中,从一到七赛道的选手,每位选手依次代表一种颜色,第一赛道的选手代表红色,第二赛道的选手代表橙色,依次类推。选手们从起点出发,经过证物桶时取到属于自己颜色的证物,然后手持证物游到终点,最先到达终点的获胜,各位选手,还有异议吗?"

所有人摇头,裁判说:"既然没有异议,那比赛正式开始,各就位……"

所有人身体瞬间绷紧,陆江睁大眼睛看着赛道中间的证物桶,脑海中不断念叨着:红色红色红色……

随着一声哨响,陆江条件反射一般"扑通"一声扎进水中,奋力地往前游。此起彼伏的加油声,响彻整个场馆。

陆江来不及管太多,只顾着往前冲,到达证物桶后,他快速地潜了下去,迅速拿到鲜艳的红色证物,用尽全力往终点游去,他心中的目标只有一个:拿到第一名!

到达终点后,陆江钻出水面将证物放到岸上,却见第二赛道那个刚出场就获得满场加油声的帅气男人,早已在旁边等候了,还笑眯眯地看着他。

陆江顿时感觉有些气馁,都这么努力了,还不是第一吗?

乐瑶旁边的女孩兴奋地挥舞着手中的花带,大声跟乐瑶说:"我就说吧,'水中刘翔'一定是第一!"

乐瑶看着沮丧的陆江,有点心疼,恨不得冲上去安慰他。

比赛结束,裁判开始统计成绩。来到陆江的赛道前,裁判检查证物后说:"第一赛道,完成,用时42秒。"

裁判来到"水中刘翔"的赛道,仔细检查了他的证物后,说道:"第二赛道,未完成,用时36秒,成绩作废。"

场中顿时掀起了轩然大波，很多人都在问为什么成绩作废，"水中刘翔"本人也一脸蒙，疑惑地看着裁判。

裁判很快给出了解释："第二赛道所对应的颜色是橙色，但选手拿取的证物却是黄色，所以未能完成比赛，成绩作废。"

这时看台上突然站起来一个身材高大的消防员大声喊道："这不公平！橙色和黄色颜色很接近，不容易辨认，所以这场比赛不公平！"

坐在主席台上的政委皱了皱眉头，敲了敲麦克风说："肃静，全都肃静！"

见所有人都安静下来之后，政委说："在水下搜救的过程中，不但要考验你们的水下作业能力，同时还考验你们敏锐、细致的观察力，开展水下救援时，这两种能力缺一不可。

"如果是真正的水下搜救，你们认为现实条件会给你们选择吗？不，你们没有选择，到那时，你们还会在意说是橙色还是黄色？"

政委的一番话，让现场所有人都深思起来，刚刚站起来抗议的消防员也灰溜溜地坐了下去。"水中刘翔"自己反倒挺淡定，见陆江看着自己，还给了他一个微笑。

第一组比赛结束，陆江因为对手的失误获得了第一名。第二组比赛很快开始，赵志出战来到第二赛道。

站在赛道前，赵志深吸一口气，听到自己是第二赛道时，他心中有些紧张，因为刚刚人气与实力兼具的选手"水中刘翔"就是在这个赛道失利的。

比赛很快开始，赵志做了几次深呼吸，舒缓了一下身体后，随着裁判的一声哨响，飞快地扎入水中。

刚一入水，赵志就感觉自己的心跳加速，紧张的情绪围绕着他。刚游出去十几米，他突然感觉自己好像方向不对，探出水面一看，心中大叫一声"糟糕"，原来他已经偏离赛道好几米了。

这下肯定不会有好成绩了，赵志心想。没想到这种想法刚一出现，紧张的情绪竟然全都消失了，他调整好方向，用尽全力想要完成比赛。此时，他心中已经完全抛去了胜负，只想着能够尽力完成比赛。

赛场之外，在赵志偏离赛道之后，人群中传来一阵阵惊呼，魏凯叹了口气："心理素质有点差啊，应该是紧张造成的！"

话刚说完，就见赵志已经找回了自己的赛道，董建平微笑着说："凡事都有第一次嘛！你看这不是找回来了！"

丁墨则在选手阵营中大呼小叫:"哎呀,赵志……赵志快回来啊……游回来……好样的赵志……"

陆江一脸嫌弃地看着咋咋呼呼的丁墨,悄悄往旁边挪了一步。

全身心进入状态后的赵志,表现神勇,很快寻找到橙色的证物,并且快速游到终点,再没有出现一丝失误。

裁判宣布成绩,赵志最终获得了第三名。能在开局失误的情况下,迅速找回状态,并且以出色的成绩完成比赛,他赢得了绝大多数人的掌声。

但赵志自己不是这样认为的,他垂头丧气地回到队伍,对丁墨和陆江说:"对不起,我给中队拖后腿了。"

丁墨打着哈哈说道:"第三名还道歉,你让后面那些怎么活?"

陆江拍了拍赵志的肩膀说道:"你看,全场都在为你鼓掌呢,你是好样的!"

赵志有些不好意思地挠了挠头。

"马上就到我出场了,兄弟们,看我的吧。"丁墨夸张地做了几个伸手伸腿的动作,把情绪不高的赵志逗得哈哈笑。

第三组比赛马上开始,随着裁判的一声令下,丁墨仿佛一只刚被放生的猛兽一般直直地冲在了最前面,把第二名落在了两个身位之后。

陆江被这一幕给惊呆了,张着嘴感叹道:"这家伙陆地上是猴子,在水里简直是条鱼啊,他到底是什么变的!"

赵志也在一旁搭话道:"感情咱们训练的时候他根本没拿出自己的真正实力啊!"

董建平等一群领导在看台上都默默地点头,另一中队的领导走到董建平的身边,十分郁闷地说道:"建平啊,你带的人不错啊。"

混在看台的池焰焰和林雪看到丁墨惊艳的表现之后,都惊呼起来。

"知道我家墨墨厉害,没想到这么厉害啊!"林雪直直地盯着马上就要到达终点的丁墨,脸上带着掩饰不住的惊喜和赞叹。

池焰焰酸溜溜地说:"好啦,知道你家猴子厉害啦。"

比赛结束后,丁墨以出色的表现成功夺得第一名,高出三组比赛总成绩第二名4秒多,可以算是绝对碾压了。上台领奖的时候,就连支队政委都拍了拍他的肩膀赞叹道:"好苗子,是个好苗子。"

丁墨则压根不知道谦虚是什么意思,脸上都笑出了一朵花,冲着政委道:"谢谢领导夸奖,我会更加优秀的。"惹得领导们都忍俊不禁。

回到队列后,丁墨摸着奖杯,嘚瑟地对陆江说:"哎呀,冠军奖杯就是好啊,摸起来就是舒服。"

陆江则面无表情地看着他,他不想跟这个幼稚鬼说话。

所有比赛结束后,丁墨获得一个单项冠军,整个开发区一中队获得综合成绩第二名的好成绩,董建平、魏凯、陆江、丁墨等人脸上都洋溢着笑容。

看台上的池焰焰和林雪正偷偷摸摸地商量着什么。池焰焰小声说:"快走快走,接下来该咱们表现了。"

"嗯嗯。"林雪兴奋地点头,拉着池焰焰离开了赛场。

第八十章
水上求婚

全部颁奖结束,看得出支队领导非常满意,脸上带着淡淡的笑意道:"这次比武,进行得非常圆满,在这里,我代表支队,向竞赛中取得优异成绩的单位和个人表示热烈祝贺,向全体参赛的消防员及为比赛圆满成功付出辛勤努力的全体工作人员表示慰问。"

所有人都鼓起掌来,获奖也好,没获奖也好,在这种活动中,都获得了不小的收获。

"这次比赛,全体参赛消防员作风顽强、英勇拼搏、你追我赶,赛出了风格,赛出了水平,赛出了斗志,充分展示了我们支队过硬的业务素质、良好的精神风貌和坚强的战斗力。"

支队领导说着,温和的眼神从全场扫过,每一个人都觉得领导仿佛是在赞许地看自己。

"特别是比武期间,涌现出一批先进单位和个人典型,大家要好好学习,各消防支队要以此次比武竞赛活动为契机,把成绩当动力,把荣誉当鞭策,进一步增强忠实履职的责任感和使命感,全面掀起实战化训练的新一轮热潮。"

支队领导说到这儿,微笑着准备宣布这次比武圆满结束。就在这时,身上穿着泳裤头戴泳帽的丁墨突然站出来,冲着支队领导道:"报告领导,我们还准备了一个小节目,请领导允许我们表演一下!"

四周顿时传来一阵低声议论的嗡嗡声,来自其他中队的那些消防员全都惊讶地看着丁墨。不知道这位刚刚表现优秀的年轻人想要表演什么节目。

魏凯和董建平对视一眼,都有点紧张,不知道丁墨这小子又要闹出什么幺蛾子。

魏凯的妻子姚燕倒是两手托腮,饶有兴致地看着下面的丁墨。她听丈夫提起过队里有一只"皮猴子",能力和人品都很好,但就是人有点皮。其实姚燕知道,丈夫那是在炫耀他的人。

支队的领导微微愣了一下,随即乐了,有些惊讶地道:"哦?还有节目?意外的惊喜嘛,很好啊,网上那句挺时髦的话怎么说来着?请开始你的表演!"

四周那些年轻的消防员们都愣了一下,想不到领导竟然也会和他们开玩笑,顿时哄笑起来,现场的气氛变得热烈起来。

趁着这个气氛,丁墨冲着一中队那些队友们点点头。随后,一群穿着泳装的年轻人,鱼贯跳入水中,下一刻,他们动作迅捷地移到跳台下面,就像电影《出水芙蓉》似的,踩着水排出了一个心形。

所有人都一脸惊讶地看着这群年轻的消防员,有点弄不清他们表演的到底是什么。

一群领导也都饶有兴致地看着,脸上带着轻松的笑意。跟年轻人在一起,就连活力都被感染得更足一些。

不了解他们的人,觉得这群上了年龄的领导都没什么情趣。但身为领导,一来工作太忙碌,二来工作性质决定了他们必须保持这种形象。可实际上,谁不是从年轻时候过来的呢?

就在这时,人群中传来一阵惊呼,因为他们看见那高高的跳台之上,站着一道颀长的身影。虽然距离有点远,但依然能够看清跳台上那人健硕发达的胸肌和腹肌。

不少女消防员脸红红的,似乎有些害羞,但一个个眼睛眨都不眨地盯着。刚刚比武的时候被紧张的气氛笼罩着,来不及好好欣赏,现在嘛……必须得好好看看。

乐瑶一脸茫然地看着站在跳台上的陆江,看着身旁那些快要流口水的丫头们,乐瑶心里自豪地冷笑一声:哼,你们也就能过过眼瘾,那是我的!

正想着,跳台上的陆江一个漂亮的空翻,直接落到丁墨等一中队消防员排成的心形中间。然后丁墨这群人也往水里沉去。片刻之后,众人托着陆江再次出现在水面上。陆江完全依靠脚下这群兄弟们支撑着,平衡性却是极好。

林雪突然拿着一束鲜花出现在水池边,看似随意地将手里一大束鲜花扔向陆江。

四周这群年轻的消防员看见这一幕顿时一片哗然,也顾不得有领导在场了,男生一片鬼哭狼嚎,女生都忍不住发出尖叫声。主席台上的领导们此刻都显得有点蒙,一个个惊讶地看着。

坐在人群中间的乐瑶,似乎意识到什么,不敢相信地用手捂住嘴,眼泪刷的一下,不可控制地流下来。

她身边几个关系好的女消防员自然知道她跟陆江谈恋爱的事情,此刻都一脸羡慕地看着乐瑶,把她拉了起来。乐瑶害羞想要拒绝,却被身边的人强行拉起来,推着往下走。

看台上的消防员们看见这一幕,起哄声和尖叫声更大了!看到这里,主席台上的领导们也都意识到发生了什么,一个个露出哭笑不得的表情。

董建平和魏凯小心肝扑通扑通的,小心翼翼地瞄着领导们的脸色,随后松了口气——

领导们脸上都带着微笑,一些年龄大一点的领导,还露出了慈祥的眼神,就像看着自己胡闹的孩子一样。

支队长笑着对身边的人说了一句:"现在的年轻人,可真会玩……啧啧!"

"羡慕啊!"身旁有人接过话。然后一群领导都笑起来。

陆江稳稳地接住了这束鲜红如火的玫瑰,然后冲着林雪点头道谢,林雪笑着退回去。

很显然,这一幕是排练过的!不然不可能做得如此顺畅自然。但保密工作做得极好,除了一中队这些人和林雪之外,就连董建平和魏凯都被蒙在鼓里。

董建平和魏凯相视苦笑,知道这群臭小子不跟他们说,绝对是怕他们不同意，于是来了个先斩后奏。还真别说，要是提前跟他们打招呼，估计他们真的不敢答应。

这可是支队消防比武的现场，当着一群领导的面，他们两个哪敢闹什么幺蛾子啊。

陆江转向乐瑶的方向，冲着被队友拉出来的乐瑶大声喊道："乐瑶，我爱你，你愿意嫁给我吗？"

现场的气氛瞬间爆炸，所有人异口同声："嫁给他！嫁给他！嫁给他！"

乐瑶红着脸，强忍着不让自己哭出声来，身边几个人替她着急："答应啊！"

"就是，快点答应啊！"

"天哪，太浪漫了！"

"要是有人这么跟我求婚该多好！"

几个女生叽叽喳喳，乐瑶也不说话，只是流着欢喜的泪。把这几个女消防员急得都想把乐瑶推下去了。

这时候，四周渐渐安静下来，几乎所有人的目光，都集中在乐瑶身上，包括主席台上那些领导们，也都笑呵呵地看着。

乐瑶鼓足了勇气，看向陆江，说道："那你还不快点过来！"

"哈哈哈哈……"所有人哄堂大笑。

主席台上的支队长笑着看了一眼左右，道："不扭捏不做作，这才是我们的人！"

丁墨等人在水中踩水，托着陆江，缓缓往岸边游去。这时候，四周彻底安静下来，所有人都一脸期待地看着、等待着接下来的求婚场面。

已经躲到角落的池焰焰轻轻碰了碰林雪："这场面，真叫人感动。"说着，池焰焰眼圈微微有点发红。

林雪看她一眼："要不要回头帮你也……"

池焰焰有点迟疑："太快了吧？"

"快什么呀，我们单位有个大姐，跟男朋友谈了九年恋爱，奥运会马拉松都跑完两次了，结果呢……最后还是分手了。"

林雪有些感慨地说道："婚姻是否幸福，在于是否找到了对的人，而不在于认识的时间长短。就像朋友，有些人交一辈子，关系也是泛泛，有些人一见如故，如多年老友。"

池焰焰有点惊讶地看着自己闺蜜："可以呀小雪，你什么时候变成婚恋专家了？"

林雪谦虚地笑笑："刚刚。"

这时候，丁墨带着一群队友把陆江托到岸边，陆江脚踩实地的瞬间，稍微踉跄了一下，差点摔倒。众人先是惊呼出声，随后都忍不住笑起来。

乐瑶的眼神里带着几分关切，脸红地看着陆江。她身边几个同伴都悄悄撤了。丁墨一群人泡在水里看着热闹。

陆江来到乐瑶面前，单膝跪倒，从鲜花下解下一个小盒，然后把鲜花放在一旁，认真地打开这个小小的首饰盒。他的动作很轻，神态特别专注，仿佛这小小首饰盒，承载着他一生的幸福。

第八十一章
夫复何求

支队的宣传员忍不住端起相机，一通猛照，甚至顾不上领导会不会批评他拍些跟比武无关的照片了。毕竟这场景，太美了！

支队长扭头看向宣传员，宣传员心里有些紧张，刚想解释，却见支队长说了一句："站那么远能拍什么？走近点拍，多拍点！作为咱们消防队的宣传！谁说咱们不懂浪漫！"

宣传员顿时笑逐颜开，跟得了圣旨似的，跑到跟前，各个角度拍起来。

"好浪漫啊，好感动，都要哭了。"看台上很多女消防员不约而同地生出了这样的念头。

至于那些男消防员，也动起了心思，想着如果有一天自己跟女朋友求婚，也一定要策划一场浪漫的求婚仪式！不过前提，是要先有一个女朋友。

陆江打开首饰盒，拿出戒指，抬起头，一脸真诚地看着羞红了脸的乐瑶道："我爱你，乐瑶，你愿意嫁给我吗？"

"嗯。"乐瑶轻轻点点头。

水里面的丁墨突然间搞怪道："大声点，听不见！"

四周看台上的一群男男女女顿时大声起哄："大声点，听不见！"

乐瑶红着脸大声道："我愿意！愿意！愿意！"

"哦！哦！哦！"

所有人都大声欢笑着、叫着，潮水般鼓起掌来。

一个来观看比武的退休老领导一边跟着鼓掌，一边忍不住笑起来："你说现在这群小孩子，还真是跟咱们那会儿不一样啊！胆子大，敢玩浪漫，关键是，也会玩！"

支队长看着四周热闹的场面，有些感慨道："这是属于他们的时代喽！"

陆江把戒指给乐瑶戴上，然后站起身。

"亲一个！"水里的丁墨又喊了一声。

陆江刚想回头瞪丁墨一眼，警告他别当着领导的面花样作死了，差不多就可以了。说起来，如果不是丁墨这群人的怂恿，以陆江的性格，还真是挺难做出这种浪漫之举。

乐瑶却在这时候，勇敢地走上前，在陆江脸上轻轻一吻。陆江突然心花怒放，似乎一下子丢掉了所有的"包袱"，捧着乐瑶的脸，直接吻在乐瑶的唇上。

乐瑶瞪大眼睛，充满羞涩和喜悦，陆江一脸深情，专注而宠溺的表情，被宣传员用相机精准抓拍到。

后来起名为——"我们的浪漫"，在静海支队的官方微博上发出之后，引起了极大的反响。使得很多原本对消防这个职业不了解的女孩子纷纷在下面留言，大声宣布要找一个消防员做男朋友。

一场消防竞赛比武顺利结束之后又出现一个如此惊艳的彩蛋，这让包括领导在内的所有人，都特别开心。

支队长站在主席台上，看着下面的陆江和乐瑶，脸色渐渐严肃起来："你们两个……"说到这儿，支队长语气一顿。

四周顿时一片安静，董建平和魏凯心都咯噔一下，相互看了一眼，做好了上去挡刀的准备。

"算我的。"两人几乎同时开口,然后又同时看向领导的主席台。

下面的陆江和乐瑶一脸紧张,水里的丁墨等人同样紧张,丁墨飞快说道:"就说是我们的主意……"

"结婚的时候,我可不可以去讨杯酒喝?"支队长恶作剧成功,脸上露出得意的笑容。

呼!在场的所有人,全都松了口气,大笑起来。董建平和魏凯一脸苦笑,心说领导怎么也这么坏,这不吓唬人嘛!太顽皮了!

乐瑶福至心灵地大声道:"请领导到时候当我们证婚人!"身旁陆江和水里的丁墨众人以及所有人都一脸佩服地看着乐瑶。

高明啊!"那可就这么说定了!到时候,你们小两口要是不叫我,我可是要不高兴的。"支队长大声道,"现在,我宣布,本次竞赛比武,圆满结束!"

瞬间,掌声如潮!

魏凯陪着妻子走在回支队宿舍楼的路上时,仍然是一脸的笑容。两人一路谈着刚刚那场求婚,姚燕有些感慨地说道:"想不到你们居然也懂得浪漫,刚刚那场面,看得我差点都哭了。"

魏凯一脸紧张:"你可别哭,怀着孕呢……"

姚燕白了一眼自己的丈夫,哼了一声:"就知道担心你的孩子是吧?"

魏凯赔笑:"这话说的,我主要担心的是孩子他妈!"说着伸出手,轻轻揽着妻子的肩头。

被陆江和乐瑶的求婚场面感染,魏凯的心也变得柔软起来。感性这个词,其实并非只属于女性。

"你都好久没有这样搂着我散步了。"姚燕柔声说着,心底抑制不住地泛起了一阵酸楚。

从刚怀孕到临近生产,别说是产检,就算是买一些怀孕需要的东西,他都没有陪同过。每次见面,经常是姚燕兴致勃勃地跟他商量买什么婴儿用品,给孩子起什么名字的时候,他就已经累得睡着了。他是一名合格的消防员,却不是一个合格的丈夫。

魏凯揽着妻子因为怀孕而变得有些圆润的肩,心中有些感慨。来到门前,魏凯掏出钥匙,打开房门,他换好鞋子后,跟着妻子走进厨房。

姚燕来到水台边，熟练而又麻利地洗米下锅。

"我来按！"魏凯说道。

姚燕不由瞥了丈夫一眼，魏凯笑笑，盖好电饭锅盖，按下按钮。

这时的姚燕已经拿着菜去洗了。看着妻子略微发胖的身影，有些笨拙的动作，魏凯心里微微一酸，眼中的妻子，在这一刻尤为动人。魏凯几乎是下意识地走上前，从背后一把抱住了姚燕："对不起，是我不好，让你受累了。"

姚燕手上的动作一顿，一阵酸涩涌上鼻尖："你已经好久没有这么抱着我了。"魏凯将下巴抵在姚燕的肩膀上。

"我不是个好丈夫。"

"你的确不是一个好丈夫！"

姚燕哽咽着说道，顺势转过身，面向魏凯，一双漆黑的眼睛莹润着水光："可你却是一个好消防员。而且，看见今天比武现场求婚这一幕，我就明白了，你们这些人，心里面不是没有浪漫，是你们要关心的事情和人太多了，没机会浪漫。我……"

魏凯微微松开妻子，有些怔愣地看着她："燕子，我……"

不等魏凯说完，姚燕已然扑进了他的怀里："我经常跟你发脾气，不是想无理取闹，也不是不理解你，我只是……只是很想你，想你能多陪陪我，跟我说说话，像这样，抱抱我。"

姚燕的话让魏凯心里再次涌起一阵酸楚，他真的亏欠妻子太多了。此时此刻，他只能更加用力地抱紧怀中的妻子："对不起！你知道吗，在我心目中，你是最伟大的妻子！"

"扑哧——"

魏凯的话，让姚燕破涕为笑："你呀，哄人都这么学院派！还有啊，妻子千千万万，都一样默默付出着，我可不敢说自己是最伟大那个。"

"在我心里面，你就是最伟大的那个！"魏凯抱着妻子，轻声说着，心里面却愈发酸楚，一个结了婚的女人还是那么自强自立，只能说明一件事：她的丈夫可能没时间哄她……

女人其实也挺好哄的，多给她一些关爱就好。可说得容易，做起来太难。魏凯心里明白，就这都是队长照顾他，默默替他承担了很多东西。

夫妻同心，姚燕能够感受到丈夫对自己的在意，顿时开心起来，她美滋滋地从魏凯的怀中挣开，一边把人往厨房外面推，一边说道："好了好了，赶紧进屋里坐着吧,好不容易回来一次,想吃什么,我给你做……哎呀!"姚燕说着,突然间皱了下眉头,停在了原地。

魏凯见状一脸紧张:"怎么了?"

"他好像……又动了,臭小孩,他踢我!"姚燕噘起嘴,看似委屈,但那双雾茫茫的眼里,却满是欢喜。

"又动了啊?这么频繁,这小子是迫不及待要出来了!"魏凯双眼抑制不住地冒出光亮,连忙蹲下将脸贴在姚燕的肚子上,"我怎么没感觉到?咦?好像真的在动呢,哈哈哈,我要当爹了!"

姚燕看着魏凯孩子气的模样,忍不住失笑,将人拉了起来:"好了好了,你快出去吧。"

"我还是帮帮你吧。"魏凯一脸认真。

"帮什么帮?你一个大老爷们,除了救人之外,哪件事不是笨手笨脚的,净帮倒忙。快别在这儿给我添乱了。"

姚燕一边说一边推魏凯,将魏凯推到了厨房外。魏凯看着姚燕回过头、再次在厨房里忙碌起来的身影,脸上漾起了幸福的笑意。

其实,如果不是自己之前对她的关心不够,她也不会经常跟他吵架跟他闹,从始至终,姚燕要的其实并不多。还是那句话,只要真心对待,女人还是挺好哄的。

只是,他身为一名消防员,身上背负的重担,远比一个家要重得多,还好,姚燕是个善解人意的人,能够理解、包容自己。

得妻如此,夫复何求啊?

第八十二章
公共相亲

晚上,丁墨照例躺在床上跟林雪发微信聊天。

林雪:"臭猴子,想我了没有?"私下里她叫"我家墨墨",可跟丁墨聊天的时候,却用了池焰焰的叫法。

好像才分开没一会儿吧?不过这种时候,肯定不能顾左右而言他。女人出的送命题有很多,想要好好活着,就必须得谨慎、认真地对待她每一个突如其来的问题。

丁墨:"想,当然想了,不想你难道还能想别人吗?"

林雪:"哦,原来你还想着别人啊。"

坑真是多啊!不得不佩服女人在某些时候神奇的脑回路。不过话说回来,人家都说是因为她在乎你才会这样。否则你跟女生聊天,她只会回你:呵呵、哦、嗯、知道了。

丁墨:"我对天上那团白云发誓,除了林大美女之外,我绝对没有想别的女人。"

林雪:"没有想别的女人,那就是想别的男人了?"后面跟着一个捶地大笑的表情。

丁墨发了一个捂脸的表情。

林雪:"后天是国庆节,我已经算好了,那天你不值班,我要你陪我逛商场、看电影、吃好吃的!"

丁墨一盘算，后天不是自己值班，到时候跟队长好好磨磨嘴皮子，说不定能要来半天假。于是就回复林雪："行，没问题，不过估计最多就半天时间。"

林雪："半天就半天吧，到时候别放我鸽子啊，不然我饶不了你……"后面还跟着一个大砍刀的图片——让你三十九米。

次日上午，训练结束后，丁墨鬼鬼祟祟地站在董建平办公室门口，看见魏凯也在，刚想溜，只听后面传来一声"站住"。

丁墨眼珠子滴溜溜地转，转过身来嬉皮笑脸地说："你们忙你们忙，我就路过、路过，嘿嘿……"

董建平看他这副样子，没好气地说："路过？我的办公室可是在最里面，你是想路过到哪里去？尽头面壁？"

丁墨说："没没没，我这是……迷路了，对，是迷路了，一不小心就走到这儿来了。"

董建平道："你小子，还不赶紧进来。"

丁墨磨磨蹭蹭地走了进去。

魏凯看着丁墨笑着说："你来得正好，我刚刚正跟队长说起你呢。"

丁墨小声嘀咕："你们说起我准没好事。"

"嗯？"

丁墨连忙否认："没有没有，我什么都没说。"

魏凯接着道："我刚刚啊，正在跟队长研究，明天的执勤怎么安排。"

丁墨有些疑惑："值班不是早就排好了吗？"

"执勤不是值班，明天是国庆，像公园、广场、游乐场里肯定有很多人，有一定的安全隐患，之前就曾经发生过一些踩踏事件。为了防止这种事件再次发生，我们决定派消防员们去人数最多的几个地方执勤，维持秩序，保证群众的生命财产安全。"

"哦，这样啊。"丁墨的肩瞬间耷拉了下来。

"怎么，你有什么意见吗？"董建平说。

丁墨立刻站直身体道："没有，坚决服从命令。"

"那行，正好有个最艰巨的任务交给你，明天你带着一班的全体消防员到大正广场执勤，能不能完成任务？"

"保证完成任务。"丁墨立正后大声说道。

"那行，你回去继续训练吧。"

"是！"

下午训练完毕后，丁墨吃完饭躲在角落里跟林雪发信息。

"明天我要去大正广场执勤，怕是不能陪你了。"

"又放我鸽子，是我林姑娘提不动刀了，还是你丁墨飘了？"还附带着一张大长刀的图片。

丁墨赶紧发了一张"大王饶命"的图片："小姐姐，上级命令我也没办法啊。"

林雪发了张"懒得理你"的图片。

林雪躺在沙发上打滚，大喊："啊啊啊，好烦啊……"

"怎么了，谁又惹咱家小仙女生气了啊？"过来看女儿的林母走过来坐在林雪身边。林雪的出租房刚刚重新装修好，她已经搬回来了。

"臭丁墨呗，昨天说好了国庆要陪我的，结果刚才又说要去大正广场执勤，公然放我鸽子，不可饶恕。"林雪气鼓鼓地说道。

"你呀，这不是你自己的选择吗？后悔了？"

"不后悔！"林雪咕噜坐了起来，"我不后悔，可是也可以不高兴啊。"

林母摇摇头，真是孩大不由娘，这丫头，是个死心眼。

"傻丫头，你不就是想见他，大正广场是开放的，他在那里执勤，你过去看他就可以了啊。"林母说道。

"对啊，我怎么没想到，老妈你实在太英明了。"林雪跳起来抱着母亲亲了一口。

"疯丫头！"林母笑着骂了一句，"对了，要不妈回头跟你一起去？"

"啊？"一听要见家长，林雪就有点紧张，"太快了吧？要那么急吗？"说完却是一下子想起她怂惠池焰焰的时候，好像也是这个反应。果然是关键时刻，都会下意识的有点尿啊。说起来，自己还没跟丁墨说那件事呢。

林母没好气地说："快什么快，都见过他好几回了，可就是一直不知道他是我女儿的男朋友，我不得跟他聊聊？免得碰上个花言巧语的小混蛋，骗了我的傻女儿……"

"好好好，你有理！去就去，我就不信了，本姑娘挑中的男朋友，你太后老佛爷会不满意！"林雪说着，拿出手机给丁墨发了一条微信："本姑娘决定了，国庆节也去大正广场。"

那边丁墨马上发了个发呆的表情。

"我妈也跟我一起去,你赶紧通知你爸妈,让他们明天也来大正广场,我看哪,干脆让他们彼此都见见算了。"林雪说完,后面跟了个撇嘴的表情。

"这是要见家长了吗?会不会有点太仓促?要不要回头找个饭店什么的,显得正式一点?"丁墨问道。

"我妈没那么不开明,她呀,之前就是被秦佳木的优秀给遮住了眼睛。但是,明天你要是表现不佳,看我怎么收拾你。"

"你说他优秀?"丁墨后面跟了个怒气冲天的表情。

"你想找碴儿?"林雪毫不示弱,回了五个字。

"得嘞,小的遵命。"

放下手机,丁墨心里早已乐开了花,赶紧打电话给老爸:"喂,老爸啊,国庆的时候,你跟我妈都打扮得漂漂亮亮的,去大正广场啊……"

"干什么?你说干什么,国庆节我去大正广场执勤,林雪和她妈都来,还要见你们呢……对对对,就是那个记者,我跟你说啊老丁,人家老妈可是大学教授,到时候你跟我妈可得好好表现,别丢脸明白吗?……嗯嗯,好好去准备吧。"

另一边的丁建国乐呵呵地放下电话,冲着在厨房洗碗的丁母喊道:"老伴,赶紧的,把我最帅的那件衣服找出来熨熨,国庆节要穿。"

"怎么,你也要学人家小年轻去约会啊。"

"约什么会啊,儿子打电话来说,那天要去见亲家母。"

厨房里传来啪的一声脆响,丁母从里面小跑着出来,"亲家母?什么亲家母?"

"你说什么亲家母,咱家还有第二个儿子或者女儿吗?"

"这就要见亲家母了?他们比咱们还急?不过林雪这丫头是真不错,我喜欢。"丁母一脸开心地笑起来。

"儿子喜欢就行了,你喜不喜欢其实没那么重要。别啰唆了,赶紧找衣服去,儿子跟我说她妈是大学教授,这第一次见面,咱们可不能丢面子。"

"行了行了,知道了,我这就去找。"丁母说着就往卧室走去。

"唉,你锅里面是不是还有菜?"老丁扯着嗓子喊。

"你去看着!"丁母挥挥手,一脸霸气。

国庆节当天,清晨五点钟,天刚蒙蒙亮,魏凯就带着陆江、丁墨等一班和其他几个班的消防员来到大正广场,按照之前安排好的位置,分配所有人负责的区域。

这个时候广场上人并不多,但已经可以见到拿着小五星红旗的人了,空气中都弥漫着一股温馨祥和的气息。丁墨趁机发微信给林雪,告诉她自己所在的位置。

上午八点,打扮得漂漂亮亮的林雪拉着母亲正准备出门,突然接到池焰焰打来的电话。

"亲,在干吗呢?"池焰焰的语气很甜。

"准备出门约会呢。"林雪笑眯眯地说。

"约会?跟丁墨吗?你要去消防队吗?带我一个带我一个,我也要去。"

"你自己不是有车?"林雪隔着电话都能感觉到池焰焰那副耍赖打滚的表情。

"那不是还得自己开吗?堵车多烦啊?"

"呵呵,最近大正广场新开了一家海鲜火锅,我正琢磨啥时候去尝尝呢。"

"那哪能让我家小雪破费呢,我请!"池焰焰咬牙切齿地说。

"嗯,表现不错,在家等着,我马上去接你。"挂断电话后,林雪去车库取车,带着妈妈转道去接池焰焰。

店里,池焰焰放下手机从包里拿出化妆镜,边补妆边道:"小璐啊,你看我这口红的颜色怎样,眼线是不是有点粗啊,还有这衣服,怎么总感觉有点不对呢?"

"哪有,老板最漂亮了,穿什么都漂亮。"小璐笑嘻嘻地说。

"嗯,说得有道理,姐果然是天生丽质啊。"补完妆后的池焰焰,一脸臭美的看着镜子中的自己,"这身材,棒棒的,这相貌,美艳无双,多么完美,啧啧,我都爱上我自己了。"

店员小璐在一旁一脸见怪不怪的样子,该干什么干什么,内心毫无波动。

"好了,别自恋了,快上车。"从门口出现的林雪,一脸嫌弃地看着自己的闺蜜。

"来了来了。"池焰焰赶紧拿起包小跑着出去。

第八十三章
国庆家庆

接上池焰焰后,林雪开车奔向大正广场。

"阿姨,您怎么也来了?"上车之后,池焰焰才发现林母也在车上。

"我准备去看看丁墨,焰焰啊,你现在也老大不小了,是时候得找个男朋友了。"林母看着池焰焰笑着说。

"妈,人家都有男朋友了!"林雪说道。

"有男朋友了?干啥工作的?多大了?家庭怎么样啊?"林母接连问道。林雪要不是开着车,真要以手捂脸了。

"阿姨,我男朋友就是丁墨的中队长,叫董建平,他这个人不开窍啊,你们都要见家长了,他还跟个木头疙瘩似的,都不知道跟我求婚!"池焰焰看着林母委屈地说。

"不开窍?不会是没诚意吧?阿姨帮你想办法!"林母很喜欢池焰焰,顿时大包大揽起来。

"嘻嘻,那就谢谢阿姨啦。"池焰焰笑得很开心。

"妈——"林雪拉着长音,一脸无奈。

"放心吧,包在阿姨身上,阿姨帮你搞定他。"林母似乎又找到了新的人生目标,无视女儿的眼神,林雪只能在一旁无奈地叹息:快退休的中老年妇女,都是这么可怕吗?

"谢谢阿姨……小雪,这条路好像不是去消防队的啊。"

"丁墨他们今天在大正广场执勤，我们去那儿看他。"林雪解释道。

"啊，那董建平会不会不在那儿啊。"池焰焰有些纠结。

"等会问问丁墨不就知道了，你急个啥。一点都不懂得矜持！"林雪吐槽。

池焰焰心说：你这分明是饱汉子不知饿汉子饥！

二十分钟后，林雪带着母亲和池焰焰出现在大正广场。

"丁墨在那儿呢。"林雪指着广场一角，丁墨正在那里巡逻，也看到了她们，正在冲她们挥手。

三人来到丁墨面前，丁墨看着林母，有些紧张道："阿姨好。"

林母看着眼前这个留着板寸头，穿着制服，看起来帅气又阳光的小伙子，心里有些感慨，曾经因为职业和家庭的原因，她并不同意自家闺女和这个小伙子在一起，还因此跟女儿发生了一些争执。

不过话说回来，莫说是当下，就算是她们那个介绍对象、包办婚姻还比较流行的年代，大姑娘小伙子们心里，同样希望能找一个自己喜欢的人。身为大学教授，林母最终也理解了自己的女儿。

她私下了解了一些关于丁墨的事之后，她愈发觉得，这小伙子人品好，对女儿好，女儿又喜欢。女儿的选择，或许才是正确的。

俗话说"丈母娘看女婿，越看越欢喜"，林母盯着丁墨看了半晌，越看越满意，只是把丁墨看得心里有些发毛。

"丁墨啊，不瞒你说，之前阿姨反对你们在一起，因为不太了解你。但现在，阿姨知道你是个好孩子，把林雪交给你，阿姨也放心，只是你记住，以后可不能欺负林雪啊，否则阿姨饶不了你。"林母绷着脸故作严肃地说道。

丁墨傻笑着挠头："阿姨您放心，我一定不会欺负林雪的。"

林雪举起拳头说："哼，他哪有那个胆子和能力欺负我，我欺负他还差不多。"

丁墨嘿嘿笑起来，挠挠头："对对，是不敢……"

这时，刚刚来到广场的丁建国两口子也看到了丁墨，远远地喊了声"丁墨"，就朝这边走了过来。

"这是你父母吗？"看着向这边走来的两人，林母问丁墨。

"是啊，阿姨，我父母都是很好的人，就是没什么文化，有什么不周的地方您别见怪。"丁墨笑着给林母介绍。

"这孩子，哪有这样说自己父母的？"林母嗔怪地说了丁墨一句。

"哎呀亲家母，可算是见到你了。"人还没到身边，丁建国就咋咋呼呼地喊道，丁墨看着父亲这副样子，一脸无奈，这才哪儿到哪儿啊，有这么叫的嘛。

林母脸上的笑容也变得有些僵硬，不过马上就恢复了从容。

"林雪啊，又见面了。"来到林雪三人面前，丁母抓着林雪的手，笑得很灿烂，然后看着林母，"亲家母真是年轻啊！"

林母微笑着道："你也一点都不显老，你们好，我是林雪妈妈。"

"阿姨好，叔叔好。"跟方才丁墨略显紧张的表现相比，林雪显得落落大方。

"爸妈，阿姨，要不你们找个地方坐下来好好聊吧，在这儿站着累，还影响我执勤。"丁墨向众人提议。

"这孩子，还嫌我们碍事了！"丁母嗔怪地瞪了儿子一眼。

林雪忙说："好好好，我带他们去找个地方，一会儿回来找你。"

"焰焰你要不要一起来？"林母招呼道。

"阿姨，我就不去了，你们聊。"池焰焰笑着说道，她在广场瞄了好久，没有找到董建平，兴致不是很高。

林雪带着母亲以及丁墨的父母走进了大正广场的商业楼，原地就还剩下丁墨和池焰焰。等所有人走后，池焰焰马上迫不及待地问丁墨："丁墨，你们中队长没在这边吗？"

"中队长啊，好像不在这儿，他是中队长，要管整个片区的执勤安排呢，不可能一直在一个地方的，也不知道这会儿巡察到哪儿了。"丁墨回答道。

池焰焰一听顿时有些失落，这人山人海的，四处寻找肯定不合适，还不如留在这儿守株待兔呢。

随着时间推移，广场上的人越来越多，国庆这种大型节日，游人非常多。

分散在广场四周穿着制服的消防员，则显得有些特殊，引起了不少人的注意。还有人要给丁墨水，鉴于纪律，被丁墨给拒绝了。

中午的时候，林雪好不容易跑了出来，给丁墨和池焰焰送来了午饭。丰盛的饭菜让其他吃着盒饭的队友们看得直流口水。

池焰焰独自一人坐在角落树荫下的椅子上，有些落寞，也没什么胃口，估计是被林雪和丁墨以及广场上那一对对情侣给刺激到了。

下午三点多钟，董建平的身影终于出现在了广场上，池焰焰高兴地跳了起来，跑到董建平的身边。

"董哥哥，董哥哥！"离着老远，池焰焰喊道。

"焰焰，你怎么过来了？"董建平惊讶地问道。

"我陪小雪和她妈妈来见丁墨和他父母，他们约在这里。真巧啊，原来你也在。"池焰焰心里有点委屈，就吐槽了一句。

"哦？丁墨和林雪见家长了？这是大好事啊，他们人呢？我也去看看。"董建平高兴地说。

"他们走了，丁墨在那边，你自己过去吧。"董建平一开口，池焰焰就被打败了，这木头果然领会不到自己的意思。

"那咱们过去吧。你怎么了，哪里不舒服吗？"看着池焰焰有气无力的样子，董建平关心地问道。

"我没事，就是这一天啊，被洒了无数的狗粮，中毒有些深。"池焰焰不死心，继续暗示。

"狗粮？中毒？"

董建平有些疑惑，这些词单独拎出来他都认识，可放在一起，就显得有些陌生，他没能完全理解其中的意思。虽然他的年纪并不大，可工作的生涯却不短，对时下那些流行的东西，几乎没多少了解，最近懂了一些，也是跟池焰焰在一起学的。

"就是啊，你看，今天是什么日子，国庆节啊！这广场上是不是很多情侣？丁墨和林雪都已经见父母了对吧？"池焰焰仍然不死心，继续暗示着。

"今天是国庆，大型节日，情侣当然多啊。倒是丁墨和林雪，他们两个经历了那么多的坎坷，终于走到了一起，确实不容易啊。"

董建平有些感慨，丁墨从新入职开始就是他带的，到现在已经一年多了，丁墨也从一个不成熟的皮小子，变成了现在这个能够独当一面的消防英雄，成长实在太快了。

看着有些神游物外的董建平，池焰焰满脸无语，有心想跟他挑明，话到嘴边就是说不出去，果然跟林雪说的一样，还是太厌。没办法，她只能跟着董建平向丁墨走去。

傍晚时分，太阳逐渐落山，天气也变得凉爽了，广场上的人流量更是达到了高峰，虽然有很多公安干警和消防人员在维持秩序，但所有人都不敢松懈。

正在巡逻的魏凯，突然看到眼前有个熟悉的身影，在另外两个女人的陪伴下慢慢走着，他忍不住眨了眨眼睛，嘴里嘀咕道："咦？这个人好像我老婆啊。"

那人转过脸来，可不就是他老婆。姚燕白了一眼自己的丈夫，嗔道："连自己老婆都认不出吗？"

陪着姚燕的两个人站在一旁笑，其中一个道："男人都这样，我家那口子还脸盲呢，我去影楼拍个照，回家拿给他看，他居然说相片上的女人有点面熟，把我给气的呀。"

魏凯大笑道："嫂子您可别害我，我可不敢脸盲。"然后看着姚燕笑着说："我就是巡逻了一天，有点眼花。这么久都没时间陪你，国庆之后，我可以休假一段日子，到时候天天陪着你，让我好好补偿老婆大人。"

姚燕今天来大正广场，也是听说自己的老公在这儿，想来看看他，现在听到老公的话，特别开心道："真的吗？那太好了，之前你都没说。"姚燕摸着自己的肚子一脸笑容。

"刚确定下来，也想给你一个惊喜。"魏凯笑着说道。

姚燕发现丈夫身上的制服有一道道的白色汗渍，十月的天气已经不热了，他居然汗流浃背，该多辛苦啊。作为丈夫，魏凯是她的天，保护着她；作为消防员，魏凯保护的却是千千万万人的安全。

姚燕心里既心疼，又自豪。曾经对丈夫不能陪伴自己的抱怨，都已经烟消云散，这一刻，她只想安静地靠在丈夫的怀里。

一个大肚子的准妈妈，轻轻依偎在一个执勤人员的肩头，这充满温馨的一幕，在夕阳余晖的映照下美极了。

只听"咔嚓"一声，一道光一闪而逝。原来有记者在拍摄国庆画面，看见这温馨一幕，忍不住照了下来。姚燕和魏凯相视一笑，继续依偎在一起。

陆江趁着休息的机会，跟董建平借了手机，给乐瑶打了个电话。乐瑶也在值班，所以两人长话短说，挡不住的温情顺着电话传递。陆江在乐瑶挂断电话前，突然说了一句："老婆再见！"

乐瑶微微一怔，脸色瞬间羞红，小心翼翼地看了一眼周围正在忙碌的同事们，忍不住低着头啐了一口便挂断了电话，又继续认真工作起来。

夕阳西下，有其他中队的人过来换班，累坏了的消防员，集合在一起，每个人的脸上都露出了疲劳但轻松的微笑。

没过几天，《静海日报》的二版登出了挺着大肚子的姚燕依偎在魏凯身边的照片。夕阳的余晖中，姚燕一脸幸福，魏凯眼神温柔。标题是——《国庆节最美的一幅画！》

第八十四章
自导自演

操场上没有什么特别的，和平时一样，可徐然站在那儿，却是一副看不够的模样，有些感慨，又充满不舍。刚刚得到通知，他就要退伍了！退伍之后，这群朝夕相处的兄弟想要再见面，可能就没那么容易了。

"咋啦？为你要退伍了伤感呢？"丁墨笑嘻嘻跑到徐然跟前，拍拍他肩膀，一脸认真地看着徐然，"欢迎徐然同志随时回归老部队！"看来，他也知道了。

"欢迎徐然同志随时回来！"丁墨本来是开玩笑，却不想所有人都聚了过来，一起伸出了手。

徐然忽然有点哽咽，他瞪了丁墨一眼，然后伸出手，所有人的手都握在了一起。这一刻，一班的全体消防员们，心都连在了一起。

众人相视一笑，陆江刚想说点什么，警报声响起。

"绿柳小区有人试图跳楼，一班马上出警。"

徐然噌的一下跳起来，朝出警大厅跑去，这种反应，已经成了一种本能。众人迅速出警，来到现场后，只见一个年轻男子站在十几层高的楼顶上，一副马上就要跳下来的样子。

这个绿柳小区的物业正在搞修饬，地上破旧的柏油路已经刨了，现在压的都是鹅卵石，还没有重新铺整。旁边一幢楼由灰色粉刷成了橙黄色，但还只刷了一半。

准备跳楼的年轻人所站的大楼，另外一半处有脚手架和拦护网，也在维护当中。台下围了很多群众,还有不少施工工人,也都停工仰着头看着。

"华林、李斌配合片警拉警戒线,疏散群众,林不凡、徐然、赵志铺气垫,多铺几个,这么高,跳下来的位置太难以预料了,丁墨你……"

陆江大声安排着。自从当了班长,加上求婚成功,陆江的性格也在不知不觉中发生了一些转变,话也比从前多了。

"我什么我,上啊!"丁墨抬头看了一眼楼顶,然后看着陆江。

"上什么上,那是谈判专家的事,咱们上去顶什么用。"陆江一把拉住丁墨。

"不上在下面看着他死吗?救人要紧,我又不是没当过谈判专家,厉害得连自己都害怕!你要是怕处分不敢上就留在下面帮他们铺气垫。"丁墨一甩手,毫不在意地说。

"别胡闹,上去可以,但是你得一切听指挥。"陆江怕他冲动惹出事来,急忙跟着冲进楼里。

楼下,一大堆围观群众看得津津有味,还纷纷拿着手机拍照,根本不理华林和李斌的劝说。

一筹莫展的华林突然想到丁墨之前用过的招数,突然灵机一动,大声跟李斌说:"哎呀,这么高的楼,有50米了,今天风又这么大,这人要是跳下来,指不定得偏个十几二十米呢,咱们这气垫可得多铺一点。"

赵志心领神会,大声说道:"是啊,也不知道咱们这气垫管不管用,这人跳下来啊,速度加重量,一头大象都能砸死。"围观群众听到他俩的对话,赶紧往后退去。

两个维持秩序的片警向他们跷了跷大拇指。

"行啊,你小子还挺有办法。"李斌小声说道。

"那是,这可都是跟墨哥学的。"华林得意地说道。

大楼内,丁墨和陆江已经上了天台,正准备往前走,站在天台边上的年轻人突然转过身来,看着他们大声喊道:"你们别过来,再过来我就跳下去。"

年轻人太过激动,加上在天台边站久了有些晕,身体突然后仰,一屁股坐了下去,小半个身子都露在了天台外,楼下顿时传来一阵惊呼。

"好好好,我们不过去。"丁墨和陆江也是吓了一跳,赶紧停下脚步。年轻人看到他们不再过来,往里稍微挪了一点,丁墨和陆江两人松了一口气。

"我说兄弟,你这是有啥想不开的事啊,咋想着跳楼呢?"见年轻人冷静了下来,丁墨问道。

"嗯……"年轻人回头看了看楼下，似乎有些犹豫。

丁墨一看，这人看来死志未决，营救的把握就大多了。他赶紧冲陆江使了个眼色，陆江心领神会，说道："小兄弟，你不要冲动，这生死关头，要是一冲动，再后悔也晚了，有啥堵心的事，和我们说说？"

"和你们说，有用吗？"

丁墨赶紧说："这得看你说的是什么事了，我要乱打保票，你也不信。可是说说，总没关系吧？人过留名，雁过留声啊！"

年轻人看看楼下，稍稍往里挪了挪，又看看陆江和丁墨，脸上表情变换几次，最终叹了口气，说："我……唉！媒体……也来了吧？"

丁墨和陆江交换了一个眼色：这人……只怕不是想自杀，而是别有打算吧？在他们的救援生涯中，这事可没少见，这也是上次姑娘因情自杀事件后的检讨会上，赵志反对丁墨的过激手段，并说出大部分所谓公开自杀事件其实未必是真想自杀的原因。

不过，不管他是不是真心自杀，这时候只能配合，丁墨马上说："是啊，报社、电台、电视台的都来了，你要是有什么冤屈就说出来！"

年轻人露出一丝喜色，赶紧又往楼下看了一眼。

很快，几名公安干警也上了楼。看到穿警服的，这年轻人显然更紧张了，这也是几名公安干警没有第一时间上楼的原因。此时一瞧小伙子露出的紧张模样，几名公安干警就在天台门口站住了。

陆江走过去，与公安同志沟通了几句后，马上回头看了一眼年轻人，有点啼笑皆非。公安同志告诉他，楼下的施工工人说准备跳楼的人是他们的一个工友，而公安局的同志也刚刚查到，报警电话是这位年轻人自己的电话。

也就是说，他自己打电话报警说有人要自杀，然后又爬到这上边制造态势。陆江忍不住说道："别又是用自杀制造舆论讨薪的吧？"

一名公安干警苦笑说："现在不少人喜欢用这一招啊，我们已经派人去找他们的施工负责人了！"

丁墨见双方交谈不停，忍不住也走了过来。那年轻人见两方人员站在一起聊得热火朝天，好像把他给忘了，不禁有点傻眼，好在这时候工头终于赶来了。

工头和这年轻人楼上楼下一通喊话，事情总算是搞明白了。工头的确是欠薪，不过不是恶意欠薪，他欠的也就是这年轻人一个人的而已。

这年轻人技艺一般，还有点好吃懒做，在施工队里风评并不好。昨天工头发现他又偷懒，一气之下就把他开除了，这工头大概也想借机贪小便宜，便扣了他上个月的工资没发。结果这小子就想了这么个主意。

事情几乎不需要公安干警和消防人员出面，就很快得到解决了。那个工头也不想把事情闹大，恨不得这人赶紧滚蛋，所以满口承诺，只要他下楼，立即补发他的工钱。

年轻人达到了目的，自然也就乖乖下楼了。而公安干警对他这种制造事端浪费警力的行为也只能进行批评教育，无法采取更进一步的行动。

当那年轻人终于拿到工钱，千恩万谢地离去以后，一位公安干警对陆江叹了口气说："干你我这一行的，真是形形色色，什么样的人都能遇到啊！"

陆江点点头："是啊！人生万象，咱们见得大概是最多的了！"

他又扭头看了看丁墨，笑着问："是不是觉得这次出警不值得？"

丁墨嘿嘿一笑，狡黠地说："你可别给我下套，只要有人报警，咱们就得出警，只要避免事件发生，那就是咱们的成功！我这觉悟怎么样啊？"

陆江和旁边那位公安干警忍不住一起哈哈大笑。无论如何，没有惨剧发生，大家的心情就是愉快的！而徐然尤其高兴，这可能是他最后一次出警了，他希望能够见到一个圆满的结局，为他的消防生涯，画上一个圆满的句号！

第八十五章
霸气焰焰

徐然退伍的这一天终于到了，赵志是最伤心的一个，眼睛一直红红的。

徐然和赵志在消防队队中的表现非常好，本来都有转消防长的机会，赵志欣然接受了，而徐然为了家中身体不好的母亲，拒绝了这次机会，选择退伍。

中队食堂里，众人在给徐然送行，为了让这次送行宴更加丰盛，赵志还特意花钱加了餐。

看着桌上丰盛的加餐，徐然拍了拍赵志的肩膀，说道："好兄弟。咱俩一起进的消防队，现在你已经是消防长了，继续努力吧，我要退伍了，不能继续陪你战斗、陪你下棋啦……"

说到这里，徐然眼圈一红，不禁落下泪来。赵志端起一杯果汁说："不管在哪里，我们都是好兄弟！"两人一饮而尽。

菜上齐了，众人围坐在桌子旁，陆江关心地问道："徐然，你退伍之后的去处，有安排吗？"

"哈哈，这就要感谢中队了。"徐然笑着说，"几天前，就有一家大公司找到中队，点名就要我去他们公司负责消防工作。"

"可以啊，以后发财了可别忘了兄弟们。"知道队友退伍后有了好去处，大家都很高兴，共同举杯。

"唉，真舍不得兄弟们，舍不得消防队啊。"吃着吃着，徐然突然有些感慨。

丁墨笑着说："没事，我们都是兄弟，真正的生死兄弟，以后能聚在一起的机会多得是。"

"哈哈，你小子，现在也长大了啊。"徐然看着丁墨，"记得刚来的时候，你这个刺儿头可没少受大家白眼，没想到后来居然成了英雄，还干得这么好。你跟陆江，你们以后要继续努力！"

话说完，众人有些沉默，这时赵志红着眼睛站了起来，举起装满果汁的杯子，说道："来来来，咱们一起喝一杯！"众人都站了起来，举杯一饮而尽。

这时，陆江肃然站起，拿起放在椅子上的一架手风琴，《壮志在我胸》那熟悉的旋律又响了起来。丁墨站起身，扯着嗓子唱起来："拍拍身上的灰尘，振作疲惫的精神……"

陆江、赵志、徐然、林不凡、华林……包括送别徐然的董建平和一些其他班的消防员，全都肃然起身，跟着一句一句地唱起来。依稀间，洛班长似乎也在与他们同声合唱。

当天晚上，林雪又习惯性地发来微信："喂，猴子，在干吗呢？"

丁墨回道："在思考人生呢。"后面还配了张思考者的图片。

林雪:"猴子一思考,上帝就发笑的那个思考吗?"

丁墨:"别闹,我在想正事呢,徐然今天退伍了,在一起生活了这么久的兄弟,马上就要分开了,心里有点难受。"

林雪:"哈哈,我当是啥事呢,没心没肺的猴子也学会多愁善感了,难得啊。"

丁墨:"呵呵……"

林雪:"不跟你扯这些了,记得上次我跟你说过的大行动不?需要你帮忙,干得好,回头有奖励。"

丁墨一下子来劲了:"什么奖励?"

林雪:"先不告诉你!"

丁墨:"是还没想好吧?"

林雪:"别打岔!听我说,你们董队吧,这人太内向,焰焰呢,平时咋咋呼呼,到了真格的时候也有点怂,我们要是不帮她,估计她跟董队长得拖到猴年马月去。"

丁墨还是有点犹豫:"他们认识时间还短吧?怎么有点闪婚的意思?"

林雪:"你也不看看董队的年纪,尤其是上回看到陆江向乐瑶求婚,对焰焰的触动很大。我觉得吧,两个人是不是合适,还真不是马拉松似的相处好长时间决定的,幸福与否,看人,与时间无关。"

丁墨想了想,回复:"嗯!你这一说,我觉得也对!老辈的想法,还真不适合咱们这一代。说实话,他们俩看得我都着急,你们有什么计划需要我帮忙的,保证完成任务。"

林雪跟丁墨说了完整的计划,丁墨又拉着陆江说了半天,最终做好了全部的行动计划。"到时候一定给董队长一个大大的惊喜!"丁墨笑着说。

这天中午,眼看到了午饭时间,丁墨冲陆江使了个眼色,便向董建平的办公室走去。

来到董建平办公室外面,丁墨偷偷观察,发现办公室里只有董建平一个人,他心中松了口气,深吸一口气,正了正衣服,他敲响了董建平办公室的门:"报告!"

"进来!"听到敲门声,坐在办公桌后面的董建平说道。

"队长!"丁墨进来敬了个礼。

"丁墨啊,有事吗?"

"报告队长，食堂那边出了点事，需要中队长帮忙解决一下。"

董建平皱了皱眉头说道："食堂能出什么事？还需要我去解决？老范解决不了？"

丁墨努力装出严肃的样子："报告队长，这件事老范肯定是解决不了的，事情紧急，咱们赶紧过去吧，不然要出大事了。"

"这么严重吗？"董建平的脸色有些凝重，"那还啰唆什么，赶紧走。"

"是！"丁墨跟着董建平一起走了出去，一只手在背后按了手机信息的发送键，信息内容："搞定"。

操场上，陆江看到信息，赶紧招呼大家："快快快，其他班的兄弟们，收队收队，去食堂！"操场上一群人一窝蜂似的跑向了食堂。

路上，董建平看着一脸严肃的丁墨问："到底出什么事了？神神秘秘的，我怎么感觉你在耍我？"

丁墨面色凝重，委屈地道："您是我们的头儿，您一黑脸，我们都哆嗦，谁敢耍您啊！"

"但愿没有。"董建平瞥了丁墨一眼。

一进食堂，丁墨嗖的一下窜出去，大声喊道："兄弟们，开始了！"

手风琴瞬间响起一阵欢快的声音。丁墨和一群年轻的消防员穿着帅气的制服，来到食堂的空地上，跳起快闪舞来。还没等董建平回过神来，舞就跳完了。

这时候，手风琴传来一阵优美的乐曲——《致爱丽丝》。接着，原本坐在桌子前的那群消防员，用筷子轻轻敲起了碗。优美的乐曲与节奏感十足的敲击声，完美地融合到一起。

两个消防员飞快地将一卷红毯从侧门一口气铺到董建平面前。随后，穿着白色长裙，画着淡妆的池焰焰，手中捧着鲜花，在林雪的陪伴下，缓缓地走出来。

看着池焰焰一步步走过来，董建平感觉自己心跳加速，眼前的一切仿佛都失去了颜色，只剩下那一袭白色的身影。

一步一步，池焰焰走过这段并不长的路，走过消防员们的队列，来到董建平的身边，看着他的眼睛，突然单膝跪地，双手献上鲜花，轻声说道："建平，你愿意娶我吗？"

看着眼前这一幕，董建平突然僵住了，大脑一片空白，两只手伸出来悬在半空中，却不知道要干什么。看到这个情况，丁墨心中着急，大声喊道："答应她,答应她!"

其他人也都跟着喊了起来:"答应她,答应她……"

就连老范也挥舞着饭铲从后厨冲出来,大声喊道:"答应她,答应她……"

消防队的食堂里面,回荡着"答应她"这三个字,震耳欲聋。所有人的声音混在一起。董建平心中一震,如梦初醒,赶紧接过池焰焰的鲜花,伸手温柔地把她扶了起来:"求婚这种事,应该我们男人来做。"

已经站到丁墨身旁的林雪小声嘀咕:"这才像话!"说着还瞥了一眼丁墨。

丁墨心领神会道:"小姐姐放心,到时候我一定给你一场别开生面的求婚仪式!"

林雪傲娇道:"谁稀罕!"

董建平突然从口袋里掏出一枚戒指,没有首饰盒,但却是一枚光芒闪耀的钻戒。

丁墨瞪大眼睛道:"可以啊!这也是有准备的人啊!就这么揣兜里也不怕丢了?"

林雪轻轻撞了他一下,示意别多嘴。

董建平单膝跪地,举起戒指对池焰焰说:"之前我一直觉得我们恋爱的时间太短,你又太优秀,所以我不敢……不敢轻易开口,但我一直准备着,就是没敢拿出来。没想到你……"

董建平抬起头,一脸认真地看着池焰焰:"焰焰,你愿意嫁给我吗?"

池焰焰呆住了,她没想到董建平这种木头疙瘩,居然也会有这种心思,她接过戒指,强忍着眼中的泪水,用力地点了点头,哽咽着说:"我愿意,我愿意……"

丁墨大吼一声:"叫嫂子!"

所有消防员大喊:"嫂子!"

食堂里所有人都把手伸向口袋,一片片花瓣被撒向空中,将董建平和池焰焰笼罩在里面。

"嫂子!"

"嫂子!"

老范也洒了两把,旋即哭丧着脸道:"有的扫了。"

看到眼前的画面,所有人都露出了开心的笑容,丁墨和林雪相视一笑。

第八十六章
深山驴友

国庆过后，天气一直晴好，小黑岭上和煦的阳光，微柔的山风，更是让人通体舒畅。

深秋时节，层林尽染，将这片山岭装点得五颜六色。山上随处可见野花随风摇曳，绽放着生命的多姿。偶尔还能看见一些诸如松鼠、野兔的小动物，在林间穿行。

七男四女，一共十一个中年人组成的驴友团队，出现在小黑岭。每个人都背着登山包，穿着专业的登山服，带着简易帐篷等野营工具，一路有说有笑，特别开心。

"要我说，这出来放松游玩，就得赶在国庆之后，人少，才能真正体验到野游的趣味。"一个看起来三十出头的漂亮少妇开心地说道。

"是啊，你说现在吧，只要一放假，出去旅游到哪儿都是看人，前两年，十一长假期间我带着孩子去北京故宫。大热的天，人那叫一个多，简直人山人海。不过有一个好处，几乎不用自己走路，因为后面的人会推着你往前走……"一个四十出头，留着寸发的中年人对众人笑着说，"结果从那里面出来，我儿子告诉我说，爸爸，以后我再也不要出来看人了，太挤了！"

众人全都哄笑起来。

"可不是？今年五一，我去了一趟张家界，想去玻璃栈道看看风景。结果倒好，买票排队就耗费了几个小时的时间，好不容易等我进去了，一看那玻璃栈道上面全都是人！就这还是考虑到安全，限流的结果。当时硬着头皮上去了，心里面也真害怕那玻璃承受不住啊。"另一个中年男人说道。

"所以呀，我们这群志同道合的朋友，才能在今天相聚在这里。"那个三十出头的漂亮少妇微笑着说道，"我们都厌倦了看人的旅游方式，就想找个山清水秀的没人的地方，好好享受一下人少的快乐，享受一下新鲜空气，享受一下大自然的各种美。这样回去之后，才能骄傲地跟别人说，我出去玩去了！"

"哈哈，没错，忧郁天使全说到我心里去了。"

"忧郁天使就是我们这群人的领路人！带领我们感受大自然的美好。"

一群人笑着赞扬起那漂亮少妇来。这群驴友，有几个是静海本地的，比如这位网名叫忧郁天使的漂亮少妇，其他人则大多来自周边城市。他们在网络上相识，因为相同的爱好，所以成为朋友，相约来小黑山野营游玩，相互间以网名称呼。

山里并不热，阳光洒在脸上，每个人都洋溢着欢快的笑容。天近傍晚，一群人终于来到目的地。

这是一处位于山谷中的河滩，河滩宽百米左右，中间高两边低。一条小河从山谷左侧山脚穿过，右侧河滩尽头连着一片缓坡，众人正是从缓坡过来的。

中间隆起的河滩有大片平缓的地方，几块大石头立在那儿，带着一种苍凉的美感。山谷两侧生长着密密麻麻的灌木丛。

这条小河是山泉水汇聚而成，不算宽，最窄处也就有七八米，水不及膝，蹚着就可以过。泉水冷冽，清澈见底，仔细看，还能看见一些小鱼小虾。有些疲惫的驴友们都兴奋起来。

河滩上的沙子细腻金黄，被太阳晒了一天，坐在上面温暖又舒适。

"这才是藏在大自然深处的秀美景观，今天一天的劳累，值了，太值了！哈哈，坐在办公室里面，除了图片，永远也看不到这种美景。"

"天哪，看，有小河虾呢！都多少年见不到这东西了？还记得小时候在河里经常能抓到它们，可惜这些年因为滥用农药，早就看不见它们的踪影了。"

"这水可真凉，比矿泉水好喝多了！"

"这才是真正的矿泉水呢，市面上卖的那些，你们买的时候可得看好，有些是蒸馏水，还有些号称什么矿物质水的，反正喝起来都一个味，跟凉白开似的。"

忧郁天使提醒道："大家喝这水的时候注意点，可以饮用，但最好烧开再喝，水有点硬，没喝过的容易坏肚子。"

"咱们的小天使就是心细，我看啊，以后咱们就组成一个固定的团，团长就是咱们的小天使了！"

一个大腹便便的中年人坐在沙滩上，一边擦着额头上的汗，一边开玩笑似的说道。众人当中，就他一个属于平日里疏于锻炼，但内心向往大自然的。

他也是静海市的，经营着一家小公司，效益不错。这次的活动，大部分需要花钱的地方，都是他赞助的。所以众人对他态度很不一样。

忧郁天使笑着道："潘总可别取笑我了，我不过是因为之前来过一次，比大家熟悉罢了。要当团长，也得是潘总您来，毕竟您财力雄厚！"

大家都笑起来。

忧郁天使指着这条小河说道："最美的地方，就是前面不远处的瀑布了。现在水小，大家只能感受下它的秀美了。要是赶在雨水充足的季节，站在上面往下看，简直美呆了！那种磅礴的气势，只有身临其境才能感受到。"

潘总笑着点头："让你这么一说，我恨不得现在就去看看了。"

忧郁天使笑着道："现在天色有点晚了，咱们还是先安营扎寨，生火做饭，好好休息一晚，明天尽情地观赏美景！"

众人应了一声，便各自忙碌起来，有负责扎帐篷的，有负责捡柴准备篝火晚会的，还有拿出烧烤架准备食材的。虽然疲惫，但河滩上充满欢声笑语。

这时候，天色渐渐阴起来，大家没有太在意。来的时候查过天气预报，静海市周边这几天都是晴天，所以众人才放心大胆地来这里游玩。

这群人除了潘总之外，都是户外运动经验丰富的驴友，动作非常麻利。一会儿工夫就扎好了帐篷，准备好了食材，开始烧烤。幽静的河滩上很快飘出袅袅炊烟，散出诱人的香气。

大家兴致高涨，每个人还表演了一段小节目。唱歌跳舞说笑话，还有声情并茂朗诵诗歌的，这种活动，对生活在大城市，终日坐办公室的人来说是一种极大的放松。

篝火熊熊，天色彻底暗下来，火光映得每个人脸上都红扑扑的，欢声笑语就没有断过。

快结束的时候，天空忽然飘起了绵绵小雨。忧郁天使皱着眉说道："怎么会下雨呢？天气预报明明说过，最近这几天都是晴天，没有雨啊！"

"是啊，我来之前也查过，再说白天还是万里无云的好天气，怎么到了晚上就下起雨了？"

"我也看过，最近一周之内都是晴天，秋老虎的天，按说不应该下雨。"

"该不会明天也下雨吧？"其他几个人纷纷说道。

这时候，喝了几罐啤酒的潘总笑着道："放心吧，这属于山里面的小气候，大家把心放在肚子里就好，明天早上一觉醒来，大日头就会高高挂在天上啦。"

有人问道："潘总您还懂这个？"其他人也都好奇地看着潘总。

潘总拍了拍自己的肚皮，笑着说道："我也是从农村出来的孩子啊，小时候家就在山里，对山里的气候熟悉得很。像小黑岭这种地方，都有自己独特的小气候，一般来说，只要不是太倒霉，这种雨来得快，去得也快。"

说着，他有些感慨："说起来，已经太多年没有这种经历了，这次托你们的福，没有嫌弃我这个拖油瓶，才让我时隔多年再次领略到这种大自然的风光。"

众人便笑着回应："哪有哪有。"

随后，一群酒足饭饱的人各自回帐篷休息。外面的雨噼里啪啦地打在帐篷上，不算大，但也不小。不远处的小河悄悄上涨并不断漫延开来。原本没有水的右侧低洼处，也慢慢有水流经过了。

这群疲劳的中年人，晚上喝了点酒，全都睡得很沉。没有人察觉到这里的异常，也没人想到这种地方，会生出什么危险。

山里环境复杂多变，雨一直不停，上游雨水汇聚，在下游很容易形成洪水，这种洪水的形成速度很快，势头很猛，一般被称为牦牛水。在山上，牦牛水往往带着大量的石头一起下来，形成泥石流。

直到半夜，有人起夜上厕所的时候听见水声有点不对劲，拿出强光手电一照这才发现，水已经漫过了大片的河滩，几乎就要接近众人的帐篷了！

这人连忙大声呼喊起来："快起来，涨水了！快起来！"

第八十七章
受困河滩

一些人迷迷糊糊醒过来,都不清楚发生了什么,听见涨水,全都吓了一跳,赶紧穿衣服收拾东西。

最先发现涨水的中年男子大声提醒:"来不及了,别收拾了,赶紧走!"

说着,他带领着来不及穿好衣服就跑出来的几个人,急急忙忙往右侧走去。左侧原本很浅的小河明显上涨了一大截,根本蹚不过去。

七八个人跟在这个中年人身后,踩着现在还不算深的水,快速逃向右侧山坡。

"人都齐了吗?"最先发现问题的中年人大声问着,清点人数。

这时候有人说道:"潘总和忧郁天使还没有出来!"

中年人大声道:"你们快点过去,现在水不深,没问题的!注意安全,男的照顾点女的。"说着,他转头跑向潘总和忧郁天使的帐篷。

那边一共八个人,很快蹚着还不算深的河水爬上了右侧的缓坡。等中年人叫醒了沉睡的潘总和忧郁天使时,两侧的河水都已经上涨得很厉害了,两个扎在最低处的帐篷已经进水了。

"快点快点,加快速度,外面很危险!再晚点就来不及了,会被困在这里的。"中年人大声提醒。

潘总虽然大腹便便、疏于锻炼,但本能还是有的。所以他很快穿好衣服,从帐篷里爬了出来。他睡眼惺忪地看了一眼四周的情况,顿时被吓得清醒了。

"河水怎么会涨得这么快？这雨也不大啊！"潘总感受着不断落在头上的雨水，面色凝重起来，"小天使妹妹，你好了没？"

那边帐篷里传来忧郁天使的声音："再等一下，马上就好。"

忧郁天使从小生在大城市，是土生土长的静海人，凡事讲究优雅从容，哪怕火烧眉毛都要保持淡定。她看似户外经验丰富，成为驴友的时间也不短，谈起户外旅游起来头头是道。可实际上，她根本不明白大自然发起怒来威力有多大。

外面的两个人都急得不行，她却还在里面磨蹭，又过了十来分钟，才着装整齐地走出来，身后还背着一个大背包。

中年人一脸无语："我的姑奶奶，您刚才这么半天居然在收拾东西？"

"是呀。"忧郁天使不好意思地笑笑，"习惯了……"

习惯……习惯有时候可能会害死人啊！不过这种时候，也来不及去指责她什么，中年人郁闷地说道："不知道能不能过去了。"

直到此时，忧郁天使才发现水已经涨得漫延到她的脚边了，她脸上的笑容渐渐消失，焦急地道："怎么办呀？这、这还能过去吗？"

中年人和潘总对视一眼，然后说道："试试吧，你过来，我们两个扶着你，咱们三个一起慢慢蹚过去。"

"我，我有点怕。"忧郁天使害怕得声音都变了，她曾经来过这里，觉得这地方风景优美又安全，哪能想到会出现这种问题？

三个人相互搀扶着，蹚水往右侧走去，已经到了右侧山坡上的八个人全都打着手电，大声喊着他们："慢点，别着急，往上一点走，那边水浅一点。"

"不要慌，现在还能蹚过来！"

"千万别紧张，一定慢一点，别滑倒，下面是瀑布！"

忧郁天使哆哆嗦嗦地往前走，带着哭腔自责道："对不起，我、我不知道情况这么严重。"

"没事，咱们一定能成功过去的。"潘总安慰道。

中年人也说道："别怕，咱们一定会成功过去。"

河水特别凉，已经到了两个男人的大腿处，至于个子相对矮一些的忧郁天使，水已经快到她的腰了！在这种冰冷的山水下，哪怕三人都穿着冲锋衣，依然很快被冻得行动迟缓起来。

"哎哟，我不行了，我的腿冻木了，动不了了。"忧郁天使说着，身子往一旁栽倒。

手疾眼快的两个中年男人一把扶住她，潘总也苦笑道："不行，水太深，也太凉了！过不去！"

中年人叹了口气，当机立断地道："退回去！"

他们距离对岸大约还有十几米的距离，但他们都清楚，剩下那十几米，才是最难走的！白天从那里过来的时候，他们就发现右侧山根地势很低。他们现在所处位置水都这么深，那边的水，怕是已经有一人深了！

对岸的八个人全都冲到水边，却也只能看着他们一步步后退。因为这会儿的水，比刚刚他们过来的时候，又上涨了很多！

潘总和中年人搀扶着忧郁天使，三人勉强退回去。水已经把他们所有的帐篷全部都淹了。虽然淹的并不多，但帐篷里肯定是不安全了。

潘总用强光手电照着不远处的几块大石头上面。发现其中一块石头很高，而且上面相对平坦，应该能勉强容纳三人。

"上去！"潘总说着，带着中年人和忧郁天使走向那里。

两人先把忧郁天使送上去，中年人又咬着牙，把身体沉重的潘总送上去。最后，潘总和忧郁天使在上面一起将中年人拉上去。

这块大石头在下面看特别大，但上面也没多宽裕。三人坐在上面背靠着背都有些勉强，动作稍微大一点，随时有可能会掉下去。

"别紧张，也别乱动，赶紧让人下山求援！"潘总在这个时候，倒是显得特别冷静，对身边的中年人说道。

忧郁天使两手交叉抱着胳膊，身子有些哆嗦，一脸狼狈，又冷、又怕、又自责。泪水在她眼眶里打着转，勉强没有流淌下来。随后，中年人朝着对岸大声喊道："谁带手机了？"

对岸众人面面相觑，刚刚跑得急，几乎都忘了带手机。只有一个人回应道："我带了！"

"打电话报警求助！"潘总身边的中年人大声喊道。

对岸这人拿起手机看了半天，才发现没有信号。旁边一个中年人说道："我，还有老灰狼陪你一起下山报警。"

一个女人声音颤抖地说道："天这么黑，山里面有没有狼啊？你们这样下山能行吗？"

"行不行都得下山！"有经验相对丰富的驴友，沉声说道，"忧郁天使和潘总他们几个现在很危险,必须求助!你们就等在这里,我们明天早上会带人一起上来!"

目前这种情况,只能这么处理,所有人一起下山也不现实,毕竟有好几个人连衣服都没穿全,披着一件衣服就跑出来了。天上下着雨,在这里待着都瑟瑟发抖,根本就赶不了路。

长达一周的国庆长假终于结束,消防队的人也终于可以松一口气。跟绝大多数人不一样,消防员越到节假日,就越是紧张。

普通人到节假日,是松一口气,满心欢喜;消防员遇到节假日,则会比平日更加紧张。越是大型的节假日,这种紧张的感觉就越是强烈。

所以,国庆假期对其他人来说意犹未尽,但对消防员来说,他们更希望能早一点恢复正常上班。

不过这个国庆节对一中队来说还是很欢快的。期间没有什么严重警情,陆江跟乐瑶求婚之后两人关系稳定、感情甜蜜,丁墨跟林雪见过了家长,也算取得阶段性胜利,董队长也收获了他的爱情。

因此哪怕是在训练场上进行着枯燥的训练,每个人脸上也都洋溢着开心的笑容。就连华林从滑杆上下滑,也比之前顺畅了太多。

"丁墨,你什么时候会来一场盛大的求婚仪式啊,有没有什么想法?"早起出操,一群人在操场上用器械做力量训练。陆江走到丁墨身旁,用脚踢开一块混进来的小石子,笑着问道。

丁墨看了一眼陆江,吐槽道:"好点子都送给你们了,我要是没有更好的想法,下场肯定会很惨的。所以呀,这个还是先放放吧。"说着回头看了一眼,大声喊道:"华林,再快点,我觉得你行的!"

那边滑杆上的华林大着胆子伸出一只手,又迅速地抱回去,喜滋滋地道:"哈哈,我也觉得自己比之前进步了不少。"

陆江笑起来:的确,他跟乐瑶的求婚场面,几乎是丁墨一手设计的;董建平和池焰焰的求婚策划,也是丁墨在主导。所以丁墨说得也没错。

陆江看着丁墨说道:"这样,回头让兄弟们一起帮你想主意。"

丁墨点点头:"要是想的主意不合格,那我可不答应!"

陆江笑着道:"放心吧,集思广益,到时肯定会有好点子。"

这时候,魏凯从远处哼着歌走来,看见丁墨和陆江等人,点点头打了个招呼，一脸笑容。

他刚刚办理完休假的手续，连探亲假带护理假一块请了，大概能休息两个月左右。这对终年忙碌在战斗第一线的魏凯来说，简直是前所未有的一个超级假期。姚燕还有几天就到预产期了，魏凯现在的心情是紧张中带着一丝期盼。

"副队，嫂子啥时候生啊？到时候千万别高兴过头，忘了通知我们啊！"丁墨笑嘻嘻走上前打招呼。

陆江也走过来："是啊，嫂子生的时候，一定别忘了通知我们。"

魏凯笑道："肯定不会，放心吧，到时候等孩子出生，我第一时间告诉你们！"

随后，魏凯又跟其他人挨个告别，毕竟一走就是两个月，虽说早都已经安排好，但还是担心有事忘了说。于是跟大家都告别完，魏凯还是没能走出中队的大门，最后是被丁墨等人给推出中队的。

"副队，你还不走，是准备留下来吃食堂的午饭吗？"丁墨笑着道。

"臭小子，早饭还没开始呢，你就贫吧，回来收拾你。"魏凯笑着指指丁墨，然后冲着丁墨等人摆摆手，打车离开了中队。

"副队可能从来都没休息过这么久，我估摸着他啊，现在心里充满茫然，一时半会儿可能都不知道自己该干什么。"丁墨说道。

"是啊，人都是有惯性的，一件事情做久了，冷不丁放下，肯定会不适应。"陆江说道。

"所以呀，我现在也真的适应了这份工作，虽说心里并不希望发生意外，可如果一两天听不见消防车的警笛，还有点不适应了。"丁墨有些感慨。

陆江看着丁墨，忽然说道："现在不想着当特种兵的事了？"

丁墨微微一怔，随即摇头失笑："都过去了。其实怎么说呢，偶尔也还会想，毕竟那是我从小一直以来的梦想。不过说实话，消防这份工作，真正懂了它的意义之后，才明白这并不比上战场轻松。每一次出警，尤其是险情等级比较高时候，随时可能出现牺牲，这一点与战场没什么区别，消防救险的现场，也是一个另类的战场。而且，这也是一个英雄的职业。无论牺牲，还是活着，每一个消防员，都是英雄。"

丁墨说着笑起来，补充道："无名英雄。"

陆江拍了拍丁墨肩膀，两人相视一笑，没有再多说什么。

这时候，熟悉的警报声突然响了起来……

第八十八章
深山救援

出警大厅里，董建平面色严峻："我们接到公安局转来的报警电话，说是小黑岭那边有驴友被困，那里不是我们的辖区，但当地消防站人员和装备有限，我们中队是距离最近的，这次救援任务就交给了我们！"

"这样，陆江你们班加二班两个有相关救援经验的同志一起，共同来完成这次救援任务。记住，还是那句老话，在救援的同时，一定要保证自身安全。"

陆江点点头，道："队长放心，保证完成任务！"

消防车很快出发，充当司机的是二班的一个消防员，开车很快很稳。丁墨恍惚了一下，因为从前坐在司机那个位置的人，一直都是徐然。

现在徐然已经退伍了，开始了新的生活，前几天打电话过来说一切都很好，就是有些想念他们。

想着当消防员以来的经历，丁墨嘴角不由露出了一丝淡淡的微笑。并肩作战的情义，没经历过的人，永远不会懂。

这时候，李斌突然来了一句："你说现在这人是不是条件太好了？闲着没事做啊？"

陆江看了一眼李斌，问道："怎么？"

李斌说道："小黑岭呗，我刚刚还以为是年轻的小孩子不懂事，去当什么驴友，结果是一群四十来岁的中年阿姨和大叔……"

陆江点点头："嗯，根据报警人说，他们是七男四女组成的一支驴友团队，趁着天气好的时候进的山,结果昨晚下雨,一场突如其来的山洪,导致山谷中一条溪流河水暴涨,有三个人被困在那里出不来了。"

华林说道:"没事去健身房健健身不好吗?公园里面跑跑步也行啊,非要去小黑岭那种地方。我记得之前看卷宗的时候,看到那里以前就出过不少次事故。有从山崖上摔下来的,还有被毒蛇给咬了的,怎么还有人往那边去?"

丁墨靠在椅背上,幽幽叹了口气:"这种事怎么说呢?出游算是一种情趣吧,不只是为了锻炼,那山河壮丽,可不是在健身房感受得到的。"

赵志连连点头,在一旁笑起来,看着李斌:"看见没,这就是读书的好处,说出来的话都跟咱们不一样。所以没事的时候,少刷手机,多看点书吧!"

李斌狡辩道:"刷手机也是一种学习!"

赵志笑道:"得了吧,除了《学猫叫》和《沙漠骆驼》这些歌你学会了那几句之外,整天就听你哈哈哈了,弄得我现在一听你手机里传来'你别笑'那三个字浑身都起鸡皮疙瘩。"

车里面的众人全都笑起来。如果有其他人在这里,怕是很难理解,为什么他们会这么不严肃。其实这种时候相互开玩笑,正是为了缓解救援前的紧张情绪。

生活不是开会,没有那么多稿子可以念,大家穿上这身消防服,便被无数人寄予厚望。但很多人忘记了,脱下消防服,这群年轻人跟千千万万的普通人其实都是一样的,也有喜怒哀乐,也有七情六欲,面对危险,内心深处同样恐惧。

消防车迅速赶赴距离小黑岭最近的派出所,那三个报警人被派出所民警找到,在派出所吃了一顿早餐后,已经恢复了体力。看见消防车,三人顿时激动地冲出来,表示要给他们带路。

陆江看了他们一眼,说道:"我们的确需要人带路,不过一个就够了,你们来一个就行。"

"不不不,我们一起回去!我们是一个团队,一起来的,就要一起回去!"三人一起表示。

丁墨一脸严肃地走过来道:"看你们一个个眼睛里都是红血丝,别逞强了,你们的同伴也不会怪你们,出来一个体力最好的,跟我们一起上山,另外两个就在这儿休息等候吧。"

三人快速商量一下,推举出一个体力相对更好的人。另外两人对丁墨和陆江千叮咛万嘱咐,一定要把被困那几个人救回来。

丁墨等人上车,一口气开到山脚下,路已经没有了,必须步行。丁墨背起大盘的绳索,其他人也戴上各种营救工具,在报警人的带领下,顺着山路一路向上。

天空依然下着雨,静海市的方向,天色却湛蓝如洗,一片晴空。华林不由惊讶道:"这就是'东边日出西边雨'吗?"

丁墨看了他一眼,笑道:"惊讶吗?这太正常了。还有,少说话,留点力气。"

一群人经过一番艰难跋涉,终于来到了现场。那个报警人到了现场就一屁股坐在湿漉漉的石头上,再也不愿动弹半步,心想幸亏那两个兄弟没有跟着一起回来,不然估计比他还惨。

陆江和丁墨等人来到现场之后,先是给那些衣衫不整的人分发了毛毯取暖,又给了他们一些面包和水充饥解渴。这群人又惊又吓、连冻带饿地被雨浇了一晚上,没晕过去已经算是一个奇迹,也就仗着他们经常徒步打下的底子。

在看见消防员那一刻,这群人都像看见了亲人一样。三个女性更是忍不住落下泪来,哽咽着表示感谢。

陆江和丁墨等人来不及跟这群人寒暄,立即赶赴河边观察情况。下了一晚上的雨,河水又稍微涨了一些。他们一眼看见了河中间那块大石头上狼狈的三个人。

丁墨大声喊道:"你们几个不要着急,我们已经来到这里,就一定会救你们出去!"

河中间困着的潘总、忧郁天使和中年人这会儿连说话的力气都没了。只有那中年人勉强举起手,做出一个OK的手势,表示他们还好。

"李斌,你跟赵志,去把绳索的一头拴在那颗大树上!"陆江指着不远处的一棵树,然后沉吟着,要如何把绳索的另一头送过去。

这时候,稍微缓过来一点的男性驴友走过来介绍道:"下面不远处有一个瀑布,仔细听能听见水声。面前这个地方原本一个坑,大约七八米宽的距离,水很深!过了这七八米,情况会好一些,但估计水也得到腋下的位置。还有,这水非常凉,进去一会儿就有可能抽筋。"

陆江点头表示感谢,然后对丁墨说道:"一会儿你带着他们几个负责接应,我游过去,然后把绳索的另一端拴在那块大石头上,再一个个用安全绳,把他们都带过来。"

丁墨看了陆江一眼，陆江立即道："这是命令！"

丁墨沉默不语，什么命令？这是兄弟情，是战友情！换作之前，他必然还是要争执一番的，但现在的丁墨，早已经变得成熟起来。他默默地点点头："注意安全！"

陆江脸上露出一丝笑容，回头看着李斌和赵志把绳索固定好。他深吸一口气将安全锁挂在绳索上，又将绳索的尽头绑在自己腰间，剩下的盘成一盘搭在肩上，朝着上游走过去。

大约计算了一下流速之后，陆江直接跳进了冰冷的河水中，在水流的推动之下，斜着往大石头游过去。

一群披着毯子的驴友全都站在岸边，包括那个累得筋疲力尽的报警人，一脸关切地看着。

丁墨跟李斌、华林、赵志和另外两个二班的消防员在这边准备接应。陆江已经游到了大石头那里，水流有点急，他把自己贴在石头的最上端，正在想办法。

丁墨大声喊道："往左，绕过去，绳子系在大石头底部，拴牢一点！"

陆江带着绳索，向左面游过去，借着石头对水流的阻力，勉强将绳子系上。

水特别凉，陆江的身体素质已经算得上是消防员中的精英级别，但身体依然有些僵硬起来。

石头上的三个人，看见消防员终于到来，都忍不住热泪盈眶。忧郁天使已经成了病美人，即便身体素质不错，在这样在大石头上坐一晚上，如果不是求生欲强烈，恐怕早就坚持不住了。

"先把她带走！"潘总看着陆江说道，"兄弟，谢谢你！"

陆江点点头没说话，他需要保持体力。三个人，还有一个比较胖，这不是一个轻松的活儿。尤其是这种环境，对体能是一个巨大的考验。

潘总和另一个中年人先给头昏脑涨的忧郁天使系好了安全绳，然后又小心翼翼地把她放下去。

第八十九章
牤牛水寒

陆江看着忧郁天使道:"大姐,您还有力气吗?我背着您的话,您能不能抓住我?"

忧郁天使摇头:"我一点力气都没有了。"

陆江一咬牙,让忧郁天使趴在他背上,用一条安全绳将两人捆在一起,说道:"大姐,您把脑袋放在我肩上!"说完,陆江抓着绳索,直接朝前走去。

因为坡度的原因,绳索有很长一段,是浸在水里的,好在这段水并不算特别深,但水却特别凉!陆江咬着牙快速前进,也顾不得消耗体力,因为他得让自己的身体热起来。

有一些被冲倒的树木不时漂下来,巨大的树冠随时都可能会对绳索造成破坏,所以陆江必须争分夺秒。水火无情,此刻的场面,丝毫不比任何一次火灾现场危险程度低。

越往岸边坡度越大,当陆江带着忧郁天使完全离开水面的时候,就必须要靠陆江的臂力了,尤其是最后十几米的距离,正常情况下一个人抓着绳索爬过来都不容易,更别说还带着一个。

丁墨当机立断,直接系好安全带,然后将安全绳往上一挂,冲着其他人道:"一会儿接应我!"说着,他往前面滑了大概三四米远,停住,将安全绳卡扣彻底固定在那个地方,这时候陆江已经很接近他了。

"把人放开,我来抓住她。"丁墨说道。

陆江摇摇头："她没力气。"说着，硬生生又抓着绳索往前走了一段，到了丁墨身前。

两人交换，丁墨将忧郁天使绑在自己身上，打开安全卡扣的开关，岸上一群人将另一条绳索绑在丁墨的安全绳上，拉动绳子把丁墨给拽了上去。

李斌、赵志和华林等人过来接应。第一个人，营救成功！岸边这群驴友顿时鼓起掌来！所有人都是热泪盈眶。

丁墨冲着华林吩咐道："赶紧给她点水，给她条毯子，她在发烧，不要让她吃东西，给她喝葡萄糖！"

这边的陆江已经迅速地朝着河中间攀爬回去，这一次，潘总把机会让给了最早发现问题的中年人。

"兄弟，要不是为了我们，你是最安全的那个，这次你先来，我最后走。"潘总拍了拍这个中年人的肩膀，一脸虚弱地说道。

这也不是让来让去的场合，中年人用力点点头，系好安全带，试图自己爬回去。但试了一下才发现，他已经是一点力气都没有了。

陆江二话不说让他趴在自己背上。虽然这个人比刚刚那个女人重得多，但他还有一些力气，不用陆江顾及太多，但背着一个一百五六十斤的大活人在这冰冷的河水中缓慢前行，也是一项巨大的挑战。

尤其当两人走到中间的时候，漂下来一棵大树，树冠挂在绳索上，陆江废了半天的劲，才把挂着的地方解开。

这会儿岸边的几个人都已经准备好。挂在绳索上的丁墨接住中年人，让他趴在自己背上，将他平安地送到岸上。

这会儿就剩下最后一个人了，丁墨看着陆江道："换我来。"

陆江摇摇头，喘着粗气："我还行，别折腾了！"说完就头也不回地往回游去。

经过前两趟，陆江其实已经是强弩之末，不过是凭借着一股意志在强撑。从这里到岸边，往返一次接近八十米，巨大的负重，以及极低的水温，对体力的消耗完全超出常人想象。

游到潘总这里，潘总系好安全带，挂好挂钩，对陆江说道："小伙子，你还行吗？"

陆江点点头："放心，肯定安全把你带过去！"

潘总点点头，然后下水，浑身哆嗦了一下，道："真凉啊！"

陆江也有些哆嗦，笑道："过去就好了！"

一点一点，陆江带着潘总缓慢地移动着。潘总体重接近两百，在又冻又饿的脱力状态下，几乎没什么行动能力了。所以这一次的救援，要比前两次的速度更慢。

上游不断出现被冲进水中的树木，往下漂荡，巨大的树冠也是若隐若现。在陆江距离丁墨还有十几米的时候，丁墨突然间发现一棵大树直直朝着河中间拴着绳索的大石头飘去。

丁墨瞬间觉得不好，冲着陆江大声喊道："快一点！陆江，有大树朝绳子那头撞过去了！"

陆江咬牙，他的一双手已经被绳索磨破，所以每往前一步，两只手都火辣辣地疼，他的力气也被消耗得差不多了，只剩下一股坚强的意志在支撑。

他疯狂地加速，潘总两条胳膊勒得他有些喘不过气来。

距离丁墨还有两米多的时候，陆江整个人几乎不行了。丁墨伸出手道："把人给我！"

潘总的安全绳挂钩在陆江前面，人却趴在陆江背上，所以陆江必须得转过身去。他让潘总先抓着绳索，"不要松手！"然后努力转到潘总身后，"抓住他的手。"

潘总也几乎没了力气，但求生欲让他伸出手抓住了丁墨的一只手。

不用丁墨吱声，在丁墨打开卡扣机关的瞬间，岸上的人便疯狂地拉起丁墨的安全绳，将他往回拉。

直到丁墨和潘总两人被拉上去，丁墨没有任何停留，扭头对勉强抓着营救绳索、几乎没了力气的陆江大声喊道："坚持住，我来了！"丁墨说着，松开卡扣上的机关，直接朝陆江滑过去。

就在这时，刚刚丁墨观测到的那颗大树，已经被河水冲到绑着营救绳索的大石头跟前，轰的一声，二者狠狠撞击在一起。

看起来无比沉重的石头，在大树的撞击和浮力作用下，竟然翻滚了一下！原本绑在那上面的安全绳一下子就掉了下来。

而原本就没了力气的陆江被绳子一震，一双早就出血的手再也抓不住绳索，身子直接向下滑去。

丁墨大叫着："抓住绳子！"然后一路追过去。

失去了巨石固定的绳索端很快便漂到了下游，陆江挂着安全绳，不断向绳子末端滑去,他想挣扎,可浑身上下使不出半点力气,只能勉强保持着呼吸,不断被水流往下冲。他身上的安全绳卡扣距离绳子的另一端也越来越近。

丁墨的心里还存着几分侥幸,只要安全绳另一端没有断掉,绳结应该能卡住陆江,所以他只要在陆江呛水之前抓住他,就没问题!

丁墨顺着营救绳索,努力地往下游去。可当陆江到了绳索尽头时,却毫无阻碍地继续往下漂去。

丁墨急了,他最担心的问题发生了,安全绳的末端肯定是被大树给撞断了。他忍不住骂了一句,直接解开腰间安全绳卡扣,拼了命地向下游。

之前就听那些驴友说过,下面不远处有瀑布,他现在甚至能够听见那震耳欲聋的瀑布轰鸣声。

丁墨的脑子里,这会儿就只剩下了一个念头:无论如何,也要把陆江给救回来,决不能眼睁睁看着又一个兄弟消失在眼前。

一棵大树贴着丁墨的身体漂了过去,树冠上一个断掉的树枝刮在他的肩膀上。丁墨浑然不觉,继续向下冲去,终于看见了一浮一沉的陆江,他过去一把抓住陆江的手腕。

那颗大树,贴着两人的身边过去,树冠上一个巨大的树枝朝着两人脑袋打过来。丁墨拉着陆江猛地往水里一沉,但躲过了上面的,下面还有……树枝把两人扫出去老远。

等丁墨拉着陆江露出头来的时候,两人正面朝顺流的方向,巨大的水声清晰入耳,下面就是瀑布!

丁墨看见眼前有一块凸起的石头大概可以承受二人的体重。他猛地一撞陆江,将陆江撞向石头的另一边,然后,丁墨死死拉着陆江的一条胳膊,两人就这样被这块石头挡在这里。

两人的身子都在水上漂着,陆江更是有小半边身子已经在瀑布垂直向下的水流中了!

这一幕,简直惊险到极点!

陆江与丁墨对视着。陆江嘴唇微张,虚弱道:"白痴……放开我,你抱着石头,等着他们来救你。"

脚下水声轰鸣,不用看也能猜到高度,掉下去恐怕会没命。

水特别凉,两人的身体几乎是麻木的,丁墨一个肩膀还流着血,他死死瞪着陆江:"少说屁话,他们会来救我们!"

正说着，那边传来一阵咆哮声："坚持住，我们马上就到，坚持住，坚持住！"是李斌和华林他们的声音。

在丁墨跳下水的一瞬间，李斌他们这群人就已经拿了好几盘绳索，追着他们跑。但岸边的路太难走了，地形复杂、灌木丛生，一群人的身上、脸上全都被刮破了，却没有人露出半点犹豫之色。

第九十章
惊心动魄

"我真有点坚持不住了。"陆江被洪水冲刷着，不时躲闪枯木，已是精疲力竭。他看着丁墨，嘴唇发紫，身子哆嗦，如果不是丁墨死死抓着他不放，他早就被冲下去了。

"我能啊！我还能坚持！你别废话，想想乐瑶，那可是我哥们儿，你要死了，让她怎么办？"丁墨朝着陆江怒吼，其实这会儿，他的手也在哆嗦。

陆江哪怕浑身都是麻木的，也能感觉得到。

他瞥了一眼丁墨，大声说："还说呢，你不知道，因为你，我吃过不少醋。"

"吃醋？因为我跟乐瑶关系太好？"丁墨睨着陆江。

陆江奋力从水中抬起头道："她是我女朋友啊！关心你快比关心我还多了。"

丁墨吐出一口浊水，仰头笑了一声："哈哈！"

这会儿天上的雨已经停了，有一丝阳光从散开的厚重云层中照射下来，照在两人脸上，带来些许暖意。

丁墨大声说："小气鬼，你等我回去的，看我怎么……跟乐瑶告状……"

"你敢……"陆江努力瞪了一眼丁墨,但眼睛却有点睁不开。

"别尿啊!"丁墨吼了一嗓子。

李斌他们一群人已经急急赶到了,一看二人横拦在悬崖边的一块石头两侧,也不禁看得眼晕。

一个二班的消防员找到绳索的固定处,但距离有点远,绳索很难抛过来。以丁墨和陆江现在这种状态,怕是很难将绳索固定在自己身上,必须有人下水!

这时候,华林突然间抓起绳索,将一头死死系在自己腰间,抓着两条安全绳,往上游飞快跑去。

"你不行,我来!"李斌和赵志异口同声,然后朝华林追过去,想要替他。

华林回头大喊一声:"你们两个接应我!我往下游,你们在上面拉,注意长度!"说着便扑通一声跳进水里,朝着丁墨那边飞快地游过去。

谁都没想到平日里胆子小,喜欢敷面膜,喜欢精致生活的华林在这种时候会生出这样的勇气。

华林一口气游到距丁墨二人不远处,上面李斌四人死死拉着绳索,一点点往下放,直到将华林放到丁墨和陆江面前。

华林给两人扣上安全绳的一瞬间,下意识地朝着下面的瀑布看了一眼,顿时有种天旋地转的感觉:"这么高!"刚刚在岸上看时就觉得可怕,现在是与悬崖近在咫尺啊,而且是置身于湍急的水中。

丁墨居然还有心耍贫嘴,他无力地冲着华林笑起来:"惊不惊喜?意不意外?"

"屁!"华林哭丧着脸说了一句,朝着上面喊道,"好啦,拉住啊,我们现在往岸边慢慢挪!"说着,他同时扶起丁墨和陆江两人,虽然脸上露出吃力的表情,却依然一点点地在水中挪动着。

水流湍急,虽然挂上了安全绳索,但一不小心还是容易被冲倒,导致呛水。所以华林大声提醒着岸上的人慢慢调节绳索的松紧,同时又提醒着丁墨和陆江注意闭气。上面还有偶尔漂下来的大树,必须得躲开。

就这样,华林两只手撑着两人,一点点地挪到了岸边。当三个人到了岸边,挣扎着爬上去后,全都无力地瘫在那儿,动都不想动一下。

李斌、赵志和二班两个消防员跑了过来将三人一起扶起来。不能让三人这样躺下去,尤其是陆江,浑身僵硬,血流速度都慢到极点,必须得赶紧活动身体。

李斌冲着华林龇牙一笑:"行啊,兄弟!"

华林突然皱眉,龇牙咧嘴道:"嘶——我的腿,被刮坏了。"说着弯下腰,看见自己腿上不知什么时候刮了一个大口子,鲜血直流。他顿时哭丧着脸道:"破了相了!"

这下就连虚弱的陆江都忍不住扑哧一声笑出来:"腿上的伤口,叫破相?"

华林用力点头:"平日里剪个指甲我都要心疼一会儿呢!"

众人无语。

一行人相互搀扶着赶了回去。那群驴友见到他们一起回来,都松了口气,如果真的有人因为营救他们而牺牲,那他们这辈子都会良心不安。

陆江和丁墨缓了好一阵子,才算缓过来一点。丁墨肩膀刮了一道口子,华林腿上刮一道口子,陆江双手血肉模糊。这场面让众多驴友动容。

尤其是潘总,更是发出感慨:"我们这群四十来岁的中年人,给你们这群年轻人添了这么多的麻烦,幸亏你们没事,不然的话,我真的会内疚一辈子。你们这群消防员,真不容易!"

在这种情绪的感染下,下山的时候,几个男性驴友甚至没让消防员们用担架抬着病倒的忧郁天使,他们轮流背着,硬生生把她给背下了山。

120早已等候在山下,给丁墨、华林做了简单包扎,又给陆江做了一番检查之后,这才在几个驴友的陪同下,拉着忧郁天使等人呼啸而去。

消防车里,一群人已经是筋疲力尽,里倒歪斜地躺在车里一动都不动,话都懒得说。二班一个消防员看着瘫坐在车里的丁墨等人感叹道:"唉,年轻真好啊,我要是再年轻个三岁,肯定不比你们差!"

赵志看着他问道:"班长,您多大了啊?"

"三十了!唉,老了,马上就退伍了,以后就看你们的了,你们都是好样的!真的!不愧是英雄班,叫我们都心服口服!"

丁墨和陆江等人相互看了一眼,疲惫的脸上露出一丝谦虚的微笑。

"您要退伍了?"赵志显得有些惊讶,坐起来问道。

"嗯,快了,得数着日子过了,所以……格外珍惜每一次出警的机会呀。"这名消防员有些感慨地说道。这种感觉,大家其实都懂!就像当初的徐然。

他看着众人,接着道:"我得给你们这些年轻有为的消防员们让地方啊,也不能一辈子赖着不走啊!"

赵志看着他问道:"那您退伍之后要干什么啊?"

"这些年在部队学会了开车、车辆维修和计算机操作,最近还过了国家消防职业技能鉴定,以后估计还是会从事消防有关的工作吧。"

"这么多啊,您可真厉害,就不像我,除了消防,我什么都不会!"赵志有些羡慕地看着他。

"你们还有大把的时间去学习,还有很多机会,别这么快就否定自己,连这么艰巨的任务你们都完成了,还有什么难得倒你们?你们还年轻,继续努力!"

赵志用力地点点头:"嗯,我一直在朝着这个方向努力呢,我只懂消防,也喜欢消防,我想一辈子都干这个!"

"加油!"二班这个消防员笑笑,疲惫地倚靠在车厢上不再说话。消防车一路颠簸地回到了消防队。

第九十一章
死生人间事

烈士陵园里,笔直地竖着一排排灰白色的大理石墓碑,每块墓碑上,都贴着一位英雄的照片,写着他们的生平事迹。这些英雄,虽然已经故去,但他们的眼神,透过墓碑上的照片,仍然注视着这个世界。

丁墨身穿常服,手里捧着一束白菊花,带着林雪经过这一排排的墓碑。深秋时节,山上的树木已渐渐枯黄,秋风吹过,树木随风轻摇,仿佛在向烈士们致敬。外面的山坡上落叶成堆,但陵园里却异常干净。

平时跳脱欢快的两人，此时都被气氛感染，露出庄严肃穆的表情。来到洛兵的墓碑前，丁墨放下手中的花束，与林雪并排而立，深深地鞠了一躬。

随后丁墨弯腰，轻轻拂去墓碑上的灰尘道："班长，我们来看你了，几天没见，怎么还落灰了呢。"

看着丁墨温柔细致的动作、充满缅怀的眼神，林雪心中的弦忍不住轻颤了一下。她看向墓碑上的照片，洛兵的笑容依然憨厚温暖，温和的双眼正注视着自己，这一切，都是那么熟悉，让她想到自己在消防队时的种种画面，忍不住鼻子一酸，眼泪差点夺眶而出。

"咦，我们来陪班长说说话，你怎么哭了呢？"丁墨擦拭完墓碑，回头看着林雪。

林雪赶紧用衣袖在脸上胡乱地抹了两把："哼，我这是想念洛班长了，谁像你那样没心没肺的。"

"班长不就在这儿。"丁墨转身面对着墓碑，从怀里掏出一小瓶二锅头，"你爱喝酒，只是以前队里不让喝酒，但我觉得你现在喝点应该没事。"

随后，他将酒洒在洛兵的墓碑前。想了想，丁墨又往旁边的墓碑前洒了一点道："老班长，我不知道你们爱不爱喝酒，但你们肯定都讲义气、爱热闹，你们有空，就多陪我们班长喝点吧，省得他一个人孤单。"

然后丁墨转头对林雪说："你不是把报纸都带过来了，想把我们班的丰功伟绩都念给班长听吗？还愣着做什么。"

"哦哦。"林雪想事情想得有点出神，她赶紧手忙脚乱地从包里把准备好的报纸都拿了出来，"班长，你走后，丁墨陆江他们干得都很好，上过好几次新闻呢，还有，上次游泳比赛，丁墨还拿了单项冠军呢，咱们中队也拿了第二名。这些报纸，都记录了他们的成绩，我念给你听听。"

说完，林雪就开始念报纸，这些新闻大多都是她自己写的，也有几篇是其他报社发表的。

一篇……两篇……

丁墨安静地站在墓碑前，林雪清脆的声音在耳边响起，但他的思绪却早已飘去了远方，想到从入队到现在，这一年多的时间里自己所经历的一切，仿佛放电影一样，在他的脑海中不断闪过。那些人那些事，有些已经模糊了，有些依然还清晰。

林雪的声音，就仿佛是这场电影的背景音乐，为这部无声的电影配上了独特的声音；又仿佛是佛经，总能把自己从迷茫中拉回现实，从悬崖边拉回岸上。

突然，林雪的声音停了，丁墨也从神游中醒来。不远处一名身穿常服的军官，对着两人敬了个礼，丁墨回敬。

丁墨再次看着洛兵的照片，从照片里，丁墨仿佛看见班长的眼神中散发着光彩，他盯着这双熟悉的眼睛动情地说："班长，你听到了吗？这些日子以来，我们都很努力，无论是训练还是救援，我们都会拼尽全力，虽然也有过失败，但我们从没有放弃。"

"班长，以前我是个刺儿头，看不起消防员，喜欢逞英雄，没少给你惹麻烦。现在我明白了，就连支队政委都夸我是个好苗子，我多想你再管管我，甚至骂骂我，都好……"

说到这里，丁墨的声音有些哽咽，林雪拍拍丁墨的背，说："别难过了，我相信班长看到你现在的成长，也一定会为你高兴的。"

"嗯！"丁墨擦干泪水，坚定地说："班长你放心，我一定会成为一名优秀的消防员，不会给你丢脸，更不会给咱们中队丢脸。"

说完，丁墨挺直身躯，向班长敬礼！

医院病房里，姚燕躺在床上，魏凯正在给她削苹果。预产期只剩两天了，魏凯有些紧张，早早就陪着妻子住进了医院。

这时一个护士拿着文件夹走了进来，对魏凯说："魏队长，您的妻子是要剖宫产还是要顺产呢？我们需要做一个登记。"

魏凯沉吟一下说："剖宫产吧。"

"好的，那您和夫人休息吧，我先走了。"护士在文件夹上做好登记准备离开。

这时，姚燕坐起来说："等一下，我们要顺产。"

"老婆，你怎么起来了，快躺下。"魏凯见状赶紧跑过去扶住妻子。

护士愣在原地。

"老婆啊，顺产有多受罪你知道吗？而且说不定要折腾好几个小时，咱们不受那罪，老老实实剖宫产吧。"魏凯苦口婆心地劝说妻子。

"不用说了，就要顺产。"姚燕坚定地说，"就疼那几个小时怕什么，我什么都不怕。而且之前我就问过医生，医生说顺产对孩子比较好。而且你工作忙，顺产的话我也能尽快恢复过来，照顾自己和孩子。"

魏凯握住妻子的手，有些哽咽，不知该说些什么。

"这位同志，听我的，你就登记顺产。"姚燕对护士说。

"好的。"护士做好登记离开病房。

这时董建平拎着一个果篮走了进来，笑着说："刚刚遇到护士，你们是准备顺产了？"

"队长！"魏凯见董建平进来，赶紧站了起来。

"坐下坐下。"董建平走过去将果篮放在桌子上，坐在病床旁边跟魏凯说，"前几天你不还说想剖宫产吗？怎么改顺产了？"

"还不是她要坚持。"魏凯握着妻子的手，一脸宠溺地看着她。

姚燕扬起脸说："只要对孩子有好处，我这个做母亲的，吃点苦受点罪又有什么。"

董建平竖起大拇指："了不起！"

姚燕不好意思地低头轻笑。

"老魏啊，有这么了不起的妻子，可真是你的福气啊。"董建平感慨道。

"嘿嘿。"魏凯握着妻子的手傻笑。

"你也别光顾着傻乐，可得把咱们的大功臣照顾好了，不然我饶不了你。"董建平说。

"放心吧，队长，一切都准备好了。"

"大话说得挺满，可别到时候手忙脚乱的。"董建平笑着数落魏凯，然后又提了一堆生孩子需要准备的东西，显得很专业。

魏凯有些好笑地说："队长，论级别你是我领导，但说到家庭经验，我可比你强太多了，你看我连孩子都快有了，你可还单着呢。这段时间光育儿类的书我都看了好几本，你说的那些东西，我早就准备好了。"

董建平闻言，笑着摇头不语。

姚燕则好奇地问："董队长，你跟池焰焰进展到哪一步了啊？"

"什么？他们这么快就要结婚了？"丁墨惊讶地看着林雪。扫完墓后，林雪就开着车送丁墨回消防队，路上谈起池焰焰，林雪说她已经开始筹备起婚礼的事情了，让丁墨很是震惊。

"干吗这么一惊一乍的，吓我一跳。"林雪不满地看着丁墨。

"不是，你跟我说说啥时候结婚？"丁墨听到八卦，心就像被猫抓了一样，迫切地想要知道真相。

"最近正大广场刚开一家火锅店,听说很好吃,我都还没去过呢。"林雪顾左右而言他。

"没问题,等下次休假我就请你去吃。"

"兰蔻又出了一款新的眼霜……"林雪嘴角露出一丝笑容。

"买买买,我送你行了吧,快说他们啥时候结婚?"八卦之魂已经烧得丁墨失去了理智。

"嗯,表现不错。"林雪满意地说,"结婚哪有那么简单,要筹备婚宴、拍婚纱照、订酒店、领证等等,还有好多事要准备,至少得半年后才能真正结了。"

"半年后啊,看来还得好久才能喝他们的喜酒了。"丁墨瘫在了座椅上,"哦对了,他们结婚之后住哪儿啊?我记得董队长是外地人吧,房价这么贵,八成是买不起了。"

林雪一脸鄙视地看着丁墨:"董队长没有,焰焰有啊。她爸离婚的时候给她留了套房子,平时都租出去了,下个月就会收回来,还得重新装修,所以才需要那么长时间筹备。"

"啧啧,好福气啊。"丁墨感叹,"女方连结婚的房子都准备好了,咱们董队长真是好福气。"

林雪戏谑地看着丁墨说:"你要是愿意当上门女婿,我家也可以准备房子啊。"

丁墨连连摆手说:"别别,我要是真当上门女婿了,我爹怕是能打死我。再说了,我家又不缺房子。"

"封建思想。"林雪不屑。

"嘿嘿,这可不叫封建,这叫责任。"丁墨笑嘻嘻地说。

"懒得理你。"林雪白了一眼丁墨,一打方向盘,车子驶向消防队。

第九十二章
新的生命

傍晚时分,铅灰色的天空下,一片片白色的云朵被天边晚霞染成了橘红色,羞赧地盯着消防一中队队部的活动室。

活动室内,以董建平为首的一中队队员,一个个瞪大了眼睛,伸长了脖子,齐刷刷地盯着董建平面前的电话机,似乎是怕自己的呼吸声会打断响起的铃声一般,连大气都不敢喘一下。

空气静寂,落针可闻。丁墨两只手臂撑着桌子,漆黑的双眸好似盯着猎物一般,凌厉而又紧张。他也不记得自己维持这样的姿势多久了,只是恨不得直接钻进电话里。

他快受不了了,心里就好像有无数只蚂蚁四处乱爬一般,搅得人心神不宁。

"啪——"蓦地,丁墨站起身,狠狠地拍了一下桌子,一秒、两秒、三秒——空气先是安静了三秒,紧接着,众人便反应过来,喘息的喘息,拍胸脯的拍胸脯。

陆江更是用一种看白痴的目光,冷冷地看着丁墨:"有病?"

"不行不行,我快憋不住了,这都多长时间了,到底生了没有啊?怎么一点消息没有呢?"

"丁墨,你这一巴掌也太突然了,我本来就紧张,尿都憋着一直没敢上厕所,刚刚你一拍,我差点没直接尿出来。"林不凡一边拍着胸口帮自己顺气,一边忍不住抱怨。

坐在林不凡身边的华林一听,顿时吓得站起身快速移动,直到和林不凡有一米的距离之后,才停下来,如释重负般呼出一口气。

"你离我那么远干什么?"林不凡忍不住翻白眼。

"我怕你一会儿憋不住尿出来,再溅我身上。"

"你……"

"好了,都安静点!"

消防员们七嘴八舌,闹得董建平只觉得耳边仿佛有无数只苍蝇一齐飞过,原本心里就绷着一根线,这会子更是烦躁起来,直接将众人打断:"一个个嗓门那么大,等会来电话了听不见,看我怎么收拾你们!"

众人一脸无语。

丁墨揶揄:"队长,你这也太小题大做了吧,你看你那两只大眼珠子都快要钻到电话里了,还能听不见?"

"哈哈!"

众人闻言都忍不住笑了起来。

董建平抬眸瞪了丁墨一眼,倒是没真正生气。魏凯的媳妇中午就推进了产房,到现在好几个小时过去了一直没有消息,所以大家的紧张焦虑在所难免,开开玩笑,倒也能缓和一下气氛。

"队长,还有多久能来消息啊?我实在是忍不了了,这一直不来电话,我也不敢去厕所啊!"林不凡夹着双腿弓着腰,一脸苦色地看着董建平。

董建平盯着电话头也不抬:"我怎么知道?"

"要我说还不如直接给一刀,孩子出来得快,大人也跟着少遭罪。"丁墨直到现在才知道,原来生孩子是这么焦心的一件事。

华林也忍不住点头:"原来生孩子要这么费事。"

"你以为呢?"

"我以为,进去了就直接生出来了呗。"

"直接出来,你当是下崽呢?"

众人又开始你一言我一语地议论起来,听得董建平头越来越大,最终忍无可忍道:"都给我安静点!谁再废话,去操场上给我跑圈。"

众人立马闭嘴。

同一时间，静海市xx医院产房门口，林雪坐在椅子上，看着眼前不住来回走动的池焰焰，终是忍不住开了口："我说焰焰，你能不能别在我面前晃了，晃得我头都晕了！"

池焰焰一听，立刻站住脚步，看向林雪："小雪，我……我紧张！"

林雪心说你紧张，难道我不紧张啊，可是面上却没有表露出来，只是看似不痛不痒地给了池焰焰一记白眼："又不是你生孩子，你紧张什么？"

"我也不知道，就是紧张！"说话间，池焰焰在林雪身边的位置坐了下来。两人的视线，不约而同地看向了产房紧闭的大门。

"啊——"就在这时，产房里突然间传来一声撕心裂肺的惨叫声，林雪和池焰焰闻声，身子不由自主一绷。池焰焰更是直接一把抓在林雪的胳膊上，脸色苍白地说道："我以后不要生孩子了。"

"不生了！"产房内，魏凯一只手紧紧攥着姚燕，一只手不住地帮她擦汗，"燕子，咱们不自己生了，我去联系医生，咱们剖宫产！"

魏凯心疼地看着姚燕，眉心死死地拧着。

他不是不知道生孩子是一件极为痛苦的事情，但当自己真正亲眼看见、经历的这一刻，内心还是无比震撼和疼痛，那种感觉，就好像姚燕每疼一下，他心里就有一把刀子生生地剜一下一样。

如果可以，他愿意替她疼，如果可以，他愿意替她受。姚燕虽然此时痛得好像浑身的骨头都裂开了一般，但是魏凯的声音就仿佛是一记良药，让她的决心，又坚定了几分。

有这样一个深爱着自己的男人，为他疼，为他生儿育女，是多么幸福的一件事。思及此，姚燕摇了摇头，用气若游丝的声音，轻声说道："不，老公，我可以的，你相信我。"

看着这样的姚燕，魏凯的视线不禁变得模糊。他的妻子，此刻正在战斗着，他又怎么可以怂？她要自己相信他！魏凯攥着姚燕的手，又增添了几分力道。

"好，燕子，我相信你，我们一起，一起努力！"说完，他又将目光下移，对准姚燕微微隆起的腹部，低声呵斥，"臭小子，老子命令你，马上出来，听到没有！"

魏凯的举动让姚燕和医生都忍不住笑了笑。

"宫口马上就要开了，产妇再坚持坚持，家属也是，别多说话，让产妇多保留一些力气。"

魏凯忙不迭点头，和姚燕紧紧握在一起的那只手，丝毫没有放松一点力道。白炽灯照在他漆黑的眼眸里，一片水光。

"老公啊，我想吃你做的宫保鸡丁了。"某居民楼内，一个挺着大肚子的女人坐在沙发上，捧着电话朝另外一端的丈夫撒娇。

丈夫此时肩膀和耳朵夹着电话，一边歪着头，一边不断颠动手里的大勺，火红的光映照在他微胖的脸颊上。身后，穿着白色褂子的工作人员进进出出，颠勺的颠勺，走菜的走菜，切墩的切墩，异常忙碌。

"喂？喂，媳妇啊，想吃宫保鸡丁啦，老公忙完晚上给你做。"

"可是我现在就想吃怎么办啊？"

知道妻子怀孕了情绪不稳定，丈夫只能好脾气地说道："媳妇乖，我这正忙着呢，现在真回不去。"

"哼，每次你都有理由。"妻子佯装生气，嗔怪了一声。

"不是不是，你看我不是厨师长嘛，今晚客人多……再说我忙点也好啊，你这眼瞅着就快生了，用钱的地方多，老公我不得铆足了劲儿挣钱啊！听话，这马上就下班了，下班老公准时回去给你做宫保鸡丁，你要是饿了就先去厨房里煮碗面。"

"老张，贵宾一的菜好了没啊？"丈夫这边还在哄妻子，身后已然传来了催菜的声音。

"好了好了，马上出锅，准备摆盘。"丈夫大声回应了一句，随即放低了分贝，"媳妇，我这儿忙，先不说了啊。"说完，直接挂断了电话，将手机扔进了口袋里。

妻子拿着显示"通话结束"的手机，抿着唇，愤愤地哼了一声，便将手机揣到了兜里，起身朝厨房走去。

她前脚刚迈进厨房，眼前突然有一道影子自天花板掉落而下，落在了她脚边。妻子先是一愣，视线随之下移，当看见脚边那个细长而盘旋移动的影子时，顿时惊恐地睁大了双眼，发出一声惊呼："啊——蛇——"

一边惊呼，妻子一边本能地向后退，由于退得太急，脚下不由得一个趔趄，重心不稳，整个身体顺势向后跌去。慌乱中，头刚好磕到门框上，妻子一声闷响，只觉得自己眼前的事物都开始天旋地转了起来。

似乎是被妻子的呼喊声吓到了，原本还在地面四处乱窜不知道该如何自处的小蛇，瞅准了柜子旁边的一个缝隙，身子一个用力，嗖的一下就钻了进去。

见小蛇钻进了柜子里，妻子终是微微缓了一口气，抬手摸了一下额头刚刚磕到的位置。一股粘腻的湿滑感，她将手拿到面前一看，猩红一片。

血！腹部蓦地传来一阵锥心的疼痛，她心里一惊，低头一看，只见殷红的鲜血正顺着身下不断流淌。妻子顿时慌了，她顾不得其他，一手扶着肚子，一边从兜里掏出电话，拨给丈夫。

厨房里，勺子和铁锅碰撞声、叫喊声、脚步声，此起彼伏，淹没了丈夫口袋里此时正在响起的手机铃声。

电话迟迟没有人接通，妻子觉得自己流的血越来越多，头也越来越晕，情急之下，在屏幕上按下了119。

第九十三章
别出心裁

同一时间，消防一中队队部活动室内，丁墨撑在桌子上的胳膊不断变换，林不凡也跑了两趟厕所，其他人来回走的，皱眉的，均是坐立不安。

董建平知道，大家这是有些坐不住了，也是，从中午等到现在，确实时间有点太久了。大家一下午都处在一种紧张焦急的状态中，偏偏自己刚刚还发了话，谁再不安静就让谁去跑圈……嗯，好像有点强人所难了。

"咳咳！"想到这里，董建平佯装清了清嗓子，抬头看向众人。众人莫名其妙，纷纷抬头看向董建平。

"对了,有件事,趁这个时间,我宣布一下。"

"队长,好事坏事啊?好事还行,坏事就别宣布了。"丁墨带头打趣。

董建平板着脸瞪了丁墨一眼:"咱们消防队,除了平日里解决各种火情和灾情之外,对优秀的年轻消防员的培养,一直也都不遗余力。这其中,就包括保送优秀的消防员,前往高校进行深造。今天早上我得到了上面的通知,我们队有两名消防员,即将被保送。"

董建平话一出口,众人顿时兴奋起来。

华林先开口:"两名?那肯定没有我了……"

林不凡一听自己报仇的机会到了,当然不肯放过:"你倒是想,不过上面看不上你,哈哈!"

"好像上面能看上你似的。"华林很不客气地顶了回去。

倒是丁墨,一副胸有成竹的样子:"咳咳,队长,这保送的名额既然有两个,那肯定不能少了我吧?"

"臭美!"不等董建平回话,陆江倒是先说了一句。

"我怎么就臭美了?论体能素质,论能力,我说第二,咱们队有敢说第一的吗?"丁墨不服,又看向董建平,"队长,我说的对不对?"

董建平也没打击丁墨的积极性,直接点了点头:"是,这次两个保送名额之一,就是丁墨。"

董建平发了话,丁墨顿时得意起来,还不忘回头挑衅地看了陆江一眼。"队长,那另外一个是谁啊?"

"陆江!"

丁墨简直不敢相信自己的耳朵,他没听错吧?谁?陆江?

"队长,不带开玩笑的啊!"

董建平闻言不禁面色一沉:"什么开玩笑?通知已经下来了,你要是不想去,我可以跟上面申请取消。"

"不是不是,我不是那个意思。"丁墨连忙否认。

陆江对于这个消息,倒是表现得尤为平静。

丁墨有点糟心,不!应该说是很糟心!自己保送那是当仁不让,可是为什么陆江也要被保送?两个人这是要竞争一辈子吗?陆江似乎是察觉到丁墨的想法,不禁冷哼一声,白了他一眼。

董建平的目光从两人脸上一一扫过:"这是一次很好的机会,去了高校,你们两个一定要好好表现，别到时候让人说，最末尾的两个是我董建平带的，我可丢不起那个人！"

听董建平这么一说，丁墨和陆江不禁都正起了神色。

"是！"

"队长放心！"

众人见状，也纷纷开始道喜。

"行啊，丁墨、陆江，再回来就是文化人了。"

"你俩不会到了高校还杠吧？"

"这个可说不定。"

"哈哈……"

众人的打趣让丁墨和陆江脸上都不由得染上了笑意，两人的视线对上。

一瞬间，四目相触，空气中仿佛有火花，噼啪作响。

消防支队接警中心里，电话铃声此起彼伏，乐瑶正坐在自己的工位上整理一天的工作。这时，手边的电话突然响起，乐瑶条件反射般迅速拿起话筒。

"喂，119报警中心。"

另一边躺在地上的孕妇仿佛在绝望中抓住了一点光芒，握紧手机哭着说："我……我是一个孕妇，刚刚被一条蛇吓得摔倒了，现在头摔破了，下体还在流血，我该怎么办，救救我啊……"

乐瑶一听，马上沉声说："你先别急，告诉我你家的具体位置，我们马上派人去救你。"

孕妇心里总算稳定了一些，说："我……我在……"才刚说出两个字，就看见那条蛇吐着信子突然窜到了自己面前，一人一蛇正面相望，孕妇吓得魂飞魄散，啊的一声尖叫，孕妇脱手将手机砸过去，同时眼前一黑，晕了过去。

乐瑶只听到听筒中传来一声尖叫，紧接着就是一阵杂音，然后彻底没有了声音。她腾的一下站起身来，见电话并没有被挂断，冲着听筒大声喊道："喂，喂？你还在吗？"

连续喊了好几声，听筒中仍然没有传来一丝声音，乐瑶急得直跳脚，旁边的接警员小林见她这个样子，站起来问道："怎么了？发生什么事了？"

旁边两个接警员小李和小张也都靠了过来，在他们印象里，乐瑶一直是一个乐观稳重的女孩，谁也没见过她这个样子。

"刚刚一个孕妇打来电话，自己在家里被蛇吓得摔倒，还没来得及说具体位置，就没有声音了，估计是晕了过去，你们说该怎么办啊？"乐瑶看着三个同事，着急地说。

三人一听也都急了，小林是个女孩子，也怀着三个月的身孕，急得直挠头："啊，这下该怎么办，不赶紧找到孕妇的话，就……就……"

"大家冷静，别着急。"小李年纪稍微大些，"乐瑶你赶紧去向领导汇报情况，看能不能有方法找到孕妇，小林你守在电话旁，千万不要挂断电话，如果听到孕妇说话，赶紧回应问出具体地址，我们也想想看有没有其他办法。"

"好好。"几人连连点头，小林坐到乐瑶的工位上，拿起电话仔细听里面的声音，乐瑶则赶紧往外跑去。

来到领导办公室，乐瑶快速向领导汇报了情况。值班领导听完皱着眉头说："没有办法确定孕妇的位置，这该怎么办？不行，我得马上向公安部门求助，希望他们能通过电话定位查出孕妇的位置。"

说完，他赶紧拿起电话打给公安领导，乐瑶也一脸希冀地看着他。此时公安局的周局长刚刚下班回家，还没来得及坐下喝杯茶，就接到了消防支队领导的电话。

仔细听完情况后，周局长说："一般来说，只有大案要案才能申请动用技侦手段对手机定位，而且申请手续严格，技术难度大，需要一些时间。"

支队值班领导连忙说："周局长，人命关天哪，请务必帮忙。"

周局长点点头，面色有些沉重："嗯，你放心吧，我马上向上级汇报，请求特事特办。不过也希望你们能够理解，上级批准后，也得向工信部门申请定位，然后才由移动、联通等通信单位有关部门负责查询。

"而手机定位要通过特定的定位技术来获取移动手机或终端用户的经纬度坐标，利用手机上的GPS定位模块来实现手机定位。这种方式误差仍然可能会有几百米，如果是楼房更不好确定位置。"

消防支队的值班领导说："我明白，我们也会想办法，争取能快速找到孕妇。"

另外一边周局长挂断电话后，立即开始拨打上级电话，并且起身向外走去。

乐瑶听到双方的谈话，急得团团转："等按正常流程走下来，只怕要耽误事情，这可怎么办？"

支队值班领导也是来回踱步，苦思冥想，到底怎么才能找到那个孕妇？

突然，乐瑶激动地说："有了，领导，我想到一个办法！"

领导停下脚步看着乐瑶急切地问道："什么办法？"

乐瑶兴奋地说："孕妇刚刚受惊吓昏迷，但是她的报警电话还没有挂断，我们有接警员一直守着电话。如果我们能从电话里面听到特定的声音，就能确定大概位置！"

"特定的声音？"领导重复着这句话，突然一拍手掌，"你是说……炸街！"

"对，没错，就是炸街！"乐瑶坚定地说，"咱们出动所有的消防车，在全市大街小巷行驶，等手机中传出消防车的警报声，再逐一通知各车停止鸣号，看是在哪辆车的范围内，这就可以最大程度缩小范围。"

领导豁然开朗，说："我现在马上请示支队长，出动全市所有的消防车。"

"可是……领导，光消防车恐怕不足以覆盖全市范围，如果能有警车……协同就更好了。"乐瑶的声音有些胆怯，毕竟这么大规模的行动，她都不曾听说过。

"不错，我立即联系公安局的同志，请他们协助找人。"值班领导听完却只是点点头，看着乐瑶欣慰地说，"你很不错，这样的办法也能想得出来，如果孕妇被安全救出，我为你请功！"

"谢谢领导！"乐瑶敬礼。

"嗯，你先回去吧，守在岗位上，仔细听着电话里的声音，千万不能马虎大意，我现在就联系支队和公安的相关领导同志。"领导嘱咐着乐瑶。

"是！"乐瑶转身跑出领导的办公室。

支队领导面色冷峻地拿起电话，拨下号码，首先打通了公安局周局长的电话。

第九十四章
炸街行动

"哇——"一声婴儿洪亮的啼哭,从产房内传出,穿过走廊,直达坐在外面的池焰焰和林雪耳中。两人身子一顿,对望间,彼此眼中全是掩饰不住地惊喜。

"生了?"池焰焰有点不敢置信。

"生了!"林雪悬在胸口的大石头,总算是落了地。

两人无论如何都坐不住了,立刻站起身,走到产房门口。又焦急等待了一会儿,产房的大门才终于缓缓打开。

魏凯微垂着头,端着两只胳膊,姿势有些怪异地往外走着,似乎怕自己随时会摔倒一般,每走一步都格外小心。平日里铁血铮铮的硬汉,这一刻,目光中满是柔情地望着怀中。

这是他的孩子,是姚燕辛辛苦苦,为他生下的孩子,与他血脉相连。这一刻,魏凯突然间感觉到,自己的生命仿佛再也没有任何遗憾和残缺。

小家伙此时并不知道,他的到来给父亲的心态带来了多大的变化,只是老老实实地待在父亲温暖的怀抱中,努力想睁大眼睛,充满了对这个新奇世界的好奇,圆圆的小脸略带红晕,宛如熟透的苹果,看着就让人忍不住想上去咬一口。

林雪和池焰焰迎了上去。

"生了生了?"池焰焰首先按捺不住,但转瞬一想,自己问得好像有点多余,孩子都抱出来了,可不就是生了!她有些不好意思地吐了吐舌头:"是男孩还是女孩呀?"

魏凯的脸上眼中都是遮挡不住的笑意,根本舍不得抬头,两只眼睛直勾勾地盯着自己的怀里,仿佛怎么看都看不够一般道:"是个男孩。"

"男孩好,男孩以后可以和爸爸一样,做个消防员!"林雪一边看着孩子,一边说道,"这孩子长得可真像你啊,眼睛这么大,还这么有神。"说完,还想要伸手去逗弄一下宝贝的小脸蛋,但又有点害怕,一时间,手竟然不知道该如何自处。

"这孩子皮肤真好啊,又滑又嫩的,都是胶原蛋白。"林雪的纠结,在池焰焰这里根本就不存在,就在林雪纠结要不要摸一下小宝贝的时候,池焰焰的手已经开始有所行动了。

池焰焰还不满足:"哎哟,他长得太可爱了,快给我抱抱。"

"麻烦让一下,产妇出来了。"说话间,护士已经推着姚燕从产房里面走了出来,池焰焰顿时忘记了要抱孩子的事,三人立刻围到姚燕身边。

魏凯看着姚燕,心里的感激、心疼此时都化作了一句:"燕子,你辛苦了。"

"嫂子,你好厉害!"经历了这么久,池焰焰对姚燕最多的就是敬佩。

"是啊,嫂子,小家伙这么胖,你生他一定吃了很多苦。"

林雪虽然没生过孩子,但身为女人,也知道孩子大对产妇,尤其是对自然生产的产妇来说,是多么辛苦。

"是啊嫂子,你不知道,我和小雪在外面,都紧张死了。"

"不辛苦的。"姚燕此时看起来虽然有些疲惫,可是两只眼睛里,只剩下了满足和幸福。只要孩子好好的,那她付出的一切,就都是值得的。

"好了,该送产妇回病房了。"护士的话打断了几人的感慨,魏凯闻声连忙走到推车后面,想要亲自推姚燕回病房,可是奈何手里还抱着一个小家伙。

林雪眼尖地察觉到了魏凯的意图,连忙上前:"孩子给我抱吧。"

"谢谢。"魏凯感激地看了林雪一眼,将怀中的孩子小心翼翼地递给林雪。

林雪也是第一次抱孩子,紧张和兴奋一时间让她有些不知道该怎样做,魏凯则是耐心地一点一点教她:"对,这只手放在这里,拖着孩子的头,对,这只手放在这里。"

林雪按照魏凯地指示将孩子稳稳地抱在了怀中,池焰焰在一旁看得眼睛都红了，忙道："我也想抱，我也想抱，给我试试。"说着，就要伸手去接林雪怀里的孩子。

林雪哪里肯，直接将身子别向另外一边："我刚抱好，你快别捣乱了，先送嫂子回病房。"说完，也不看池焰焰脸上是什么表情，就走在了前面。

身后，魏凯和护士一起推着移动车往病房的方向走，池焰焰气得直跺脚：这个林雪，居然被她捷足先登了！哼！

回到病房，护士提醒："把产妇移到床上吧。"

姚燕闻声，挣扎着想要自己起身，却被魏凯一把拦住："你老实躺着，我来。"说完，伸出两只手臂，一只穿过姚燕的颈窝，一只放在小腿下，然后用力一抬，将姚燕整个人都抱在了怀里。

魏凯将姚燕放到病床上，林雪便将孩子放在了姚燕身旁，说道："嫂子，你看看，小家伙刚刚还睁着眼睛呢，这么快就睡着了。"

姚燕侧头，看着宝贝紧闭的双眼，唇角不禁向上一弯，下意识地伸出手，轻轻地抚摸着孩子的额头、小脸、小手……

"宝宝的手好小哦！"林雪忍不住发出感叹。

"是啊，这么小，我都不敢碰了。"池焰焰也附和。

一时间，四个人全都围着睡熟的小宝贝，眼里有幸福、欣喜，也有着一种与生俱来的，对生命的敬畏。

"对了！"这时，魏凯突然间想起来，队里的队友们还在等着消息，连忙站起身，"我去外面打个电话。"

支队队部办公室内。

支队长拿着电话，表情极为凝重。

片刻，眸光一亮，一脸兴奋地对着电话说道："是，我马上传达命令！"

同一时间，消防一中队队部活动室，众人将拿着电话的董建平，密不透风地围在了中间。

董建平脸上掩饰不住兴奋和激动，道："生了？太好了！"

丁墨忍不住搭腔："中队长，快问问是男孩女孩。"

"对对对，问问，问问。"其他人也忙不迭附和。

董建平对着电话："男孩女孩……男孩？男孩好！是干消防员的苗子！"话落，活动室里立刻传来一阵欢呼声。

"嫂子可以啊,给咱们生了个大侄子!"

"那是嫂子厉害吗?明明是咱们魏副队厉害,你们不知道啊,生男生女,那关键还得看爷们儿的!"

"滚,就你懂得多!"

众人这边议论着,董建平在电话里又嘱咐了魏凯几句,这才笑着挂断电话,再看眼前一群简直要把房顶掀翻的人,无奈之下,只好扮黑脸:"行了,这回都放心了,赶紧都滚回去睡觉。"

"丁零零……"桌上的电话再次响了起来,董建平眉心一动,顺势接起电话:"喂?"

只听了一句,他的脸色就瞬间凝重起来。众人也察觉到了董建平身上传来的异样气氛,一个一个都自觉安静了下来。

董建平神情严肃地对着电话说了一声:"是",然后挂断电话,看向众人。

夜色浓重,消防一中队的操场上却极不平静。一个个消防员神情凝重而严肃,他们穿着消防服快速地向消防车停靠的方向奔跑着。

一辆辆消防车车灯亮起,在起伏交错的警笛声中,一辆接着一辆开出消防中队的大门。

同一时间,静海市公安局XX分局的门前,灯火通明,警察同志步伐急促地跑到一辆辆警车跟前,开门上车,拉响警笛。警车,一辆接着一辆开出分局大门。

辖区第一派出所、第二派出所门前,同样有大量警察和警车出动。警车经过,带起地面一阵阵飞扬的尘土。

静海市的夜晚,城市的灯光霓虹交错,大小街道上一辆辆穿梭而过的消防车、警车,让疾行的人们停下了步伐,让忙碌的车辆不由自主地让到一边。

警笛声直冲云霄,划破了寂静的夜空。

消防支队接警中心内,乐瑶戴着耳机,全神贯注地等待电话中传出的任何一丝声音。

第九十五章
今夜星光灿烂

"想好给孩子取什么名字了吗?"病房内,池焰焰看着抱着孩子走来走去的魏凯询问。魏凯此时全身心都在孩子身上,根本没听到池焰焰说了什么。

得不到回答,池焰焰也不恼,只是回头佯装失望地看了看坐在身旁的林雪:"亲爱的,我被忽视了。"林雪听了不禁莞尔。

魏凯这时候才猛地反应过来,刚才好像有人跟自己说话,有些不舍地将目光从孩子的身上抽离开来,看向林雪和池焰焰:"什么?"

"噗——"安静的病房内,突然间响起一个异样的声音,魏凯和林雪、池焰焰不禁一愣,随即三人不约而同地看向躺在床上的姚燕。

姚燕立马明白过来,连忙摆手否认:"不是我!"

几个人一脸蒙,我看看你,你看看我。下一秒,却见魏凯怀里的小宝贝嘴巴一努,拳头一握,哇的一声大哭了起来。

几人沉默了一秒,接着就忍不住笑了起来。

池焰焰捂着嘴道:"没想到这孩子这么小,放屁倒是挺响。"

林雪也是怕吓到孩子,所以不敢笑得太大声,肩膀不住地上下抖动着,道:"是啊,还挺'一鸣惊人'的。"

魏凯则是抱着孩子小心翼翼地轻轻晃动着:"好了好了,放个屁有什么好哭的。"

只有躺在病床上的姚燕,眉心动了动,试探性地开口说道:"孩子是不是拉粑粑了？"

魏凯一愣，转而将孩子放到床上，林雪见状立刻起身道："我来帮你吧。"

魏凯却摆了摆手："不用不用，林记者你坐着，给孩子换尿不湿这种事，我练过。"

林雪微微有些吃惊，这种事还需要提前练习的？再看魏凯，已经动作熟练地打开了包着孩子的小被子，解开孩子身上的尿不湿。尿不湿上，黄绿色的一片，林雪连忙向后退了两步。

魏凯失笑："小家伙还真拉粑粑了。"说着，取过旁边的包，有条不紊地从里面拿出湿巾、纸巾、干净的尿不湿。

池焰焰不经意间视线一转，看见病房墙上挂的电视还开着，虽然声音不大，但病房里一个是刚刚生产完的孕妇，一个刚出生的宝宝，怎么想都还是关掉好，免得影响他们。

想着，池焰焰已经拿起遥控器，准备关掉电视。

"咦？"蓦地，池焰焰发出一声疑惑，拿着遥控器的手也定在了半空中。

林雪闻声转过头，顺着池焰焰的目光看了过去，电视屏幕上，记者正手拿麦克风站在夜晚的街道上，好像在进行现场报道。

就在这时，一辆辆消防车、警车，在夜晚城市灯光的映衬下，呼啸着从屏幕里穿梭而过。

警车的笛声和消防车的笛声此起彼伏，所有的警车和消防车都以缓慢的速度在城市的大街小巷间行驶着，如此怪异的一幕令路人不禁纷纷驻足，满面疑惑。

他们从来没有见过这么多警车、消防车同时出动，但要说他们在执行什么重要的紧急任务，他们的车速又并不快。难道……是在抓什么重要的逃犯？

这样一想，有些人不禁生起了怯意，想赶紧回家，而更多的人则对公众治安有充分的信心，他们聚在一起，相识或不相识的，交换着彼此心中的疑惑。

刘大厨把手头几个菜炒完，抓起毛巾擦了把脸，从后厨走了出来。剩下的事自有水案和小工去料理。

餐馆里就餐的客人也不时有人扭头向外瞟上两眼，交头接耳几句。刘大厨对一个女服务员说："翠儿啊，这街上是怎么了，一阵阵地响警笛。"

翠儿回头说："不知道，还有消防车呢，别是哪儿发生了重大火灾吧。"

刘大厨哦了一声,叮嘱道:"咱们晚上最后一个走的,一定得前前后后检查仔细,安全可别大意,一把火,那可就'一夜回到解放前'了。"

翠儿甜甜一笑道:"放心吧老板,咱们的人都仔细着呢。"

接警室内,乐瑶手扶着耳机,蹙眉仔细地听着。

旁边几名接线员虽然坐在自己的工位上,但是没有接警任务的,全都注意着她这边的动静。

支队值班领导手里握着手机,免提已经打开,也在屏息认真地听着。

忽然,乐瑶的身子一颤,脱口叫道:"听见了!我听见了!"

旁边一个接警员忘形地站了起来,大声问道:"什么声音?"

乐瑶欢喜得眼角都扬了起来:"警笛声,是警笛声。"

值班领导立即举起电话,大声道:"周局,是警笛声。"

那边传来公安局周局长嘹亮的声音:"我听到了!"旋即,里边传来张局长大声下令的声音:"全体注意,所有警车立即停止行驶!"

看起来,对面也是直接连线全体警员,现场办公了。

支队值班领导和女兵们紧张地听着,只听手机里传来周局清晰的命令:"一号车,停止鸣笛!"

乐瑶扶着耳机,认真地听着,面对支队领导紧张问询的目光,轻轻摇了摇头。

支队领导马上向警方回复:"没有发现!"

旋即,对面就传来周局铿锵有力的声音:"二号车停止鸣笛!"

孕妇家里。孕妇躺在地上,菜蛇已爬上了窗台,正咝咝地吐着信子,柜子下,手机静静地躺在那里,全无声息,但仍然通着。

"二十七号,停止鸣笛!"

"没有发现!"

"二十八号,停止鸣笛!"

"没有发现!"

"二十九号,停止鸣笛!"

乐瑶一下子从座位上跳了起来,手仍紧紧地按着耳机,欢喜地大叫道:"没有声音了,没有声音了,就是二十九号!就是二十九号车附近!"

支队领导喜形于色,立即对着电话大叫:"周局,是二十九号车!是二十九号车!"

显然，对方一直能听见这边说话，但这次仍是等支队领导重复了两次，对方才彻底确认，他没有回答支队领导，而是直接下达了命令："二十九号，立即报告你的位置！"

丁墨和陆江坐在消防车上，正看着沿途一幢幢楼房。其实他们也知道，这种观察毫无意义，连大海捞针都算不上，但就是本能地在看，似乎多看两眼，就能从那一扇扇窗透出的灯光中看出点什么来似的。

忽然，车内响起了支队领导的声音："谁在风华区碧澜苑附近，立即报告！"

陆江眼疾手快，立即抓起话筒："报告领导，开发区中队一班，现距碧澜苑仅一个街区！"

很快，对面传来了支队领导的命令："目标已锁定，就在碧澜苑附近，你们立即赶去，配合公安干警行动，必要时执行破门任务！"

"是！"

陆江兴奋地答应一声，不等他吩咐，赵志已经一拨方向盘，向着碧澜苑急驶而去。

碧澜苑小区门口停着一辆警车，陆江他们的车赶到的时候，一辆120救护车也正疾驰而来，那辆警车就是最好的目标，他们不约而同地停在了警车旁边。

电视台的直播报道仍在继续，林雪和池焰焰目不转睛地看着电视，手指紧张地绞在一起。姚燕靠在丈夫怀里，她怀里抱着刚刚熟睡的儿子，紧张地咬着下唇。

初为人母啊，此时正是她的心最柔软的时候，没有人比她更紧张，那个被救援的也是一个孕妇，在她腹中正孕育着一条小生命，可不要有事啊，千万不要有事，一定来得及！

魏凯的妻子默默地祈祷着，她靠在丈夫厚实的胸膛上，头一次感觉到丈夫是消防员，给了她多么大的安全感。

公安干警、消防官兵，以及120急救人员汇合了。

一位公安干警焦急地说："你们看，道路两侧各有一个小区。那位孕妇很可能就住在临街的住宅楼里，可是我们无法分辨她是在左侧还是右侧，左边的重点排查对象是这两幢楼，右边有三幢。"

120急救人员急急建议："那还等什么，多找些人来，挨家挨户地搜啊！"

"那太慢了！"丁墨挺身而出，大声说着，"多抢出一分钟来，就能减少一分危险,不能用这个法子。"

他一边说,一边冲向停好的消防车,众人还没弄明白他想干什么,消防车的大喇叭里已经响起了丁墨嘹亮的声音:"碧澜苑左右住宅小区的居民们请注意,碧澜苑左右住宅小区的居民们请注意,现附近住宅内有一名孕妇受伤报警,但未及说明情况即已昏倒,情况危急,我请求所有居民,暂时关闭你们的灯具,以帮助我们确定目标!"

警察同志也适时配合地用警车喇叭发出了响亮的声音:"我是警察,这条街左右的所有住宅,请你们立即关闭所有灯光,协助我们找到报警者!"

路上有许多的围观者,一些住户也早发现了异常,打开窗子向下张望着,还有一些人正守在电视机前看着直播,丁墨和警察同志的声音,清晰地传进了他们的耳朵。

一盏盏灯很快地熄灭了,甚至有些住户怕电视的光亮影响到公安干警的判断,把电视也关掉了。

一楼爆肚馆门口,翠儿听了警察同志的喊话,对刘大厨道:"老板,咱们要不要也关一下?"

刘大厨呆呆地看着警车和消防车,脸色有些苍白:"孕妇?孕妇?"

他急忙低头从围裙兜里摸出手机,摁亮以后,正看到妻子的未接来电,刘大厨急忙反拨回去,紧张地把手机举到了耳边……

两侧的灯光,在丁墨和那位警察同志反复几遍的喊话之后,一盏盏以肉眼可见的速度迅速地熄灭了,不止左右五幢楼,更远处一些建筑里听见喊话的人也熄了灯。

"在那里!"

"我看到了!"

"那户人家还亮着灯!"

路边的群众迫不及待地喊了起来,当他们指着仍亮着灯的一户人家大喊时,公安干警和消防员已经不约而同地冲了出去。

刘大厨的电话里传来占线音,他紧张地回头仰望了一眼,那亮灯的赫然就是他的家,刘大厨不禁惨叫一声:"那是我家!是我家呀!老婆!孩子!"

刘大厨握着电话,疯了似的朝公安干警和消防员追的方向跑过去。

在路人们渐渐平稳了情绪之后,一名警察同志的声音在喇叭里响了起来:"孕妇位置已经确定,大家可以开灯了!"

停顿了片刻,他的声音带上了几分欢喜与温情:"谢谢你们!"

灯,一盏盏地又打开了,把每一个人的心,都照得亮堂堂的。

楼上,刘大厨站在自家门口,手抖得像风中的落叶,钥匙就是对不准钥匙孔,丁墨不耐烦,劈手夺了过来,迅速打开了房门。很快120工作人员就抬着刘大厨的妻子从屋中走出来,刘大厨失魂落魄地追在后面,要不是陆江扶了他一把,他差点被门槛绊个跟头。

夜晚的长街上,车水马龙。

一辆警车在前方开道,后边紧紧跟着一辆救护车,警车和救护车的车顶闪烁着红色的灯光。它们在长街之上愈行愈远,一路灯火辉煌。

碧澜苑楼下,消防队员们笑逐颜开。赵志坐在马路牙子上,看着兴奋的队友,从口袋里掏出一盒皱巴巴的香烟,点燃了一根,惬意地吸了一口。

消息自然也反馈到了接警中心,乐瑶方才一直紧张地站着,这时听到免提里传来"孕妇没有生命危险,正紧急送医"的声音,她的腿不由一软,一屁股坐到了椅子上。

几个接警员都忍不住欢呼起来,就连支队领导脸上也露出了欣慰的笑容。

公安局那边,周局长听着手机里传来阵阵欢呼声,微笑地默默坐了一阵儿,主动关闭了电话,然后拿起了座上的座机,用略显疲惫与沙哑的声音说:"同志们,你们辛苦了,现在,收队!"

病房内,电视屏幕上,正播放着警车开道、救护车急驰的画面,林雪和池焰焰握紧了对方的手,开心地笑了起来。

魏凯的妻子眼里闪烁着激动的泪花,抱着孩子,一起偎进了丈夫的怀抱,轻轻地说:"老魏,以后,我再也不会埋怨你了,你们……真的好了不起!"

她说着,忘情地抬起头亲了丈夫一口。

魏凯的眼睛有些发红,他抱住妻子,凑到妻子唇上,也献上一个温柔的吻。

林雪和池焰焰对视一眼,轻轻吐了吐舌头,悄悄退出了房间。

长廊上,两个都市丽人,走得袅娜多姿,走得神采飞扬。

长街上,丁墨一车人正驶回中队,每个人的脸上,全都洋溢着幸福的笑容。不知何时,不知由谁开始,歌声随着车子,洒了一路:"拍拍身上的灰尘,振作疲惫的精神……"

星空灿烂,星河中似乎幻现出了洛兵的脸,他凝视着队友们,轻轻举起手,庄重地敬了一个礼!